거의 평범한 가족

EN HELT VANLIG FAMILJ
by Mattias Edvardsson

Copyright © Mattias Edvardsson 2018
Korean translation copyright © Viche, an imprint of Gimm-Young Publishers, Inc. 2023
All rights reserved.

English language translation copyright © 2019 by Rachel Willson-Broyles
English edition published by Celadon Books, New York.

This Korean edition was published by arrangement with Ahlander Agency
through MOMO Agency.

이 책의 한국어판 저작권은 모모 에이전시를 통한 저작권사와의 독점 계약으로 비채에 있습니다.
저작권법에 의해 한국 내에서 보호를 받는 저작물이므로 무단전재와 무단복제를 금합니다.

거 의
평 범 한
가 족

EN HELT
VANLIG FAMILJ

마티아스 에드바드손 | 권경희 옮김

비채

차례

일러두기

1. 번역 대본은 저자와 저작권사의 공식 승인을 받은 《A Nearly Normal Family》(CELADON BOOKS, 2019)를 사용했습니다.
2. 주석은 모두 옮긴이의 것이며, 본문 하단에 각주로 표기했습니다.
3. 고유명사의 한글 표기는 개정된 외래어표기법을 따르는 것을 원칙으로 하되 몇몇 예외를 두었습니다.

프롤로그

룬드 시내 중심가, 중앙역에서 돌을 던지면 닿을 만큼 가까운 거리, 경찰서 건물과는 북쪽으로 대각선 방향에 지방법원이 있다. 룬드 시민 누구나 법원 앞을 일상적으로 지나갈 뿐 건물 안에 들어갈 일은 거의 없다. 얼마 전까지 내 인생도 그랬다.

지금 나는 2호 법정 밖 대기석에 앉아 있다. 내 앞에는 살인사건 재판을 중계하는 모니터가 놓여 있다.

아내는 문 안쪽, 그러니까 법정 안에 있다. 검색대를 통과하기 전, 우리는 법원 건물 바깥 계단에서 꼭 끌어안았다. 아내는 내 손이 저리도록 힘주어 잡으며 우리가 할 수 있는 일은 더는 없고 결정은 다른 사람 손에 넘어갔다고 말했다. 우리 둘 다 그 말이 절대적 진실은 아니라는 걸 알고 있다.

스피커가 끼익 거슬리는 소리를 낸다. 나는 날카로운 욕지기가 올라오는 걸 느낀다. 내 이름이 호명된다. 내 차례. 휘청거리며 대기석에서 일어선 날 위해 경비가 문을 열어준다. 경비는 고개를 끄덕일 뿐 생각도 감정도 없는 얼굴을 하고 있다. 생각이나 감정은 이곳에 어울리지 않는다.

2호 법정은 예상보다 크다. 빽빽하게 들어찬 방청객들 사이에 아내가 보인다. 몹시 피곤하고 지친 얼굴이다. 볼은 눈물 자국으로 얼룩져 있다.

바로 다음 순간, 나는 딸을 본다.

얼굴은 창백하고, 몸은 내 기억 속 모습보다 많이 야위었다. 머리숱은 줄고 그마저도 헝클어져 있다. 딸이 생기 없는 눈으로 나를 쳐다본다. 달려가 두 팔로 딸을 꼭 안아주고 싶다. 아빠가 여기 있다고, 아빠는 절대 너를 포기하지 않는다고 속삭이고 싶다.

판사가 나를 맞이하고, 나는 단번에 그가 좋은 사람이라고 느낀다. 깐깐하고 철저한 이면에 어쩐지 감상적인 면모도 느껴지는 인상, 연민하는 따스한 마음과 엄중한 권위를 겸비한 사람으로 보인다. 그가 판결을 내리면 참심원들은 반대하지 못할 것 같다. 판사 역시 자식을 둔 아버지라고 들었다.

피고의 가까운 혈족이라는 이유로 나는 선서하는 게 허용되지 않는다. 내 딸이 피고인 이 재판에서 법정은 내 증언을 필요로 한다는 걸 알고 있다. 나, 특히 내 직업 때문에 법정은 내가 진실만을 말하리라 여기는 것도 알고 있다.

판사가 피고 측 변호인에게 발언권을 준다. 나는 숨을 길게 들이쉬었다. 조금 뒤 내 입에서 나올 말은 앞으로 아주 많은 사람들의 삶에 영향을 끼치리라. 내가 어떤 말을 하느냐에 따라 모든 게 결정될 수도 있다.

나는 어떤 말을 할지 아직 결정하지 못했다.

1부

一

아버지

사람은 입의 열매로 말미암아 복록에 족하며 그 손이 행하는 대로 자기가 받느니라.

잠언 12장 14절(대한성서공회 개역개정판)

1

우리는 그야말로 평범한 가족이었다. 흥미롭고 수입이 좋은 직업을 가졌으며 각계각층의 사람들과 폭넓게 교류했다. 우리는 스포츠와 문화에 관심이 많아 시간 나는 대로 적극적으로 찾아다녔다. 금요일에는 배달 음식을 먹으며 오디션 프로그램 Idol(아이돌)을 보다가 시청자 투표가 끝나기도 전에 소파에서 꾸벅꾸벅 졸았다. 토요일에는 중심가에서 외식하거나 쇼핑했다. 우리는 핸드볼 경기장과 영화관에 가고, 마음 맞는 친구들과 어울려 와인을 즐겼다. 우리는 매일 밤 꼭 껴안고 잠들었다. 일요일에는 숲이나 박물관에서 시간을 보내며 부모님과 오랫동안 통화했고, 외출하지 않을 때는 집 소파에 앉아 소설을 읽었다. 일요일 초저녁이면 신문이며 바인더, 랩톱 컴퓨터가 펼쳐진 침대에 앉아 다음 주를 준비하며 한 주를 마감하곤 했다. 월요일 밤에 아내는 요가센터에 가고, 목요일에 나는 농구를 했다. 우리는 담보대출을 성실하게 갚아나갔다. 우리는 쓰레기를 분리 배출하고, 우리가 만든 절약 지표들을 따랐으며, 제한속도를 지키고, 도서관에서 빌린 책을 제때 반납했다.

올해 우리는 7월 초에서 8월 중순까지 늦은 휴가를 다녀왔다. 그

전에는 여름이면 이탈리아에서 멋진 시간을 보냈는데, 1, 2년 전부터 해외여행은 겨울에 가고 대신 여름에는 집에서 편히 쉬다가 해변에 사는 친구들과 친척들을 짧은 일정으로 방문했다. 올여름 우리 휴가지는 오루스트 섬이었다. 그곳 오두막에서 지냈다.

스텔라는 얼마 전 H&M 직원이 되어 휴가 없이 여름 내내 일했다. 올겨울에 아시아로 장기 여행을 떠날 계획이어서 여행 경비를 열심히 모으려는 것이다. 딸이 그 여행을 어떻게든 꼭 가게 되기를, 나는 지금도 바란다.

올여름은 울리카와 내가 서로를 재발견한 시간이었다. 재발견이라는 말이 진부하게 들리는 데다 결혼생활 20년 차에 새삼스레 아내와 다시 사랑에 빠진다는 게 가식적으로 들릴 수도 있겠다. 하지만 누가 뭐래도 재발견이 맞는 표현이다. 마치 자식을 키워낸 시간들은 우리의 사랑 이야기에서 부수적인 일인 것처럼, 이때가 오기만을 내내 기다렸던 것처럼 우리는 서로에게 애틋해졌다.

자식은 퇴근을 허용하지 않는, 24시간 매달려야 하는 존재다. 자식이 아기일 때는 혹시라도 숨이 막힐까 모서리에 얼굴을 찧을까 걱정이고, 아이가 하루빨리 독립적인 존재로 크기만을 기다린다. 아이가 예비학교에 들어가면 조금 전까지 눈앞에 있던 아이가 갑자기 보이지 않아서, 아이가 그네에서 떨어질까, 다음번 신체검사에서 발육 부진으로 나올까 봐 걱정한다. 아이가 학교에 다니기 시작하면 적응은 잘할까, 친구를 못 사귀면 어쩌지 걱정하고, 아이의 학교 과제물과 승마 수업과 핸드볼 경기, 그리고 파자마 파티가 인생의 전부가 된다. 아이가 고등학생이 되면 친구도 파티도 갈등도 심지어 더 늘고, 여기에 교사와의 면담, 아이를 차에 태워 여기저기 실어 나를 일도 더 많아진다. 자식이 마약과 음주에 빠질까, 불량한 친구들과 어울리지는 않을까 걱정하는 사이, 10대는 TV 드라마처럼 시속 190킬로미터로 질주하며 지나간다. 어느 순간, 갑자기 몸이 어른인 아이가 옆에 서 있고, 당신은 드디어 한시름 놓는구나 생각한다.

스텔라는, 적어도 올여름엔 크게 걱정 끼치지 않고 긴 시간을 보내고 있었다. 우리 가족은 그 어느 때보다 화목해 보였다.

8월 어느 금요일, 스텔라는 열여덟 살이 되었다. 나는 우리 가족이 좋아하는 레스토랑에 예약을 해두었다. 우리 가족은 늘 이탈리아와 이탈리아 음식을 사랑했으며, 옆 동네 베스테르에 파스타와 피자를 잘하는 작은 레스토랑이 있었다. 나는 조용하고 오붓한 가족 저녁 식사를 기대했다.

"Una tavola per tre(세 사람 예약했습니다)." 나는 사슴 같은 눈망울에 코에는 피어싱을 한 여자 종업원에게 이탈리아어로 말했다. "아담 산델입니다. 8시로 예약했습니다."

"잠깐만요." 종업원은 당황한 듯 두리번거리더니, 붐비는 레스토랑 안으로 떠났다.

그가 찌푸린 얼굴로 손짓 발짓하며 동료들에게 하소연하는 동안 울리카와 스텔라는 나를 쳐다보았다.

예약전화를 받은 사람이 누군지는 알 수 없지만, 예약 날짜가 목요일로 잘못 기입된 사실이 이내 밝혀졌다.

"우리는 손님이 어제 오실 줄 알았어요." 종업원이 볼펜으로 뒤통수를 긁으며 말했다. "하지만 자리를 만들어드릴게요, 5분만 기다려주세요."

직원들이 추가로 놓을 테이블을 끌고 가는 동안 다른 손님 일행이 자리에서 일어서야 했다. 울리카와 스텔라와 나는 북적이는 레스토랑 한복판에 선 채 사방에서 쏟아지는 따가운 시선을 애써 모른 척했다. 마음 같아선 우리 잘못이 아니라고, 레스토랑 측이 실수한 거라고 소리치고 싶었다.

드디어 우리 테이블이 마련되었고, 나는 얼른 메뉴판으로 얼굴을 숨겼다.

"죄송합니다, 죄송합니다." 주인으로 보이는 회색 수염의 남자가 말했다. "죄송한 마음을 담아 후식을 무료로 드리겠습니다."

"괜찮습니다." 나는 그를 안심시켰다. "누구나 실수하잖아요."

종업원이 음료 주문을 주문서에 끼적였다.

"레드 와인 한 잔 마셔도 되죠?" 스텔라가 말했다.

스텔라의 눈빛이 간절했다. 나는 울리카를 쳐다보았다.

"오늘은 특별한 날이니까." 아내가 말했다.

그래서 나는 종업원에게 고개를 끄덕였다.

"오늘 생일을 맞은 우리 딸에게 레드 와인 한 잔 주십시오."

식사를 마친 뒤, 울리카는 요제프 프랑크가 디자인한 카드를 스텔라에게 내밀었다.

"이 약도는 뭐야?" 나는 짓궂게 빙긋 웃었다.

우리는 스텔라를 앞세워 레스토랑을 나와 모퉁이를 돌았다. 그곳엔 내가 그날 낮에 세워둔 생일선물이 있었다.

"하지만 아빠, 내가 말했잖아…… 이건 너무 비싼 건데!"

스텔라는 입을 다물지 못하고 두 손으로 얼굴을 감쌌다.

분홍 베스파 피아지오였다. 몇 주일 전 우리는 온라인에서 훨씬 싼 스쿠터를 발견했지만, 나는 끝내 이걸로 사야 한다며 울리카를 설득했다.

스텔라는 고개를 가로저으며 한숨을 내쉬었다. "아빠 왜 내 말을 무시해?"

나는 한 손을 올리곤 엷게 웃으며 말했다. "그냥 '고맙습니다' 한 마디만 해."

스텔라가 현금을 바라는 줄은 알고 있지만, 선물로 돈을 주는 건 무성의하다고 느꼈다. 베스파가 있으면 스텔라는 출근하기도, 친구를 만나러 시내에 나가기도 훨씬 편하고 빨라질 것이다. 이탈리아에서 10대는 모두 베스파를 탄다.

레스토랑으로 되돌아가기 전에 스텔라는 우리를 껴안고 몇 번이나 고맙다고 말했지만 나는 왠지 서운함을 느꼈다.

종업원이 티라미수를 서비스로 가져왔다. 우리는 더는 한 입도 못 먹겠다고 합창하면서도 아무튼 다 먹어치웠다.

나는 내 커피에 리몬첼로 술을 넣었다.

"나, 지금 나가야 하는데." 스텔라가 웅얼거렸다.

"벌써?"

나는 시계를 보았다. 9시 반이었다.

스텔라는 입을 꾹 다물고 앉은 채 몸을 앞뒤로 흔들었다.

"조금만 더 있을게요." 그녀가 말했다. "10분 정도만."

"오늘은 네 생일이잖아." 내가 말했다. "그리고 매장은 내일 오전 10시에나 열잖아, 그렇지?"

스텔라가 한숨을 내쉬었다.

"나 내일 출근 안 해."

출근하지 않는다고? 스텔라는 토요일마다 일했다. 토요일 시간제 아르바이트가 스텔라가 처음 H&M에 발을 들인 계기이기도 했다. 주말 아르바이트는 이내 주중에 더 많은 시간을 근무하는 여름 일자리가 되었다.

"오후 내내 머리가 지끈거렸어. 편두통." 스텔라가 얼버무리듯 말했다.

"직장에 전화해 못 간다고 알렸어?"

스텔라는 고개를 끄덕였다. 아무 문제 없다고, 근무 시간이 바뀌어 좋아하는 동료가 있다고 말했다.

"우리는 널 이렇게 키우지 않았는데." 스텔라가 일어나서 의자 등에서 재킷을 집어 들 때 내가 말했다.

"아담." 울리카가 말렸다.

"아무리 그래도 그렇지. 뭐가 이리도 급해?"

스텔라는 어깨를 으쓱했다. "아미나하고 만나기로 했어."

나는 고개를 끄덕이고 서운함을 삼켰다. 열여덟 청춘들이 저렇지 뭐, 하고 생각했다.

스텔라는 울리카를 한참 따뜻하게 안아주었다. 하지만 내게는 내가 자리에서 일어서기도 전에 목을 어정쩡하게 안을 뿐이었다.

"베스파는 어쩌지?" 내가 물었다.

스텔라는 울리카를 쳐다보았다.

"우리가 집에 옮겨놓을게." 아내가 약속했다.

스텔라가 레스토랑 밖으로 나간 걸 확인하자 울리카는 냅킨으로 천천히 입가를 닦고 내게 미소 지었다.

"18년이라니. 세월 참 빠르다." 울리카가 말했다.

그날 밤 집에 돌아왔을 때, 울리카도 나도 몹시 피곤했다. 우리는 각자 자리인 소파 끄트머리를 하나씩 차지하고 앉아 레너드 코헨의 노래를 들으며 책을 읽었다.

"스텔라는 감사한 마음을 좀 더 보였어야 했어." 내가 말했다. "자동차 사고를 낸 애잖아."

자동차 사고, 그 사건에는 벌써 딱지가 붙어 있었다.

울리카는 건성으로 대꾸할 뿐 책에서 눈도 들지 않았다. 바깥에는 벽이 울릴 정도로 센 바람이 불었다. 여름은 한 번 호흡할 때마다 무거운 한숨을 내쉬고 있었다. 8월도 끝나가고 있었다. 나는 아쉽지 않았다. 난 늘 가을이, 새로 시작한 사랑의 첫 단계처럼 신선한 출발을 느끼게 하는 가을이 좋았다.

조금 뒤 소설책을 내려놓고 보니 울리카가 잠들어 있어서 고개를 가만히 들어 베개를 받쳐주었다. 울리카가 계속 몸을 뒤척이기에 깨울까 생각하다가 다시 책 읽기로 돌아갔다. 오래지 않아 활자가 흐릿해지며 나는 상념에 빠지기 시작했다. 나는 스텔라와 나 사이에 버성긴 틈, 우리의 과거와 현재 사이의 틈, 내가 상상한 우리의 이미지와 현실 사이의 틈을 한 번의 큰 걸음으로 뛰어넘으며 잠이 들었다.

그다음 내가 잠에서 깼을 때, 스텔라가 방 한가운데에 서 있었다. 스텔라는 어깨와 머리를 비추는 부드러운 달빛 속에서 조용히 움직이기 시작했다.

울리카는 이미 잠에서 깨 눈을 비비고 있었다. 곧 방 안에 흐느낌과 가쁜 숨소리가 가득 채워졌다.

나는 소스라쳐 허리를 일으켰다. "무슨 일이야?"

스텔라는 눈물을 철철 흘리며 고개를 저었다. 울리카가 스텔라를 안아주었고, 나는 어둠에 눈이 익은 후에야 스텔라가 몸을 떨고 있음을 깨달았다.

4

딸들이 없었다면 울리카와 나는 아마 알렉산드라와 디노 부부와 친구가 되지 않았을 것이다.

아미나와 스텔라는 여섯 살 때 같은 핸드볼 팀이 되었다. 둘은 대부분의 팀 동료보다 한 살이 어렸지만 이 점은 전혀 눈에 띄지 않았다. 아미나와 스텔라 둘 다 일찍부터 승부욕을 드러냈다. 그들은 강하고, 고집스럽고, 멈출 줄 몰랐다. 아미나는 또한 스텔라와는 대조적으로, 계획된 전술대로 따르며 경기를 풀어내는 경기 감각이 아주 뛰어났다.

초창기 시절, 울리카와 나는 땀 냄새가 밴 체육관 관람석에 앉아 우리 딸이 누더기 꼴이 되도록 열심히 달리고 또 달리는 모습을 지켜보았다. 핸드볼 코트에서 딸아이는 어느 때보다 자유롭고 행복했다. 디노는 감독으로 소녀 팀을 이끌고 있었다. 그는 그 일에 완전히 빠져 있었다. 열심과 열정과 너그러움으로 어린 핸드볼 선수들에게 애정을 쏟았다. 다만 한 가지 문제가 있었으니, 그의 몸짓 언어였다. 어린 선수가 코트에서 성공하면 디노는 몸짓과 얼굴 가득 기쁨을 폭발하다가도 경기가 조금이라도 꼬이면 대번에 실망감을 드러냈다. 울리카와 나는 당연히 이 점을 문제로 보았고, 매번 연습이 끝나면 우리끼리 이야기를 나눴다. 나는 다른 학부모들에게 말하거나 클럽 총책임자를 찾아가자고 제안했다. 우리는 감독으로서 디노를 정말 좋아했지만, 그는 자신의 몸짓언어가 어떻게 해석되는지 인식하지 못했다.

"디노에게 직접 말하는 게 낫겠어." 울리카가 말했다.

다음 연습이 끝났을 때, 울리카는 디노에게 다가갔다. 디노는 한 시절 핸드볼로 날렸다는 소문이 있었다.

내가 멀찍이 있는 동안, 울리카는 말하고 디노는 묵묵히 들었다.

그다음 디노가 말했다. "울리카, 핸드볼을 좀 아시나 보네. 내 동료가 되고 싶어요?"

울리카는 불의의 기습에 너무 놀라 즉각 대응하지 못했다. 결국 입을 열 수 있게 되었을 때, 그녀는 나를 가리키며 핸드볼에 대해 모르는 게 없는 사람은 사실 저쪽이라고, 훌륭한 코치가 될 거라고 말했다.

"오케이." 디노가 내 쪽을 바라보며 말했다. "그럼 자네가 코치를 맡아."

그 이후 일어난 일을 사람들은 역사라고 말한다. 우리가 이끄는 팀은 승승장구하고, 유럽 절반을 원정하고, 아주 많은 트로피와 메달을 안고 집으로 돌아왔다. 스텔라의 책장에는 트로피와 메달을 더 둘 자리가 없었다.

코트에서 아미나와 스텔라는 빠르게 서로의 최고 파트너가 되었다. 아미나가 정확하고 영리하게 볼을 패스하면, 스텔라는 악바리처럼 수비를 돌파해 라인에서 몸을 날려 슛을 던졌다. 하지만 승부욕에는 부정적인 면도 있었다. 부정적인 면이 처음 궤도를 벗어나

드러난 건 스텔라가 겨우 여덟 살 때였다. 펠라드살렌에서 열린 경기에서 아미나는 버터처럼 매끈하게 패스했고, 스텔라는 골키퍼와 단독 기회를 맞았는데 그만 슛이 막히고 말았다. 그다음 눈 깜빡할 새, 스텔라는 리바운드볼을 낚아채 3미터 떨어진 골키퍼의 얼굴을 향해 온 힘을 다해 던졌다.

당연히 난리가 났다. 상대 팀 코치와 학부모들이 우르르 코트로 뛰어들어 스텔라와 나를 쓰러뜨렸다.

스텔라는 고의가 아니었다. 스텔라의 분노는 다른 사람이 아닌 오직 자신에게 향했다. 골을 넣지 못한 것에 화가 나 충동적으로 반응했을 뿐이었다. 아이는 진심으로 후회하고 있었다.

"미안해요, 그때 생각이 없었어."

이 말은 입버릇이 되었다. 거의 주문이 되었다.

디노는 스텔라에게 가장 큰 적은 그녀 자신이라 말하곤 했다. 스텔라가 자기 감정만 잘 조절하면 코트에서 무적일 거라고도 했다.

그때 스텔라가 감정 조절을 힘들어한다는 걸 알게 되었다.

스텔라는 이 문제점만 뺀다면 좋아할 점이 많았다. 생각이 깊고 정의감이 강한 아이였다. 활달하고 외향적인 성격도 매력적이었다. 아미나와 스텔라는 곧 핸드볼 코트 밖에서도 공생관계를 이루었다. 두 소녀는 같은 학년에, 비슷한 옷을 사고, 똑같은 음악을 들었다. 그리고 아미나는 스텔라에게 좋은 영향을 끼쳤다. 애교 있고 민첩하고 다감하면서도 야심 있는 아이였다. 스텔라가 빗나가기 시작했을 때도 늘 곁에서 스텔라를 잡아주었다.

울리카와 내가 스텔라의 문제점을 더 진지하게 받아들였다면, 우리가 좀 더 빨리 반응했다면 어땠을까. 말하기 부끄럽지만, 우리에게 가장 큰 걸림돌은 우리의 알량한 자존심이었다. 우리는 이런 문제로 기관의 도움을 받는 걸 실패라고 여겼다. 이런 생각은 자기 중심적으로 보이겠지만 동시에 매우 인간적인 것이며, 또한 전적으로 잘못된 생각만도 아니었을 것이다. 우리는 최고의 부모가 되기 위해 우리 자신에게 아주 많은 걸 요구했지만, 우리 자신이 만든 그 필수요건에 따라 살아내지 못했다.

우리는 최고의 부모가 되기 위해 그렇게까지 우리 자신을 닦달하지 않았어야 했으리라.

5

우리가 알렉산드라와 디노의 집을 나와 자전거로 집에 돌아갈 때도 학교에 경찰차들이 있었다. 지척에서 이런 범행이 일어났다니 끔찍했다. 시신을 처음 발견한 사람은 아마 어린 자식들을 놀이터로 데려가려 일찍 나온 부지런한 어머니일 것이다. 그렇게 생각하자 몸이 떨렸다.

집 앞 진입로에서 울리카는 자전거에서 급히 내려 현관문으로 뛰었다.

"자전거 안 채울 거야?" 내가 소리쳤다.

"화장실이 급해." 그녀는 웅얼거리며 열쇠를 찾아 지갑을 뒤적였다.

나는 아내의 자전거를 끌고 포장도로를 건너 양철 지붕 아래 내 자전거 옆에 세웠다. 그릴을 덮지 않은 걸 깨닫고 헛간에서 보호 덮개를 찾아내 덮었다.

내가 집 안으로 들어가 보니 울리카는 계단에 서 있었다.

"스텔라가 아직 집에 안 왔어. 전화도 받지 않네."

"늦게까지 일하고 있겠지." 내가 말했다. "그 회사는 근무 중에는 휴대전화를 못 쓰게 하잖아."

"하지만 오늘은 토요일이야. 매장 영업은 몇 시간 전에 끝났을 텐데."

나는 그 점은 미처 생각하지 못했다.

"보나 마나 친구하고 돌아다니겠지. 오늘 밤 스텔라를 붙잡고 다시 이야기 좀 하자고. 어디에 있든 부모 연락은 반드시 받으라고 못을 박아야겠어." 나는 울리카를 안아주며 말했다.

"너무 끔찍하더라." 그녀가 말했다. "아까 경찰차들 봤지? 이 동네에서 살인사건이라니."

"알아. 나도 마음이 안 좋았어."

우리는 소파에 앉았다. 나는 휴대전화로 뉴스 속보를 찾아 울리카에게 큰 소리로 읽어주었다.

피해자는 지역 주민인 30대 남자였다. 경찰은 사건에 대해 말을 극도로 아끼고 있지만, 석간신문 한 군데서 이웃에 사는 어떤 여자가 한밤중에 창밖에서 싸우는 소리와 비명을 들었다고 보도했다.

"이런 일은 누구한테든 절대 일어나선 안 돼." 나는 울리카가 아니라 내가 전문가인 것처럼 말했다. "분명 알코올의존증 환자이거나 마약 중독자 소행일 거야. 조직폭력배 짓이거나."

울리카는 내 어깨에 기대 한숨을 옅게 내쉬었다.

하지만 나는 울리카의 불안을 덜어주려 말한 게 아니었다. 사실이라고 확신했기 때문이었다.

"오늘 저녁은 카르보나라를 준비할게." 나는 일어나서 울리카의 볼에 입을 맞췄다.

"벌써? 지금 같아선 루콜라 이파리 하나도 못 먹겠는걸."

"슬로푸드야." 나는 미소 지으며 말했다. "진짜배기 음식은 시간이 걸리지, 여보."

내가 정성스레 고른 캄파냐산 올리브유로 베이컨을 지글지글 볶고 있을 때, 울리카가 쿵쾅거리며 계단을 내려왔다.

"스텔라가 휴대전화를 집에 두고 나갔어."

"뭐?"

아내는 주방과 창가 사이를 왔다 갔다 했다.

"전화기가 스텔라 방 책상 위에 있었어."

"음, 거참 이상하네." 요리가 중요한 단계여서 나는 카르보나라에서 눈을 떼지 않았다. "스텔라가 휴대전화를 깜빡했다고?"

"그렇다니까, 내 말 안 들었어? 그 애 전화기가 책상 위에 있었다고!" 울리카는 고함에 가깝게 소리치고 있었다.

스텔라가 휴대전화를 놓고 간 게 이상한 일이긴 해도 이렇게 과민 반응할 건 또 뭔가. 나는 카르보나라를 빠르게 휘저으며 가스불을 낮췄다.

"파스타는 됐어." 울리카가 내 팔을 잡아끌었다. "너무 걱정돼. 방금 아미나한테 전화했는데, 아미나도 전화를 안 받아."

"아미나는 아프잖아."

그 순간 카르보나라를 구제 불능으로 망쳤음을 깨달았다. 나는 나무 주걱을 주방 카운터에 탁 내려놓고 가스레인지에서 팬을 신경질적으로 내렸다.

"스텔라가 일부러 두고 갔을 수도 있잖아." 속에서 부글부글 올라오는 뭔가를 누르며 내가 말했다. "스텔라네 사장이 휴대전화 문제로 스텔라를 야단쳤었잖아."

울리카는 고개를 저었다. "사장은 스텔라를 야단친 게 아니야.

전 직원에게 근무 중 휴대전화 사용을 금한다고 경고한 거지. 당신도 스텔라가 자진해서 휴대전화를 집에 두고 갔다고는 안 믿지?"

당연하다. 그건 있을 수 없는 일이다.

"스텔라가 까맣게 잊은 거야. 오늘 아침에 헐레벌떡 정신이 없었나 보지."

"애 친구들한테 전화를 돌려야겠어." 울리카가 말했다. "이건 스텔라답지 않아."

"꼭 그래야 할까?"

나는 현대 테크놀로지의 폐해와 딸애의 행선지를 그때그때 연락해 알아내려 우리가 한 마음고생에 대해 장황하게 늘어놓았다. 사실 그렇게 안달복달할 이유가 없었다.

"스텔라는 언제라도 저 문으로 뛰어 들어올 거야."

동시에 위가 쓰린 성가신 감각이 시작되었다. 부모 되기란 한순간도 마음 편히 쉴 수 없음을 뜻한다.

울리카가 계단을 오르는 삐걱 소리가 들리자 나는 세탁실로 들어갔다.

거기 내가 있었던 게 단순히 우연이었을까? 나는 세탁기 뚜껑을 열고 젖은 옷가지들을 꺼냈다. 짙은 색 청바지가 스텔라 것인지 확인하려면 뒤집어야 했다. 그다음 역시 스텔라 옷인 검은색 탱크톱이 나왔다. 그다음 가슴 주머니에 꽃무늬가 있는 흰색 블라우스가 나왔다. 스텔라가 좋아해 올여름에 자주 입은 상의였다. 나는 그 블라우스를 한 손에 들고 다른 한 손으로 옷걸이를 더듬어 찾았다. 그때 그것을 보았다.

스텔라가 아끼는 이 블라우스의 오른 소매와 앞부분이 짙은 얼룩으로 덮여 있었다.

나는 천장을 올려다보며 소리 없이 기도문을 읊었다. 그러면서
도 하나님은 이번 일과 관련이 없음을 알고 있었다.

6

살아오면서 나는 잘못된 가정을 자주 접했다. 예를 들면 내가 결정론자이기 때문에 내 믿음은 기독교 신앙의 자연스러운 부산물일 뿐이며, 나는 하나님이 나의 자유의지마저도 제한했음을 받아들여야 한다는 것이다. 물론 이런 말들은 말로 진실을 가릴 수 없는 잘못된 가정들이다. 나는 인간은 하나님의 살아 있는 형상이라고 믿는다. 나는 인간을 믿는다.

가끔 신을 믿지 않는다는 사람을 만나면 나는 그들에게 신이 있다고 치고 어떤 점이 마음에 들지 않느냐고 되묻는다. 그들은 종종 나라도 확실히 믿지 않을 신의 모습을 자꾸 발전시키곤 한다.

하나님은 사랑이다. 당신 옆에 늘 있을 누군가를 찾아내는 건 멋진 일이다. 그 누군가는 하나님이 될 수도 있고, 또 다른 인간 존재가 될 수도 있다. 심지어 두 가지 모두 될 수도 있다.

울리카와 나는 젊어서 만났고, 그 이후 우리는 한 번도 한눈팔지 않고 서로에게 충실했다. 우리 둘 다 룬드가 처음인 외지인이었다. 나는 배우가 되겠다는 순진하고 강렬한 열망으로 베름란스 학생회관에 있는 극단에 들어갔다. 울리카는 조금 뒤 그해 겨울에 학생 아파트로 이사해 들어왔다. 그녀는 조용히 움직이면서도 이목을 끌고, 빛나되 눈멀지 않게 하는 사람이었다.

내가 블레킹에 지방의 억양을 지우고 얼굴 뾰루지를 없애려 분투하는 동안, 울리카는 상상할 수 있는 모든 대학 시나리오에 마치 자신이 처음부터 속해 있던 양 순항했다. 내가 도시 곳곳에 유럽연합 가입 반대 포스터를 붙이고 다니는 사이, 울리카는 학생회장이 되고 법학 전 과목에서 최고 성적을 올렸다.

그해 연말, 기숙사 같은 층을 이용하는 학생들끼리 모이는 파티가 열렸을 때, 나는 마침내 용기를 냈다. 놀랍게도, 울리카는 나와 같이 있는 걸 즐기는 듯 보였다. 곧 우리는 늘 붙어 다녔다.

"네가 목사가 되려는 게 믿기지 않아." 그 첫날 저녁 울리카가 말했다. "넌 심리학자나 정치과학자가 될 수도 있어, 또는……."

"또는 목사."

"하지만 왜?" 울리카는 멀쩡한 사지를 잘라달라고 사정하는 사람 보듯 나를 쳐다보았다. "너 스몰란드 출신이구나, 그렇지? 신앙심이 뼛속까지 박힌?"

"내 고향은 블레킹에야." 나는 웃었다. "그리고 우리 부모님도 기독교와는 거의 관련이 없어. 날 주일학교에 보내시긴 했지만, 베이비시터 문제를 공짜로 해결하려는 이유가 제일 컸을 거야."

"그러니까 기독교 신자로 양육당한 건 아니다?"

나는 낄낄 웃었다. "사실 난 중학교 때까지만 해도 완고한 무신론자였어. 한때는 청년혁명적공산주의자 당원이었고. 매사에 마르크스를 인용하며 세상에서 종교를 없애려는 소년이었지. 하지만 차츰 교조적인 모든 것에 싫증이 났어. 그리고 때가 되었을 때, 인생을 보는 다른 관점들이 뭐가 있는지 궁금해졌어."

울리카는 반드시 풀고 싶은 수수께끼를 보듯 나를 쳐다보았고, 나는 그런 그녀가 마음에 들었다.

"그다음 내가 고등학교 졸업반 때 어떤 일이 일어났어." 내가 말했다.

"무슨 일인데?"

"도서관을 나와 집으로 가는데 여자 비명이 들렸어. 부둣가 끄트머리에서 어떤 여자가 팔을 휘저으며 펄쩍펄쩍 뛰다 주저앉았다 하는 게 보였어. 나는 그곳으로 달려갔지."

울리카가 몸을 기울였다. 눈이 커다래졌다.

"여자의 딸이 차가운 물에 빠진 거야. 여자 옆에는 다른 아이도 둘 있었어. 부두에서 울부짖는 그들의 목소리에 나는 생각하고 말고 할 것 없이 그냥 물속으로 뛰어들었어."

울리카는 놀라 헉 소리를 냈지만, 나는 고개를 저었다. 나 자신을 영웅으로 그려내려 하는 말이 아니었다.

"바로 그때 그 일이 일어났어. 내 몸이 물에 닿는 순간에. 그때는 그게 뭔지 몰랐지만, 이제는 알아. 하나님이었어. 나는 하나님을 느꼈어."

울리카는 생각에 잠겨 고개를 끄덕였다.

"눈부시게 환한 빛이 시꺼먼 물속까지 들어와 있었어. 저만치 어린 소녀가 보였고, 나는 아이 몸을 붙들었어. 온몸에서 힘이 솟았어. 내가 저 아이를 구하는 걸 막을 자는 없다는 아주 강하고 결정적인 그런 힘은 처음 느꼈어. 크게 힘들지도 않았어. 내게 깃든 초자연적인 어떤 힘이 소녀를 잡아 물 밖으로 올린 다음 소녀에게 숨을 불어넣게 만들었어. 소녀의 어머니와 여동생들이 옆에 서서 울고 있는데, 결국 소녀가 물을 토해내고 의식을 차렸어. 그와 동시에 하나님은 내 몸을 떠났고, 난 일상의 나로 돌아왔어."

울리카는 입을 벌린 채 눈을 깜빡인 후 물었다. "그래서 소녀는 살아났어?"

"아주 무사했지."

"믿기지 않아." 울리카는 감탄하는 미소를 지었다. "그럼 넌 그 때 이후로 줄곧 알게 된 거야?"

"난 아무것도 몰라. 하지만 믿어." 나는 단호하게 말했다.

7

우리 가족의 삶이 바뀌려는 그 토요일 밤, 나는 하나님을 찾았다. 세탁기에서 발견한 얼룩진 블라우스가 무척 신경 쓰였다. 울리카한테는 아무 말 않기로 했다. 얼룩이야 어디서든 묻을 수 있고, 울리카를 괜한 불안감에 시달리게 할 이유가 없었다. 대신 나는 눈을 감고 하나님께 내 어린 딸을 돌봐달라고 기도했다.

갈색 위스키 잔을 들고 손목을 가볍게 돌리며 주방 아일랜드에 기대서 있을 때, 울리카가 계단을 내려왔다.

"알렉산드라와 방금 통화했어." 그녀는 숨 가쁘게 말했다. "알렉산드라가 아미나를 깨웠어. 스텔라가 집에 안 들어왔다는 말에 아미나도 굉장히 놀랐나 봐."

"아미나는 뭐래?"

"아미나는 아는 게 없는 것 같아."

나는 위스키 잔을 비우며 물었다. "H&M 동료들한테 전화해야 하는 거 아냐?"

울리카는 스텔라의 휴대전화를 주방 카운터에 올려놓았다.

"벌써 전화해봤어. 스텔라는 베니타의 전화번호만 저장했던데,

베니타는 오늘 누가 근무했는지 모르겠대."

나는 한숨을 내쉬었고, 마음속에 불안과 초조가 뒤섞였다. 스텔라는 자기가 우리를 어떤 지경으로 몰아가는지 모르는가? 우리 생각은 눈곱만큼도 하지 않는가?

주방 카운터 위에서 휴대전화가 울렸다. 울리카와 나는 동시에 달려들었다. 내가 먼저 통화 버튼을 눌렀다.

"여보세요."

저음에 살짝 경계하는 남자 목소리가 들렸다.

"베스파 때문에 전화했습니다."

"베스파라뇨?"

나는 머릿속이 핑핑 돌았다.

"매물로 내놓은 그 베스파 말입니다." 남자가 말했다.

"우리는 베스파를 매물로 내놓지 않았습니다. 전화 잘못 거셨습니다."

남자는 미안하다고, 하지만 자기가 전화를 잘못 건 게 아니라고 주장했다. 온라인에 베스파를 판다는 글과 함께 이 전화번호가 올라와 있다고 했다. '분홍색 피아지오.'

나는 무슨 착오가 있나 보다고 퉁명스레 말하고 전화를 끊었다.

"누구야?" 울리카는 무척 신경이 쓰이는 목소리였다.

"스텔라가 그 베스파를 팔 생각이었어."

"뭐?"

"스텔라가 온라인에 매물로 내놓았어."

우리는 소파에 앉았다. 울리카는 스텔라 소식을 알면 답장해달라는 단체 메시지를 보냈다. 나는 위스키를 새로 따랐고, 울리카는 스텔라의 휴대전화를 앞 테이블에 올려놓았다. 우리는 휴대전화를 노려보다가 윙윙 울릴 때마다 벌떡 일어섰다. 적막이 흐르는 가운데 울리카는 엄지로 화면을 좌우로 스크롤했다.

스텔라 친구 몇몇이 답장했다. 두어 명은 살짝 걱정했지만, 대부분 모르겠다는 말로 끝을 맺었다.

나는 스텔라의 전화번호로 구글 검색을 했다. 곧바로 광고 글이 떴다. 스텔라는 정말 베스파를 매물로 내놓았다. 생일날 받은 선물을. 아니 대체 왜? 무엇을 하려고?

"내가 자전거를 타고 나가서 스텔라를 찾아볼까?"

울리카는 콧잔등에 주름을 잡았다.

"집에서 기다리는 게 더 좋지 않을까?"

"다시는 이런 일이 없어야 해. 스텔라는 우리가 걱정하는 걸 모른단 말야?"

울리카는 울음을 터뜨리기 직전이었다.

"경찰에 알릴까?"

"경찰?"

너무 앞서나간 말이긴 했다. 경찰에 알릴 정도로 나쁜 일은 없어야 한다.

"알아봐줄 사람들이 있어." 울리카가 말했다. "적어도 눈을 부릅뜨고 살펴봐줄 사람들이."

"말도 안 되는 소리!" 나는 자리에서 일어섰다. "우린 그런 생각은 시작조차 해선 안 돼…… 난 너무."

"쉬잇." 울리카가 허공을 가리켰다. "저 소리 들려?"

"무슨 소리?"

"전화벨 소리."

나는 울리카를 바라보며 바위처럼 서 있었다. 우리 둘 다 걱정으로 지쳐 있었다. 곧 긴 신호음이 집 안에 퍼졌다.

"집 전화인데?" 울리카가 벌떡 일어서며 말했다.

집 전화로 전화한 사람은 처음이었다.

8

우리는 스텔라를 가질 계획이 없었다. 물론 우리는 스텔라의 탄생을 사랑으로 기다리고 아이의 첫울음을 환영했다. 그러나 스텔라는 계획 임신으로 태어난 아기는 아니었다.

당시 울리카는 로스쿨을 졸업하고 막 사무직 일을 시작했다. 어느 날 저녁, 그녀는 마주 앉은 내 손등에 손을 얹고는 내 눈을 가만히 들여다보았다. 환상적이지만 부담스러운 소식을 전하는 그녀의 미소는 더없이 차분했다.

나는 1년 후에나 졸업하고, 졸업한 다음에도 부목사로 또 1년을 보내야 했다. 우리는 노라 펠라덴 지구에 있는 원룸에서 대출받은 돈으로 근근이 살아가고 있었다. 이런 상황에서 아이를 낳는 건 먼 나라 이야기였다. 내가 과연 아기를 좋아할지 울리카가 내내 의심한 것도 물론 알고 있었다. 그녀는 내 표정이 최초의 열광하는 기쁨에서 곧 불안한 주저로 변하는 걸 봤기 때문이었다. 하지만 우리 둘 중 어느 하나가 '임신중지'라는 단어를 올릴 새도 없이 일주일이 훌렁 지났다.

울리카가 현실 문제를 걱정하는 건 당연했다. 돈, 집 문제, 우리의 학업과 커리어. 걸리는 게 많았다. 가정을 꾸리는 일은 몇 년 뒤로 미뤄도 되었다. 서두를 이유가 없었다.

"사랑으로 우리는 뭐든 할 수 있어." 나는 울리카의 배에 입을 맞추며 말했다.

울리카는 중요한 돈 계산을 끝냈다. 한편 나는 '마이 데드록'이라고 적힌 앙증맞은 아기 양말을 샀다.

5년 전, 숨 막히는 사랑이 피어나던 시기에 베름란스 나티온의 학생 아파트를 막 떠났을 때도 그녀는 물었다. "자기, 낙태 반대주의자는 아니지, 응?"

"물론 아니지." 나는 대답했다.

내 신앙이 분명 울리카에게 의혹과 두려움을 주었을 것이다. 막 봉우리가 맺힌 우리의 깨지기 쉬운 관계에 내 신앙은 가장 크고도 가장 쉬운 위협이었다.

"난 목사가 되고 싶단 생각은 한 번도 안 들었는데." 울리카는 이따금 말했다.

울리카에겐 나를 탓하고 상처 줄 생각이 없었다. 그저 그녀는 주님이 준비하신 신비로운 길을 몰랐을 뿐이다.

"괜찮아. 난 법률가가 되기를 꿈꾼 적이 없었으니까." 나는 이렇게 대꾸하곤 했다.

아기를 절대 가지지 않겠다고 생각한 적은 없으면서도 나는 울리카에게 모든 선택이 열린 것으로 읽힐 여지를 주었다. 그럼에도 우리가 아기를 낳자는 결정에 합의하기까지 많은 시간이 걸리지 않았다.

우리는 함께 분만호흡 수업을 듣고 함께 연습했다. 울리카는 아침에 유독 힘들어했고, 나는 그녀의 통통 부은 발을 마사지했다.

출산 예정일이 일주일 남은 날 새벽 4시, 울리카가 나를 깨웠다. 그녀는 맨발에 담요만 두른 채 침대 옆에 서 있었다.

"아담, 아담, 양수가 터졌어!"

우리는 택시를 타고 병원으로 달렸다. 나는 상황이 얼마나 위급한지도, 까딱하면 잘못될 수 있다는 것도 모른 채 그저 어쩔 줄 몰랐다. 들것에 누워 산통으로 시들어가는 울리카의 얼굴과 긴 고무장갑을 손에 척 끼는 산파*를 봤을 때에야 저 깊이 숨은 장소에 던져 모아온 공포와 불안이 한꺼번에 나를 덮치는 걸 느꼈다.

"어떻게 좀 해봐요!"

"아기 아버지, 앉으세요." 간호사가 말했다.

"맘 편히 가져요." 산파가 말했다. "다 잘될 겁니다."

울리카는 숨을 후후 몰아쉬다가 욕을 뱉었다. 곧 진통이 새로 찾아오자 그녀는 몸을 밀어 올리며 소리 지르고 도리질을 했다.

나는 울리카의 손을 꼭 잡았지만, 아무 도움이 되지 않았다. 그녀는 온몸을 떨고 있었다.

"당장 아기를 받아야 합니다." 산파가 말했다.

"울리카, 넌 할 수 있어." 나는 울리카 손에 입을 맞추며 말했다.

울리카의 몸은 뻣뻣해지고 스프링처럼 긴장되었다. 방은 너무도 고요해서 그녀의 몸을 관통하는 진통이 내게 고스란히 느껴졌다. 울리카는 허공을 향해 골반을 끌어 올렸다.

"도와주십시오, 하나님!"

그다음 이어진 산파의 홱 잡아당기고 끌어당기는 동작, 그리고

---

* 스웨덴에서는 산파(조산사)가 생식 보건, 임신, 출산, 산후 관리까지 임신의 전 과정을 맡는다.

울리카의 울부짖음과 길고 원시적인 몇 차례의 덜컥거리는 동작. 나는 울리카를 꼭 붙들고 만일 나쁜 일이 생기면 당신을 절대 용서하지 않겠다고 하나님께 맹세했다.

고요가 담요처럼 우리를 덮었다. 하나님이 손가락 튕기는 소리도 들릴 만큼 고요했다. 내 인생에서 가장 긴 순간이었다. 의미를 알 수 없는, 모든 게 극히 불안정한 미해결 상태에 있는 순간이었다. 나는 생각할 수 없는 결여 상태에서도 지금이 위기 상황인 걸 알고 있었다. 침묵 속에서.

그다음, 나는 곁눈질로 보았다. 피 묻은 수건 위에 놓인 푸르스름한 덩어리를. 처음에는 뭔지 알지 못했다. 조금 뒤, 생전 처음 듣는 가장 아름다운 갓난아기의 울음소리가 공간을 채웠다.

9

울리카를 따라 주방으로 뛰어가는데 스텔라 얼굴이 깜빡깜빡 떠올랐다. 꼬마 스텔라의 얼굴. 우리 딸이 열여덟 살이 된 지금도 내 마음이 떠올리는 그 얼굴.

울리카는 벽에 고정된 전화기를 그러쥐었다. 나는 통화하는 그녀에게서 눈을 떼지 않았다.

"미카엘 블롬베리였어." 전화를 끊고 울리카가 말했다.

"누구? 그 변호사?"

"미카엘이 방금 스텔라의 법률대리인으로 지명되었대. 스텔라는 지금 경찰서에 있어."

스텔라가 어떤 범죄의 피해자인가. 이것이 내 머릿속에 제일 먼저 떠오른 생각이었다. 나는 제발 심각한 범죄가 아니길 간절히 바랐다. 강도나 폭행을 당한 것만 아니면 좋겠다는 생각까지 했다. 강간만 아니라면 괜찮다고 생각했다.

"얼른 나가자, 지금 당장." 울리카가 말했다.

"도대체 무슨 일이야?" 이상한 전화와 온라인 판매 글이 떠올랐다. "베스파 건 때문이지?"

울리카는 답답해 미치겠다는 듯 나를 쳐다보았다.

"빌어먹을, 베스파 따윈 잊어!"

울리카는 내 어깨를 밀치며 문으로 달려갔다.

"블롬베리가 뭐라고 했는데?"

울리카는 대답하지 않았다. 벽에 걸린 외투를 낚아채 문을 나서던 그녀가 다시 돌아섰다.

"나 딱 한 가지만 얼른 챙기고 올게." 그녀는 말하고 도로 집 안으로 들어갔다.

"블롬베리가 뭐라고 했냐고?"

나는 울리카를 따라 주방을 지나갔다. 그녀는 계단 앞에서 돌아선 후 두 팔을 뻗어 나를 막았다.

"여기서 기다려. 금방 돌아올게!"

나는 깜짝 놀라 문가에 서서 속으로 초를 쟀다. 울리카는 금세 계단을 다시 내려와 날 밀치며 지나갔다.

"당신 뭐 했어?"

스텔라의 얼굴이 다시 어른거렸다. 주근깨가 난 부드러운 볼과 이 빠진 채 깔깔 웃는 모습. 그다음 내가 스텔라에게 바랐지만 실현되지 않은 모든 것이 생각났다.

우리는 가장 좋은 것은 아직 오지 않았다고 쉽게 믿으려 한다. 인간이 흔히 하는 착각이다. 하나님도 우리에게 갈망하라고 명령하신다. 우리는 왜 시간이 쏜살같이 지나가는 걸 생각조차 못하며 살아가는 걸까?

스텔라가 제일 먼저 말한 단어는 '아바'였다. 아이는 나와 울리카를 다 이렇게 불렀다. 요즘 스웨덴 사람 대개는 가수를 떠올리겠지만, 예수 시대에 쓰인 아람어에서 '아바'는 '아버지'를 뜻한다.

나는 가을에 넉 달간의 출산휴가를 내어 스텔라 옆에서 하루하루 돌출하는 딸아이의 개성을 지켜보았다. 우리 교구 내 유아반 다른 아버지들은 스텔라를 전형적인 '아버지의 딸'이라고 말하곤 했다. 나는 이 단어의 의미와 중요성을 늦도록 이해하지 못했던 것 같다. 내 인생은, 어느 정도는, 늦된 깨달음과 우둔함의 연속이었다. 나는 결정적 순간을 잡지 못했다. 늘 때를 놓쳤다.

갈망하다 끝나는 게 나의 암울한 운명이었다.

10

　우리는 현관에 서 있었다. 나는 손깍지를 끼었다. 울리카는 온몸을 떨고 있었다.

　미카엘 블롬베리가 무슨 일로 전화했을까? 스텔라는 왜 경찰서에 있단 말인가?

　"말해줘." 내가 울리카에게 말했다.

　"나도 미카엘한테 들은 말밖에는 몰라."

　미카엘 블롬베리. 오랜만에 듣는 이름이었다. 블롬베리는 법조계 안팎에서 유명인이었다. 국내 가장 실력 있는 피고 측 변호인 중 한 명이라는 커리어로 굵직한 대형 사건들에 피고 대리인으로 섰다. 조간신문에 사진이 실리고 TV 프로그램에 전문가 패널로 출연했다. 또한 한때 울리카를 보좌관으로 두었으며, 그녀가 피고 측 변호인으로 성공하도록 길을 닦아준 남자였다.

　울리카의 숨이 거칠어졌다. 시선은 겁먹은 새처럼 불안하게 여기저기 쏘아보았다. 울리카는 내 옆을 비집고 밖으로 나가려 했지만, 나는 그녀를 두 팔로 안아 묶어두었다.

　"스텔라가 경찰서 유치장에 있어."

단어 하나하나와 문장이 내게 닿았음에도 나는 그저 멍하니 서 있었다.

"분명 착오가 있는 거야." 내가 말했다.

울리카는 고개를 가로저었다. 그러곤 무너지듯 내 가슴에 기대고는 휴대전화를 바닥에 떨어뜨렸다.

"스텔라가 살인 혐의를 받고 있어." 울리카가 나지막한 소리로 말했다.

나는 몸이 얼어붙었다.

스텔라의 얼룩진 블라우스가 퍼뜩 떠올랐다.

우리는 거리로 뛰어나갔다. 울리카는 달리면서 택시를 호출했다. 재활용센터 앞에서 그녀는 내 손을 놓았다.

그녀는 재활용 깡통들과 플라스틱 용기들 한가운데에서 비틀거리며 말했다. "기다려."

나는 보도에 서서 그녀가 웩웩거리며 토하는 소리를 들었다. 곧 검은 택시가 나타났다.

"좀 괜찮아졌어?" 뒷좌석에서 안전띠를 채우며 내가 낮은 소리로 물었다.

"엿 같아." 울리카는 내뱉고는 손으로 입을 가리고 기침을 했다.

그다음 그녀는 양 엄지손가락으로 휴대전화 문자를 쓰기 시작했고, 나는 차창을 내려 얼굴에 신선한 공기를 쐬었다.

"조금만 더 빨리 달려주시겠어요?" 울리카가 부탁했다.

택시 기사는 짧게 투덜거리고는 액셀러레이터를 밟았다.

욥이 마음속에 떠올랐다. 이것이 나의 시련인가?

울리카는 미카엘 블룸베리가 경찰서에서 우리를 기다리고 있다고 설명했다.

"왜 블롬베리지? 우연의 일치라기엔 너무 심하지 않나?" 내가 물었다.

"그는 특출하게 유능한 변호사야."

"그렇긴 해도, 왜 하필 그가, 어떻게 이렇게까지 우연히?"

"그냥 그렇게 아귀가 맞는 때도 있어, 여보. 당신이 모든 걸 통제하지는 못해."

블롬베리가 싫다고 말하고 싶진 않다. 다른 사람 험담을 하고 싶지 않다. 딱 꼬집어 말하지 못하고 모호하게 미운 사람이 있다면, 미워하는 사람이 문제인 경우가 많다고 우리의 경험은 말해준다.

내가 택시 기사에게 팁을 준 다음 경찰서 계단을 뛰어 올라가기 시작할 때, 울리카는 벌써 경찰서 문을 당겨 열고 있었다.

블롬베리가 로비에서 기다리고 있었다. 그가 아주 큰 덩치라는 걸 거의 잊고 있었다. 재킷 자락을 허리께에 펄럭거리며 다가오는 모습은 곰이 따로 없었다. 구릿빛 피부에 파란색 셔츠와 고급 양복, 뒤로 넘긴 고수머리는 뒷덜미에서 구부러져 있었다.

블롬베리는 "울리카!" 하고 부르면서도 먼저 내게 다가와 악수한 다음 내 아내를 포옹했다.

"미카엘, 어떻게 된 거예요?"

"진정해요. 우리도 내용을 막 파악했습니다. 경찰이 극단적으로 성급하게 행동했지만, 이 악몽은 곧 끝날 겁니다."

울리카는 한숨을 내쉬었다.

"어떤 젊은 여자가 스텔라를 특정했어요." 블롬베리가 말했다.

"특정하다니, 그게 무슨 말입니까?"

"필레가탄 근방 놀이터에서 시신이 나왔다는 소식은 들었죠?"

"스텔라가 거기 있었다는 말인가요? 필레가탄에?" 내가 물었다. "분명 착오입니다."

"네, 분명 착오죠. 문제는, 살해된 남자와 같은 건물에 사는 여자가 어젯밤 스텔라를 그 건물에서 봤다고 주장하고 있어요. 그 여자는 스텔라가 H&M에서 일한다는 사실도 알고 있다고 합니다. 조사는 거기까지 이뤄진 걸로 보입니다."

"말도 안 돼. 그렇게 엉성한 이유로 스텔라를 유치장에 가둔다는 게 말이 됩니까?"

나는 어젯밤 일을 자세히 되짚으려 애썼다. 나는 자리에 누워 뜬 눈으로 스텔라를 기다렸다. 스텔라는 돌아와 샤워를 하고 자기 방으로 살금살금 들어갔다.

"스텔라가 구속된 겁니까?" 울리카가 물었다.

"그게 무슨 차이가 있어?" 내가 물었다.

"경찰은 용의자를 체포할 권리가 있지만, 계속 잡아두려면 검사의 구금 명령이 필요하거든요. 담당 수사관이 당번 검사한테 짧게 보고만 하고 나면 스텔라는 풀려날 겁니다. 내가 보장합니다. 작은 실수로 이 지경까지 오다니……. 하지만 곧 수습될 겁니다." 블롬베리는 내 기억 속 모습 그대로 지나치게 자신만만했고, 나는 그 점이 걱정되었다. 지나친 자신감과 확신은 세부 사항을 놓치게 하고 집중을 방해할 확률이 높다.

"하지만 왜 딸애를 저리 잡아놓은 거죠?" 내가 물었다. "경찰이 수사를 이어갈 근거가 없다면서요?"

"사실 이번 사건은 뜨거운 감자입니다." 블롬베리가 한숨을 내쉬었다. "경찰이 신속히 움직인 이유가 있더군요. 사실은 희생자가 보통 사람이 아닙니다."

블롬베리는 울리카 쪽으로 돌아서서 목소리를 한 단계 낮췄다.

"피해자는 크리스토퍼 올센이에요. 마르가레타의 아들 말이죠."

울리카가 숨을 멈췄다. "마…… 마르가레타의 아들?"

"마르가레타가 누구인데 그래?" 내가 물었다.

울리카는 나를 쳐다보지도 않았다.

"죽은 사람은 크리스토퍼 올센입니다." 블롬베리가 말했다. "그의 모친은 형법 교수 마르가레타 올센입니다."

교수라고? 나는 어깨를 으쓱했다.

"거기에 어떤 중요한 점이라도 있나요?"

"마르가레타는 법조계 유명 인사입니다. 그의 아들도 여러 분야에서 명성을 일군 사람이고요. 성공한 사업가에 부동산도 소유하고. 여러 회사에 이사로 재임하고 있어요."

"교수니 사업가니 그런 게 뭐가 중요하죠?" 나는 점점 화가 치솟았다.

동시에 나 자신이 한 말, 이런 종류의 범죄는 알코올의존증 환자나 마약 중독자 소행이라던 말이 떠올랐다. 이것은 편견이 가득한 추정이긴 하지만, 또한 실증적 증거와 통계에 근거한 것이기도 했다. 그리고 때로는 특혜를 누리는 사람들이 있음을 알고도 눈감고 지나가지 않았던가.

"그런 배경이 중요하게 작용해선 안 되죠." 블롬베리가 말했다.

하지만 이 말의 행간에는 그런 배경이 중요하다는 뜻도 숨어 있었다. 또 블롬베리는 특권자들이 특혜를 누리는 게 큰 잘못이라 생각할 사람이 아닌 것도 분명했다.

"마르가레타 올센의 아들이라니, 그는 몇 살이죠? 그러니까……몇 살이었죠?" 울리카가 말했다.

"서른두 살일 거예요. 아니면 서른셋. 피해자는 날카로운 흉기에 심하게 찔렸어요. 경찰은 자세한 내용은 함구하고 있어요. 경찰 조사는 주로 어제저녁과 그제 밤 스텔라의 행선지에 집중해 이뤄졌습니다."

어제저녁과 그제 밤?

"이 남자가 살해된 게 언제죠?" 울리카가 물었다.

"경찰도 아직 확인 못 하고 있는데, 목격자는 새벽 1시가 지나자마자 싸우는 소리와 비명을 들었다고 합니다. 스텔라가 집에 왔을 때 당신은 깨어 있었나요?"

울리카는 내 쪽으로 돌아섰고 나는 고개를 끄덕였다.

나는 그때 잠들지 못하고 계속 몸을 뒤척이고 있었다. 내가 보낸 문자에는 답장이 없었다. 그래서 내 걱정은 드러나지 못했다. 스텔라는 집에 돌아와서는 욕실과 세탁실을 들락거렸다. 그때가 몇 시였을까?

"스텔라의 알리바이를 입증할 사람이 분명 있을 겁니다."

울리카와 블룸베리 둘 다 나를 보았다.

11

미카엘 블롬베리는 우리를 집까지 태워주겠다고 했다. 짧은 소매 옷이 어울릴 늦여름 초저녁, 사람들은 아무 일 없던 것처럼 룬드 시내를 어슬렁거리고 있었다. 개와 함께 산책하는 사람들, 파티에 가는 사람들. 약속 장소로, 집으로, 또는 발길 닿는 대로 걷는 사람들. 야간근무자와 불면증 환자들. 우리의 인생이 휘청거렸다고 저들이 일상을 멈추는 일은 없을 것이다.

차가 우리 집에 닿았을 때, 블롬베리는 자기가 도울 일이 있느냐고 물었다. 잠깐 시간 내어 둘러봐줄 수도 있다고 했다.

"그럴 필요 없습니다." 나는 딱 잘라 말했다.

울리카는 블롬베리와 잠시 이야기하겠다며 진입로에 남아 있었고, 나는 서둘러 욕실로 들어갔다. 온몸이 화끈거리고 입속은 톱밥을 씹은 듯 꺼칠했다. 수도꼭지에 입을 댄 채 물을 마신 다음 스펀지에 물을 묻혀 이마에 댔다.

내가 주방으로 가다 두 손으로 머리를 감싸고 앉아 있는 울리카를 발견한 건 한밤중이었다. 밤늦은 시각인 데다 내가 말렸음에도 울리카는 곧 끈이 닿는 경찰과 기자와 변호사에게, 뭐라도 알 법하거나 도움이 될 사람들에게 전화를 돌리기 시작했다. 나는 울리카의 대각선 자리에 앉아 인터넷을 켜고 필레가탄에서 일어난 사건과, 크리스토퍼 올센과 그의 모친에 대해 검색했다.

나는 시계를 자꾸 쳐다보았다. 시간은 느릿느릿 갔다.

일단 한 시간이 지난 게 확실해지자 더는 잠자코 앉아 있기가 힘들었다.

"왜 아무 소식이 없지? 이게 이렇게 시간이 걸릴 일이야?"

"미카엘한테 전화해서 알아볼게." 울리카가 일어서며 말했다.

계단이 한 번 삐걱거리는 소리에 이어 울리카가 서재 문을 닫는 소리가 들렸다. 생각들이 내 뇌를 물어뜯고 불안이 살갗에 스멀거리는 기분이 들었다.

나는 무작정 주방을 지나 현관 밖을 내다본 다음 돌아왔다. 전화벨 소리가 울리자마자 휴대전화를 잡았다.

"저 아미나예요." 아미나는 훌쩍이다 목청을 가다듬었다.

"아미나? 무슨 일이야?"

"죄송해요. 실은 제가 거짓말했어요."

수상하다고 여겼던 내 생각이 맞았다. 아미나는 금요일에 스텔라를 만나지 않은 것이다. 두 아이는 밖에서 만나기로 했지만 만나지 않은 게 분명했다.

"목사님이 지난번에 물으셨을 때 무슨 말을 해야 좋을지 몰라서 거짓말했어요, 하지만 그건 어디까지나 스텔라를 위해서였어요. 무슨 일이 일어났구나 하는 생각이 들긴 했지만…… 스텔라한테 먼저 확인하고 싶었거든요."

나는 이해했다. 아미나에게 화낼 건 없었다. 아미나는 선의의 거짓말을 했을 뿐이다.

"하지만 스텔라의 알리바이를 증명할 사람이 분명 있어요." 아미나는 절박한 목소리로 덧붙였다. "다 미친 짓이에요!"

정말 초현실적이었다. 동시에 이게 현실임이 점점 명확해지고 있었다. 스텔라가, 내 딸이 살인범과 강간범들을 가두는 차갑고 추잡한 감방에 갇힌 모습이 눈앞에 그려졌다.

울리카가 계단을 빠르게 내려오며 말했다. "검사가 스텔라 구금 명령을 냈어." 그녀가 말했다.

"스텔라를 구금한다고?"

가슴이 쿵쾅거리며 땀이 비 오듯 솟았다.

"그들이 스텔라를 구치소에 넣었어."

"어떻게 그런 일이 가능해? 증거도 없으면서!"

"수사상의 편의 때문이겠지. 경찰 입장에서는 스텔라를 풀어주기 전에 확인하고 싶은 게 있을 테니까."

"알리바이라든가?"

"그것도 그중 하나지."

우리는 뭘 해야 할까? 머리가 돌아가지 않았다. 몸은 절로 벌끈했다. 간신히 자리에 앉았다가도 곧장 벌떡 일어나 움직여야 했다. 나는 양말만 신은 발로 좀비처럼 집 구석구석을 돌아다녔다.

해가 동쪽 지평선에 머뭇머뭇 자신의 빛살을 보낼 때가 되도록 우리는 여전히 아는 게 없었다. 잠을 못 자 머리가 흐리멍덩했다.

드디어 블롬베리한테서 전화가 왔다. 나는 주방에서 울리카 옆에 약간 비켜서서 숨죽이고 있었다. 울리카는 간결하게 대답하고 웅얼거렸다. 통화가 끝난 뒤에도 전화기를 귀에 대고 있었다.

"뭐라 그래?" 내가 물었다.

울리카의 눈은 나를 향하고 있었지만 나를 보고 있지 않았다.

"우리, 나가야 해."

그녀의 목소리는 끊어지기 직전의 거미줄처럼 가느다랬다.

"왜? 도대체 무슨 일인데?"

"경찰이 속도를 내기 시작했어. 곧 우리 집을 수색할 거야."

제일 먼저 얼룩진 블라우스가 생각났다. 그 얼룩이 피는 아닐 거야, 그렇지? 얼룩이 묻은 경위에 대한 합리적인 설명이 물론 있을 것이다. 블룸베리의 말대로 이건 경찰이 성급하게 군 착오일 것이다. 스텔라는 절대로 그런 짓을 하지 못…… 아니, 그게 아닌가?

나는 세탁실로 슬쩍 들어가 요전번에 쌓아둔 옷가지들을 헤집었다. 손이 굳어졌다.

그 옷이 없었다.

"뭐하고 있는 거야?" 주방에서 울리카가 말했다. "우리 나가야 한다니까."

나는 미친 듯 다른 옷더미를 들췄지만, 그 하나가 보이지 않았다. 빨랫줄은 텅 비어 있었다. 블라우스는 사라졌다.

"아담!" 울리카가 소리쳤다.

12

미래는 늘 밝았지만, 그 밝음은 눈을 멀게 할 밝음은 못 되고 겨울철 자욱한 안개를 간신히 뚫는 해의 아른거림 정도였다. 우리는 어떤 여정이 앞에 펼쳐질지 모르면서도 걱정은 없었다.

젖니가 나기 시작한 꼬마 스텔라, 머리를 땋은 꼬마 스텔라가 떠오른다. 그다음 스텔라가 다섯 살이었을 때 예비학교 교사와의 면담 자리에서 있었던 아주 불편했던 장면이 떠오른다.

이름이 잉그리드인 교사는 먼저 공예 시간과 교육을 위한 게임 등 가을 겨울 활동 사항을 보고한 다음, 한숨을 길게 내쉬었다. 눈을 어디에 둘지 몰라 하며 서류를 뒤적거렸다.

"학부모와 아이들 몇몇이 찾아왔었어요." 그녀는 우리를 쳐다보지 않고 말했다. "스텔라는 가끔 화를 내며 다른 사람을 지배하려 듭니다. 뭔가 자기 마음에 들지 않는 게 있을 때요."

물론 우리는 이 비슷한 말을 많이 들었었다. 우리는 아이가 예비학교에서만큼은 그런 기질을 드러내지 않기를 바랐었다. 다른 부모들이 내 딸에 대한 의견을 내놓았다는 말에 나는 당혹함과 동시에 방어하고 싶은 마음이 들었다.

"그게 큰 잘못은 아니잖습니까? 스텔라는 겨우 다섯 살입니다."

"학부모 몇 분은 학교 감독관에게도 알렸습니다." 잉그리드가 고개를 끄덕이며 말했다. "스텔라는 학교와 가정 모두에서 도움이 필요하다면서요."

"네? 그 부모들이 누구죠?" 울리카가 말했다.

"어떤 일인지 예를 들어주시겠어요?" 내가 물었다. "스텔라가 무슨 잘못을 했죠?"

잉그리드는 서류를 들추며 말했다. "음, 역할놀이 게임을 할 때 다른 아이들을 자꾸 통제하려 듭니다."

울리카는 어깨를 으쓱했다. "책임자와 지도자 역할을 맡으려는 사람이 있는 건 좋을 때도 있잖습니까?"

"스텔라 행동이 가끔 위압적으로 보인다는 거, 저희도 압니다." 내가 말했다. "중요한 건 그 점을 어느 정도까지 자제해야 하는 건지요? 제 아내가 말했듯이, 지도자 자질은 좋은 덕목이기도 합니다. 지도자 자질은 스텔라에게 일종의 추진력입니다."

잉그리드는 오른쪽 눈썹을 긁으며 말했다. "지난주에 스텔라는 자기가 하나님 같다고 말했어요. 자기는 하나님과 같고, 하나님은 모든 것의 대장이니까 무조건 자기 말에 복종하라고요."

나는 울리카가 지루해하는 눈빛을 보내는 걸 느꼈다. 스텔라는 나를 따라 교회에 자주 갔었다. 내가 하는 일에 관심을 보였고, 벌써 나이에 어울리지 않게 존재론적인 질문을 던지기도 했다. 하지만 나는 딸에게 보기 좋게 포장한 해결책이나 딱 떨어지는 답변을 주겠다고는 꿈에도 생각하지 않았다. 나아가 내 딸이 눈앞에 있든 없든 내가 하나님의 전능함을 운운하는 일은 없을 것이다.

"스텔라와 얘기해보겠습니다." 내가 단호하게 말했다.

집으로 돌아오는 차 안에서, 울리카는 라디오를 끄고 대시보드 패널을 손가락으로 찔렀다.

"미치겠네, 남의 집 자식 일에 왜 그리 말들이 많을까."

"걱정할 거 없어." 나는 다시 음악을 켰다. "스텔라는 겨우 다섯 살이야."

시간이 얼마나 빠르게 흘러갈지 그때는 생각하지 못했다.

13

일요일 오후에 나는 검박하고 엄숙한 경찰 조사실에 앉아 있었다. 머그잔에 담긴 진한 커피가 내 앞에 놓였다. 시간은 고통스럽게 느릿느릿 흐르고, 나는 점점 초조해졌다.

드디어 형사반장이 들어왔다. 이름이 앙네스 테린인 여자는 회유하는 표정을 지었다. 그녀는 내 심정이 어떨지 잘 안다면서 자기는 스텔라와 나이가 비슷한 아들이 둘 있다고 했다.

"지금 무척 두렵고 슬프시겠죠."

"저라면 그런 단어들은 쓰지 않겠습니다."

무엇보다 나는 화가 나 있었다. 지금 돌아보면 이상하게 들릴 수 있겠지만, 그때 난 '쇼크' 상태였다. 나는 두려움과 슬픔은 미뤄둔 채 나의 생존, 내 가족의 생존에 집중하고 있었다. 우리 가족을 여기에서 빼낼 생각에만 골똘했다.

"무엇을 기대하기에 이러시는 겁니까?" 내가 물었다.

"무슨 말입니까?"

"어떻게 가택수색을 할 수 있는가, 그 말입니다. 바로 지금 이 순간, 경찰이 떼로 몰려와 우리 집을 이 잡듯 뒤지고 있잖습니까."

테린 반장은 고개를 끄덕이며 말했다. "우리는 법의학적 증거를 찾고 있습니다. 증거는 여러 가지 가능성을 내포할 수 있죠. 우리 경찰이 스텔라에게 유리한 물건, 그녀의 진술이 사실임을 확증할 물건을 찾는 것도 가능합니다. 경찰이 아무것도 못 건질 수도 있고요. 우리는 진실을 밝히려 애쓸 뿐입니다."

"스텔라는 이 살인사건과 관련이 없습니다." 내가 말했다.

앙네스 테린은 고개를 끄덕였다. "하나하나 짚어보죠. 먼저 지난 금요일에 뭘 하셨는지부터 시작할까요?"

"거의 종일 교회에 있었습니다."

"교회요?"

앙네스는 교회는 자신이 죽기 전 삶의 마지막에나 방문할 곳이라는 투로 되물었다.

"나는 목사입니다." 내가 설명했다.

앙네스 테린은 잠깐 나를 빤히 바라보다 정신을 차리고 서류를 열심히 들추었다.

"그러니까…… 일을 하고 계셨다?"

"그날 오후에 장례식을 주관했습니다."

"장례식, 좋습니다." 그녀가 메모를 끼적였다. "집에는 몇 시에 들어갔습니까?"

"6시쯤. 네, 그쯤이 맞습니다."

나는 샤워를 한 다음 돼지고기 찜을 준비해 아내와 함께 먹었다고 말했다. 저녁 식사 후에 소파에 앉아 트리비얼퍼슈트 게임을 한 판 하고 잠자리에 들었다. 스텔라는 7시 15분까지 일하고 퇴근 후 시내에서 친구와 만날 계획이었다.

앙네스 테린은 그날 저녁에 스텔라와 연락했느냐고 물었다. 나

는 문자 메시지를 보냈는데, 딸애가 뭐라 답장했는지, 답장을 받았
는지 안 받았는지조차 기억나지 않는다고 말했다.

"스텔라는 원래 문자에 답을 잘 안 하나요?"

나는 어깨를 으쓱하며 말했다. "반장님도 10대 자식을 키우시니
잘 아실 텐데요."

"우리는 지금 스텔라 이야길 하고 있습니다."

나는 그건 이상할 게 없다고 설명했다. 스텔라는 빠르든 늦든 답
장을 하는 편인데 늦을 때가 훨씬 많다. 가끔은 한참 지나서야 답
장한다. 답장이 스마일이나 엄지척 이모티콘 하나일 때도 많다.

"친구는 누구였습니까?"

나는 침을 꼴깍 삼켜야 했다. "무슨 말씀인지요?"

"스텔라가 만나려 한 친구가 누구죠? 밖에서 같이 놀기로 한 친
구가?"

나는 테이블을 내려다보며 말했다. "스텔라는 내 아내에게 친구
아미나를 만날 거라고 말했습니다. 하지만 우리가 아미나에게 물
어보니 둘은 금요일에 만나지 않았답니다."

"스텔라는 왜 거짓말을 했을까요?"

테린 반장의 단어 선택은 내 화를 북돋웠다.

"스텔라는 거짓말하지 않았습니다. 아미나가 우리한테 말한 바
로는, 원래는 둘이 만나기로 했는데 약속이 바뀌었다고 했습니다."

"그럼 당신은 스텔라가 대신 뭘 했다고 생각하시죠?"

나는 대꾸하지 않았다. 왜 내가 추측까지 해야 하는가? 어차피
내 생각은 크게 중요하지 않을 텐데.

"스텔라가 약속을 깨고 뭘 했는지 당신은 아십니까?" 앙네스 테
린이 재차 물었다.

질문이 조금은 합리적으로 발전했다.

"모릅니다."

앙네스 테린은 다시 서류만 넘길 뿐 말이 없었다. 겨우 2, 3초의 짧은 순간이지만 아무튼 의미심장하게 느껴지는 침묵이었다.

"스텔라는 어떤 휴대전화를 씁니까?" 형사반장이 물었다.

나는 아이폰인데 정확한 모델명은 늘 헷갈린다고 설명했다. 아무튼 흰색인 것만은 장담했다.

"스텔라한테 다른 휴대전화는 없나요?" 앙네스 테린이 물었다.

"휴대전화가 한 대 더 있냐고요? 아뇨."

경찰은 분명 우리 집에서 스텔라의 휴대전화를 발견해 증거물로 압수할 것이다. 한순간 그날 스텔라가 휴대전화를 집에 두고 간 걸 언급해야 한다는 생각이 들었지만, 말하지 않기로 했다. 열여덟 살 소녀가 휴대전화를 깜빡하다니. 어딘가 정신 빠진 사람처럼 들릴 것 같았다.

"스텔라는 호신용 스프레이를 가지고 다닙니까?"

"호신용 스프레이요? 경찰이 사용하는 그런 거 말입니까?"

"네, 정확히 그걸 말하는 겁니다. 스텔라에게 그런 스프레이 통이 있습니까?"

"당연히 아닙니다. 아니, 그런 걸 소지하는 게 합법인가요?"

나는 속이 울렁거렸다.

"금요일 몇 시에 잠자리에 드셨습니까?" 앙네스 테린이 물었다.

"11시, 아마 11시 조금 넘어서일 겁니다."

"곧바로 잠드셨나요?"

"아뇨, 잠이 오지 않았습니다."

"그래서 오랫동안 깨어 있었나요?"

나는 숨을 들이마셨다. 머릿속에 여러 이미지와 생각들이 엉켰다. 꼬마 스텔라, 자긍심 넘치는 청소년기의 스텔라, 어른이 된 스텔라의 어렴풋한 이미지들. 나의 어린 딸. 울리카, 스텔라, 그리고 나. 창틀에 놓인 가족사진.

"나는 뜬눈으로 누워 스텔라를 기다렸습니다. 자식이 아무리 컸어도 자식 걱정을 떨칠 순 없습니다."

앙네스 테린은 고개를 끄덕거렸다. 나는 그녀가 이해했다고 생각한다.

그다음 일어난 일은 설명하기가 어렵다.

생각도 계획도 없었다. 나는 아는 대로 협조하겠다는 마음으로 경찰 조사에 임했다. 진실을 조금이라도 왜곡할 생각은 한순간도 하지 않았다.

"그러니까 스텔라가 집에 왔을 때 당신은 깨어 있었단 말이죠?" 앙네스 테린의 눈은 크고 매혹적이었다.

"아……."

"네?"

"아, 네." 내 어조는 날카로워졌다. "스텔라가 집에 왔을 때, 저는 깨어 있었습니다."

"그때가 몇 시였을까요?"

"그 시각은 정확하게 알고 있습니다."

이거 거짓말이잖아? 진실이 여러 종류가 있듯 거짓말도 여러 종류가 있어야 맞는다. 한 예로 선의의 거짓말이 있다. 나는 선의의 거짓말을 두려워한 적이 없었다. 가슴을 아프게 할 진실보다는 다정한 거짓이 낫다고 늘 생각했다.

하지만 물론 이것은 다른 거짓말이었다.

"스텔라가 집에 온 건 11시 45분이었습니다."

테린 형사반장은 나를 노려보았다. 나는 여덟 번째 계명이 뱃속에서 뱀처럼 몸을 뒤트는 기분을 느꼈다. 성서는 거짓말하는 사람은 반드시 멸망한다고 말한다. 하지만 동시에 나의 하나님은 정의롭고 용서하시는 존재이다.

"분까지 정확한 시간을 어떻게 아시죠?" 앙네스 테린이 물었다.

"시계를 봤으니까요."

"어떤 시계요?"

"내 휴대전화 시계입니다."

복음서는 분열된 가정은 버티지 못한다고 말한다. 나는 그때 내가 그동안 가족을 잊고 지냈음을 깨달았다. 내 가족을 무시했음을. 가족을 당연하게만 여겼음을. 나는 내가 되어야 마땅한 아버지와 남편이 된 적이 없었음을 깨달았다.

필레가탄의 놀이터에서 한 남자가 어떻게 목숨을 잃었는지에 대해서는 여전히 아는 바가 없었지만, 한 가지는 확실히 알고 있었다. 내 딸은 살인자가 아니라는 것.

"스텔라가 집에 온 시각이 그때라고 확신합니까?" 앙네스 테린이 물었다.

"물론 확신합니다."

"제 말은, 당신이 소리를 잘못 들었을 수도 있잖습니까?"

나는 자신 있게 미소 지었다. 내면에서 나는 갈기갈기 찢기고 있었다.

"확신합니다. 딸과 이야길 나눴으니까요."

"스텔라와 대화를 나눴다고요?" 앙네스 테린이 소리쳐 물었다. "스텔라가 무슨 말을 하던가요? 특징적인 말이 있었나요?"

"그런 건 전혀 없었습니다. 우리는 그저 잘 자라는 밤 인사만 나눴습니다."

앙네스 테린은 내게서 시선을 떼지 않았다.

뱀이 뱃속에서 또다시 몸을 뒤틀었다. 이건 진짜 내가 아니다, 숨 막히게 답답한 조사실에서 이런 말을 하는 건 내가 아닌 다른 사람이다, 하는 저항하기 힘든 강력한 감각을 느꼈다.

디모데에게 보내는 첫 번째 서신에서, 사도 바울은 자신의 가족을 돌보지 않는 사람은 예수 그리스도에 대한 믿음을 저버린 자라고 썼다. 나는 내 가정을 충분히 돌보지 않았다. 이것은 내게 과거의 잘못을 바로잡을 기회였다.

이게 가족이 할 일이야. 가족은 서로 지켜줘야 해. 나는 생각했다.

14

경찰 조사실을 나와서 울리카에게 전화를 걸었다. 그녀는 조금 전 집에 잠깐 들렀는데 경찰이 아직 집에 있더라고 했다.

"경찰은 스텔라가 무슨 짓을 했다고 진지하게 생각하고 있어. 이 건 악몽이야!"

"당신 경찰한테 뭐라고 했어?" 울리카는 궁금해했다.

"스텔라가 금요일에 귀가한 시각을 정확하게 안다고 말했어. 그 때 깨어 있다가 스텔라와 이야기를 나눴다고 설명했어."

울리카는 잠시 말이 없다가 물었다. "그때가 몇 시였어?"

나는 숨을 길게 들이쉬었다. 거짓말하는 게 싫었다. 특히나 내 아내에게. 하지만 다른 선택이 보이지 않았다. 울리카를 이 수렁에 끌고 들어갈 수는 없었다. 울리카는 그때 곤히 잠들어 있어서 스텔라가 몇 시에 돌아왔는지 알지 못한다. 어떻게 아내에게 내가 경찰에 거짓말했다고 말할 수 있을까?

"11시 45분이었어." 내가 말했다.

생각과 달리 겁먹은 만큼 기분이 끔찍하진 않았다. 거짓말을 한 번 내뱉을 때마다 내 안에서 거짓말에 대한 반발심이 조금씩 무뎌지는 것 같았다.

울리카는 아는 형사를 만나러 가는 길이라고 설명했다. 나로서
는 그 순간 할 수 있는 일이 없었다. 할 수 있는 일은 없고 진작 했
어야 하는 일은 너무 많았다. 나는 반토르게트로 빠르게 걸었다.
햇볕이 너무 강하고 따가워 눈을 들 수 없었다. 주변의 목소리들이
날카로운 비난조로 들렸다. 나는 걸음을 더 빨리 옮겼다. 온 동네
가 응시하는 눈빛으로 가득한 기분이었다.

부모가 되는 것만큼 어려운 일은 없다. 다른 모든 인간관계는 비
상구가 있다. 없으면 죽고 못 살 것 같은 연인도 떠날 수 있다. 대
부분 사람들은 사랑의 감정이 썰물처럼 빠져나가면, 따로 떨어져
성장하면, 또는 마음에 좋은 감정이 한 자락도 안 남는 지점에 다
다르면 그렇게들 떠난다. 그렇게 우리는 친구도 친한 이도 친척도
버리고, 심지어 피를 나눈 형제자매와 부모까지도 떠날 수 있다.
먼 곳으로, 새로운 고장으로 떠나 여전히 아무 일 없는 듯 잘 먹고
잘살 수 있다. 하지만 자식만은 포기가 안 된다.

스텔라가 세상에 나왔을 때, 울리카와 나는 어리고 인생에 미숙
했다. 고생길이 열릴 거라는 예상은 했던 것 같은데, 주로 수면 부
족, 모유 수유의 어려움이나 몸살 같은 세속적인 고생일 거라 생각
했다. 시간이 한참 지나서야 우리는 부모 되기에서 진짜 어려운 점
은 완전히 다른 것임을 깨달았다.

나는 자유와 연대라는 1970년대 가치에 몰두한 가정에서 자랐
다. 규율과 요구는 거의 존재하지 않았다. 양식과 내재된 도덕심은
충만했다.

내가 열 살 때 누이의 머리칼을 세게 잡아 뭉텅 뽑아버리자 아버

지가 물었다. "이렇게 하니 마음이 좋니?"

그 말만으로 나는 수치심과 죄의식에 울었다.

나는 스텔라에게 같은 말을 몇 번 했었다.

"그렇게 하면 마음이 좋니?" 학교 교장한테서 스텔라가 어떤 여자애의 모자를 학교 지붕 위에 던졌다는 전화를 받은 날이었다.

스텔라는 되받아 나를 노려보았다.

"내 마음은 아무 느낌 없어. 내 마음은 그냥 뭘 뿐이야."

울리카와 나는 스텔라의 동생을 만들려 10여 년을 노력했다. 그 사이 이 결핍을 채우려는 욕망이 우리가 아껴둔 에너지 전부를 빨아들이는 시기도 몇 번 겪었다. 우리는 전쟁에 나가는 군인처럼 사뭇 비장했다. 울리카와 나 둘 다 승리를 위한 최악의 결단으로 무장해 전쟁에 임했다. 임신 테스터에 작은 막대만 나타나면 모든 것이 해결되리라, 우리는 그렇게 스스로를 속이고 있었다.

우리는 우리가 하고 있는 일을, 제 발로 죄의식과 수치와 부적절함의 수렁에 빠져드는 과정을 보지 못했다. 마지막 2년은 자연을 거스르고, 서로를 거스르는 전투에 너무 빠져 정작 애초 전쟁의 목적이 무엇이었는지 잊고 있었다. 제1차 세계대전 때 마지막에는 무슨 전쟁인지도 잊고 자기 나라 시골 주민들에게 총을 쏘았다는 병사들에 관한 글이 생각난다.

그날 오후, 경찰이 드디어 우리 집에서 철수했다. 내가 집에 도착했을 때 울리카는 형사반장 앙네스 테린의 신문을 받으러 나가고 없었다. 나는 무거운 마음으로 열쇠로 현관문을 열고 들어가 방들 하나하나를 천천히 돌아보았다. 경찰의 배려에 대해선 불평할 게 없었다. 모르는 사람이었다면 그냥 넘어갈 정도로 수색을 집행

한 흔적이 거의 보이지 않았기 때문이다. 그래도 내 사생활이 침범 당했다는 생각에 마음의 상처가 컸다.

나는 1층 세탁실과 복도와 거실을 둘러보았고, 장작 난로를 열어 안까지 들여다보았다. 그다음 계단을 올라 스텔라의 방으로 갔다. 그곳은 너무 충격적일 정도로 휑해서 나는 방문 앞에 잠시 서 있어야 했다. 경찰은 스텔라의 물건을 상당수 압수해 가져갔다.

나는 우리 침실 창가에 잠시 서서 내가 깨뜨린 액자 속 사진을 물끄러미 보았다. 검지로 사진을 쓰다듬자 마음이 나아졌다. 가족보다 중요한 것은 없다.

대지를 씻는 어스름 시간의 창밖은 어둠이 엷게 내려앉아 있었다. 나는 흐린 가로등 불빛들을 눈으로 좇아 지평선까지 따라가며 참는 자에게 복이 온다는 말을 생각했다. 정의로운 자들은 그 길을 지켜내야 한다.

길 건너편에서 이웃들이 우리 집을 손가락으로 가리키고 있었다. 나는 블라인드를 세게 잡아 내리는 와중에도 교구장에게 전화해 병가를 내기로 결심했다. 교구장은 진심으로 안타까워했다. 그는 나를 위로한 다음 신자들 걱정은 하지 말고 필요한 만큼 집에 머물라고 조언했다.

그다음 울리카에게 전화하자, 그녀는 경찰 조사가 막 끝났다고 했다.

"상황이 블룸베리가 처음 생각한 것처럼 단순하지가 않아."

울리카의 목소리가 출렁거렸다. 전화 연결 상태가 나빠선지 그녀가 울먹거려서인지 구분이 가지 않았다.

"무슨 말이야?"

전화선이 직직거렸다. 울리카가 숨이 가빠 헉헉하는 소리가 들렸다.

"경찰이 우리 집에서 뭔가를 찾아냈어. 검사가 방금 전 구속 영장을 제출했어."

15

미카엘 블롬베리는 그랜드호텔에서 돌을 던지면 닿을 클로스테르가탄거리에 있는 멋진 건물의 세 개 층을 사무실로 쓰고 있었다. 월요일 아침, 울리카와 나는 간신히 버티고 있었다. 아내는 잠을 못 잔 기색이 역력했다. 지난 48시간 한숨도 못 잔 건 나도 마찬가지였지만 내게 육체적 피로는 크게 중요하지 않았다. 내면에서 진행되는 많은 일들이 더 중요했다.

회반죽 조각 장식이 있는 높은 층고의 사무실에서 우리가 커피를 마시는 사이, 블롬베리는 양 엄지를 뒷주머니에 하나씩 꽂고 반짝거리는 가죽 구두로 발을 끌듯 걸어 다녔다.

"구속적부심은 오후 1시에 열립니다."

나는 설레면서도 초조했다. 드디어 스텔라를 보는구나.

"경찰이 범죄 현장에서 발자국을 발견했습니다." 블롬베리는 목을 긁으며 말을 이었다. "스텔라의 신발과 족적과 사이즈, 신발창 문양까지 똑같은 신발에서 찍힌 발자국입니다."

"그게 전붑니까?" 나는 울리카의 팔뚝을 꽉 붙들며 물었다. "증거가 그거 하나예요? 우리 집에서 찾아낸 다른 증거는 없습니까?"

"아직은 뭐라 말하기 이릅니다. 목사님 댁에서 압수한 물품 일부는 법의학연구소로 보내졌습니다."

"오래 걸리진 않겠죠?" 내가 물었다.

"보통은 사나흘 내에 분석 결과가 나옵니다." 블롬베리가 말했다. "우리가 지금 다뤄야 하는 건은, 구속 영장입니다. 대충 설명하자면, 분석실에서 어떤 결과가 나올 때까지 경찰은 스텔라를 계속 가둬두겠다는 의미입니다. 합당한 의혹이 있으면 구속까지 많은 시간이 걸리지 않습니다."

"증거라곤 발자국 하나뿐인데 그걸로 사람을 가둔다고요?"

블롬베리는 울리카에게 당신이 끼어들어야 맞는 게 아니냐는 듯한 눈짓을 보냈다. 법에 무지한 얼간이 남편에게 당신이 설명하라는 눈짓이었다.

"스텔라가 구치소에 계속 있을 경우를 대비하는 게 좋겠습니다."

이 말은 운명은 이미 정해졌다는 소리로 들렸다. 완전히 포기한 소리로 들렸다. 나는 울리카를 보았다. 아내는 고개를 끄덕였다. 대체 이게 무슨 일인가?

"검사는 누구죠?" 울리카가 물었다.

"예니 얀스도테르."

"상대에겐 든든하겠군요. 그녀는 최고 중 한 사람이니까."

나는 이 점이 우리에게 유리한지 불리한지 알지 못했다. 지금껏 나는 신체적 자유를 속박하는 법률 내용에 몰두할 필요를 느낄 일이 없었다. 우리는 대개, 행복하게도, 살면서 그럴 필요성을 느끼지 않는다. 내가 변호사와 결혼은 했어도 내 법률 지식은 기껏해야 기초 수준이었다. 그런데 이제 나는 사소한 증거 하나로도 한 사람이 수감될 수 있음을 알게 되었다. 그동안 나는 반대되는 이야기만 들어왔다. 체포도 하기 전에 용의자를 풀어줘야 해서 맥이 풀리고 실망한 경찰들 이야기, 피해자들이 당하는 고통보다 용의자와 기결수의 알량한 권리 보호를 더 중시하는 듯한 스웨덴 법체계의 문제점에 대한 일반적인 시각들을 숱하게 들었다. 더 혹독한 징벌과 엄격한 조치를 요구하는 소리를 더 많이 들었다. 과거 유치장과 교도소에서 교정목사로 일하면서 나 자신도 이런 의견에 공감하곤 했다. 내가 관점을 바꿀 이유는 없었다.

"더 나아가 검찰에겐 목격자가 있어요. 이웃에 사는 사람인데 이름이……." 블롬베리는 허리를 숙여 책상 위에 있는 서류를 읽었다. "뮈 센네발이군요."

블롬베리의 목소리는 따지지 말고 무조건 받아들이라는 듯 지나치게 차분했다. 그는 화를 내야 하는 거 아닌가? 그에게 변호인다운 행동을 개시할 생각이 있기는 한가?

"목격자라는 그 사람은 자기가 본 사람이 스텔라라고 어떻게 확신하죠? 그 사람은 스텔라를 모르는데요." 내가 말했다.

"그 여자는 스텔라가 H&M 직원이라는 걸 알고 있다고 주장합니다."

"스텔라를 안다고요?" 나는 중얼거렸다.

울리카가 내 팔뚝을 살짝 찔렀다.

"스텔라는 뭐라 말하죠?"

블롬베리는 침을 삼키고 머리칼을 쓸어 넘겼다. 그는 이번에도 내가 아닌 울리카 쪽으로 몸을 돌렸다. 1초, 1초, 시간이 흐를수록 점점 더 그가 무능하다는 생각이 들었다.

"영업이 끝난 뒤 스텔라는 동료들과 함께 스토르토르게트레스토랑에 갔습니다. 그들은 식사를 하고 와인도 한두 잔 마셨습니다.

10시 반쯤, 스텔라는 레스토랑을 나섰습니다. 동료들 모두 이 점을 확인해주었습니다. 다음 행선지를 밝히지는 않았지만, 모두 스텔라가 자전거를 타고 집으로 가겠거니 생각했습니다."

"그런데 집으로 가지 않았다?"

"스텔라 본인은 자전거를 타고 텡네르스레스토랑에 갔다가 술집 두어 군데를 더 들렀다고 말하고 있어요. 그런데 특정 시간에 자기가 어디 있었는지 정확히 기억하지 못해요."

나는 울리카와 눈빛을 주고받았다. 스텔라가 저렇게 말했다고? 저런 말은 단단한 알리바이는커녕 죄지은 사람이 교묘하게 둘러대는 소리로 들릴 수도 있다. 왜 스텔라는 기억을 좀 더 세밀하게 곱씹지 않을까?

"스텔라가 기억해낼 내용이 분명 있을 겁니다." 내가 말했다. "스텔라를 본 사람들이 분명 있어요. 우리 딸은 이 도시의 절반은 꿰고 있으니까요."

블롬베리가 울리카 쪽을 봤지만, 아내는 허리를 펴고 그를 지나 큰 창문 너머를 바라볼 뿐이었다.

"시간대 문제에서 우리가 아는 또 다른 내용이 뭐가 있을까요?" 울리카가 물었다. "센네발이라는 목격자가 새벽 1시쯤 비명 소리와 싸우는 소리를 들었다고 했죠?"

"맞습니다. 최초 보고서에 새벽 1시 직후라고 쓰여 있긴 한데, 경찰은 검시 보고서가 나올 때까진 확정하지 않겠다는 입장입니다."

울리카가 나를 보았다.

"크리스토퍼 올센이 1시에 죽은 게 확실하다면, 스텔라에게는 알리바이가 있어요."

"바로 그거죠." 머릿속에 여러 생각이 지나갔다.

"그리고 그건 그냥 알리바이가 아니죠." 스타 변호사는 미소를 떠우며 우쭐해하고는 말을 이었다. "내가 만나 이야기한 사람들마다 당신을 정직의 화신이라 부르더군요, 아담."

나는 침을 꿀꺽 삼켰다.

16

구속적부심은 점심 식사 직후에 열렸다. 작은 시계탑 뒤에 서 있는, 이판 외장재와 납 장식으로 울퉁불퉁한 범상치 않은 정면부를 자랑하는 룬드 지방법원 앞을 나는 수천 번도 넘게 지나다녔다. 이제 나는 난생처음으로 법원에 들어가 여러 문을 거치며 소지품을 모두 비워야 했다. 내가 입구에서 십자가 형상으로 두 팔을 옆으로 뻗자 보안요원이 내 몸을 가볍게 더듬어 수색했다. 일단 안으로 들어온 울리카와 나는 복도에서 아기 침대 같은 대기석에 앉았다. 공기가 무겁고 답답했다.

문이 열릴 때마다 우리는 벌떡 일어섰고, 그때마다 깜짝 놀란 보안요원들한테서 진정하라는 소리를 들었다.

드디어 스텔라가, 제복 차림의 두 남자에게 부축을 받으며 나타났다. 스텔라는 어깨가 떡 벌어진 남자들 사이에 매달린 가느다란 유령 같았다. 우리 쪽을 쳐다보지도 않았다. 울리카가 벌떡 일어나 두 팔로 안으려 했지만 제복 차림의 한 남자가 재빨리 그녀를 제지했다.

"스텔라! 우리 딸!"

나도 딸을 만지려 교도관들 사이를 비집고 나가려 애썼지만, 덩치 큰 남자들 중 하나의 불끈한 두 팔에 막혔다.

"곧 끝날 거야, 스텔라." 울리카가 말했다.

스텔라는 얼굴이 창백하고, 눈은 푹 꺼지고, 전과는 다른 분위기를 풍겼다. 체념의 표정. 스텔라의 얼굴은 자신의 운명에, 이번 경우에는 제도의 의견에 순순히 묵인해 자포자기한 사람들한테서만 보이는 피로가 들어 있었다. '당신들 마음대로 처리해' 하고 말하는 사람들, 온 인생이 통째로 빨려갔음을 눈동자에 고스란히 드러내는 사람들.

나는 굴복한 사람들, 목표와 자유의지가 철저히 고갈되어 자해할 힘조차 내지 못하는 사람들을 떠올렸다.

법정으로 인도되는 스텔라를 보는 순간, 나는 다른 이들의 결정만을 기다려야 하는 불확실성 상태로 던져지고 말았다. 나는 지금도 거기 허공에 매달려 살아남기 위해, 확실성을 그러잡기 위해 발버둥치고 있다.

법정은 거실보다 넓지 않았다. 우리가 방청석에 앉는 동안 판사는 서류를 넘겨보고 있었다. 블룸베리는 스텔라를 위해 의자를 빼주었지만, 스텔라가 몸을 구부리지 못하는 사람처럼 그대로 주저앉으려 했기 때문에 얼른 두 손으로 부축해주어야 했다.

울리카와 나는 손을 꽉 잡았다. 우리 딸이 겨우 5미터 거리에 있는데 만지지도 못하다니.

바깥 복도에서 하이힐 소리가 점점 가까워지더니 드디어 검사가 통통 튀는 걸음새로 법정에 들어섰다. 고급 정장 차림, 목과 손목에 번쩍이는 보석. 체조선수를 연상케 하는 작고 군살 없는 체형에

O자 다리. 각진 검은 테 안경과 길게 늘어뜨린 반드르르한 생머리. 검사는 서류들을 테이블에 세 더미로 나눠 정리한 다음 루비색 매니큐어를 바른 손끝으로 가장자리를 꾹 눌렀다. 그러고는 블롬베리와 스텔라와 악수했다.

판사가 구속적부심을 비공개로 진행하겠다고 밝힐 때도 나는 적부심이 이미 시작되었다는 걸 알지 못했다. 법정 경비원이 울리카와 내게 자리를 떠나달라고 설명했다.

"저 애는 내 딸입니다!" 나는 경비원의 면전에 대고 외쳤다.

경비원이 놀란 눈으로 내 목의 성직칼라를 노려보았다.

사랑은 인간에게 가장 어려운 임무다. 이웃을 제 몸처럼 사랑하라고 말했을 때 예수는 자신이 우리 인간에게 무엇을 요구하는지 정말 이해하고 있었을까?

당신은 살인자를 끝까지 사랑할 수 있는가?

법정 밖 복도에 앉아 첫 번째 구속적부심이 끝나기를 기다리는 동안 '그 생각'이 점점 더 강해졌다. 전에도 내 마음속으로 들어오려 했지만 이렇게 머뭇머뭇 만져보기는 이번이 처음인 생각. 어쩌면 스텔라가 유죄일 수 있다.

스텔라의 블라우스에 묻은 얼룩, 얼룩이야 어디서든 묻을 수 있다 치자. 하지만 왜 스텔라를 본 사람이 아무도 없을까? 스텔라가 어디서 무엇을 하고 있었는지 말해줄 사람이 왜 없는 걸까? 그 금요일 밤의 몇 시간은 뭉텅 비어 있었다. 그 시각 스텔라는 무엇을 하고 있었을까?

나는 흉악한 살인자들과 마주 앉아 그들에게 하나님의 무조건적인 사랑을 약속했었다. 인간의 사랑은 완전히 다른 것이다. 나는 바울이 말한 사랑, 진실이 승리할 때 기뻐하는 사랑, 어떠한 대가를 치러서라도 충성을 지켜내는 사랑을 생각해봤다.

내 가족을 위해. 그게 그때 내가 생각하던 것이었다. 내 가족을 위해 나는 무슨 짓이든 해야 한다. 세상에서 제일가는 반려자와 제일 좋은 아버지가 되려는 내 노력들은 숱한 실패를 거듭했다. 그런데 갑자기 그 길을 수정할 기회가 주어졌다. 내 가족을 지킬 수 있다면, 나는 무슨 일이든 해낼 것이다.

법정 문이 다시 열렸을 때, 나는 몸이 천근만근 무거워 울리카의 부축을 받아 안으로 들어가야 했다. 우리 앞에 스텔라가, 손으로 얼굴을 가리고 앉아 있는 딸이 보였다.

울리카와 나는 거친 바다에 빠진 사람처럼 서로를 꼭 끌어안았다.

문이 닫히자 판사가 공간을 훑어보았다.

"스텔라 산델은 살인에 대한 타당성 있는 혐의가 있습니다."

제 자식의 이름을 이런 맥락으로 듣길 기대한 부모는 세상에 없다. 자식을 품에 안아본 사람이라면, 작은 다리를 버둥거리며 숨넘어갈 듯 웃어대는 아기를 안아본 사람이라면 상상도 못 할 일이다. 이런 일은 다른 사람들에게 일어날 일이다, 우리에게 일어난 일일 리 없다.

우리는 그런 부모들과는 달라. 울리카의 손을 꼭 잡으며 나는 생각했다. 우리는 약물을 남용하지 않는다. 우리는 지식인이며 고소득자다. 우리는 정신적으로나 육체적으로나 건강하다. 우리는 주변부로 밀려나 사회경제 문제들로 고민하는 결손가정이 아니다.

우리는 그야말로 평범한 가족이었다. 우리는 이런 자리에 앉는 가족이 아니어야 했다. 그런데 우리가 그 자리에 있었다.

17

구속적부심이 끝난 뒤, 울리카와 나는 블롬베리의 사무실 밖에서 말없이 기다리고 있었다. 나는 일어섰다 앉았다 다시 일어섰다. 한숨을 내쉬며 창가로 걸어갔다.

"블롬베리는 어디 있는 거야?"

울리카는 미동도 없이 앉아 벽만 바라보았다.

"우린 스텔라와 언제 이야기할 수 있지?" 내가 물었다. "스텔라를 계속 이렇게 고립시키는 건 비인간적이야."

"그런 방법이 먹히니까." 울리카가 말했다. "경찰 조사가 진행되는 동안은 스텔라는 계속 면회 금지일 거야."

드디어 블롬베리가 헐레벌떡 들어왔다. 오렌지 껍질 같은 볼이 더 불그스레해져 있었다. 태엽을 끝까지 감았다 풀어놓은 장난감처럼, 그는 빠르게 말을 쏟아냈다.

"우리 쪽 사람들을 모두 풀어 크리스토퍼 올센에 대해 알아봤습니다. 알고 보니 그 사람, 옷장에 숨겨놓은 해골이 하나가 아니더군요. 이런 비유, 괜찮으실지 모르지만."

나는 괜찮지 않았지만 너무 궁금해 목소리를 높였다.

"계속하십시오!"

"사업을 하다 보면 적이 생기게 마련이죠." 블룸베리가 말했다. "하지만 올센의 경우는 그냥 단순한 적들이 아닙니다. 전과 기록이 복음서만큼 긴 폴란드인들과 회복 불가 상태로 사이가 틀어진 일이 있었으니까요."

나는 회의적으로 인상을 썼다. 블룸베리의 말이 나쁜 경찰들의 못된 관행을 흉내 내는 것처럼 들렸다.

"올센이 지난봄에 구입한 부동산이 문제였어요. 그 건물 1층에 폴란드인들이 피자가게를 하고 있었는데, 올센은 그들을 쫓아내지 못해 안달이었죠. 만약 임대차 문제로 고소당할 경우 올센에게 유리할 게 없었을 겁니다."

"하지만, 설마 그렇다고 마피아식으로 해결사를 쓰진 않았겠죠." 울리카가 말했다.

"마피아 이야기가 여기서 왜 나와요? 난 폴란드 피자가게 이야기 하고 있는데, 그런데 구린 건 그거 하나가 아니었어요."

나는 지금 이 자리에서 오가는 전체 개념이 싫었다. 내 세계에서 살인사건 수사는 변호사가 아닌 경찰의 일이다. 더구나 범죄 피해자를 이런 식으로 험담하는 건 사람이 할 짓이 아니다.

"정확히 6개월 전, 크리스토퍼 올센은 상습 폭행과 강간으로 고소되었습니다. 당시 예비조사가 시행되긴 했지만 한두 달 후 검사는 증거불충분으로 해당 건을 종결하기로 결정했죠." 블룸베리는 효과를 높이려 말을 멈추고 우리를 뚫어져라 응시했다. "고소인은 올센의 전 여자친구였어요. 그 여자 말로는, 크리스토퍼 올센은 자기 인생을 망가뜨린 폭력적인 전제군주나 다름없었답니다."

울리카의 표정이 조금씩 바뀌었다. "그 여자는 아무런 배상도 받지 못했나요?”

“전혀요.” 블롬베리가 말했다.

“여자가 이를 갈았을 수도 있겠네요.”

블롬베리가 고개를 끄덕였다.

울리카가 나를 보았다. “이게 무슨 뜻인지 알겠어?”

블롬베리의 계획은, 스텔라의 유죄에 대해 합리적 의심을 만들어낼 대안 가해자를 제시하자는 것이었다. 블롬베리는 폴란드 요리사들도 하나의 선택지가 되겠지만 크리스토퍼 올센의 전 여자친구가 더 적합해 보인다고 했다.

그날 밤 우리는 잠이 오지 않아 소파에 앉았다.

“하지만 그 여자는 살인사건과 전혀 관계 없을지도 몰라. 그냥 경찰에 맡기는 게 더 낫지 않을까?”

울리카는 참 뭘 모르는 목사 같으니, 하는 눈으로 나를 쳐다봤다.

“변호사는 둬서 뭐해, 변호사는 이런 일을 맡기려고 두는 거야.”

“하지만 스텔라의 무죄만 증명하면 충분하잖아? 또 다른 죄 없는 사람을 궁지에 모는 걸로 끝나면 어떡해? 그 여자는 얻어맞고 강간당했는데 이젠……”

울리카가 소파에서 일어서며 말했다. “우린 스텔라 이야길 하고 있어. 우리 딸이 갇혀 있잖아!”

물론 울리카 말이 맞았다. 스텔라를 1분이라도 빨리 빼내는 것보다 중요한 일은 없었다. 나는 위스키를 비우고 장작 난로로 다가갔다. 난로의 유리문을 열자 얼굴에 열기가 확 끼쳐 잠시 기다리다가 쏘시개로 재를 찌르고 휘적였다. 연기가 내 머리 위로 곡선을 그리며 올라갔다.

"당신, 나 사랑해?" 내가 울리카를 쳐다보지 않고 물었다.

"왜 그런 말을 해? 당연히 당신을 사랑하지." 그녀는 다가와 내 목덜미를 쓸어주었다. "당신과 스텔라, 세상 그 무엇보다 두 사람을 제일 사랑해."

"나도 당신을 사랑해."

"이건 악몽이야." 울리카가 말했다. "이토록 무기력한 기분은 생전 처음이야."

나는 자리에 앉아 그녀의 어깨에 팔을 두르며 말했다. "어떤 일이 일어나든 우리는 똘똘 뭉쳐야 해."

우리는 키스했다.

"만약 스텔라가……." 내가 울리카의 뺨에 대고 말했다. "스텔라가 혹시……."

울리카가 몸을 뒤로 빼며 외쳤다. "그런 생각은 하지 마!"

"알아. 하지만…… 스텔라의 블라우스."

나는 그 블라우스가 어떻게 사라지게 된 건지 알아야 했다. 울리카가 치웠을 가능성이 높다. 만일 그랬다면 울리카는 그 얼룩을 분명 알아봤을 것이다. 못 볼 수 없는 얼룩이었다.

"무슨 말이야?" 그녀가 물었다.

"스텔라 블라우스의 얼룩들." 내가 말했다.

"얼룩이라니, 무슨?" 울리카는 나를 망상 환자 보듯 했다.

울리카가 그 블라우스를 치우지 않았다고? 그렇다면 경찰이 찾아냈구나. 나는 심장이 쿵쾅거리는데, 울리카가 내 팔에 손을 올렸다.

"그 남자가 죽은 시각에 스텔라는 집에 있었잖아, 우리가 알고 있잖아." 울리카는 이 말로 이야기를 끝냈다.

18

금요일 밤 나는 한숨도 자지 않았다. 여러 가지 생각과 이미지들이 떠올라 심란했다. 스텔라는 도대체 무슨 짓을 했단 말인가?

땀이 뚝뚝 떨어지도록 진공청소기로 바닥을 밀고 벅벅 걸레질하고 주방 수납장을 청소했는데도 머릿속은 점점 더 엉키기만 했다. 내가 키워낸 생각들이 무서웠다. 스텔라, 나의 딸. 딸의 무죄를 의심하고도 숨 쉬려 하다니 나는 어찌 돼먹은 아버지인가. 목구멍에 가래가 낀 듯 답답해 나는 마당으로 나가 신선한 공기를 마셨다.

울리카는 서재에 틀어박혀 나오지 않았다. 서너 시간 뒤 들어가 보니 팔을 앞으로 뻗고 책상에 엎드려 잠들어 있었다. 빈 와인 병과 반쯤 남은 와인 잔이 옆에 있었다. 나는 그녀의 머리칼을 부드럽게 쓸어주고 목덜미의 향기를 맡은 다음 계속 자게 두고 서재를 빠져나왔다.

다음 날 아침, 주방 식탁에 앉는 것조차 힘겨웠다. 나는 신문을 넘겨 크리스토퍼 올센이 죽은 장소인 놀이터 사진을 보았다. 스텔라가 금요일 밤에 저 놀이터에 있었다니…… 왜? 나는 생각을 떨치려 고개를 젓고는 울리카를 보러 2층으로 올라갔다.

"거길 가봐야겠어. 내 눈으로 직접 보고 싶어."

"거기라니, 어디?"

"그 장소. 놀이터."

"좋은 생각이 아냐." 울리카가 말했다. "모든 일에서 가능한 한 멀리 떨어지는 게 우리에겐 제일 좋아."

나는 밖으로 나가는 대신 인터넷을 뒤졌다.

살인자에 대한 정보는 아직은 매우 제한적이었지만 두어 시간 뒤엔 온갖 게시판에 사건에 대한 글이 올라오고 SNS의 입방아도 시작될 것이다. 스텔라는 영락없이 유죄로 낙인찍힐 것이다. 사람들은 아니 땐 굴뚝에 연기 날까, 하며 수군대겠지. 스텔라가 성직자의 딸이라는 사실은 가십에 천박한 흥미를 더해줄 것이다.

대중은 사법제도의 의견과는 상관없이, 비난하는 권력을 가지고 있다. 그리고 여론재판에서 증거는 법정에서처럼 중요한 필수요건이 아니다. 이 점은 나 자신을 돌아봐도 안다. 어떤 용의자가 증거 부족으로 풀려날 때 수상쩍다며 모종의 뒷거래가 있을 거라고 의심한 적이 얼마나 많았던가.

나는 구글 검색을 계속했지만 아직은 이렇다 할 글도 사진도 올라온 게 없었다. 현장 한가운데에 서서 내 눈으로 직접 봐야 했다.

울리카에게는 행선지를 밝히지 않았다. 울리카는 스텔라가 이번 사건과 무관하다고 확신하는 듯 보였다. 자동차에 오를 때, 가슴이 옥죄어왔다.

룬드 중심가까지 절반쯤 갔을 때, 휴대전화가 울렸다. 화면에 디노의 이름이 떴다.

"경찰이 아미나를 신문했어. 내 딸이 이런 일에 끌려 다니는 게 너무 싫네."

빠르게 쏟아내는, 평소와 달리 찬바람이 부는 목소리였다.

"경찰이 아미나한테 뭘 물었나?"

내가 큰 소리로 물었지만 디노는 듣고 있지 않았다.

"아미나가 살인사건 건으로 경찰 조사를 받았단 말이 의과대학에 퍼지면 어떡해? 이건 절대 좋은 일이 아니라고."

"디노, 그만하지! 내 딸은 살인 혐의를 받고 있어! 우리가 지금 안타까워해야 할 사람은 아미나가 아니야."

디노의 목소리가 곧바로 수그러졌다.

"나도 알아, 안다고. 유감이야. 난 그저 아미나가 상관도 없는 일 때문에 곤경에 처하는 일이 없길 바랄 뿐이야."

물론 디노에게는 공격할 의도가 없었다. 전술과 신중함은 그에게 어울리지 않는다. 핸드볼 경기장에서 그가 순간적으로 욱해서 성질을 있는 대로 부리고 장광설을 늘어놓아 내가 수습한 일은 또 얼마나 많았던가. 하지만 이번에는 나도 조금의 과장 없이 스트레스 상태에 놓여 있었다.

"자네, 그 말은 우리 스텔라는 살인사건과 관련이 있다는 말인가?" 내가 물었다.

"아니, 물론 그런 말은 아니지. 하지만 우리는 지금 의과대학 이야길 하고 있잖아. 아미나는 금요일 사건에 대해 아무것도 몰라."

"하지만 스텔라도 모르긴 마찬가지야, 안 그래?"

"너무 전형적이어서 그래, 또 이런 일이 일어난다는 게. 아미나가 억울하게 엮인 게 어디 이번이 처음인가? 그 이유는……."

디노는 그 문장을 완성하지 않았다. 완성할 필요가 없었다. 나는 떨리는 집게손가락으로 전화를 끊었다.

나는 볼하우스 밖에 차를 주차한 다음 나머지 짧은 거리는 걸었다. 잘 구획된 화단 경계에 심긴 산울타리 틈 사이로 놀이터가 보였다. 가로등 기둥에 묶인 채 남은 청백 테이프만이 경찰이 이곳에 다녀갔음을 말해주었다. 어린 소녀가 그네를 타고 있었다. 그네가 제일 높이 올라갔을 때 신발 한 짝이 날아가자 소녀는 깔깔 웃었다. 소녀의 아버지는 그네 가까이 있는 미끄럼틀 앞에서 미끄럼틀을 내려오지 못해 우물쭈물하는 소녀의 남동생을 받아주려 두 팔을 뻗고 서 있었다.

그 가족 뒤에 산울타리를 따라 추모 공간이 만들어졌다. 양초, 장미와 백합, 사진과 추모사를 담은 카드들. 그리고 검정 바탕에 붉은 대문자로 쓴 'VARFÖR*?'.

소녀는 그네에서 펄쩍 뛰어내리자마자 신발을 집어 잽싸게 발에 꿰었다. 그리고 기쁨에 찬 외마디 비명을 지르며 로켓처럼 아버지 품에 달려들었다.

"쉬잇!" 소녀의 아버지가 눈짓으로 내 쪽을 가리키며 말했다.

나는 꽃들과 양초 앞에 서서 고개를 숙이고 크리스토퍼 올센을 위해 짧은 기도를 올렸다.

나는 조금 전까지 올센의 얼굴을 내 컴퓨터와 휴대전화 화면, 기사 한 건과 기업 프레젠테이션에 등장한 사진 몇 장으로만 보았다. 지금 나는 처음으로 그를 다른 방식으로, 사적으로 보고 있었다. 그는 살과 피로 이뤄진 인간, 다른 이들에게 그리움과 슬픔을 자아내는 인간이었다. 가장 큰 초상 속에서, 그는 사진이 찍혀 깜짝 놀란 것처럼 행복과 놀라움이 섞인 미소를 지으며 카메라를 향해 눈

---

*   스웨덴어로 '왜'를 뜻한다.

을 반짝이는 모습이었다. 역설적이게도 한 인간의 생명력 넘치는 모습만큼 죽음의 무정한 손길을 실감케 하는 것은 없다.

나는 잔혹한 무력감을 느꼈다. 모든 게 너무 끔찍하게 절망스러웠다. 한 청년이, 내가 알지 못하는 한 이방인이, 자갈밭 위에서 목숨을 빼앗겼다. 바닥에는 핏자국이 아직 선연했다.

어느 누구라도, 단 한순간이라도, 어떻게 스텔라가 이 사건에 엮여 있다고 믿을 수 있을까? 나는 크리스토퍼 올센의 사진들을 보았다. 그는 눈에 행복함이 넘치는, 창창한 미래를 앞둔 매력 넘치는 젊은 남자였다. 이것은 터무니없는 비극이었다.

나는 서둘러 인도로 돌아가서 필레가탄 쪽을 자세히 보았다.

그 이웃은 무슨 이유로 지난 금요일에 스텔라를 봤다고 진술했을까? 그 여자는 어떤 사람이며, 어떻게 그리도 확신할 수 있을까? 만약 그 여자가 거짓말하고 있다면, 거짓말에 어떤 결과가 따라올지 누가 알려줘야 옳지 않을까?

그런데 만약 그 여자가 거짓말하는 게 아니라면? 만약 스텔라가 정말 그곳에 있었다면?

나는 거리 끄트머리에서 크리스토퍼 올센이 살았던, 21세기가 시작되는 해에 세워진 노란 건물을 발견했다. 아름다운 창문들과 우아한 발코니들을 올려다보았다. 문을 밀어보았다. 문은 잠겨 있지 않았다.

나는 내가 목격자와 대화해서는 안 되는 법률적 이유 같은 건 자세히 알지 못한다. 하지만 도덕적 관점에서는, 비록 그 여자에게 아무 짓도 하지 않겠다고 나 자신과 약속했음에도, 지금 내 행동이 크게 비난받을 짓이라는 건 알고 있다. 나는 그저 그 여자가 무엇을 보았는지 그것만 알아내고 싶었다. 그 여자 역시 스텔라가 진짜 사람임을, 그녀를 걱정해 가슴이 찢기는 사람들에게 사랑받는 진짜 사람임을 깨달아야 한다. 이게 게임이 아님을 누군가 그 여자에게 알려줘야 한다. 그 여자는 내 존재를 알아야 한다.

19

나는 계단을 천천히, 비틀거리며 올라갔다. 첫 번째 계단참에서 멈춰 서서 명판들을 읽었다. 반들반들한 금속에 새겨진 C. 올센이 보였다. 그의 집 맞은편에 두 집이 더 있었다. 오른쪽 문에는 앙네 리드라는 이름이, 그리고 왼쪽 문에 뮈 센네발이라는 손 글씨로 쓴 명판이 보였다. 나는 그 이름을 즉각 알아보았다.

초인종이 찌르릉 울고, 나는 어떤 말을 꺼낼지 생각을 모았다. 여자에게 내가 여기 찾아온 이유를 이해시켜야 했다. 곧 문 너머에서 발을 끄는 소리가 났다. 마룻널 눌리는 소리도. 하지만 이내 조금 전처럼 다시 고요해졌다. 나는 초인종을 다시 눌렀다.

여자는 지금 저 문 뒤에서 문에 귀를 대고 있을까?

"저기요?" 나는 낮은 목소리로 말했다. "계십니까?"

잠금장치 돌아가는 소리에 이어 문이 아주 천천히 열렸다. 열린 틈이 너무 좁아 실내의 사람을 보려면 옆으로 비켜서야 했다.

"안녕하십니까? 불쑥 찾아와 죄송합니다."

배경이 너무 어두워 번들거리는 눈 한 쌍 말고는 보이는 게 거의 없었다.

"내 이름은 아담 산델입니다."

"그런데요……."

"안에 들어가도 될까요?"

날카로운 끼익 소리와 함께 문이 조금 더 열리고, 여자가 그 벌어진 틈새로 코를 내밀었다.

"물건 팔러 오셨어요?"

어린애 같은 목소리였다.

"스텔라에 대해 몇 가지 묻고 싶은 게 있습니다. 난 스텔라 아버지입니다."

"스텔라?" 여자는 생각을 되짚는 듯했다. "그 스텔라 말인가요?"

"제발…… 난 알아야 합니다."

여자는 망설이다가 보안 체인을 풀고 내 몸이 들어갈 만큼만 문을 더 열어 붙들고 있었다. 현관 복도 조명이 흐릿했다. 모자걸이에 챙 모자가 걸려 있고, 벽에는 바람막이 점퍼와 우산이 걸려 있었다. 그것들 말고는 썰렁했다.

"당신이 뭐 씨죠, 맞죠? 뭐 센네발 씨?"

여자는 벽 쪽으로 뒷걸음치면서 초조한 눈빛을 내 쪽으로 보냈다. 작은 체구에 늘어뜨린 베일처럼 허리께까지 기른 긴 머리칼이 더해져 섬약한 인상이었다. 스텔라보다 나이가 아주 많아 보이지는 않았다.

"댁이 저한테 뭘 원하는지 모르겠네요. 저는 경찰에게 벌써 다 말했어요."

"오래 있진 않겠습니다."

나는 약속하고 아파트 내부를 기웃거렸다.

작은 액자 하나 없는 빈 벽, 조명이라고는 공간에 희미한 빛을 던지는 외로운 램프 하나가 전부였다. 창 앞에 장애인재활센터에서 사용됐음 직한 진감색 팔걸이의자가 놓여 있었다. 텔레비전도, 컴퓨터도 보이지 않았다. 이케아 책장 위에는 벼룩시장에서 볼 법한 짝이 맞지 않는 피규어들이 있었다. 책상도 의자도 다른 가구도 없었다. 구석 자리에는 침구가 흐트러진 트윈베드가 썰렁하게 놓여 있었다.

"좋아요, 하지만 왜 찾아왔는지 말하세요." 뮈 센네발이 말했다.

나 자신도 거길 찾아간 이유를 잘 알지 못했다.

"내 딸을 본 자리가 어딘지만 알려주시겠습니까? 내가 조금이라도 이해할 수 있도록 도와주십시오."

뮈 센네발은 눈을 자꾸 깜빡거렸다.

"저는 저기 창가에 곧잘 앉아 있어요." 여자가 팔걸이의자를 가리켰다. "무슨 일인지 알아가는 게 좋아서요."

"무슨 일인지라뇨?"

"무슨 일이 벌어지고 있는지라는 뜻이죠."

이상한 말이다. 이 여자는 어떤 부류의 인간인가?

"당신이 스텔라를 본 날이…… 지난 금요일이 확실한가요?" 나는 이 질문으로 시작했다.

그녀는 내 얼굴에 대고 콧방귀를 뀌었다.

"처음은 11시 30분이었어요."

"처음요?"

그녀는 고개를 끄덕이며 말했다. "자전거를 탄 스텔라가 오르막길로 점점 다가왔어요. 그러더니 공동 현관을 요란하게 열고 안으로 뛰어 들어왔어요."

뮈 센네발은 천천히 의자 옆으로 가서는 창밖을 가리켰다. 멋진 필레가탄의 풍광이 한눈에 들어오는 자리였다.

"그다음, 한 30분 뒤에 그녀를 다시 봤어요. 저기, 길 건너편 보도에 서 있더라고요. 저 나무 아래에."

30분 뒤에 또? 그렇다면 뮈 센네발은 스텔라라고 생각되는 그 사람을 같은 날 밤에 한 번이 아니라 두 번 본 셈이다.

"당신이 본 사람이 스텔라라고 어떻게 확신하죠? 스텔라를 아십니까?"

그녀는 고개를 끄덕이며 말했다. "그녀가 H&M에서 일하는 거 알아요. 경찰한테도 그렇게 말했고요."

뮈 센네발은 다시 나를 쳐다보았다. 이 여자가 확실히 특이한 구석이 있긴 해도 거짓말하고 있다고 생각할 수는 없었다. 지난 금요일 밤 그녀가 누군가를 본 건 확실한데, 그 누군가를 스텔라라고 확신하고 있었다. 나는 뮈가 거짓말쟁이로 보이진 않는다고 생각하고 있었다. 이상한 생각이다.

"당신은 H&M 직원 모두를 압니까? 스텔라 한 사람만 압니까?"

"나는 한 번 본 사람은 절대 안 잊어요." 그녀는 다시 대놓고 콧방귀를 뀌더니 창밖을 바라보았다. "난 기억력이 아주 뛰어나죠. 남들이 그냥 흘릴 부분도 놓치는 법이 없어요."

"그러시겠죠." 내가 말했다.

"당신 딸을 H&M에서 여러 번 봤어요. 경찰이 사진을 보여줬을 때, 난 이 사람이 맞다고 확신했어요. 경찰은 목격자가 이렇게나 확신하는 경우는 흔치 않다고 하더군요."

나는 의자에 앉았을 때 전망이 어떻게 달라질지 궁금했다. 허리를 조금만 숙였는데도 건너편 보도 전체가 한눈에 들어왔다.

"그다음 막 잠들었는데, 남자의 비명에 다시 깼어요. 비명, 아니면 울부짖는 소리였나? 아무튼 남자 목소리였어요."

"그때가 언젭니까?"

"자려고 눕자마자였으니까 1시쯤요, 확실해요."

블롬베리가 말한 대로였다. 새벽 1시.

"나는 늘 새벽 1시에 잠자리에 들거든요. 아무튼, 나는 여기 창가로 달려와 바깥을 잠시 살폈어요. 아무것도 안 보였지만, 저쪽 놀이터에서 소리가 들려왔어요, 장담해요."

나는 어둠에 잠긴 그 시각을 상상해보았다. 가로등이 있다 해도 한밤중에 뭔가를 자세히 알아보긴 쉽지 않았을 것이다.

"그 사람이 스텔라였다고 당신은 어떻게 확신하죠?" 내가 물었다. "당신이 엉뚱한 사람을 지목했을 경우 그 어떤 사람과 다른 여러 사람의 인생을 망칠 수 있다는 거 아시죠? 당신은 한 톨의 의심 없이 확신해야 합니다."

"확신한다고요, 말했잖아요."

너무 순진한 소리로 들렸다. 현실감각이 없는 여자 같았다. 이런 여자의 주장 때문에 스텔라가 구치소에 갇혀 있다니 세상이 엉망으로 돌아가고 있구나. 나는 충동을 눌러야 했다. 마음 같아선 뮈 센네발을 붙들고 세게 흔들고 싶었다.

"당신은 스텔라를 모릅니다! 당신은 스텔라를 매장에서만 봤습니다. 그런데 어떻게 그리 확신합니까?"

뮈 센네발은 내 시선을 똑바로 되받았다. 연민이 가득한 눈이었다.

"스텔라가 이곳에 온 게 그날이 처음이 아니니까요."

20

소녀들이 열네 살이던 어느 날, 아미나가 교회 교육관으로 찾아왔다. 입구에서 아미나는 금방이라도 세상에 집어삼켜질 것처럼 몸을 벌벌 떨고 있었다.

"성직자들은 비밀을 지키겠다는 서약을 하죠, 그렇죠?"

아미나 입에서 이런 말이 나오자마자 나는 뭔가 달라지리라는 걸 알았다. 겁에 질린 암노루 같은 아미나의 눈은 목숨이 걸릴 만한 중대한 일이 일어났다고 말하는 듯 보였다.

스텔라의 어린 시절 아미나는 스텔라의 시간에 큰 부분을 차지했다. 스텔라는 어렸을 때 집에서 우리와 함께한 시간만큼 아미나의 집에서도 많은 시간을 보냈다. 아미나도 형제자매가 없는 외동이었다. 디노와 알렉산드라에게 직접 거론한 적은 없지만, 우리 부부는 그들도 우리처럼 두 번째 임신에 실패했을 거라고 추측했다.

"무슨 일이니?" 아미나의 어깨를 짚으며 내가 물었다.

나는 여러 면에서 내가 아미나에게 또 다른 아버지 같은 존재라고 생각한다.

"목사님도 비밀 엄수 서약을 했죠, 네?" 아미나가 재차 물었다.

"제가 어떤 말을 하든지 목사님은 아무한테도 내게 들은 말을 해선 안 되죠?"

"그건 네가 무슨 말을 하느냐에 따라 달라진단다."

나는 아미나를 자리에 앉힌 다음 오렌지 주스와 발레리나 쿠키를 대접했다. 본론에 들어가기 전에 우리는 학교생활과 친구들과 핸드볼에 대해서, 그리고 아미나의 꿈에 대해 짧게 이야기했다. 그다음 아미나는 스텔라에 대한 비밀을 털어놓았다.

나는 이틀 뒤에야 울리카에게 이 문제를 털어놓았다.

"마약이라고?"

아내는 나를 빤히 보기만 했다. 내가 농담이라고 말하길, 이 말을 물리길 기다리는 것 같았다.

"아미나 말로는 마약이래."

"그런데 왜 아미나는 그런 문제를 당신한테 말하는 건데?"

아내는 그 말을 진심으로 믿으려 하지 않았다.

"아미나는 겁에 질려 있었어." 내가 말했다.

그다음 며칠 동안 울리카는 전력을 다했다. 그녀는 교장과 양호교사에게 연락했고, 양호교사는 약물반응 검사를 해줄 클리닉을 알아봐주었다.

"엄마 아빠는 날 억지로 못 데려가." 클리닉 바깥에서, 스텔라는 달아나려 했다.

"아니, 물론 우리는 널 끌고 갈 수 있어." 울리카가 말했다. "넌 미성년자니까."

대기실에서도 스텔라는 계속 버티며 소란을 피웠다. 나는 어떻게든 얼굴을 숨기려 애썼지만, 볼썽사나운 광경이 계속 이어져 결

국 스텔라를 연구실로 끌고 들어가 더는 기다리기 힘들다고 설명
했다. 간호사가 주사기로 피를 뽑으려 할 때 울리카는 스텔라의 팔
을 꽉 붙들고 있어야 했다.

며칠 뒤 전화 연락이 왔다. 스텔라의 혈액에서 극미량의 마리화
나 반응이 나왔다.

"왜?" 울리카는 묻고 또 물었다. "대체 왜 그랬어?"

울리카는 주방 테이블에 앉은 스텔라와 내 주변을 종종걸음으로
맴돌았다. 이제 변호 대리인이 되어야 할 사람은 나였다.

"아무 일도 일어나지 않으니까." 스텔라가 말했다.

이 말은 곧 스텔라에게 툭하면 나오는 기본 대사가 되었다.

"세상이 너무 따분해. 아무 일도 일어나지 않잖아."

울리카는 몸을 부르르 떨며 딸을 쏘아보고 말아 쥔 한 손을 허리
춤에 걸쳤다.

"마약이야, 스텔라! 넌 마약을 했다고!"

"그냥 풀이야. 맛이나 보려고 한번 해봤어."

"맛을 봐?"

"해보니까 사는 게 조금은 재미있어지던데. 엄마 아빠한테 와인
이 그렇듯."

울리카가 주먹으로 식탁을 쾅 내리치자 유리잔들이 들썩거렸다.
스텔라는 벌떡 일어나서 디노한테서 주워들은 게 분명한 보스니아
욕설을 마구 늘어놓았다.

그날 밤 내가 침대에 눕자 울리카는 벽 쪽으로 고개를 돌렸다.

"여보." 나는 그녀의 등을 부드럽게 쓸었다.

울리카는 흐느껴 울기만 했다.

"다 괜찮아질 거야. 우리가 이 문제를 바로잡을 거야. 우리 함께

헤쳐나가자."

울리카는 천장을 쳐다보며 말했다. "내 잘못이야. 내가 그동안 너무 일만 했나 봐."

"누구의 잘못도 아냐." 내가 말했다.

"우린 도움을 받아야 해. 내일 청소년정신과에 전화하겠어."

정신과?

"사람들이 우릴 어떻게 생각하겠어?" 내가 말했다.

같은 주 어느 늦은 오후, 퇴근길에 아미나를 발견했다. 흰색 솜털 칼라가 달린 분홍 재킷을 보자 나는 자전거 핸들에서 한 손을 놓고 손을 흔들었다. 아미나는 반응하지 않았다. 그녀는 걸음을 점점 늦추다가 커다란 전력 외함 옆에서 걸음을 멈췄고, 나는 문제가 있음을 직감했다.

아미나에게 가까이 갈수록 그녀의 얼굴에 어두운 그늘이 점점 또렷해졌다. 마지막 순간까지 나는 내가 잘못 봤기를 바랐다. 내가 브레이크를 밟고 자전거 프레임으로 몸을 숙이자, 아미나는 어설프게 뺨을 가리려 했다.

"아, 아미나, 무슨 일이니?"

"별일 아니에요." 아미나는 얼굴을 돌리곤 큰 걸음으로 멀어지며 말했다. "성직자는 비밀을 지켜줄 줄 알았는데."

2주 뒤 우리는 소아청소년을 위한 정신과 클리닉 상담 예약을 잡았다. 교사들과 교장, 상담원, 간호사, 정신과 의사로 구성된 학교 회의를 한 차례 치른 뒤였다. 나는 세상에서 가장 실패한 못난 부모가 된 기분이었다.

클리닉 심리치료사는 *끄트머리*가 말리도록 팔자수염을 아주 길게 기른 남자였다. 얼굴을 이루는 눈 코 입 중 무엇도 제대로 보기 힘들었다.

"문제 청소년 뒤에는 늘 문제 가족이 있다는 게 제 지론입니다."

그가 낮은 원탁으로 몸을 숙이자 검정 구슬 목걸이가 대롱거렸다.

울리카도 나도 한마디 거들려고 했지만, 그는 한 손을 들어 제지했다.

"명심하세요, 지금은 스텔라의 관점을 살피는 게 가장 중요합니다. 스텔라, 기분이 어떠니?"

스텔라는 눈을 내리깔았다. "나한테 신경 *끄시죠*."

울리카와 나는 아이의 이름을 부르며 진정시키려 애썼다.

"우푸르르르." 심리치료사는 입술을 떨어 푸는 소리를 냈다. "하지만 따님에겐 자신의 기분을 말할 권리가 있습니다."

나는 손이 근질거렸다. 팔짱을 두르고 나 고집 세요, 하는 얼굴로 앉아 있는 저 어린 소녀는 내 딸이 아니었다. 생판 다른 사람이었다. 나는 스텔라의 어깨를 잡고 흔들며 정신 차리라고 소리치고 싶었다.

"제발, 스텔라." 울리카가 말했다.

내 목소리와 말투는 점차 거칠어졌다. "스텔라!"

하지만 스텔라는 진료 상담 기간 내내 불평했다.

"아무튼 엄마 아빠는 좆도 몰라. 영 잘못 짚고 있어. 하긴, 당신들이 모르거나 말거나 난 상관없어."

나는 일어난 일(우리 딸이 마리화나를 피웠다는 사실)에 서서히 체념했다. 재앙은 그게 아니었다. 마리화나는 스텔라가 일으킨 많은 문제 중 한 가지 불길한 조짐일 뿐이었다. 우리가 할 수 있는 일이 없다는 게 진짜 절망이었다. 울리카와 나는 화약고에 사는 기분이었다. 조금만 삐끗하면 불꽃이 튀고 폭발할 화약고. 스텔라는 눈빛이 어스름해지고, 소리 지르고, 물건을 집어 던지곤 했다.

"이건 내 인생이야! 아빤 내게 이래라저래라 해도 되는 대장이 아니라고!"

최악으로 치달으면 우리는 스텔라를 안정될 때까지 자기 방에 가둬야 했다.

같은 해 늦가을, 우리는 심리치료사를 팔자수염 남자에서 요정처럼 머리를 길게 기른 온화한 여자로 바꾸었다. 여자 심리치료사는 우리에게 집에서 연습할 숙제를 내주었다. 그녀는 그걸 '도구'라고 불렀다. 우리에게는 도구가 필요했다. 하지만 스텔라는 제 마음대로 하지 못하면 온 세상을 뒤엎을 듯 난리를 쳐댔고, 그럴 때는 우리가 급하게 꺼낸 어떤 도구도 소용이 없었다.

여러 검사가 진행되는 중간에 스텔라가 충동조절장애로 고통받는다는 진단이 나왔다. 그 빨간 머리 의사 말에 따르면, 이건 개선될 수 있는 것이었다.

나는 동료들에게 고민을 털어놓았다. 그들은 멋지게도 "10대는 쉽지 않은 법이지" 하며 위로의 말을 해주었다. 하지만 몇몇은, 내가 자기들 앞에서 괴로워하는 데도, 왠지 조금 고소해하거나 안도하는 모습을 드러냈다.

하지만 연이은 스텔라의 소변검사 결과가 음성으로 나오면서 나는 터널이 끝나고 빛이 보인다고 생각했다.

21

그날 밤, 울리카와 나는 소파 양 끝에 떨어져 앉았다. 우리는 시간에 맞서, 그리고 셋이 전부인 우리 가족 한가운데를 찢어놓은 상처에 맞서 싸우고 있었다. 피차 말하지 않고 쌓아온 침묵의 소란으로 분위기는 숨이 막혔다.

뮈 센네발 생각이 뇌리에서 떠나지 않았다. 그 여자의 말이 너무 무서웠다. 금요일 밤 자기가 본 사람은 스텔라가 확실하다는, 스텔라가 크리스토퍼 올센의 집에 온 게 그날이 처음이 아니기 때문이라는 그 말.

새벽 2시쯤, 울리카는 새 와인을 가지러 갔다. 자리로 돌아올 때 그녀는 크게 휘청거려 벽을 짚어야 했다.

"우리 그만 마시는 게 좋겠어." 내가 말했다.

"우리라고?"

나는 어깨를 으쓱했다.

나는 설교 시간에 우리 삶에 닥치는 비극이나 재난은 사람들에게 서로 협력해 하나가 되기 위한 시간, 지금 하는 짓을 진정으로 멈추고 서로에게 헌신하도록 만드는 시간이 되기도 한다고 설교했다. 불행을 겪을 때, 우리는 서로를 재발견하고 인류의 일원으로서 한 인간이 되는 게 어떤 의미인지 알아가게 된다. 슬픈 일을 당할 때, 우리는 어느 때보다 서로를 필요로 한다.

"아담, 부탁인데 나한테 이렇게, 혹은 저렇게 행동하는 게 좋겠다는 식으로 말하지 말아줘." 울리카가 말했다. "내 딸은 살인 용의자야."

몸을 제대로 가누지 못해 앞뒤 옆으로 흔들면서도 울리카는 간신히 자기 자리에 앉았다. 나는 한숨을 내쉬었다. 우리는 가족이다, 그러므로 힘껏 도와야 한다. 가족이기에, 거짓말도 비밀도 없어야겠지.

"내 생각을 말하자면 스텔라는 그 남자를 알았던 것 같아."

"크리스토퍼 올센을?"

나는 고개를 끄덕이고, 울리카는 와인을 홀짝였다.

"왜 그렇게 생각하는데?"

"그냥 느낌이 그래."

울리카는 눈을 크게 뜨고 나를 쳐다보았다.

울리카에게 전부 말해야 맞겠지? 내가 뮈 센네발과 이야기했다고 밝혀야겠지? 하지만 나는 울리카가 이해하지 못할 것 같아 겁이 났다. 그녀는 대뜸 화내며 내가 뮈 센네발의 증언에 영향을 끼칠 시도를 했다고 단정할 것이다. 이것은 물론 울리카에게 명예가 달린 문제이기도 하다. 어쩌면 그녀는 내가 어설프게 연기한 행동을 두고 의무감에 나를 경찰에 신고할지도 모른다.

"대체 우리가 뭘 잘못했을까, 여보?" 내가 물었다. "어떻게 이런 일이 일어날 수 있지?"

울리카 눈빛이 조금씩 반짝였다.

"난 그 애한테 충분했던 적이 없어." 그녀가 속삭임에 가까운 목소리로 말했다. "난 못된 엄마야."

나는 울리카에게 다가갔다. "당신은 훌륭한 엄마야."

"오, 스텔라는 언제나 아버지의 딸이었어. 모두들 저기 아담과 스텔라를 보라고 말했지."

"그런 말 마." 내가 손을 뻗었지만, 울리카는 고개를 돌리며 입을 다물었다. "당신과 스텔라는 많이 친해졌었잖아. 최근에는……."

그녀는 고개를 저었다. "늘 무언가 빠진 듯 허전했어."

"어쩔 수 없는 일인지도 몰라." 나는 무슨 뜻인지도 모르면서 그렇게 말했다.

결국 우리는 소파에서 잠들었다. 자다 깨다를 반복하는 쪽잠이었다. 몸이 배겨 깰 때마다 나는 여기가 어디인지 생각하고, 현실과 꿈속에서 본 환영을 구분하려 애써야 했다.

울리카는 내 옆에서 앉은 것도 누운 것도 아닌 어정쩡한 자세로 잠들어 있었다. 그녀는 숨 쉴 때마다 입술을 푸푸거리고 눈꺼풀을 바르르 떨었다. 그다음 새벽녘에 깼을 때, 나는 꿈속에 나타났던 울리카의 존재를 현실로 느끼고 싶어 그녀를 꼭 끌어안았다.

다음번에 깨어보니 울리카가 보이지 않았다. 나는 얼른 주방으로 갔다. 적요한 집 안으로 아침 햇살이 흘러들고 있었다. 나는 계단을 뛰어올라 침실 문을 활짝 열었다. 침대가 비어 있었다. 그다음 스텔라의 방에서 아내의 목소리가 들렸다.

"법의학연구소 결과가 나왔어. 오늘 구속적부심이 다시 열린대."

문가에 잔뜩 웅크린 채 서 있는 울리카는 눈 밑이 거무죽죽했다. "그게 무슨 뜻이야?"

"'합리적 의심' 또는 '상당한 이유' 모두 구속 사유가 돼. 나라면 이 두 가지는 아주 다르다고 말하겠지만. 합리적 의심이 있으면 구금 상태로 수사하는 게 큰 문제가 아니지만 상당한 이유로 구속할 때는 입증 기준이 훨씬 높아져."

　법률 용어들이 내 머릿속에서 달그락거렸다.

　"검사는 스텔라에게 불리한 강력한 증거를 가지고 있대. 검사는 혐의 단계를 높이고 싶어 해."

　혐의가 더 높아진다고? 심장이 덜컥 내려앉았다.

　"그들이 뭘 찾아냈는데?"

22

마리화나 흡연을 비롯해 연일 엇나가는 딸의 부모로서 느끼는 죄의식과 수치심에 대해서 울리카와 나는 한 번도 대화하지 않았다. 우리는 정신과를 들락거린 시간에 대해서도 계속 입을 다물고 있었다. 우리는 미래에 대한 선언만 고집스레 내놓았고, 마치 우리는 다른 부모들과는 차원이 다르다는 듯 모두에게, 그들이 듣고 싶어 하든 말든, 우리 아이의 안녕이 가장 중요하다고만 말했다.

그해 가을 울리카는 일하는 시간을 줄였다. 집에서 보내는 시간이 늘긴 했지만 그녀는 여전히, 적어도 예전만큼 바빴다.

어느 날 밤, 잠에서 깬 나는 울리카가 타이핑하는 소리가 점점 잦아드는 걸 느꼈다. 울리카의 서재로 살금살금 들어가보니 그녀는 속옷 차림으로 어둠 속에 앉아 있었다. 요 몇 달 새 눈에 띄게 살이 빠진 몸, 책상 램프의 흐릿한 빛을 받은 브래지어 가장자리 바로 아래에 성난 붉은 줄과 물집이 눈에 띄었다.

대상포진입니다, 다음 날 의사가 우리에게 말했다. 남자 의사는 수면제 처방은 거부했지만 병가를 내는 데 필요한 서류에 사인해주었다.

발진이 난 곳에 칼라민 로션을 발라주며 내가 말했다. "몸 생각해야지, 여보."

"난 스텔라를 생각해야 해." 울리카가 대답했다.

그런데 그 무렵 스텔라의 인생은 다음 시기를 향해 전속력으로 달려가는 것처럼 보였다. 열네 살은 그런 시기라고 나는 생각한다. 자기 존재를 대기자 명단에 올릴 여유가 허용되지 않는 시기. 무리를 따라잡아야 하며, 따라잡지 못하면 뒤처지거나 낙오자가 된다. 디노는 입버릇처럼 스텔라에게 가장 큰 적은 스텔라 자신이며, 스텔라는 자기 자신과의 전투에서 이겼어야 했다고 말하곤 했다. 그 시점 스텔라가 인생에서 이길 방법은 기권밖에 없는 듯 보였다.

"정말 짜증 나, 다 상관없어."

그해 봄, 심리치료사는 빨간 머리 여자에서 같은 유형의 더 젊은 여자로 대체되었다. 새 여자 심리치료사는 어떤 문제든 치료가 가능하다는 신념의 소유자였는데, 그녀의 신념은 스텔라가 상담 중간에 폭발해 입에 담지 못할 욕설로 그녀를 익사시키기 전까지만 통했다. 그다음 우리는 가족치료사를 찾아갔다. 뱅 스타일 머리에 늘 열의에 찬 미소를 짓던 북부 출신의 젊은 남자는 스텔라가 폭발할 때마다 우리에게 '상황을 동결'하라고 촉구했다.

"멈추고 지금 기분이 어떤지, 어쩌다 이런 감정이 찾아왔는지에 대해 말하세요."

며칠 뒤 울리카와 내가 말뫼에서 열리는 파티에 가지 말라고 했을 때, 스텔라는 샌드위치를 냉장고에 던졌다.

"날 죽이려 작정들 하셨군!" 스텔라는 악을 썼다. "이것도 안 돼, 저것도 안 돼, 아무것도 못하게 하면 난 무슨 낙으로 살아?"

나는 일어나서 하키 심판처럼 두 팔을 아래로 내리며 벌렸다.

"이 상황을 동결하자."

"아씨, 지랄하네!" 스텔라는 현관으로 달려갔지만, 내가 잽싸게 앞을 막아섰다. "내 말은 꺼내지도 못하게 하고!"

스텔라는 울리카 옆을 쌩 지나 2층으로 올라갔다. 방문이 쾅 닫히는 소리가 났고, 나는 속상해서 아내를 보며 한숨을 내쉬었다.

"스텔라는 받아들여야 해." 주방 아일랜드에 기대며 내가 말했다. "우리 세 사람 모두 받아들여야 해."

"이게 무슨 난리인지, 도무지 이해가 안 돼." 울리카가 말했다.

우리 둘 다 이해가 가지 않았다. 스텔라는 다섯 살 때 그 나이의 아이에게는 아주 어려운 퍼즐을 풀려고 몇 시간이고 앉아 있었다. 예비학교의 다른 또래에게선 드문 집중력과 인내심을 보였었다. 이제 스텔라는 10분도 엉덩이를 붙이고 앉아 집중하지 못했다. 하지만 심리치료사들이 주의력결핍증^{ADD}이나 과잉행동장애^{ADHD}를 거론할 때마다, 울리카는 스텔라를 변호했다. 그녀는 자신이 이렇게 반응하는 이유를 다른 사람들에게 설명하지 않았지만 나한테는 어떤 진단이 자신에게 낙인처럼 찍힐까, 그리고 아무튼 그것이 자기 충족적 예언이 되어버릴까 너무 겁나서라고 고백했었다.

"내가 어릴 때 어른들은 나만 보면 늘 착한 딸이라고 말했어."

울리카는 상한 음식에 입맛을 버린 사람처럼 얼굴을 찌푸렸다. 나는 울리카의 말이 이해가 되지 않았다.

"사람들은 내 머리를 쓰다듬으며 '착한 여자애'라고 말했지. '울리카는 정말 착한 여자애구나.' 그리고 결국 나는 모두가 내게 기대하는 '그 착한 여자애'가 되는 거 말고 다른 선택지가 없었어."

나는 생각도 못 해본 말이었다.

중학생이 되면서 스텔라는 교회에 나오지 않았다. 나는 수선을 떨지 않았다. 지극히 자연스러운 반항심으로 보았기 때문이다. 요즘 아이들은 옛 세대보다 10대 문화를 빨리 접하며, 심지어 사춘기 전부터 자유를 찾겠다며 부모 품에서 달아나려 한다. 스텔라가 독립적인 인간이 되고 싶어 하는 건 이상할 게 없었다. 나아가 하나님에 대한 내 신앙을 딸에게 강요할 생각 역시 추호도 없었다.

1년, 2년이 지나가면서 스텔라는 이 세상의 모든 비참은 종교 때문이라고 강하게 비난했다. 그녀는 엄격한 무신론자가 못 되는 사람들을 조롱하고 경멸했다. 물론 나는 스텔라의 그런 세계관을 바로잡아주려는 시도는 별무소용이라는 걸 알고 있었다. 나도 같은 시기를 거쳤기 때문이다. 하지만 스텔라의 그런 행동과 말은 내게 상처 주려는 것이라는 확신 때문에 괴로웠다. 이것은 치러야 할 세금이었다. 상상하지 못했던 방향으로 행동하고 변해가는 자식을 지켜보는 건 괴로운 일이다.

교회에 대한 스텔라의 비딱하고 부정적인 태도를 고려할 때, 스텔라가 견신례 캠프에 가고 싶다는 말에 나는 놀랐다.

견신례 대상자를 위한 좋은 그룹 활동을 만드는 건 내가 이곳 교회에 새로 부임한 목사로서 처음 맡은 프로젝트 중 하나였다. 우리는 이웃 교구들과 함께 블레킹에 이웃한 임멜른 호숫가에 완벽한 캠프를 찾아냈고, 우연히 로빈이라는 젊은 남자 집사를 캠프 감독관으로 채용했다.

캠프는 첫해에 크게 성공했다. 이듬해 스텔라와 또래들이 견신례 차례가 되었을 때, 시 전체에서 10대 아이들과 부모의 문의가 쇄도했다. 우리 캠프가 인기 있는 건 로빈 덕이 아주 컸다. 로빈은 젊고 매력적이면서도 가볍지 않은 사람이었다. 나는 회중 예산에서 큰 몫을 할당해 그를 캠프 감독관으로 재고용했다.

물론 나는 견신례 캠프를 신청한 여학생들이 로빈을 어떻게 볼지 알고 있었다. 그가 지닌 매력에는 확실히 어떤 위험도 숨어 있었다. 그러나 나는 순진하게도 어떤 경종도 들으려 하지 않았다.

"스텔라를 견신례 캠프에 보내는 게 좋겠어." 벽이 흔들릴 정도로 센 바람이 불던 4월 어느 날 저녁, 내가 말했다.

이번만큼은 온 가족이 저녁 식탁에 둘러앉아 있었다. 별다른 사고 없이 일주일을 무사히 지낸 날이었다.

"정말?"

스텔라는 기뻐하며 내 목을 껴안았다.

"아빠 정말 최고야." 그녀는 입에 음식을 문 채 말했다. "사랑해요, 아빠!"

"우선 네 엄마 의견부터 들어보자."

울리카는 아주 집중해서 우물거리고 있었다. 얼마 전 그녀는 스웨덴에서 가장 악명 높은 재판 중 하나가 될 사건의 변호인단 자문위원이 되었다. 그녀는 그 재판에 매달려 전심전력으로 일하고 또 일했다.

"글쎄, 내가 뭐라고 해야 하지?"

울리카는 우유를 조금씩 나눠 마신 다음 나를 보았다.

"캠프에 가도 된다고 말해요, 엄마." 스텔라는 여전히 내 목을 껴안은 채 말했다.

"부탁이야." 내가 조금 멍청하게 웃으며 말했다.

나는 견신례 캠프를 스텔라가 기독교도의 우정 속에서 새로운 가치를 발견할 기회가 되길 바랐다고 고백해야 옳을 것이다. 스텔라가 마음을 열고 자신을 발견할 기회가 되길. 아마 나는 견신례 캠프를 돌아가는 여정의 출발점으로 희망했던 것 같다. 스텔라가 돌아오게 하는 길일 뿐만 아니라 잃었던 내 딸을 되찾을 길로.

"물론 캠프에 가도 좋아." 결국 울리카가 말했다.

이 말은 내게 어떤 전환점으로 느껴졌다.

8월 어느 금요일, 스텔라는 교회 주차장에서 버스에 올랐다. 울리카는 스톡홀름에서 돌아오는 비행기를 놓쳐 그 자리에 없었지만, 나는 주차장을 빠져나가는 버스를 향해 손을 흔들었다. 스텔라는 버스 뒷창에 대고 환하게 미소 지었지만 손을 흔들지는 않았다.

23

수요일 오후에 우리는 다시 법원에 갔다. 울리카가 먼저 검색대를 통과했다. 내 차례가 되자 불빛이 깜빡거리며 경고음이 삐삐 울렸다. 모두의 시선이 내게 꽂혔지만, 경비는 내가 깜빡 잊고 풀지 않은 목걸이를 금방 찾아냈다.

복도에서 미카엘 블롬베리는 우리에게 제대로 인사할 겨를도 없었다. 그의 이마에 땀이 솟고 타이는 느슨했다. 그가 정말로 스텔라 변호인으로 적임자일까?

두 사람과 함께 법정으로 걸어 들어가면서도 나는 허방을 딛는 기분이었다. 스텔라는 벌써 법정에 와 있었다. 뒷모습만으론 평범한 10대 소녀, 앞길이 창창한 젊은이로 보였다. 스텔라의 힘없는 눈을 보고 나서야 나는 다시 현실에 붙들렸다. 여기서 정상인 건 아무것도 없었다.

구속적부심이 시작되었다. 이번에는 검찰 측과 변호인 모두 비공개 진행을 요구하지 않았다. 검사 예니 얀스도테르가 발언권을 얻었다.

그녀는 빠르고 막힘없이 말했다. "조사에서 드러난 새로운 법의학적 증거를 토대로 저는 스텔라 산델에 대한 지금의 혐의 단계를 유지합니다."

나는 스텔라에게서 눈을 뗄 수 없었다. 딸이 저기, 불과 몇 미터 앞에 앉아 있는데 말 한마디 못 붙이고 있다는 사실이 너무 끔찍했다. 내 딸을 간절히 안아주고 싶었다.

법의학연구소가 조사한 결과, 범죄 현장감식요원들이 살인 현장에서 확보한 족적은 스텔라가 체포 당시 신었던 신발과 디자인이 같은 신발에서 나온 것이었다. 하지만 그 족적이 스텔라의 신발에서 나온 건지 아닌지 결정하는 건 가능하지 않다고 했다.

또한 피해자의 시신에서 캡사이신 반응이 나왔는데, 그 말은 크리스토퍼 올센이 최루성 스프레이를 맞았을 가능성이 높음을 보여준다고 했다.

"스텔라의 동료들은 경찰 조사에서 스텔라가 호신용 스프레이를 늘 가방에 휴대했다고 밝혔습니다." 검사가 말했다.

터무니없는 말로 들렸다. 스텔라가 왜 그런 물건을 휴대하고 다닌단 말인가?

얀스도테르는 더 나아가 현장감식요원들이 필레가탄에 있는 크리스토퍼 올센의 아파트에서 스텔라의 머리카락과 피부 조각, 의류 섬유 등의 흔적들을 발견했다고 지적했다.

"스텔라는 이런 증거들에 대해 설명하지 못했습니다. 그뿐 아니라 살인이 일어난 밤 자신이 무엇을 했는지도 일관되게 설명하지 못했습니다."

울리카가 내 손을 꼭 잡았지만, 나는 아내와 눈을 맞출 용기가 나지 않았다.

검사는 사건 정황에 대한 상세 내용은 검시관의 보고가 나와야 알 수 있으며, 아직은 결과가 나오길 기다리는 중이라고 말했다.

텔레비전 쇼 녹화를 지켜보는 기분이었다. 아내가 변호사이긴 해도 내가 법정을 방문한 건 서너 번이 전부였다. 그 몇 안 되는 예에서 나는 주어진 시간 안에 관객 앞에서 공연하는 극을 보는 인상을 받곤 했다. 혹은 결혼식이나 장례식 같은 느낌을. 그러나 막상 그 이야기에 얽히게 되면, 그게 자신의 인생 혹은 가족의 이야기가 되면, 연극을 구경한다는 느낌은 멈춘다.

"수사관들은 크리스토퍼 올센의 컴퓨터에서도 증거를 찾아냈습니다." 검사가 서류 더미 하나를 들추며 말했다. "이것은 올센과 스텔라 산델이 나눈 상당한 분량의 채팅 대화입니다. 이 안에는 두 사람이 서로 아는 사이이며 친밀한 관계를 한 차례 이상 가졌음을 짐작할 내용들이 들어 있습니다."

속이 메슥거렸다. 머릿속에 끔찍한 장면들이 떠올랐다.

블룸베리는 발언할 차례가 됐을 때 아무런 이의를 제기하지 않았고, 이에 판사는 법정이 이를 숙고하겠다고 말했다. 보안요원은 이번엔 스텔라를 뒤따라 곧바로 지하로 내려갔다. 스텔라는 법정에서 지하 유치장으로 가는 통로를 걷는 내내 한 번도 뒤돌아보지 않았다. 그들 뒤로 문이 닫혔다.

"왜 스텔라는 아무 말도 하지 않지?" 나는 울리카에게 물어보았다. "왜…… 왜 스텔라는 그들이 이런 짓을 하게 놔두지?"

스텔라는 시키는 대로 하는 사람처럼 보였다. 연극에서 아무런 존재감 없는 소도구 같았다.

"스텔라가 할 수 있는 일이 없어." 울리카가 말했다. "스텔라도 우리만큼 충격 상태일 거야."

차라리 충격 상태라고 믿는 게 낫다, 다른 이유는 생각하고 싶지도 않았다.

정확하게 10분 뒤, 우리는 법정에 다시 불려 들어갔다. 판사는 법정은 살인 혐의에 대한 상당한 이유로 스텔라의 구속을 결정했다고 선언했다.

우리는 곧장 클로스테르가탄거리에 있는 블롬베리의 사무실로 갔다. 유명 변호사는 얼굴을 찌푸리며 단단한 재질의 마루를 찍찍 소리가 나게 걸었다.

"이 따윌 수사라고 하다니. 얀스도테르와 경찰 모두 스텔라만 쳐다보고 다른 건 못 보는 눈가리개라도 찼나 봅니다."

"왜 법정에서는 입 다물고 있었습니까?" 내가 물었다.

블롬베리는 걸음을 멈추며 되물었다. "무슨 뜻입니까?"

블롬베리는 질문을 한 사람이 내가 아닌 울리카인 양 울리카를 보았다.

"왜 당신은 그저 받아들이기만 합니까?" 내가 말했다. "이의를 제기하고 반박해야 맞는 거 아닙니까? 스텔라는 알리바이가 있습니다! 왜 당신은 스텔라의 알리바이 이야기는 한마디도 하지 않습니까?"

블롬베리는 부질없다는 듯 허공에 손사래를 쳤다. "지금으로서는 알리바이가 아무 소용이 없습니다. 스텔라에게 불리한 정황증거가 너무 많은 데다 검시관이 살인사건의 정확한 시간대를 특정하지도 않았으니까요."

"하지만 목격자 뭐 센네발이 있잖아요." 내가 말했다. "새벽 1시경에 자기 집 창문 밖에서 싸우는 소리를 들은 여자 말이죠."

블롬베리는 울리카를 쳐다보았다.

"음, 그 말이 맞아요." 내 아내가 말했다. "미카엘, 센네발이라는 목격자에 대해 좀 알아봤나요?"

블롬베리는 자기 책상 의자에 앉았다.

"뭐 센네발은 대단한 증인이 못 될 겁니다. 허구한 날, 문자 그대로 창가에 붙어 사는 여자입니다. 물건을 사거나 치료사를 만나려고 외출할 때만 빼면 창가에 앉아 이웃을 염탐하는 게 전부인 사람이죠. 이웃에 일어난 일이라면 모르는 게 없죠."

"그 말은 더없이 좋은 목격자라는 이야기로 들리는데요." 내가 말했다.

"실제론 그렇지가 못해요. 이 젊은 여자는 정신병 증세의 표본이거든요. 당신이 한 번이라도 들었음 직한 온갖 공포증과 신경증을 다 안고 있는 사람입니다."

나도 그 정도는 예상했다. "하지만 그 점은 크게 중요하진 않잖아요, 안 그런가요?"

블롬베리와 울리카 둘 다 당황해 몸을 꼼지락거렸다.

"당신도 내심 중요하다고 생각하실 텐데요." 블롬베리가 말했다.

"올센의 전 여자친구는 어때요?" 울리카가 물었다. "그 여자를 파봤나요?"

파다니? 나는 그 표현이 몹시 거슬렸다. 가십과 비방, 유명인들을 쫓는 한심한 저널리즘이 연상되었다. 우리가 희생양을 찾아내려 물불 가리지 않기로 작정했다는 소리처럼 들렸다.

"우리는 그의 전 여자친구에게 전부를 걸어야 합니다." 블롬베리가 말했다. "린다 로킨드."

"그 여자 이름입니까?"

블롬베리는 책상에서 종이 한 장을 들어 확인했다. "네, 린다 로킨드 맞아요. 주소는 툴가탄 10번지군요.”

“그 여자하고 얘기해봤어요?” 울리카가 궁금해했다.

“그리 수다쟁이는 아니더군요. 자기는 경찰과 검사에게 이미 다 말했고, 아무도 자기 말을 믿어주지 않았다고 했어요. 그 진술서 사본을 손에 넣으려 시도해봤지만, 기밀로 분류된 문건 같습니다. 그래도 우린 해결책을 찾아낼 겁니다. 법정에서 승부를 걸어야죠.”

“재판은 얼마나 걸릴까요?” 내가 물었다.

블롬베리는 펜을 딸깍딸깍 눌렀다.

“진정해.” 울리카는 내 팔을 토닥거리며 말했다.

“진정하라고? 무슨 뜻이야, 진정하라니? 로킨드라는 이 여자한테 동기가 하나라도 있다면 그 여자를 조사하는 데 온전히 집중해야 맞잖아? 경찰은 ‘광범위하고 객관적으로’ 일해야 하잖아?”

“경찰은 이미 그녀를 참고인으로 조사했습니다.” 블롬베리는 볼펜을 책상 위에 툭 던졌다.

“보나 마나 설렁설렁 넘어갔겠죠. 그리고 우리는 언제 스텔라를 볼 수 있죠? 우린 딸과 꼭 이야기해야 합니다!” 나는 의자에서 엉거주춤 일어나며 말했다.

“스텔라는 전면 접근금지입니다. 오직 변호인만이 그녀와 대화할 수 있습니다.”

“우리 딸은 고작 열여덟 살인데요.” 내가 말했다.

“불행하게도 나이는 중요하지 않습니다.” 블롬베리가 대꾸했다.

“아직 애라고요!”

소리칠 생각은 없었다. 그냥 나도 모르게 큰 소리가 터져 나왔다. 말아 쥔 주먹에 불끈한 박동이 느껴졌다. 울리카가 내 손목을 붙들었다.

"법률상으로는 애가 아닙니다." 블롬베리는 조심스럽게 말했다.

"법률 따윈 모릅니다. 내 딸을 보고 싶습니다!"

귀가 멍멍했다. 곰 같은 블롬베리조차 내 고함과 울리카의 손도 뿌리치고 의자를 박차고 일어서는 내 동작에 흠칫 놀란 것 같다.

"당신, 스텔라가 경찰에 다 말하게 확실히 하세요. 비밀도, 지저분하고 충격적인 말도 앞으로 더 들리지 않아야 합니다. 죄 없는 사람은 거짓말하지 않습니다."

24

　나는 견신례 캠프에 방문한다는 계획을 스텔라에게 알리지 않았었다. 아마 내 생각이 짧았던 게 이 부분일 것이다. 나는 계획을 말했어야 했다. 하지만 내 입장에서는 캠프 방문은 내 의무이기에 따로 설명할 필요가 없어 보였다. 나는 신도 활동 조직을 맡은 목사 중 하나고, 캠프는 애초에 내 기획으로 시작되었기에 내가 어린 예비 신도를 찾아가는 건 자연스러운 일이었다.

　내가 캠프에 도착했을 때는 막 핫도그 구이 파티가 끝난 뒤였다. 아이들 몇몇은 벌써 수영복 차림이었다. 그들은 부두에서 호수로 뛰어들고 허리 깊이의 차가운 물속에서 덜덜 떨고 있었다. 캠프의 여자 상담지도원 두 명이 나무 아래서 아이들을 지켜보는 동안, 로빈은 호수에서 물을 뿌리며 장난치고 있었다. 머리칼은 젖고 다문 그의 입가에는 흐뭇한 미소가 어려 있었다.

　나는 야트막한 풀밭 언덕을 천천히 걸어 올라갔다. 가장 사랑스러운 색채로 행복과 우정의 풍경을 채색한 미술작품이 눈앞에 펼쳐지고 있었다.

　아이들이 내 옆을 지나쳤다. 스텔라와 같은 반 아이 두엇이 "안녕하세요?"하고 내게 인사했지만, 나머지 아이들은 내 존재를 거의 알아차리지 못했다.

나는 언덕을 도로 내려가 나무 밑에 있던 여자 상담지도원들과 악수했다. 그들은 모든 게 환상적으로 진행되고 있다고 말했다. 그룹은 함께하는 멋진 경험에 놀라워했고 흉금을 터놓는 흥미로운 대화도 여러 번 나누었다고 했다.

상담지도원 중 누구도 스텔라를 언급하지 않기에 나는 스텔라도 얌전히 지내고 있다고 받아들였다. 걱정해선 안 된다고 진작 마음먹었는데, 불미스러운 일이 없었던 게 분명해지자 새삼 안도감이 몸을 씻어내는 기분이었다.

하지만 스텔라가 내가 캠프에 온 걸 알게 된 순간, 모든 것이 바뀌었다. 스텔라는 젖은 머리칼을 굵은 밴드로 묶으며 호수에서 나왔다. 모래 위로 올라와 수건을 몸에 둘렀다.

내 모습을 발견한 스텔라의 눈이 어두워졌다.

"여기서 뭐해?"

"그저 모두 잘 지내나 보고 있어." 나는 다정하게 웃으려 했다.

"날 좀 내버려둬!"

스텔라는 바닥을 탁탁 치는 끈 샌들 소리를 내며 언덕으로 사라졌다.

로빈이 식사를 같이 하자고 했다. 우리 둘만 앉을 독립된 방이 있고, 스텔라는 나를 보러 오지 않을 터였다.

캠프의 조리사들은 진짜배기 실력자들이어서 음식이 다 맛있었다. 저녁 식사 후 나는 로빈에게 잠시 더 있어도 되느냐고 물었다. 곧 집으로 돌아갈 테지만 이튿날 예배를 위해 몇 가지 준비할 게 있다고 설명했다.

"얼마든지 계십시오." 로빈이 말했다.

의무적인 사교 시간을 한두 시간 보낸 다음, 내 컴퓨터를 앞에 두고 혼자만의 생각할 시간을 갖게 되어 기뻤다. 나는 겉으로는 무척 사교적이지만 마음속으로는 나 자신을 내성적인 사람이라 생각했다. 혼자만의 경건한 시간을 확보하려 늘 노력했고, 이 점은 가정생활에서도 마찬가지였다. 인생에서 자기만의 공간을 가질 권리는, 내게는, 자기 생각을 정확하게 말할 권리만큼 중요하다. 가정에서도 각자의 시간을 가진 것이 울리카와 나 둘 다에게 많은 도움이 되었다. 부부는 늘 함께해야 한다는 요구는 숨 막히는 구속으로 쉽게 변질될 수 있다. 인간은 사회적인 동물이라 흔히들 말하지만, 또한 고독이 필요한 존재임을 잊어선 안 된다.

설교 준비를 마쳤을 때, 어스름이 호수에 스며들고 있었다. 설교 준비에 예상보다 시간이 많이 걸렸다. 울리카는 스톡홀름 출장 중이라 집에 서둘러 갈 이유는 없었고, 이제는 로빈에게 작별 인사만 하면 되었다. 스텔라를 잠깐 보러 갔다가는 아이를 더 화나게 할 것 같아 피하고 싶었다. 로빈 덕분에 캠프는 올해도 잘 돌아가고 있었고 나는 순조로운 진행에 매우 기뻤다. 가슴을 누르던 묵직한 짐이 사라졌다. 나는 상쾌한 공기를 마시며 시골길을 걸었다.

캠프 장소인 연맹휴양센터는 기다란 형태의 건물 세 채로 구성되어 있었다. 먼저 식당, 주방, 휴게실이 있는 본관과, 거기서 시골길 건너 있는 숙소로 쓰는 기숙사 건물이 있었다. 그리고 두 건물과 조금 떨어진 곳에 키 큰 자작나무 숲에 살짝 가려진, 지도상담원들이 숙직이 아닌 날 잠자는 숙소인 작은 통나무 오두막이 있었다.

자유 시간을 누리려는 견신례 예비 신자들이 하나둘 나타나기 시작했다. 더러는 잔디밭으로 갔지만 대부분은 숙소로 걸음을 옮겼다.

"로빈 선생님 보았습니까?" 여자 지도상담원에게 내가 물었다.

"지도상담원 숙소에 갔을 거예요."

나는 자작나무 숲길을 빠르게 걸어갔다. 초저녁 하늘에 10대들의 웃음소리가 울려퍼졌다.

나는 문에 다가가 노크했다. 반응이 없었다. 로빈이 화장실에 갔나? 샤워 중일까? 문손잡이를 돌렸지만, 문은 안에서 잠겨 있었다. 로빈이 벌써 잠들진 않았을 텐데?

건물 모퉁이를 돌아서 창문 안쪽을 들여다보았다. 빈 침대만 보였다. 나는 큰 기대 없이 다음 창문으로 다가갔다. 커튼이 내려져 있었지만 고맙게도 작은 틈새로 흐릿한 불빛이 새어 나오고 있었다. 나는 로빈이 잠들었나 보다 생각했다. 노크를 하려고 몸을 숙였는데, 놀랍게도 그 틈새로 방 안이 그대로 보였다. 거기, 흐릿한 빛 속에서 공포에 질려 서로를 쳐다보는 두 사람이 보였다.

그 짧은 일별로 모든 것이 드러났다. 3년이 지난 지금도 나는 그 불쾌한 장면을 언제라도 소환할 수 있다. 아마 영원히. 그 이미지는 절대, 사라지지 않을 것이다.

얼른 주섬주섬 옷을 입으려 하던 로빈과 스텔라.

25

목요일 아침은 스텔라가 구치소에서 다섯 밤을 보낸 뒤였다. 비좁고 어둠침침한 감방, 더러운 침대에서 잘 스텔라를 생각하자 가슴이 찢어졌다. 아침 식사 때 나는 주방에서 왔다 갔다 하며 떠오르는 온갖 걱정거리를 계속 중얼거렸다.

"그만 좀 해." 울리카가 말했다. "곱씹고 떠든다고 해서 달라질 게 없어."

"말도 못 하면 내가 뭘 해야 하는데?"

"난 일할 거야. 내가 일하는 게 당신이 진정하는 데도 도움이 될 거야."

울리카가 일하는 게 최소한 내가 다른 걸 생각하는 데는 도움이 될 것이었다. 나는 전화로 몸이 나아졌다고 보고한 다음 교회 교육관을 향해 걷기 시작했다. 이곳 대학가에서 9월은 꼭 크리스마스를 기다리는 강림절 기간 같다. 여름 기운은 확연히 꺾이고, 거리는 진로를 찾아 자신의 정체성을 열심히 알리려는 혼란스럽고 열띤 대학생들로 넘쳐난다. 주머니에서 나오는 내비게이션 음성에 따라 흘러가는 자전거의 물결, 인생이란 무엇인가에 대한 답변을 가죽가방이나 피엘라벤 백팩에 신고 여기저기 뛰어다니는 스물한 살 청춘들. 룬드는 한동안 이런 열띤 분위기에 빠져 있다가 오리엔테이션 기간에 타액을 주고받은 다음, 신입생 중에서도 제일 괴상한 생짜 신입생들이 고향으로 돌아간 다음에야 최악의 교태를 내려놓는다. 이것은 대학가가 지닌 매력이자 큰 단점이다. 룬드는 매해 가을 참신한 몽상가들과 공상적 박애주의자들에게 침략당했다가 낙엽이 지기 전 몇 주간의 인디언서머에 그 허물을 벗기 시작하는 도시다. 룬드의 이 풍경과 분위기는 절대 익숙해질 수 없으니 사랑하든 증오하든 선택해야 하리라.

내가 교회 교육관 입구에 외투를 걸 때, 주방에 모여 있던 동료들의 목소리가 그곳으로 실려 왔다.

"처음엔 굉장히 충격이었는데, 생각을 해봤더니, 그게 참⋯⋯."

"그 아이, 성깔이 무서운 데가 있었어요."

내가 그들의 대화를 듣지 않는 건 불가능했다.

"부모가 오냐오냐 키웠어. 그게 스텔라 같은 여자애한테는 제 맘대로 해도 좋다는 신호로 해석된 거야."

"울리카와 아담이 애한테 너무 오냐오냐한 거죠."

나는 입구에 그대로 붙박인 채 그 말들을 고스란히 흡수할 수밖에 없었다.

"물론 이건 스텔라 잘못이 아니에요." 집사 중 한 명인 모니카가 말했다. "스텔라는 아직 어리잖아, 어린애가 아니라도 아직 10대라고."

잠시 정적이 흘렀다. 나는 눈을 감았다. 몸이 천천히 바닥에서 붕 뜨는 기분이었다. 그다음 사람들의 말이 다시 이어졌다.

"스텔라는 정신과 상담을 받았었죠."

"놀랄 이야기도 아니네요."

"그 애는 늘 정신건강 문제가 따라다녔어. 아주 꼬맹이였을 때도 유난하더라고."

다시 정적. 누군가 기침 소리를 냈다.

나는 내 동료들을 좋아한다. 나는 늘 그들에게 의지했고, 그들은 나를 신뢰하고 사랑해주었다. 내가 이곳에 부임해 시작한 큰 프로젝트들은 교회에 긍정적인 변화를 이뤄냈고, 이 점에서 신자들의 신뢰와 인정을 받고 있다고 나는 확신한다. 그런데 지금 완전히 무방비 상태에서 이런 중상을 들으니 마음의 입이 틀어막힌 기분이었다. 나는 좀비처럼 곧장 걸어 들어가 그들이 앉은 식탁에 합류했다.

"아…… 아담 목사님!" 모니카가 말했다.

마치 주님의 재림을 목격하는 것처럼, 다섯 쌍의 눈들이 크게 벌어져 말을 잃고 있었다.

"오늘 쉬시는 날인데요." 그들이 합창하듯 말했다.

"오늘 오후에 결혼식이 있습니다."

"하지만 그 결혼식은 오토 목사님이 맡으셨어요." 교회 행정업무관인 아니타가 말했다.

"제가 건강해져서 일할 수 있다고 보고드렸는데 모르셨어요?"

아니타는 얼굴을 붉혔다. "우리 생각으론 목사님이……."

나는 그들 한 사람 한 사람과 눈을 맞추며 누구든 사과하기를 기다렸지만 모두 입을 다물고만 있었다.

결국 모니카 집사가 자리에서 일어나 내 팔을 잡았다. 이 교회에서 가장 오래 봉사한 그녀는 우리 모두를 묶어주는 접착제이자 힘든 일이 닥칠 때 우리 모두가 붙는 바위 같은 존재다.

"이쪽으로 오세요." 모니카는 멍해 있는 나를 천천히 복도로 이끌었다.

모니카의 사무실에서, 우리는 낮은 안락의자에 마주 앉았다. 모니카는 여러 개의 반지를 낀 두 손으로 내 무릎을 짚은 뒤 몸을 숙이며 상냥한 고양이 눈으로 나를 바라보았다.

"모니카, 우리가 어디서부터 잘못되기 시작했을까요?"

"목사님은 잘못한 게 없어요." 모니카는 내 팔꿈치를 잡고 고개를 천천히 흔들며 말했다. "하나님은 목적이 있어요. 그분의 뜻을 우리가 아직 알아차리지 못했을 뿐이죠."

모니카와 하나님께 지옥에나 가라고 말하고 싶은 마음도 있었지만, 나는 다행히 정신을 차리고 신경 써주어서 고맙다고 표했다.

"이제 집에 가서 좀 쉬세요, 울리카도 돌봐주시고요." 모니카는 나를 끌어안았다. "두 분을 위해서 기도하겠습니다. 그리고 스텔라를 위해서도."

그 순간 모니카의 말이 너무 고깝게 들렸다. 위선으로 느껴질 정도였다. 하지만 그때 모니카의 충고대로 따르지 않은 게 지금은 너무나 후회스럽다.

살갗 밑이 스멀거렸다. 자꾸만 초조감이 더해졌다. 생각은 두터운 안개 커튼 뒤에서 모양을 잡아가고, 심장은 테리어 강아지처럼 내 늑골을 긁어댔다. 몸은 내게 달리라고, 고통스러운 현재에 얼어붙지 않으려면 달리라고 계속 말했고, 그래서 나는 수 킬로미터를 등이 땀으로 젖도록 뛰거나 적어도 걸었다.

나는 룬드 중심가를 처음부터 끝까지 걸었다. 시티 파크를 지났을 때, 만약 우리가 로빈을 경찰에 신고했다면 어떻게 되었을까 생각했다. 우리는 스텔라를 강간한 로빈을 아무 처벌도 받지 않게 두었다. 우리 딸은 그걸 어떤 신호로 읽었을까? 우리는 얼마나 글러먹은 부모인가?

분노가 치밀며 목덜미가 불끈하고 근육이 경련을 일으켰다. 나는 쇠드라 에스플라나덴에 있는 강아지 공원을 빠른 걸음으로 지나쳤다.

툴가탄이라는 거리 표지판이 보였다. 나는 가슴을 찌르는 날카로운 통증을 느꼈다. 걸음을 멈추고 표지판을 노려보았다.

이곳은 크리스토퍼 올센의 전 여자친구가 살고 있는 동네였다. 블롬베리는 우리 앞에서 그녀의 주소를 읊었다. 나는 그곳을 그냥 지나칠 수 없었다.

26

로빈을 경찰에 신고하지 않은 건 울리카의 결정이 컸다. 그것은 또한 내 선택이기도 했기에 그녀를 비난할 마음은 없지만, 울리카가 반대하지 않았다면 나는 신고하는 데 주저하지 않았을 것이다.

로빈을 벽으로 밀치고 주먹을 허공에 휘두르던 나는 마지막 순간 가까스로 자제했다. 나는 스텔라를 끌다시피 하며 작은 자작나무 숲을 빠져나와 차에 태웠다. 집까지 어떻게 운전했는지 지금도 기억나지 않는다.

울리카는 스텔라를 당장 병원에 데려가자고 했지만, 나는 경찰 신고가 먼저라고 생각했다.

"녀석이 스텔라를 강간했어." 내가 말했다. "설령 스텔라가 상담원 숙소까지 따라갔더라도. 스텔라가 먼저 그 일을 시작했든 아니든 간에."

울리카는 주방에서 종종걸음을 치며 말했다. "어떻게 하는 게 최선일지 모르겠어."

"당신, 스텔라한테도 책임 있다는 식으로 말하진 마. 스텔라는 아직 어린애야."

"법의 눈으로는 아니야. 열다섯 살이잖아. 스웨덴에서는 성관계가 가능한 연령이지."

울리카는 창가에서 걸음을 멈췄다. 어깨를 떨고 있었다. "재판이 어떻게 진행될지 눈에 선해. 나 자신이 그런 재판들 한가운데에 있었으니까."

나는 그 기억을 억눌러왔지만, 울리카는 서너 해 전 집단 성폭행 사건의 주도자와 가담자들을 변호한 적이 있었다. 가해자인 젊은 남자들은 모두 무죄를 선고받았고, 여론의 비난을 받았다.

"그들은 스텔라를 집요하게 몰아세울 거야." 울리카가 말했다. "스텔라가 무슨 말을 했는지, 어떤 행동을 했는지, 어떤 옷을 입었는지 하나하나 까발리며 공격하겠지."

"그만해. 스텔라는 피해자야."

"알아. 모두가 알지. 하지만 법정이 중요하게 따지는 건, 결정적 행동을 한 이가 누구인가, 스텔라가 저지른 일이 어떤 성격의 일인가, 사건 전후 그녀의 행실이 어땠는가야. 상대 변호인은 의심스러운 점이 하나라도 나오면 체로 쳐서 낱낱이 해부하려 들 거야."

나는 창가로 걸어가 울리카의 허리를 끌어안았다.

"그런 일이 일어나게 둘 수 없어. 그런 재판은 안 돼."

울리카는 내 팔을 쓸며 말했다. "이게 다른 성격의 재판으로 갈 길은 없어."

그날 밤 울리카는 집단강간사건 재판이 진행되는 동안 피해자 소녀가 진술한 세세한 내용의 일부를 들려주었다. 나는 충격을 받았다. 나 자신을 특별히 순진하다고 생각한 적은 없지만 강간사건 재판이 실제 어떻게 진행되는지 듣고 있자니 몸에 물리적인 고통이 느껴질 정도로 괴로웠다. 변호사들이 강간 피해자들에게 치마

길이에 대해서나 얼마나 만취 상태였는지 등을 묻는다는 이야기를 숱하게 읽고 들어왔음에도 나는 그런 이야기는 극단적 예외일 거라며 외면했다. 그제야 강간사건 재판에서는 그런 전개가 다반사임을 알게 되었다.

나는 내 자식은 물론이거니와 어느 누구에게도 경찰에 신고하지 말라고, 시스템을 믿지 말라고, 정의를 법정에 맡기지 말라고 충고할 생각은 한 번도 한 적이 없었다. 하지만 막상 스텔라가 요구받고 감내해야 하는 게 무엇일지 어렴풋이 드러나자 내 생각을 재고할 수밖에 없었다.

"여기서 뭐가 중요할까?" 잠들기 전에 울리카가 물었다. "스텔라가 그 일을 겪고도 상대적으로 탈 없이 지나가게 만드는 일과, 로빈이 반드시 죗값을 치르도록 만드는 일 중에서?"

마치 이 두 결과물이 정반대 방향에 있는 것처럼. 왜 우리는 둘 다 가질 수 없단 말인가? 울리카가 내민 그 흑백 논쟁에 도전했어야 했는데. 굽히지 않고 정의를 실행하자고 주장했어야 했는데. 그러지 못한 게 너무도 후회스럽다.

우리는 스텔라에게 용서받지 못할 죄를 짓고 말았다.

27

나는 툴가탄거리에서 발견한 첫 번째 문으로 다가갔다. 그저 확인만 할 생각이었다.

린다 로킨드. 크리스토퍼 올센과 한때 동거한 여자는 어쩌면 이 순간 문 안쪽에 앉아 있을지도 모른다. 블롬베리는 린다가 살인사건과 관련 있다고 확신하는 듯 보였다.

인터콤 옆에 적힌 성을 읽는데 가슴이 두근거렸다. 예르브링, 사무엘손, 마카. 로킨드는 없었다.

나는 옆 건물로 걸음을 옮겼다.

린다 로킨드는 최소한 나를 이해시킬 수 있을 것이다. 크리스토퍼 올센에 대해 내게 말해줄 수 있을 것이다. 올센과 스텔라가 어떻게 만났으며, 둘 사이에 어떤 일이 있었는지 그녀는 짐작하는 게 있을 것이다.

세 번째 문에 명판이 보였다. 로킨드, 2층. 그 이름을 한참 노려보는 동안 내 심장박동은 더 빨라졌다. 내가 지금 무슨 짓을 하고 있는 걸까?

나는 문을 흔들었다. 잠겨 있었다. 몸을 숙이니 문 안쪽의 계단참이 보였다. 무슨 말부터 해야 할까? 내 소개를 어떻게 해야 여자가 겁먹지 않을까? 미친놈으로 보이지 않을 수 있을까? 여자가 경찰에 신고하려 들면 어쩌지?

나는 인터콤에 있는 이름들을 한 번 더 훑고 I. 얀손을 골랐다. 그 이름이 다정해 보였다. 버튼을 누르자 낮고 꺽꺽대는 목소리가 "누구세요" 했다. 나는 이웃집에 꽃 배달을 왔는데 아무도 없는 것 같다고 말했다. I. 얀손은 당장 문을 열어 나를 계단참으로 들였다.

나는 2층으로 올라가 걸음을 멈추고 초인종을 눌렀다.

뭐 센네발을 찾아간 날을 떠올리며 좀 더 매끄럽게 해낼 방법을 고민했다. 센네발을 찾아간 것만도 선을 침범한 셈인데, 이번엔 선을 한참 넘은 행동이었다. 만일 내가 추적한 사실을 알게 되면…… 린다 로킨드가 위험한 행동을 할까? 최악의 경우 린다는 복수심에 불타는 살인자이고, 좋게 봐준다 해도 옛 남자친구를 무고한 사이코패스 거짓말쟁이다. 나로선 조심하고 또 조심할 이유가 있었다.

여자는 문을 열며 깜짝 놀랐고, 나도 놀라 뒷걸음쳤다. 이런 여자일 리 없는데. 내 앞에 서 있는 여자는 모델 같았다.

"린다 씨입니까?" 내가 물었다.

그녀는 나를 의심스럽게 쳐다보았다. "그런데요?"

"이야기 좀 나눕시다."

"누구시죠?"

나는 성직칼라를 가리켰다. "잠깐 안에 들어가도 될까요?"

여자가 놀라 입을 벌렸다. "무슨 일 있나요? 우리 엄마한테?"

"크리스토퍼 올센 씨의 일로 찾아왔습니다."

"들어오세요." 여자는 안도감에 표정이 풀리며 나를 안으로 들였다. "하지만 난 그 사건에 개입되고 싶지 않아요."

밝고 널찍한 아파트였다. 침실로 이어지는 복도의 벽은 전사한 대형 세계지도로 덮여 있고, 지도 아래 바닥에는 백합 한 송이를 꽂은 1미터 높이의 유리병이 놓여 있었다. 서가에는 알록달록한 코끼리 형상 장식품들 사이에 피트니스 책들이 꽂혀 있었다. 모던한 디자인의 대형 상들리에 불빛이 실내를 아름답게 비추었다.

"같이 앉으시죠?" 나는 프랑스식 발코니 앞에 놓인 테이블을 가리켰다.

"내가 왜요? 내게 뭘 원하시죠?"

여자는 아까부터 손을 허리춤에 걸치고 복도에 서 있었다.

"나는 올센 가의 대리인입니다." 나는 의자를 직접 꺼내면서 말했다.

마치 처음부터 계획이 있었고 나는 실행만 하면 되는 것처럼.

"말씀드렸잖아요, 이번 일에 더는 얽히고 싶지 않다고."

"잠깐이면 됩니다, 앉으시죠." 내가 사정했다. "저는 남은 가족이 위엄 있게 정리할 수 있도록 도우려 찾아왔습니다."

"유족요? 마르가레타 말인가요?"

"맞습니다." 나는 얼른 고개를 끄덕였다. "크리스토퍼는 우리 곁을 떠났습니다. 우리는 진실이 밝혀지기만을 바랍니다."

"무슨 뜻이죠?"

린다가 살인을 자백하리라고는 물론 기대하진 않았지만 여자의 반응을 관찰하는 게 흥미로웠다. 나는 거짓말을 드러내게 하는 데 늘 재능이 있었다.

"당신과 크리스토퍼 사이에 어떤 일이 있었나요?" 내가 물었다.

"그 일은 마르가레타가 알고 있는데요. 내가 경찰에 다 말했으니까요."

린다는 꺼림칙하게 얼굴을 찌푸리며 결국 자리에 앉았다.

"내게 다시 말씀해주시겠습니까?" 내가 물었다.

"그 경관 말이에요, 앙네스 테린. 그 여자는 날 믿지 않았어요. 힘들게 도움을 청했지만 아무도 제 말을 귀담아듣지 않더군요."

매끈한 피부, 황금비를 이루는 아름다운 얼굴. 누가 봐도 매력적인 여자이지만, 나는 외모 말고 린다를 이루고 있는 또 다른 중요한 부분을 느꼈다. 그녀는 자의식 강하고 야심에 찬 젊은 여자다. 몇 살이나 되었을까? 많아야 스물둘이나 셋? 그녀가 내게 진실만을 말하진 않겠지만 그렇다고 피도 눈물도 없는 냉혈한에 살인범이 아닌 것도 나는 확신했다.

"마르가레타로서는 받아들이기 힘들겠지만, 그 여자 아들은 사이코패스예요. 아, 사이코패스였죠. 그래요, 크리스는 병든 사이코패스였어요."

린다에 따르면, 처음 2년은 모든 것이 더할 나위 없이 좋았다. 또는 적어도 그렇다고 생각했다. 그녀는 나중에야 행복에 겨운 그 시절에도 어둠의 암시들(비밀들, 여러 번의 배신, 부정)이 있었음을 깨달았다. 그래도 그 허울 좋은 표면이 무너지기까지 2년 가까이 걸렸다.

린다는 첫 만남에서 크리스와 사랑에 빠졌다. 크리스 올센은 잘생기고 매력이 넘치는 데다 지적이고 사교성이 풍부했다. 열정은 곧 사랑으로, 그리고 미래를 함께하는 계획들로 발전했다. 모든 게 너무 빨리 진행되었다는 걸 나중에야 깨달았다. 그 연애에 그토록 몰두하지 않았다면 위험신호를 제때 알아차렸을 거라고 린다는 말했다.

"자책은 그만하시죠." 내가 말했다. "우리의 심장과 뇌 둘 다 좋은 안내인이 될 수 있습니다. 어느 쪽을 따르지 말았어야 했는지 우리는 늘 뒤늦게 깨닫고 후회하죠."

린다가 미소 지었다. 그 미소에서 나는 천진난만함과 다른 사람과의 공감을 바라는 예리한 갈망을 동시에 느꼈다.

"크리스한테 처음으로 맞았을 때, 나는 다시는 그렇게 당하지 않겠다고 스스로에게 맹세했어요. 난 얻어맞고 사는 여자가 아니에요. 똑같은 말을 스스로에게 얼마나 많이 했는지 모르겠어요."

"자신을 맞아도 되는 사람으로 여기는 사람은 세상에 없죠."

린다는 고개를 끄덕였다. 미소는 진작 사라졌고 눈은 그렁그렁했다.

"멍청한 소리로 들리겠지만, 크리스는 정말 멋진 사람이기도 했어요. 폭력을 쓰지 않을 땐 말이죠. 나는 매번 이게 마지막이야, 이런 일은 다신 없을 거야, 내가 떠날 거니까 하고 생각했죠. 그다음 모든 게 좋아져 나는 다시 희망을 품곤 했어요. 이번에는 가능성이 있다고, 그에게 다시 기회를 주자고 생각했죠. 정말 한심하죠?"

"전혀 한심하지 않아요."

나는 린다의 말을 믿었다. 폭력에 시달린 다른 여자들에게서도 비슷한 이야기를 많이 들었다.

"나는 폭력을 겪은 적은 없지만, 직업상 폭력적인 남자들을 많이 만났습니다. 폭력성은 그들의 한 면일 뿐입니다. 이거 아니면 저걸로 나뉘는 인간은 세상에 없습니다."

"나쁘기만 했다면 나도 쉽게 그를 떠날 수 있었겠죠." 린다는 손가락으로 눈 밑을 훔쳤다. "그의 곁에 계속 머무른 나 자신을 절대 용서하지 못할 거예요. 과거의 내 모습, 온전한 내 모습을 다시 떠올릴 힘도 없어요. 나라고 믿어온 완전한 자아상이 짓밟힐 때의 끔찍한 기분을 당신은 알지 못해요."

린다 말이 맞았다. 나는 이해하지 못했다. 적어도 당시에는.

"하지만 크리스는 죽어도 싼 놈이었어요. 그는 바람을 피운 데다 나를 성적으로 학대하고, 차버리기까지 했어요. 궁금하면 경찰 조서를 읽어보세요. 난 경찰 신문을 다시 헤쳐나갈 자신이 없어요. 아무튼 이제는 그게 중요하지도 않게 되었지만."

"마르가레타를 위해서라도……."

린다는 나를 똑바로 쳐다보았다. "난 정말 관심 없어요. 크리스 죽음이 딱하지도 않고요."

린다의 눈은 얼음처럼 차가웠다. 그녀는 진심이었다. 나는 처음으로 그녀가 살인사건과 관련 있다는 생각이 들었다. 혹시 살인자가 여러 명일까? 그녀가 누군가에게 살인을 교사했을까?

"사실, 놀랍지도 않아요." 린다가 말했다. "크리스가 나한테 한 짓을 그녀한테도 똑같이 했을 거라 확신해요."

나는 호기심이 올라왔지만 애써 억눌렀다. 두 손을 모으며 그녀를 쳐다봤지만, 이번엔 이어지는 말이 없었다. 그녀는 입술을 삐죽거리며 시선을 창문으로 옮겼다.

"누구한테요?"

"스텔라요. 그 일을 실행한 소녀."

린다는 무슨 의도로 저렇게 말할까? 또 스텔라의 이름은 어떻게 알고 있단 말인가?

"그녀는 겨우 10대예요. 그런데도 내가 오래전에 해야 했지만 못한 일을 감행했어요."

나는 마음속으로 밀려드는 영상들을 속절없이 봐야 했다. 찌르고 또 찌르는 칼날의 번득거림. 사랑스러운 미소가 비틀어지며 비명으로 변하는 크리스토퍼 올센의 입. 나는 멍해져 그 장면들에서 스텔라를 지우려 애썼다. 아니야, 그런 장면은 일어나지 않았어.

"왜 그런 말을 하시죠?" 나는 간신히 말했다.

"네?"

"무슨 이유로 스텔라가 그랬다고 생각하십니까?"

린다는 놀란 눈으로 나를 쳐다보았다.

"그녀가 살인 혐의로 체포되었으니까요."

"그 소녀를 압니까?"

린다는 고개를 저었다. "그 소녀가 처벌을 면했으면 좋겠어요."

나는 충격에 말문이 막혔다. 크리스토퍼 올센이 스텔라를 공격했다는 게, 또는 아무튼 스텔라를 피해자로 만드는 게 가능한가? 만약 그랬다면 스텔라는 왜 경찰에 그 말을 하지 않았을까? 만약 스텔라가 이 일의 진짜 희생자라면?

"마르가레타는 어떻게 지내요?" 린다 로킨드가 물었다.

나는 생각에 골똘해 대답하지 않았다.

"분명 아주 힘들어하겠죠. 난 마르가레타를 좋아했어요. 적어도 나쁜 감정은 없었어요. 그녀는 늘 나한테 잘해줬거든요. 크리스가 사이코패스인 건 그녀 탓이 아니에요."

"그렇죠." 나는 말했지만 속마음은 달랐다. 마르가레타에게도 죄를 물어야 하지 않을까? 그녀는 올센의 어머니이니까.

"스타네는 어때요? 그가 뭐라고 하던가요?"

나는 목덜미를 긁었다. 저 여자는 누구를 이야기하는 거지?

"스타니슬라브 말이에요." 린다가 말했다.

린다의 눈이 가느스름하고 매서워졌다. 나는 구석에 몰리고 있었다.

"당신은 올센 가를 대리해 왔다고 말했어요. 그런데 스타니슬라

브를 몰라요?"

"물론 압니다."

린다는 의자를 뒤로 밀치며 벌떡 일어나더니 몇 걸음 뒷걸음쳤다.

"당신 누구예요, 정체가 뭐죠? 당신은 내게 이름을 밝히지 않았어요."

"그랬나요?"

이름 하나가 당장 떠올랐지만 발음하기가 영 꺼림칙했다. 난 거짓말을 몇 번이나 할 작정인가. 목적이 아무리 고결하다 해도 거짓말이 거듭되면 곧 품위와 위엄을 잃게 된다.

"여기서 당장 나가요." 린다가 말했다.

린다는 대형 유리 꽃병이 놓인 벽에 등을 대고 물러섰다. 눈은 겁에 질려 있었지만 아슬아슬한 광기의 경계를 넘나드는 거친 면모도 엿보였다.

"당장 가겠습니다." 나는 그녀 옆을 빠르게 지나치며 말했다. "시간 내주셔서 고맙습니다."

린다는 내게 눈을 떼지 않은 채 입구 쪽으로 빠져나갔다. 언제라도 전화를 걸 수 있도록 휴대전화를 높이 들고 있었다.

좁고 복잡한 현관에서 나는 구두를 신으려 쭈그렸다. 한쪽 신발 끈을 매고 반대쪽 신발 끈을 매면서 신발이 놓인 선반을 쳐다보았다. 예닐곱 켤레의 신발 중 하나가 내 눈길을 끌었다. 떨리는 손가락으로 간신히 매듭을 지은 다음 신발장을 다시 훔쳐보았다.

다시 봐도 스텔라가 신던 신발과 똑같았다. 어쩌면 사이즈까지 같지 않을까? 범죄 현장에 남은 족적과 똑같은 신발. 크리스토퍼 올센의 살해범이 신었던 것과 똑같은 신발.

28

룬드 중심가를 빠르게 걸어갈 때, 머릿속은 윙윙거리는 말벌집처럼 생각들로 웅성거렸다. 그러니까 린다 로킨드에게 스텔라의 신발과 브랜드에 디자인까지 똑같은 신발이 있다. 그리고 벽에 붙어 설 때의 그녀의 눈빛, 떠오르는 어떤 생각에 어쩔 줄 모르면서도 분노가 가득한 눈빛, 그것은 진짜 광기에 사로잡힌 사람의 눈빛이었다. 동시에 크리스토퍼 올센이 스텔라를 때렸을 거라는 여자의 의견에 뒷골이 아파왔다. 나는 이 가능성을 무시할 수가 없었다. 그 개자식이 스텔라를 해쳤다고?

나는 더 빠르게, 아스팔트에 발소리가 저벅저벅 울리도록 더 힘껏 밟으며 나아갔다. 아냐, 그럴 리 없어. 동시에 스텔라가 폭력적으로 반응하는 모습을 어렵지 않게 상상할 수 있었다. 어쩌면 스텔라가 순간적인 감정 폭발로 눈에 보이는 게 없는 분노 상태에 빠져 우연히 손에 잡힌 칼을 사용했을지도 모른다. 하지만 무엇 때문에? 실외에서, 놀이터에서? 그리고 그 칼은 도대체 어디서 나왔단 말인가? 스텔라는 도대체 왜 경찰에 진실을 말하지 않았을까?

나는 이런 추론을 울리카와 상의할까 생각했지만, 울리카가 내 생각을 공상의 산물로 치부하며 내 행동을 돌아보라고 말할 것 같아 겁이 났다. 스텔라를 도울 최선의 방법에 대해 울리카는 나와 정반대 의견을 가진 듯 보였다. 나는 울리카가 미카엘 블롬베리를 그렇게나 신뢰하는 이유가 이해되지 않았다. 미카엘이 비범한 성적으로 변호사 자격을 취득한 데다 지금도 대단한 능력자이긴 해도 충분히 성실한 사람으로 보이진 않았다. 왜 스텔라는 아직도 구치소에 있단 말인가? 그리고 왜 우리는 아직도 딸을 면회하지 못하는가?

나는 대신 경찰에게 말하기로 결정했다. 도저히 참을 수 없었다. 누구라도 린다 로킨드가 사건 수사의 실마리라는 사실을 알아차릴 것이다. 린다에게 동기가 있는데 왜 스텔라가 갇혀 있는가?

걸음은 점점 빨라져 스토라 쇠데르가탄에서 나는 거의 달리고 있었다. 스테셋레스토랑과 페르가렌주차장에 닿았을 때, 주머니에서 휴대전화가 울렸다. 어머니였다. 어머니는 숨차 하고 더듬거렸지만 분명하게 말했다.

모두가 알고 있다.

석간신문들이 스텔라에 대한 기사를 실었다. 오후에는 라디오에서도 뉴스 단신으로 다루었다. 언론은 이름을 언급하지 않았지만 (언론 윤리는 적어도 아직은 완전히 망가지지 않았다) 누구든 마음만 먹으면 스텔라의 정체를 알아챌 실마리를 인심 좋게 제공하고 있었다.

"다그뉘한테서 전화가 왔어. 그게 사실이냐고 묻더구나." 어머니의 목소리가 몹시 떨렸다.

"이모님께 진실을 말씀드리세요. 경찰이 실수한 거라고요."

전화를 끊자마자 나는 사람 많은 한길을 피해 주차장 옆 작은 골목으로 들어갔다. 건물 로비를 계속 직진해 건물 반대편으로 빠져

나왔다. 그다음 카테드랄학교 앞 벤치에 앉아 30분 남짓 자기 파괴적인 구글 검색에 몰두했다. 먼저 기사들을 찾아 읽은 다음 으스스한 사이트들로 옮겨갔다. 스텔라와 우리 가족에 대한 사실부터 새빨간 거짓말과 말도 안 되는 억측들까지, 정보는 그야말로 널뛰고 있었다.

핸드볼 유망주였다는데…… 성질을 이기지 못했나 봐.

그 여자, 놀이터에서 그가 나타나길 기다렸을 거야. 올센은 백만장자잖아. 이건 계획된 범행이 틀림없어.

글을 다 읽자 비명이 터져 나올 것 같았다. 터무니없는 글이었다. 그런데 모니터 앞에서 이런 거지 같은 글을 타이핑하는 이들은 어쩌면 내가 거리에서, 교회에서, 심지어 법정에서 만난 사람들일지도 모른다.

나는 경찰과 이야기해야 했다. 릴라 피스카레가탄으로 걸어 올라가며, 나는 앙네스 테린에게 전화해 그리 찾아가겠다고 알렸다. 테린은 지나는 길에 들러주면 환영하겠다고 대답했다.

호기심을 누르지 못한 사람들이 말을 걸어와 나는 몇 번이나 멈춰서야 했다. 그들은 나를 알지만 나는 오래전에 이름을 잊은 사람들에게 편의점 앞에 붙들려 있는 사이, 자전거를 탄 사람들이 함성을 지르며 지나가고 어떤 루마니아 남자는 〈대부〉를 아코디언으로 연주하고 있었다.

그다음에는 강아지를 산책시키던 우리 교구 여자 신자가 나를 불러 세웠다.

"안녕하신가요?" 그녀는 슬픔에 잠긴 눈으로 물었다. "이건 실수가 분명해요. 경찰이 실수하는 게죠."

나는 신자들 앞에 서서 예배를 이끄는 일이나 만나는 이들 하나

하나와 인사하는 걸 힘들어하지 않는다. 나는 기쁘게 걸음을 멈춰 짧은 안부를 나누고, 인간 동료의 말을 경청하고, 충분히 정중하고 현명한 말을 해주려 애쓴다. 하지만 이번에는 달랐다. 숨이 막혀 질식할 것만 같았다.

결국 나는 공포에 질려 얼굴을 가린 채 급히 반토르게트로 간 다음 구름다리 아랫길로 해서 경찰서로 올라갔다.

형사반장 앙네스 테린은 자기 집무실 밖에서 나를 기다리고 있었다. 나는 그녀가 내준 커피에 설탕을 넣고 젓다가 손이 너무 떨려 스푼을 바닥에 떨어뜨렸다.

"어떻게 지내셨어요?" 형사반장이 물었다.

"간밤에는 간신히 눈을 붙였습니다."

앙네스 테린은 고개를 끄덕이고는 온화하게 웃으며 말했다. "아담, 저는 당신 연락을 기다렸어요."

무슨 의도로 저런 말을 할까?

"저는 반장님이 연락해올 줄 알았는데요." 누가 들어도 모난 목소리였다. "우리는 아직 어떤 정보도 얻지 못한 것 같군요."

앙네스 테린은 자기 커피에 우유를 따랐다.

"수사가 예민한 단계예요. 우리는 진실을 밝히려 열심히 일하고 있어요."

"그러세요?" 나는 팔짱을 둘렀다. "정말로 '포괄적이고 선입견 없이' 일하고 있나요? 반장님은 이미 마음을 정한 거 아닙니까!"

순간 눈앞이 아물거려, 나는 몸을 숙이며 이마를 짚었다.

"괜찮으세요?" 테린이 물었다. "이번 일로 몹시 지치셨겠죠."

나는 눈을 치뜨고 정신을 가다듬으려 애썼다. 정신 빠진 사람처럼 보여선 안 된다.

"린다 로킨드 말이죠, 반장님은 왜 그 여자를 면밀히 살피지 않습니까?" 내가 말했다.

테린은 커피를 홀짝거린 후 입술을 문질렀다. "우리는 물론, 이번 사건과 관련 있어 보이는 모든 걸 조사하고 있습니다."

"린다 로킨드에게 스텔라의 신발과 똑같은 신발이 있다는 거 아시나요? 범죄 현장에 족적을 남긴 것과 똑같은 신발이?"

형사반장은 커피를 뿜을 뻔했다. "네? 그건 어떻게 아셨습니까?"

"내가 그걸 어떻게 알게 됐는지가 뭐가 중요합니까? 어떤 사람한테 들었습니다. 중요한 건 반장님이 왜 그 점을 조사하지 않았느냐는 겁니다. 왜 린다 로킨드의 집을 수색하지 않죠?"

앙네스 테린은 냅킨으로 입을 닦았다. "저는 예비조사 내용에 대해 말할 수 없습니다. 하지만 장담컨대……."

"반장님의 장담 따위는 지금 아무 소용 없습니다! 반장님이 돌아가는 상황을 전혀 모른다는 생각만 점점 들고 있어요."

"그렇게 느끼신다면 유감이군요." 앙네스 테린이 말했다. "하지만 그건 사실이 아닙니다."

나는 한숨을 내쉬며 말했다. "린다 로킨드는 크리스토퍼 올센에게 2, 3년 동안 성적학대를 받았습니다. 린다가 결국 용기 내어 신고했지만, 반장님은 그녀의 말을 귀담아듣지 않았고 수사는 그렇게 종결됐습니다. 린다에겐 제 손으로 정의를 실행할 이유가 차고 넘칩니다. 자기 인생을 파괴한 남자에게 복수하는 것, 이보다 명확한 동기가 또 있을까요? 더 나아가 그녀에겐 살인범이 신던 신발과 똑같은 신발이 있습니다. 내 딸은 부모와 말 한마디 못 나누고 갇혀 있는데 어떻게 그 여자는 거리를 활보하고 다닙니까? 설명

좀 해주시죠?"

앙네스 테린은 문을 쳐다보았다. 자신을 변호하기 힘든 듯했다.

"공직자의 부패가 다 이런 데서 시작되죠. 정의의 불이행." 내가 말했다.

"실망스럽게 보일 수 있다는 거 이해합니다만, 아담, 우리는 당신보다 더 많은 걸 알아요. 우리는 진실에 닿으려 최선을 다하고 있습니다. 우리 경찰을 믿으십시오."

"그렇다면 왜 반장님이 아는 내용을 제게 말해주지 않습니까?"

그녀는 코를 문질렀다. "이것만은 말씀드리죠. 우리가 린다 로킨드의 말을 믿지 않은 데에는 그만한 이유가 있었습니다. 우리는 크리스토퍼 올센에 대한 린다의 고소 건을 자세히 조사했고, 예비신문은 증거 부족으로 종결되었습니다. 그녀의 말이 사실이라 추정할 근거가 없었습니다."

"린다 로킨드의 고소가 순전히 거짓말이란 말입니까?"

앙네스 테린은 아랫입술을 깨물며 대답했다. "저는 그저 조사에서 밝혀진 것만 말씀드릴 뿐입니다."

29

앙네스 테린은 내가 커피를 휘저을 때까지 기다렸다.

내가 린다 로킨드한테 깜빡 속은 걸까? 알고 보니 그 여자가 복수할 작정으로 크리스토퍼 올센을 학대와 강간으로 신고한 미친 사람이란 말인가?

"가정학대범들은 일반적으로 다른 범죄자들보다 자주 풀려나는 게 사실 아닌가요?" 내가 물었다.

"가정학대 사건의 경우 재판에서 이길 증거를 찾기가 힘들긴 합니다." 앙네스 테린이 인정했다. "아무튼 이 특정 사건에 국한해 얘기하자면, 불확실성이 너무 많으니 로킨드의 말을 귀담아듣지 말라고 저는 충고하겠습니다. 유감스럽게도 그 이상은 말 못 합니다."

앙네스 테린은 그러지 말았어야 했다. 그녀는 린다가 크리스토퍼 올센에 대해 거짓말했다고 확신하고 있었다. 나 또한 린다가 뭔가 숨기는 게 있다고는 생각하고 있었다.

"하지만 그렇다고 달라질 건 없어요. 린다가 옛 남자친구를 괴롭힐 작정으로 거짓 이야길 날조할 정도의 사람이라면 폭력에도 잘 대처했겠죠. 반장님은 이 점을 모르시겠어요?"

앙네스 테린은 터져 나오는 하품을 서둘러 한 손으로 가렸다.

"아담, 당신 말 잘 듣고 있어요."

나는 이를 악물었다. 테린 반장은 내 말을 듣기만 할 뿐 행동할 계획은 전혀 없는 것이다.

"스텔라와 마지막으로 통화한 게 언제입니까?" 그녀가 물었다.

그게 린다 일과 무슨 관련이 있다고 저리 물을까?

"기억나지 않습니다. 우리는 워낙 통화를 안 하니까요. 딸에게 전화 거는 건 오래전에 그만뒀습니다. 어차피 스텔라는 받지 않을 테니까요. 연락할 게 있으면 문자나 메신저로 합니다."

"당신은 금요일 밤에 문자로 주고받았다고 말하셨는데요."

"주고받은 건 아닙니다. 내가 문자를 보내긴 했는데 답장은 못 받았으니까요."

"답장을 못 받은 게 확실합니까?"

나는 그 대답을 마음속으로 했다. 경찰이 스텔라의 문자를 이미 복원했나? 또는 내 휴대전화를 압수해 뒤질 작정인가? 나중에 별스럽지 않은 내용으로 밝혀질 걸 괜히 거짓말하다 들키는 건 좋지 않을 것이다.

"사실 잘 기억나지 않습니다. 어쩌면 딸애가 답장했는지도 모르겠습니다, 아닐 수도 있고요."

테린 반장은 흠흠 헛기침을 했다.

"스텔라의 휴대전화를 언제 마지막으로 보셨죠?"

허? 이건 뭐지? 나는 놀란 마음을 들키지 않으려 고개를 돌렸다. 경찰이 스텔라의 휴대전화를 찾아내지 못했나? 경찰이 우리 집을 수색했을 때 압수한 줄 알았는데.

"미안합니다. 기억나지 않는군요."

앙네스 테린은 파일에 빠르게 몇 자 끼적였다.

"스텔라가 체포된 이후에 그녀의 휴대전화를 봤습니까?"

이건 무슨 말인가? 경찰이 스텔라의 휴대전화를 못 찾아냈다면 그게 어디로 갔단 말인가?

"아뇨." 내가 대답했다.

앙네스 테린은 콧김을 약하게 내쉬며 이어 말했다. "아담, 중요한 질문입니다. 금요일 밤, 스텔라가 집에 왔을 때 어떤 옷차림이었는지 기억합니까?"

겨드랑이에 땀이 솟았다.

"이거 신문입니까? 내가 그런 질문에까지 대답해야 합니까?"

테린은 나를 쳐다볼 뿐이었다.

"저는 그런 데는 눈치가 꽝입니다. 그래서 아내가 늘 면박을 주죠. 새 옷을 입어도 내가 도무지 알아차리질 못한다고요."

앙네스 테린은 억지 미소를 지었다. "하지만 스텔라가 집에 왔을 때 말은 나눴죠? 그녀의 옷차림은 보았죠?"

"네, 물론입니다."

"뭔가 다른 점이 있던가요? 전에 없던 얼룩이라든가?"

땀이 점점 심하게 났다.

"어두워서. 정말 기억나지 않는군요……."

물론 기억나지 않는다는 것과 거짓말하는 것은 다르다. 나는 빠져나갈 구멍을 짜내고 있었다. 그사이 테린은 간결하고 힘 있게 서류를 넘기고 있었다.

"크리스토퍼 올센 이야기는 언제 처음 들었습니까?"

"지난 토요일입니다." 나는 정직하게 말했다. "당신이 스텔라를 유치장에 넣은 걸 알게 되었을 때죠."

"그러니까 그전에는 그 이름을 한 번도 듣지 못하셨다?"

나는 눈두덩을 문지르며 말했다. "내가 알기론 못 들었습니다."

"아담, 간단한 질문이에요. 올센의 이름을 이전에 들은 적 있습니까, 없습니까?"

"없습니다."

"그렇다면 스텔라가 당신 앞에선 그를 전혀 거론하지 않았단 이야긴데. 그럼 올센으로 짐작되는 사람 이야기는요? 남자친구라거나? 딸이 만나는 남자가 있다는 걸 당신은 알고 계셨습니까?"

"스텔라는 요즘 사귀는 사람이 없습니다. 아무한테라도 물어보시죠! 내가 알기로 스텔라는 크리스토퍼를 고작 서너 번 만났습니다. 왜 내 딸이 그를 해치려 하겠어요? 이건 말이 안 돼요, 논리적이지 않다고요."

"인간 행동이 늘 논리적이진 않죠."

"하지만 대개는 논리적이죠."

"잘 들어보세요." 앙네스 테린은 책상에서 종이 한 장을 들어 큰 소리로 읽어나갔다. "'하루 종일 당신 생각만 해. 당신을 정말로 원해.' 이거는 또 어떤가요. '당신은 이 지구에서 가장 잘생기고 섹시한 남자야. 당신을 만나서 너무 기뻐.'"

욕지기가 올라왔다. 스텔라가 정말 저런 짓을 했다고? 그것은 궤도를 한참 벗어난 일, 반칙처럼 느껴졌다. 그리고, 조금도 과장 없이, 비도덕한 일로 느껴졌다.

"스텔라가 크리스토퍼 올센에게 보낸 메시지입니다. 우리는 올센의 컴퓨터에서 비슷한 글을 더 찾아냈습니다."

나는 책상 밑에서 주먹을 쥐어 허벅지에 붙였다.

"반장님은 그 메시지를 쓴 사람이 스텔라라는 걸 어떻게 알죠?

스텔라의 계정이 해킹당했을 가능성도 얼마든지 있습니다."

테런은 내 말을 무시했다. "아담, 메시지 내용을 들은 기분이 어떠실지 짐작해요. 하지만 괜찮아질 겁니다. 우리는 함께 이 일을 헤쳐나갈 겁니다."

"무슨 말씀이 그렇습니까? 반장님이 헤쳐나가긴 뭘 헤쳐나가요? 반장님은 오늘 밤 귀가하면 아이들을 안아줄 수 있잖습니까. 감옥에 갇힌 사람은 내 딸이니까."

"압니다, 알아요. 하지만 지금 앞으로 나갈 길은 용기 내어 진실을 말하는 길밖에 없습니다. 스텔라가 집에 왔을 때, 당신은 정말 깨어 있었습니까?"

"네."

나는 호흡을 가다듬고 진정하려 애썼다.

"그때가 몇 시였습니까?"

나는 숨을 깊이 들이쉬었다.

"12시 15분 전." 나는 자제력을 끌어모아 말했다. "정확히 11시 45분이었습니다."

앙네스 테런은 고개를 간결하게 끄덕인 다음 앉은 채 의자를 뒤로 밀었다. 의자 다리가 리놀륨 바닥을 드르륵 긁었다. 그녀는 책상에서 1미터쯤 떨어진 자리에서 멈추고 등을 기대며 천장을 올려다보았다.

"아담 목사님, 왜 이러시는지 이해해요. 저라도 당신처럼 했을 테니까요."

나는 아무 말 하지 않았다. 그녀는 여기 앉아 있는 내 기분을 알지 못한다.

"자식은 우리에게 전부죠. 스텔라는 당신의 귀한 딸이에요. 자기 자식을 지켜주지 못할 때 심정은 정말 비참하죠."

나는 또다시 욥을 생각했다.

"난 당신을 심판하는 게 아니에요." 앙네스 테린이 말했다. "하지만 이런다고 일이 풀리지는 않죠, 이러는 건 옳지 않아요, 아담."

나는 눈을 감았다. 자식을 지키는 게 옳지 않다니? 가족을 지키는 게 옳지 않다니? 그게 어째서 옳지 않은 일이란 말인가?

"우리 볼일은 이쯤에서 끝난 것 같군요." 나는 자리에서 일어나며 말했다.

앙네스 테린은 한숨을 내쉬고 나를 계속 쳐다보았다.

나는 아미나를 만나야 했다. 그래서 아미나 전화번호를 찾아 전화를 걸었다. 하지만 신호음이 한 번 울린 뒤 이 번호는 더는 연결되지 않는다는 자동 메시지가 흘러나올 뿐이었다.

30

　나는 서둘러 아레나로 향했다. 여학생 팀 연습이 언제라도 끝날 수 있으니 아미나를 만나려면 운이 따라야 할 것이다.

　아레나에 들어서면 나는 기분이 좋아지곤 했다. 이번에는 문을 잡아당길 때 땀 냄새 섞인 늦여름의 후덥지근한 공기가 코를 찔러 기분이 좋지 않았다. 운동복 차림의 소년 서넛이 카페테리아를 계속 들락거리고, 한 여자가 내 옆을 후다닥 지나 주차장으로 향했다. 찝찝한 기분은 갑자기 압도하는 거북함으로 변했다. 저 표정들, 질문하는 표정들은 뭐지? 모두 알고 있기 때문이다. 다들 알고 있는 거야, 그렇지? 모두 저마다 의견을 내놓고, 자기들이 알고 있다고 생각하고, 각자 이론을 세운 것이다. 뇌에 흐린 구름이 끼고 심장박동은 목으로 힘껏 올라오려 했다. 아는 사람들이 말을 붙여올지도 모른다고 생각하자 그 시간을 감당할 자신이 없었다.

　나는 비틀비틀 자전거 거치대로 돌아가 나무 뒤에 숨었다. 우툴두툴한 줄기에 등을 딱 붙이고 세상과 상황의 분노로부터 몸을 숨겼다. 잠시 뒤, 여학생들이 강물처럼 문을 빠져나가기 시작했다. 아미나의 팀 동료들이었다. 나는 숨은 장소에서 몰래 훔쳐보았다. 드디어 아미나가 자전거 거치대로 오는 모습이 보였다. 아미나가 운동 가방을 짐칸에 단단히 고정하고 케이블을 풀려 허리를 막 굽힐 때, 내가 인사했다.

"앗, 깜짝이야!" 아미나는 뒤로 펄쩍 뛰었다.

"미안하구나, 놀라게 할 생각은 없었어. 네게 전화했는데⋯⋯."

"저 휴대전화 도둑맞았어요."

아미나는 돌돌 만 케이블을 바구니에 넣고 자전거를 거치대에서 빼냈다.

"잠깐 이야기할 수 있겠니?" 내가 물었다.

"저 집에 가야 해요." 아미나는 나를 쳐다보지도 않았다. "말도 못 하게 바쁜 데다 나흘 뒤면 의대 수업이 시작돼요."

"네가 자전거를 밀고 간다면 내가 옆에서 걸어가며 얘기할 수 있어."

아미나는 한숨을 내쉰 다음 양손으로 핸들을 확 틀며 빠르게 움직였고, 나는 따라잡으려 빠르게 걸었다.

"왜 나와 말하기 싫은 거니?" 내가 물었다.

"네? 무슨 말씀이에요? 지금 얘기하고 있잖아요."

나는 아미나를 따라 링베겐 위 보행자 다리로 올라갔다. 아미나는 먼 곳을 바라보며 최대한 크고 빠른 걸음으로 걸었다.

"아미나, 뭐 아는 게 있니?"

그녀는 대꾸하지 않았다.

"부탁이다, 뭐든 아는 게 있다면 내게 말해다오."

"저 아는 거 없어요!" 그녀가 낚아채듯 말했다. "제가 아는 건 경찰에 다 말했어요."

나는 잰걸음으로 아미나 옆으로 갔다.

"스텔라가 크리스토퍼 올센과 어울린 사실은 알고 있었지?"

"알고 있었어요." 시티 파크로 들어서며 그녀가 퉁명스럽게 대답했다.

"두 사람은 커플이었니? 스텔라가 그 남자하고 사귀는 거였어?"

카페를 막 지나칠 때 아미나는 걸음을 멈추고 나를 쳐다보았다.

"아뇨, 그런 건 없었어요. 두 사람은 한두 번 만났고 피차 스쳐가는 정도로만 알아요. 그게 다예요."

어스름 속에서 아미나의 눈이 번득였다. 그녀가 핸들에서 한 손을 떼자 자전거가 옆으로 기우뚱했다.

"너도 그를 만났었니?" 내가 물었다.

아미나는 두리번거린 다음 핸들을 꼭 붙들고 자전거를 자갈 포장도로로 밀었다.

"아미나!" 나는 과하게 거친 목소리로 말했다. "스텔라는 감옥에 있어! 너 감옥에 갇혀봤니? 감방이 어떻게 생겼는지 알아?"

나는 헤드폰을 끼고 조깅하는 사람과 부딪칠 뻔했는데도 계속 아미나를 따라잡으려 했고, 사내가 "빌어먹을 노인네"라고 중얼거렸다. 아미나는 걸음을 조금 늦췄다. 그녀의 뺨에 소리 없이 눈물이 흘러내리고 있었다. 나는 마음이 아팠다. 그저 아기를 안듯, 아미나가 아직 아기인 것처럼 안아주고 싶었다. 하지만 나는 대신 용서를 구했다.

"아미나, 내 행동이 잘못됐다는 거 알아. 이번 일로 미칠 지경이어서 그래."

"알아요." 그녀는 울먹이며 말했다. "제 기분도 못지않게 엿 같아요."

"제발 말해줘." 내가 애걸했다.

31

아미나와 나는 늘 특별했다. 아미나가 자기 부모보다 나를 더 좋아하고 따르던 시기도 있었다. 다른 어른들은 알지 못하는 그녀의 일부를 나는 알고 있다고 지금도 자신한다.

어느덧 4년 전 일이 되었다. 견신례 캠프가 지난 늦가을, 소녀들이 9학년일 때 우리 졸업반 소녀들은 핸드볼 지역예선에서 정상을 차지했다.

어느 날 아침, 나는 교회 교육관 계단에 서 있는 로게르 아르비드센을 발견했다. 모피 모자 아래 그의 표정은 낙담해 어쩔 줄 몰라 하고 있었다.

로게르 아르비드센은 제 나이보다 훨씬 늙어 보였다. 그는 얼마 전 쉰 살이 되었는데, 위생 불량과 열성 유전자, 대부분의 시간을 앉아 지내는 생활, 흡연, 그리고 연신 마셔대는 커피가 결합해 작용한 탓이리라. 이는 누렇고, 턱은 여러 겹에, 손은 더럽고, 체형도 엉망인 남자였다. 이웃 아이들은 그를 괴물이라 불렀다.

일요일이면 로게르는 같이 사는 어머니와 함께 교회를 찾아왔다. 나는 모친 말고는 그를 챙기는 사람이 없다고 판단해 그를 보면 얼른 말을 붙이고 대화를 이어가곤 했다. 세속적으로 잘난 구석이 없긴 해도 로게르는 좋은 대접을 받아 마땅할 소심하고 순박하고 인정 있는 사람으로 보였다.

로게르가 먼저 나를 찾아온 적은 한 번도 없고, 대화도 늘 내가 먼저 시작해 이야기를 끌어낼 때가 많았다. 그래서 그날, 어머니도 없이 계단에 혼자 서 있는 그를 보고는 단번에 무슨 문제가 생겼음을 알아차렸다. 나는 로게르에게 내가 어떤 식으로든 도움이 될 수 있을지 물었다.

그다음 내가 알게 된 건, 로게르가 내 사무실에 앉아 있다는 것, 실내에서 모자를 쓰고 있음에도 이가 딱딱 부딪치도록 몸을 몹시 떤다는 것이었다. 그의 이야기를 듣는 동안 나는 육체적인 고통을 느꼈다.

로게르는 '소녀'가 집으로 두 번 찾아왔다고 설명했다. 두 번 모두 그의 어머니가 빙고 게임으로 외출한 날이라고 했다. 소녀가 혼자가 아닌 걸 그는 알고 있었다. 그는 앞문에서 망을 보는 소녀의 친구를 봤다.

소녀가 자기를 집으로 들여 커피를 달라고 청했고, 그래서 로게르는 그렇게 했다. 그는 그런 가정교육을 받은 사람이었다. 손님이 찾아오면 커피를 대접하렴. 첫날 소녀는 잠깐 얘기만 하고 떠났다. 하지만 다음번에 찾아왔을 땐 뜬금없이 로게르에게 바지를 벗으라고 요구했다. 그는 당연히 거부했다. 그는 이 어린것이 무슨 꿍꿍이인지는 몰라도 자기한테 반했다고 믿을 만큼 바보는 아니었다. 로게르는 몇 번 설득하다가 소녀가 그의 무릎에 앉게 내버려두었다. 소녀는 휴대전화로 두 사람의 모습을 찍었다.

"그러더니 저더러 1000크로나*를 달라더군요. 만약 돈을 주지 않으면 사람들한테 사진을 보여주고 경찰에 신고하겠다면서요. 소녀는 사람들이 날 소아성애자로 생각할 거라고 말했습니다. 비슷한 소문이 이미 돌고 있었거든요."

그래서 로게르는 소녀에게 1000크로나를 주었다. 나는 그 행동에 대해 그를 비난하기 힘들다는 걸 알았다. 그는 억울한 거짓 혐의에서 벗어나려 돈을 준 첫 번째 사람이 아닐 테니까.

하지만 이번에는 우편함에 편지가 들어 있었다. 또 1000크로나를 요구하며 돈을 주지 않으면 경찰에 사진들을 넘기겠다는 내용이었다.

"나는 그 아이가 곤란한 일을 겪는 걸 원치 않습니다. 그 일엔 내 잘못도 있으니까요."

나는 벌떡 자리에서 일어나 그 일을 바로잡겠다고 로게르에게 다짐했다. 로게르는 소녀의 이름을 댈 필요가 없었다. 우리가 이야기하는 사람이 누구인지는 명백했다.

나는 모니카 집사에게 편두통이 있다고 말한 다음 집으로 가서 스텔라의 방문을 쾅쾅 두들겼다.

"대체 무슨 짓을 하고 다니는 거야?"

나는 절대 욕하지 않는다. 스텔라는 드물게 조용했다. 변명하지 않고 다 제가 한 짓이라고 털어놓고 당장 그 돈을 로게르에게 돌려주고 사과하겠다고 맹세했다. 철없는 생각에 정도를 벗어났다고, 다시는 그런 일 없을 거라고 말했다.

* 한화로 약 12만 원.

나는 울리카에게 이 일에 대해 한마디도 하지 않았다. 배우자와 집 안의 모든 일을 나눠야 함에도, 나는 속일 수밖에 없었다. 아내를 아끼고 지켜주고 싶었기 때문이었다. 알지 못하는 일은 상처를 주지 못하는 법이다. 돌이켜보니 이 문제에서 수치심이 내 이성의 큰 부분을 가렸다는 걸 인정하겠다. 스텔라가 한 짓은 조금도 타협해서는 안 될 일이었다. 그래서 나는 누구에게도, 내 아내에게조차도 알리고 싶지 않았다.

다음 주일 로게르가 교회에 왔다. 나는 예배가 끝난 후 그를 사람 없는 한구석으로 데려갔다. 이번에도 내가 말을 끌어내야 했다.

"돈은 돌려받았습니까?"

"오, 그럼요."

"전부요?"

"네."

"그리고 스텔라가 사과했나요? 진심으로 미안해하는 것 같던가요?" 내가 물었다.

"네." 로게르는 다시 고개를 끄덕이고 왼발 오른발로 무게 중심을 옮겼다. "하지만 그건 그녀가 아니었습니다."

"네?"

그는 고개를 숙이며 말했다. "그 짓을 한 건 스텔라가 아니었어요. 다른 스텔라, 작고 어두운 다른 스텔라였죠."

32

아미나와 나는 나란히 걸어 시티 파크를 빠져나왔다. 스바네가탄거리에 가까워지자 빵빵거리는 차량 소리가 들려왔다.

"스텔라가 크리스를 처음 만난 날, 저도 그 자리에 있었어요." 아미나가 말했다. "장소는 텡네르스였어요. 크리스는 아주 멀쩡한 남자 같았어요. 느물거리거나 느끼한 구석도 전혀 없었고요. 나이가 좀 많긴 했지만, 처음엔 그의 나이도 몰랐는걸요."

"그때가 언제였지?"

아미나는 어깨를 으쓱했다. "한두 달 전요."

"하지만 스텔라는 그의 집에서 뭘 하고 있었던 거야? 경찰은 스텔라가 거기 있었다는 증거를 확보했어."

"그냥 그와 같이 그 집으로 갔겠죠."

나는 질문한 걸 후회했다. 더는 알고 싶지 않았다.

"파티 뒤풀이였겠죠? 잘 모르겠어요. 지난번 주말 이후 일주일 넘게 스텔라를 못 봤거든요."

자전거가 옆으로 기우뚱했고, 나는 아미나가 핸들을 놓칠까 봐 자전거를 잡아주었다.

"그때도 크리스토퍼 올센을 봤었니?"

아미나는 핸들을 똑바로 조정했다. "네, 그 금요일에요."

"그날은 스텔라의 생일이었지."

"스텔라와 저는 올센과는 아주 잠깐 있었어요. 그다음 우리 둘만 스토르토르게트로 자리를 옮겨 와인을 마셨어요. 저는 이튿날인 토요일에 경기가 있어서 마음껏 놀진 못했어요."

"그럼 그날 이후로는 스텔라와 안 만났어? 그래도 전화는 했잖아, 응? 문자로 연락했지?"

"주고받은 건 아니에요. 금요일에 스텔라가 제게 문자를 보내긴 했어요. 원래는 그날 밤 만나기로 했었는데, 저는 연습도 있었고, 밖에서 놀 기분이 영 아니었어요. 그리고 다음 날인 토요일에 결국 열이 나서……."

"그러니까 금요일에 무슨 일이 있었는지는 전혀 모른다?"

아미나는 얼른 고개를 저었다. 나는 의심스러웠다.

"그렇다면 경찰에겐 무슨 말을 했지? 경찰 조사에서 말이다."

"사실대로 말했어요. 제가 어떻게 거짓말을 했겠어요, 안 그래요?"

나는 대꾸하지 않았다.

세월이 쌓이면서 나는 거짓말이 다른 이들은 못 하는 걸 어떤 이는 능란하게 해내는 일종의 예술이자 기술임을 알게 되었다. 다른 재능들이 그렇듯, 거짓말도 연습과 연마로 그 기술을 향상시킬 수 있는데, 본질적으로는 타고난 내적 기질이 더 중요하게 작용하는 듯 보인다. 스텔라는 늘 깜찍한 거짓말쟁이였다. 초등학생 때조차 나에게 그 말이 거짓말인지 아닌지 분간하기 어렵게 했다. 가끔은 별일 아닌 일에도 거짓말을 둘러댔었다.

"너 방 청소하지 않았지, 스텔라?"

"했어요, 아빠."

이 대답은 진실이었다. 다음번엔 스텔라는 내 면전에서 거짓말을 하곤 했다. 스텔라 말이 진실인지 거짓말인지 그때그때 알아차리는 건 불가능했다.

아미나는 능란한 거짓말쟁이가 못 된다. 로게르 아르비드센 사건 때, 아미나는 내 앞에서 흐느끼며 용서를 빌며 자기 부모한테 절대 알리지 않겠노라 약속해달라고 했다. 나는 물론 그 약속을 지켰다.

아미나는 이번에도 거짓말에 성공하지 못했다. 분명 뭔가 숨기고 있었다. 아미나는 누구를 보호하려 저리도 애쓸까? 자신을 보호하기 위해? 스텔라를 보호하기 위해?

그도 아니면 나를 위해서? 내가 진실을 알게 되면 감당하지 못할 거라 생각해서?

우리는 스바네가탄에서 왼쪽으로 방향을 꺾었다. 자동차 한 대가 과속으로 지나갔다.

"아미나, 넌…… 스텔라가 그랬다고 생각하니?"

아미나가 우뚝 걸음을 멈췄다. "아뇨! 스텔라는 아무 짓도 하지 않았어요! 설마 목사님은…….."

나는 알지 못했다. 그런데 아미나는 어떻게 저리 확신하는 걸까?

"제발." 아미나가 자기 집이 50여 미터 남은 거리에서 자전거에 오르려 할 때 나는 다시 애원했다. "난 알아야겠어."

"뭘요?"

"모든 걸 다."

"저도 다 알지는 못해요." 아미나는 페달 한쪽을 밟으며 말했다. "목사님보다 더 아는 건 조금도 없어요. 그리고 스텔라도 모르긴 마찬가지일 거예요."

아미나는 집 쪽으로 자전거를 몰며 어깨 너머로 손을 흔들었다.

그녀는 거짓말하고 있었다.

33

그날 저녁 집에 돌아오니 울리카는 침실에서 창밖을 내다보고 서 있었다. 나는 정신이 나른했다. 등산이라도 한 듯 온몸이 쑤시고 뻐근했다.

"뭘 보고 있어?" 내가 물었다.

울리카는 대꾸하지 않았다. 나는 아내의 허리를 감싸다가 그늘이 드리운 얼굴을 보았다. 눈물은 그쳤지만 볼이 푹 꺼지고 입술도 바싹 메말라 있었다.

"여보." 내가 속삭였다.

"어디 갔었어?" 울리카의 목소리는 떨리고 있었다.

나는 교회에 갔지만 교회에서 집으로 가라고 했다고, 병가가 일주일 이상 연장되었다고 설명했다. 울리카는 아무 반응이 없었다. 눈에서 생기가 빠져나갔다. 창밖은 온통 캄캄했다. 뚫을 수 없는 탁한 어둠이었다.

"당신, 욥 알지?" 내가 말했다.

"친숙한 이름이네."

내가 그녀의 어깨에 턱을 괴자 울리카는 경고도 없이 얼른 몸을 빼고 돌아섰다.

"당신, 이걸 정말 하나님이 주신 시련이라고 생각해?"

나는 뭐라고 답해야 할지 몰랐다.

"욥은 세상에서 가장 정직한 사람이었어. 하지만 검사는 욥처럼 인생이 잘나갈 때는 하나님을 믿기가 쉬운 법이라고 지적했지."

"검사가 여기서 왜 나와?"

"일종의 번역을 사용했어. 사탄의 완곡한 표현이야."

이 모든 절망스러운 상황에서도, 울리카의 입가에 미소가 스쳤다.

"변호인으로서 나는 그 표현에 반박하지 않겠어."

내가 욥 이야기를 풀어놓는 동안(하나님은 악마가 욥에게서 모든 재산을 빼앗고, 그의 가축들과 열 명의 자녀의 생명을 앗아가고, 욥을 큰 병에 걸리게 하는 걸 어떻게 허락하셨는지) 울리카는 수긍하는 양 고개를 끄덕였다.

"그래서 당신이 욥이다?"

그녀가 웃기려고 하는 말인지 빈정대는 건지 나는 헷갈렸다.

"난 절대 욥이 아니지. 아무튼 모든 고통과 시련이 끝난 뒤 욥의 아내는 남편이 하나님을 등져야 한다고 생각했어. 그때 욥이 뭐라 대답했는지 알아?"

"몰라, 뭐라고 했는데?"

"만일 우리가 하나님에게서 나온 모든 좋은 걸 받아들인다면 나쁜 것도 받아들일 준비가 되어 있어야 한다고 말했지."

울리카는, 나로서는 도무지 이해가 안 되게 콧방귀를 뀌었다. 그러고는 한숨을 내쉬었다.

"우리는 이제 여기서 계속 살 수 없어."

"무슨 말이야?"

울리카의 시선은 나를 지나쳐 창가로 향했다.

"당신 오늘자 인터넷 뉴스 봤어?"

"봤어, 어머니가 전화하셨더라고."

"룬드는 대도시가 아냐. 게다가 당신과 나는, 상대적으로 룬드에서 공인이야."

우리는 어둠 속을 계속 응시했다.

"당신 과민해진 거 아냐?" 내가 말했다.

"당신은 몰라. 나는 수없이 봐왔어. 도망갈 수밖에 없는 사람들, 삶의 터전을 포기하고 다른 곳에서 새로 시작해야만 하는 사람들."

"당신은 스텔라가 유죄 판결을 받을 거라 생각해?"

울리카는 내가 어린애처럼 굴어 실망스럽다는 눈으로 쳐다보았다.

"법적으로는 유죄가 아닐 수 있지. 현재로선 어떤 속단도 할 수 없지만. 하지만 법원 판결은 중요하지 않아. 진짜 문제는 여론 법정이지. 일반적으로 사람들은 법원의 결정 따윈 상관 안 해."

나는 이 말을 받아들일 수 없었다.

"당신은 과장하고 있어."

"과장하는 거 아니야. 어떤 사람이 감옥에서 일주일만 있어도 사람들 눈에는 유죄로 보이기에 충분해. 설령 스텔라가 모든 혐의를 벗는다 해도 그녀를 아는 사람들에게 의혹의 씨앗은 계속 남을 거야. 적어도 그 범죄로 유죄를 받는 다른 사람이 나오기 전까지는."

지나치게 냉소적인 말로 들렸다. 하지만 저 말은 형사법 제도에 20여 년간 몸담으며 배운 씁쓸한 지혜일 것이며, 어떤 진실이 들어 있는 것도 확실하다. 이는 나 자신만 돌아봐도 알 수 있다. 법정이 내 생각과 반대되는 판결을 내렸을 때, 법정이 내린 판결과 상관없이 저 용의자는 분명 유죄야, 하고 생각한 적이 얼마나 많았던

가. 스텔라가 풀려나더라도 다른 사람이 살인죄로 유죄 판결을 받지 않는 이상 많은 이들은 스텔라를 의심할 것이다.

"진심이야? 정말로 우리가 룬드를 떠나야 한다고 생각해?"

울리카가 고개를 끄덕이며 말했다. "미카엘이 스톡홀름에 일자리를 마련해줬어."

"미카엘?"

"블롬베리 말이야."

나는 눈을 계속 끔뻑거렸다. 창밖의 어둠은 떠나지 않는 그림자처럼 내 시야에 오래 머물렀다.

"어떤 일인데?"

"블롬베리가 내게 사건을 하나 맡겼어. 시간이 오래 걸릴, 몇 달은 걸릴 큰 사건이야. 스톡홀름 시내에 철야 작업을 위해 마련된 로펌 소유의 아파트가 있대. 집을 구할 때까지 그 아파트에서 지내면 돼."

"아예 이사를 하자고?"

울리카는 내 목에 팔을 두르며 말했다. "이 도시에 있어봤자 좋을 게 없어."

그녀의 따스한 체온이 나를 누그러뜨렸다.

"스텔라는 어쩌고?"

"물론 스텔라는 우리와 함께 갈 거야. 아시아로 떠나기 전까진 우리하고 같이 지내야지."

"하지만 스텔라는 지금 감옥에 있어."

"재판이 끝난 다음에." 울리카는 내 목덜미에 얼굴을 묻으며 말했다.

"뭐가 끝난 다음에……?"

"지금으로서는 우리가 할 수 있는 일이 없어. 비슷한 사건들이 그랬듯이, 이 사건도 법정으로 가게 될 거야."

"당신은 재판까지 생각한다는 뜻이야?"

나는 몸을 틀었지만 울리카는 날 놓아주지 않고 가슴으로 내 뺨을 눌렀다.

"하지만 스텔라는 죄가 없는걸." 내가 말했다.

"우린 아무것도 몰라, 여보."

"무슨 말이야?"

나는 몸에 힘을 줘 울리카에게서 빠져나왔다. 그녀는 절망적이리만치 초췌했다. 이번 일은 내가 상상한 것보다 훨씬 큰 힘으로 우리를 무너뜨리고 있었다.

"스텔라에게는 알리바이가 있어." 내가 말했다.

울리카는 한 손을 뻗었다. "아담, 지난 금요일 스텔라가 집에 온 시각에 나도 깨어 있었어. 그때가 몇 시였는지 나도 정확히 알아."

내 안의 무언가가 부서졌다. 왜 울리카는 그동안 아무 말도 안 했을까? 그녀는 내가 경찰에 거짓말한 걸 내내 알고 있었다.

울리카가 또 뭘 더 알고 있을까? 대뜸 얼룩진 블라우스와 스텔라의 휴대전화가 떠올랐다.

"스텔라의 휴대전화는 어떻게 된 거야?"

"무슨 뜻이야?"

"경찰이 압수한 줄 알았는데 그게 아니더라고. 당신이 그 전화기를 어떻게 한 거야?"

"난…… 난……."

울리카의 눈은 나를 향하고 있었지만, 그 시선은 붕 떠 있었다. 나는 버림받은 외로움을 느꼈다. 후회할 말을 내뱉지 않으려 혀를 깨물어야 했다.

"당신, 스텔라 휴대전화에 무슨 짓 했어?" 내가 다시 물었다.

그녀는 내 볼을 어루만졌다. "휴대전화는 이제 없어."

나는 놀라 입이 벌어졌다. 울리카가 무슨 짓을 했을까? 휴대전화를 어딘가에 버렸나? 만약 그랬다면, 그리고 그게 발각되면, 그녀의 커리어는 끝장이다.

"욥은 나중에 어떻게 됐어?" 그녀가 나직하게 물었다.

"해피엔딩이었지. 하나님은 그에게 새 자식들을 주었어."

나는 힘겹게 미소 지었고, 울리카는 내게 키스했다.

"우리 똘똘 뭉쳐야 해, 아담. 당신과 스텔라 그리고 나. 우리는 뭉쳐야 해."

나는 울리카도 숨기는 게 있음을 강렬하게 느꼈다. 내 아내까지 나를 속이고 있었다.

34

블롬베리가 월요일에 전화했다. 우리에게 알릴 소식이 있다면서 오후에 자기 사무실로 와줄 수 있느냐고 물었다.

"이런 상황에서 좋은 소식은 없을 거야." 내가 울리카에게 말했다.

주차장에서 클로스테르가탄까지 짧은 거리를 아내의 손을 꼭 잡고 걸었다.

울리카 말이 옳을 것이다. 우리는 룬드를 떠나야 한다. 스톡홀름은 내가 늘 좋아하는 도시이고, 우리의 안식처가 될 것이다.

그렇다고 스텔라를 룬드에 남겨두고 떠날 수는 없었다. 스텔라가 구치소에 있는 동안에는 우리 역시 룬드에 있어야 한다. 그 한 가지만은 타협하지 않을 것이다.

우리는 클로스테르가탄거리 모퉁이를 돌아 블롬베리의 사무실 건물 앞에 섰다. 내게 키스하는 울리카에게서 술 냄새가 흐릿하게 났다. 엘리베이터에서 그녀는 가방에서 콤팩트와 립글로스를 꺼내 거울을 보며 화장을 고쳤다.

"앉으시죠." 블롬베리가 권했다.

이번에 그는 평범한 티셔츠를 입고 있었다. 그의 평상복 차림을 보니 기분이 이상했다. 마치 그가 벌거벗고 있는 것처럼 당혹스럽기까지 했다.

"선배가 제안해준 일자리 이야기, 남편에게 말했어요." 울리카가 말했다.

블롬베리는 내게 미소 지었다. 내가 없는 자리에서 두 사람이 뭔가 얘기했다는 사실이 유쾌하지 않았다.

"새로운 소식이 있다면서요." 내가 말했다.

"아, 네." 블롬베리는 우리 맞은편에 다리를 벌리고 앉았다. "제가 전에 언급했듯이, 크리스 올센의 이력은 매우 화려합니다. 하지만 그중에는 도저히 이력서에 넣고 싶지 않을 내용도 있더군요."

"어떤 내용이죠?"

"이 젊은이가 제법 수상한 거래들을 했어요. 그러니까, 진짜 협잡 말입니다." 블롬베리는 혼자 신이 나 고개를 끄덕였다. "피자가게를 하는 폴란드 사람들 이야긴 전에 했죠? 알아보니 올센은 그건 말고도 루마니아인을 싼값에 부리며 돈깨나 만졌더군요. 시골에 허접한 헛간 같은 곳에 루마니아인들을 집어넣고 싼 노동력으로 개처럼 부리며 회사 재산을 불렸습니다."

"야비하네요."

"올센 같은 인간은 금방 무너질 건물을 구입해서 말도 안 되는 고가에 뻥튀기하죠."

"하지만 그게 살인사건과 무슨 관련이 있습니까?" 내가 물었다.

블롬베리는 벙긋 웃었다. "음, 열악한 조건에 화가 난 몇몇 루마니아인이 올센이 자기들을 등쳐먹었다고 주장했었나 봅니다. 우리하고 얘길 나눈 루마니아인들은 자기들 쪽에서 올센을 죽인 게 확실하다고 장담하더군요."

"뭐라고요? 경찰도 이 사실을 알고 있나요?"

"음, 앙네스 테린 반장에게 알리긴 했는데, 하지만 예비수사를 이끄는 이는 얀스도테르 검사입니다."

"앙네스 테린, 흥." 나는 콧방귀를 뀌었다.

울리카는 놀라 나를 쳐다보았다.

"우리는 폴란드인들 건도 확인 중에 있습니다." 블롬베리가 말했다. "그중 두 명은 확실히 면밀히 조사해봐야 해요."

결말이 싱거웠다. 저게 전부인가? 블롬베리가 사적으로 조사했다는 말도 영 미덥지 않았다. 살인사건 수사는 경찰의 일이다.

"스텔라를 언제 볼 수 있죠?" 내가 물었다.

블롬베리의 목덜미가 벌게졌다. "나도 노력했다는 걸 좀 알아주시죠. 내가 할 수 있는 한도 내에서 할 만큼 했는데, 빌어먹을 얀스도테르는 두 분의 면회를 거부했습니다."

"이건 명백한 법 불이행입니다. 석간신문에 제보라도 할까요? 아니면 방송사에? 이런 엉터리 수사 쇼라면 방송 1회분은 되잖겠어요?"

블롬베리는 도리질을 했다. "지금은 그렇게 대응할 때가 아닙니다. 법원이 판결하기 전까지 언론은 아무 관심 없을 겁니다."

"아미나 베시치와 꼭 이야기를 해보십시오." 내가 말했다. "아미나가 숨기는 게 있어요, 내가 알아요."

블롬베리는 목걸이를 만지작거렸다.

"음, 난 모르겠어······." 울리카가 말했다.

울리카는 디노와 알렉산드라가 화낼까 봐 겁내는 것 같았다.

"이미 아미나와 이야기를 해봤습니다. 경찰도 아미나를 조사했는데, 아미나가 중요한 걸 아는 것 같진 않아요." 블롬베리가 말했다.

"아미나는 분명 뭔가 알고 있어요." 내가 말했다.

울리카가 내 옆구리를 살짝 찔렀다.

"우리는 지금 아미나 이야길 하고 있습니다. 그녀가 뭣 하러 거짓말하려 하겠어요?"

"아미나는 거짓말하고 있습니다, 내가 알아요!"

하지만 나는 그 이상은 말할 수 없었다. 내가 아미나와 이야기한 사실을 울리카가 알게 해선 안 되었다. 울리카는 절대 이해하지 못할 테고, 내가 선을 넘었다며 화만 낼 것이다.

"지금으로서는 올센의 전 여자친구 린다 로킨드 고소 건이 가장 구미가 당깁니다." 블롬베리가 말했다. "알아보니까, 로킨드는 불안과 우울증 병력이 있더군요. 10대 때 처음 정신과 치료를 받은 이래 띄엄띄엄 이 병원 저 병원 전전했습니다."

나는 그다지 놀라지 않았다. 린다 로킨드는 손상된 자아상을 가진 젊은 여자다. 많은 방식에서 그녀는 내가 이때껏 만나온 가정폭력 피해자들을 연상시켰다. 나는 린다가 내게 거짓말한 건 알았지만, 그게 어느 정도의 거짓말인지는 알지 못했다. 크리스 올센이 상습적으로 폭행을 일삼았다는 그녀의 말이 처음부터 끝까지 지어낸 이야기일까? 바람난 남자친구를 향한 증오심에 괴롭히고 복수하기 위해서? 린다 로킨드에게 그럴 능력이 있을까? 의심스러웠다. 하지만 그 말은 또한 그녀가 뭔가 숨기고 있다는 뜻이 된다.

"경찰이 로킨드를 조사도 하지 않다니 기가 막힙니다. 당신이 경찰한테 항의하고 일을 제대로 하라고 말하십시오." 내가 말했다.

"이런 성격의 일거리가 변호사 책상에 점점 흔히 안착한답니다." 블롬베리가 말했다. "내 밑에서 일하는 사람들은 유능합니다, 그 점을 믿어주시죠. 아무튼 린다 로킨드를 내세우려면 그녀에 관한 구체적인 것이 필요합니다."

구체적인 거?

"그녀의 신발이 있습니다." 내가 말했다.

울리카와 블롬베리가 서로 바라보았다.

그냥 그 말이 내 입에서 빠져나왔다. 우리에겐 구체적인 증거가 필요한데, 나는 그게 뭔지 알고 있었다.

"신발요?" 블롬베리가 물으며 몸을 숙였다.

나는 한숨을 내쉬었고, 옆에 있는 울리카 몸이 뻣뻣해지는 걸 느꼈다. 나로서는 진실을 드러내는 것밖에 다른 길이 없었다.

"린다 로킨드에게 스텔라가 신던 신발과 똑같은 신발이 있어요. 범죄 현장에 남은 족적과 같은 종류의 신발이죠."

블롬베리는 눈썹을 치켜올렸다. "그걸 어떻게 아시죠?"

나는 울리카를 쳐다보았다. 그녀의 얼굴엔 아무 감정이 없었다.

"내가 린다의 집을 찾아갔었습니다."

툴가탄에 있는 린다 로킨드의 집을 방문한 이야길 하는 동안 두 사람 다 숨조차 멈춘 것 같았다. 나는 그 신발을 눈앞에서 보고 100퍼센트 확신했다고 말했다.

침묵이 흐르고, 나는 두 법조인의 뚫어보는 시선 사이에 붙들려 있었다.

"당신 미친 거 아냐?" 울리카가 폭발했다. "집엘 찾아갔다고?"

"뭐라도 해야 했으니까. 스텔라가 감옥에 있잖아! 난 가만히 앉아 우리 인생이 짓밟혀 무너지는 걸 방관할 수 없어."

울리카는 아무 말도 하지 않았다. 블롬베리는 나를 쳐다보았고, 그다음 두 법조인 모두 눈을 내리깔았다. 그들은 물론 내 심정을 이해했다.

35

나는 이웃 동네를 또 한 번 둘러봤다. 누군가에게 붙들려 억지로 대화할 일을 피하려 이번에는 챙 모자를 눌러쓰고 땅만 보며 걸었다. 모퉁이를 잽싸게 돌아 진입로를 뛰어들고 우리 집 현관문을 닫았다.

울리카는 서재 책상에 앉아 가장 밝게 조절한 불빛 아래서 수북이 쌓인 서류 더미를 들여다보고 있었다.

"뭐하고 있어?" 내가 물었다.

"미카엘이 맡긴 스톡홀름 사건 개요를 훑고 있어. 다른 생각을 지우는 데 도움이 되거든."

나는 이해가 되지 않았다. 스텔라가 감옥에 있는데 우리가 왜 다른 일을 생각해야 하는가?

"문 좀 닫아줘, 부탁해." 울리카가 말했다.

나는 소파 위에 책상다리로 앉아 휴대전화를 꺼냈다. 손이 떨렸다. 2층에서 울리카의 목소리가 들려왔다. 그녀는 전화 통화 중이었다. 나는 위스키를 잔에 따라 들이켠 다음 한 잔 더 따랐다. 소파에 등을 기대고 미디어가 이제 '놀이터 살인사건'이라 이름 붙인

사건의 새로운 정보를 찾아 검색을 시작했다.

처음엔 석간 타블로이드 웹사이트들을 살폈지만, 얼마 가지 않아 머리로는 이러면 안 된다고 생각하면서도 인터넷 토론 게시판으로 끌려들었고, 그 사이트에서 스텔라를 바라보는 가장 끔찍한 시각을 나 자신에게 익숙하게 했다. 스텔라와 아주 짧게 사귀었다고 주장하는 한 남자가 '공익을 위해 밝힌다'면서 스텔라 산델은 '꼴 보기 싫은 비정상적인 인간'이며 그녀가 서른두 살 남자를 죽였다는 건 의심할 여지가 없다고 매우 진지하게 선언했다. 같은 토론장에서 다른 이들은 스텔라를 사적으로 잘 알고 있다고 썼는데, 사적으로 알고 있다는 그 표현이 전체를 훨씬 으스스하게 만들었다. 그릴리에라는 닉네임을 쓰는 어떤 이는 스텔라의 학창 시절에 일어난 일들에 상세하게 살을 붙였다. 그릴리에에 따르면, 스텔라는 '온 세상이 제 건 줄 아는 주의력결핍증이 있는 아이'이긴 했어도 살인까지 저지를 인간인가 하는 문제에서는 의문이라고 했다.

나는 섬뜩함을 느끼면서도 글에서 눈을 뗄 수 없었다. 가능성이 희박하긴 해도 어쩌면 도움이 될 내용이 나올지도 모르기 때문이었다. 몇몇 글은 내 딸이 두 손이 묶인 채 도살장에 끌려가는 걸 방관하는 기분마저 들게 했다.

피해자에 대한 가십은 많지 않았다. 누군가가 피해자를 '매력적이고 부자였다'라고 간결하게 선언했다. 다른 사람은 피해자를 '전형적인 사이코패스'라 불렀는데, 그 표현을 보자 린다 로킨드가 대뜸 떠올랐다. 린다가 스텔라의 이름을 주워들은 게 이 게시판에서였을까?

나는 위스키를 마지막 방울까지 마신 다음 소파 팔걸이에 머리를 기댔다. 잠깐이라도 눈을 붙여야 했다. 눈을 끔뻑거리며 감으려

180

애쓰면서도 손가락은 계속 휴대전화 화면을 넘기고 있었다.

그 글은 익명의 의견으로 시작되었다.

내 손목을 걸고 말하는데, 살인자는 여자애 아버지야. 그 목사. 자기 딸이 크리스 올센하고 붙어먹은 걸 알게 된 거지.

나는 얼른 자세를 고쳐 앉고는 엄지로 계속 화면을 스크롤했다.

내 생각도 딱 그래. 범인은 아버지야! 이 글은 자기를 '미우76'이라고 밝힌 유저가 썼다. 그는 금세 다른 유저들의 찬성표를 받았다.

룬드 주민이라면 누구나 아담 산델이 어떤 인간인지 알다마다. 그는 늘 괴상했어. '미스피기라이트'가 썼다.

'미우76'은 다음 코멘트에서 내 개인정보를 복사해 붙였다. 내 성과 이름, 주소와 전화번호, 나이와 생년월일.

심장이 터질 것 같았다. 이건 명예훼손이야!

나는 컴퓨터를 켜 그 포럼 연락처에 접속해 법적 대응을 하겠다고 으름장을 놓을 글을 빠르게 작성했다. 그다음 문제의 화면을 캡처하고 경찰에 낼 고소장을 작성하기 시작했다.

울리카가 아래층으로 내려와 와인 냉장고를 여는 소리가 들렸다.

"여보, 이리 와봐." 내가 불렀다.

나는 울리카에게 먼저 내가 포럼에 보낸 이메일을 읽게 한 다음 캡처한 화면을 보여주었다.

"이거 명예훼손이지, 맞지?" 나는 화면을 가리켰다.

"의심스러운데." 울리카가 말했다. "그리고 명예훼손이든 아니든, 검찰 기소까지는 힘들어."

"그건 무슨 말이야?"

"당신이 쓴 고소장은 예비수사를 종결하게 만들 뿐이란 뜻이지."

크리스 올센이 살해되고 2주가 지난 금요일 아침이었다. 평소보다 늦잠을 잤음에도 머리가 멍하고 지금이 몇 시인지, 내가 한 시간을 잤는지 하룻밤 내내 잤는지도 알 수 없는 기분이었다. 비척거리며 계단을 내려가니 울리카는 방금 머리를 감은 듯 젖은 머리에 목욕 가운 차림으로 주방 아일랜드 식탁에 기대서 있었다. 김이 올라오는 커피 두 잔이 그녀 앞에 놓여 있었다.

"검시 보고서가 나왔어." 울리카가 말했다. "법의학팀은 크리스토퍼 올센의 사망 시각을 새벽 1시에서 3시 사이로 확정했어."

나는 심장이 빠르게 뛰는 것을 느꼈다. "그 말은……."

울리카는 고개를 끄덕이며 덤덤하게 열거했다. "사인은 외상으로 인한 실혈失血이야. 두 군데 열상과 네 군데 자상."

크리스토퍼 올센의 살해범이 누구든 그저 칼로 찌른 게 아니었다. 정당방위를 인정받기가 힘들 터였다. 누군가가 올센을 수차례 찔렀다. 엄청난 양의 피가 흘렀을 것이다.

나는 스텔라의 얼룩진 블라우스를 생각했다. 스텔라는 자제력을 잃으면 얼마든지, 그것도 순식간에 분노 상태에 다다를 수 있다. 하지만 다른 인간을 죽일 사람은 절대 못 된다.

"이 정도 과격한 폭력성은 전형적으로 사적 원한이 있음을 지적해. 가해자는 피해자를 죽이고 싶을 정도로 증오한 모양이야."

"복수심에 불타는 전 여자친구처럼?"

"한 예가 될 수 있겠지."

울리카는 커피를 입으로 호호 불어 식혔다.

"미카엘과 아파트 건에 대해서도 이야기했어."

"아파트라니?"

"스톡홀름에서 당분간 지낼 아파트 말이야. 우리는 다음 주에라도 이사할 수 있어. 꼭 필요한 것만 챙겨서, 다른 건 다 두고."

나는 뜨거운 커피에 혀를 데었다. "버, 벌써? 하지만…… 이사 건은 찬찬히 재고해야 하지 않을까?"

"난 결정 끝냈어." 그녀가 단칼에 잘라 말했다. "난 이번 사건에서 손 못 떼."

"하지만 당신, 설마 스텔라를 두고 떠나겠단 말은 아니지?"

"어차피 우린 면회도 못 하잖아! 재판 전까지 우리가 할 수 있는 일은 아무것도 없어."

"당신 벌써 포기했군!"

"그 반대야, 아담. 나는 형사법에 내 인생 전부를 바친 사람이야. 당신은 날 믿어야 해."

나는 울리카에게 다가갔다. 그녀의 따스한 숨결을 느낄 정도로 아주 가까이.

"이거 놔!" 그녀가 말했다.

나는 아래를 내려다보고서야 그녀의 팔뚝을 세게 붙들고 있었음을 깨달았다.

"미안해, 이럴 생각은 없었어."

울리카는 뒷걸음질 쳤다. "당신 점점 이상해…… 마치 내가 모르는 사람 같아."

"무슨 말을 하고 싶은 거야?"

"아담, 우리는 뭉쳐야 해. 가족이잖아."

나는 주먹을 말아 쥐어 허벅지에 댔다. "난 이 가족을 지키려고 별의별 일을 다 하고 있어. 날 밀어내는 건 당신이야."

"미카엘은 실력 있는 변호사야." 울리카가 말했다. "우리에게 세세하게 드러내지 못할 뿐 그에게는 전략이 있어. 우린 그를 믿어야 해. 그는 이미 비밀을 지키겠다는 선서도 깨뜨렸어. 그게 무슨 뜻인지 몰라?"

"난 블룸베리, 그 사람 못 믿겠어."

"믿어야 한다니까, 아담." 울리카 눈에 눈물이 글썽했다.

"만약 스텔라가……." 내가 말했다. "우리 딸이 살인범이라면 어쩌지?"

울리카는 고개를 돌렸고, 나는 다시 다가갔다.

"당신은 스텔라의 휴대전화를 없앴어. 블라우스도. 왜 그랬어? 스텔라가 그 남자를 죽였다고 생각해서?"

울리카는 두 손을 내 가슴에 댔다. 얼굴에 눈물이 줄줄 흘렀다.

"미안해." 내가 말했다.

울리카는 고개를 저으며 말했다. "당신은 지금 제정신이 아니야. 린다 로킨드를 찾아갔었지. 그 여자 아파트에 들어갔잖아, 아담."

"음, 경찰이 아무 일도 안 하니까. 누가 뭐라도 해야 하니까!"

"나 역시 뭐라도 하고 있는 중이야. 많은 사람들이 노력하고 있어, 아담. 그래도 이런 식은 아니지. 더 좋은 방법들이 있다고."

울리카는 눈물을 훔쳤다. 아내가 소리 내어 우는 모습을 보자 나는 죄책감에 마음이 찢어졌다.

"알렉산드라가 어제 문자 보냈더라. 당신이 체육관 밖에서 아미나를 기다렸다던데. 사실이야?"

나는 할 말이 생각나지 않았다.

"당신, 아미나를 쫓아다니면서 질문을 퍼부었어?"

"그런 게 아냐."

아미나가 자기 어머니한테 그 일을 말했다니 믿기지 않았다. 결과적으로 이건 좋은 소식 같았다. 왜냐하면 아미나가 숨기려는 게 무엇이든 이제는 전부 고백해야 할 테니까. 딸이 침묵을 지키는 걸 알렉산드라가 두고 볼 리 없다. 스텔라의 미래를 결정할 중요한 정보를 아미나가 쥐고 있는 게 확실했다.

"당신 이런 식으로 계속 갈 수는 없어." 울리카가 말했다.

"아니면 내가 뭘 어떻게 해야 하는데? 내 딸이 살인 혐의자가 된 마당에!"

나는 쿵쿵거리며 현관으로 가 벽에 걸린 외투를 낚아챘다. 문을 획 열고 쾅 소리가 나며 닫히게 두었다.

36

끓는 가마솥 같은 시내를 내내 걸었다. 발부리만 쳐다보며 땅을 쿵쿵 밟았다. 나 자신이 무서워지기 시작했다.

시간이 흘러 그날 오후 울리카의 전화를 받았을 때, 나는 룬드 공원의 자갈길에 서 있었다. 어떻게 여기까지 왔는지, 어디로 갈지, 아무 생각이 없었다.

"미안해, 여보." 울리카가 말했다. "이번 일이 우리 사이까지 망치게 두지 말자. 지금 상황만도 너무 힘들어."

울리카는 스피셰네스토랑에 예약했다면서 거기서 만나 저녁 식사를 하자고 했다.

나는 맥이 가라앉으며 진정되었다. 성당 앞을 천천히 지나갔다. 공원 벤치들은 늦여름이 베푸는 햇살 속에서 프라푸치노를 마시는 학생들 차지였다. 카메라를 목에 건 일본 관광객들이 바닥에 노는 비둘기들에 에워싸여 하늘을 찌를 듯한 첨탑들을 가리키며 매혹에 빠져 있었다.

조금 뒤 내가 마켓 홀 밖에서 예니 얀스도테르 검사를 본 것은 순전히 우연이었다. 그녀는 나중에 내가 자기를 뒤쫓았다고 주장했는데, 말도 안 되는 억지다. 나는 스피센레스토랑으로 가다가 앞에 있는 그녀를 발견했을 뿐이다. 잔가지처럼 연약한 저 체구. 흰 다리. 하이힐을 신고 통통 튀는 걸음새. 그녀가 힐을 신지 않고 블레이저를 입지 않고 어깨에 명품백을 메지 않았다면 어린아이로 착각했을지도 모른다.

얀스도테르가 예비조사를 주도한다는 미카엘 블롬베리의 말이 머릿속에서 자꾸 메아리쳤다. 블롬베리 말에 따르면, 경찰은 얀스도테르의 지휘 아래 스텔라를 가해자로 못 박는 데 집중하고 있었다. 도대체 왜? 자신의 일에 너무나 몰두한 나머지, 진짜 감정을 지닌 진짜 사람들이 자신의 판단에 어떤 식으로 휘말리는지 잊어버린 걸까? 그녀는 어떻게 우리가 자식을 볼 기회를 거부하고 있는가? 어떻게 돼먹은 인간이기에 그런 짓을 하려 들까? 솔직히 나는 궁금했고, 그래서 보툴프스플라트센을 횡단하는 그녀를 보자 도저히 참을 수 없었다. 나는 마켓 홀의 서쪽 출입구 바로 밖에서 그녀를 따라잡았다.

"실례합니다, 잠깐만요!"

얀스도테르는 큰 동작으로 돌아섰다. 나를 알아보기까지 2, 3초 걸렸다.

"이건 아주 부적절한 행동이에요!" 그녀가 말했다.

"몇 가지만 묻겠습니다."

얀스도테르는 나를 상대조차 하지 않았다. 그녀는 어깨에 멘 백이 흔들릴 정도로 홱 돌아서서는 마켓 홀의 유리문을 향해 걸어갔다.

"왜 당신은 린다 로킨드를 조사하지 않죠?" 나는 그녀를 쫓아가기 시작했다. "당신이 지금 찾아내려 혈안인 그 신발과 똑같은 신발이 로킨드에게 있다는 거 알고 있어요?"

그녀가 허겁지겁 건물 안으로 들어가려 해서 나는 소리를 질러야 했다.

"왜 우리는 우리 딸을 만나지 못합니까?"

검사는 걸음을 멈추고 차갑고 공정한 눈으로 나를 겨냥했다.

"당신은 수사에 영향을 미치려는 불법을 저지르고 있습니다."

"아니, 그런 게 아닙니다. 그저 당신이 왜 이러는지 알고 싶을 뿐입니다."

예니 얀스도테르는 고개를 절레절레 젓고는 돌아섰다. 나중에 경찰에 낸 고소장에 그녀는 그때 내가 자기 팔을 붙들고 놓아주지 않았다고 주장했다. 물론 이것은 사실이 아니다. 나는 절박함의 마지막 시도로 두 팔을 뻗었을 뿐이다. 내 손이 그녀의 팔에 살짝 스치긴 했지만, 그녀가 못 가게 방해할 생각은 조금도 없었다.

"당신은 우리 인생을 망치고 있어요!" 나는 그녀의 뒤통수에 대고 소리쳤다.

가까이에서 지나가던 사람들이 멈춰 섰다. 호기심 어린 얼굴들의 숲, 숨죽인 웅성거림과 번득이는 눈들. 나는 한 손으로 얼굴을 가리고 얼른 인도로 돌아가 스피센으로 향했다.

나중에 경찰은 열 명 이상의 참고인을 조사하겠지만, 그중 예니 얀스도테르의 말을 확증해줄 사람은 한 명도 없을 것이다.

37

울리카는 스피센레스토랑 창가 테이블에 앉아 있었다. 내가 옆에 앉자 내 어깨에 고개를 기댔다.

"미안해, 여보, 미안해."

"우리답지 않았어."

"사랑해." 내가 말했다.

나는 그 말의 기운이 내 온몸에 퍼지는 걸 선명하게 느꼈다. 울리카가 없는 미래는 한순간만 떠올려도 불구덩이에 빠진 듯 고통스럽다.

"나와 스톡홀름에 가자." 울리카가 말했다. "지금 룬드에서 우린 아무것도 못 해. 난 스텔라를 절대, 절대로 버리지 않아, 알잖아. 하지만 우리는 스텔라 얼굴도 못 보고 있어. 우리가 룬드에 있든 다른 곳에 있든, 스텔라의 상황은 달라지지 않아. 우리 자신 일도 생각해야지. 나는 우리 같은 상황에 처한 부모들과, 이런 일 때문에 해체된 가족을 많이 봐왔어."

울리카 말대로다. 스텔라가 접견 금지 상태로 구치소에 갇혀 있는 한 우리가 할 수 있는 일은 없다. 울리카와 내 사이가 멀어질 경우, 상황은 최악으로 치달을 것이다.

"스텔라는 어떻게 될까?"

"모르겠어, 하지만 검사는 기소하기로 마음을 굳힌 것 같아."

나는 예니 얀스도테르를 생각했다. 그녀를 우연히 만난 이야길 울리카에게 해야 할까?

"당신은 그날 밤 무슨 일이 있었다고 생각해?" 내가 물었다.

순간적으로 울리카 몸이 굳어졌다. "모르겠어, 아무 생각도 못하겠어……."

"단 한 번도 생각 안 해봤어?"

"생각했냐니, 뭘?" 울리카는 내 질문의 뜻을 정확히 알 텐데도 이렇게 물었다.

"어쩌면…… 스텔라가…… 어떤 짓을 했을지도 모른다는 생각?"

나는 울리카가 자기는 그런 생각 안 했다고 말해주길 간절히 바랐다. 내게 버럭 화내며 어떻게 그런 생각을 하느냐고 따지면 더 좋을 것이다. 의혹을 품을 이유를 찾아내느니 내가 미친 사람이 되는 편이 낫다.

"물론, 나도 생각해봤어. 물론 생각해봤는데, 하지만 그 생각들이 뿌리내리는 건 거절해."

너무 간단한, 지나치게 간단한 소리로 들렸다.

"상황 증거가 꽤 있지만, 전반적으로 증거는 약해." 울리카가 말했다.

그녀는 그저 법적인 문제인 양 말했다.

울리카가 한 손을 내 무릎에 올리자 나는 천천히 쓸었다. 우리가 함께한 지난 세월은 울리카의 살갗을 내 살갗처럼 느끼게 해주었다.

"난 아미나에게 비밀이 있다는 게 도무지 이해가 안 가. 아미나는 우리한테 숨기는 게 있어.”

울리카가 손을 빠르게 폈다. “아미나가 뭐하러 거짓말을 하겠어? 스텔라와 둘도 없는 친구인데.”

“왜인지는 몰라, 정말 모르겠어. 그저 아미나가 기꺼이 완전히 다 말하진 않았다는 건 알아.”

“하지만 당신은 아미나가 어떻게든 관련 있다고 진심으로 믿고 있잖아?”

“그 이상은 몰라. 뭘 믿어야 좋을지 모르겠어.”

배도 부르고 술도 조금 올라 우리는 기차역까지 걷기로 했다. 우리는 많은 말은 하지 않고 천천히 중심가를 걸었다. 사람들이 우리를 쳐다보았다. 누가 “안녕하세요” 하고 인사했다. 다른 이들은 등을 돌려 속닥거리며 지나갔다. 울리카는 내내 보란 듯이 내 팔짱을 끼고 걸었다. 그녀는 주뼛거리지 않았다.

알렉산드라와 디노를 찾아가자고 한 건 울리카의 아이디어였던 것 같다. 그들의 집이 가깝기도 했다. 울리카는 친구와 어울리는 게 우리에게 좋을 거라고 생각했고, 그들에게 찾아가겠다는 문자를 보냈다.

트롤레베리스베겐거리에 있는 집 현관에서 우리를 맞는 알렉산드라의 눈이 휘둥그레졌다.

“어머, 두 분 웬일이세요!”

그녀의 놀라는 표정 뒤에 꺼림칙함이 엿보였다. 하지만 울리카는 그걸 못 본 듯 알렉산드라를 와락 껴안았다.

“집에 계신 시간을 우리가 잘 잡았네. 문자를 보내도 답장이 없어서 안 계시나 했어요.”

알렉산드라는 울리카의 어깨 너머로 나를 보았다.

무릎길이의 반바지 차림에 맥주를 든 디노가 중얼거리며 다가왔다. 우리를 발견하자 함빡 웃으며 거칠게 포옹했다.

"잘 있었어?" 디노가 말했다. "스텔라는 어떤가?"

일단 우리가 지난 며칠 새 있었던 중요한 일들과 기대에 어긋난 사건들을 짤막하게 이야기하자 디노는 무리를 몰듯 나를 거실로 이끌었다. 평면 벽걸이 TV에서는 흥분한 축구 해설자의 목소리가, 스피커에서는 평화로운 음악이 흘러나왔다. 활짝 열린 발코니 문으로 인디언서머의 온화한 향기를 실은 밤공기가 넘실거리고 있었다.

"2 대 1이야." 디노는 텔레비전 화면을 몸짓으로 가리켰다.

"오케이." 나는 분위기를 맞추려 거들었다.

"자네 피곤해 보여. 하긴 왜 안 그렇겠어." 디노가 말했다. "휴, 맥주나 마시자고."

병뚜껑이 날아가고, 나는 차가운 병맥주를 받았다.

"기억나? 우리가 만날 아미나는 책만 파는 똘똘이고 스텔라는 세상 물정에 밝은 아이라고 말했던 거?" 디노가 물었다. "두 아이는 경기장은 물론 현실 세계에서도 서로를 잘 보완해주었지."

"으음."

폭격을 퍼붓는 듯한 음악 소리와 해설자의 목소리, 주방에서 나오는 아내들의 목소리까지 더해져 나는 집중하기가 힘들었다.

"스텔라는 생존자야." 디노가 말했다. "전사지."

나는 짧게 대꾸하고는 도킹스테이션에 연결된 스피커로 갔다.

"꺼도 될까?"

"물론."

디노가 말했고 나는 음악을 껐다.

주방에서 아내들은 스톡홀름 이야길 하고 있었다. 알렉산드라는 잠시 먼 곳에 가 있는 것도 좋을 거라고 말했다.

나는 아미나의 방 쪽을 흘낏하며 물었다. "아미나, 집에 있어?"

디노는 고개를 저었다.

"없어?"

"없어."

디노는 목덜미를 긁고 맥주를 벌컥벌컥 마셨다.

"자기 방에 있지 않아?" 나는 방문을 가리키며 물었다.

"아니, 아미나는 집에 없어."

나는 문 쪽으로 걸어가 손잡이에 손을 올렸다. 진실을 드러내야 했다.

"무슨 짓이야? 그만둬!"

디노가 소파에서 튀어 오르고, 알렉산드라와 울리카도 부리나케 주방에서 나왔다.

"아미나?" 나는 방문을 열었다.

거기 아미나가, 조명이 흐릿한 방 한구석 책상에 앉아 책을 읽고 있었다. 아미나가 막 고개를 돌렸다.

디노가 몸을 날려 내 몸을 붙들었다. 곧바로 두 팔로 내 가슴팍을 껴안아 묶어두고 방에서 나오도록 내 몸을 밀어냈다.

"멈춰!"

울리카와 알렉산드라가 동시에 소리쳤다.

하지만 디노는 멈추지 않았다. 그는 내 팔을 부러질 정도로 거칠게 등 뒤로 꺾고는 계속 몰아붙였다.

"당신, 무슨 짓이야?" 울리카가 외쳤다.

알렉산드라가 달려와 디노를 잡아당겼다.

"그만둬!"

"자넨 여기서 나가." 디노는 나를 강제로 현관으로 몰아넣고는 무릎으로 내 꼬리뼈를 누르며 벽 쪽으로 밀었다.

"미쳤군." 내가 말했다.

"자네나 정신 차려." 디노가 식식거렸다.

그 난리 법석에도 나는 겁에 질린 울리카의 표정을 보고 있었다.

"무슨 일이야?"

나는 대답하려 했지만 디노의 목소리에 삼켜졌다.

"아담이 아미나의 방에 들어가려 했어."

나는 몸부림치고 싶었지만 꼼짝할 수 없었다.

"당신 제정신이야?" 울리카가 말했다.

디노의 야만적인 공격에 나도 모르게 신음이 났다. 나는 디노가 울리카의 질문에 대답하고 내게 이렇게 무지막지한 폭력을 쓰는 이유를 설명해주길 기다렸다. 몸을 간신히 틀고서야 울리카가 제정신이냐고 물었던 대상이 나임을 깨달았다.

"당신, 아미나 방에 들어가려 했다고? 허락도 안 받고?"

"방문이 잠겨 있지 않았어." 나는 더듬거렸다. "디노는 아미나가 집에 없다고 했어."

"아담, 당신 도대체 무슨 짓을 하는 거야?"

울리카는 두 손을 얼굴에 가져다 댔다. 볼에서 핏기가 가셨다.

나는 이해가 되지 않았다. 난 내 가족이 풍비박산되지 않도록 노력했을 뿐이다.

"아담." 울리카가 말했다. "제발 이러지 마, 아담."

디노는 나를 측은하게 쳐다보다 갑자기 팔을 풀었다. 나는 휘청거리며 현관 카펫에 놓인 신발 위로 비틀거리다가 문에 한 번 쿵 부딪히고는 엉덩방아를 찧었다.

"아미나는 거짓말을 하고 있어." 나는 간신히 말했다. "아미나는 더 많은 걸 알고 있다고."

세 사람 모두가 치명적인 진단에 고통스러워하는 사람을 보듯 나를 내려다보았다.

"두 사람한테 미안하지만." 디노가 울리카를 보며 말했다. "이 일로 아미나를 힘들게 만들지 말아줘요."

울리카는 천천히 고개를 끄덕였고, 알렉산드라가 그녀를 안아주었다.

"물론 우리는 아미나하고 이야기해봤어. 내 딸은 무슨 일이 있었는지 하나도 모른데."

"이해해요." 울리카가 말했다. "용서해요. 우리가 제정신이 아니었어요."

나는 신발을 신고 재킷을 입은 후 계단참으로 나갔다. 생각들이 재갈을 물지 않은 경주마처럼 전속력으로 달리고 있었다. 귀가 윙윙거리고 시야는 자꾸 출렁거렸다. 빠져나오며 내가 무슨 말을 했는지도 모르겠다. 소리를 질렀는지, 아니면 웅얼거렸는지. 그때를 돌아보면, 내 기억이 빈 구멍처럼 느껴진다. 일시적 착란. 노련한 변호사라면 정신착란을 이유로 빠져나갈 수 있을 거라는 생각이 들었다.

38

그 주가 지나도록 나는 고열과 두통으로 거의 누워 지냈다. 침대에서 소파로 가기만 해도 기력이 다 빠져나가는 것 같았다. 수프와 토스트와 타이레놀로 연명했다.

"당신, 도움이 필요한 거 아냐?" 울리카가 말했다.

나는 텔레비전을 껐다. 소리 하나하나가 내 귀청에 대고 포효하는 것 같았다. 울리카는 등받이 없는 긴 소파에 앉아 내 무릎을 어루만졌다.

"의사라고 별수 있겠어?"

"의사 이야길 하는 게 아냐." 나는 담요를 턱까지 끌어 덮었다.

"당신에겐 당신 이야길 들어줄 사람이 필요한 건지도 몰라." 그녀가 말했다.

"그래서 내가 무슨 말을 해야 하지? 내 가족이 함께 있게 하려고 내 능력 안에서 한 일들을 말할까? 나의 모든 신념과 도덕 원칙을 스스로 어기며 했던 짓을 말할까? 나는 경찰한테 거짓말을 했고, 목격자들 집까지 쫓아가 그들을 괴롭혔어. 이게 모두 내 가족을 위해 했던 일인데, 아내라는 사람은 내가 정신이 이상하다고 확신하

196

잖아."

"난 그런 말 안 했어. 우리는 위기 한가운데에 있어. 우리 관계가 잠시 삐걱거리는 건 놀랄 일이 아냐."

"우리라고?"

울리카는 더는 나를 보고 있지 않았다.

"우리 모두는 저마다 다른 방법으로 위기를 다루고 있어."

월요일 새벽, 울리카는 스톡홀름행 비행기에 올랐다. 회의도 몇 차례 있지만 아파트 열쇠를 받으려는 목적도 있었다. 셀카를 첨부한 문자가 왔다. 울리카는 나와 함께 이 일을 헤쳐나가겠다고 약속했다. 나를 사랑하며, 우리는 이번 일을 끝까지 함께할 거라고 썼다.

그날 오전, 나는 알렉산드라와 디노에게 전화해 천 번 만 번 사과했다. 아미나에게 내가 미안해하더라고 전해주겠나? 그들은 이해한다고, 이 지옥 같은 일이 빨리 끝나길 바란다고 말했다.

나는 무기력에서 서서히 깨어나고 있었다. 눈은 침침하고 머리는 젤라틴처럼 끈적거리는 생각들로 멍했지만 나는 비틀거리며 이웃 동네를 다시 돌아봤다. 마주치는 사람마다 나를 노골적으로 쳐다보았다. 머리가 희끗한 더플코트를 입은 사내가 절레절레 도리질하며 중얼거리기에 뭐라 하신 거냐 묻자 내 말을 알아듣지 못한 양 외려 상처받은 눈으로 나를 빤히 쳐다보았다.

현관에는 울리카가 내놓은 상자들이 쌓여 있었다. 그녀는 이미 중요한 물건을 꾸리기 시작했다. 나는 멈춰 서서 상자들을 노려보다가 하나를 열어 내용물을 헤집었다. 내가 완전하다고 생각했던 한 생애가 바나나 상자 여덟 개에 들어 있었다. 허무가 밀려들었다.

3주 전까지 우리는 그야말로 평범한 가족이었는데.

목요일에 정류장으로 울리카를 마중 나갔다. 그녀는 공항버스에서 내려 강한 햇살에 눈을 찌푸리며 웃었다.

우리는 그곳이 시간의 틈새인 것처럼 거기 서서 영원처럼 길게 포옹했다. 사랑에 의해, 시간과 운명에 의해 연결된 두 개의 몸. 어쩌면 하나님에 의해서도. 방향을 트는 버스들과 따르릉 벨을 울리는 자전거 타는 사람들 사이에서, 김 오르는 종이컵을 든 지각한 학생들과 잘 다림질된 옷을 입고 바삐 달리는 학자들과 하위 중산층 시민들 사이에서. 나는 우리가 서로를 위해 창조되었다고도, 울리카와 나를 위한 계획이 마련되어 있다고도 믿지 않지만, 시간과 사랑은 죽음이 우리를 갈라놓을 때까지 영원히 묶어주었음을 믿는다, 아니 알고 있다.

우리는 꼭 붙어서 클레멘스토르게트거리를 가로지른 다음 뷔타레가탄으로 내려갔다. 사도 바울의 말씀이 내 마음속에서 메아리쳤다. 자신의 가족을 돌보지 않는 사람은 예수 그리스도에 대한 믿음을 버린 자다.

"기분은 어때?" 울리카가 물었다.

"끔찍해." 나는 솔직하게 대답했다.

"사랑해, 아담. 우리는 더 강해져야 해."

"스텔라를 위해서." 내가 말했다.

조금 뒤 우리는 다시 미카엘 블롬베리의 사무실 안락의자에 앉아 있었다. 블롬베리의 연하늘색 셔츠 겨드랑이 부분에 축축한 큰 동그라미가 생겨 있었다.

"크리스토퍼 올센이 고소당한 건에 대한 예비조사 자료를 어렵사리 손에 넣었습니다." 그는 승리의 기미를 내포한 목소리로 우리에게 알렸다. "법원이 내가 제기한 합리적인 제안을 받아들인 건데, 하지만 세세한 부분은 여전히 기밀로 남아 있습니다."

블롬베리는 종이 몇 장을 집어 흔들었다.

"보세요. 린다 로킨드의 진술서 일부입니다."

나는 앉은 채 상체를 앞으로 내밀었다.

"LI: '당신이 제기한 크리스토퍼에 관한 이 정보는……'"

"LI가 누구입니까?" 내가 끼어들었다.

"앙네스 테린 형사반장입니다." 블롬베리는 눈을 내리깐 채 대답했다. "LI는 수사 지휘자를 의미합니다."

"아, 네, 네."

블롬베리가 계속 읽었다. "'린다, 크리스토퍼를 향한 당신의 고소 내용이 얼마나 심각한 건지는 아실 줄 믿습니다. 만약 당신이 진술한 내용에…… 사실이 아닌 게 있다면 지금 우리에게 말해야 합니다.'"

"장난해요?" 나는 두 손을 앞으로 던지며 소리쳤다. "형사반장이 진짜 저렇게 말했답니까? 린다가 거짓말하고 있다고 주장하는 거잖아요!"

블롬베리는 한숨을 푹 내쉬고 종이를 책상에 떨어뜨렸다.

"죄송합니다." 내가 말했다. "계속하시죠."

"LL, 이건 린다 로킨드를 말합니다." 블롬베리는 나를 흘긋 쳐다보았다. "LL: '내 생각에는 아마…… 모르겠어요. 가끔 그게 실제 일어난 일인지 그저 내 상상인지 자신이 없어요. 음, 그런 일이 일어났었다는 느낌이에요. 솔직하게 그런 느낌이에요.'"

블롬베리는 심각한 눈빛으로 우리를 쳐다본 다음 계속 읽었다.

"LI: '린다, 사실이 아닌 일을 말했던 건가요? 나는 진실이 드러나기만을 원합니다.' LL: '모르겠어요. 기억나지 않아요. 모든 게 현실 같다가도…… 꿈이었다 싶기도 하고, 흐릿해요.'"

나는 무슨 생각을 해야 좋을지 몰랐다. 저건 딱 미친 소리가 아닌가. 린다는 꿈과 현실을 구분하지 못하는가?

블롬베리는 조서를 접어 울리카에게 건넸다.

"계속 이런 식입니다. 린다 로킨드는 뭐가 실제 일어난 일인지, 뭐가 환상이고 꿈인지 모릅니다. 얼이 빠진 거죠. 예비수사가 종결된 것도 당연했습니다."

울리카는 서류를 한 장 한 장 넘겼다.

"그러면 크리스토퍼 올센은 린다를 공격한 사실이 없다는 말입니까?"

그래, 아마 저게 진실일 것이다. 그러나 나는 린다가 꿈과 현실을 구분하지 못했다는 말은 받아들이기가 힘들었다. 사실은 린다가 자신이 거짓말하는 걸 극단적으로 의식한다고 확신하고 있었다. 린다는 뭔가 숨기고 있었다. 나에게, 경찰에게, 모두에게. 나는 그게 뭔지 밝혀내야 했다.

39

　블롬베리 사무실을 나온 울리카와 나는 좁고 구불구불한 클로스테르가탄 보도를 따라 걸었다. 카키색 외투를 입은 노인이 갑자기 우리 앞에 멈춰 서더니 귀신이라도 본 듯 나를 노려보았다. 나는 가게 창문들로 시선을 피하며 얼른 그를 지나쳤다.

　우리는 커피숍에 들어가 안쪽 구석 자리 테이블을 잡고 에스프레소와 크림을 넣은 마지팬 페이스트리를 주문했다.

　"당신 좀 달라 보여." 울리카가 말했다.

　"정신이 좀 든 것 같지? 잠을 조금 자긴 했어."

　울리카는 내 얼굴을 한참 들여다보았다. 온화하고 다정한 그녀의 눈길에 나는 애무를 받는 기분이 들며 마음이 편안해졌다.

　"이유를 알았어. 성직칼라." 울리카가 말했다. "성직칼라를 벗은 당신 모습이 낯설어."

　나는 내 목을 보려 턱을 당겨 고개를 숙였다. 성직칼라를 벗어놓은 사실을 아예 잊고 있었다. 의식적인 결정 같지는 않았다. 요 며칠 칼라를 착용하는 걸 그냥 잊어버렸다.

　"이거 읽고 싶어?" 울리카가 기초조사보고서를 테이블에 올려놓

거의 평범한 가족

으며 물었다.

우리는 그 종이들을 반반씩 나눠 가운데에 두고 번갈아 읽었다. 가끔 한숨을 내쉬고 서로를 보며 고개를 저었다.

린다 로킨드는 이랬다저랬다 하며 혼란에 빠진 사람처럼 보였다. 조서만 보아서는 크리스토퍼 올센에게 제기된 모든 혐의를 '혐의 없음'으로 처리한 검사를 비난하기가 힘들 것 같았다. 린다의 고소장은 정신적으로 불안정한 사람이 바람을 피운 파트너에게 버림받자 앙심을 품고 거짓 내용을 지어낸 것으로 볼 수도 있었다. 하지만 정말 그렇게 단순할까?

카페를 나오면서 울리카는 시내 상점에 잠깐 들르자고 했다.
"새 스카프가 필요해. 길어봐야 30분이면 돼."
"30분?"
울리카는 내 팔에 팔짱을 끼었다.
"난 그거 싫은데." 내가 말했다.
"그게 뭔데?"
"사람들 표정."
"얼른 사고 나올게." 그녀가 약속했다.
그래서 나는 구시렁대며 울리카를 따라 오렌스로 들어가 고개를 숙인 채 겨드랑이에 땀을 내며 쇼핑객들 사이를 지나갔다. 내내 울리카 옆에 바짝 붙어 있었다. 드디어 바깥으로 다시 나왔을 때, 나는 입구에서 몸을 떨며 서 있는 여자에게 20크로나를 내밀었다. 여자는 내게 하나님의 축복을 빌어주었다.
"H&M도 얼른 둘러볼까?" 울리카가 말했다.
"H&M은 안 돼. 난 못 가."

"실컷 우릴 구경하라지 뭐."

"하지만 질문을 할지도 몰라. 직원들은."

울리카는 나를 쳐다보며 내 팔꿈치를 문질렀다.

"곧 다 끝날 거야. 우리가 먼 곳으로 떠나면……."

나는 마음을 단단히 먹고 아내의 뒤꽁무니에 딱 붙어서 답답할 정도로 난방이 강한 H&M 매장으로 들어갔다. 우리는 곧장 계단을 올라갈 생각이었다. 하지만 어린 여자 스태프가 눈에 띄자 나는 얼른 남성복 구역으로 방향을 틀어 매장 뒤편으로 계속 걸었다. 그다음 세상을 등진 채 셔츠들을 움켜쥐고 신상품 옷 냄새가 코끝을 간질일 정도로 선반에 바싹 붙어 숨어 있었다.

줄무늬 옷에 기대서 있은 지 몇 분이 지났다. 울리카는 아직인가? 나는 확인하려 옆으로 한 걸음 뗐다.

"아담 목사님? 맞죠?"

단 한 번의 실수, 여자는 그걸 놓치지 않고 즉각 나를 공격했다. 베티 붐을 연상시키는 떨리는 그 목소리를 나는 알고 있었다. 그리고 만약 내가 H&M 직원 중 한 사람과 꼭 말을 섞어야 한다면, 베니타가 제일 낫긴 했다.

"안녕하세요!" 연민과 반가움이 완벽하게 섞인 표정으로 여자는 나를 쳐다보았다.

"어, 안녕." 나는 나오려는 한숨을 누르고 말했다.

베니타는 스텔라와 동갑에 이곳에서 일을 시작한 시기도 비슷했다. 우리 집에 서너 번 왔는데, 나는 그녀가 마음에 들었다. 똑똑하고 명랑하고 감정에 솔직한, 가수를 꿈꾸는 소녀였다. 우리는 농담 반 진담 반으로 그녀에게 아이돌 오디션 프로그램에 꼭 나가라고 했었다.

내가 몸을 빼는데도 베니타는 두 팔을 활짝 벌려 결국 우리는 포옹 비슷한 걸 했다.

"목사님 생각이 계속 났어요." 베니타가 말했다. "스텔라는 어떻게 지내요?"

나는 매장을 둘러보았다. 조용했다. 엿들을 사람은 없을 것이다.

"일이 우습게 돌아가고 있어. 모든 게 스텔라의 무죄를 가리키는데도 검사는 석방하길 거부하고 있어. 그래서 난…… 사법제도에 대한 신뢰가 사라지려 해."

"이해해요. 제 사촌은 누군가를 총으로 쏜 사내를 안다는 이유로 지난여름 감옥살이를 했거든요."

나는 고개를 끄덕일 뿐 대꾸하지 않았다. 그게 스텔라와 무슨 상관인지 이해가 되지 않았다.

"그리고 스텔라가 더는 여기서 일하지 못한다는 것도 너무 매정해요. 하지만 한편으로는 사장 입장도 이해돼요. 많은 고객들이 스텔라를 알아볼 테고, 그건 일종의 나쁜 광고가 될 테니까요."

"계속해봐. 무슨 뜻이지? 스텔라가 일자리를 잃었나?"

베니타는 얼른 손으로 입을 가렸다가 다시 입을 열었다. "스텔라가 목사님께 말한 줄 알았는데. 말린 점장님이 얼마 전에 계약 만료라고 쓰는 걸 봤어요."

"스텔라는 접견 전면 금지 상태로 감옥에 있어. 자기 변호인 말고는 다른 사람과 이야기를 못 해."

"저는……." 베니타는 뒤를 살짝 돌아본 후 계산대를 가리키며 말했다. "음, 음, 아무튼 스텔라한테 안부 전해주세요. 아니 그게 아니라, 음 그러니까, 모든 게 좋게 밝혀지길 바라요."

"그래."

나는 눈을 계속 내리깐 채 계단 쪽으로 돌아갔다. 울리카가 보이지 않았다. 나는 계단을 내려가다 중간쯤에서는 난간을 붙들어야 했다. 숨이 쉬어지지 않고 사물이 겹쳐 보였다. 마지막 계단 몇 개는 휘청거리며 간신히 내려갔다. 날 에워싼 목소리들이 뒤섞여 해독할 수 없었다. 누군가 내 팔을 건드리자 나는 그 손을 뿌리치고 옷걸이들 사이를 억지로 지나 문으로 향했고, 빵빵거리는 자동차들 사이로 거리를 건넜다. 관광청 창문 아래서 허리를 숙여 숨을 깊이 들이마셨다. 이대로 토할 것만 같았다.

40

아담하고 예쁜 타운하우스가 즐비한 스토라 쇠데르가탄거리를 나는 천천히 달렸다. 할 일이 있었다. 1분도 지체해선 안 될 일이었다. 일의 전말을 명확하게 알아내야 했다. 성적 학대니 크리스토퍼 올센의 폭력성이니 하는 린다의 말은 거짓말일까? 만약 거짓말이라면, 올센이 죽은 마당에도 왜 린다는 거짓말에 계속 매달릴까? 그리고 왜 경찰 조사에서는 자기가 현실과 꿈과 환상을 혼동한다고 진술했나? 그 말은 사실일 리 없었다.

지난번 방문 이후 나는 린다가 뭔가 숨긴다고 확신하고 있었다. 동시에 그녀가 말한 많은 부분이 친밀한 관계에서의 성적 학대로 고통당한 다른 여자들과 아주 비슷함을 인식하고 있었다.

린다 로킨드는 아마 환상과 현실을 헷갈릴 만큼 병세가 깊지는 않을 것이다. 아마 경찰의 미적지근한 태도에 순간적으로 그렇게 말해버렸으리라. 그다음 그녀는 못 믿을 경찰들 대신 자기 혼자 직접 크리스토퍼 올센을 상대하기로 결심했을까? 올센이 한 짓거리가 있는데 그런 그를 그녀가 처벌하지 않고 보냈다는 건 타당성이 낮아 보였다. 하지만 린다는 왜 스텔라를 들먹였을까? 스텔라에 대해 뭔가 알고 있어서? 아니면 온라인에서 말도 안 되는 글들을 막 읽은 뒤라서?

질문이 자꾸 쌓여갔다. 나는 알아내야 했다. 기다릴 수 없었다.

난 옳은 일을 하려 할 뿐이다. 나와 같은 상황에 처한 아버지라면 누구든 할 그 일을 하려는 것뿐이다.

나는 툴가탄에 있는 린다의 집 앞에 멈춰 섰다. 건물 안으로 어떻게 들어갔는지는 잘 기억나지 않지만, 계단을 무겁게 밟고 올라가는 내내 기도문을 반복해서 외었다.

나의 하나님은 정의이시며 용서하시는 하나님이시다.

나는 내가 옳은 일을 한다는 걸 알고 있었다. 분열된 가족은 견뎌내지 못한다. 자기 가족을 돌보지 않는 사람은 믿음을 버린 자다.

린다 로킨드는 방범 체인 길이만큼만 문을 열고 그 좁은 틈새로 코만 삐죽 내밀었다.

"또 당신인가요?" 계단참의 침침한 조명 속에서도 나는 그녀가 눈을 깜빡이는 걸 느낄 수 있었다.

"들어가도 될까요? 몇 가지만 묻겠습니다. 꼭 확인하고 싶은 게 있습니다."

그녀는 미간을 찡그리며 나를 관찰하더니 "잠깐만요"라고 말하곤 문을 닫았다.

나는 곧 방범 체인이 풀릴 줄 알았지만 시간이 지나도록 아무 일도 일어나지 않았다. 나는 닫힌, 말 없는 문을 노려보았다. 그녀는 날 안으로 들이지 않으려는가? 끈기 있게 몇 분 더 기다린 다음, 초인종을 다시 눌렀다.

곧 그녀가 다다닥 바닥을 가로지르는 발소리가 들렸다. 그리고 정적. 나는 그녀 이름을 불렀고, 드디어 그녀가 나를 안으로 들였다.

"기다리게 해서 미안해요, 할 일이 있어서…… 들어오세요."

나는 외투를 걸고 몸을 숙여 구두끈을 풀었다. 곁눈으로 신발장을 보았다.

없다. 다른 신발들은 모두 선반에 가지런한데, 유독 그 특별한 신발, 스텔라의 신발과 똑같은 신발만 보이지 않았다.

자리를 권하는 린다에게 내가 말했다. "오래 걸리지 않을 겁니다."

그녀는 놀란 눈으로 나를 쳐다보며 자기 목을 가리켰다.

"당신……."

"성직칼라." 나는 휑한 목을 느끼며 말했다. "사람이 늘 근무 중일 수는 없죠. 목사도 가끔은 사적 생활을 해야 합니다."

린다는 머뭇거리는 미소를 짓고는 자리에 앉았다.

"그럼, 중요한 건." 나는 그 이야기를 어떻게 펼칠까 생각했다. "지난번 내가 여기 왔을 때 당신이 들려준 이야기, 크리스토퍼가 성적으로 학대했다는 말, 나는 전부 믿습니다. 당신이 사실을 말했다고 믿어요."

"좋군요." 그녀는 아직도 머뭇거리는 듯 보였다.

"하지만 왜 당신은 경찰 신문에서는 그 말을 철회했죠? 당신은 무엇이 현실이고 무엇이 당신의 상상인지 모르겠다고 말했습니다. 하지만 사실 당신은 알고 있었어요, 그렇죠?"

"어차피 아무도 내 말을 믿지 않으니까요."

"아무도 당신 말을 믿지 않아서 고소를 철회했다는 겁니까?"

"으음."

"혹시 현실과 환상을 헷갈릴 때가 있습니까?"

린다는 대답하지 않았다.

"경찰은 당신 이야길 귀담아듣지 않았습니다. 당신은 그에 대해 어떻게 대처할 계획이었죠?"

린다는 자세를 고쳐 앉았다. 주변을 둘러보았다.

"아무 계획 없었어요. 또는……."

"또는 뭐죠?"

린다는 팔을 뒤로 돌려 등을 긁었다. 이 여자가 미쳤다고, 환상과 현실을 구분하지 못한다고 여길 근거는 없어 보였다. 그런데 왜 그녀는 경찰 조사에서 그런 말을 했을까?

"당신이 누군지 알아요." 그녀가 갑자기 말했다.

나는 생각이 얼어붙었다. "무슨 뜻이죠?"

"지난번 당신이 여기 다녀간 다음 좀 알아봤거든요."

나는 입을 벌렸지만 말은 목구멍 어딘가에 막혀 나오지 않았다.

"크리스한테 복수할 생각을 참 많이 했죠. 그를 죽일 수 있단 생각은 안 했지만 어떻게 괴롭힐까 다양한 방법들은 생각했어요. 내가 한 건 그냥 생각하는 거였어요." 그녀는 어깨를 움츠리더니 나를 쳐다보며 말을 이었다. "유감이에요. 스텔라가 크리스를 살해한 사람이에요. 나는 그녀한테 경고하려 했어요. 당신은 믿고 싶지 않겠지만, 경찰이 옳아요. 당신 딸이 살인범이에요."

나는 눈썹 하나 움직일 수 없었다. 나는 내 생각에 익사하며 어둠에 눌려 내부에서 무너지고 있었다.

"당신, 거짓말하고 있군요."

린다는 고개를 저었다. 그러고는 블라우스 소매를 조심스레 들춰 시계를 보았다.

문에서 노크 소리가 났다. 크고 빠르게 세 번, 탕 탕 탕.

린다가 자리에서 일어섰다. 나는 그녀를 따라가려 했지만 무릎이 꺾였다. 방이 공중제비를 도는 듯 눈앞이 빙글빙글 돌았다.

"이만 가봐야겠어요." 내가 말했다.

린다가 앞서서 복도로 걸어갔다. 나는 거실 한복판에서 걸음을 멈췄다. 그녀가 잠금장치를 푸는 소리가 들렸다. 복도에서 남자 한 명의 목소리가 울렸는데, 내용은 들리지 않았다. 그사이 나는 얼른 주방으로 갔다. 몸을 숨길 장소를 찾아, 출구를 찾아. 어느 쪽인지도 모르면서.

문을 닫는 린다의 등만 보였다. 그녀는 왠지 주저하고 있었다. 설명하지 못할 본능으로 나는 얼른 몸을 웅크렸다.

남자는 구두를 신은 채 실내로 들어왔다. 목이 긴 군화가 낼 법한 발소리가 하드우드 마루를 울리고, 나는 생각할 새 없이 옆으로 한 걸음 움직여 커다란 꽃병의 목 부분을 그러쥐었다.

이것은 지극히 인간적인 반응이다. 자신과 자신이 사랑하는 사람들에게 직접적이고 심각한 위협을 겪지 않은 사람은 절대 이해하지 못한다. 어떤 위협은 평소엔 상상도 못 할 비이성적 결론을 내리고 넘지 말아야 할 경계도 넘게 만든다. 더는 도망칠 수 없다면 싸워야 한다.

꽃병을 바닥에서 살짝 들어 무게를 가늠해보니 양손을 사용해야 할 것 같았다. 그다음 내가 고개를 쳐드는 순간, 남자가 모퉁이를 돌았다. 반들반들한 검은색 부츠를 보자 몸속에서 아드레날린이 맹렬하게 솟구쳤다.

"경찰이다!"

남자가 내게 몸을 던졌다.

모든 일이 순식간에 벌어졌다. 공간이 휙휙 돌고, 갑작스러운 산사태처럼 유리 파편이 날아왔다. 다음 순간 나는 바닥에 엎드려 있었고, 나무 마루에 한쪽 뺨을 눌린 채 숨을 못 쉬고 있었다. 자동차에 치여 척추가 부러지면 이럴까 싶은 통증이 일고, 갈비뼈 사이에 여러 번 칼을 맞은 것처럼 고통스러웠다.

"아담 산델?" 경찰은 울리는 목소리로 말했다.

나는 간신히 끙끙 신음 소리만 냈다.

"아담 산델입니까?"

남자의 목소리가 계속 반복되어 나는 결국 그가 묻는 게 내 이름임을 간신히 확인했다. 내 몸이 바닥에서 끌어올려지기 전까진 나는 경찰이 둘이라는 사실도 몰랐다. 린다 옆에서 또 다른 경관이 나를 경멸하듯 쳐다보며 수갑을 꺼냈다.

"무기가 있습니까?" 그가 물었다.

"무기라뇨? 당신 미쳤어요?"

"날카로운 물건 없습니까?"

나는 몸수색을 당한 다음 조사할 게 있으니 경찰서까지 동행해야 한다는 말을 들었다. 나는 내게 어떤 혐의가 있느냐고 물었지만 모호한 변명만 들었다. 내 질문에 대한 대답은 경찰서에 연행될 때까지 기다려야 했다.

수갑을 풀어달라는 내 부탁은 침묵으로 돌아왔다. 차가 경찰서 뒤편에 멈춰 섰고, 나는 범죄자처럼 덩치 큰 경관들에게 붙들린 채 주차장을 가로질러 걸었다.

41

앙네스 테린은 나를 30분이나 기다리게 한 다음에야 작은 조사
실로 들어섰다. 그녀는 내 열쇠와 지갑을 탁자에 올려놓았다.

"당신의 휴대전화는 법의학적 분석을 위해 우리가 보관합니다."
검찰 명령 서류를 흔들어 보이며 그녀가 말했다.

"법의학적 분석이라뇨? 내가 무슨 범죄라도 저질렀습니까?"

앙네스 테린의 얼굴에 진심으로 걱정스럽다는 표정이 잠깐 어렸
다. "아담 목사님, 린다 로킨드 씨는 당신이 처음 찾아온 그날 경찰
에 신고했습니다. 그녀는 겁에 질려 있어요. 당신은 그녀를 안심시
키기 위해 신분을 속였죠."

"그날은 별생각 없이 성직칼라를 착용한 채 갔을 뿐입니다."

"당신은 린다에게 마르가레타 올센 측 대리인이라고 주장했습
니다."

그것은 부정할 수 없는 사실이긴 해도 사소한 변장일 뿐 큰 잘못
은 아니라고 생각했다. 그 정도 일로 경찰들이 나를 야만적으로 다
룬 사실을 정당화할 수는 없다.

"우리는 당신이 다시 찾아오면 무조건 즉시 경찰에 연락하라고

했어요."

그것이 린다가 문을 여는 데 시간이 걸린 이유였다.

"하지만 왜 내가 여기 앉아 있어야 하죠? 무슨 죄목으로 나를 체포합니까? 나는 어떤 법도 어기지 않았습니다."

"당신은 내 동료에게 꽃병을 휘둘렀습니다."

"휘둘러요? 그 사람이 그리 주장하던가요?"

"그는 아무것도 '주장'하지 않아요. 그 아파트에는 당신까지 모두 네 사람이 있었어요."

"하지만 반장님은 린다 로킨드를 다시 조사해야 합니다. 린다는 크리스토퍼 올센을 고소한 내용이 모두 진실이라고 저에게 고백했습니다. 올센에게 거듭 학대받은 끝에 복수할 방법들을 모색했답니다."

"아담, 저는 그 사건에 대해 당신과 자세하게 말할 수 없어요. 우리 경찰은 일하고 있습니다. 믿으십시오."

"나더러 어떻게 반장님을 믿으라는 거죠? 누가 봐도 증거 불충분인데도 내 딸이 감옥에 갇혀 있는 마당에!"

"방금 법의학연구소에서 새로운 결과가 나왔어요. 현장감식요원들이 스텔라의 신발 밑창에서 작은 불규칙성을 발견했고, 그 자국들이 범죄 현장에서 나온 족적과 일치한답니다. 우리는 범죄 현장의 족적이 스텔라의 신발에서 나온 거라 확신합니다."

"그건 사실이 아닙니다."

"물론 사실이에요."

"하지만 시간대가 전혀 안 맞아요. 스텔라에겐 알리바이가 있습니다!"

앙네스 테린은 두 손으로 피라미드 모양을 만들어 턱에 괴었다.

눈빛은 약하게 반짝거리지만 시선은 흔들림이 없었다. 나는 여기서 아무것도 얻지 못하리란 걸 깨달았다. 형사반장은 이미 마음을 굳혔다. 경찰과 검찰은 스텔라가 유죄이며 내가 흔한 거짓말쟁이라고 이미 결론 내렸다. 내가 어떤 말을 하든 태도를 바꾸지 않을 것이다.

"아담, 당신은 요즘 너무 자주 선을 넘고 있어요."

나는 끊임없이 뛰는 맥을 진정시키려 관자놀이를 꾹 눌렀다.

"예니 얀스도테르 지방검사가 당신을 경찰에 신고했어요." 테린은 책상 위 서류 더미에서 종이 한 장을 집으며 말을 이었다. "당신은 거리에서 그녀에게 소리 지르고 위협하며 공격했죠."

"공격요? 위협요?"

눈앞이 펄럭였다. 입안이 모래가 찬 듯 꺼칠했다. 나는 마실 것을 찾아 테이블을 더듬거렸다. 강력한 조명 때문에 실눈을 떠야 했다.

"목사님?"

"변호사를 불러주십시오."

미카엘 블롬베리가 느릿느릿 들어와 내 옆에 앉았을 때, 예상과 달리 나는 실제 안도감 비슷한 걸 느꼈다.

"나만 믿으십시오." 거대한 동물의 앞발 같은 손을 내 어깨에 올리며 그가 말했다.

울리카는 블롬베리가 이 자리에 오도록 정리했다.

"난 얀스도테르를 공격하지 않았습니다." 이게 내가 간신히 말한 전부였다.

"물론 당신은 공격하지 않았죠. 터무니없는 고소입니다. 걱정하실 거 없습니다."

나는 다시 악몽에 꼼짝없이 갇히고 말았다.

"이런 일까지 생기니 당신도 참 힘들고 기분이 별로겠어요." 앙네스 테린이 말했다.

블롬베리는 손짓으로 그 말을 끊었다. "저는 경찰이 이 수사를 진행할 능력이 있는지 점점 의심스럽습니다."

나는 블롬베리를 쳐다보았다. 드디어 그가 뭔가 제대로 하려나 보다.

앙네스 테린은 아무 문제 없다는 듯 밀어붙였다. "지금부터 제가 하는 말이 처음엔 충격적이고 끔찍하게 들리겠지만, 장기적으로는 구원이 될 겁니다, 목사님."

나는 타이 매듭을 만지작거리는 블롬베리를 보았다.

"목사님은 그저 딸을 보호하려 애쓰고 있을 뿐이죠. 하지만 그건 이제 불가능합니다." 형사반장이 말했다.

갑작스러운 고요가 내 위로 내려앉았다. 이게 어디서부터 온 것인지 알지 못했다. 이마에서 불끈거리던 박동이 멈추고 침이 다시 입안에 고였다. 시야가 걷히고 또렷했다. 시간이 다시 흐르기 시작하는 것 같았다.

"어제 저는 스텔라를 다시 신문하러 구치소에 다녀왔습니다." 앙네스 테린이 말했다. "몇 가지 새로운 정보가 나왔습니다."

몇 초가 길게 늘어지는 사이, 나는 어떤 일이 벌어질지 그려보았다. 내 머릿속에서 미래의 일이 실제로 일어나기 직전에 영화처럼 상영되었다.

"스텔라는 목사님 주장과는 달리 집에 일찍 가지 않았다고 말합니다."

"네?"

"스텔라는 자기가 집에 들어간 시각이 1시가 넘었다고, 2시에 가까웠을 거라고 하더군요."

"아뇨, 그건 맞지 않아요." 나는 단호하게 고개를 저었다. "스텔라는 술에 취해 있었어요. 시간을 착각한 겁니다."

1초 1초가 사라져갔다. 나는 블롬베리를 보고, 그는 테린을 보고, 테린은 나를 보았다. 우리 셋 모두 이게 한낱 연극임을 알고 있었다. 한바탕 연극 공연.

"스텔라는 그것만 말한 게 아닙니다."

나는 숨을 가득 들이쉬었다.

"스텔라는 크리스 올센이 죽었을 때 그곳에 있었습니다. 필레가 탄거리의 놀이터에."

"아뇨, 그건 사실이 아닙니다." 내가 말했다.

"그녀가 거기 있었다고 자백했습니다, 아담."

눈앞이 다시 펄럭거리기 시작했다. 목이 막혔다.

"아니요." 나는 다시, 또다시 반복해서 말했다. "아닙니다, 아니야, 아니라고."

"스텔라가 자백했어요."

2부
一

딸

수천 번의 선한 행위를 하면 한 가지 사소한 범죄를 씻어낼 수 있다고 생각합니까?

표도르 도스토옙스키 《죄와 벌》

그 이후 남은 모든 나날이 하루하루 달라질 게 없다는 것을, 똑같은 고통을 가져다줄 것을 그는 알았다. 저 앞에 그를 기다리는 몇 주, 몇 달, 몇 년이 침울하고 무자비할 것을, 그 세월들이 하나씩 다가와 기어이 그를 쓰러뜨리고 서서히 질식시킬 것을 그는 알았다.

에밀 졸라 《테레즈 라캥》

42

이 구치소에서 제일 짜증 나는 건 몸을 뒤채지 못할 정도로 돌처럼 딱딱한 침대가 아니다. 침침한 조명도 아니다. 심지어 변기에 고리 모양으로 눌러붙은 역겨운 오줌 자국도 아니다. 가장 괴로운 것은 냄새다.

고백하건대, 나는 스웨덴 교정기관을 얼음 서비스가 제공되는 호텔 체인 정도로 생각하는 사람 중 하나였다. 이 나라에서 수감 생활은 징벌이 아니라고 생각해왔다. 침대에 널브러져 텔레비전 연속극에 탐닉하고, 영양가 있는 음식으로 살도 조금 찌우고, 신경 쓸 일 없이 느긋하게 시간을 보낼 수 있는 방과 후 프로그램 정도라고 믿었다.

학교에 다닐 때 한번은 스웨덴에 노숙자가 웬 말이냐, 나라면 거리에서 잠자느니 차라리 감옥행을 택하겠다고 말한 적도 있었다.

구치소에서 6주를 지낸 지금, 나는 감옥에 갇히고 싶다는 둥 이곳이 호텔 비스무리한 곳이라는 둥 하는 말을 다시는 안 할 것이다.

'방'은 10제곱미터가 못 된다. 그들이 이걸 '방'이라 부르는 건 '감방'보다 덜 음울하게 들리기 때문이다. 10제곱미터는 마굿간에 가깝다. 스웨덴 주택 뒷마당에 있는 흔한 온실보다도 작다. 침대, 책상, 의자, 선반, 그리고 화장실과 싱크대가 있다.

누구도 날 동정하지 않기를 바란다. 나는 여기 있을 짓을 했고, 피해자가 아니다. 몸 구석구석이 아프고, 체중이 줄고, 이명처럼 따라붙는 생각들 때문에 너무 괴롭지만, 내가 동정받을 이유는 없다. 젠장, 없다. '불을 다룰 자신이 없으면 불장난하지 말라', 중학교 때 내가 입에 달고 산 말인데, 요즘처럼 그 말이 들어맞을 때가 없다.

하루에 한 차례 신선한 바깥 공기를 마실 수 있다. 단, 운이 좋다면. 어떤 날은 구치소 일손이 부족하고 어떤 날은 교도관들이 엘리베이터까지 에스코트할 여유가 없기 때문인데, 그보다는 교도관들이 자기들 멋대로 챙기지 않는 날이 더 많다.

옥상은 강아지 공원 비슷하다. 앞으로 걷다가 뒤돌아 다시 걷기. 뱅글뱅글 작은 원을 그리며 돌기만 가능하다. 그게 무슨 의미가 있느냐고? 이것은 변화다. 달라진다. 짧은 시간이지만 냄새와 덫에 걸린 기분으로부터 멀어질 기회다. 그렇다고 생각을 끊어낼 수 있거나 하염없이 가라앉는 기분을 사라지게 하지는 못한다.

어느 날 밤, 거인의 손톱자국 같은 굵은 비가 무섭게 퍼붓는데도 아무튼 나는 옥상에서 종종걸음을 놓았다. 걷고, 뒤돌고, 다시 걷기. 찬비에 엉덩이가 떨어질 듯 얼얼하고 빗줄기는 가시처럼 뺨을 찌르지만, 상관없었다. 맨바닥에 다리를 벌리고 앉거나 눕지 않아도 된다면 이곳에서는 감지덕지다.

라디오, 텔레비전, 인터넷? 꿈도 꾸지 마라. 나는 접견 전면 금지 처분을 받았다. 내 사건과 직접 연관된 서류(구금 기록 문서나 법정 메모 같은 재미있는 읽을거리)를 제외하면 보고 듣고 읽는 것도 금지다. 텔레비전 쇼에 탐닉하지 못하고, 음악도 못 듣고, 문자 메시지 한 줄 못 보낸다. 전화 걸기, 받기, 다 안 된다. 면회는 내 변호인만 가능하다.

일주일에 세 번 이동매점 카트가 잠시 들르는 날, 나는 초콜릿과 코카콜라로 2000칼로리를 폭식한다. 설탕은 가장 과소평가된 마약이자 이곳에서 허락된 유일한 마약이다.

솔직히 생판 모르는 두 사람이 열쇠를 돌리고 음식 쟁반을 가져오는 순간을 얼마나 기다리는지 모른다. 처음 며칠은 매번 목 놓아 엉엉 울었다. 다른 사람 꼴을 보는 것만으로 온몸이 기뻐 날뛰었다. 나는 침대에서 쏜살같이 뛰어내려 그들의 목을 껴안고 순전히 그들이 다시 떠나지 못하게 할 작정으로 태양 아래 일어난 모든 일에 대해서 최소한 쉰 가지 질문을 퍼부었다. 그들이 떠나고 나 혼자 남게 되면 곧바로 정신이 윙윙거리기 시작한다. 냄새가 되돌아온다.

내가 이곳에 들어와 이틀이 지나자 그들은 나를 정신과 의사에게 보냈다.

"난 정신과 치료를 요청한 적이 없는데." 내가 교도관에게 말했다.

교도관은 잡역부가 놓치고 털지 않은 먼지 얼룩 쳐다보듯 나를 보았다.

"잡아먹진 않을 거야."

그자의 이름은 지미였던 것 같다. 빳빳하고 꼬불거리는 체모 같은 걸 턱 끝에 키우는 역겨운 염소수염 치들 중 한 명이다. 눈은 얼음처럼 푸른 기가 돈다. 나는 첫눈에 그를 알아봤는데, '에타예'였던가? 아무튼 클럽에서 본 놈이 확실했다.

교도관은 대개 두 부류로 나뉜다. 첫 번째 부류, 이 일을 그저 밥벌이로, 한 달에 한 번 통장에 돈이 꼬박꼬박 들어오게 하는 일로 보는 이들. 그들에게 교정기관은 더 좋은 보상이나 더 높은 급여를 줄 다른 직장을 모색하는 임시 정류소일 게다. 두 번째 부류, 권력에 흥분하는 자들. 순전히 그 목적으로 여기 온 놈들. 아마 경찰학교 입학을 거절당한, 정신과 의사들이 반가워할 놈들이다. 약자를 괴롭히고, 폭력을 좋아하고, 수감자들을 독사로 여기는 자들이다.

　　이 두 부류는 금방 구분이 된다. 대다수 교도관들 눈빛이 똑같이 차갑긴 해도 연민과 경멸은 큰 차이가 있으니까.

　　지미는 말할 것도 없이 권력에 굶주린 부류다. 상대를 바라보는 시선에 뭔가가 있다. 저 아래에서부터 올려다보는 동시에 저 위에서 내려다보는 그런 시선. 마치 자신은 나보다 낫고 우월한 사람이라는 그런 시선. 설령 마음 깊은 곳에서는 사실 그게 허상임을 자기도 알고 있고 그래서 화가 나더라도. 그는 체육관에서 많은 시간을 보낸다. 그의 팔뚝은 허벅지보다 두껍고, 목은 황소의 그것보다 튼실해 보인다. 나는 저 살찐 팔을 그의 옆구리에 못질한 듯 딱 붙여놓고 싶은 충동을 느낀다.

　　그는 질문을 받으면, 무조건 다른 질문으로 반응한다.

　　"장난해? 무슨 생각으로 그래? 내가 네 엄마로 보여?"

　　저 낯짝에 대고 빽 고함치고 싶다.

　　우리 둘 중 정신과 의사가 필요한 사람이 있다면, 시발, 난 아니라고.

　　나에겐 정신과 의사에 대한 나만의 지론이 있다. 모든 정신과 의사에게 적용되진 않더라도, 지난 세월과 내가 만나본 정신과 의사들은 예외 없이 내 지론에 부합한다고 자신한다.

그 지론은 이렇다. 학위를 취득하고 다수의 설명 모형들과 진단을 머릿속에 주입한 의사들이 그동안 배운 것을 적용하려 노력하는 건 당연한 일일 것이다. 하긴 배운 걸 써먹지 못하는 사람이 바보겠지. 그래서 학교를 나온 의사는 그들의 고객에게, 환자에게, 또는 아무에게나 사람들이 왜 저런 행동을 하며 저렇게 살 수밖에 없는지 설명하려는 태도를 취한다. 기본적으로 정신과 의사의 일이라는 게 그들의 견본 중 하나에 우리를 어떻게든 집어넣는 것이니.

제안: 의사들이여, 정반대로 하라!

이유: 사람은 저마다 특이성이 있으니까.

나를 거쳐간 그 모든 정신과 의사들. 그게 인생이었나? 그 모든 자기평가와 인성검사들. 정신과 의사들이 가장 먼저 시작하는 건 당연히, 거친 유년이다. 정신과 의사들은 어린 시절의 끔찍한 기억들에 억눌렸던 상처받은 영혼을 기어이 밝혀내리라는 허튼 꿈을 품은 사람들처럼 보인다.

참 얄궂은 건, 정신과 의사들이 내미는 대부분의 진단문항에서 우리는 우리 자신의 모습을 아주 쉽게 발견한다는 것이다. 우리가 빈칸에 쐐기를 하나도 그려 넣지 않을 심리검사 같은 건 세상에 없다.

한동안 나는 그런 심리검사에 사로잡힌 인간이었다. 모두가, 내 가족조차, 어쩌면 내 가족이 제일 많이, 나한테 문제가 있다고 믿었기 때문에 나는 문제의 근원에 닿으려 애썼다. 내가 읽은 글마다 거기에 라벨을 붙이면, 문제에 이름을 붙일 수 있으면, 같은 문제를 겪는 다른 이들이 아주 많다는 사실을 알게 되면 기분이 한결 나아질 거라고 말했다.

나는 처음에는 내가 ADD나 ADHD라고 생각했고, 그다음엔 경계선 성격장애, 분열성 성격장애, 조울증이 있다고 생각했다.

그다음 나는 모두 헛소리라는 결론에 이르렀다.

나는 나다. 진단: 스텔라.

내게 셀 수 없을 정도로 문제가 많다는 걸 부정하지 않겠다. 나는 전혀 멀쩡하지 않다. 내 뇌는 하루 스물네 시간 나를 가지고 논다. 하지만 내가 붙인 이름 말고 어떤 다른 이름도 나는 필요하지 않다. 나는 스텔라 산델이다. 나와의 관계에 문제가 있는 사람이 있다면, 치료받아야 할 사람은 그들일 것이다.

그리고 정신과 의사들 또한 정신적 문제를 앓고 있다는 건 비밀이 아니다. 처음에는 멀쩡하더라도 나중에 문제가 드러난다. 프로이트만 들입다 파다 보면 누구라도 멍청이가 되고 말 것이다.

내가 사이코패스에 중독된 게 이런 글을 빠짐없이 찾아 읽던 무렵이었다. 내가 사이코패스를 강박적으로 좋아한다고 말할 사람도 있을 것이다. 그 글들은 취미를 가지는 게 좋다고 말했고, 그래서 나는 핸드볼을 버리고 정신병리학을 택했다.

내가 구치소에 들어오기 전에 만난 정신과 의사들은 어떤 면에서 서로 닮아 있었다. 여자가 많았는데, 그들 대다수는 빨간 머리에, 가끔 유난하게 '걱정스러운' 표정을 짓고, 고등학교 음악교사 같은 옷차림을 즐겼다. 그리고 스몰란드 억양을 쓰는 비율이 깜짝 놀랄 만큼 높았다. 그래서 교도관 지미가 구치소 심리 상담실로 날 밀어 넣었을 때, 나는 놀라움을 숨기기가 힘들었다.

"반가워요, 스텔라. 나는 쉬리네라고 해요." 짙은 얼굴색에 예쁘장한 이목구비, 두 갈래로 쫑쫑 땋은 머리. 중동판 레아 공주였다.

"난 정신과 의사가 필요 없는데요."

사실 나는 상대를 과소평가하는 공무원들에게 늘 웬만큼 효과를 봤던 '무결성 침해'와 '권력 과용' 같은 현란한 단어들을 홍수처럼 쏟아낼 작정이었다. 하지만 얼빠진 데이트에 끌려나온 숙녀처럼 거기 앉아만 있는 쉬리네의 모습을 보자 목소리를 높이지도 못했다.

"괜찮아요." 쉬리네가 말한다. "당신은 내키지 않겠죠, 하지만 나는 이 구치소에 있는 10대 수감자들을 전부 만나요. 이건 내가 결정하는 일이 아니에요."

쉬리네가 온화하게 웃는다. 몸집 작은 할머니나 강아지한테서만 보는 그런 미소, 진짜 친절한 사람처럼 보인다.

"내 말은 음, 개인적인 감정은 없어요." 내가 강조하며 말한다. "당신은 물론 대단한 분이겠죠. 하지만 난 정신과 의사라면 질리도록 만나봤어요."

"알아요. 당신이 방금 한 말을 감정적으로 받아들이지 않을게요." 쉬리네가 말한다.

그다음 침묵이, 내가 감당하기 힘든 유의 침묵이 흐른다. 쉬리네는 맞은편에서 미소를 띤 채 연민 어린 시선을 내게 쏟는다.

"그래서 나와 해보시려고요? 일주일에 한 시간씩 여기 앉아서 서로 노려보겠다고요?"

"스텔라, 당신에게 달렸어요. 당신이 말하고 싶어지면, 난 기쁠 거예요."

나는 시선을 내리간다. 내가 말할 일은 없다. 저 갈색 눈동자가 아무리 다정한들, 그녀가 상냥하고 온화한 숙녀의 미소를 짓든. 무슨 말을 하라고? 난 내가 겪은 일을 누구에게도 말하지 않을 것이다. 아무도 이해하지 못할 테니까. 나 자신도 잘 이해가 되지 않으니까.

이제 침묵 게임이 시작된다.

우리는 앉아 서로를 쳐다본다. 쉬리네는 대답을 듣지도 못하면서 이따금 질문을 던진다. "이곳에서 지내기는 어때요? 가족은 만나봤어요? 잠은 잘 자나요?" 시간은 겁나게 빨리 흘러가 쉬리네가 시간을 조작이라도 하는 게 아닐까 의심이 들 정도다.

"그럼 다음 주에 또 보는 걸로 알고 있을게요." 쉬리네가 자리에서 일어서 교도관을 부른다.

"꼭 봐요."

내 말이 끝나기 무섭게 지미는 가축 몰듯 나를 문가에서부터 복도로 몰고 간다. 얼음장 같은 눈을 내게 꽂으며 나를 내 방으로 집어넣는다.

나는 고독이 싫다. 고독이 무섭다. 이곳은 불안이 살갗에 그대로 닿는다. 지미가 문을 잠그고 냄새나는 사방 벽 안에 나 혼자 남으면, 나는 생각과 감정으로부터 도망칠 방법이 없다. 내 마음이 저 안에서부터 비명을 질러댄다. 폭발 직전이다.

내가 견뎌낼 수 있을까, 그럴 가치가 있을까. 많은 사람들이 이곳을 살아서 나가지 못한다는 걸 나는 알고 있다.

43

그들은 평상복을 입고 있어도 경찰이 확실했다. 〈크리미널 마인드〉 시청자가 아니라도 알 것이다. 진부한 표현이긴 하지만, 어딘지 경계하는 표정에 청바지와 운동화 차림을 한, 어깨가 넓적한 두 남자. 허리춤에 워키토키가 안 보인다는 점만 달랐다.

꽤나 바빴던 토요일이었지만 마감 한 시간을 앞두자 매장은 한산해지고 있었다. 나는 계산대에서 그날 오전 만지작거리다 나간 자줏빛 튜닉을 결국 지르기로 결심한 머리가 반백이고 데님 재킷을 입은 여자 손님의 계산을 돕고 있었다.

"영수증은 쇼핑백에 넣었습니다." 나는 밉살맞은 튜닉을 건네며 말했다. 튜닉은 저 여자에게 딱 어울릴 것이다.

손님은 계산대 근처에서 두터운 테 안경을 살짝 들어 영수증을 찬찬히 확인했는데, 그러다 하마터면 경찰 두 명한테 걸려 넘어질 뻔했다.

"스텔라 산델 씨? 맞죠?"

그들이 내게 신분증을 보였다. 튜닉을 구입한 여자의 눈이 휘둥그레졌다.

"무슨 일이시죠?" 내가 물었다.

머릿속에서 온갖 재앙의 시나리오가 획획 지나갔다.

"이건……."

"조사할 게 좀 있습니다." 둘 중 나이가 많은 경관이 턱수염을 긁으며 말했다. "불편하시겠지만 함께 가주시죠."

다정한 녹색 눈동자의 남자는 슬로푸드를 좋아하고 1950년대 태생임에도 자기감정에 대해 말하길 좋아하는 부류로 보였다. 일찍 결혼했다가 이혼당했고, 자식들이 모두 장성해 독립하자 온라인 데이트를 시작했지만 늘 어딘가에 좀 더 멋진 상대가 있음을 알게 되면서 엉덩이가 자꾸 들썩거려 로맨스는 두 달을 넘기지 못하는 그런 부류이리라.

"당신 업무를 대신해줄 사람이 있습니까?" 다른 경관이 물었다.

녹색 눈동자의 사내보다 스무 살은 젊을 텐데도 눈은 훨씬 더 피곤해 보였다. 암 말기처럼 어두운 얼굴빛으로 판단하건대 튀르키예에서 2주를 보내고 막 돌아왔을 것이다. 매사에 제일 먼저 뛰어들 사람 같았다. 휴가는 휴가다워야지, 하면서 새벽까지 파티하고, 튀르키예 맥주 에페스와 라크*에 취하고, 발코니에서 하는 카드게임을 즐겼겠지. 그가 휴가 후유증에서 회복하려면 적어도 일주일은 걸리리라.

"여기, 일 봐줄 사람 있나요?" 자기 동료의 말을 내가 못 들었을까 봐 나이 든 경관이 물었다.

"괜찮아요. 영업시간이 거의 끝났으니까요." 내가 말했다.

말린 점장과 소피가 서로 계산대를 봐주겠다고 했다. 그러고는

---

*   튀르키예를 비롯해 발칸 반도에서 인기가 있는, 단맛이 나며 아니스 향이 들어간 증류주.

둘 다 경찰들을 따라 밖으로 나가는 나를 공포에 질린 눈으로 계속 쳐다보았다.

"무슨 일이래요?" 소피가 속삭였다.

소피가 대답을 들었는지 아닌지 나는 듣지 못했다.

나를 신문한 사람은 앙네스 테린이었다. 혹여 내가 시내에서 그녀를 봤더라도 경찰이라 짐작하지 못했으리라. 경찰보다는 비주얼 머천다이저나 광고 감독이 어울리는 인상이었다. 그녀는 H&M에서 쇼핑할 사람은 절대 아니다. 그녀는 건축사가 설계한, 오픈 플로어 플랜에 덴마크 조명을 설치한 집에서 살 것이다. 초밥을 싫어하면서도 그걸 절대 인정하지 않을 부류다. 잔인할 정도로 솔직하게 말해달라고 선언하지만 눈앞에서 안 좋은 말을 한마디라도 들으면 어이없을 정도로 단번에 무너져 파멸할 부류다.

나는 단박에 그녀가 마음에 들었다. 그녀에게 모종의 동질감을 느꼈던 것 같다.

"크리스토퍼 올센이라는 이름은 당신에게 어떤 의미죠?"

나는 앙네스 테린의 눈을 똑바로 쳐다보며 어깨를 으쓱했다.

"그를 알죠?"

"안다고 생각하진 않아요."

앙네스 테린은 고개를 갸웃했다. "이건 간단한 질문이에요."

나는 수천 명을 안다고 또박또박 말했다. 학교에서, 핸드볼 때문에, 바깥에서 오다가다, 온라인상으로, 친구들과 그 친구들의 친구들. 게다가 나는 이름을 아주 잘 외운다. 성과 이름 둘 다 확실하게 아는 사람도 있고, 이름이나 애칭만 아는 사람도 있고, 이름도 성도 그 무엇도 실마리가 없는 사람도 있다.

"크리스토퍼라고 하셨어요?"

"크리스토퍼 올센." 앙네스 테린이 고개를 끄덕이며 말했다. "대개 그를 크리스라 부르죠."

나는 그 이름을 생각했다.

"크리스? 아, 그 이름이라면 한 명 알아요, 아는 것 같아요. 나이가 살짝 많은 남자, 맞죠?"

앙네스 테린은 고개를 끄덕였다. 그러고는 나는 전혀 준비가 안되어 있었는데도, 사진 한 장을 책상에 올리며 내가 생각하는 그 사람이 맞는지 물었다. 심장이 점점 뛰었다. 사진을 한참 들여다보았다. 사진을 들어 가까이에서 자세히 보았다.

"네." 결국 내가 말했다. "알아요."

"불행하게도, 그는 죽었어요." 앙네스 테린이 말했다.

헉, 날카롭게 들이켜는 내 숨소리가 들렸다.

앙네스 테린은 어떤 불쌍한 어머니가 어린 자식들을 폴햄학교 근방 놀이터에 데려갔다가 시신을 발견했다고 말했다.

"맙소사." 나는 양손으로 입을 막았다. 진짜 토하는 줄 알았다.

"폴햄학교를 다녔습니까?" 앙네스 테린이 물었다.

"아뇨, 비판학교를 다녔습니다."

"얼마 전에 졸업했죠?"

나는 고개를 끄덕였고, 앙네스 테린은 앉은 채 의자를 조금 뒤로 밀어냈다.

"내 큰아들은 지난여름 카테드랄학교를 졸업했어요. 지금은 런던에 있죠. 막내는 IB 프로그램 졸업반이고요."

나는 관심이 있는 척했다. 이것은 인간적으로 친해지려는 단순한 계략일 것이다. 여자는 내 신뢰를 얻으려 애쓰고 있다.

"이 일이 나와 무슨 상관이죠, 직장에서 일하는 사람을 여기로 데려올 정도로?"

"그 점은 미안하게 생각하지만, 필요한 조치였어요."

테린은 나를 뜯어보듯 쳐다보았다. 내 배를 친친 감고 있던 걱정의 리본이 이제 뱃속을 뚫고 들어오는 기분이었다. 욕지기는 위협의 불길한 징조로 바뀌어 있었다. 얼음같이 차가운, 살을 에는 공포로.

"이게 다 무슨 난리죠?" 내가 물었다.

"어제 뭘 했습니까?" 앙네스 테린이 물었다.

"일했어요. 영업 마감 시각까지. 그런 다음 우린 밥을 먹으러 스토르토르게트레스토랑에 갔어요. 와인을 마시며 이야길 나눴죠."

"우리란 누구를 말하는 겁니까?"

"나, 그리고 직장동료 몇 명."

그녀는 볼펜을 들고 메모를 끼적였다. "그때가 몇 시였습니까?"

"우리는 7시에 매장 문을 닫고 7시 15분에 마감해요."

앙네스 테린은 우리가 스토르토르게트에 얼마 동안 머물렀는지 궁금해했다.

"다른 이들이 언제까지 있었는지 몰라도 나는 한두 시간만 있었어요. 한 10시 10분쯤 식당에서 나왔습니다."

"그다음엔 뭘 했습니까?" 그녀는 펜을 내려놓으며 물었다.

"내가…… 자전거를 타고." 나는 기억을 떠올리려 애썼다. "처음 간 곳은 텡네르스였어요. 그곳 바에서 사이더*를 마셨는데, 아는 얼굴이 없었어요. 그다음 간 데가…… 인페르노였던가? 이름은 생

---

* 주로 사과를 발효시켜 만드는 탄산주.

230

각나지 않지만, 아무튼 그곳에선 아주 잠깐만 있었어요. 도서관에서 대각선으로 떨어진 장소예요."

"인페르노? 그곳도 바인가요?"

"네."

"술은 얼마나 마셨죠?"

앙네스 테린은 꼭 우리 아빠처럼 굴었다. 딱 전형적인 부모의 표정이었다. 걱정되어서라고 주장하지만 우월한 자가 짜증 내는 그런 표정.

"많이 마시지 않았어요. 다음 날에 일해야 하니까요."

앙네스 테린은 마치 내가 거짓말이라도 하는 듯한 시선이었고, 나는 반감에 공격적이 되었다.

"정말이에요. 난 알코올은 좋아하지 않아요."

그다음 아빠가 자주 하는 말(거짓말은 어려운 기술이며, 대부분 사람들은 거짓말을 잘하지 못한다)이 떠올랐다. 나는 오랫동안 아빠가 틀렸다고 생각했다. 아빠 생각이 잘못임을 거듭 증명하기도 했다. 나는 거짓말할 때 하나도 힘들지 않았다. 대부분의 사람들이 내게 잘도 속아 넘어간다고 생각했었다.

그러다가 어느 시점에, 어쩌면 내가 틀렸을지도 모르겠다는 생각이 들었다. 아마 아빠 말이 옳을 것이다. 어쩌면 사람들은 전혀 속아 넘어가지 않았을 것이다. 사실은 아마 내가 예외적으로 무서울 만큼 거짓말을 잘하는 사람일 뿐이리라.

그게 사실임을 이제는 알겠다.

44

어린 시절 아빠는 내 영웅이었다. 예비학교에 다닐 때였는데, 한 번은 모자니세가 우리 아빠 흉을 보았다. 모자니세는 1년 내내 한 모자만 쓰고 다닌 놈이라 생긴 별명이었다. 그는 나를 보고 깔깔 웃더니 애들이 다 보는 앞에서 아버지가 목사라니 너무 희한하다고 말했다.

나는 모자니세를 선반으로 밀쳤고, 그는 머리통이 깨졌다. 소식을 들은 아빠는 나를 호되게 야단쳤다. 사건의 발단에 대해선 물론 아무도 말하지 않고 모두 내가 발작을 일으키며 모자니세를 세게 밀쳐 응급실에 가게 만들었다고만 떠들어댔다. 나 역시 어떤 설명도 변명도 하지 않았다.

나는 늘 아빠가 그저 날 이해해주길 바랐다. 나 자신을 설명해선 안 된다는 게 나에겐 굉장히 중요하다. 나는 다른 사람들과는 다르고 문제로 보이는 점이 있긴 하지만, 내가 나를, 내가 어떤 사람인지 설명하려 치면 늘 계면쩍었다.

아빠가 나를 이해하지 못할 때마다 나는 실망했고, 우리 사이는 점점 멀어졌다.

참 끔찍한 모순은, 아빠가 가장 골머리를 썩는 내 문제점들은 다름아닌 아빠한테서 물려받았다는 것이다.

쉬리네, 당신이 모르는 사정이 있어, 입 닥치고 있어요!

정신과 의사들은 우리 가족을 참 사랑했다는 게 내 지론이다. 목사, 변호사, 그리고 부적응 10대 딸로 이뤄진 가족. 우리는 정신과 의사들에게 기꺼이 교본이 되어줄 것이다.

학교에 다닐 때 한번은 학교상담원 빔이 우리 학년 전체 앞에서 뺙 소리쳤다. **전형적인 천년왕국일세, 어쩜 모든 일에 저다지도 말도 생각도 많을까!**

옛날에는, 아이들이 입 닥치고 고분고분 순종해야 하던 시절엔, 많은 게 훨씬 단순했을 것이다. 나는 한 번도 고분고분하지 않았고, 앞으로도 그럴 것이다. 그 점은 내가 1980년대에 10대를 보냈든 지금 10대이든 달라지지 않을 것이다.

되돌아보면 내가 만난 정신과 의사 중에는 남의 불행에 쾌감을 느끼고 우쭐함을 과시하는 머저리들도 있었다. 하긴 그들에겐 구경하는 특별한 재미가 있었겠다. 텔레비전에 종종 얼굴을 내미는 변호사와 목사(세상에, 목사라니!)가 꾸린 완벽한 가정의 이면을 훔쳐볼 기회라니. 깔끔함 그 자체로 보이는 우리 집에서 가장 더러운 구석들을 훔쳐본다고 상상하면 된다. 이 정도면 소도시에서도 변두리에 클리닉을 개업한 정신과 의사가 서글픔을 감내한 이유가 될 것이다.

그런데 쉬리네는 좀 궁금하다……. 그녀는 다른 정신과 의사들과는 좀 달라 보인다. 스타일도 내가 기억하는 정신과 의사들과 다르다.

나 자신도 한때 심리상담사가 되고 싶었다. 나는 내가 사람들 마음을 잘 꿰뚫어보고, 그들 자신은 미처 깨닫지 못하는 점을 이해하거나 밝혀내기를 꽤 잘한다고 생각하길 좋아한다. 나는 사람들 성격 판단도 잘했다. 솔직히 이건 나 혼자 키운 생각이 아니다. 그런 재능이 있다는 말을 종종 듣곤 했다. 사람들은 별의별 고민을 안고 나를 찾아온다. 가족 문제로, 시시한 남자친구 문제로. 나는 사람들을 잘 사귀고 잘 분석한다.

카테드랄, 스파이켄, 폴햄학교(내가 입학을 생각할 수 있는 유일한 세 군데였다)가 고등학생을 위한 오픈하우스를 열던 때가 생각난다. 머리칼을 침을 발라 뒤로 넘기고 셔츠 단추를 풀어헤친 카테드랄 남학생 둘이 사회과학학과에 대해서 소개했다. 내가 심리상담사가 되고 싶다고 말하자 둘이 잘난 척하며 웃어대기 시작했다.

"그 학과에 입학하기가 하늘에 별 따기인 거 알아?"

나는 보기 좋게 뺨 맞은 꼴이 되었다.

그다음 주 진로상담교사가 심리학과에 입학하려면 전 과목 최고 성적이 필요하다고 확인 사살을 했다. 심리학과는 대학에서 가장 인기 있는 학과 중 하나다. 그럼 심리학 말고 인사기획 전문가를 고려해볼까? 둘은 아주 비슷하니까.

내가 고등학교 학과 공부를 때려치우자고 결심한 게 그때일 것이다. 학교 공부는 해서 뭐하나 싶었다.

3년을 공부하는 노예로 살며 허비하고도 기껏 평균 점수를 받는 사람이 얼마나 많은가? 자기들 삶을 유예하는 멍청이들. 심지어 어떤 애는 영어 B 점수를 받으려 알약을 삼키고, 또 다른 애는 칼로 손목을 그었다. 대체 뭘 위해서? 멋진 바지 정장이라도 입으려고?

학교상담원 빔은 사실 생각보다 안목이 있는 사람이었다. 학부모 면담에서 그녀는 아빠한테 내가 대부분의 과목에서 A나 B를 받을 수도 있었다고 확언했다. 내가 마음만 먹고 원했다면.

그녀는 정곡을 찔렀다. 나는 원하지 않았었다.

실용 마케팅 과제를 무시하고 공짜 술이 나오는 클럽에서 밤새 노는 일이 잦아졌다. 수학 시험 준비는 제쳐두고 여자애들과 어울려 코펜하겐에 놀러 갔다. 역사 시험공부 대신 마치 거기 내 인생이 있는 것처럼 스타벅스를 들락거렸다.

모두 내가 의식적으로 선택한 일들이었다.

고등학교 3학년 때, 대학입시 이야기가 본격화되고 대학교 오픈하우스가 열렸을 때, 나는 아시아까지 닿는 확장된 여행계획을 짜느라 열심이었다. 룬드와 스웨덴은 지긋지긋했다. 나는 말레이시아와 인도네시아를 소개하는 유튜브 영상에 빠져들었고, 곧 그 여행은 내 인생의 유일한 목적이 되었다. 나는 모험, 길고 긴 밤들, 새로운 사람, 파티, 그리고 낙원을 그대로 옮겨놓은 자연을 동경했다. 대학 진학 문제는 여행에서 돌아온 다음에 다시 이야기하기로 부모님과 이야기가 되었다.

학교상담원 빔은 1990년대에 진작 은퇴했어야 할 늙은 올빼미 여자였다. 농담이긴 하지만 나는 빔이 내 학력을 망가뜨린 장본인이라고 말한다.

빔의 눈을 보면 그녀가 날 싫어한다는 걸 누구라도 알 수 있었다. 사실 나는 나를 싫어하는 사람들에 대해 신경 쓰지 않는다. 그들에겐 좋아하지 않을 권리가 있다. 하지만 미움을 숨기지도 못하는 얼간이들은 정말이지 괴롭다. 빔은 사각형 안경과 거위 털 같은 구레나룻 아래에 가짜 미소를 붙이고 헤프게 씨익 웃으며 "여러분, 좋은 아침" 하고 말하곤 했다.

다른 교사들 대부분도 내가 마음에 들지 않았으리라. 나는 그들이 월요일 오전에 일터로 가기를 갈망하게 만들 만한 학생은 아니었다. 나는 모범생이 아니었다. 내가 남자애였다면 훨씬 좋은 대접을 받았을 것이다. 남자애들은 어쩔 수 없어, 사내애는 원래 그래, 기타 등등. 그런 말들 알잖는가.

"아버지가 목사셔?" 올빼미 빔은 아빠가 언급될 때마다 물었다. 자신의 온전한 세상이 무너지기라도 한 듯 나를 노려보았다. "목사? 아버지가 스웨덴 국교회 목사라고?"

이것은 통제에 관한 이야기다.

사람들은 이 말을 절대 믿지 않는다. 많은 사람들은 통제 욕구를 잘 정리된 책상에 종이 한 장이 엉뚱하게 분류되었다고 화를 내고 모든 옷을 색조별로 정리해야 속이 시원한, 규칙에 지나치게 얽매이는 성격으로 이해한다. 달력에 모든 계획을 상세하게 기입하고, 메일함을 당장 비우지 못하거나 소파 위 부스러기나 더러운 주방 조리대를 보면 머리가 돌아버리는 신경증 환자들이 있는 나치 조직인 줄 안다. 위생 장갑을 늘 가방에 넣고 다니는 인간들이라고만 생각한다.

하지만 이것은 다른 종류의 통제다. 체면이 세상에서 가장 중요해서 생긴 통제다. 어느 누구한테도 가까워지는 걸 허락하지 않겠다는 통제다.

10대 전까지만 해도 나는 세상에서 비밀이 많은 가족은 우리 집뿐일 거라고 생각했다. 아빠에겐 세상에 체면 세우는 일이 늘 중요했다.

"그 문제는 집에 가서 이야기하자."

"이건 다른 사람들과는 상관없는 이야기야."

나는 이런 말을 귀가 아프게 들었다.

나는 우리 가족은 정말 유별나다는, 카펫을 들추면 숨겨온 쓰레기가 그득할 집은 우리 집밖에 없다는 믿음을 자꾸 키워가고픈 유혹에 이끌렸다. 아마 이런 데는 아빠의 직업이 큰 역할을 했을 것이다. 목사들은 사생활의 일부를 비밀스럽게 안고 살아갈 어두운 숙명을 진다.

참 역겹지만, 아빠는 구원받기 전까지 골수 무신론자였다. 수년 전 나는 아빠가 학교신문에 발표한 칼럼을 발견했다. 그가 고등학생이 되자마자 쓴 글 같았다. 그는 진심으로 종교를 증오했고, 기독교도는 세상을 위한 안전 담요처럼 행세하지만 실제로는 세상을 갈기갈기 찢은 가짜 담요이며, 세례는 죄 없는 어린아이들에 행하는 중대한 학대로 여겨져야 마땅하다고 썼다. 그는 목사들을 '검은 외투를 입은 사기꾼들'이라고 불렀다.

만약 아빠가 다른 직업을 가졌더라면 모든 게 달라졌을까? 다른 부모들처럼 글쟁이나 중간관리자거나 학자였다면? 나는 종종 생각했다.

솔직히 말하면, 나는 아빠를 많이 닮았다고 생각한다. 아주 속속들이. 나도 추상적 아이디어와 생각에 쉽게 사로잡힌다. 어느 순간 이거다 싶으면 세상이 두 쪽 나도 정신없이 빠져든다. 5학년 때 나는 '해리 포터' 열광팬 그 자체였다. '해리 포터 시리즈'를 스웨덴어와 영어로 읽고, 영화를 최소 열 번씩 보고, 내 사회생활이 쪼그라들기 직전까지 온라인에 긴 팬픽도 썼다. 1, 2년 뒤에는 밴드 '다니엘 형제'에 중독되어 라쿤 메이크업을 하고 인디 뮤지션들이 공연하는 헬콘에서 죽치고 보내다가 그 시기를 또 빠져나왔다. 우리의 유전자에는 자폐성의 어떤 흔적들이 있다. 아빠와 달리 내가 일찌감치 어떤 종교도 피하는 길에 서기로 결심한 건 정말 다행한 일이다.

"절대라는 말은 절대 하지 마." 아빠는 자주 나를 놀렸다. "나도 열여덟 살이 되기 전에는 목사가 내 소명일 줄 몰랐단다."

"난 차라리 화장실 변기를 닦겠어." 내가 대꾸했다. "그러니까, 차라리 저 뉴에이지 여자 중 하나가 되어서 가나에서 누드주의자들과 휴가를 보내고 카트*나 씹겠다고."

"어디 그렇게 되나 두고 보자."

아빠는 소리 내어 껄껄 웃었지만 초조해하고 있었다. 다른 열여덟 살들처럼, 나도 미래와 교육과 다양한 직업에 대해 생각했다. 그리고 세상에는 단순한 일거리를 넘어선 근사한 직업들이 분명 있다. H&M 계산원은 그런 일이 못 된다. 오전 10시 5분 전에 영업사원의 미소를 켜고 마감 5분 뒤에는 끄기. 이것은 내 정체성에 큰 부분이 아니다. 만약 그들이 매달 1000크로나를 더 준다면, 나는 미련 없이 카프아홀 브랜드로 갈아탔을 것이다. 철물점 계산대에서 일할 수도 있었다. 누가 뭔 상관이래? 내가 실업자가 될 경우 아쉬울 건 현금뿐이다. 정말 돈이 몹시도 아쉬울 것이다.

아니, 나는 아빠가 목사가 되려 했을 때 그가 자기 자신을 어디로 몰아넣는지 알았다고 생각하지 않는다. 요즘 그는 완벽한 설교자이자 완벽한 아버지이자 완벽한 인간이라는 이 전형에 어떻게든 들어가려 아주 쌔빠지게 애쓴다. 온 세상이 우리 젊은 여자들에게도 그렇게 되어야 한다고 말한다. 분명 우리만 그런 소릴 듣는 게 아니다.

---

* 마약 성분이 있는 풀.

원하는 틀에 맞추고 싶은데 맞추지 못하면 괴롭고 아프다. 그리고 결국 틀은 갈라지기 시작한다.

쉬리네, 이 점을 확인해봐요. 나쁜 심리분석이 아니잖아, 그렇죠? 심리학과에서 5년을 공부하고 고등학교 내내 전 과목 우등이 정말 그만한 가치가 있던가요?

나는 나 자신을 위한 최고의 정신과 의사다.

상대가 고개를 끄덕이며 귀를 기울인다 싶으면 흔들어놓은 샴페인을 터뜨리듯 이야기를 쏟아내는 사람들을 나는 죽어도 이해 못하겠다. 블로그나 소셜미디어에 자기 이야길 전부 적는 사람들도. 자신이 얼마나 괴로운지 팔뚝에 문신하고 자기연민에 절은 자기분석으로 만나는 모든 영혼을 고문하는 사람들도.

나는 친구가 한 명 있다. 나의 모든 걸 알고, 내 감정과 생각과 행동을 이해하는 지구상의 단 한 사람. 지금 당장 그녀와 얘기하고 싶다. 나에겐 아미나가 필요하다. 아미나가 없으니 어찌 해야 좋을지 모르겠다. 내가 이걸 감당해낼 수 있을까? 어젯밤에는 벽에 이마를 쾅쾅 찧고 귀가 아프도록 그녀의 이름을 소리쳐 불렀다. 갇힌 사람이 내가 아니라 아미나였다면 더 나빴겠지. 어느 날 오후 엘리베이터로 끌려가는데 저 앞에 아미나가 서 있었다. 나는 몸을 돌리며 "아미나!" 하고 외쳤는데, 검은 머리칼 뒤에 숨어 있던 얼굴은 낯선 얼굴이었다. 이 감방이 나를 미치게 한다.

45

앙네스 테린은 미안해하는 표정으로 내가 범죄 피의자라고 설명했다. 머릿속에서 생각들이 소용돌이쳤다. 범죄 피의자? 나는 의자에 몸을 묻으며 진정하려 애썼다.

조금 뒤, 내가 여전히 멍해 있을 때, 변호사가 보무당당하게 들어오더니 나와 단둘이 이야기하고 싶다고 했다.

"우리는 진실을 밝혀낼 겁니다." 변호사는 왼손을 내 어깨에 올리고 내 오른손을 꼭 쥐었다. "걱정 말아요."

크고 끈적거리는 손에 토니 소프라노*와 라세 베리하겐**을 섞은 듯한 얼굴. 곰처럼 큰 덩치에 햇볕에 그은 피부. 목과 손목에 두른 금 사슬. 비둘기 빛 청색 셔츠에 단추를 연 스리버튼 양복 재킷. 이웃들이 차량 없는 날로 아는데도 SUV 차량을 혼자 사는 집까지 몰고 다닐 부류다. 뒷마당에 프로 야영객이 애용할 법한 크기의 그릴을 구비하고, 스물셋 이후로는 청춘의 매력을 모두 잃었음에도 자신의 젊은 시절엔 모든 게 지금보다 더 좋았다고 생각하는 부류

---

*   텔레비전 시리즈 〈소프라노스〉에 나오는 가상 인물.
**   Lasse Berhagen, 스웨덴의 뮤지션.

다. 이혼한 젊은 엄마들이 데이트하고 싶은 남자 목록 꼭대기를 차지할 남자다.

"이렇게 생긴 분이군요?" 내가 말했다.

"무슨 말입니까?"

"오래전 기억이 가물거려서요."

"우리가 만난 적이 있었나요?" 변호사가 물었다.

"만났을걸요."

그의 머릿속으로 한 줄기 빛이 지나갔다.

"스텔라 산델. 진작 알아봤어야 했는데, 울리카 딸이군?"

나는 고개를 끄덕였다.

"금방 정리될 거야. 그들은 당신을 잡아둘 명분이 없으니. 요즘 경찰은 실적 올리기에 급급해하지. 그놈의 살인사건 수사 가이드와 지침이 뭐라고. 초동수사의 중요성만 강조하다 보니 나중 결과야 어떻든 우선 잡아놓고 보자 하는 식이지."

그는 자리에 앉아 다리를 넓게 벌리고 솥뚜껑 같은 손으로 무릎을 짚었다.

"하지만 경찰은 뭔가 확보한 게 분명해요. 사진을 보며 단번에 날 지목한 증인이 있다던데요."

"증인은 무슨 증인. 창가에서 당신을 봤다고 주장하는 얼빠진 여자가 있긴 해. 깜깜한 어둠 속에서! 당신을 알지도 못하면서 당신이 확실하다고 100퍼센트 확신한다네. 증인이라고? 아니, 어림도 없지."

나는 그 여자의 모습을 그려보았다. 2층 창가 어둠에 몸을 숨긴 형체. 정말 경찰이 가진 게 그 증인이 다일까? 그 증인 하나 때문에 내가 여기 앉아 있는 건가?

"그들은 가능한 한 빨리 신문을 속개하고 싶어 해." 블룸베리가 말했다. "당신은 운이 좋아. 앙네스 테린은 합리적인 경찰이니까. 말도 통하고."

변호사는 자리에서 일어나 휴대전화를 얼굴에 바짝 대고 어설프게 만지작거렸다. 안경이 그를 늙어 보이거나 못생겨 보이게, 또는 늙고 못생겨 보이게 만들었다.

"콘택트렌즈 하는 걸 잊었네." 그가 중얼거렸다.

자리에서 일어서려 했지만 내 다리는 푹 삶은 스파게티 면발처럼 힘이 없었다. 변호사는 앞장서서 문으로 걸어갔다.

"그럼 난 뭐라고 해야 하나요?"

블룸베리는 머리카락이 한쪽 눈가로 흘러내릴 정도로 빠르게 몸을 돌렸다.

"무슨 말이야?"

"난 경찰한테 뭐라고 말해야 하냐고요."

"그냥 있는 그대로 말해."

그가 내 몸을 위아래로 천천히 훑어보아 나는 카디건을 당겨 가슴을 가렸다. 구경거리가 된 기분이었다. 변호사는 손을 올려 이마에 흘러내린 머리칼과 땀을 닦았다.

나는 살짝 몸을 펴며 말했다. "그 말밖에 할 말 없어요? '있는 그대로 말해', 이게 당신 전략이에요?"

블룸베리는 약간 움찔했다. "무슨 말을 하려는 거야?"

"대단한 변호사인 줄 알았는데 실망이네. 중요한 사건에서 여러 번 이겼잖아요. 그땐 더 나은 전략이 있었던 거예요?"

블룸베리는 실망스럽다는 듯 양손을 들었다. "나한테 원하는 게 뭐야, 정확하게?"

나는 그의 불확실성을 자극했다. 옛날 어떤 철학자가 아는 게 힘이라고 말했다지. 절대적으로 참이다. 다른 사람들의 무지 또한 강력한 힘이 될 수 있다.

"만약 내가 살인을 했다면요?" 내가 말했다.

블롬베리는 완전 딴사람으로 변했다. 조사실로 행진해 들어올 때만 해도 태닝 베드에서 곧장 나온 우두머리 수컷 같았던 그는 지금 그저 창백한 사내아이처럼 보였다.

거짓말은 보기 드문 귀한 기술이라는 아빠의 모토가 떠올랐다. 블롬베리도 거짓말에 대해 같은 믿음을 가지고 있을까?

"네가 왜 그런 짓을 하려 했겠어?" 그가 궁금해했다.

이것은, 물론, 좋은 질문이었다.

46

쉬리네가 가져온 책은 317쪽이다. 여백 없이 활자가 가득 들어차 숨 쉴 틈이 없다.

"당신한테 읽을거리가 필요하겠다 싶었어요. 이 주변엔 읽을 게 많지 않잖아요." 쉬리네가 말한다.

나는 기대에 차서 책장을 열심히 휙휙 넘긴다. 첫 문장을 읽는다. '로젠버그 부부가 처형당한 이상하고 후텁지근한 그해 여름, 나는 무엇을 하고 있는지 모른 채로 뉴욕에 있었다.'

6개월 전이라면 웃었을 것이다. 누군가 내게 긴 문장들과 내가 모르는 내용들로 채워진 50년 묵은 책을 건넸다면, 고약한 농담이라 생각했을 것이다. 마지막으로 책 한 권을 끝까지 읽은 게 언제인지 모르겠다. 나는 책 한 권을 진득하게 붙잡고 있는 게 안 된다. 책을 펼치고 조금 뒤면 생각이 돌아다니고 여태 읽은 걸 까맣게 잊어 첫 페이지부터 새로 시작해야 했다. 하지만 이곳에서는 다르다. 잠시라도 내 마음을 납치할 게 절실하다. 나는 내가 너무 지겹다.

"그래서 어떤 책이죠?" 나는 뒤표지의 광고 카피를 흘긋하며 묻는다.

"페미니즘의 고전 같은 책이에요."

나는 한쪽 눈썹을 올린다.

"읽어봐요. 마음에 들 거예요."

아무튼 그 책을 내 감방으로 가져온다. 그다음 이동매점에서 가장 큰 코카콜라와 초콜릿바 두 개를 산다. 이번에 나를 방에 가둔 교도관은 못 보던 얼굴이다. 잠깐 보였다 언제 사라졌는지 모르게 사라질 그런 사람이겠지. 새 여자 교도관은 10제곱미터가 못 되는 냄새 나는 방으로 돌아가는 나를 겁에 질려 쳐다본다. 그녀가 겁에 질린 유충처럼 내 몸을 훑다가 눈을 찌푸리는 걸 나는 느낀다.

결국 내가 말한다. "젠장, 대체 뭐가 문제죠?"

여자가 고개를 홱 든다. 눈이 휘둥그레진다.

지극히 평범한 여자다. 사회과학 학부를 좋은 성적으로 마치고, 포에버21과 어반아웃피터스 매장에서 옷을 사 입는 부류다. 다른 인생에서 만났다면 그녀와 친구가 되었을 텐데.

"문젠 없어." 그녀는 한 손으로 얼굴을 가린다. "아무것도."

그리고 그녀는 열쇠 꾸러미를 만지지만, 스트레스를 숨기지는 못한다. 문이 딸깍 잠기고, 나는 다임초콜릿과 콜라를 입안 가득 물고 침대에 벌렁 눕는다.

책을 펼친 지 얼마 안 되어 나는 마법에 걸린다. 드디어 나로부터 잠시나마 탈출한다. 내 마음속에 완전히 다른 한 세상이 열리고, 나는 그곳으로 머리부터 들이밀며 들어간다. 다시는 거기서 나오고 싶지 않다, 다시는 이 빌어먹을 감방으로 돌아오고 싶지 않다.

책을 읽는 동안은 빌어먹을 냄새도 안 난다.

다음 날 아침. 쉬리네가 내 방으로 돌아온다.

"다 읽었어요."

나는 책을 침대에 던질 뿐인데 쉬리네는 마치 책이 자기 발에 떨어진 듯 깜짝 놀란다. 나는 어깨를 으쓱한다.

"어땠어요? 마음에 들어요?"

"존나게 우울한 작품이더군요."

"그래요, 정말 우울하죠." 쉬리네 표정이 죄책감으로 어두워진다.

왜 나는 진실을 말하지 않는가. 그 책이 너무 좋았다고, 그 책을 읽으며 슬픔과 분노를 느꼈다고, 그 감정들을 느끼는 게 나쁘지 않았다고 말하지 않는가. 내게는 분노와 슬픔이 필요하다. 쉬리네가 햇살 넘치는 책을 가져왔다면 난 그녀를 절대 용서하지 않았으리라.

"책 더 가져다줄 수 있어요?" 내가 묻는다.

쉬리네의 미소가 눈가로 이동한다. "물론이죠, 책 더 가져올게요."

"좋네요."

쉬리네가 다가와 내 옆에 앉으려 하자 눈물이 차오른다. 이유는 모르겠다. 불타오르던 어떤 생각이 우연히 내 감정을 건드렸나 보다. 나는 손바닥으로 얼굴을 꾹 누른다. 따끔하고 얼얼하다. 나는 책 속의 에스더와 그 정신병원을 생각한다.

"괜찮아요?" 쉬리네가 다정하게 묻는다.

나는 대답하지 못한다. 내가 무슨 말을 하든 그 말은 대수롭지 않은 말로, 아마 뜻 모를 말로 들릴 테니까. 짐작건대, 이기적인 말로 들릴 테니까. 내 인생은 망쳐졌다. 크리스는 죽고, 나는 모든 걸 엉망으로 만들었다. 엄마 아빠 눈을 어떻게 다시 볼 수나 있을까? 해결책은 없고 도망뿐이다.

"지금 나가주세요." 내가 쉬리네에게 말한다.

어둠만이 내게 걸맞다.

47

아미나와 나는 희한한 짝꿍이라는 소리를 늘 들어왔다. 아미나는 분별력 있고, 고분고분하고, 규율 안에서 산다. 나는 끊임없이 설치고, 목소리를 높이고, 오늘은 또 어떤 우스꽝스러운 규칙을 깨뜨릴까 모색한다.

하지만 그러한 겉모습 속 우리는 많이 닮았다. 나는 아미나에게서 늘 나 자신을 본다. 내면에서 우리는 같은 피와 살이다. 우리는 그저 바깥세상에 다른 존재들로 보이길 선택한 것뿐이다. 그 선택이 세상에 통한다. 우리 모두에겐 다른 사람에게 보이기 싫은 저마다의 비밀과 깊이와 어둠이 있다. 조금만 파헤쳐보면 사람마다 으스스한 내면이 있음을 어렵지 않게 알아차릴 수 있다. 이 점에선 아미나도 예외가 아니다.

아미나가 견신례 캠프에 있었더라면, 그랬다면 많은 일이 완전히 달라졌을 거라 진심으로 믿고 있다. 캠프뿐 아니라 모든 것이.

사람들은 이걸 나비효과라고 부른다. 나비의 날갯짓 한 번이 엄청난 연쇄반응을 일으켜 모든 일에 영향을 끼친다고.

하지만 아미나는 캠프에 보내달라고 자기 부모한테 말할 엄두도 내지 못했다. 아미나의 엄마는 아마 허락했을 성싶지만, 그 애 아버지는 무슬림이다. 그가 이슬람교다운 행동을 하는 걸 내가 한 번이라도 봤다는 말이 아니다. 오히려 정반대다. 디노 아저씨는 맥주라면 자다가도 벌떡 일어나고, 그의 머릿속엔 단식이나 메카를 향해 무릎 꿇고 기도하기 같은 건 들어 있지 않다. 더 나아가 핸드볼 경기장에서 그가 꽥꽥 내지르던 말들에 대해 알라신은 분명 할 말이 많을 것이다.

하지만 중요한 건 그게 아니다. 아미나는 캠프에 가도 되느냐고 부모한테 물어볼 생각도 없었다. 아미나는 무슬림이고, 이 점에 대해 아무도 관심이 없더라도 나는 무슬림이다, 하고 말하는 건 중요한 일이다. 빌어먹을, 집에서는 가족과 함께 핫도그에 갈비도 잘도 먹는 그녀에게 학교에서는 늘 '돼지고기가 빠진' 음식을 준다.

아미나는 확실하게 나를 말렸을 텐데. 그녀가 그곳, 작은 호숫가 옆 캠프에 있었다면 철부지 짓이라고 나를 막 야단쳤을 텐데. 내 몸을 흔들며 정신 차리라고 했을 텐데. 자기가 큰언니인 양 딴생각 말고 우리 방에 계속 남아 견신례에 참석한 다른 아이들과 카드놀이나 하자고 나를 설득했을 텐데.

아미나가 그곳에 있었다면, 나는 로빈과 같이 나가지 않았을 텐데. 지금 이 감방에 있지도 않을 텐데.

나비효과.

7학년을 마치고 8학년으로 올라가기 전 여름방학 때 덴마크의 조용한 마을에서 핸드볼 선수권대회가 열렸다. 우리는 늘 그랬듯 금메달을 집으로 가져왔고 나는 득점왕이었다. 우리는 땀 냄새에 절고 코 고는 소리가 가득한 교실에서 에어매트를 깔고 잤다. 그중 두 밤에는 학교 운동장에 설치한 큰 천막에서 댄스파티가 열렸다.

덴마크에 간 첫날부터 크로아티아 출신의 노는 남자애들이 우리를 따라다녔다. 우리보다 두서너 살이 많은, 유혹적인 눈빛과 근육질 팔뚝을 가진 남자애들이었다. 딱 내 취향이었다. 처음에 우리는 고고하게 튕겼다. 그들을 못 본 척 무시하거나 같이 놀아줄 듯하다가 뒤돌아서서 애를 태웠다. 그것이 우리에게, 모든 여자애들에게, 늘 기대되는 행동이기 때문이었다. 하지만 조별 리그 마지막 경기 날, 그들은 관람석에 앉아서 아미나와 내가 볼을 잡을 때마다 늑대 울음소리를 내고 휘파람을 불어댔다. 그날 밤 우리는 댄스파티를 빠지고 크로아티아 불량배들을 따라 나섰다. 우리는 갈매기들이 우듬지 위를 빙빙 돌고, 파도가 흰 거품으로 모래를 씻어주는 해변 모래밭에 넓게 둘러앉았다. 남자애들이 담배 한 개비를 옆으로 계속 전달했다. 나는 내 차례가 되어서야 그게 보통 담배가 아님을 알아차렸다.

"독하지 않아." 루카가 영어로 말했다.

어둠 속에서 루카의 초록 눈동자가 번들거렸다. 나는 처음 본 순간부터 그를 원했다. 한편 아미나는 크로아티아 골키퍼만 바라보고 있었다.

나는 담배를 서너 모금 빨고, 콜록콜록 기침하고, 깔깔 웃었다. 주변의 목소리들이 점점 느려지고 작아지는 것 빼고는 별일이 없었다. 아미나는 담배가 자기 앞에 오자 몸을 움츠렸다.

"아미나는 하기 싫대." 내가 말했다.

루카와 다른 애들이 호기심 어린 눈으로 나를 바라보았다.

"너희는 그녀를 존중해야 해." 나는 말하며 담배를 집었다.

한 시간 뒤 나는 으슥한 구덩이 같은 곳에서 내 목에 빈틈없이 키스마크를 내는 루카와 함께 누워 있었다. 그가 자기 손가락을 내 몸속에 집어넣으며 포르노 영화에서 본 대사들로 유혹하자 나는 몸을 일으키고 그곳을 나왔다.

여름방학. 지금 돌아보면 영원처럼 길게 느껴지지만, 사실은 여름 한철에 불과했다. 우리 인생의 기어는 한 단계 높게 변속되고, 온 세상이 활짝 열린 것처럼 보였다.

나는 열네 살이고, 세상은 모험할 일 천지였다. 내 관점에서 나는 부모의 어떤 간섭도 필요 없는 성인이었다. 나는 심각한 감정 변화와 갑자기 폭발하는 감정을 조절하는 게 힘들어지는 걸 느꼈다. 하루하루가 전투 같았다.

엄마는 문제에 대개는 회피하고, 숨고, 늦게까지 일하고, 두통을 호소했다. 하지만 아빠는 달랐다. 그는 내가 정한 시간에 귀가하지 않으면 나를 찾아 온 동네를 뒤졌다. 나는 그가 내 주머니도 뒤진 걸 알고 있다. 그는 클럽의 재수 없는 기도처럼 매일 현관에 버티고 서 있었다.

"불어." 그는 내가 자기 얼굴에 숨을 내뱉도록 허리를 깊이 숙였다. "다시 불어."

그는 개처럼 킁킁거린 다음 의심적은 눈으로 나를 쳐다보았다.

"담배 피우지 않았지, 응?"

웃기는 건, 내가 아빠의 콧구멍에 대고 마리화나에 불을 붙여도 그는 그 냄새를 알아차리지 못하리라는 것이다.

하지만 아빠에게 완전히 들키지 않을 수는 없었다. 덴마크에서 돌아온 이후 나는 마리화나 맛을 알아버렸고, 곧 매일 마리화나를 피웠다. 그걸 하면 생각이 지워지고 몸이 가벼워지고 자유로워지

는 것 같았다. 모순처럼 들리겠지만, 나는 아직도 엄마를 더 무서
워했다.

"엄마한테 말하지 않겠다고 약속해." 나는 아미나를 붙들고 말
했다.

"맹세해."

"코란에 대고 맹세할 수 있어?"

"네가 원하는 어떤 책이든, 맹세해."

아미나는 우리 엄마와 전부터 각별했는데, 그해 여름에는 심지
어 더 가까운 사이로 발전한 듯 보였다. 내가 집에 돌아갔을 때, 두
사람은 마당에서 나라면 절대 재미를 못 느낄 일을 두고 좋아서 깔
깔거리곤 했다.

나는 알코올과 마리화나를 공급해줄 란스크로나 출신 불량배들
을 알게 되었다. 그들은 자기들이 가진 걸 내게 아낌없이 나눠줬
고, 나는 어느 때보다 살아 있는 기분이었다. 어느 날 밤, 나는 가출
해 벤 섬으로 갔고 별들 아래에서 잠이 들었다. 나는 가시로 뒤덮
인 덤불에서 첫 경험을 했고 미켈이라는 이름의 덴마크 남자애와
2주 동안 깊이 사귀었다.

연기를 죽 빨아 폐에 가득 채우면, 온 세상이 춤추며 내게 미소
짓는 것만 같았다.

"난 싫어, 네가 이런 것에 빠져드는 거." 아미나가 말했다.

"빠져든 거 아니야. 그냥 재미로 하는 거야. 여름 동안만."

아미나가 란스크로나 불량배들과 어울리기 싫어해서 우리는 한
동안 따로따로 행동하고 있었지만 그럼에도 나는 우리의 우정을
단 한 번도 의심하지 않았다. 아미나는 늘 그곳에 있었다.

여름방학이 딱 일주일 남은 날 초저녁, 아미나가 우리 집 현관문

거의 평범한 가족

251

밖에 서 있었다.

"연습이 끝난 뒤 목사님이 날 따라왔어."

"뭐?"

나는 몸을 떨며 재킷을 단단히 여몄다. 나는 핸드볼을 다시 시작하긴 했지만 첫 연습을 빠졌었다. 경기를 즐긴다는 기분이 들지 않았다.

"우리 아빠가 어떻게 했어?"

아미나는 눈이 그렁그렁했다. "이것저것 물으면서 압박했어. 네가 밖에서 누구와 다니는지, 혹시 남자애와 사귀고 있다면 네가 섹스를 했는지 아닌지."

"내가 섹스를 했는지 아닌지?" 나는 내 귀를 의심했다. "우리 아빠가 내가 섹스를 하는지 물었다고?"

아미나가 고개를 끄덕였다. "그리고 네가 담배를 피우고 술을 마시고 이상한 짓을 하는지도 물었어."

"진심 병이다. 정말 건강하지 못한 거야."

아미나는 체중을 이 발에서 저 발로 옮겼다. 볼에 붙은 머리카락을 비벼 떼었다. 그녀는 겁에 질려 있었다. 아미나는 음주며 흡연이며 어떤 짓거리도 하지 않았는데 아빠는 그녀의 비밀을 디노 아저씨에게 알리겠다며 위협했던 것이다. 아미나는 껄렁한 남자애들과 싸돌아 다닌 적이 없었다. 차라리 집에서 텔레비전을 보거나, 밖에서 놀더라도 우리 학교 남자애들과 핸드볼이나 농구를 했다. 그녀가 란스크로나로 두어 번 갔던 건 순전히 나 때문이었다. 아빠가 아미나를 공격한 건 부당했다.

며칠 뒤 우리는 역 앞에서 만났다. 아미나는 지쳐 보이고, 화장기 하나 없는 얼굴은, 젠장, 꼭 시체 같았다.

"미안해, 미안해, 미안해." 아미나가 말했다.

나는 아미나를 한적한 플랫폼으로 끌고 갔다. 그녀의 얼굴에 붙은 머리카락을 쓸어 넘기고 볼을 톡톡 두드렸다.

"무슨 일 있어? 나한테 말해."

아미나는 숨이 고르지 않았다.

"나, 너희 아빠한테 말했어." 그녀가 나직하게 말했다. "말할 수밖에 없었어."

"무슨 말을 했지?"

아미나는 고개를 늘어뜨리고 울었다. 나는 절망감에 참지 못하고 어깨를 잡고 마구 흔들었다.

"우리 아빠한테 무슨 말을 했느냐고?"

아미나는 더듬더듬 간신히 말했다. "난 말할 수밖에…… 목사님이 날 잡고…… 내 팔을…… 세게."

"개자식! 너는 뭐라고 했는데?"

"풀 이야길 했어." 아미나는 절망스럽게 고개를 흔들며 소리쳤다. "마리화나 말이야."

나는 그녀를 노려보았다. 영원했던 내 가장 친한 친구가. 내 쌍둥이 영혼이. 나를 진정으로 아는 유일한 사람이.

엄청난 배신이었다. 도저히 이해가 되지 않았다.

"어떻게 네가 그럴 수가 있어?"

아미나는 눈을 비볐다.

나는 그녀를 쳐다보며 주먹을 부르쥐었다. 근육이 비틀리며 경련이 일었다. 나 자신을 제어할 수 없었다. 내 주먹이 허공을 갈랐고, 마치 영화를 보듯 그 움직임이 내 눈에 들어왔다.

아미나는 피할 새가 없었다. 내 주먹 관절이 그녀의 광대뼈와 직각으로 부딪쳤다. 바삭하는 소리와 함께 엄청난 느낌이 전해졌다. 그것은 마약을 했을 때보다 더 강한 느낌이었다. 평생 처음 느껴본 감각이었다.

48

교도관들은 노크하지 않는다. 자물통에 열쇠가 돌아가고, 그들은 어느새 내 방에 들어와 있다.

염소수염 지미와, 요전 날 이동매점 옆에서 나를 찢을 듯 노려보던 그 여자 신참이다.

"오늘은 입맛이 없나?" 지미가 능글능글 웃으며 말한다.

나는 구운 콩을 건드리지도 않고 식판에 남겼다. 진심으로 말하는데 나는 식성이 까다롭지 않고 웬만한 건 다 먹는다. 하지만 구운 콩은 아니다, 그냥 목구멍에 넘어가지 않는다.

"오늘 밤에 이동매점이 오죠, 네?" 내가 묻는다.

지미는 아직도 히죽히죽 웃는다. 내가 기억하는 한 그는 순찰할 때마다 입가에 저 썩은 미소를 달고 있다. 절대 우호적인 미소가 아니다. 그저 자신의 화려함을 상상하곤 흐뭇해 우쭐해하는 미소일 뿐이다.

"그건 그때 가봐야 알지. 감방 문을 다 여는 걸 자주 까먹어서 말이야, 그렇지 않아, 엘사?"

신참 여자 교도관은 대꾸하지 않고 눈만 간신히 치뜰 뿐이다. 중

거의 평범한 가족

간에 끼는 게 너무 싫을 것이다.

"엘사, 저 사람이 하는 말 들었죠." 나는 과장스레 또랑또랑 말한다. "당신이 증인이에요. 오늘 밤 내가 간식을 못 사기만 해봐……."

나는 말꼬리를 흐린다. 말해봤자니까. 지미 같은 놈을 상대로 이기는 건 불가능하다.

"요게 날 가지고 놀려고 하네." 지미는 요란하게 웃는다.

그러고는 내 식판을 엘사에게 건넨다. 미소는 사라지고 경멸하는 눈초리만 남는다.

"네가 그 남자 가슴을 찌르고 또 찔렀다며? 정말 그랬어?"

충동이 올라온다. 지미가 뭘 노리는지 빤한데, 그에게 수작 부릴 빌미를 줘서는 안 된다.

지미가 엘사 쪽으로 돌아서며 말한다. "요 쪼그만 년이 짐승보다 못한 살인자라는 게 믿겨져?"

엘사는 자기는 그저 여기서 나가고 싶다고, 냄새로부터 먼 곳으로, 강아지와 무지개만 있는 자신의 정상 세계로 돌아가게 해달라는 간절한 시선으로 그를 쳐다본다.

하지만 지미는 아랑곳하지 않는다. "엘사, 넌 꿈에도 상상 못 해봤구나, 그렇지? 맞지?"

"사람들 겉모습만 보고 살인자인지 아닌지 알 수는 없어요. 그렇잖아요?" 엘사는 눈길을 자기 발부리로 떨어뜨린다.

나는 그녀의 용기에 감탄한다.

"사람들이라니? 우리가 지금 말하는 사람은 딱 한 사람인데." 지미는 허, 하고 웃는다. "엘사 들어봐. 나도 여기 들어올 때만 해도 순진했어. 당신도 배우게 될 거야. 이런 장소에서 5년 동안 썩어보니 모두 개소리란 걸 깨닫게 되더라고. 쓰레기 같은 년은 단번에 알아볼 수 있어. 대부분의 살인자는 상상하는 모습 딱 그대로거든, 거무스름한 유랑민, 더러운 집시. 예상이 빗나가 놀랄 일이 거의 없지."

엘사의 눈이 점점 커진다. 불안이 스멀거리기 시작하는가 보다.

"입 닥쳐!" 내가 지미에게 말한다.

나는 그냥 조용히 있지 못한다. 그게 내 병이다. 사람들은 늘 내게 입 닫으라고, 넌 빠지라고 말했다. 의견이나 생각이 있어도 다 말하지 말라고 했다. 정신과 의사들은 그걸 충동조절장애라고 부른다. 한번은 심리검사에서 최악의 결과가 나오기도 했다. 나는 기회만 있으면 마시멜로를 한번에 다 삼키려는 아이다.

"누가 너더러 말해도 된다고 했어?"

지미는 수염을 쓸던 손으로 내 얼굴을 톡톡 친다.

"그냥 두세요." 그의 뒤에서 엘사가 말한다.

하지만 지미는 그만둘 생각이 없다. 이제 그는 나와 1미터 떨어진 곳에 서 있고, 그의 눈은 증오로 이글거린다.

"넌 더러운 살인자야. 입을 열기 전에 두 번 생각했어야지."

그는 내가 충동조절이 빵점인 걸 알지 못한다. 알았다면 이런 짓은 안 할 텐데.

"그만해요." 엘사가 권위적인 목소리로 말한다. 그녀는 심지어 지미의 팔을 잡아당기는 것 같다. "이건 선을 넘은 짓이에요."

나는 엘사가 마음에 든다.

"선을 넘어?" 지미가 홱 돌아서고, 엘사는 움찔한다. "뭐 빌어먹을 선이 어쩌고 어째?"

"당신에겐 재소자를 함부로 대할 권리가……."

"시발, 뭐라고 지껄이는 거야? 저 살인자 년을 변호하는 거야?"

거의 평범한 가족

지미는 엘사를 붙들려 한다.

"진정하세요." 엘사가 말한다.

"진정하라고? 여기가 너와 맞는 곳인지 다시 생각하는 게 좋을 거야."

엘사가 안됐다. 한눈에도 그녀는 여기와 어울리는 사람이 아니다. 그녀는 흰 빵과 동화의 나라, 모든 이야기가 해피엔딩인 자기의 나라로 돌아가 자기 인생을 살아야 한다.

"세상엔 우리 편 아니면 저들 편만 있어." 지미가 말한다.

그다음 지미는 천천히 몸을 돌려 나를 쳐다본다.

그는 더 나은 판단력을 가졌어야 했다. 상황 판단도 제대로 했어야 했다. 그는 신참이 아니잖은가. 게다가 나는 이곳에서 충동조절이 안 되는 유일한 사람이 아니다.

나는 지미를 철저하게 평가하고 투우의 눈으로 그를 겨냥한다. 그다음 그가 두리번거리는 틈을 타 그의 사타구니를 힘차게 팍 찬다.

그는 아이구, 아이구 하며 데굴데굴 구른다.

지미가 고통으로 바닥에서 구르며 찌그러지는 동안 엘사와 나는 서로를 바라본다. 내가 투항 의사를 분명히 밝혔음에도 엘사는 유도의 던지기 비슷한 기술로 나를 바닥에 메다꽂는다. 내 얼굴 한쪽을 더러운 바닥에 누르고 무릎으로 내 등을 내리찍는다.

우리는 대단한 자매애를 느꼈었는데. 하지만 잠시 후 그 착한 여자는 자신의 마땅한 의무를 행사한다. 엘사의 동료 두 명이 달려오고, 세 사람은 아주 짧게 의논한 다음 나를 '감시감방'에 넣기로 결정한다.

내 방에서 엘리베이터로 끌려갈 때 나는 항복하고 저항을 멈춘다. 저항해봤자 소용없으니까.

감시감방은 수감자를 수감자 자신한테서 보호하는 게 목적인 공간이다. 매트리스 한 장이 전부인 작고 컴컴한 방에서 일거수일투족이 문에 달린 창문으로 관찰된다.

나는 그곳에서 꼬박 하룻밤을 지내야 한다. 내가 문을 쾅쾅 치든 목이 쉬도록 악을 쓰든 윗선에 이르겠다 위협하든 아무도 들여다보지 않는다.

다음 날 아침이 되어 그들이 나를 내 방으로 다시 데려갔을 때, 나는 한숨도 못 잔 상태였다.

내 방문을 연 교도관이 말한다. "집에 돌아온 걸 환영해."

냄새가 뇌로 침입한다.

나는 곧장 침대에 떨어져 점심때까지 잠든다.

49

　나는 아미나를 때린 나 자신을 아직까지 용서하지 않았다. 4년이 지난 지금도 그 기억은 일주일에 몇 번씩 떠올라 날 괴롭힌다. 가장 친한 친구를 때리다니, 대체 나는 어떻게 돼먹은 인간인가.

　아미나를 때리는 순간, 내 정신과 육체는 동시에 망가졌다. 나는 약에 취한 미친년처럼 괴성을 지르고 팔을 휘저으며 펄쩍펄쩍 뛰었다. 나는 내가 한 짓을 받아들일 수 없었다. 마지막 몇 분을 지우고 멀쩡한 인간이 했을 방식으로 다시 연기할 수 있기만을 바랐다.

　가장 최악인 건 내가 그 기분을, 아미나의 뺨을 강타할 때 느낀 해방감을 즐겼다는 것이다. 아미나는 얼굴을 손으로 가리고 벤치에, 내 옆에 앉아 있었다. 나는 그 애 팔을 비집어 벌리고 찌푸린 눈과 점점 붓는 불그죽죽한 멍을 들여다보았다.

　"미안해, 아미나. 정말 미안해!"

　내가 이 일을 수정할 방법은, 그 일 이후 정상으로 돌아갈 방법은 없었다. 나는 내 인생에서 변치 않는 유일한 정수, 무조건적이며 진실로 모든 의미였던 단 하나를 파괴했다.

　나는 아미나 앞에 꿇어앉아 그녀의 두 손을 꼭 잡았다. 지나가던 사람들이 우리를 보았다. 몇몇은 걸음을 멈추고 괜찮은지 물었다.

괜찮냐니, 그럴 리 있나. 괜찮냐니, 절대 아니지.

내가 아미나를 때렸다. 그녀에게 상처를 주었다.

"괜찮아." 그녀가 말했다. "난 맞아도 싸."

"개소리야! 이게 다 아빠 때문이야!"

"목사님한테 아무 말 말았어야 했는데. 날 용서해줄래?"

"집어치워! 여기서 사과해야 할 사람은 네가 아니야!"

아미나가 무슨 말을 하든 그건 중요하지 않았다. 이건 누구라도 용서가 안 될 일이었다. 용서한다고 말할 수 있고, 심지어 스스로 용서했다고 믿을 수도 있지만, 저 깊은 곳에서 절대 잊지 못할 것이다.

우리는 이마를 맞대고 울었다.

그해 겨울, 어느 때보다 내겐 아미나가 필요했다. 엄마는 소라게처럼 대부분의 시간을 자기 서재에 틀어박혀 지냈다. 엄마는 가끔 내가 아니라 아미나와 대화하고 싶어 하는 것처럼 보였다. 나는 엄마가 나와 아미나를 맞바꾸고 싶었을 거라는 생각을 내 머릿속에 집어넣었다. 내가 말썽을 부리고 거듭 실망을 안기는 동안 엄마는 아미나한테서 똑똑하고 허튼짓은 절대 하지 않는 착한 여자애였던 자기 모습을 많이 보았을 것이다.

한편 그즈음 아빠는 편집증이 더 심해졌다. 내 주머니와 내 가방과 내 방을 뒤지곤, 누구와 전화했는지 알아야겠다며 통화 기록을 보여달라고 했다. 내 컴퓨터 기록을 들추고 비밀번호를 다 내놓으라고 요구하기에 이르렀다.

나는 전략을 수정해 아빠의 요구에 어느 정도 맞추었고, 그에 따라 상대적으로 덜 제한된 인생을 살아갈 수 있었다. 그즈음 나는 마리화나에 신물이 났고, 다른 것들을 즐겼다. 남자애들과 키스, 신나게 노는 밤. 파티. 나는 아빠가 내 방을 뒤지고, 내 숨 냄새를 맡고, 내 동공을 들여다보게 두었다. 내가 뭘 하려는지 자기는 빤히 안다고 믿게 두었다. 숨길 것 없이 투명하다는 인상을 주면 뭔가를 숨기기가 훨씬 쉬운 법이다.

견신례 캠프가 열린다는 소문이 돌기 시작하자 나는 귀를 쫑긋 세웠다. 지난해 캠프가 끝난 뒤에 얼마나 유혹적인 소문들이 쏟아졌던가. 알코올과 섹스와 담배! 한 트럭분의 불경하고 사악한 활동들. 무엇보다 중요한 건 케이크 맨 위를 장식하는 아이싱처럼, 캠프 감독관이 로빈이라는 사실이었다. 소문을 전하는 모든 입은 로빈이 상상할 수 있는 가장 섹시한 존재라고 만장일치로 의견을 모았다.

나는 견신례의 기독교 요소들에는 냉담했다. 나야 원래 하나님을 믿지 않고, 캠프에 참가한 다른 아이들도 대개 그랬다. 대다수는 선물을 받고 일주일간 설레는 캠프를 즐길 수 있다면 신앙 따위는 아무래도 좋았다. 어쩌면 어딘가에 초월적인 신이 존재할지도 모르겠지만, 10대들의 인생에서 그 존재는 화성에 생명체가 사는가 안 사는가 하는 문제보다 중요하지 않았다. 학교에서 신앙 캠프에 대해 그나마 질문할 지위를 가질 사람은 내가 거의 유일했다. 내가 교회와 종교에 질색하는 태도를 가진 건 물론 아빠와의 관계 때문이 컸다.

나는 작전을 어떻게 펼쳐야 할지 정확하게 알고 있었다. 내가 성서에 대한 관심을 손톱만큼이라도 발전시킬 희망을 준다면 아빠는 그냥 넘어올 것이다.

캠프 신청 마감이 며칠 남지 않은 때였다. 저녁 식탁에서 아빠가 엄마에게 말했다.

"스텔라를 견신례 캠프에 보내는 게 좋겠어."

엄마는 멍하게 쳐다보았다. "글쎄, 내가 뭐라고 해야 하지?"

지난 6개월간 엄마 입에서 나온 표준 대답이었다. 엄마는 밤에 잠을 잘 못 자고, 가장 마른 몸매의 모델처럼 먹고, 좀비 같은 모습으로 집 안을 배회했다. 나는 엄마의 무감동이 특히 나 때문이라는 생각에 힘든 시기를 보내고 있었다. 적어도 이렇게 된 데 내 책임이 있다고 느꼈기 때문이었다. 하지만 나는 꼬리를 내리고 엄마에게 다가가려 애쓰는 대신 점점 더 멀어졌다. 설령 내 행동이 엄마를 우울한 시기로 몰아갔다 하더라도 그 상황을 해결하는 것이 엄마의 책임이라고 생각했으니까.

"엄마가 날 낳았잖아. 내가 이 가족의 구성원이 되게 해달라고 부탁하지도 않았는데."

유치하다고? 물론 유치하다. 하지만 나는 실제로 10대의 어린애였다.

아빠가 엄마는 지쳤다고, 요즘 한계에 다다라 일에서 좀 떨어져야 한다고 말했을 때, 나는 난리를 피우며 반항했다. 엄마는 포크를 바닥에 떨어뜨렸고, 아주아주 오래 걸려 간신히 도로 주웠다. 아빠는 아랫입술을 깨물었다.

"엄마는 말로는 일을 줄이겠다면서도 매일 밤늦게까지 일하던데. 몰랐어?"

나는 아빠가 내 말에 동의할 거라 믿었는데, 한마디도 거들지 않았다. 그것은 일종의 전략, 내 입에서 그 말이 나오게 하려는 고도의 전략이었을까?

어찌 되었든, 내가 견신례 캠프에 가도 좋다는 결정이 내려졌다. 엄마와 아빠는 동의했고, 신청을 해주었고, 나는 당장 계획에 착수했다.

우리는 다양한 담배와 술을 사들였다. 열다섯 살은 취향에 까탈이 허용되지 않는 나이다. 누구는 자기 아버지 술 찬장에서 슬쩍 훔쳐낸 위스키나 술 종류를 샴푸 병에 채웠다. 누구는 자기 엄마 지하 저장고에서 멀드 와인 반병을 가져왔다. 그리고 여자애 두 명은 엑스플로러 보드카*를 대신 사줄 술주정뱅이를 어찌어찌 꾀어 끌어왔다. 담배는 포일에 감싸 플라스틱 병이나 양철 갑에 넣어 몇몇 아이들 가방에 꽁꽁 숨겼다.

버스가 주차장을 빠져나갈 때 가슴에 차오르던 자유의 숨결이 아직도 생생하다.

캠프 첫 며칠이 쏜살같이 지나갔다. 우리가 가방 밑바닥에 숨겨온 병들을 생각할 겨를도 없었다. 어느 날 늦은 저녁, 나는 남자애들 몇과 숲으로 살금살금 빠져나가 담배 세 개비를 연달아 빨고 캑캑거린 다음 내던졌다. 몇몇은 캠프 첫날 밤에 눈이 맞아 숙소 담요 밑에서 섹스를 했다.

캠프 가까이에 우리가 매일 수영하는 호수가 있었다. 어느 날 아침, 로빈은 무릎 깊이의 호수에 들어가 가늘게 뜬 눈으로 물을 한참 보고 있었다. 젖은 그의 가슴팍에 햇살이 아롱거렸다.

다른 여자애들이 낄낄대며 둔치로 뛰어 올라갔다. 호수의 수온

---

* 스웨덴의 밀 보드카 브랜드.

은 아직은 15분 이상 헤엄치기 힘들 만큼 아주 찼다.

나는 물살을 천천히 헤치며 로빈 옆으로 지나갔다. 나의 시선이 그의 시선과 부딪치자 웃었다. 내 모습을 좇는 그의 시선을 느끼며 나는 모래밭으로 올라갔다. 허리를 천천히 숙여 수건을 집었다.

조금 위쪽 풀밭 언덕에 상담지도원 둘이 웃으며 서 있었다. 나는 젖은 머리칼을 넘기고 수건을 몸에 두른 다음 캠프 쪽으로 저벅저벅 올라갔다.

그곳에서 아빠를 봤을 때, 나는 놀라고 심지어 충격을 느꼈어야 마땅했다. 하지만 내가 느낀 건 가슴 아리는 슬픔이 전부였다. 아빠는 그곳에 서서 모든 게 정상이라는 듯 어정쩡하게 웃고 있었다. 아빠는 내게 이런 것조차 허락하지 않았다. 이 정도도 누리지 못하게 했다.

나는 아빠에게 지옥에 가라고 말했다. 그리고 건물들을 향해 내달렸다.

내가 결심한 게 그때였다.

자기 충족적인 예언이라고요, 아빠? 아빠가 혼돈을 기대한다면, 제대로 혼돈을 겪게 해주죠.

50

"오늘은 기분 어때요?" 쉬리네가 조심스레 묻는다.

나는 대답하지 않는다.

그녀가 내 앞 책상에 새 책을 내려놓는다. "이번 책은《벨 자》만큼 우울하진 않아요."

나는 책 뒤표지를 읽은 다음 심드렁하게 책장을 넘긴다.

"내가 당신 나이 때 좋아하던 책이에요." 쉬리네가 말한다.

이 책은 대부분의 사람들을 바보 천치로 생각하는 열일곱 살 소년 홀든에 대한 이야기로 보인다. 나는《위기의 구원자》라는 스웨덴어판 제목보다《호밀밭의 파수꾼》이라는 영어 원제가 더 마음에 든다.

"어제는 어떤 일이 있었나요?" 쉬리네가 묻는다.

내가 감시감방에 하루 갇혀 있었다는 소식을 그녀가 들은 게 분명하다.

"아무 일 없었어요."

그 이야기는 하고 싶지 않다. 솔직히 이곳에서 일어나는 일들을 쉬리네가 이해하리라고 나는 생각하지 않는다. 쉬리네가 멍청이라는 말은 아니다. 그녀는 심지어 순진한 사람도 아니다. 그저 알고 싶지 않아 눈을 감아버리면 원하는 만큼 오래도록 모른 척 부인하며 살아갈 수 있는 사람일 뿐이다. 나에게는 쉬리네가 바로 그런 사람처럼 보였다. 스웨덴 교정기관은 괜찮은 곳이다. 재소자들은 재판을 받기 전까지 인권이 지켜지고 보살핌을 받는다. 쉬리네의 세계에서 위협과 공격과 권력 남용은 영화 속에서나 존재하는 단어들이다.

"힘든 시간 보내고 있다는 거 알아요." 쉬리네가 말한다.

그녀는 좆도 모른다.

다음 날 아침, 깨어보니 책이 베개 위에 있다. 간밤부터 아른거리던 흐릿한 영상들이 눈꺼풀 뒤에 아직 서성거리는 기분이다. 책 내용과 꿈속 장면이 섞여 뭐가 뭔지 모르겠다. 옛 스승의 집 장의자에서 깨어나 선생이 자기 머리를 쓰다듬는 걸 깨달았을 때 홀든의 기분이 이랬을까. 나는 세면대에 한참 서서는 찬물을 얼굴에 끼얹는다.

아침 식사를 받자 기분이 대번에 좋아진다. 교도관들이 명랑한 데다, 이번만큼은 커피에서 염소 오줌 맛이 나지 않는다. 음식을 우물거리며 잠들기 전까지 읽은 페이지를 찾아 책장을 넘길 때, 내 뒤에서 문이 다시 열린다. 나이 많은 여자 교도관이 구치소가 아니라 예비학교에서 일하는 사람인 양 눈을 반짝이며 웃고 있다.

"스텔라, 변호사가 찾아왔어."

"기다리라고 하세요, 나 커피 마셔야 하니까."

그녀는 황당해 아무 말도 못 하고 멀뚱멀뚱 나를 쳐다보기만 한다. 결국 나는 한숨을 내쉬며 자리에서 일어난다. 오픈 샌드위치를 두 겹으로 겹쳐 입에 쑤셔 넣고는 남은 커피를 얼른 비운다.

교도관 두 명 사이에서 다리를 끌며 나는 미카엘 블롬베리가 기다리는 방으로 호송된다.

"좋은 소식이 있어." 블롬베리가 나와 악수하며 말한다. "검사가 너의 부모 면회를 승인했어."

"승인이라뇨? 무슨 승인? 누가 면회 신청을 했다고?"

블롬베리는 씩 웃으며 자기 가슴팍을 찌른다. "당신의 신실한 변호인이 신청했지."

"하지만……."

뱃속에서 걱정의 뱀이 몸을 비비 튼다. 아빠 그리고 엄마.

"마음은 고맙지만, 저는 됐어요." 내가 말한다.

블롬베리는 걱정스러운 표정으로 내 쪽으로 몸을 기울인다. 그의 얼굴이 흐릿해지며 나는 현기증을 느낀다.

"무슨 말이지?"

"난 감당 못 해요." 나는 심호흡하고 눈을 감는다. 눈시울이 뜨거워진다. "만나고 싶지 않아요."

51

아빠가 로빈을 말도 안 되게 좋아하는 걸 나는 알고 있었다. 아빠는 그 남자를 칭찬하는 소리를 여러 번 했었다.

로빈을 숲으로 꾀는 건 크게 어렵지 않을 것이다. 그리고 거기까지 해내면, 로빈은 나를 거부하지 못할 것이다. 그다음엔 남자애들이 몰래 다가와 현장을 덮칠 것이다. 시끌벅적 한바탕 난리가 날 것이다. 물론 아빠는 기절초풍하겠지. 식당 옆 주차장에 차가 있는 것으로 보아 그는 아직도 캠프 주변에 어슬렁대고 있었다.

계획 1단계는 작동했다. 하지만 본관과 기숙 동에서 잘 보이지 않을 작은 자작나무 숲으로 로빈을 데려왔을 때, 신중하자는 생각이 들기 시작했다. 로빈은 내 몸에 손끝을 대며 완전히 새로운 방식으로 나를 바라보았다. 마치 내게 진심인 듯 눈빛에 다정한 데가 있었다.

"우린 이러면 안 돼." 그는 손끝을 내 살갗에 대며 속삭였다.

그렇지, 이러면 안 되지. 나는 로빈을 완전히 망칠 작정이었다. 그의 캠프 감독관 경력은 끝장나고 다시는 스웨덴 교회에서 일하지 못할 것이다. 뭐, 그보다 더 나빠질 수도 있고.

내가 벌주고 싶은 사람은 아빠였다. 로빈이 아니라.

"3년 안에." 나는 그의 손을 천천히 떼어내며 말했다. "나는 열여덟 살이 되죠."

그는 미소 지었다.

"긴 시간인데 그때까지 기다릴 수 있겠어요?" 내가 물었다.

남자애들이 나무 사이로 살금살금 다가오기까지 아직 시간이 있었다. 나는 로빈의 갈망하는 입술을 보았다. 그에게 너무 키스하고 싶었다. 딱 한 번만. 키스가 뭐 대수라고?

로빈은 고개를 돌리며 말했다. "네 아버지, 아담 목사님이 네 아버지잖아."

"그래서요? 우리 아빠가 무서워요?"

"무섭냐고?" 그가 소리 내어 웃었다. "아담을 무서워하는 사람도 있나?"

"그럼 뭐가 문제죠?"

"문제없어. 그냥, 네가 너무 달라져서 그래."

그는 내 손을 잡고 나무들 사이로 깊숙이 들어갔다.

"같이 가자."

흐릿한 박명 속에 그의 이가 어슴푸레 빛났다.

로빈은 내게 보여주고 싶은 게 있다고 했다. 상담지도원용 오두막의 자기 방에 있다고 했다. 내가 견신례 학생들은 상담지도원 숙소 출입이 엄격하게 금지되었다고 지적하자 그는 웃었다.

"모르는 것은 상처를 주지 못해."

무지가 힘이다.

"아빠는 어쩌고요?" 나는 초조하게 주위를 둘러보며 말했다.

로빈은 내 말을 듣고 있지 않았다.

"이리 와." 그는 문 자물쇠를 열었다.

상담지도원용 오두막에는 방이 네 개 있었다. 거울이 있는 좁은 복도로 들어서자 다닥다닥 붙어 있는 방문 네 개가 보였다. 여름용 통나무 오두막 냄새가 났다. 로빈의 방은 왼쪽 끄트머리였다.

로빈은 창가로 걸어가 가림막을 내렸다.

"앉아." 그는 침대를 가리켰다.

침대 위와 그 옆 작은 탁자 위에 옷가지와 소지품이 아무렇게 흐트러져 있었다. 침대 옆에는 반쯤 열린 슈트케이스가 놓여 있었다. 나는 침대에 앉으며 슈트케이스에 든 속옷과 데오도란트, 그리고 러닝셔츠를 훔쳐보았다.

"금방 돌아올게." 로빈이 말하고 복도로 사라졌다.

침대에 앉아 있는데 가슴이 두근거렸다. 곧 화장실 변기 물 내리는 소리가 들렸다.

나는 바보가 아니다. 겨우 열다섯 살이긴 해도 어떤 일이 일어날지 정확하게 알고 있었다. 로빈이 내게 보여주고 싶은 것 따위는 없다. 당장 일어나 도망가면 돼, 나는 머리로는 생각하면서도 마음은 계속 그곳에 있고 싶었다. 스릴을 만끽하고 싶었다.

그리고 남자애들이 오기 전에 우리가 그 일을 마친다면 소동이 일어날 위험이 없었다. 일어날 수 있는 최악의 사태는, 만약 우리가 그 짓을 하고 있을 때 남자애들이 우리를 보기 시작한다면, 그다음엔……

나는 얼른 문자를 보냈다.

동작 그만! 나 마음 바뀌었어.

엄지척 이모티콘이 답장으로 왔다.

조금 뒤, 로빈이 문을 열었다. 뭔가 달라진, 단호하고 결심이 선

표정이었다. 내 몸을 끌어당길 때 그는 윗입술을 실룩거렸다. 우리의 입술이 만났고, 그의 혀는 내 입속으로 길을 찾아냈다.

우리는 키스했고, 나는 그걸 즐겼다.

그가 내 몸에 바짝 밀착하자 몸이 달아올랐다. 나는 그가 계속하기를 바랐다.

잠시 뒤 그는 내 몸을 굴려 침대에 올렸다. 내가 등을 대고 눕자 내 몸에 완전히 올라타서는 입술로 내 입을 완전히 덮고 혀를 내 목구멍으로 넣었다.

갑자기 나는 기분이 좋지 않았다. 숨을 쉴 수가 없었다.

나는 그에게 깔린 채 생선처럼 파닥거렸다. 소리를 지르려 애썼다. 그는 자신이 나를 아프게 한다는 걸 모르는 걸까?

내가 숨을 못 쉬는데도 로빈은 불도저처럼 밀어붙였다. 부드러운 애무는 없었다. 그의 몸동작은 권력과 체력을 강력하게 전시하고 있었다. 나는 사냥감이고, 그는 나를 거꾸러뜨렸다.

결국 나는 저항해도 소용없음을 깨달았다. 내가 할 수 있는 건, 눈을 감고 아픔이 멎기를 기다리는 것뿐이었다. 그저 이 일이 얼른 끝나기를 바랐다.

로빈은 내 팬티를 내려 내 엉덩이에 걸치고는 내 다리를 벌렸다. 내 안에서 뭔가 부러졌다.

나는 그의 손아귀에 붙들렸다. 아무것도 할 수 없었다.

그다음 갑자기 모든 게 중단되었다.

나는 내가 살아 있는지 죽은 건지 알지 못했다.

로빈이 후다닥 일어나서 어쩔 줄 몰라 하며 종종걸음쳤다.

"밖에 사람이 있어." 바지를 꿰입으며 그가 숨찬 소리로 나지막이 말했다.

나는 다시, 또다시 공기를 들이마셨다. 드디어 숨이 쉬어졌다.

"아담 목사님이야!"

로빈은 겁에 질려 창가를 쏘아보며 셔츠를 찾아 허겁지겁 달려갔다. 내 팔뚝을 잡아 침대에서 일으키려 했다.

"너희 아버지야!"

나는 눈을 감고 숨을 쉬었다.

아빠.

하나님 감사합니다.

아빠.

52

  엄마와 아빠가 미치도록 보고 싶지만 두 사람의 눈을 다시 똑바로 볼 자신이 없다. 아미나가 보고 싶다. 빛이 그립다.

  이곳은 사람을 병들게 만든다. 기억들이 끊임없이 몰려와 괴롭히는데, 도망갈 데가 없다. 이대로는 죽을 것 같아서 한밤중에도 나는 흠칫 깨어난다. 나는 익사하고 있다.

  침대에서 몸을 뒤척인다. 주먹으로 벽을 쾅쾅 치고 문을 힘껏 잡아당긴다. 발가락에 감각이 사라지도록 발길질한다. 내 비명이 내 고막을 찢는다.

  결국 교도관 지미가 문을 연다. 그들 네 명은, 내가 생각할 겨를도 없이, 몸을 날려 나를 바닥에 쓰러뜨린다. 지미의 살덩이 같은 손바닥이 내 얼굴을 짓누른다. 그의 역겨운 파충류 살갗이 내 비명을 먹어치운다.

  강간당할 때의 기억이 되살아난다. 칼날처럼 날카로운 감각으로, 유리알처럼 깨끗한 영상으로. 세월이 흘러도 내 일부는 언제나 그곳 상담지도원 숙소, 질식하기 직전처럼 헉헉대던 그 침대에 있을 것이다.

교도관들이 내 팔을 등 뒤로 꺾으며 나를 일으켜 세운다. 나는 소리치려 하지만 입이 틀어막혔다. 건장한 네 남자가 나를 방 밖으로 운반한다. 내가 몸에 힘을 줘 버티자 복도로 확 밀어뜨린다. 퍽, 나는 쓰러지고, 누군가가 내 얼굴을 가격한다. 고의인지 아닌지 모르겠다.

그들은 15분에 걸쳐 나를 엘리베이터까지 끌고 간다. 그다음 지하 감시감방에서 또 다른 교도관들과 함께 내 몸을 들어 올려 구속용 침대에 누인다. 벨트가 내 손목과 발목을 단단하게 죈다. 나는 울며 몸부림친다. 나는 견신례 캠프의 그 오두막에 돌아와 있다. 로빈의 헐떡거리는 숨소리에 익사당하고 있다. 땀과 눈물이 뒤범벅된다. 공포가 밀려온다. 또 다른 사람이 지금 내 몸을 통제하려 하고 있다. 또 다른 사람이 폭력으로 내 몸의 가장 깊은 곳으로 들어와 내가 당연히 누려야 할 위엄과 자기 결정권을 빼앗으려 하고 있다.

자기는 복수는 생각도 하지 않는다고, 피를 내는 폭력적인 앙갚음은 절대 정당화될 수 없다고 확신하는 여자는 강간당하는 고통을 모르는 사람이다. 성경조차 눈에는 눈, 이에는 이라고 말하지 않는가. 예수가 다른 뺨을 내밀라고 말해 모든 걸 망가뜨리기 전에는 눈에는 눈, 이에는 이였다.

53

이틀 뒤, 이번엔 나를 쉬리네에게 데려가는 담당은 신참 엘사다.

엘사한테선 바닐라 냄새가 난다. 그녀는 궁금한 게 머릿속에 그득하지만 그 내용이 너무 전문적이거나 수줍은 성격 탓에 질문을 꺼내기 힘들어하는 것 같다.

"스텔라."

쉬리네는 몸짓으로 내게 자리에 앉으라고 권한다.

쉬리네의 눈은 동감과 신뢰가 가득한, 아기 밤비 눈이다. 아무리 싫어하려 해도 싫어할 수 없는 여자다. 누구든 사랑하지 않기가 힘든 그런 여자다. 그런 인간들을 미워할 수 있다면 정말 좋겠다.

"지난주는 어땠어요?"

"카나리아 제도로 완벽한 패키지 여행을 떠나는 것 같았죠."

쉬리네는 엷은 미소를 억누른다. 그녀의 책상을 쳐다보던 내 눈에 앙증맞은 꽃무늬 필통이 유독 걸린다.

"내가 초등학교 때 쓰던 필통하고 똑같네요." 내가 말한다.

쉬리네는 필통을 치운다. "딸이 골라준 거예요."

그녀에겐 민감한 주제인 게 분명하다.

"그런데 그 책은 어땠어요?" 쉬리네가 《호밀밭의 파수꾼》에 대해 묻는다.

"그 책은 우울한 내용은 아닐 거라면서요."

"우울했어요? 하도 오래전에 읽은 책이라, 그냥 아주 마음에 들었던 기억만 있어요."

"음, 결국 그는 정신병동에 갇히잖아요. 가끔 궁금해요, 이 병든 세상에서 정신병동에 갇히는 거 말고 다른 결말이 가능할까 하는. 자살 아니면 정신병동, 다른 빠져나갈 길은 없는 것처럼 보여요."

"꼭 그렇게 살지 않아도 돼요." 쉬리네가 말한다. "인생은 아주 단순하게도 살 수 있어요. 너무 힘든 인생을 만들지 않아도 돼요."

나는 쉬리네를 쳐다본다. 그녀는 내가 자책만 한다고 말하고 싶은 건가? 에스더 그린우드와 홀든 콜필드가 선택들을 달리해 일을 복잡하게 만들지 않았다면, 그들은 더 편안하고 행복해졌을까?

"그동안 생각해봤는데요. 요전번에 당신은 정신과 의사들을 겪었다고 말했죠. 어떤 점들이 당신 마음에 들지 않았나요?"

쉬리네가 나를 꾀려 하고 있다. 내게서 이야기를 끌어내려는 거다. 나는 알면서도 속아준다.

"당신들은 진단에 열광해요. 만들어진 형판에 사람들을 욱여넣고 싶어 하죠."

쉬리네가 말한다. "나는 그런 사람이 아니에요. 당신을 진단하지 않겠다고 약속할게요."

그녀는 진심인 것 같다.

"잠깐이었지만, 나는 심리상담사가 되고 싶었어요." 나는 콧방귀를 뀌며 말한다. "참 꿈도 야무졌죠?"

"그렇지 않아요."

나는 의자에 등을 기대고 팔짱을 낀다.

"있잖아요, 내게 기회를 주겠어요?" 쉬리네가 말한다. "모두에게 기회가 한 번은 주어져야 맞잖아요. 이건 아주 공정한 제안 같은데."

"내게도 기회를 줄 건가요?"

"물론이죠." 그녀가 미소 짓는다.

"당신은 왜 정신과 의사가 되었어요?" 내가 묻는다.

쉬리네는 귀고리의 은장식을 만지작거린다. "부모님 때문에요."

"부모님이 원해서?"

"아니, 아니, 정반대였어요." 쉬리네는 눈을 내리깔고 머리카락을 쓸어 넘긴다. "두 분은 내가 의사가 되길 바랐어요. 할아버지가 의사이고, 부모님 두 분도 의사죠. 그분들은 무엇보다 인간은 생물학적 존재라고 믿어요. 감정 또는 다른 추상적 내용에 대해 말하는 걸로는 병이 치료되지 않는다고 생각하죠."

쉬리네는 목소리에 힘이 없고 눈에는 눈물이 어렸지만 여전히 미소를 머금고 있다.

"그런데 왜 정신과 의사가 된 거예요? 반항심에?"

"그런 건 아니었어요. 만약 세균혐오증이 없었다면 난 의사가 됐을 거예요. 거의 확신해요."

"세균혐오증?"

쉬리네가 고개를 끄덕인다. "치료를 받았죠."

"치료가 도움이 되던가요? 마약을 했으면 좋았을 텐데."

쉬리네는 미심쩍은 미소를 짓더니 웃음을 터뜨린다.

"스텔라, 난 당신이 정말 궁금해요. 당신을 알아가고 싶어요."

"내가 살인자라서?"

"난 거기에 대해선 아는 게 없어요. 게다가 아직 재판받기 전이잖아요."

쉬리네는 세련되고 교활하다. 어떻게든 나를 대화에 끌어들인다.

"저, 이제 가도 될까요?" 내가 묻는다.

"다시 돌아올 거죠?"

나는 놀란 척하며 그녀를 쳐다본다.

"그것도 내가 가진 선택지 중 하나죠."

54

사실 나는 외출하고 싶지 않았다. 직장에서 아주 바빴던 금요일인데 운동복 바지를 벗고 머리를 새로 만지고 얼굴에 뭐라도 찍어 발라야 한다는 생각만으로도 피곤해졌다.

"나가자, 응?" 책상 위에 작은 술잔들을 이미 줄 세웠던 아미나가 말했다. "내일만큼은 나 시합 없거든."

아미나는 텡네르스에 가면 제일 좋겠지만 다른 곳도 괜찮다고 했다.

"너한테 뭐가 필요한지 알아?" 아미나는 작은 잔에 술을 넘치기 직전까지 따랐다. "섹스."

"농담해? 지금 내게 필요한 남자는 벤이랑 제리*뿐이야."

나는 찰랑찰랑한 술잔을 조심조심 받고는 잠시 망설였다.

"건배." 아미나가 말했고, 우리는 술을 단번에 마셨다.

나는 좋은 친구가 되기 위해 술을 마셨다. 아미나를 위해 마셨다. 사이더 두 잔에 작은 술잔 몇 잔을 곧장 받아 마시자 가슴이 벌

---

*   Ben&Jerry's, 미국의 아이스크림 브랜드.

렁거리고 몸이 더워졌다. 평소 내 주량보다 많이 마신 것이다. 아미나는 스포티파이에서 '동물처럼 파티하자' 플레이리스트를 틀었다. 그다음 결국 우리는 자전거를 타고 텡네르스로 향했다. 6월 초인데도 밤에는 쌀쌀했다. 다리 안쪽으로 들어와 위로 부는 바람 때문에 나는 치맛자락을 꽉 붙들어야 했다.

우리는 낄낄거리며 기대에 부풀어 텡네르스로 입장했다. 댄스플로어는 조명이 번쩍번쩍 넘실대고 있었다. 사방에서 우리에게 쏘아대는 현란한 빛의 폭포와, 가슴속에서 발사된 대포처럼 온몸을 진동시키는 베이스의 음향. 아미나와 나는 분위기에 빠져들었다. 우리는 가방을 플로어에 두고 손을 높이 휘저으며 춤췄다.

고등학교 동창 남자 몇 명이 다가오더니 크게 반가워했다. 내가 그들과 시시덕거리는 사이 아미나는 바 쪽으로 가려 했다.

"목말라, 물 좀 마셔야겠어." 그녀가 말했다.

조금 뒤 남자들은 계속 오가는데 아미나는 돌아오지 않았다.

나는 아미나를 찾으러 바로 갔다.

아미나는 까치발로 서 있었다. 아미나는 늘 키가 몇 센티미터만 더 컸으면 하고 바랐었다. 그녀는 독한 초록색 음료에 꽂힌 긴 빨대를 입에 물고 눈을 반짝거리고 있었다. 그녀 옆에는 페이즐리 셔츠 차림의 남자가 산소가 닳아 없어질까 겁나는 듯 계속 말하고 있었다.

"여기 숨어서 뭐해?"

아미나는 놀라 펄쩍 뛰었다. 남자는 말을 멈추고 자신의 밤을 망친 방해꾼 보듯 원망스레 나를 쳐다보았다. 깔끔하게 뒤로 넘긴 숱 많은 머리칼과 연푸른 눈동자, 고전적인 섹시한 미남이었다. 나이도 많아 보였다. 우리보다 적어도 열 살은 많아 보였다.

"이 할아버지는 누구야?" 나는 눈길로 그를 해부하며 물었다.

아미나가 "어머!" 하고 말했지만, 페이즐리 셔츠는 여유 있게 웃었다.

"내가 그 늙은이는 아니겠지?"

"다 상대적이죠. 알 파치노는 일흔다섯으로 보여요. 그리고 아브라함은 백일흔다섯 살까지 살았잖아요, 맞죠?"

"아브라함은 누구지?" 페이즐리 셔츠는 물으면서 바텐더를 손짓해 불렀다.

"성서에 나오는 인물." 내가 말했다. "모든 종교의 선조."

그는 바에 술을 주문한 다음 나를 보았다.

"그러니까 너 기독교인이구나?"

"전혀 아닌데. 그 정도는 그냥 상식이잖아요."

그는 다시 웃었다. 타고났다고 하기엔 치아가 지나치게 고르고 하얬다.

"제가 대신 사과할게요." 아미나가 말했다. "제 친구가 술이 좀 약해서요."

"쪽팔리게, 알코올 핑계를 대냐." 내가 말했다.

"좋은 점도 있는 친구예요. 열심히, 오랫동안 들여다보면 좋은 점이 보일 거예요."

"그래서 몇 살이에요?" 내가 물었다. "늙은 아저씨."

그는 점잔을 떨었다. 손을 옆구리에 걸치고 가슴을 내밀고는 또 미소를 발사했다.

"몇 살처럼 보여?"

"서른다섯." 내가 말했다.

그는 상처받은 척했다.

"스물아홉?" 아미나가 짐작했다.

"좋았어. 바로 맞히네." 그는 아미나의 팔을 자연스럽게 만지며 말했다.

아미나가 내 쪽으로 돌아섰다.

"크리스토퍼야."

그가 손을 내밀었다. 나는 짐짓 빼다가 결국 악수했다.

"크리스." 그가 윙크했다. "그냥 크리스라고 불러도 돼."

나는 다시 춤추고 싶었고, 아미나는 자기도 곧 합류하겠다고 했다. 그녀는 금세 돌아올 것처럼 굴었다.

나는 두 팔을 높이 올려 리듬을 타며 위아래로 힘차게 흔들었다. 헬륨을 한껏 들이마신 기분이었다. 날개가 달린 기분이었다.

아미나가 보이지 않는 채로 시간은 쏜살같이 흘렀다. 나는 땀도 나고 몸이 욱신거려 결국 아미나를 찾아 테이블로 왔는데, 그녀는 크리스에게서 눈을 떼지 않고 있었다.

"우리 샴페인 마시고 있어." 크리스가 말하며 내게 잔을 내밀었다.

나는 아미나와 눈을 맞추려 애썼다. 이거 뭘까? 아미나가 이 남자한테 흥미가 있나? 아미나는 노는 애가 아니었다. 그녀는 바에서 남자를 만나 집까지 따라가는 짓은 절대 하지 않았다. 그녀가 어떤 남자한테 마지막으로 심각하게 반한 건 5학년 때였다. 게다가 이 남자는 우리보다 열 살이나 많다. 거의 서른 살이다.

나는 거품을 입에 머금은 채 이런 전개는 수상쩍고 분위기도 묘하다고 느꼈다.

"그런데 무슨 일 하세요?" 내가 물었다.

크리스는 고마운 질문이라는 듯 환하게 웃었다. "사실은 자잘한 사업 여기저기 손대고 있어. 중점 사업은 부동산이지. 업종이 다른 회사 두 곳을 운영하고 있어."

내 귀에는 이 말이 제일 의심스럽게 들렸다.

"아미나는 의사가 되고 싶다던데." 크리스가 말했다. "네 계획은 뭐야?"

나는 아미나의 관심을 끌려 애썼지만, 그녀의 눈은 크리스에게 붙박여 있었다.

"한때는 심리상담사가 되고 싶었는데, 벅찰 것 같아요. 사람들은 문제가 너무 많아서."

크리스가 또 소리 내어 웃었다. 나는 잘나고 완벽해 보이는 사람들하고 늘 문제가 있다. 환상적인 저런 겉모습 뒤에 심각한 결점이 있을 것만 같다.

"법학 공부하는 것도 생각하고 있어요. 엄마가 변호사거든요, 하지만 난 판사가 더 나을 것 같은데. 결정하는 자리를 좋아해서요."

"우리 어머니도 법조인이셔." 크리스가 말했다. "요즘은 주로 대학 강단에 서지만."

"흥미로운 직업이죠." 내가 대답했다.

내 마음보다 훨씬 비꼬는 소리로 들렸다.

"전혀 아니야." 그는 소리 내어 웃으며 말했다. "법학이란 터럭 하나를 두고 서로 제가 맞는다고 싸우는 게 전부인걸."

"설마 그게 다겠어요."

"두고 보렴."

"두고 볼 일 없어요." 나는 기지개를 켜며 말했다. "로스쿨은 엿이나 먹으라고 하고 난 아시아로 떠날 거거든요. 캄보디아와 라오스, 베트남으로 장기 여행 가는 걸 몇 년 동안 생각해와서."

"쟤는 여행에 완전 빠져 있어요." 아미나가 말했다. "한두 가지만 물어도 귀에서 피가 날 때까지 여행 이야기만 줄줄 해댈걸요."

"잘됐네. 나도 여행 좋아해." 크리스가 말했다.

크리스가 안 가본 곳은 거의 없었다. 그는 몽골만 빼고 아시아 전역을 다녀왔다. 뉴욕과 로스앤젤레스, 런던과 파리에서 살기도 했다. 룬드는 그가 어린 시절을 보냈으며 지금 살고 있는 곳이다. 그는 몇 가지 이유로 늘 룬드로 돌아왔다.

나는 그가 구체적으로 어떤 사업을 하는지 궁금했다. 돈 걱정은 전혀 없는 분위기, 세련되고 여유 있는 행동거지가 호기심이 이는 동시에 의심스러웠다.

"그래도 집안에 법학교수가 있으면 좋겠죠, 당신처럼 여러 회사를 운영하는 사업가에겐 문제가 생겼을 때 비빌 언덕이 되지 않겠어요?"

크리스는 이 말을 듣고 곰곰이 생각해보는 표정을 지었다.

"사실 요즘 어머니의 도움을 많이 받았지. 사업 문제로는 아니야. 어머니는 내 사업에 관여하지 않거든."

"사업 문제가 아니라면 어떤 일이 있었을까나?"

크리스는 처음으로 입을 닫고 시선을 테이블로 떨구었다.

"오지랖이야, 우리가 상관할 일이 아니라고." 아미나가 까다롭게 굴었다.

"괜찮아." 크리스가 말했다. "불미스러운 일로 고소를 당한 일이 있어. 하지만 그 이야길 풀자면 너무 길어서."

"여긴 새벽 3시까지 영업하니 시간 널널한데." 내가 말했다.

그는 나를 쳐다보았다. 그 입술은 부드러움으로 솔질한 듯, 이제 미소도 달라 보였다.

"날 따라다니는 스토커가 있어." 그가 말했다.

"스토커?"

"정말요?" 아미나가 눈썹을 치켜올렸다.

"정말이야, 진짜 정신병자지." 크리스가 말했다.

55

크리스는 춤추고 싶어 하지 않았다. 그는 테이블에 남아 네온이 물결치는 댄스플로어로 향하는 아미나와 내게 샴페인 잔을 들어 보이며 미소 지었다.

"아미나, 솔직하게 말해." 나는 댄스플로어에서 소리쳤다. "너, 저 남자한테 반했어?"

"그게 무슨 소리야? 너는 어떻게 생각하는데?"

우리는 서로 손을 잡고 뱅글뱅글 돌았다. 몸을 뚫을 듯 진동하는 베이스 선율이 기분 좋았다.

"못생기진 않았네." 내가 말했다.

"난 더 안 좋게 봤어."

나는 깔깔 웃고 몸을 낮춰가며 엉덩이를 흔들었다.

그다음 일어난 일은 잘 모르겠다. 난 보통 과음하지 않는다. 알코올로 기분만 살짝 내고 다른 것들로 재미있게 논다. 과음하면 마약을 했을 때처럼 찝찝한 데다 기분이 처질 때가 많고, 이튿날엔 개처럼 끙끙 앓게 되기 때문에 좋아하지 않는다.

아무튼 한 남자가 나를 끌어당겼다. 춤추는 동안 우리 몸은 점점 가까워졌고, 곧 남자가 내 목에 입술을 대더니 불룩하게 솟은 자기 물건을 내 엉덩이에 댔다. 지난봄에 잠깐 만난 남자였다. 섹스는 좋았었는데, 남자의 이름도, 그가 한 행동도, 그때 나눈 대화도 전혀 기억나지 않았다.

조금 뒤에 내가 말했다. "나, 친구를 찾아봐야 해."

"뭐? 갑자기 분위기 깨는 소릴 하고 있어!"

그는 마치 내가 그에게 죽을병이라도 진단한 듯 억울해했다.

나는 아미나를 잡으려 북적이는 댄스플로어를 가로질렀다. 벌써 새벽 2시 30분이었다. 아미나는 크리스라는 사내 옆에 앉아서 느린 곡이 나오길 기다리고 있을까? 내가 테이블 사이로 비틀비틀 지나 바에 닿도록 아미나가 보이지 않았다. 문자를 보내려 휴대전화를 꺼내니 벌써 메시지가 와 있었다.

미안!!! 널 못 찾겠어서 그냥 집에 와서 목욕하고 있어

나는 답 문자를 보냈다. **괜찮아, 이해해, 나도 집에 가는 길이야.**

초록색 토사물을 뿜는 이모티콘을 답장으로 받았다.

나는 바에서 큰 잔으로 물을 벌컥벌컥 들이켜고 비틀거리며 거리로 나왔다. 밤은 새소리가 그득하고, 술 냄새, 땀과 섞인 향수 냄새와 꽃가루 냄새가 나는 것 같았다. 밤하늘엔 별이 총총했다.

"택시?" 뒤에서 남자 목소리가 났다.

나는 무시했다. 나는 불법영업 택시는 절대 잡지 않는다.

"나랑 합승해도 되는데."

남자의 목소리에 나는 뒤돌아보았다. 크리스였다.

"내 말은, 너도 좋다면 말이지. 택시비를 아낄 수 있고."

그는 다시 예의 분위기 있고 겸손한 미소를 지었다. 그의 연파란 눈동자에 가로등 빛이 들어 있었다.

"당신이 어느 방향으로 갈지 난 모르는데요." 몸이 이상하게 가눠지지 않는다고 느끼며 내가 말했다.

정말 그와 한 택시에 타고 싶어?

"필레가탄이야. 폴햄학교 바로 옆이지."

필레가탄이라면 나와 같은 방향이다.

크리스는 제일 가까이 있는 택시에 다가간 다음 내게 오라고 손짓했다.

위험할 게 뭐 있겠어? 5분 정도만 택시를 타고 내릴 텐데.

우리는 각각 뒷문으로 택시에 올랐고, 나는 뒷좌석에 앉아 무릎을 꼭 붙였다.

택시가 급출발하자 속이 울렁거렸다. 입안이 바싹 마르고 머리가 어지러웠지만 나는 무시하려 애썼다.

"괜찮니?" 크리스가 물었다.

나는 그를 쳐다보려 했지만 눈앞이 핑글핑글 돌아 눈을 깜빡거렸다.

"기분 어때?" 그가 다시 물으며 한 손으로 내 팔을 잡았다.

"공주가 된 기분이네요." 트림이 나오려는 걸 손으로 가리며 내가 말했다. "중국 음식을 먹지 말걸 그랬어요. 빌어먹을 오리 고기."

"오, 오리가 나빴네. 나도 그 집에 가봤어. 좋은 기억은 아니야."

나는 차창 밖을 쳐다보았다. 더듬더듬 휴대전화를 꺼내 아미나에게 문자했다.

나, 크리스 할배하고 한 택시에 탔어!

답장이 오지 않았다. 아미나가 미쳐버리면 어쩌지?

기분 상하지 않았지, 응?

이번에는 당장 답장이 왔다.

하하 할아버지는 네가 독점할 수 있구나 걱정 없어

선글라스를 낀 행복한 스마일 이모티콘이 왔다.

"여기 자주 오니?" 크리스가 물었다.

또 그놈의 역겨운 완벽한 미소를 짓는군.

"텡네르스에요? 음, 팔팔한 젊은이들이 갈 만한 선택지가 많지 않아요."

"늙은이들도 갈 데가 별로 없어." 그가 말했다.

그 말은 솔직히 웃겼다. 나는 그의 자의식을 좋게 평가했다.

택시가 급브레이크를 밟았다. 배 속이 또 요동쳤다. 두꺼운 덩어리가 목구멍에 걸려 있었다.

"괜찮아?" 크리스가 물었다.

나는 숨을 깊이 들이마신 다음 골라도 하필 시내에서 제일 거친 택시 기사를 골랐느냐는 식으로 중얼거렸다.

"틴더, 해봤어요?" 내가 물었다. "해피 팬케이크는? 당신 나이에 맞는 사람들이 득실대는 곳인데."

"해피, 뭐라고?"

"새로 나온 앱 있어요. 인터넷. 월드와이드 디지털 존. 하긴 주 이용객은 나처럼 팔팔한 젊은이들이니까."

그는 껄껄 웃지만 곧바로 얼굴에 심각한 표정이 스쳤다.

"난 나쁜 일을 좀 겪어서."

"인터넷하고?"

"여자들하고."

나는 소리 내어 짧게 웃었지만, 크리스는 억지로 웃는 듯 슬퍼 보였다. 택시 기사가 브레이크를 밟으며 좌회전을 했다. 이번에는 확실히 부드러웠다. 내가 비꼬는 말을 기사가 들었나 보다. 그러나 내 위는 심각하게 화가 나 있었고, 나는 당장이라도 토할 것 같아 겁이 났다.

"나는 여기서 내려." 크리스의 말을 듣고서야 택시가 정차한 걸 깨달았다. "택시비는 내가 낼게. 넌 운전사에게 어디서 내릴지만 알려주면 돼."

크리스는 앞 좌석 사이로 몸을 숙여 아메리칸 익스프레스 카드로 결제했다.

휴대전화가 진동했다. 아미나가 문자를 또 보냈다.

호신용 스프레이 있지? 무슨 일이 일어날지 누가 알아!

아미나는 무슨 생각을 하는 거람?

나는 답장을 쓰기 시작했는데, 속에서 구토가 올라오고 입안은 침으로 가득 차 더 참을 수가 없었다. 나는 문을 열고 비틀비틀 택시에서 내렸다.

나는 아스팔트 바닥을 보면서 갈지자로 걸어 낮은 수풀로 들어가 가방을 내던지고 토했다.

한참 걸렸다. 나는 토하고, 컥컥거리고, 더 많이 게웠다. 담즙이 나올 때까지 계속.

이상하네, 어쩌다 이 지경까지 취했을까? 술을 이 정도로 많이 마셨을 리 없는데. 이래서 술이 싫다니까. 내 술잔에 누가 뭔가를 넣은 것도 아닌데, 그렇지?

나는 가방에서 물티슈를 꺼내 잔해를 닦아냈다. 그다음 돌아보니 택시는 이미 떠난 뒤였다. 그게 너무 부끄러웠다. 크리스는 아래쪽 길가에서 뭔가에 시선을 고정하고 골똘한 얼굴로 서 있었다.

"이리 와. 잠깐 올라가서 정신 들 때까지 쉬어도 돼."

나는 아미나의 문자를 생각하며 스프레이를 찾아 가방 안을 헤집었다. 밑바닥까지 더듬고 뒤졌다. 어? 팔꿈치 깊이까지 집어넣었다. 없었다. 늘 소형 스프레이를 소지했는데. 늘.

그런데 그게 없었다.

56

크리스는 폴햄학교 어름에 있는 노란색 건물 1층에 살고 있었다. 문에 C. 올센이라고 적혀 있었다. 나는 그곳에서 뭘 하고 있었지? 술에 취해 위 속 내용물을 반은 토한 다음 망가져 있었다.

나는 현관에서 신발을 벗으려 허리를 숙이다가 그대로 앞으로 고꾸라질 뻔했다. 크리스가 내 골반을 잡고 일으켜 세웠다.

"저기 소파에 가서 잠깐 누워." 그는 다정하게 말하며 나를 거실로 안내했다.

나는 소파에 털썩 앉자마자 해변으로 밀려 올라온 고래처럼 널브러졌다. 높은 천장의 석회 장식이 아름다웠다. 주방에서 크리스가 딸그락거리는 소리가 잠깐 났다. 눈꺼풀이 자꾸 감겼다. 나는 안개 속으로 들어가고 있었다.

"자려고?" 크리스는 큰 물잔을 테이블에 내려놓으며 말했다. "이거 마셔."

나는 눈을 어디에 둬야 하나 망설이다 일어나 앉았다. 물을 벌컥벌컥 마셨다.

크리스는 기대에 찬 눈으로 나를 지켜보았다.

물잔을 내려놓을 때 내가 너무 순진했다는 생각이 밀려왔다. 무미 무취의 강간 약물이 있다는 걸 알고 있었다. 왜 그렇게 부주의했을까? 하지만, 괜찮아. 그의 집에 지금 단둘이 있긴 해도 그 순간 나는 북유럽을 통틀어 성적 매력이 빵점인 섹스 상대다. 그러니 걱정은 붙들어 매자.

"당신이 말했던 거. 여자들 이야기, 무슨 뜻이죠?"

"내가 여자들에 대해 무슨 말을 했지?"

"나쁜 일을 겪었다고 했잖아요."

"오, 그거."

아랫입술을 빠는 모습으로 보아 그 말을 꺼낸 걸 후회하는 것 같았다.

"괜찮아요. 그 이야기 꼭 하지 않아도 돼요."

크리스는 소파에 등을 기대고 두 손으로 제 무릎을 짚었다. "내가 스토커 이야기를 했던가?"

"아, 맞다. 스토커."

기억이 조금씩 돌아왔다.

"그냥 지나가는 사람이 아니었어. 내 전 여자친구였어."

"전 여자친구?"

크리스는 고개를 끄덕이고 턱을 긁었다. "그녀는 우리 사이가 끝났다는 걸 받아들이지 못했지. 내가 원만하게 정리하지 못했다는 거 인정해. 나는 다른 여자를 만났고, 반했어. 자랑할 얘기는 아니지만, 가슴이 원하는 걸 어떻게 거부할 수 있겠어, 안 그래?"

"당신이 바람을 피웠군요?"

"네가 어떤 시각으로 보느냐에 따라서 달라지지. 우리 사이엔 아무 일도 없었어, 그러니까 육체적인 관계 말이야. 우린 키스조차

하지 않았어. 하지만 감정적으로는 바람을 피웠으니 그 점에서 나는 떳떳하지 못하지."

나는 이해가 갔다. 바람둥이는 싫지만, 감정을 머리로 조절할 수 있는 사람은 세상에 없다.

"나는 린다가 상처받을 걸 너무나 잘 알았고, 아마 그래서 헤어지자는 말을 자꾸 미뤘을 거야. 그래도 린다가 그 정도까지 눈이 뒤집힐 줄은 꿈에도 생각 못 했어."

"그녀가 어떻게 했기에?"

크리스는 턱을 벅벅 긁었다. 말하기가 괴로운 듯 보였다. 나는 물을 더 마셨다. 정신이 좀 들었다.

"린다는 오랫동안 정신적으로 고장 난 병력이 있어."

"무슨 뜻이에요?"

나는 그 개념이 이해가 되지 않았다. 사람들이 '육체적 고장'이라는 단어를 자주 올리지는 않잖은가.

"린다가 정신적으로 불안정하다는 건 전부터 알고 있었어. 그녀는 우울증을 앓았고, 10대 때는 식이장애와 뭐 그런 것도 있었지. 예민한 영혼이야."

나는 그저 안타까웠다. 사랑하는 사람한테 버림받고 예민해지지 않을 영혼이 있을까?

"내가 좋아하는 여자가 생겼다고 말하자 린다는 어쩔 줄 몰라 했어. 화를 내고 미친 사람처럼 물건을 던지고 나를 위협했지. 이 아파트는 내 명의인데도(린다가 내 인생으로 들어왔을 때 나는 이 집에서 3년째 살고 있었어) 자기는 죽어도 나가지 않겠다고 했어. 나는 어머니 집에서 몇 주를 보낸 다음 린다에게 경찰을 부르겠다고 할 수밖에 없었고, 그제야 그녀는 결국 항복했지."

"당신이 어머니 도움을 받았다는 게 그때군요?"

"음, 여러 번 중 한 번이었지. 상황은 점점 더 나빠졌어. 린다가 내 새 여자친구를 괴롭히기 시작했거든. 하루에 메시지를 수백 통 보내더니 나중엔 여자친구 직장 앞에서 기다렸다가 그녀를 쫓아다니기까지 했어."

"와, 딱 정신병자네요."

마치 영화 속 어떤 인물처럼.

"그때만 해도, 나는 내가 잘 이야기하면 린다가 알아들을 거라 생각하고 있었어. 무엇보다 그녀와는 3년을 동거한 사이니까. 여자친구가 경찰에 신고하겠다는 걸 그러지 말라고 설득했어. 린다가 어떻게 나올지 잘 알기 때문이었지."

"정말 이상한 이야기네요. 당신이 요즘 여자와 거리를 두는 것도 이해가 돼요."

크리스가 고개를 끄덕이며 말했다. "하지만 이야기는 거기서 끝나지 않아. 린다는 경찰서를 찾아가 말도 안 되는 끔찍한 내용으로 고소장을 제출했어. 그 일을 다시 생각하는 것만도 너무 괴로워. 그녀는 내가 자기를 학대하고 강간했다고 주장했지. 말도 안 돼."

"와, 완전 또라이네." 나는 솔직하게 내뱉었다.

"나는 조사실에 앉아 린다가 내가 했다고 주장하는 온갖 병적인 내용들을 들어야 했어. 제일 고약한 건, 경찰 조사가 끝이 안 보인다는 거였지. 린다가 의도한 대로 세상이 계속 돌아갈 것만 같았어. 수사관들은 그녀의 말을 곧이곧대로 믿는 것 같았으니까. 나는 학대와 강간을 저지른 범인으로 낙인찍혀 평생 억울하게 시달리겠구나, 내 인생이 끝장났구나 하는 형국이었어."

"빌어먹을."

그게 내가 말할 수 있는 전부였다. 크리스가 당시 기억들에 몸을 떠는 모습을 보자 약물을 의심하고 상상한 나 자신이 부끄러웠다. 하지만 나는 잘못한 게 없다. 인생은 모든 남자를 잠재적 강간범으로 생각하라고 나를 가르쳤다. 미안함보다 안전이 낫다. 나는 부끄러워할 이유가 없었지만 크리스의 공포를 보자 스스로 부끄럽게 생각되었다.

"얼마 뒤 새 여자친구와도 끝났어. 그녀는 나를 믿는다고 말했고, 사실 그랬어. 하지만 그녀의 마음 한구석에 나에 대한 의심이 싹텄다는 것도 알고 있었어. 나야 억울하지만, 그녀를 비난할 순 없겠지. 그녀가 내 상황을 정확히 알 도리가 있었겠어? 하지만 난 내가 자기를 다치게 할 거라는 생각을 한 번이라도 품은 사람과는 함께할 수 없어."

나는 크리스의 번들거리는 연파란색 눈동자를 쳐다보았다. 생각들이 새 떼처럼 윙윙 소리를 내며 머릿속에 지나갔다.

"그래서 난 지금도 싱글이고, 여자가 좀 무서워." 크리스의 미소 가장자리엔 서글픔이 묻어 있었다. "누군가를 다시 믿으려면 시간이 필요해."

"이해해요."

크리스는 한숨을 내쉬고 고개를 숙였다. 나는 안도하며 그의 무릎을 어루만졌다. 그의 체온이 내 온몸에 퍼졌다. 그의 눈가에 눈물이 반짝였다.

그때 내가 무슨 생각을 했는지 모르겠다. 크리스를 안타까워했던 것 같다. 알코올은 내 뇌를 감상적으로 바꿔놓았다.

"저……." 나는 그의 목에 한 팔을 둘렀다.

그가 내 쪽으로 얼굴을 돌릴 때, 나는 그의 입술에 내 입술을 댔다.

"그만해." 그는 낮은 소리로 말하며 나를 밀어냈다.

나는 그를 놓아주었다. 얼굴이 화끈거리고 가슴이 드럼처럼 쿵쾅거렸다. 제기랄, 내가 무슨 짓을 한 거람?

"이건 아냐, 지금은 안 돼." 그가 말했다.

나는 소파 밑으로 그대로 사라지고만 싶었다.

"너는 집에 가는 게 좋겠다." 크리스가 휴대전화를 쥐며 말했다. "택시 불러줄게. 집이 어디야?"

나는 너무 창피해 그의 얼굴을 쳐다보지 못했다.

그에게 주소를 가르쳐준 다음 그가 전화를 하는 사이 나는 비틀거리며 복도로 들어섰다. 거울에 비친 내 모습을 보려면 눈을 가느스름하게 떠야 했다. **제기랄, 제발 날 좀 어떻게 해줘봐!** 하는 얼굴이 거울 속에 있었다.

휴대전화에 아미나의 새 메시지가 떴다.

어떻게 됐어? 어디야???

나는 답장했다. **집에 가는 중이야.**

크리스는 거리까지 나와서 나를 안아주었다. 뻣뻣한 포옹이었다. 나는 그를 다시는 보지 않으리라 확신했고, 택시에 타면서 진짜 주소를 알려준 걸 후회했다.

57

미카엘 블롬베리는 새 셔츠를 입고 있다. 단추는 희고 소매를 말아올린 스타일의 산뜻한 파란색 셔츠다. 가슴 주머니에는 느슨하게 접은 행커치프가 꽂혀 있다. 그가 과장스럽게 웃으며 테이블 위로 몸을 숙인다.

"네가 엄마를 보면 좋겠는데. 우린 대화가 필요해, 우리 셋이서."

"난 못해요." 내가 말한다.

엄마를 만난다는 생각만으로도 나는 너무 무섭다.

"그럼 내가 울리카에게 뭐라 하면 좋겠어?" 블롬베리가 묻는다. "네가 엄마를 보고 싶어 하지 않더라고 말할까?"

물론 나는 엄마가 보고 싶다. 엄마를 만나는 것보다 더 원하는 건 없다. 블롬베리는 절대 내 마음을 이해하지 못한다.

"엄마에게 진실을 말해주세요. 내가 감당하지 못하겠다고."

블롬베리는 한숨을 내쉰다.

"아니면 거짓말을 하든지." 내가 제안한다. "당신은 그럴싸한 거짓말을 찾아내는 능력이 출중한 분으로 아는데."

덩치 큰 변호사가 절레절레 고개를 젓는다. "난 울리카하고 아주 오래전부터 알고 지냈어…….”

“알아요. 우리 엄마를 그냥도 아니고 아주 잘 아시죠, 네?”

블롬베리는 표정이 굳는다. 내가 이런 암시를 던진 게 이번이 처음이 아니고 마지막도 아닐 것이다. 나는 기꺼이, 행복한 마음으로 그가 계속 궁금해 미치도록 내버려둘 생각이다. 무지가 힘이다.

“당신, 마르가레타 올센도 알죠?” 내가 묻는다.

“안다는 표현은 정확하지 않아. 올센은…….”

“교수죠.”

블롬베리는 깜짝 놀라다가 이내 짜증 난 듯 얼굴을 찌푸린다.

“룬드는 작은…….”

“연못이죠.”

“도시지.” 그가 말한다. “룬드는 작은 도시야.”

“그녀는 내가 유죄라고 생각하나요?”

“누가? 뭐가 어쩐다고?”

“마르가레타 올센요. 그런가요?”

“내가 그분의 머릿속을 어떻게 알겠어.” 블롬베리가 귓불을 긁으며 말한다. “그게 뭐가 중요하지? 다른 사람들 생각이 뭐가 중요해? 우리한테 중요한 건 법정에서 합리적인 의심을 전시하는 일이야.”

“그게 정말 중요해요? 그런데 왜 모두가 이번 사건에 대해 마음을 이미 정한 것처럼 보일까요?”

“네가 말하는 ‘모두’가 누구야?”

“경찰, 검찰, 세상 사람들 다.”

블롬베리는 당혹해 움찔하면서도 목소리만은 늘 그랬듯 자신이 넘친다. “그게 확증편향이야. 자기가 어떤 이론을 세우면 그 이론에 반하는 전부를 무시하는 거. 아주 흔한 일이니까, 그 점에 대해서는 의식하지 않아도 돼. 하긴 넌 다른 사람의 눈을 의식할 사람도 아닌 것 같고."

"그래도 수사는 객관성을 가져야 옳잖아요?"

그는 어깨를 으쓱하며 말한다. "지금 우리는 인간에 대해 말하고 있잖아. 우리는, 우리 모두는 인간일 뿐이야."

그러고는 그는 소형 폭탄을 투하하기 전 결의를 다지는 데 필요하다는 듯 목걸이의 검은 구슬을 만지작거린다.

"린다 로킨드."

그는 내 반응을 살핀다.

"그녀가 뭐요?" 내가 묻는다.

"그 여자 알지?"

"아뇨, 잘은 몰라요. 룬드는 작은……."

"연못이지." 블롬베리는 의자 등에 기대며 눈을 찡긋한다. "스텔라, 말해. 린다 로킨드와 접촉했지, 맞지?"

"접촉했다?" 너무 형식적인 표현이다. "내 말은, 그녀가 누군지 안다는 거예요."

"그녀를 알아?"

블롬베리는 천천히 고개를 끄덕인다. 여기서 중요한 건, 그가 얼마나 알고 있는가이다.

"한두 번 만났어요. 그게 다예요."

"그래도 린다가 크리스토퍼 올센과 몇 년 동거한 사이라는 건 알잖아? 두 사람은 한때 같이 살았어."

나는 놀란 척 연기하지만, 블롬베리는 속지 않는다.

"나는 린다 로킨드를 대안 가해자로 제안할 계획이야."

"뭐라고요? 경찰에?"

그는 고개를 끄덕인다.

"당신 그렇게는 못 해요!"

머리가 어지럽고 몸이 더워진다. 생각이 소용돌이친다.

"하지만 그렇게 하면 자유를 얻을 수 있을지도 몰라."

블롬베리는 린다가 크리스를 죽였다고 믿는 것인가? 나는 물을 따르다가 테이블에 조금 흘린다. 블롬베리는 내 모든 동작을 계속 눈으로 따라간다.

"린다 로킨드는 지난봄 올센과 관계가 깨지자 경찰에 그를 신고했어. 그녀 말대로라면 올센은 천하에 몹쓸 폭군이었는데, 하지만 증거가 없어서 수사는 금세 종결되었지. 그 정도면 복수를 꿈꿀 만한 합리적인 동기가 아닐까? 그리고 여기서 고소 내용이 사실인지 아닌지는 중요하지 않아. 로킨드의 마음속에서 올센은 가장 끔찍한 방법들로 그녀를 괴롭힌 강간범이었으니까."

"로킨드의 마음속에서는? 그 여자가 거짓말한다는 말인가요?"

블롬베리는 손사래를 친다. "고소 내용이 사실인지 거짓말인지는 중요하지 않아. 그것 말고도 로킨드를 가해자로 제안할 거리는 넘쳐. 우리가 그녀의 뒤를 좀 파봤거든."

"파봤다고요? 당신은 경찰이 아니잖아요. 당신은 내 권리만 지켜주면 돼요, 형사 놀이는 하지 마시죠."

블롬베리는 '오, 철부지 아가씨'라는 표정으로 나를 쳐다본다.

"이게 제대로 하는 거야. 경찰이 일을 잘 못하고 있으니 우리가 바로잡아야지. 로킨드를 손가락질하자는 게 아냐. 난 그저 너의 유죄에 대한 합리적 의심이 있음을 확실하게 밝히겠다는 거지."

나는 이제 식은땀이 난다. 이곳은 숨이 너무 막힌다.

"아뇨. 그 생각, 괜찮지 않아요. 린다를 이 일에 엮지 말아요."

블룸베리는 놀라는 얼굴이다. "하지만 스텔라, 이 방법이 널 구원해줄지 모르는데. 아무래도 자네 어머니와 이야길 해야겠군."

"비밀 엄수라는 그 잘난 의무나 지키시죠. 나는 변호사 선임을 물릴 수 있어요."

블룸베리는 배에 두 손을 얹는다. 무척 유감이라는 표정이다.

"울리카가 자넬 위해 무슨 짓까지 했는지 전혀 모르는군."

그는 의자를 빠르게 뒤로 빼며 일어선다.

"그건 또 무슨 말이죠? 무슨 말이냐고요?"

엄마는 기본적으로 자기 자신과 자신의 경력이 중요한 사람이다. 그런 엄마에게 나는 도움이 되기는커녕 늘 말썽만 일으키는 딸이었다. 엄마가 나를 구하기 위해 어떤 일을 했다는 게 가능한 일인가?

"금방 돌아오지." 블룸베리가 말한다.

그는 두리번거리고는 안경알을 톡톡 친다.

"당신도 그렇게 믿고 있죠, 그렇죠?"

"믿다니 뭘?"

"내가 살인자라고 생각하잖아요."

58

텡네르스에서 아미나와 헤어지고 며칠 뒤, 일요일 오후에 나는 햄버거집에서 그녀를 다시 만났다. 6월인데도 야외 테이블은 썰렁했다. 하늘은 온통 회색 구름이 뒤덮고, 바람도 쌀쌀했다. 실내에서는 숙취가 덜 깬 대학생들이 트랜스지방을 줄줄 흘리며 학부 과정 문헌을 들여다보고 있었다.

주문을 마치자, 아미나가 내 팔을 붙들었다. "무슨 일 있었지?"

"아무 일 없었어, 말했잖아." 나는 내 쟁반을 테이블에 쾅 내려놓았다.

"그러지 말고, 분명 '썸'이 있었을 텐데." 아미나가 계속 귀찮게 굴었다. "눈에 불꽃이라도 튀었을 거 아냐?"

그녀의 목소리는 짜증 나게 호기심이 가득했다.

"너 샘나니?"

"어이가 없군."

아미나는 내가 아는 사람 중 나이프와 포크로 햄버거를 먹는 유일한 사람이다. 그녀는 포크로 버거를 찌른 다음 나이프로 썰었다.

"미안, 그의 집에 갈 생각은 없었어. 택시만 같이 탈 거였어."

"그만해라. 나 질투하는 거 아냐."

"아무 일 없었다니까, 맹세해."

아미나는 접시에서 날카롭게 긁히는 소리가 나도록 거칠게 나이프를 놀렸다.

"그가 전에 말한 그 스토커 말야. 전 여자친구였대." 내가 말했다.

"뭐?"

나는 크리스의 전 여자친구 이야기를 아미나에게 모두 들려주었다. 크리스가 다른 여자와 사랑에 빠지자 그녀가 어떻게 현실을 인정하지 않고 거부했는지. 크리스의 새 여자친구를 따라다니며 어떻게 괴롭혔는지. 그다음엔 경찰을 찾아가 크리스를 강간범으로 고소한 것까지 전부.

"정신병이네." 아미나의 얼굴에는 경멸감이 가득했다. "그런 남자들은 절대 가까이해선 안 돼, 너 명심해."

"그런 남자들이라니? 크리스는 잘못한 게 없고 그의 전 여자친구가 괴물인 건데."

아미나는 동의하지 못하는 얼굴이었다. "그 남자, 또 만날 거야?"

"내가 뭣 하러 만나려 하겠어?"

내 감정보다는 훨씬 확실한 목소리였다.

월요일에 나는 종일 일했다. 호신용 스프레이는 재킷 주머니에 있었다. 나는 그걸 다시 가방에 집어넣었다. 늦게 집에 돌아가 편한 운동복 바지로 갈아입고 빵 두 장에 땅콩버터를 발라 소파 끝에 책상다리로 앉아 휴대전화를 열었다. 크리스가 내게 친구 신청을 한 걸 발견한 건 그때였다.

이 남자가 왜 이래? 여러 회사를 경영하고 온 세상을 여행한 돈 많은 스물아홉 살 매력남이? 그가 구하려는 게 뭔지 나는 정확하게 알고 있었다. 아미나의 충고를 따라야 한다는 것도 알고 있었다. 이 남자와 계속 연락할 이유는 없었다.

나는 잠시 망설이다가 친구 신청을 수락했다. 그냥 페이스북인데 뭐. 그 남자와 결혼할 것도 아니고.

30초 만에 첫 번째 메시지가 왔다.

네 생각을 하고 있어.

그 문장에 뭔가가 있었다. 그때는 그게 뭔지 딱 짚지 못했지만 지금은 안다. 현재시제의 동사였다. 마치 그가 늘 내 생각을 했으며 이 순간도 생각하고 있다는 뉘앙스였다.

스텔라? 내가 곧바로 답장하지 않자 그가 다시 썼다. **정말 아름다운 이름이야.**

나는 짧은 문장을 썼다 지우고 다시 쓰고 또 지웠다. 결국 보냈다.

이탈리아어로 별을 뜻한대요.

그는 별 이모티콘을 보냈다.

아빠는 이탈리아를 사랑해요, 제대로 이탈리아에 절어 있죠. 내가 썼다.

크리스는 엄지척 이모티콘을 보냈다.

이탈리아는 다정해, 친퀘테레공원, 투스카니, 리구리아.

나는 하품하는 이모티콘으로 답장했다.

점 세 개가 움직이는 걸로 보아 그가 메시지를 쓰는 게 분명한데, 하지만 그 문장은 끝내 나타나지 않았다. 나는 휴대전화를 꼭 쥐었다. 결국 메시지가 왔다.

죽음을 앞둔 사람들에게 인생에서 가장 후회되는 일이 뭐냐고 물으면 했던 일이 아니라 하지 못한 일을 이야기한다는 거 알아?

왜 이러실까? 스물아홉 살이나 먹은 이가 이런 유치한 수작을 걸다니?

내 인생에 후회 같은 건 절대 없어요. 내가 썼다.

그는 스마일 이모티콘을 보냈다.

우리는 같은 부류의 사람이야. 절대 평화로울 수 없는 사람들이지. 우리 같은 사람은 살아갈 길을 끝없이 찾고 또 찾아내야만 해. 그가 썼다.

그는 나를 분석하려 기를 쓰고 있었다. 분석하는 인간이라니, 아, 너무 짜증 나.

당신은 날 전혀 몰라요. 내가 썼다.

네가 생각하는 것보다 더 많이 알아. 그가 썼다.

이 남자 혼자 신나서 막 나가네.

예를 들어 넌 발가벗고 잠을 자. 내기라도 할 수 있어.

뭐라고? 나는 이 문장을 세 번 읽었다.

나는 화내는 사람이 되고 싶었지만, 나도 모르게 마음이 간질간질해졌다. 나 자신도 전혀 예상 못 한 반응이었다.

난 이제 잘 거예요. 내가 썼다.

그가 답장했다. 잘 자, 작은 별.

나는 당장 아미나에게 전화했다.

아미나의 목소리는 우울했다. "너 하고 싶은 대로 해."

"됐어, 나 관심 없거든." 내 귀에도 새빨간 거짓말로 들렸다. "어쩜 이렇게 아무 일도 안 일어나니, 정말 지겨워. 이곳은 존나 따분해."

"넌 곧 여행 갈 거잖아."

"곧이라고?" 시간을 느끼는 나의 감각은 아미나와 한 번도 일치한 적이 없었다. "여행은 몇 달이나 남았어. 내가 그때까지 참고 버틸지도 의문이지만."

"물론 넌 헤쳐나갈 거야." 아미나가 말했다. "시간은 쏜살같지."

나는 노트북을 들고 침대에 누웠다. 며칠 전 발견한, 사이코패스를 다루는 미국의 사이트는 시간이 갈수록 황금광임이 드러났다. 많은 연구자와 정신과 의사들이 쓴 길고 흥미로운 글들이 실려 있었다. 그중에 사이코패스는 자신이 가진 예외적인 매력과 카리스마로 주변 사람들을 조정하는 포식자 성향을 자주 드러낸다는 내용도 있었다. 사이코패스는 유혹적인 언사로 다른 사람들을 조종하려 들며, 상대는 아주 늦게야 자신이 조종당했음을 깨닫는다. 사이코패스는 자주 거짓말하며, 거짓말하는 데 죄책감이 없다. 사이코패스는 자기 이득을 얻기 위해, 자신의 이미지를 높이기 위해, 그리고 인생에서 성공하기 위해 거짓말한다.

나는 늘 거짓말하기 선수였다. 그 점은 내가 사이코패스라는 기미였을까?

사이코패스는 거짓말인 줄 알면서 거짓말을 한다. 나도 거짓말할 때 거짓말이라는 걸 알았다. 그리고 확실히, 가끔 오로지 나의 이득을 위해 거짓말할 때가 있다. 거짓말할 때 내가 늘 죄책감을 느꼈던가? 모르겠다. 이 점은 나에 대해 무엇을 말하는가?

나는 한 남자를 만나 자신이 가진 전부를 사기당해 인생이 망가진 여자 이야기를 읽었다. 나는 그 여자가 안됐다고 생각하면서 동시에 한심하다고 생각했다.

금요일에는 해가 쩅쩅 났다. 사람들이 죄다 해변으로, 공원으로 나가버려 도시는 빠르게 비었다. 내가 크리스의 문자를 본 곳은 직장이었다. 나는 매장에서는 휴대전화를 확인하지 않는다. 특히나 점장인 말린이 가까이 있는 데서는 절대로. 말린 점장은 근무 시간에 휴대전화를 들여다보면 해고할 사람이다. 계산대에서 껌을 씹었다고 잘린 어린 여자에 대한 소문도 있었다.

하지만 내가 크리스의 메시지를 본 건 휴식 시간이었다. 휴게실에는 나뿐이었고, 참으로 다행스러웠던 건 내 반응에 10대 소녀의 과한 환호와 박수가 들어 있었다는 거다.

오후 6시면 준비가 될까? 리무진으로 널 모시러 갈 거야. 드레스를 입으면 좋겠어. 파자마도 필요할지 몰라. 오, 아니지, 넌 발가벗고 자는 아이지.

문자 메시지를 읽자 온몸이 너울거렸다.

어찌 보면 크리스는 너무 앞서가고 있었다. 한편으로 내 인생은 너무 따분했다. 나는 리무진을 한 번도 타보지 못했다. 내가 물질 만능주의자이자 쉽게 감동하는 사람 둘 다임을 고백한다.

위험할 게 뭐가 있겠어? 데이트잖아. 예쁘게 차려입고 리무진을 타고 멋진 레스토랑에 가서 발음도 안 되는 요리 먹는 걸 싫어할 사람도 있나?

나는 당장 답장하지 않았지만 마음은 1초도 머뭇거리지 않았다. 거절하기엔 너무 멋진 제안이었다.

6시 정각, 나는 최근에 마련한 아주 섹시한 드레스를 입고 우리집 근처 인도에 서 있었다. 리무진이 다가와 내 앞에 섰다. 내부를 순백색으로 마감하고 바까지 설치한 초초초대형 고급 리무진이었다. 리무진이 코펜하겐으로 향하는 다리를 건널 때, 우리는 모엣 샴페인을 따 건배했다.

"네가 데이트에 응해줘서 정말 기쁘다." 크리스는 눈을 이글거리며 말했다.

목적지에 닿자 크리스는 얼른 내려 차 앞으로 돌아와서 날 위해 문을 열어주었다. 그리고 내 등을 부드럽게 쓸며 나를 앞세워 안내했다. 레스토랑은 미슐랭 별을 얻은, 한눈에도 세계적으로 유명한 장소였다. 레스토랑 이름은 잊었다. 기이하다는 표현만 어울릴 음식들이, 조금도 배부르지 않는 양으로 네 코스로 나왔다.

"여기서 잠깐 세워줄래요?" 집으로 돌아오는 길에 아이스크림 가판대를 본 내가 운전기사에게 소리쳤다.

나는 휘핑크림과 과일을 얹은 대형 소프트 아이스크림을 샀다. 그다음 우리는 발치에 갈매기들이 돌아다니는 접이식 테이블에 앉았다. 내가 과일즙으로 끈적이는 손가락을 쪽쪽 빨자 크리스 눈이 휘둥그레졌다.

"네 스타일 마음에 든다." 그가 말했다.

마음에 들 게 뭐가 있다는 건지 이해하지 못하면서도 나는 그의 아첨을 받아들이고 있었다.

우리가 저녁 시간을 마무리한 곳은 외레순드 해협이 보이는 루프톱 바였다. 스웨덴으로 가는 바닷길과 육상로가 한눈에 보였다. 혈색 좋은 남자가 슬픈 곡조를 그랜드 피아노로 연주했고, 크리스는 내가 얼굴을 붉히도록 아주 오래도록 나만을 뚫어져라 쳐다보았다.

"네 꿈이 뭔지 듣고 싶어." 그가 물었다.

"미안해요, 다른 생각을 하느라 못 들었어요……."

"미안할 거 없어." 그가 말을 끊고 웃자, 작은 땅콩 같은 보조개가 생겼다. "네 꿈이 뭔지, 인생에서 뭘 이루고 싶은지 진심으로 알고 싶어."

"아."

나는 전혀 웃지 않았다. 위가 익숙한 방식으로 뒤틀렸다.

"그런 질문 질색인데."

"왜?"

"대답할 수 없으니까요."

크리스는 눈썹을 치켜세웠다.

"진짜 대답 못 해요. 내 친구들은 앞으로 뭘 할 건지 정확하게 알죠. 여행, 공부, 직업, 가족, 평생 계획을 다 세웠더라고요. 난 그런 짓 못 해요. 생각만 해도 따분해져."

"나도 그래. 내가 정떨어지는 말을 했군. 그런 뜻으로 말한 건 아니었는데."

"주말 계획을 미리 짜는 것도 재미없어요. 난 깜짝 놀라는 사람이 되고 싶어요."

크리스가 웃자 그의 눈이 다이아몬드처럼 반짝거렸다.

"내가 바로 그런 사람이야."

나는 그에게 미소 지었다. 나이 차는 났지만 우리는 공통점이 꽤 많았다.

"내 나이 사람들 대다수는 극단적으로 틀에 박힌 생활을 반복하지."

엘튼 존이 부른 〈라이언 킹〉 주제가가 피아노 연주로 흘러나오고 있었다.

"그런 증세는 스물다섯 살부터 시작돼. 사람들이 갑자기 따분한 존재가 되어버리지. 그날이 그날 같고, 남들과 똑같은 걸 하고, 똑같은 텔레비전 쇼를 보고, 똑같은 팟캐스트를 듣고, 똑같은 음식을 먹고, 똑같은 체육관에 가고, 똑같은 인스타그램 계정을 팔로잉하고, 모두와 똑같은 의견을 가지지."

"으으, 난 절대 그런 사람 되지 말아야지."

"넌 그럴 위험이 없어. 너와 난 그들과는 다르거든."

그는 후렴구를 허밍으로 따라 했다. **오늘 밤 사랑을 느낄 수 있나요?**

"내가 핸드볼을 그만둔 게 바로 그래서였어요. 사실 난 국가대표 청소년팀 캠프에 갈 만큼 유망주였거든요. 그런데 훈련이 갑자기 군대 같아지더라고요. 모든 공격은 하나에서부터 열까지 계획되어야 하고, 자기만의 창의적인 플레이를 시도하면 코치 눈 밖에 나서 야단을 맞으니까 핸드볼에 정나미가 떨어졌어요."

"세상에는 창의력을 말살시키는 사람들이 있지." 크리스가 한숨을 내쉬었다.

"그리고 짜릿함도. 모든 걸 미리 결정한다면 짜릿한 흥분과 재미가 어디서 나오겠어요?"

"너 아주 도가 튼 사람 같다."

"나이치고는?"

그는 웃었다.

"나이는 과장되었어요. 대부분 사람들에게 나이는 영양가는 없고 열량만 높은 음식의 칼로리와 같아요. 세월이 더해지지만 발전은 없이 제자리걸음만 하는 거죠."

한 시간 뒤, 리무진이 우리 앞에 멈춰 서고 운전기사가 문을 열어주었다. 몇몇이 부러워하며 쳐다보는 시선을 곁눈질로 느꼈다.

리무진이 외레순드 대교를 달릴 때, 크리스는 선루프를 위로 밀어 열고 일어섰다. 나도 일어서 그의 몸에 밀착했다. 바람에 우리 머리카락이 나부꼈고, 우리는 함께 공중을 날고 있었다. 새하얀 가죽의자에 다시 파묻히듯 앉으니 피곤함이 몰려왔다. 크리스와 마주 보자 막 섹스를 끝낸 기분이었다. 크리스의 얼굴이 가까워졌고, 우리 둘의 입술은 만나야 했다. 순식간에 이뤄진 키스. 그런 다음 그는 나를 풀어주었다.

"미안해." 그는 마치 용서받지 못할 짓을 한 표정이었다. "나도 모르게 해버렸네. 미안해."

나는 등을 기대고 깍지 낀 손을 목 뒤에 대며 다리를 쭉 뻗었다. "사과는 그만하고 키스해줘요."

하지만 크리스는 어깨가 처지고 시선이 의기소침해졌다.

"차라리 하지 말걸 그랬네." 그가 말했다.

"왜요?"

나는 등을 펴고 무릎을 딱 붙이고 내 머리칼을 한 손에 쥐었다.

"아직 전 여자친구 일을 극복하지 못했어. 내가 이러는 건 너 때문이 아냐, 맹세해. 내겐 시간이 필요해."

"이해해요."

나는 아미나를 생각했다. 세상에 둘도 없는 친구가 된 이래 우리가 한 남자를 동시에 좋아한 적은 한 번도 없었다. 하지만 우리는 만일을 생각했고, 우리 사이에 남자가 끼게 두지 말자고 서로 약속했다. 그런데 지금은 그 점이 이상했다. 바에서 크리스를 먼저 만난 사람은 아미나다. 그리고 그녀는 분명 관심을 드러낸 듯 보였다. 그렇다면 내가 물러서는 게 옳다, 크리스를 잊고 내 길을 가는 것이.

"그렇게 이해해주니 고맙네." 크리스는 내 무릎을 짚으며 말했다. "우리의 시간이 올 거야."

59

"이거 못 읽겠어요." 나는 조금 전 쉬리네가 내민 책을 돌려준다.
《강간》. 쉬리네가 가져온 책 중 가장 얇고 가장 현대적이지만 뒤
표지 글이 너무 역겹다.

"무슨 뜻이죠?" 쉬리네가 묻는다.

"나한테 맞는 책이 아니에요."

쉬리네는 생긋 웃으며 어깨를 으쓱한다. "책을 거의 읽지 않는
사람치고는 취향과 의견이 매우 확고하네요."

"나만의 시각을 발전시키는 게 내 기쁨이죠. 이 책은 그럴 만한
게 아니에요."

"오케이. 그럼 이 책은 어떤 거죠?"

쉬리네는 내게 설명을 요구할 자격이 있다.

"난 강간을 다루는 글은 못 읽어요." 나는 고개를 돌린다.

쉬리네가 나를 쳐다보는 시선이 느껴진다.

"오, 미안해요. 난 몰랐어요."

"당신이 무슨 수로 알았겠어요?"

나는 천천히 고개를 돌려 그녀의 슬픈 갈색 눈동자를 본다.

"아무도 몰라요. 우리는 신고하지 않았으니까."

"우리라뇨?"

나는 숨을 깊이 들이쉬고 책상을 빤히 본다. 지금 내가 하려는 짓이 믿기지 않는다. 내 안에서 아주 많은 장벽이 무너져가며 멈추라고 외치는 데도 이런 말을 하고 있는 게. 집에서 배운 것과는 정반대로 하고 있다니. **누구도 상관해선 안 될 일들이 있어. 오직 가족만 알아야 할 일들이야.**

그럼에도 나는 쉬리네에게 모든 걸 말한다. 견신례 캠프에 대해, 로빈과 아빠에 대해, 아빠를 벌주려는 나의 바보 같은 계획에 대해, 그리고 그다음 일어난 모든 일에 대해.

"스텔라, 정말 유감이에요."

나는 고개를 끄덕일 뿐이다. 목소리가 나오지 않았다.

아미나한테도 전부 이야기하진 않았다. 2, 3년 동안 나는 그런 일이 일어난 건 내게 문제가 있어서, 내가 유별나서라고 생각했다. 그런 생각들과 감정이 가져온 건 수치심뿐이었다. 내가 나의 가장 깊은 생각을 밝힌다면 사람들은 나를 정신병동에 가두고 가장 독한 약물을 투여할 것만 같았다.

맞다, 너무 빤한 클리셰다. 자신을 특별하고 독특하다고 생각하지 않는 소녀, 이 세상에 자기를 이해할 사람은 아무도 없다고 생각하지 않는 10대 소녀가 있다면 내게 보여주시라.

하지만 그것은 내가 아미나에게 강간당한 사실을 오랫동안 말하지 못한 이유가 아니다. 다른 이유가 있다. 나는 모두가 나라고 믿었던 그런 '강한 여자애'가 되고 싶었고, 그래서 피해자 역할로서의 내 정체성을 받아들이질 못했다. 뭐, 내가 심지어 피해자라고? 엄마와 아빠는 우리가 신고할 경우 가장 고통을 받을 사람은 나라고 말했다. 처음 며칠 동안 나는 내가 공격당한 게 아니라고 생각하며 살았다. 나 스스로 상담교사용 숙소에 따라갔고, 그 짓을 받아들였으니까. 무엇보다 그게 애초에 내 계획이었으니까. 나는 그저 염탐꾼 짓을 하는 아빠한테 화가 나 있었다.

"말도 안 돼." 쉬리네 목소리가 높아진다. "당신은 끔찍하게 상처 입은 피해자였는데도 당신 부모는 그걸 전혀 심각하게 받아들이지 않았군요."

"하지만 그들이 왜 그랬는지 이해해요. 이젠 이해해요."

"이해한다고요? 설마 진심은 아니겠죠?"

"우리 가족이 그를 신고하지 않아서 다행이에요."

쉬리네는 숨조차 쉬지 않는다.

"내가 강간피해자 재판을 받고 법정에서 그에게 키스하고 오두막까지 따라간 이유를 설명해야 했을까요? 그들은 내게 왜 저항하거나 도와달라고 외치지 않았느냐고 물을 텐데요. 내가 피해자임에도 사람들은 날 심판하려 들었을 거예요."

쉬리네는 고개를 절레절레 젓는다. "당신은 사법체계를 믿어야 해요."

"아뇨, 그렇지 않아요. 나도 믿고 싶었고, 정말 믿고 싶었는데, 하지만 그런 건 믿으면 안 돼요. 나 자신을 지켜야 해요."

쉬리네는 갑자기 깨달은 듯 눈썹을 치켜올린다. 나는 너무 많은 말을 한 게 겁난다.

60

화창한 날씨는 토요일까지 이어졌다. 나는 정원에 담요를 펴고 길게 누워 진짜 여름다운 첫 열기를 온몸으로 빨아들였다. 그날 밤, 아미나네 발코니에서 우리는 밖으로 나갈까 말까 이야기하고 있었다. 처음에는 내가 싫다 하고, 아미나는 어서 나가 놀자고 성화였다. 바로 다음엔 나는 파티에 가고 싶어 안달하고, 아미나는 죽어도 나가기 싫다고 했다.

"나, 내일 시합이 있어." 아미나가 말했다. "너도 내일 일해야 하잖아?"

나는 일했다. 여름 내내, 기본적으로 하루도 쉬지 않고 일해야 했다.

"그건 사실 일도 아니야. H&M 일은 힘들 거 하나 없거든. 학교 다닐 때는 학교 가기가 그렇게나 괴로웠는데 H&M 일은 너무 쉽다니 정말 웃겨."

아미나가 깔깔 웃었다. "학교가 정말 그렇게 힘들었어?"

"뭐 죽겠다 싶을 정도는 아니었지만, 학교는 눈만 뜨면 공부하는 애들을 위한 장소였지."

아미나는 물론 그런 애들 중 하나였다. 나도 탄탄한 사전 지식과 상식, 그리고 타고난 언변 덕분에 학교 성적은 꽤 괜찮았다. 하지만 아미나는 내게 없는 걸 가지고 있었다. 사람들이 의무감이니 성실성이니 부르는 그것. '넌 이걸 해야 해' 하고 시키면 따지거나 반항하지 않고 그대로 받아들여 묵묵히 경작해내는 능력. 아미나는 이걸 이민 2세대의 특징이라 말하는데, 과연 그렇기만 할까. 아무튼 아미나는 늘 해냈다. 알겠습니다, 하고 고개를 끄덕이고, 시키는 대로 했다. 비록 나중엔 늘 서러운 감정을 토해내긴 했지만. 한편 나는 사건의 핵심에 대해 흥분해 소란을 피우고 젠체하고 화산처럼 반항심을 분출했다.

"좋아, 그럼 집에서 죽치고 있자. 집에 처박혀 속절없이 시들어가자고."

저 아래 거리에서부터 여자애들이 깔깔대며 호들갑을 떠는 소리가 올라왔다. 아미나는 남은 와인을 잔 두 개에 따랐다.

"크리스는 오늘 밤 무슨 일을 할까?"

"모르지 뭐. 서른 살짜리들이 하는 짓을 하겠지. 커플끼리 저녁 식사? 금융 상담? 일주일 치 장보기?"

아미나는 페이스북을 열어 그의 이름을 입력했다.

"정보 제한이네."

"스토킹당한 경험이 있으니 당연하지."

"공유하는 친구가 한 명, 스텔라 산델이네. 네가 그의 프로필을 확인해야겠다."

"왜?"

"왜긴 왜겠어? 염탐하려고지."

나는 휴대전화를 꺼내 크리스의 이름을 찾았다. 머리칼이 헝클어지고 눈을 반짝거리며 카메라를 향해 미소 짓는 프로필 사진이 나왔다.

그의 페이지는 기본적으로 비어 있었다. 여기저기 정보 업데이트가 되어 있고, 여행지 두 곳에서 찍은 사진들과 레스토랑 추천 글이 하나 있었다. 친구는 187명뿐이었다.

"얼른 커버 사진을 스크롤해봐. 사람들은 옛 사진을 삭제하는 걸 곧잘 잊거든."

나는 오렌지빛 석양 때 끝없이 펼쳐진 하얀 모래밭을 찍은 그의 커버 사진을 클릭했다. 사진 두 장이 더 나왔다. 하나는 리버풀 FC의 로고였다. 다른 하나는 거대한 돌벽 앞에 서 있는 크리스였다. 피부는 햇볕에 타고 눈이 벌게진 그가 어떤 여자의 손을 잡고 있었다.

"이 여자가 그 여자야? 전 여자친구?"

아미나가 내 휴대전화를 얼른 잡아챘다.

"몰라."

하지만 사실은 알고 있는 기분이었다. 그 여자, 린다가 분명해.

사진 속 여자는 머리부터 발끝까지 슈퍼모델이 따로 없었다. 굵은 웨이브의 금발에 반짝이는 파란 눈, 또렷한 광대뼈에 복숭앗빛과 크림색의 매끈한 피부.

"사이코처럼 보이지 않는데." 아미나가 말했다.

나는 대꾸하지 않았다. 내 눈이 보고 있는 게 마음에 들지 않았다.

"이것 좀 봐." 아미나가 자신의 휴대전화 화면을 손가락으로 가리켰다.

아미나는 어느새 개인정보 페이지를 불러왔다. 상단에 크리스토퍼 올센이라는 이름이 있고 주소는 룬드시 필레가탄이니 맞을 것이다. 더 나아가 하단에는 그가 회사 네 곳의 관계자라고 쓰여 있었다. 미혼에 생일은 11월. 곧 서른세 살이 될 터였다.

"서른세 살? 그 사람이 말한 나이가 아니잖아."

"그 사람, 나이를 속였네."

아미나는 걱정스러운 표정으로 나를 보았다.

나는 한 가지를 놓쳤다. 크리스토퍼 올센이 뛰어난 거짓말쟁이라는 점을.

따스한 밤공기를 가르며 집으로 자전거를 몰았다. 가방이 핸들에 대롱거렸다. 모든 창문이 컴컴했다. 룬드는 잠들어 있었다.

크리스가 전화했을 때, 처음엔 무시할 생각이었다. 나는 트롤레베리스베겐의 철도 터널에서 자전거 안장에 기대선 채 손에서 울리는 전화기를 보았다. 나를 부르는 그의 이름. 결국 호기심이 이겼다.

"이쪽으로 올 수 있어?" 그가 말했다.

"지금요?"

나는 시계를 보았다. 12시 30분이었다.

"그래. 지금."

그는 헬싱보리에서 멋진 저녁 식사 약속이 있다고 했었는데, 지금은 조금 취한 목소리였다.

"네가 보고 싶어." 그가 말했다.

진심처럼 들렸다.

나는 정신이 말똥하고 더 놀고 싶었는데 아미나가 외출하기 싫어해 조금 실망한 상태였다.

"오케이, 지금 갑니다."

일어날 수 있는 최악의 일이 무얼까?

노란 벽돌 건물의 현관문은 열려 있었다. 나는 계단을 뛰어 올라갔다. 크리스는 체크 셔츠에 타이 차림이었다. 그에게서 성인 남자의 냄새가 났다. 우리 사이의 공기가 떨리고 있었다.

"온종일 고통스러웠어." 내 재킷을 받으며 크리스가 말했다. "믿기지 않아…… 네게 너무 키스하고 싶었어, 스텔라."

그는 내 손을 잡으며 내 눈을 지긋하게 바라보았다.

나는 망설였다. 그는 왜 나이를 속였을까?

"당신 몇 살이라고 했죠?" 내가 물었다.

그는 꾸물대지 않고 바로 대답했다.

"그때 내가 스물아홉이라고 말했을 거야. 사실은 서른두 살이야."

"거짓말을 한 거네요?"

그는 원통해했다. "네가 무서워할까 봐 겁났어. 아마 네가 스물아홉이겠거니 짐작했을 때 나도 모르게 그렇다는 말이 튀어나왔어."

대수롭지 않은 하얀 거짓말. 음, 나도 가끔 내 나이에 몇 살을 얹어 말했다.

"나이는 숫자일 뿐이죠." 내가 말했다.

크리스가 미소 지었다. "너도 그렇게 생각할 줄은 몰랐어. 그래도 미안해. 진작 말했어야 했는데."

"괜찮아요."

나는 까치발을 올리고 그에게 키스했다. 그의 혀끝이 내 입으로 미끄러져 들어왔다. 나는 눈을 감았다. 온 세상이 빙글빙글 돌았다.

가슴이 벅찼다. 드디어 뭔가 일어나고 있었다.

곧 나는 소파에 눕고 크리스는 천천히, 부드럽게 나를 어루만졌다. 때로는 눈으로, 때로는 손끝으로. 천국이었다.

61

　나는 쉬리네에게 돌아와 있다. 그녀는 언제나처럼 차분하고 다정해 보인다. 밤비 눈은 어느 때보다 더 밤비 같다. 영화에서 총에 맞아 막 쓰러진 엄마를 바라보던 밤비의 그 눈 말이다.

　"잘 지냈어요?" 쉬리네가 묻는다.

　나는 간신히 어깨를 으쓱한다.

　"당신을 위해 가져왔어요."

　그녀는 '심리학자의 길'이라는 제목의 소책자를 내민다. 나는 그걸 받아 심드렁하게 들춰본다.

　"고마워요. 하지만 난 심리상담사가 못 될 거예요."

　쉬리네는 과장되게 놀라며 나를 쏘아본다. "못하겠다는 거예요, 원치 않는다는 거예요? 내가 보기에 당신은 훌륭한 심리상담사가 될 것 같은데."

　"그런가요?"

　나는 소책자를 옆으로 치우고 탁자를 내려다본다.

　"이건 뭐죠?"

　"뭐가요?"

"이 체념. 마치 자신을 전혀 믿지 않는 듯한 태도 말이죠."

"장난해요? 난 살인사건 피의자로 이 구치소에 들어왔어요. 법정이 유죄 판결을 내리지 않더라도 내 인생은 끝났어요. 사람들 눈에 난 유죄니까요. 당신 정말 내가 심리상담사가 될 수 있다고 생각해요? 말 좀 해봐요."

쉬리네는 허리를 숙이며 말한다. "스텔라, 당신은 끝나지 않았어요. 당신은 지적이고 재미있고 이해력이 빠르고 또…… 매력적인 사람이에요."

쉬리네는 날 당황하게 만든다.

"나한테 반했어요?" 내가 말한다.

쉬리네는 소리 내어 웃고, 긴장은 깨진다.

"오늘은 무슨 이야길 하면 좋겠어요?" 그녀가 묻는다.

"내 이야기만 빼면 뭐든 좋아요."

"그럼 누군가에 대해서 말해보죠. 그 누군가는 당신이 정하고."

나는 아빠를 생각한다. 요 며칠 아빠 생각을 많이 했다.

"아무나 괜찮나요?" 내가 묻는다.

"물론이죠."

"만사를 제 뜻대로 하려는 지배광, 그런 사람들에 대해 당신은 뭘 알죠?"

"지배광?"

"그거 강박장애^{OCD}하고 같은 건가요?"

"아뇨, 같은 게 아니에요." 쉬리네는 큰 플라스틱 물병을 내 쪽으로 민다. "만사를 제 뜻대로 하려 들거나 강압적인 방법으로 통제하는 건 억제가 어려운 강박현상이 될 수 있지만, 꼭 그래야 하는 건 아니에요. 많은 사람들이 통제 욕구를 지나친 질서 감각과 연관

지어 연상하는데, 나는 통제 욕구는 앞날에 대한 예측에 관계되어 있을 때가 많다고 봐요."

나는 내 유리컵에 물을 따르며 말했다. "놀라는 걸 피하기 위해서인가요?"

"많은 사람들은 현재가 변한다는 걸 두려워해요. 사람들은 인생에서 안정을 추구하죠. 그래서 어떤 사람은 자기가 앞으로 어떤 일이 일어날지 예측할 때, 견고한 지식에 근거해 자기가 올바른 결정을 내릴 수 있다고 느낄 때, 자신에게 통제 능력이 있다고 느껴요."

나는 물을 삼키지 못하고 입가에 조금 흘린다.

"올바른 결정? 세상에 그런 것도 있나요?"

쉬리네는 내게 냅킨을 건넨다. "음, 자기에게 최상이라 생각하는 결정, 자신과 자기 가족에게 이득이 된다고 생각하는 결정이죠."

그럴듯한 말이다. 물론 객관적으로 옳은 결정 내리기와 자신이 옳다고 믿는 결정은 다른 것이다.

"사람이 브랜드가 되고 모든 것이 SNS에 기록되는 현대사회에서는, 다른 사람들의 마음에 들고자 하는 욕구도 점점 커지고 있죠. 그리고 이런 욕구는 물론 불건전한 통제 욕구로 이어질 수도 있어요."

아빠가 한 말이 내 안에서 메아리친다. **그 일은 가족끼리만 알아야 해.** 아빠는 소셜미디어를 혐오한다. **사적인 게 중요한 거야.**

"당신도 알겠지만, 모순적이게도 통제하려 애쓸수록 통제력이 사라지는 기분이 들죠. 이게 악순환이 돼요. 통제력을 잃은 기분이 들고, 그래서 스트레스를 받고, 그다음 다시 우위에 서겠다는 초조감에 전보다 더 강한 통제자가 되려는 악순환이 반복되죠."

쉬리네는 귀를 긁고는 나를 한참 쳐다본다. 그녀는 단순히 직업적인 차원을 넘어 진심으로 날 걱정하는 듯 보이는 데 선수다.

그다음 그녀의 눈이 초롱초롱해진다. 손을 탁자에 올리며, 목소리도 날카로워진다.

"우리가 지금 이야기하는 사람이 크리스토퍼 올센인가요?"

"네?"

나는 잠시 후에 아하, 하고 깨닫는다.

"스텔라, 그 남자가 당신을 통제하려고 했나요? 그가 질투를 했나요?"

나는 올라오는 충동을 누른다. 분노가 두개골 안쪽을 망치질하며 내 존재를 이룬 모든 섬유질을 홱 잡아당기고 끌어내려 하고 있다. 크리스토퍼 올센이라니? 쉬리네가 애초에 내게서 끌어내리던 게 이 이름이었어? 날 연구하고 있었던 거야? 모든 게 다 연극이었구나.

"엿 먹어요!"

나는 양 손바닥으로 테이블을 누르며 그녀를 내려다본다. 쉬리네는 얼른 의자를 뒤로 빼고 테이블 아래로 손을 넣는다. 거기엔 비상 단추가 숨어 있다.

"지옥에나 가! 당신도 다른 사람들과 똑같은 인간이야!"

교도관 두 명이 폭풍처럼 달려와 내 팔을 뒤로 꺾을 때도 나는 벌떡 일어서려 애쓴다.

62

그날부터 2주 동안은 환상적이었다. 여름은 활짝 피어 있었다. 크리스와 나는 비에르레드 해변의 긴 방파제에서 아이스크림을 먹었다. 그는 내 치마 밑으로 손을 넣고 내 입술에 묻은 캐러멜 알갱이를 입술로 빨았다.

이튿날 퇴근 후 스토르토르게트에서 만나 맥주를 마실 때, 그가 말했다. "스파 가자!"

"난 주말 내내 근무해요." 나는 샐쭉하게 웃었다.

"이번 주말을 말하는 게 아냐. 지금 당장 가자!"

물론. 안 될 것 없잖아?

나는 그가 시키는 대로 말린 점장에게 전화해 몸이 아프다고 말했다.

"빌어먹을 생리통 때문에요." 나는 수화기에 대고 훌쩍거렸다. "가만히 서 있기도 너무 힘들어요."

그다음 우리는 목욕 로브 차림으로 매 시간 섹스하고 쉬고 다시 섹스했다. 저물녘이 되자 흔들의자 하나에 서로의 팔다리를 엮은 채 껴안고 앉아 샴페인과 딸기를 음미하며 발트해로 넘어가는 해를 바라보았다.

일요일, 크리스와 해변을 걷고 있는데, 아미나한테서 전화가 왔다.

"걱정돼. 네가 문자에 답장하지 않아서."

"미안!"

나는 시간과 공간을 까맣게 잊었음을 깨달았다. 크리스는 내 세계를 점령했고 나는 마법에 걸려 있었다.

"금요일에 텡네르스에 가자." 내가 아미나에게 말했다.

크리스가 윙크하며 내 손을 꽉 잡았다.

나는 계속 꾀를 부려 출근하지 않고 놀았다. 월요일에 우리는 코펜하겐행 기차를 타고 티볼리 놀이공원에 가서 롤러코스터를 타고 목이 쉬어라 소리를 질러대다가 늦게야 호텔에 체크인했고, 이튿날 아침 호텔 리셉션 데스크가 체크아웃이 한 시간이나 늦었다고 전화할 때까지 섹스를 했다.

금요일, 아미나가 피자를 들고 우리 집으로 찾아왔다.

나는 필 박사가 진행하는 텔레비전 쇼를 틀어놓고 피자를 손으로 집어 먹으며 아미나와 인생의 주요 질문들에 대해 토론했다. 예를 들면, 취업 이력서에 리얼리티 쇼 출연 경험을 적는 게 유리할까? (물론 그 리얼리티 쇼가 어떤 성격인지, 또 일하려는 직업군에 따라 달라지겠지만.) 문신을 한다면 어느 부위에 어떤 문구가 좋을까(뒷목에 '나는 악마가 두렵지 않다'와 팔뚝에 '깨달음은 고통이 따르지만 그만한 놀라움이 있다' 중에서)? 그리고 보통 사람들보다 분명히 성형수술을 많이 받았음에도 매회 방청석에 앉아 있다가 쇼가 끝나면 남편 팔짱을 끼고 스튜디오를 떠나는 필 박사의 부인에게 느끼는 역겨움에 대해서.

하지만 오래지 않아 나는 크리스에게 문자를 보내고 있었다.

"봐도 되지?" 아미나가 내 휴대전화를 낚아채며 물었다. "그가 뭐라 했어? 지저분하고 야한 내용이야?"

"야하다니?"

아미나는 웃었다. "에이 보여줘. 왜 그리 비밀스러우실까, 응?"

왜인지는 나도 모른다. 나는 성관계 이야길 꺼리는 사람이 아니다. 사실은 정반대 부류로, 시시콜콜한 부분까지 세세하게 해부하길 좋아한다. 내 몸에서 아미나가 알지 못하는 성감대는 없다. 그런데 무슨 이유에선지 크리스가 걸리자 내 마음은 달라졌다. 자세히 떠들고 말하는 게 잘못 같았다. 비단 섹스뿐 아니라 그와 나눈 시간 모두에 대해 자세히 말해지지가 않았다.

"그래서? 어쩔 거야? 그 사람하고 사귀는 거야?" 아미나가 물었다.

"물론 아니야."

"그래도 너, 그 사람 좋아하잖아?"

"어쩌면? 잘 모르겠어."

크리스와의 만남에 대해 너무 깊게 생각하지 말자는 마음이 제일 컸다. 이 만남이 좋게 끝날 길이 없었다. 이건 사랑에 빠진 게 아니다, 더구나 서른두 살 남자와.

"한여름의 일탈을 함께할 상대로는 아주 나쁘진 않을 것 같아."

사실은 무심코 뱉은 말이었다. 진짜 그런 기분을 느낀 건 아니었다. 문제는, 나 스스로 막 발견하기 시작한 감정들이 너무 무서웠다.

"좀 노는데?" 아미나가 말했다.

"너도 여름 일탈을 꼭 해보라고." 나는 웃었다.

그 금요일 텡네르스에서 아미나와 헤어진 다음, 나는 크리스의 집에 가서 잤다. 이튿날 일어나 촛불이 놓인 식탁에서 갓 구운 신선한 빵으로 아침 뷔페를 먹었다. 크리스는 주서에 오렌지를 꽉 채워 주스를 만들어주고 내 어깨를 마사지해주었다.

"오늘도 땡땡이치면 안 될까?"

"아뇨. 또 결근할 순 없어요." 내가 말했다.

내겐 일이 필요했다. 아시아로 여행을 가려면 한 푼이 아쉬웠으니까. 하지만 크리스에게 여행 이야기는 꺼내지 않았다. 그가 실망할까 봐, 또 그가 나의 아시아 여행을 포기시키려는 설득 캠페인에 착수할까 봐 겁났다. 최악의 경우, 자기도 같이 가겠다고 나설지도 모른다. 나는 그런 대화에 전혀 준비되어 있지 않았다.

"하지만 오늘 일찍 퇴근해요." 나는 크리스의 팔을 쓸어주었다. "곧 만날 텐데."

그는 고개를 저으며 말했다. "너는 나에게 대체 어떤 존재이기에 네가 떠나는 순간부터 외로워지는 걸까?"

문가에서 크리스와 몇 번이나 키스한 다음 나는 계단을 뛰어내려 미친 듯 자전거 페달을 밟았다. 숨을 헐떡이며 비틀비틀 매장으로 달려들었지만 5분 지각이었다. 말린 점장이 내게 윙크했다.

"외박했구나?"

나는 베니타와 교대할 때까지 오랜 시간 계산대에 붙들려 있었다. 몇 주 동안 잠이 부실한 탓인지 몸의 균형이 조금씩 무너지는 게 느껴졌다.

"그래서 저걸로 사시겠어요?" 어슷비슷한 색상의 블라우스를 네 번째 갈아입는 고객에게 내가 말했다.

여자는 경멸하듯 나를 쏘아보았다.

나는 계산대에서 잠시라도 물러나려 남성복 매장으로 올라가 신상 셔츠를 푸는 작업을 했다. 내가 골똘히 생각에 빠져 있을 때, 뒤에서 목소리가 들려 깜짝 놀랐다.

"안녕하세요, 스텔라."

바로 내 옆에 스물다섯 살쯤으로 보이는 구불구불한 금발 머리 여자가 손을 비틀며 서 있었다.

"저를 아세요?"

낯익은 얼굴인데 어디서 봤는지 생각나지 않았다.

"우리가 아는 사이는 아니지만…… 당신, 크리스를 알죠." 그녀가 말했다.

그 순간 나는 그녀가 누군지 알았다. 페이스북 사진 속 그 여자였다.

"뭘 원하시죠?" 나는 한 걸음 물러나며 말했다.

"난 린다예요. 크리스가 당신한테 내 이야길 했군요. 그래서 그렇게 겁내는 거잖아요?"

가슴이 쿵쾅거렸다. 주위를 둘러봐도 다른 사람은 보이지 않았다.

"좋게 말할 때 여기서 나가요."

"나갈 거예요. 겁내지 않아도 돼요, 스텔라."

작고 마른 체격에 심하게 예쁜 여자였다. 정신적 불안정이나 어떤 위험성의 신호는 보이지 않았다.

"난 그저 당신이 조심하면 좋겠어요. 크리스는 당신이 생각하는 그런 사람이 아니에요."

나는 한쪽 팔꿈치를 내밀며 그녀를 밀치고 지나갔다.

"제발 내 말 들어요. 크리스는 당신을 속이고 있어요."

나는 얼른 계단 쪽으로 방향을 틀었지만 여자가 따라오는 게 느껴졌다. 심장이 더 빨리 뛰었다.

"크리스 방, 그가 자기 사무실이라 부르는 그 방에 있는 큰 캐비닛을 열어봐요." 계단을 내려가는 내 뒤통수에 대고 그녀가 말했다. "캐비닛 맨 위, 오른쪽 잠긴 서랍이에요. 열쇠는 왼쪽 서랍 바닥에 있어요."

나는 뒤돌아보지 않고 곧장 계산대로 향했다. 몇몇 사람들이 줄을 서서 기다리는 곳에 와서야 조금 마음이 놓였다. 나는 린다가 유리문을 나갈 때까지 그녀의 뒷모습에서 눈을 떼지 않았다.

"무슨 일 있어?" 뒤에서 베니타가 물었다. "뭔가에 쫓기는 얼굴이잖아."

나는 숨을 고르려 애썼다. "별일 아니야, 아무 일 없어."

무슨 생각을 해야 좋을지 몰랐다.

63

"장난해요? 이 책들을 읽으라고요? 두껍기도 해라."

《죄와 벌》. 600하고도 46페이지짜리 19세기 러시아 작품이다.

"있잖아요." 나는 엄지로 페이지를 좌르르 넘기며 말한다. "누가 나더러 이 책을 읽을래, 아니면 2주 동안 생리통으로 고생할래, 둘 중 하나를 고르라고 하면 난…… ."

"마음에 들 거예요."

"읽을게요. 이곳 냄새로부터 잠시나마 벗어나기 위해서라도. 여기서는 달리 할 일이 없으니까."

"그리고 이 책도 있어요." 쉬리네가 생긋 웃으며 검지로 다음 책을 짚는다.

《테레즈 라캥》. 똑같이 1800년대 작품이지만 분량은 겨우 195쪽, H&M 카탈로그보다도 길지 않다.

"이 책부터 읽을 것 같네요."

내가 서문과 제1장을 읽는 동안, 쉬리네가 다가와 내 옆에 앉는다.

책은 어쩌고저쩌고 하는 파리에 대한 묘사가 계속 이어져 나는 금세 집중력을 잃는다. 나는 쉬리네를 흘깃거린다. 불현듯 그녀에 대해 아는 게 없다는 생각이 든다.

"아이가 몇이에요?" 내가 묻는다.

"한 명이에요." 쉬리네는 살짝 놀란 미소를 짓는다. "이름은 로비자예요."

"왜요?"

그녀는 당황하는 것 같다. "아름다운 이름이잖아요. 남편의 고모 이름이 로비자였거든요."

"아니, 아니. 이름 이야기가 아니라. 내 말은, 왜 아이를 낳았죠?"

"네?" 그녀가 놀라 소리친다.

"실수였나요? 콘돔이 샜나요?"

"실수가 아니었어요." 그녀가 생긋 웃는다. "그때가 좋겠다 싶었어요. 난, 난…… 아, 모르겠네요."

나는 그녀를 쳐다본다. "쉬리네, 내 이론 들어볼래요?"

"말해봐요." 그녀가 한숨을 내쉬며 말한다.

"나는 대개 사람들은 자기 좋으라고 아이를 낳는다고 생각해요. 사는 게 재미없고 지겨울 때 한순간이라도 기분이 좋아지려 번화가로 나가 신상 립스틱을 사는 것과 비슷한 거죠."

"아이를 낳는 일을 립스틱 구입에 비유하는 거예요?"

"물론 이게 제일 좋은 분석은 아니겠지만, 내 말뜻 알잖아요. 사람들이 아이를 낳는 건 자신이 썩 괜찮은 사람이라고 느끼려고, 자신의 정체성을 확립하려고, 지루한 세상을 이겨내려고, 아무튼 뭐 그런 이유 때문이죠."

"또는 아이를 낳는 게 인생에서 일어날 수 있는 가장 위대한 일이며 가장 아름다운 사랑의 형태이기 때문이죠. 삶을 살아가게 하는 의미랄까?"

"제발, 쉬리네! 삶의 의미라니, 지금 장난해요?"

그녀는 미소를 머금은 채 고개를 가로젓는다.

"더 가질 생각 있어요?" 내가 묻는다.

"뭘 더 가져요?"

"아이요. 당신과 남편은 아이를 더 가질 건가요?"

"난 그럴 생각이에요. 형제자매가 있으면 로비자에게 더 좋을 것 같아요." 그녀는 여전히 나를 보지 않고 말한다.

"우리 부모님도 그렇게 생각했죠. 또 다른 아이를 가지려고 몇 년을 토끼처럼 열심히 그 짓을……. 하지만 잘되지 않았어요. 모르겠어요, 하나님은 그들이 이미 있는 자식을 대하는 태도를 보고 행복하지 않았을 거예요. 아무튼, 내 어린 시절의 절반은 실제로 태어나지도 못한 이 형제자매를 중심으로 돌고 있었던 것 같아요."

쉬리네가 불편해한다. "정말 그랬다면 슬픈 일이네요."

"나는 우리 세 식구끼리 살아가길 바랐어요. 우리는 이미 가족이었는데, 안 그래요?"

"이해해요."

"당신의 딸 어린 로비자에게는 그런 짓 하지 마세요." 나는 나직이 말한다. "그러지 않겠다고 나와 약속해요."

"약속할게요."

쉬리네가 떠난 뒤, 나는 린다에게 비난의 화살을 돌리자는 미카엘 블롬베리의 아이디어를 생각한다. 그는 그걸 '대안 가해자'로 표현했다. 그는 엄마와 이미 의논을 마쳤다. 아무렴, 의논했고말고.

대안 가해자 개념이 스웨덴에서 어떻게 작용하는지 나는 알고 있다. 잠재적 가해자가 두 사람 있을 경우, 그 둘 중 한 사람 또는 둘이 똑같이 유죄임이 모든 합리적인 의심을 넘어서 입증되어야 하며, 만약 증명하지 못하면 둘 중 누구도 유죄가 되지 못한다. 나는 이건 정말이지 말도 안 되는 법체계라 반드시 바뀌어야 한다고 늘 생각했다.

아미나를 생각하자 가슴이 찢어진다. 그녀가 너무 보고 싶다. 아미나. 엄마. 아빠.

이 세상에서 아빠가 제일 좋던 어린 시절이 생각난다. 이 일이 그때로 돌아가게 해줄까? 그게 가능할까? 아니면 모든 게 망해버릴까?

모든 걸 털어놓는 게 제일 좋을 것이다. 그게 제일 간단한 방법이겠지. 무슨 일이 있었는지 경찰에게 다 말하고, 빌어먹을 이 일을 끝장내는 게.

그다음 나는 두리번거린다. 냄새, 벽, 권태. 절대 흐르지 않는 시간, 잠들면 그대로 죽을 것 같은 밤. 나는 이걸 감당해내는 존재가 되지 않으련다. 어차피 곧 더는 못 견뎌낼 테니까. 머리를 베개에 짓찧으며 비명을 지른다. 벗어나, 여기서 벗어나!

64

"그냥 멍청한 짓이야." 내 말을 들은 아미나가 말했다. "만약 그 여자 말이 맞으면 어떡해? 넌 어떻게 크리스가 아니라 린다가 사이코라고 그렇게 확신하니?"

"그만해. 세상에서 사이코패스를 알아보는 사람이 있다면, 내가 바로 그 사람이야."

우리는 자전거를 밀며 공원을 통과하고 있었다. 몸에 붙는 타이츠와 색색의 운동화를 신은 중년 여성 무리가 가까운 잔디밭 위 소화전을 반환점으로 돌아 달려갔다.

"그 여자…… 정신 나간 사람처럼 보였어?"

내 눈을 말끄러미 쳐다보는 아미나에게 나는 무슨 말을 해야 할지 몰랐다.

"헤어진 남자친구의 새 여자친구를 쫓아다니는데, 그건 상당히 정신 나간 짓 아냐?

"그야 그렇지. 하지만 그 여자는 네게 경고하고 싶다고 했다며. 아무튼 네가 그 남자한테 감정이 전혀 없다면 너도 아마……."

나는 짜증 난 눈으로 아미나를 쏘아보았다.

"난 크리스를 알아."

"네가 알긴 뭘 알아, 그 남자 만난 지 겨우 3, 4주 됐으면서?"

"그가 사이코패스가 아닌 걸 알 정도로는 충분한 시간이야."

나는 물론 린다가 말한 서랍이 궁금했다. 하지만 아미나에게 서랍 이야기는 꺼내지 않기로 했다. 물어뜯을 거리만 더 줄 뿐일 테니까.

"린다가 H&M 매장까지 찾아왔단 얘기, 크리스한테 말할 거야?" 아미나가 물었다.

"아직 모르겠어."

크리스에게 말해야 한다고 생각하고 있었다. 하지만 한 사람의 무지는 다른 이에게 권력이 된다는 생각이 다시 찾아왔다.

"제발 조심하겠다고 약속해." 아레나 밖 갈림길에서 아미나가 말했다. "너 호신용 스프레이 가지고 다니지, 응?"

나는 가방을 만져보고 고개를 끄덕였다.

나는 크리스의 집으로 자전거를 돌렸다. 그곳에서 샤워를 하고 옷을 갈아입었다. 천천히 키스하는 크리스의 목덜미 냄새에 다리가 후들거렸다.

"넌 내 뇌를 비틀어 정신을 못 차리게 만들어. 내가 어떤 일에 이렇게 빨리 다시 빠져들 거라고는 생각 못 했는데."

나는 '어떤 일'이 뭔지 궁금했지만 모르는 게 약이라고 생각하기로 했다.

우리는 와인을 마시고 트리비얼퍼슈트 게임을 했다. 내가 찰스 맨슨의 희생자 중 한 명인 샤론 테이트의 영화감독 남편 이름을 맞히자 크리스는 휘파람을 불었다. 나는 그의 칭송에 흠뻑 젖으면서도 내가 사이코패스에 대해 집착하는 경향이 있다는 것을 밝히기에는 적절한 때가 아니라고 생각했다.

아무튼, 끝에 나는 크리스가 게임을 이기게 두었다.

아니, 사실 그는 정정당당하게 이겼다. 그는 그리스도 이전의 왕들의 이름과 연대를 꿰고 있었다. 나는 역사를 좋아한 적이 없었다. 나는 미래를 더 좋아한다.

"이젠 피곤하네." 병을 흔들어 남은 와인 몇 방울을 따르며 크리스가 말했다.

우리는 동시에 일어섰고, 그는 한 손을 내 엉덩이에 댔다. 그의 표정이 점점 예리하게 굳어졌다. 그는 내 뒤에서, 내가 앞서 침실로 향하도록 만들었다.

"무슨 문제 있어?" 그가 내 귓가에 속삭였다.

나는 고개를 저었다.

거의 잠을 못 잔 우리가 막 잠들려 할 때 크리스의 휴대전화가 울렸다. 크리스는 몸을 굴려 침대 가장자리로 갔다. 회의, 협상, 가격 제시 같은 단어가 들렸다.

"계속 자도 괜찮아." 그는 내 목에 키스하며 말했다. "난 회의가 있어서 지금 나가야 해."

"지금? 몇 신데요?"

"7시 5분 전."

"젠장, 말도 안 돼."

나는 크리스가 최고급 양복을 갈아입고 옷장 거울 앞에서 타이를 매는 모습을 졸린 눈으로 지켜보았다.

"당신이 돌아올 때까지 침대에 있을 거야."

그는 돌아서서 내 엄지발가락을 꼬집었다.

"요즘 애들이란."

"난 10대예요. 잠이 많이 필요하죠."

그가 미소 짓자, 그의 눈이 다이아몬드처럼 반짝거렸다.

"오늘 출근해야 하지 않아?"

"출근해야죠." 나는 한숨을 쉬었다. "하지만 10시 15분까진 꼼짝도 안 할 거야."

그는 허리를 숙여 내게 키스했다. 타이 끝자락이 내 가슴을 살랑살랑 문질렀다.

"문은 자동으로 잠겨. 나갈 때 밀어서 닫기만 하면 돼."

크리스가 나간 뒤 나는 눈을 붙이려 애썼는데, 한숨도 못 잤음에도 정신이 말똥말똥했다. 움직이고 싶어 몸이 근질거렸다. 15분 동안 베개를 던지고 뒤집고 때리고 부풀리기를 백번쯤 하다가 결국 잠들기를 포기하고 일어나서 쾌적하고 안락한 주방으로 들어갔다.

나는 냉장고에서 온갖 음식들을 꺼내 혼자만을 위한 아침상을 호텔 레스토랑 수준으로 차렸다. 그다음 의자에 책상다리로 앉아 음식을 먹으며 반쯤 열린 발코니 문 사이로 룬드가 깨어나는 아침의 소리에 귀를 기울였다.

린다의 말이 계속 떠올랐다. **큰 캐비닛, 맨 위 오른쪽 서랍, 열쇠는 왼쪽 서랍 바닥에.**

나는 복도로 걸어 들어갔다. 거울 앞에 잠시 서서 생각했다.

오줌이 마려웠다. 욕실에서 나는 그의 약장을 잽싸게 훑어봤다. 코 스프레이, 알레르기 알약, 진통제들. 흥분할 거리는 없었다.

나는 샤워한 다음 크리스가 사무실이라 부르는 방으로 들어갔다.

창가에 책상이 놓여 있었다. 벽에는 인상적인 대형 그림이 걸려 있었다. 작품 의도 같은 건 몰라도 가로가 2미터는 될 저 그림의 가격이 H&M 연봉보다 높은 것만은 확실했다.

그 그림의 맞은편 벽은 대형 파일 캐비닛 하나가 차지하고 있었다. 린다가 말한 그 캐비닛이다.

이건 크리스를 배신하는 행동이야, 나는 깨달으며 창밖으로 고개를 돌렸다. 하지만 저 서랍에 무엇이 들었는지 확인하지 않는 것도 바보 짓일 게다. 내 안의 저열한 의심을 없애기 위해서라도 나는 확인해야 했다. 크리스는 절대 알아채지 못할 것이다.

나는 구부려 앉아 맨 아래 왼쪽 서랍을 당겨 열었다. 뚜껑 있는 플라스틱 상자 두 개가 들어 있었다. 첫 번째 상자에는 팔찌, 열쇠고리, 오래된 수영기록 배지 등 자잘한 물건들이 가득했다. 크리스가 내버리지 못하는 추억의 물건들이었다.

그 옆의 상자는 살짝 작았다. 뚜껑이 뻑뻑해 잠깐 애먹다가 결국 위로 올려 열었다. 열쇠가 열 개 남짓 들어 있었다.

나는 파일 캐비닛 맨 위 오른쪽 서랍을 자세히 바라보았다. 저 자물쇠에 합리적으로 맞을 열쇠는 두 개였다. 첫 번째 열쇠를 돌리는데 아무 일도 일어나지 않았다. 나는 다른 열쇠도 시도해보기로 했다. 열쇠를 돌렸고, 찰칵 소리가 났다.

나는 서랍을 당겨 열고 그 안을 들여다보았다.

내가 뭘 기대했었지?

나는 아무 생각도 못 하며 멍하니 서 있었다.

65

"요전번엔 왜 그랬어요?"

쉬리네는 알록달록한 스카프를 턱으로 잡아당긴 다음 나를 쳐다본다. 내가 고집스럽게 입을 다물고 있어도 연거푸 질문을 던지며 겨루려 한다.

"그 일을 생각하면 화가 나나요? 그 일에 대해 말하는 게 도움이 될 수도 있잖아요?"

나는 한숨을 내쉰다. 나는 뭘 바라고 이곳으로 돌아왔을까. 계속 아픈 척할 수도 있었는데. 싫다고 몸부림치며 거칠게 저항할걸.

"스릴 추구 성향에 대해 들어본 적 있어요?" 쉬리네가 묻는다.

나는 팔짱을 끼고 쉬리네 뒷벽 한 지점을 노려본다. 아무 일도 없었던 듯, 모든 게 윙크하듯 순식간에 정상으로 돌아갈 듯 쉬리네가 생각하도록 내버려두지 않을 것이다. 그녀는 선입견 없이 나를 대하겠다고 약속하고도 내가 통제광에 대해 묻자 그걸 크리스 이야기라고 추정했었다.

"연구에 따르면 어떤 이들은 일정 정도를 넘어서는 자극이 있어야 희열을 느낀대요. 우리는 그들을 종종 스릴 추구 성향이라고 부르죠. 예를 들어 암벽 등반이나 번지점프 같은 익스트림스포츠를 유독 즐기는 사람들이 있어요. 또한 위험한 관계를 갖고 갈등 상황을 즐기는 사람들한테도 해당되는 개념이죠."

나는 심드렁한 척하지만 사실은 집중해 듣는다.

"크리스토퍼 올센은 자극적인 사람이었나요?" 쉬리네가 묻는다.

그녀는 이번엔 한결 조심스럽게 그의 이름을 말한다. 등은 곧게 펴고 쭉 뻗은 손가락으로 비상 단추를 만지작거리고 있을 것이다.

"오, 그만둬요." 나는 한숨을 내쉰다.

"당신은 짜릿한 흥분을 좋아하죠, 그렇죠? 그렇지 않나요?"

나는 크게 콧방귀를 뀌며 말한다. "난 당신의 분석이 마음에 들어요, 정말. 만약 상담사가 필요한 일이 있다면 무조건 당신을 찾아갈 거예요."

나는 그녀의 눈을 본다.

"당신의 유머 감각은……." 그녀가 말한다.

"방어기제라고요?"

그녀는 대꾸하지 않는다.

드디어, 드디어 포기하시는군. 나는 생각한다.

나는 상담실에서 나오기 전에 《테레즈 라캥》을 큰 소리가 나게 탁 닫아 쉬리네가 노려보게 만든다. 처음에 나는 테레즈에게, 아무 일도 일어나지 않는 세상에서 절망하며 하루하루 사는 그녀에게 많은 동질감을 느꼈다. 테레즈는, 내가 처음엔 여자 이름인 줄 알았던 카미유에게 시집을 가야 했다. 테레즈는 분명 활기 넘치고 자유로운 젊은 남자들을 좋아하는데, 우리는 이 작품이 1800년대가 배경임을 고려해야 한다. 아무튼 곧 테레즈는 또 다른 남자 로랑을 만나고, 그와 사랑에 빠져 정사를 벌인다. 그들 세 사람은 작은 배를 빌려 뱃놀이를 즐기고, 테레즈의 정부 로랑은 카미유를 물에 빠뜨려 익사시킨다.

살인한 이후 테레즈와 로랑은 누구 잘못인지를 두고 싸운다. 두 사람 모두 살인에 대한 죄책감으로 정신과 영혼이 망가지고 결국 서로 죽일 계획을 짜기에 이른다. 마지막에 그들은 동반 자살한다.

"이거 마음에 안 들어요." 나는 순전히 쉬리네를 괴롭히기 위해 말한다.

"생각할 거리가 있지 않던가요?"

"생각을 하게 하더군요. 그게 문제였어요."

점심 식사 뒤 나는 자진해 체육관에 가서 한 시간 동안 운동한다. 실내용 자전거에 올라타 기어를 한 단계씩 올리며 허벅지가 찢어져라 페달을 밟는다. 내 이마에서 떨어진 땀이 바닥에 작은 웅덩이를 만든다.

그다음 기구를 이용해 턱걸이 운동을 서너 세트 한다. 내 근육은 회복력이 뛰어나다. 핸드볼 코트에서 나는 수비 한둘을 등지고 패스볼 낚아채기를 좋아했다. 내 진가는 백팩처럼 달라붙는 수비들을 매달고 6미터 라인*에서 슛을 던질 때 발휘되었다. 나는 5년 연속 우리 팀 득점왕이었다.

가끔은 그때의 소속감과, 한 가지 목표를 향해 함께 열심히 싸우던 시합이 그립다. 하지만 마지막에 나는 그 모든 게 너무도 철저한 계획에 따른 것이라는 데, 스텝과 패스, 슛 결정 모두 코치의 결

---

* 핸드볼 경기에서 골키퍼가 위치하는 득점 구역 바로 앞.

정으로 이뤄진다는 게 힘들었다. 나는 다른 사람의 지시에 따르는 게임의 한 조각일 뿐이었고, 그것이 핸드볼이 지닌 모든 즐거움을 지워버렸다.

운동을 마친 나는 샤워 헤드 밑에 화살처럼 곧은 자세로 아주 오래 서 있는다. 쏟아지는 물줄기에 귀가 멍해진다. 이젠 내 몸에서 그 냄새가 지워지는 것만 같다.

나는 테레즈와 로랑을, 살인할 능력이 되는 사람이라면 누구든 생각한다. 작가의 의도가 이것이지 않을까? 의심할 것 없이 작가가 옳다. 폭력으로 깊이 상처 입은 여자는 못 할 일이 없다. 나는 경험으로 이 중요한 사실을 알고 있다.

갓 태어난 신선한 기분으로 샤워실에서 나와 몸을 닦고 옷을 갈아입자마자 교도관들이 나를 끌어낸다.

"좋은 냄새가 나는데." 지미가 역겹게 웃는다. "그래봤자 넌 여전히 살인자 쌍년이야. 그걸 씻어 없애지 못해."

66

아미나, 나의 가장 친한 친구가 나를 구하려고 당장 달려왔다.

"이건 정상이 아냐, 스텔라. 건강하지 못해."

우리는 거실 소파 끄트머리에 다리를 올리고 앉아 있었다. 나는 크리스의 서랍에서 발견한 물건들에 대해 이야기했다. 엄마와 아빠는 음식 축제가 열리는 이탈리아의 어느 시골 지역으로 가 그곳 성에서 하룻밤 묵을 예정이었다.

"그런 물건 좋아하는 사람 많아. 붕대를 이용해 SM 플레이를 즐기고 서로를 묶는 거 말이야. 네가 생각하는 것보다 많은 사람들이 그런 도구를 자주 이용해."

"하지만 솔직해지자, 너 같으면 그런 도구로 할 수 있어?"

"난 아니지."

섹스를 할 때 몸이 묶여 내 몸을 의지대로 못 움직이다니, 생각만으로 나는 소름이 돋았다.

"린다는 왜 그런 물건들을 너에게 보게 했을까?" 아미나가 궁금해했다.

나는 알지 못했다. 잠긴 서랍 안에는 누군가의 입을 틀어막았던

공 모양의 검정 가죽 재갈이 들어 있었다. 투명한 액체가 든 플라스틱 병, 낡은 진회색 천, 튼튼한 금속 수갑도 있었다. 그리고 서랍 맨 밑에는 날을 번득이는 잭나이프가 놓여 있었다.

"그 여자는 날 겁주려 했을 거야. 그건 크리스가 사이코패스라는 증거가 되지 못해."

"하지만 칼이 있었다면서? 그 사람, 칼은 왜 가지고 있을까?"

"네 생각을 말해봐."

나는 생각하고 싶지도 않았다.

"너 그 사람한테 물어볼 거야?"

"미쳤어, 무슨 말을 하라고? '우연히! 당신 방 잠긴 서랍에서 열쇠를 발견했어요' 하고 말할까?"

크리스는 벌써 메시지를 세 번이나 보냈지만, 나는 답장하지 않았다. 나는 어느 쪽을 결정할지 갈피를 잡지 못했다.

"그는 나이를 속였어." 아미나가 말했다.

"그건 악의 없는 하얀 거짓말이었어."

아미나가 한숨을 내쉬었다.

"우리 다른 거 할 거 없어?" 내가 물었다. "밖에 나갈까?"

생각이 너무 많아 머릿속이 윙윙거렸다.

"예르케르 린데베리가 오늘 파티를 연다고 했는데." 아미나가 말하며 엄지로 휴대전화를 켰다.

"린데베리. 린데베리가 비에르레드에 살지?"

"바르세베크야."

더 나쁘다. 15킬로미터는 떨어진 동네였다.

"아빠 차를 빌리면 될 것 같은데. 두 분은 친구들 차를 타고 가셨거든."

346

아미나가 코를 찡긋했다. "잠깐만 빌려 타면 돼. 파티가 허접하면 당장 나와버리자."

내가 아빠 승용차를 '빌린' 게 이번이 처음은 아니었다. 궁금해할 사람을 위해 설명하자면, 배달 트럭을 모는 기분을 주는 불필요하게 큰 차였다. 사실 나는 도로주행 연습을 할 때 운전학원의 소형 피아트보다 아빠의 차를 더 좋아했다.

내가 운전해서 우리는 시내로 들어간 다음 노바 몰을 지나 해변으로 향했다. 아미나는 자기 휴대전화를 스테레오에 연결한 다음 볼륨을 최대로 올렸다. 색소폰 밴드답지 않게 높은 산과 낮은 계곡을 묘사하는 댄스 음악이 흘러나왔다. 그다음 끼익 소리가 났고, 어디선가 갑자기 번쩍번쩍한 소형 아우디TT가 우리 앞에 튀어나왔다.

나는 그 작은 독일 자동차의 조수석을 들이받아 그 차를 도로에서 딸기밭으로 보냈다. 운전수는 가발을 쓴 쪼글쪼글한 남자였다. 그는 딸기물이 들지 않게 바짓단을 접어 올린 다음 나를 운전석에서 끌어내고는 자기는 늘 여자들이 끔찍한 운전수라고 말해왔는데 여기 그 증거가 있다고 말했다.

아빠와 엄마는 일정을 중단하고 파티가 한창이던 성을 떠나야 했다. 그들은 경찰서에서 우리를 만났다. 아빠는 표정이 어두웠고, 나는 속상해서 훌쩍였다.

너무 다행스럽게도, 이 일은 법정까지 가지 않았다. 나는 즉결증서에 서명하고 벌금을 낸 다음 집으로 가 나 자신에게 멍청하다고 욕했다.

아빠는 이걸 **자동차 사고**라고 불렀다.

경찰은 이걸 무면허 운전과 난폭 운전이라 불렀다. 나는 보험

료와 수입에 근거한 벌금을 물었다. 3만 크로나가 한 방에 빠져나갔다. 나는 나 자신에게 화가 나 방문을 걸어 잠그고 엉엉 울었다. 3만 크로나. 여태껏 저축한 돈 절반이 날아갔다. 겨울에 떠날 기회는 사라졌다.

나는 빠져나가지 못하는 존재로 되돌아왔다.

나는 헤드폰을 끼고 음악을 들으며 침대에 누워 사이코패스와 섹스에 관한 글을 읽었다. 전에도 같은 글을 읽었지만 기억을 되살릴 필요가 있었다.

사이코패스에게 섹스는 권력을 쥐기 위한 것이다.

사이코패스는 처음엔 섹스하는 동안 파트너에게 초점을 맞춘다. 하지만 사이코패스는 흥분과 변주에 이끌린다. 곧 그는 더 자극적인 섹스를 원하며 파트너에게 불편하게 여겨질 행동들을 자주 요구한다. 사이코패스는 파트너를 서서히 한계점으로 몰아넣으며, 그 과정에서 권력을 얻으려 한다. 파트너가 제안을 거부하면, 사이코패스는 파트너에게 죄의식이 들게 하거나 다른 사람을 찾겠다고 위협하는 식으로 반응한다.

갑자기 입맛이 썼다.

나는 크리스와 산책하던 해변을 떠올려보았다. 내가 가슴에 기대자 쿵쿵 냄새를 맡던 그의 모습, 노을빛이 물들었을 때 내게 딸기를 먹일 때의 그의 동작, 롤러코스터를 탔을 때 내 무릎을 꽉 비틀던 그의 손.

그럴 리 없어.

크리스의 전화가 왔을 때, 나는 얼어붙은 사람처럼 휴대전화를 벌겋게 달아오른 석탄 보듯 노려보았다.

"무슨 일 있어?" 크리스가 물었다.

나는 휴대전화를 얼굴에서 멀리 떼고는 자동차 사고를 냈다고 말했다.

"벌금을 물었어요. 보험료도 올라갈 거고." 내가 말했다.

"별일 아냐, 스텔라. 그냥 돈이잖아. 너와 아미나가 다치지 않았다는 게 중요해."

"하지만 당신은 당사자가 아니니까. 아시아 여행은 내가 몇 년을 정성 들여 키운 꿈이었어요. 나에겐 중요한 목표였다고요. 한 푼 두 푼 모으고 또 모았는데."

전화가 지직거렸다. 크리스가 말이 없었다.

"그런데 이제 여행을 가지 못하게 됐어요." 나는 흐느꼈다.

"괜찮아질 거야, 스텔라. 넌 아시아 여행을 가게 될 거야. 물론."

67

"나는 이제 어떤 기대도 키울 자신이 없어."

아미나는 물론 내가 엄살을 떤다고 생각했다. 테이블 맞은편에서 그녀는 코를 찡긋거렸다.

"드라마 여자 주인공처럼 굴지 좀 마."

아미나는 핸드볼 연습을 마치자마자 막 나왔고, 우리는 땀 냄새와 커피 냄새가 섞인 체육관 카페에 있었다.

"너야 쉽게 말하겠지. 넌 앞으로 무엇을 할지 계획이 다 있으니까. 의과대학을 졸업한 다음 결혼하고, 아이는 둘 낳고, 집은 스톤 그뷔*에, 여름 별장은 보스니아에 마련하는 식으로."

"내가 들어도 나 참 따분한 사람이다."

우리 둘은 웃었다. 아미나는 단백질 셰이크를 빨았다.

"떠나는 날만을 고대하고 기다렸는데."

"그건 내가 잘 알지." 아미나가 말했다. "하지만 아직 기회는 있어. 최악의 경우 여행을 한두 달 연기해야겠지만."

---

* 룬드 북부에 위치한 조용한 마을.

나는 무겁게 한숨을 내쉬었다. 여행을 한두 달 연기하라고? 젠장, 아미나는 인생이 영원한 줄 아는가.

"너무 지루해, 지쳤어! 어쩜 이렇게 아무 일도 안 일어나냐? 우울감에 빠져 50년을 보내다가 꽥 죽어버려야 하나?"

"50년이라니?" 아미나가 고개를 저으며 말했다. "60, 70년은 더 보태야 맞을걸."

"휴. 우리 엄마 아빠를 보면 나이가 들면서 즐겁게 보내는 시간이 늘긴 한 것 같은데, 또 집에서는 분위기가 완전히 달라."

"난 너네 엄마 아빠 늘 좋던데."

아미나는 뭣도 모르면서 모든 걸 안다고 생각한다. 자기가 우리 가족의 내핵에 한 번도 들어오지 못했다는 걸 정녕 깨닫지 못하는 건가?

"엄마와 아빠는 다음 주에 부부 동반으로 단기 휴가를 가. 오루스트섬에 가서 오두막에서 지낼 거래."

"우아, 너무 낭만적이다."

"넌 계속 나하고 놀아줘야 해."

"크리스는 어쩌고?"

"아, 몰라." 나는 손가락으로 머리카락을 빗으며 말했다. "그냥 여기서 벗어나고만 싶어. 내 여행을 가면 좋겠어."

"넌 여행을 가게 될 거야." 아미나가 웃으며 말했다. "늦든 빠르든, 아무튼."

아미나는 지나가던 팀 동료에게 자연스럽게 안녕, 하고 말했다. 그러고는 자리에서 일어나 빈 병을 들고 제일 가까운 쓰레기통을 겨냥했다.

"너한텐 모든 게 참 쉬워 보여." 내가 말했다.

아미나는 마치 내 사타구니를 걷어찰 기세로 나를 쳐다보았다.

오늘 저녁만큼은 아빠는 이탈리아 음식을 만들지 않았다. 엄마는 식탁 맞은편에서 조금 애틋한 눈길로 쳐다보고 있었고, 아빠는 연신 웃어댔다. 저녁 식사 뒤, 아빠는 보여줄 게 있다며 컴퓨터를 켰다.

"곧 네 생일이잖아."

아빠는 분홍 베스파를 찾아냈다. 입이 벌어지게 멋지고 기절초풍하게 비싼 모델이었다.

"스쿠터가 있으면 자동차를 '빌려' 쓰지 않아도 되잖아."

"하지만 아빠, 가격이 3만 크로나야. 너무 비싸. 난 여행 경비를, 현찰만 원한다고 했잖아."

아빠는 모니터를 지그시 응시했다.

"두고 보렴. 난 이게 마음에 들거든."

"하지만 내 생일이잖아." 내가 말했다.

나머지 저녁 시간은 엄마와 아빠 사이 소파에서 보냈다. 두 사람 사이에 조화로운 에너지가 흘렀다. 흔치 않은 차분함이었다. 우리는 말을 거의 안 했는데, 사실 말이 필요 없었다. 나는 안전함을 느꼈다.

나는 소파에 파고들며 눈을 감았다. 깨어보니 밤 12시가 넘은 시각이었다. 아빠는 머리 한쪽을 책에 대고 입을 벌리고 코를 골고 있었다. 엄마는 소파 다른 편 구석에서 무릎을 끌어안은 자세로 앉아 있었다. 눈물을 흘리고 있었다.

"왜 그래?" 내가 졸려 하며 물었다.

"개가……." 엄마가 텔레비전을 가리켰다. "개가 죽었어."

나는 어깨를 토닥여주었다. "엄마, 할리우드는 늘 개를 죽여. 이 제껏 그것도 몰랐어?"

나는 베개들을 들춰 내 휴대전화를 꺼냈다.

크리스한테서 부재중 전화가 네 통 와 있고, 새 문자가 하나 와 있었다. 내가 메시지를 열자 저장되지 않은 번호가 떴다.

그는 지금은 당신에게 멋진 사람이겠죠. 나한테도 처음엔 그랬어요. 내가 그의 진면목을 알기까지 2년이 걸렸어요. 당신이 나와 똑같은 실수를 저지르지 않기를 바라요. 조심해요.

맙소사. 린다는 얼마나 미쳤기에 아직도 크리스를 극복하지 못했을까? 그녀는 크리스와 함께하는 사람을 조종하고 통제하려 한다! 크리스를 행복하게 만들 법한 거는 뭐든 파괴하기 위해서?

나는 그 문자를 한 번 더 읽은 다음 삭제하고 린다 로킨드의 번호를 차단했다.

나는 2층으로 올라가며 크리스에게 전화했다.

"드디어 연락이 오네. 무슨 일인가 걱정하던 참이었어." 크리스가 말했다.

그의 목소리 배경음에 윙윙 소리가 깔려 있었다. 차량 소리와 경적 소리가 한 번 났다.

"미안해요, 소파에서 그대로 잠들었었어요."

"밖으로 나와. 나 차에 있어. 그랜드호텔 스위트룸을 예약했어."

68

엘사가 잠금장치를 풀어주자 쉬리네가 쭈뼛쭈뼛 내 방으로 들어온다.

"좀 나아졌어요?" 쉬리네가 조심스레 묻는다.

"네?"

나는 아마 침대에 누워 있던 것 같은데, 그래도 옷은 다 입고 있다.

"어제 약속에 빠졌잖아요. 몸이 아프다고 들었어요."

"아." 나는 잊고 있었다. "이젠 많이 나아졌어요."

쉬리네는 탁자에 놓인 《죄와 벌》을 집었다.

"그래서 이 작품은 어떻던가요?"

나는 내 뇌를 잠시 고문한다.

"길더군요."

그냥 영원히 끝나지 않을 것 같은 19세기 러시아 소설을 내가 자발적으로 파고들었다는 사실만 생각하자. 심지어 그 책을 미워하지도 않고 끝까지 읽어냈다는 사실만 생각하자.

스무 살이 갓 넘은 라스콜리니코프는 자신이 이 세상에서 가장 똑똑하고 잘났다고 생각한다. 그는 돈이 궁했고, 그래서 그가 생각하기엔 살아 있을 가치가 없는 사악한 전당포 노파의 돈을 훔치고 그녀를 죽이기로 한다.

"당신 생각은 어때요? 모든 살인자는 똑같이 악랄한 존재일까요, 아니면 때로는 참작해야 할 어쩔 수 없는 상황이 있을까요?" 쉬리네가 묻는다.

나는 생각에 잠겨 그녀를 응시한다.

"물론 정상참작할 구석이 있을 수 있겠죠."

"아무 문제 없이 그렇게 간단하게?"

"하지만 물론, 가상의 예를 든다면, 이 책들에서는 정상참작할 게 없어요."

"가상의 예를 든다면, 이라." 쉬리네는 마치 생전 처음 들어보았다는 듯이 이 문구를 힘없이 반복한다. "음, 가령 어떤 게 있을까요? 다른 사람의 생명을 빼앗아도 정당화되는 상황이?"

"정당화와는 달라요. 그건 완전히 다른 이야기죠. 우리는 지금 정상참작에 대해 말하고 있잖아요."

"한 가지 예를 들어봐요." 쉬리네는 한 손으로 몸짓하며 말한다.

"자기방어가 있죠."

"하지만 그건 다른 거예요. 자기방어의 경우는 살인이 아니에요. 우린 누구나 자신을 지킬 권리가 있으니까요. 다른 예를 들어봐요."

나는 목을 긁으며 말한다. "어떤 사람들은 살 자격이 없어요."

쉬리네는 눈을 가느스름하게 뜬다.

"사람을 죽이며 돌아다녀도 괜찮다는 뜻으로 말하는 게 아니에요. 하지만 살 권리를 다 써버린 사람들이 있어요. 기능적인 사법 체계가 한 가지 문제 해결 방법이 되겠죠. 살인자와 강간범들이 응당한 처벌을 받게 된다면…… ."

"지금 당신은 사형제도에 찬성한다고 말하는 건가요?"

"나는 대부분의 사람들이 사형제도에 찬성한다고 생각해요. 사람들은 개인적으로 어떤 영향도 받지 않는 동안만 쉬이 사형 반대론자가 되죠. 가족이 살해당한 사람 아무나 붙잡고 물어보세요. 대답이 아주 분명할걸요."

"하지만 그들에게 두 번째 기회를 줘야 하지 않을까요?" 쉬리네가 말한다.

"강간하고 살인한 자들에게 또 기회를 준다고요?"

쉬리네가 날 자극하려 일부러 저러는 건지는 알 길이 없지만 만약 그런 의도라면 제대로 먹히고 있다.

"날 강간했던 그 남자, 그 남자에게도 기회를 또 줘야 한다는 건가요?"

"난…… 글쎄……."

"난 그때 열다섯 살이었어요. 열다섯 살! 그는 날 옴짝달싹 못 하게 붙들고 숨도 못 쉬게 압박했어요. 내가 목숨을 걸고 싸우는 동안에도 그 남자는 역겨운 그걸 내 몸 안에 넣었어요."

쉬리네의 얼굴에 그로테스크한 찡그림이 서린다.

"네, 정상참작이라는 게 있죠." 내가 선언한다. "나는 그 돼지 새끼가 죽는 걸 얼마든지 행복한 얼굴로 지켜볼 겁니다."

쉬리네는 영리하기 때문에 논쟁을 더 이어가지 않는다. 그녀는 눈을 두어 번 깜빡이다 시선을 손으로 떨군다.

"그 새낄 내 손으로 죽였어야 했는데."

69

　나는 그랜드호텔 스위트룸에서 잠이 깼다. 크리스는 맞은편 안락의자에 파묻히듯 앉아 있었다. 손에는 커피 잔을 들고 다리는 쭉 뻗어 오토만*에 발목을 포갠 자세였다.

　"잘 잤어, 화끈한 아가씨."

　나는 배시시 웃고는 발소리를 죽여 그를 지나쳐 욕실로 갔다. 세면대에서 세수한 다음 지난밤 우리가 오랜 시간 같이 잠겨 있던 욕조의 끄트머리에 앉았다. 짙은 후회의 덩어리가 부글거렸다.

　"몇 시까지 출근해야 해?" 크리스가 의자에 앉은 채 소리쳤다.

　"10시 15분 전요."

　이미 지각은 거의 맡아놓은 시간이었다.

　나는 옷을 입고, 행복하고 고마운 표정을 애써 지으며 크리스를 포옹했다.

　"이거 잊지 말고 챙겨." 그는 지도를 내밀었다.

　선물이었다. 어제 우리가 룸 열쇠를 손에 쥐자마자 침대로 달려

---

*　서양에서 사용하는 긴 의자의 하나. 통상의 것보다 좌석이 낮고 길다.

가 거품 나는 음료를 마실 때, 그가 내게 준 것이다. A4 크기의 종이는 양피지 문서처럼 돌돌 말려 사랑스러운 벨벳 리본으로 안전하게 묶여 있었다. 나는 두근거리는 마음으로 종이를 펼쳤다. 아시아 지도. 크리스는 나와 함께 가보고 싶은 장소에 금별 표시를 해두었다. 나는 그에게 지도는 이미 있다고, 이것보다 훨씬 크고 색색깔의 압정으로 더 많은 장소를 표시한 나만의 지도가 있다고 말하지 않았다.

엘리베이터를 타고 내려와 릴라 피스카레가탄을 지나갈 때 나는 행복감에 젖어 있어야 옳았다. 문제는, 이 모든 혼잡을 원하지 않는다는 것이었다. 내 인생의 여행을 서른두 살 남자와 같이할 수는 없었다. 그건 생각도 못 할 일이었다. 그런데도 가슴에서 뭔가 환히 빛나는, 분석하는 짓을 멈추고 일어난 일을 그저 받아들이라고 뭔가가 나에게 말하는 것 같았다.

출근 시간까지 많아야 2분여 남기고 중심가 광장을 건널 때, 하늘이 열리며 비가 퍼붓기 시작했다. 몇 주 만에 내리는 비였다.

비는 그날 저녁 퇴근 시간까지 계속 내렸다. 나는 모퉁이를 재빨리 돌아 보툴프스플라트센에서 버스를 탈 계획이었다. 시간만 딱 맞으면 흠뻑 젖지는 않을 거라고 계산했다.

하지만 몇 걸음도 못 가 나는 비에 홀딱 젖고 말았다.

후드를 쓰고 있어 좁아진 주변 시야 끄트머리에 큰 우산을 든 두 사람의 모습이 잡혔다.

"스텔라!" 아미나가 내 팔을 잡으며 말했다. "이리 와, 네가 꼭 들어야 할 얘기가 있어."

아미나의 머리는 젖어 있고 눈빛은 거칠었다.

"무슨 일인데?"

"우선 비부터 피하자." 아미나는 나를 잡아끌었다.

아미나 옆에는, 한 손에 우산을 받치고 다른 손으로 셔츠 목둘레를 자꾸 여미는 린다 로킨드가 서 있었다.

"아미나, 이게 무슨 짓이야?"

나는 분노했다. 아미나와 린다 로킨드가 나를 공격하려고 매복해 있었어? 둘이 날 괴롭히려 작당을 했다고? 나는 아미나 손을 뿌리치고 그녀를 노려보았다.

"제발, 린다가 할 말이 있대. 네가 꼭 들어야 할 이야기야."

빗물이 얼굴에 흘러내려도 아미나는 아랑곳하지 않았다. 상황 전체가 아주 절박해 보였다.

"좋아." 나는 린다를 쳐다보며 말했다. "할 말 있으면 빨리해요."

우리는 허겁지겁 지붕이 있는 버스 정류장으로 갔다. 아미나는 얼굴에서 젖은 머리칼을 훔친 다음 린다에게 자기한테 말한 그 이야기를 얼른 나한테 알려주라고 재촉했다.

"난 크리스와 3년 동안 동거했어요. 완벽한 인생으로 보였죠. 너무 행복에 젖어 뭔가 달라지는 것도 못 알아차릴 정도로."

나를 쳐다보는 린다의 눈빛은 흔들리고 있었다.

"계속해요." 아미나가 말했다.

"그 일은 서서히 일어났어요. 조금씩, 하지만 끊이지 않고 계속. 나는 그런 일은 계속되진 않을 거라고, 더 나빠지지 않을 거라고 자신을 다독였죠. 아무 일이 없기를 간절히 바랐어요."

빗줄기가 정류장 지붕을 때렸다. 남학생 서넛이 달려와 버스 문에 매달리자 기사가 그들을 태워주었다.

"맨 처음 이상하다고 생각한 건 크리스의 질투심이었어요. 처음엔 그가 날 정말 사랑하는 증거라고, 귀엽게만 생각했죠. 하지만 그의 질투심은 점점 심해졌어요. 한번은 내가 다른 남자와 끼를 부린다며 남자의 얼굴을 때리려 했어요."

나는 린다의 눈을 똑바로 쳐다보았다. 대부분의 사람들은 거짓말을 잘 못하는데, 린다가 진실을 말하지 않는다고 볼 신호가 없었다.

"크리스를 만났을 때 난 학생이었어요. 그는 내게 학업을 그만두라고, 자기 회사에서 일하는 게 날 위해 더 좋을 거라 말했어요. 나도 공부에 큰 미련은 없었어요. 부모님이 걱정하기 시작하자, 그는 내게 부모님과 연락을 끊게 했어요. 얼마 지나지 않아 내 친구들과 어울리는 시간도 끊었어요. 거기엔 늘 이유와 변명이 있었죠. 내가 누구에게 초대를 받았다고 말하면, 크리스는 둘만을 위한 프라하 주말여행 같은 깜짝 이벤트를 준비해뒀다고 하는 거예요. 계속 그런 식이었어요. 결국 내 주변에 아무도 남지 않았어요. 크리스 한 사람만이 남았죠."

나는 크리스의 페이스북 사진을 생각했다. 두 사람은 행복해 보였다. 린다가 저렇게 말하는 건 합리화를 위한 게 아닐까? 복수하려는 음산한 수법이 아닐까?

"나는 내 인생을 이룬 내용들을 쪼그라뜨리며 크리스만 남게 했어요. 그가 원했던 대로 된 거죠. 그는 나를 천천히 무너뜨리고 있었어요." 린다가 말했다.

버스가 타이어 높이로 물을 튀기며 모퉁이를 돌았다. 나는 아미나를 보았다. 나를 걱정하는 그녀의 마음을 알면서도 여전히 받아들이기가 힘들었다. 아미나는 대체 무슨 생각인 거야? 린다 로킨드를 데리고 연락도 없이 불쑥 등장하다니, 린다를 신뢰한단 말인가?

"그는 당신한테도 똑같은 짓을 할 거예요." 린다는 우산을 흔들어 빗방울을 털며 말했다. "그는 비정상적으로 의심이 많았어요. 처음엔 몰랐지만, 한두 달 지나자 질투심을 드러내더라고요. 내가 뭘 하고 어디서 누구와 있었는지 속속들이 알려고 들었죠. 그러면서도 결국 바람을 피운 건 그였지만."

나는 크리스가 한 말을 떠올렸다. **우리 사이엔 아무 일도 없었어, 하지만 감정적으로는 바람을 피웠으니 떳떳하지 못하지.**

"그의 휴대전화에 온 문자를 봤어요. 우리 둘 다 알던 여자가 보낸 문자였죠. 내가 친구라 생각했던 사람. 둘이 어떤 관계인지는 너무 뻔했고, 내가 따져 묻자 크리스는 나를 벽으로 밀쳤어요."

린다는 우산을 접고 거리를 멍하니 바라보았다.

"나는 그에게 심하게 맞아 지라가 파열되었어요. 병원에는 자전거에서 떨어졌다고 둘러댔죠."

저 말은 사실이 아냐. 크리스는 폭력적인 사람이 아냐.

"그게 언제 일이죠?" 내가 물었다.

"작년 겨울, 크리스마스 직전이었어요."

크리스는 올봄에 관계를 끝냈으며 이후 새로운 사람을 만나지 않았다고 말했었다.

"당신은 왜 그를 떠나지 않았죠?" 내가 물었다.

"그게, 간단하지가 않아요. 설명을 못 하겠는데, 그가 날 소유했다는 느낌이 들었다고나 할까. 나는 두려웠어요. 날 처음으로 때린 그날 이후 크리스의 폭력은 날로 심해져만 갔어요. 맞을 때마다 나는 이런 일이 다신 일어나게 두지 않겠다고 다짐하곤 했죠. 하지만 그는⋯⋯."

린다는 눈을 꾹 감았다. 그녀의 얼굴에 흐르는 건 빗물일까. 아미나는 내게 미안한 듯 내 팔을 부드럽게 매만졌다.

내게 선택의 여지가 있기나 한가? 린다가 하는 말이 사실이든 아니든, 난 크리스와 계속 만날 수 없었다. 솔직히 지금까지 계속 만난 것도 불안했다. 그가 짜릿하고 섹시하고 돈 많은 남자이긴 하지만 이만하면 되었다. 나는 어떤 드라마도 더는 받아들일 수 없었다.

"서랍 열어봤어요?" 린다가 물었다.

나는 고개를 끄덕였다.

"내가 싫다는데도 크리스는 그런 물건들을 착용하도록 강요했어요. 자기를 정말 사랑한다면 그 사랑을 보여달라면서. 결국 내가 용기를 내 단호하게 거절하자, 그는 무섭게 화를 냈어요. 내 팔을 뒤로 꺾어 손목을 결박한 다음 공 모양 재갈을 내 입에 물렸어요. 숨도 쉴 수 없었고, 너무 힘들었어요."

나는 숨이 막혀 나도 모르게 헉헉거렸다. 기억이 번개처럼 때렸다.

"그는 나를 강간했어요. 그는 내가 몸부림치며 저항하길 원했던 것 같아요. 그가 좋아하는 게 그거라는 걸, 그제야 깨달았죠."

나는 그랜드호텔의 욕조에 크리스와 같이 들어갔을 때의 일을 생각했다. 크리스의 다정한 손, 우리 몸에 리드미컬하게 찰싹찰싹 닿던 물. 내가 알고 있는 크리스와 린다가 말하는 크리스는 전혀 다른 사람 같았다.

"왜 경찰을 찾아가지 않았죠?"

"찾아갔었는데, 경찰은 수사를 종결했어요. 크리스의 어머니는 법학 교수에 이 나라의 검찰과 판사를 다 아는 분이에요. 크리스는 성공한 기업가에 백만장자예요. 누가 내 말을 믿으려 하겠어요?"

"당신이 경찰에 고소장을 낸 게 언제였죠?" 내가 물었다.

린다는 무게중심을 왼발에서 오른발로 옮겼다. "4월이었어요."

"당신이 크리스를 떠난 다음?" 아미나가 물었다.

린다가 고개를 끄덕였다.

"당신이 그를 떠난 다음이 맞아요?" 내가 말했다. "아니면 그 반대, 그가 당신을 떠난 다음 아닌가요?"

그녀는 눈을 감고 얼굴에 흐른 눈물을 닦으며 말했다. "네, 그 반대였어요."

나는 보도에 침을 뱉었다. 또 다른 버스가 내 앞에 섰고, 슈트케이스를 든 여자가 튀는 물벼락을 피하려 버스에서 옆으로 뛰어내렸다.

"버스가 왔네요."

나는 그렇게 말하고 버스를 향해 달려갔다.

70

감방 침대에 큰대자로 누워 천장의 얼룩 한 점을 노려본다. 얼룩은 점점 커지다가 흐릿한 색상과 문양을 가진 꿈틀거리는 생명체로 변하는 것만 같다.

나는 크리스에 대해 생각한다. 아마도 쉬리네가 떠들어댄 뇌 화학과 감정, 그리고 자극에 대한 욕구와 관련이 있을 것이다. 하지만 그게 내가 자책해선 안 된다는 뜻은 아니잖은가? 결국 자기 행동에 대한 책임은 자기가 져야 한다. 도파민과 세로토닌과 아드레날린에 책임을 미뤄서는 안 된다. 정상참작? 모르겠다.

나는 크리스토퍼 올센이 어떤 사람인지 알게 되었다. 최소한 알았어야 했다.

충동과 감정은 일시적인 것이다. 나는 사랑은 다르다고, 스스로 선택하는 거라고 생각해왔다. 확 타오르다 사그라지는 불꽃. 이런, 나는 10월의 화요일 같은 아무 날에 하루에도 열 번 사랑에 빠진다. 하지만 크리스에게 빠지는 걸 선택하지는 않았다. 선택했나? 내게 선택할 힘이 있기는 했던가? 그 생각을 할라치면 왜 늘 속이 쓰릴까?

모든 게 다시 원점으로 돌아온다. 혼란스럽고 환멸스럽다.

배신감.

아미나를 생각하면 생살이 뜯겨나가는 기분이다. 슬픔과 죄책감이 부풀고, 멀미가 난다.

나는 에스더 그린우드와 홀든 콜필드를 생각한다. 말짱한 정신과 이성으로 이 삶에서 살아남는 게 가능이나 할까?

나는 전혀 준비가 안 되었는데, 쉬리네가 등장한다. 나는 잽싸게 침대 쪽으로 달려가 눈물을 감춘다.

쉬리네가 가죽 서류가방을 책상에 내려놓으며 나에게 묻는다. "왜 그래요?"

"별일 아니에요, 그냥 피곤해서." 나는 우물거린다.

쉬리네는 허리를 숙여 안심하라는 듯 내 어깨를 짚는다.

나는 천천히 고개를 들고 눈물이 흐르게 둔다.

71

    음식은 반드시 주방이나 다이닝룸의 식탁에서만 먹겠다고 엄마 아빠에게 약속했건만 금요일에 나와 아미나는 소파에 앉아 케밥을 나누어 먹었다.

    아빠와 함께 떠나기 전, 엄마는 내게 말했다.

    "아빠를 실망시키지 마."

    그래, 어떤 면에선 그것이 곧 내 인생이었지.

    "네가 그 사이코를 나한테 데려왔다는 게 믿기지가 않아." 나는 아미나를 노려보며 말했다.

    "아니면 내가 어떻게 해야 했는데? 그 여자를 떼어낼 수 없었어."

    "솔직해져, 아미나. 그 린다 로킨드는 네가 누군지 다 계산한 다음 널 쫓아온 거야. 보나 마나 그전부터 널 스토킹했을걸, 크리스를 스토킹했던 것처럼."

    아미나는 입술을 깨물었다. 반박하고 싶은데 아직은 때가 아니라고 생각하는 듯했다.

    우리는 온라인에서 린다에 대해 검색하고 그녀가 조금 이상한 사람이라는 증거를 찾으려 했지만, 린다 로킨드는 거의 눈에 띄지 않았다.

"너 얼굴에 뭐 묻었다." 아미나가 플라스틱 포크로 가리켰다. "거기 말고, 좀 더 위에."

나는 뺨에 묻은 소스를 손으로 닦았다.

아미나는 한숨을 내쉬었다. 그녀는 칠칠맞지 못한 내 모습을 볼 때마다 당황한다. 그러곤 도구들을 외과 수술 도구처럼 이용해 쥐먹이만큼 잘게 잘라 입을 조금만 열고 미끄러뜨린다. 그녀가 뭔가를 씹는 모습은 아무도 본 적이 없다.

"우리, 오늘 밤에 텡네르스에서 놀까?" 아미나가 말했다. "제발, 제발, 제발."

"난 안 돼."

오후 내내 머리가 아팠다. 나는 장의자에 뻗어 열 시간 내리 잠들고만 싶었다. 그동안 부족했던 잠을 보충하고 푹 쉬어야 한다. 그리고 크리스는 걱정하지 않아도 되었다. 그는 옛 친구와 만난다면서 다른 날 만나자고 문자를 보냈었다. 크리스와 어떻게 헤어질 건가 생각할 때면 나는 몇 가지 이유로 겁이 났다. 황소를 뿔로 들이받고 진실을 말해야 하나, 아니면 시간이 모든 걸 해결하도록 내버려둬야 하나.

"제발." 아미나가 말했다. "부탁이야, 나가서 놀자."

아미나는 춤추고 파티하고 사람들과 만나고 싶어 했다. 어느 때보다 기운이 펄펄 난다고 했다. 그리고 나는 물론, 그녀의 둘도 없는 친구이기에, 또 둘도 없는 친구가 되려는 노력으로, 그녀와 연대했다. 우리는 유행 지난 유로비전 음악에 맞춰 춤추고, 좁은 복도 거울 앞에서 옷을 갈아입고, 또 서로의 옷을 바꿔 입으면서 많은 시간을 허비했다. 12시 직전에야 우리는 자전거로 언덕길을 부드럽게 내려가 텡네르스로 향했다.

우리는 폭발하는 조명 아래 댄스플로어에서 머리칼을 휘날리며 땀에 흠뻑 젖도록 춤췄다. 그다음 아미나는 내 손을 잡고 나이트클럽에서 춤추는 몸뚱이들 사이로 썰매 타듯 미끄러져 나아갔다. 곧 우리는 숨 가빠하며 바에 도착해 수염 난 바텐더에게 사이더를 주문했다.

나는 몸이 땀에 젖고 머리가 지끈거렸다.

"저것 봐!" 아미나가 바 건너편을 가리켰다. "그가 옛날 친구를 만날 거라고 했다며?"

크리스가, 우리를 등지고, 은 귀고리에 어깨를 드러낸 여자에게 살짝 기대 서 있었다. 두 사람은 웃었고, 여자가 그의 팔꿈치를 살짝 문질렀다.

"저 여잔 누구야?" 아미나가 말했다.

나는 사이더 잔을 쥐고 바를 돌아갔다. 크리스는 막 고개를 돌려 나를 발견했는데 그때도 아직 웃고 있었다.

"스텔라! 너도 왔어?"

크리스가 포옹할 때 나는 뻣뻣하게 가만히 있었다. 귀고리를 주렁주렁 단 여자는 놀란 눈으로 나를 쳐다보았다.

"이쪽은 내 친구 베아트리세야." 크리스가 말했다.

나는 여자와 악수하며 외모를 평가했다. 나이는 스물다섯 살에서 서른 사이로 보였다. 화장이 아주 진했다. 시원하게 크고 도톰한 입술, 군살 없이 탄탄한 몸.

"미안해요." 내가 말했다. "당신이 '옛 친구'라 하기에 난⋯⋯."

"옛 친구?" 베이트리세가 짧게 깔깔 웃었다.

크리스는 괴로워하는 척 과장했다.

"그래서 두 분은 어떻게 아는 사이죠?" 내가 물었다.

"크리스의 전 여자친구를 통해 알게 되었어요." 베아트리세가 말했다.

크리스는 못 들은 척하며 내 상의가 아주 멋지다는 둥 딴청을 부렸다. 그는 이 대화를 피하려는 모양이었지만, 나는 그렇게 되도록 두지 않았다.

"린다 말인가요?" 내가 물었다.

베아트리세가 크리스를 보았고, 크리스는 그녀에게 어깨를 으쓱해 보였다.

"린다와 나는 학창 시절 친구였어요." 베아트리세가 말했다. "사실 린다가 크리스를 처음 만난 자리에 나도 있었어요. 두 사람이 사귀는 첫날부터 우리 셋이 자주 어울려 돌아다녔어요, 린다가……아프기 전까지는."

베아트리세는 고개를 살짝 숙였다.

"아프다고요?" 내가 물었다.

베아트리세는 고개를 끄덕일 뿐 설명하지 않았다.

"린다가 날 쫓아왔었어요." 나는 크리스 쪽을 쳐다보며 말했다.

그의 얼굴이 새하얘졌다.

"정말?"

"린다는 아미나까지 찾아냈어요. 당신이 어떤 사람인지 우리에게 경고하려 했고요. 당신이 병적으로 이상한 짓을 했다고 주장했어요."

"빌어먹을." 크리스가 말했다. "정말 신물 나. 그녀는 내 인생을 망치기 위해 별의별 짓을 다 하고 있어."

"너무 슬픈 일이야." 베아트리세가 크리스의 팔을 토닥였다. "처음 사귈 때만 해도 린다는 세상에 또 없을 다정한 친구였어요. 정말 친절하고 배려심 깊은 친구였죠. 아, 편집증이 엿보이고 질투심까지 보이긴 했지만, 그래도 설마 이렇게 끝날 줄이야 누가 생각이나 했겠어요?"

"그녀는 아무런 도움을 받지 못했나요?" 내가 물었다. "가령 정신과 의사라든가."

"린다는 10대 때부터 치료사들을 만나왔어." 크리스가 말했다.

"안타깝게도 점점 악화만 되었죠." 베아트리세가 말했다. "크리스가 헤어지자고 하자 린다는 정신을 완전히 놓았어요." 나는 그 정도는 짐작하고 있었다. 린다 로킨드의 머릿속은 온전하지 못했다. 나는 아미나에게 의미심장한 눈길을 보냈다.

아미나가 내 어깨에 손을 올렸다. "화장실."

"하지만……."

"당장 가야 해. 제발, 여기서 싸버리기 전에."

우리는 화장실 한 칸에 같이 들어가 차례로 오줌을 눴다. 나는 몸에 열이 났다. 머리가 무거웠다. 독감인가? 아니, 너무 일만 열심히 해서 좀 힘든 걸 거야.

"너 왜 그래?" 아미나가 물었다.

"모르겠어. 피곤하고 기운이 없어."

나는 이대로 집에 가서 이불 속에 들어가고 싶었다.

"이제 내 말 믿지?" 내가 물었다. "린다 로킨드의 정신이 뒤죽박죽인 거 말이야. 이제 너도 알겠지?"

아미나는 제 이마를 탁 치며 자기가 멍청했음을 보여주려 했다.

"난들 어떻게 알았겠어? 나는 네가 위험할지도 모른다는 생각이 들었어. 그런데 어떻게 모른 척하겠느냐고."

"괜찮아." 내가 안심시켰다.

"그는 꽤 괜찮은 간식이야." 아미나가 다 안다는 듯 빙긋 웃었다.

"누가?"

"네가 씹고 뜯고 맛보고 즐길 한여름 상대 말이야."

나는 웃었지만 곧바로 마음이 거북해졌다. 이 기분이 어디서 왔고 무슨 의미인지 모르겠지만 몸 안의 피가 도는 걸 멈춘 듯 갑갑하고 초조해졌다.

"가자, 이제." 아미나가 화장실 문을 열었다. "기분 째진다!"

우리는 사람들을 뚫고 댄스플로어 한복판으로 진출했다. 내가 졸음과 싸우는 동안 아미나는 신나게 춤을 췄다. 내 팔을 잡고 마구 흔들며 목구멍에서 비누 거품처럼 부푸는 웃음소리를 냈다.

나는 크리스를 보려 고개를 돌렸다. 춤추는 사람들 사이로 바에 서 있는 그의 모습이 들어왔다. 내가 그에게 다가가자 아미나가 바짝 따라왔다.

"베아트리세는 어디 있어요?" 내가 물었다.

"남자친구가 기다리는 집으로 갔어."

나는 머리가 무거웠다. 배 속이 큰북처럼 둥둥거리고 다리에 힘이 빠졌다.

"몸이 영 안 좋아. 나도 나가야겠어."

크리스와 아미나, 둘 다 걱정스레 나를 쳐다보았다.

"내가 같이 가줄까?" 크리스가 물었다.

"아뇨, 아미나 옆에 있으세요. 난 자전거 타고 집에 가서 잘래요."

나는 그에게 가볍게 입을 맞추고 아미나를 포옹했다.

"그래도 되겠어?" 아미나가 물었다.

"응, 미안." 내가 대답했다.

신선한 공기를 마시니 살 것 같았다. 머리도 지끈거리지 않고 중심가를 지날 때는 자전거 페달을 밟는 다리에도 새로운 힘이 솟았다. 집에 돌아간 나는 타이레놀 두 알과 전해질 보충제를 삼킨 다음 휴대전화를 안고 침대에 쓰러져 곧바로 곯아떨어졌다.

베개가 떨리는 진동에 잠에서 깼다. 나는 튀어오르듯 몸을 일으키고 더듬더듬 침대 머리맡과 매트리스 사이에 낀 휴대전화를 꺼냈다.

"여보세요?"

아미나가 헉헉거리는 소리가 들렸다.

"너한테 말할 게 있어."

"무슨 일이야?"

"나 크리스하고 같이 집에 갔어."

날카로운 무언가가 내 가슴을 찔렀다. 아미나가 무슨 생각이었을까?

"어쩌다 보니 그렇게 됐어. 택시를 같이 타게 되었거든. 내가 자전거를 텡네르스에 두고 나갔어서."

아미나는 숨을 들이마셨다. 나는 심장이 쿵쾅거렸다.

"무슨 일 있었어?" 내가 물었다.

"아니, 아니, 아무 일 없었어."

"아무 일 없었지?"

나는 베개 위에 다시 벌렁 누웠다.

"물론 아무 일 없었지. 너 무슨 생각하는 거야?"

"아냐, 아무 생각 안 해."

"그냥 그와 같이 집에 갔다고 너한테 알려주는 거야."

나는 괜찮다고, 문제될 거 없다고, 별일 아니라고 말했다.

나는 크리스와 끝내기로 마음을 정했다. 그런데 이제는 자신이 없었다.

"넌 좀 나아졌어?" 아미나가 물었다.

"그런 것 같아."

나는 시계를 확인했다. 새벽 4시 반이었다.

"디노 아저씨 걱정하시겠다. 얼른 집에 가서 자."

아미나가 초조하게 웃으며 말했다. "아빠는 벌써 두 번이나 전화하셨어."

"내일 얘기하자. 사랑해."

배터리 5퍼센트. 바닥에서 충전기를 찾아내 플러그에 꽂으려는데 모르는 전화번호로 새 문자가 와 있었다.

크리스를 멀리하세요. 위험한 사람입니다.

72

식은땀을 흘리며 깬다. 몇 시일까. 한밤중일 수도, 동트기 직전일 수도 있다. 이곳에서 시간의 흐름은 의미가 없다.

무언가가 나를 쫓아온다. 나는 침대에서 튀어나와 종종걸음으로 방을 뱅글뱅글 돈다. 냄새는 내가 여기 온 첫날처럼 그렇게 날카롭고 그렇게 강력하다.

무시무시한 이미지들이 마음속으로 밀려든다. 나는 공포에 질려 잠긴 문을 쾅쾅 두드린다. 꿈과 현실의 경계가 지워진다는 게 바로 이런 거구나, 실감한다.

"내보내줘!"

부르쥔 주먹이 얼얼하고 뻐근해도, 나는 계속 문을 두들기고 짐승처럼 울부짖는다.

내 마음은 바닥에 쓰러진 피투성이 크리스를 보고 있다. 배의 열린 상처에서 펌프질하듯 신선한 피가 솟구치는데도 계속 뒤틀고 펄쩍거리는 몸뚱이.

"문 열어!"

나는 딱딱한 금속 문에 이마를 찧고 문을 긁다가 손톱이 갈라지자 털썩 주저앉는다.

드디어 해치가 옆으로 열리고, 겁에 질린 눈이 나를 내려다본다. 엘사다.

"살려줘." 나는 꺽꺽거린다.

나는 익사하고 있다. 이미 바닥에 박혀 있음에도 내 몸은 하염없이 더 가라앉는다. 나는 위로 올라가려 두 팔을 뻗지만 숨을 쉬지 못한다. 시멘트 반죽 속에서 헤엄치는 기분이다.

"엄마! 엄마!"

엘사가 문에서 물러서라고 명령하고, 나는 천천히 뒤로 기어간다. 도움을 청하는 엘사의 목소리가 귀에 들어온다.

나는 누워 천장을 바라본다. 그들이 나를 살핀다. 목소리는 먼 곳에서 속삭이듯 아득하고 희미하다. 죽어가는 크리스의 모습이 다시, 또다시 돌아온다. 바닥에 쓰러져 세차게 고동치던 피에 젖은 그 몸뚱이가.

의사가 내 얼굴을 찰싹 때린다. 나는 숨이 안 쉬어진다고, 목구멍이 이상하다고 설명한다. 의사가 물잔을 내 입에 대지만, 물은 턱과 뺨으로 흘러내릴 뿐이다. 의사는 교도관 한 명에게 날 앉히게 도와달라고 말한다.

낯선 손들이 내 얼굴에 닿는다. 목구멍에 고무장갑의 질감이 느껴진다. 누군가 내 목구멍으로 알약을 밀어 넣으며 곧 잠들 거라 말한다.

"싫어!" 나는 소리치며 팔다리를 퍼덕거린다.

잠은 위험해. 다시는 잠들지 않겠어.

"잠자지 않을 거야!" 내가 외친다.

그들은 내 뒤에서 내 몸을 꼼짝 못 하게 잡고 있다.

나는 숨을 깊이 들이마시고 그대로 참는다. 내 핏줄로 흘러드는 산소를, 느려지는 맥박을 똑똑히 느낀다.

엘사가, 길 잃은 어린애처럼 구석에서 떨고 있는 엘사가, 보인다.

"경찰." 내가 간신히 말한다. "경찰과 이야기할래."

경찰에게 무슨 말을 할지는 모른다. 진실을 전부 이야기할지, 진실의 일부를 말할지, 또는 진실과 하등 관계없는 말을 할지. 그저 말해야 한다는 것만 알 뿐이다. 폭발하기 전에 나는 말해야만 한다.

73

크리스가 우리 집에 와보고 싶다고 했다.

네가 어떻게 사는지 궁금해. 네 부모님도 뵙고 싶지만, 그건 나중으로 미뤄야겠지. 아무튼 네 부모님이 여행 중이시니 완벽하잖아. 그가 보낸 문자 메시지였다.

나는 얼른 집 안을 둘러보았다. 옷이며 가방이며 이런저런 물건들이 사방에 어질러져 있었다. 주방에서는 오래전에 뭔가가 죽은 듯한 냄새가 나고, 세탁실에는 내가 벗어던진 속옷이며 탱크톱이 쌓여 있었다.

오케이, 하지만 두 시간만 줘요. 내가 답장했다.

나는 크리스에게 말해야 했다. 이런 식으로 계속할 순 없었다. 크리스의 여유 있는 태도와 순간에 충실한 욕망을 즐기긴 했지만, 지금 우리가 하는 일에 그도 나도 같은 마음이라는 사실을 나는 짚고 넘어가야 했다. 나는 누군가 상처받을 사람이 있다는 게 두려웠다.

자동차 사고를 낸 이후 나는 금요일이면 아빠와 엄마가 귀가하기 전에 집 청소를 했다. 거실부터 시작해 물건들을 제자리에 돌려놓고, 진공청소기를 돌리고, 테이블을 박박 닦았다. 다음은 주방,

식기세척기를 싹 비웠다. 씻을 그릇들을 집어넣고, 씻은 그릇들은 선반에 집어넣고, 조리대를 번쩍거리게 닦았다.

드디어 현관에 한 아름 쌓인 쓰레기봉투들만 치우면 된다. 나는 악취에 코를 찡그리며 쓰레기봉투들을 끌고 문을 나섰다.

내가 좋아하는 여름날이 펼쳐지고 있었다. 해는 떨어졌지만 먼 하늘가에 아직 여릿하게 빛이 남아 있고, 공기는 완벽하게 적막하고, 새들이 자장가를 부르는 따스한 해 질 녘을 나는 절대적으로 찬양한다. 쓰레기봉투를 통에 쏟아 넣은 다음 진입로를 어슬렁거리며 내 몸에 깃든 드문 평온을 즐겼다.

그 순간 갑자기 덤불 속에서 뭔가 움직였다. 푸드득. 날쌘 움직임이었다. 새? 새겠지?

나는 확인하러 건너갔다. 빠른 움직임이 한 차례 더 일어났다. 벽 위에 큰 그림자 하나가 어른거렸다. 심장이 목구멍으로 튀어나올 것만 같았다. 숨도 못 쉴 것 같았다.

"거기 누구 있어요?" 나는 크게 소리쳤다.

5미터 떨어진 곳에서, 덤불이 다시 움직였다. 나뭇잎들이 부스럭거리고 잔가지가 툭 꺾였다.

"누구야!"

휴대전화를 꺼내려 주머니를 뒤지다가 집에 두고 왔다는 걸 깨달았다. 나는 한달음에 집으로 달려가 문을 세게 닫았다. 이중 잠금장치를 누르고 헉헉대는 내 숨소리에 집중했다.

내 상상이었나? 내가 편집증 환자가 되어가는 건가?

그냥 새였을 거야. 새가 아니면 다른 동물이었겠지? 고양이?

그게 아니면 저 밖에서 누가 몰래 들어와 서성거렸나?

크리스는 장미 한 다발을 가져왔다. 나는 쓰레기를 버리러 나갔을 때 일어난 일을 말하지 않았다. 크리스는 박물관 순례자처럼 집 안을 돌아다녔다. 내 방에 들어와서 그가 제일 먼저 한 일은, 탄성을 점검하듯 침대에 앉아 몸을 튕기는 것이었다. 그러다가 그는 벽에 붙여놓은, 내가 가보고 싶은 장소마다 압정을 꽂은 아시아 지도를 한참 들여다보았다.

"지도가 있었네?"

나는 정말 어색했다. 지난번 지도를 선물받았을 때처럼 이번에도 무슨 말을 해야 좋을지 생각나지 않았다.

크리스는 괜찮다는 몸짓을 하며 말했다. "이거 알아? 내년 2월과 3월에 쉴 수 있도록 스케줄을 조정했어. 아시아를 여행할 위대한 시간을 위해 비워두었지."

나는 그저 미소를 지었다. 내가 무슨 말을 하겠는가? 나 혼자 가는 게 더 좋겠다고 말할까? 그와 같이 여행할 일은 없을 거라고 말할까?

크리스는 나를 으스러지게 안았다. 내 머리칼을 부드럽게 넘겨 내 얼굴이 잘 보이도록 한 다음 천천히 키스했다. 그의 손이 내 속옷 가장자리를 따라 미끄러져 들어왔다. 나는 눈을 감았다. 나를 이토록 흥분시킨 이는 그가 처음이었다.

"부모님은 어디서 주무셔?"

그는 나를 껴안은 채 뒷걸음질해 문을 나갔다.

"저 방인가?" 그는 엄마와 아빠의 침실을 가리켰다.

나는 그에게 붙잡혀 내키지 않는 발걸음으로 복도로 들어가고 있었다. 물론 나는 절대 부모님 침대에 눕지 않을 것이다. 나는 크리스를 밀쳤지만, 그는 곧바로 돌아왔다. 문이 열리고, 우리는 비틀거리며 부모님 방으로 들어가고 있었다. 나는 몸에 힘을 줘 긴장시키고 문손잡이를 붙들고 버텼다.

"여기선 안 돼."

크리스는 웃고는 내 몸을 풀어주었다. 그리고 엄마 아빠의 더블 침대만 바라보며 가만히 기다렸다.

"그러니까 여기가 목사님이 주무시는 곳이군."

그러곤 미소를 지었는데, 그 미소가 뾰족한 바늘처럼 느껴졌다.

"어서." 그는 두 팔을 내게 둘렀다. "네 부모님 침대에서 널 가지고 싶어."

"안 돼. 그만해."

나는 그의 손을 풀기 위해 발버둥 쳤다. 그는 나를 옆으로 밀어 침대로 쓰러뜨리려 했지만, 내 체력을 과소평가했다. 나는 다리에 온 힘을 모아 부황 컵처럼 바닥에 착 붙이고는 상반신 힘만으로 그를 밀쳐냈다. 핸드볼 코트 6미터 선에서 이보다 훨씬 거친 몸싸움도 겪은 나다.

"오케이, 알았어." 크리스는 낄낄 웃으며 나를 무장해제하는 표정을 지으려 애썼다. "한번 생각만 해본 거야. 실험, 한번 실험해보는 것도 싫어?"

나는 파일 캐비닛에 잠겨 있던 서랍 속 물건들을 생각했다.

"이런 건, 아무튼 이런 식은 싫어요." 내가 말했다.

"싫어?"

나는 욕망이 다 식었다.

"잠깐 앉죠."

크리스는 상처받은 얼굴로 잠깐 기다리다가 나를 따라 계단을 내려왔다. 나는 텔레비전을 켜고 그의 어깨에 머리를 기댔다. 생각이 계속 흘러갔다.

무엇이 나를 크리스에게서 떠나지 못하게 하는 걸까? 아무 일도 일어나지 않는 세상이 재미없어 따분했는데 크리스가 등장하자 나는 미지의 남자에게 무작정 나를 던졌다. 그런데 지금은? 난 남자친구를 원하지 않는다. 더군다나 서른두 살짜리 남자친구는. 나는 부모님 침대에서 실험하지 않을 것이다. 내가 원하는 건 몇 년간 가꾸고 키워온 내 꿈, 아시아를 향해 이륙하는 것뿐이다. 빌어먹을 남자 따위가 내 앞길에 서게 두지 않을 거야.

나는 크리스를 쳐다보았다. 그가 내 주변에서 가장 아름다운 존재 중 하나인 건 사실이다. 하지만 그게 뭐? 나는 열여덟 살도 안 되었고, 앞길이 창창한 내 인생이 놓여 있는데.

크리스는 나를 한참 응시했다. 미소 짓는 그는 다정하고 사랑스러운 존재로 돌아가 있었다. 모난 자리들이 매끈해졌다.

나는 무슨 말을 해야 할지 몰랐다. 그 말을 어떻게 꺼낼지 몰랐다. 그저 꼭 해야 할 이야기가 있다는 것만 알았다.

74

다음 날 아침 크리스는 서둘러 회의에 가야 했다. 나는 분무기와 걸레를 들고 다니며 그가 남긴 흔적들을 하나하나 문질러 지웠다.

나는 아미나에게 메시지를 보냈다.

크리스와 헤어지는 게 맞아.

왜??? 아미나가 답장했다.

나는 문자를 썼다 지우고 다시 쓰기를 반복했다. 결국 보냈다.

그가 나한테 완전 반하기 시작한 것 같으니까.

아미나는 한 시간 가까이 답장이 없었다. 그다음 그게 아마 최선일 거라고 썼다.

시간이 흘러 그날 오후, 엄마와 아빠가 휴가에서 돌아왔다.

"집 안이 깨끗해 보이네." 엄마가 말했다.

내가 휴가 재미있게 보내셨느냐고 묻자, 두 사람은 웃으며 고개를 끄덕였다.

"너도 갔으면 좋았을 텐데." 엄마가 말했다.

두 사람은 아주 유쾌해 보였다. 아빠는 싱겁게 웃기는 짓과 농담을 했다. 여행 가방을 풀기 시작한 엄마의 몸을 간질이다 뒤에서 감싸 안고 목덜미에 키스했다.

"엄마, 아빠한테 어떻게 했기에 아빠가 저러셔?" 내가 물었다.

"무슨 뜻이야?" 엄마가 낄낄 웃었다.

"음, 그래 무슨 뜻이냐?" 아빠는 장난치듯 손가락으로 내 옆구리를 계속 찔러 나는 주방으로 도망쳐야 했다.

"아빠, 행복해지는 알약이라도 먹은 거예요?"

"네 아빠한테는 내가 하나밖에 없는 행복 약이지." 엄마가 소리 내어 웃었다.

아미나가 연습이 끝날 시각에 맞춰 나는 자전거를 타고 체육관으로 갔다. 어둑해지는 시간임에도 시티 파크에는 여름날의 따스한 초저녁을 즐기는 사람들이 넘쳤다. 기타를 퉁기며 노래하는 사람. 축구 경기를 하는 한 무리. 데이트 나온 듯 보이는 사람들.

실내 수영장 근처에서, 어미 오리가 뒤뚱뒤뚱 걷고 그 뒤로 새끼들이 졸졸 쫓아가고 있었다. 나는 오리 가족이 안전하게 건너가도록 자전거 브레이크를 잡고 서 있었다.

뒤뚱뒤뚱 자갈길을 건너는 오리들의 여정을 보며 배시시 웃고 있을 때, 뒤에서 발소리가 다가왔다. 나는 오리들을 놀라게 하지 않으려 자전거를 조심스레 옆으로 옮겼다.

"제발, 내 말 들어요."

내가 돌아서자 2미터 거리에 린다 로킨드가 서 있었다.

"세상에, 날 내버려둬요. 나와 크리스는 진지한 사이가 아니에요. 척 보면 각이 나올 텐데요."

린다는 내가 외국어로 말한다는 양 나를 쳐다보았다.

"난 당신이 어떤 사람인지 알아요." 내가 말했다. "당신은 도움이 필요해요. 병원 치료를 받든 다른 도움을 받든. 날 내버려두지 않으면 나도 내가 무슨 짓을 할지 몰라요."

나는 점점 소란을 부리고 있었다. 가까이서 다른 사람들이 듣든 말든 상관없었다.

"물론 크리스는 내가 아프다고 말했겠죠. 정신병이 있다고요, 그렇죠?" 린다가 말했다.

나는 고개를 저었다. "크리스만이 아니던데요. 경찰도 당신을 믿지 않더군요. 그리고 난 당신의 옛날 친구 베아트리세도 만났어요."

린다는 손에 힘을 주며 바지 주머니로 옮겼다. 그녀가 몸을 틀고 있어서 무슨 짓을 하는지 내게는 보이지 않았다. 저 주머니에 뭔가 있는 거야? 나는 자전거를 밀며 걷기 시작했다.

"크리스가 바람피우던 상대에 대해 내가 말했었죠. 그의 휴대전화에서 여자의 문자를 봤다고."

내가 걸음을 빨리 옮겨도 린다는 계속 따라왔다.

"그 사람은 내 가장 친한 친구 베아트리세였어요. 그는 내 친구와도 잤어요. 그러고는 그녀를 세뇌시켰죠. 그녀는 지금도 모든 잘못은 나 때문이라고, 내게 정신적 문제가 있어서라고 믿고 있죠."

나는 걸음을 멈추고 자전거를 돌려 우리 사이에 장벽을 만들었다.

"당신은 거짓말하고 있어요."

더는 이런 걸 받아들이고 싶지 않았다. 크리스, 린다, 베아트리세. 다 함께 지옥에나 떨어지라지.

"사실이에요, 맹세해요."

"뭐, 난 상관 안 해요." 내가 말했다.

가까운 풀밭 위에 몇몇 가족들이 꽃무늬 돗자리를 펼치고 소풍을 즐기고 있었다. 네 살쯤 보이는 여자아이 둘이 장난감 목마를 빠르게 흔들며 까르륵까르륵 웃어댔다. 두 아이 중 하나는 딱 저 나이 때 내 모습이었다.

"지난겨울 어느 날, 내가 침실에 사진 액자를 걸 때의 일이에요." 린다가 말했다. "크리스가 맥주병을 벽에 던져서 떨어진 액자였죠. 내가 작업을 마치자 크리스가 다가와 쓱 쳐다보더군요. '시발, 짜증 나. 못이 비뚤어졌잖아.' 나는 그에게 사과하고 당장 고치겠다고 약속했어요."

벌어진 상처에서 흘러나오는 피처럼, 그녀는 말을 줄줄 흘리고 있었다. 나는 잔디밭에서 웃으며 노는 여자아이들한테서 눈을 뗄 엄두가 나지 않았다.

"나는 망치를 잡으려 했지만 크리스가 더 빨랐어요. 그는 나를 침대에 던지고 망치를 허공에 휘둘렀어요. '빌어먹을, 넌 사진 한 장도 똑바로 못 거냐!'"

벌레가 살갗을 기어다니는 듯한 스멀거림을 다시 느꼈다. 소녀들이 잔디밭에서 까르륵 웃고 소리치고, 린다는 내 앞에 서 있었다.

"그는 망치로 위협하며 날 강간했어요."

혐오의 파도가 나를 덮쳤다. "그만!"

"난 크리스를 다치게 하고 싶어요. 내가 당한 것과 똑같은 고통을 그가 느꼈으면 좋겠어요." 린다의 얼굴이 자줏빛으로 변했다. 목을 앞으로 내밀고 눈썹은 내려갔다. 무시무시했다. "난 그를 죽일 수도 있었어요."

나는 자전거에 올라타 아레나로 향했다. 아미나가 나오기 전에 나는 휴대전화에서 크리스의 번호를 불러오고 연락을 차단했다.

75

블롬베리는 배꼽 근처까지 단추를 풀어헤친 연파란색 셔츠 차림
으로 내 앞에 앉아 있다. 짐승의 앞발처럼 넓적한 손으로 테이블을
짚으며 아버지라도 된 양 나를 본다.

"앙네스 테린은 왜 만나려는 거야?"

"말하려고요."

"무슨 말을?"

나는 어깨를 으쓱한다. "무슨 일이 일어났는지."

그는 묵살하려는 듯 손사래 친다. "잘 들어. 울리카와 이야기했
는데, 우리는 네가 가능한 한 오래 입 다물고 있어야 한다고 결정
했어."

나는 테이블 밑에서 주먹을 말아 쥔다.

"지금도 둘이 붙어먹고 지내요?"

블롬베리는 급소를 차인 표정이 된다.

"대답하지 않아도 돼요. 나도 모르고 싶으니까."

"옛날 옛적, 다 지나간 일이야." 블롬베리는 입가를 닦으며 조용
히 말했다. "이번 사건을 맡기 전만 해도 난 몇 년 동안 울리카를

보지도 못했어."

그는 목과 귀 뒤로 떨어지는 땀을 닦는다. 그러고는 랩톱 컴퓨터를 테이블에 올린다. 화면을 쳐다보며 요란하게 무언가를 쓰다가 결국 다시 나를 본다.

"검찰은 아미나와 크리스토퍼 올센이 너 몰래 만났다고 추측해."

"뭐라고요? 농담이 아니고 진짜로요?"

"올센이 너 몰래 아미나와 바람을 피웠는데 네가 그 사실을 알게 되었다고 검사는 믿고 있다는 거지." 블롬베리가 말한다.

비정한 단어들이 크게 소리 내며 우르르 쏟아진다. 그것들은 나와 관계된 이야기임에도 마치 외국어나 레딧 게시판에서 읽은 글처럼 낯설게만 들린다.

"바람을 피웠다는 표현을 쓴다고요?"

그는 고개를 끄덕이며 말한다. "검찰 측은 네가 두 사람이 같이 있는 걸 알아냈고, 올센을 죽이기로 결심했다고 믿고 있어."

"잠깐만요. 검사는 내가 크리스를 죽였다, 그런데 그 이유가 크리스와 아미나가…… 섹스를 했기 때문이라고 생각한다고요?"

"그래."

"내가 질투해서?"

"질투? 배신? 내가 어떻게 알겠어?" 그가 말한다.

"미쳤네!"

가슴에서 분노의 불꽃이 인다. 나는 말해야 한다. 실제 어떤 일이 있었는지 모두에게 알리자.

"아미나가 거슬리니?" 블롬베리가 묻는다.

"지랄, 무슨 말을 그따위로 해요. 난 내 친구를 사랑해요!"

"그렇다면 지금부터 내가 하는 말 잘 들어."

나는 콧방귀를 뀌면서도 경청한다.

"이게 다 아미나를 위해서야." 블롬베리가 말한다.

나는 아미나를 생각한다. 그녀의 겁에 질린 눈과 그녀의 뭉개진 꿈을 상상하자 온몸이 구겨지며 무너지는 것만 같다. 아미나가 없었다면 오늘 내가 어디서 어떤 사람이 되어 있을까. 난 절대 아미나를 실망시키지 않을 것이다.

"검찰 측은 네가 크리스의 생명을 거둘 의도로 그의 아파트로 갔다고 주장하고 나올 거야. 하지만 그들의 논리는 뒷받침할 상황 증거가 약해. 그들은 네가 건물 밖에 있는 걸 봤다는 이웃 주민의 증언을 얻었지만, 그 목격자는 정신적으로 취약한 여자야. 이상적인 증인은 못 된다는 말이지."

그는 모니터를 뚫어져라 쳐다본다.

"그것 말고도 검찰은 족적과 호신용 스프레이 흔적이라는 증거도 있어. 머리카락, 피부 조각과 옷 섬유도. 하지만 네가 올센의 살해범이라는 직접적인 증거는 없어."

"좋아요."

블롬베리가 노트북 화면을 내 쪽으로 돌리지만, 나는 깨알 같은 글자들을 읽을 기운이 없다.

"그들은 올센의 컴퓨터에서도 메시지와 채팅 기록을 찾아냈어. 또 통화 기록도 있지."

블롬베리의 침착하고 안정감 있는 목소리에 나도 조금은 차분해진다.

"스텔라, 지금 제일 중요한 건 네 알리바이야."

"좋아요." 나는 그의 의도를 모르면서도 말한다.

그는 다시 나를 쳐다본다. "검찰 측 타임라인은 앞뒤가 맞지 않

아. 왜냐, 법의학팀이 범행이 일어났다고 주장하는 그 시각에 넌 알리바이가 있으니까."

단어들이 내 머릿속에서 엉킨다.

"내게 알리바이가 있어요?"

어떻게 내게 알리바이가 있을까?

"법의학팀 보고서에 따르면, 올센이 사망한 시간은 새벽 1시에서 3시 사이야."

나는 아직도 무슨 말인지 알아듣지 못한다.

"그 시각에 넌 집에 있었잖아, 스텔라."

"제가요? 아닌데……."

"네 아버지가 시계를 봤어. 그는 네가 집에 들어온 시각이 12시 15분 전이라고 장담했어."

아빠가? 12시 15분 전에?

내가 알던 시간에 대한 기본적 이해력이 어그러진다. 나는 감당하지 못하겠다.

"그럴 리 없어요."

"물론 사실이야. 네 아버지가 확실하다면 확실한 거지."

이어지는 블룸베리의 말을 나는 거의 듣지 않는다. 그리고 서서히 이해하기 시작한다.

"너도 네 아버지가 거짓말할 거라고 생각하지 않잖아, 안 그래?"

76

8월 끝에서 두 번째 금요일에 나는 열여덟 살이 되었다. 레스토랑을 고른 사람은 아빠였다. 물론 이탈리아 레스토랑이었다. 아빠는 이탈리아 음식과, 그 스파게티 나라와 조금이라도 관련된 거면 뭐든 좋아하고, 엄마와 나도 자기처럼 좋아할 거라 믿고 있다.

이탈리아에서 보낸 그 휴가들. 솔직해지자. 브루스케타 피자와 파스타, 비라 그란데 맥주와 비노 로소,* 그리고 기름기 번지르르한 머리칼에 입에 발린 소리로 '안녕 아가씨' 하며 농담하는 웨이터들? 웃기지도 않는다.

그러니까 무슨 말이냐 하면, 나는 내 생일날 저녁 외식을 바라지 않았지만 엄마와 아빠가 여름 내내 귀가 아프도록 내 생일 이야기를 해댔고, 나는 자동차 사고도 낸 마당이어서 두 분을 실망시킬 수 없었다는 얘기다.

초저녁은 울적하게 시작되었다. 레스토랑 예약이 다른 날짜로 잡혀 있었다. 어쩌면 아빠가 착각했을지도 모른다. 어느 쪽 실수인

---

* Vino rosso, 이탈리아어로 레드 와인을 말한다.

지 모르겠다. 그다음 내가 와인을 주문하려 하자 아빠는 안 된다고
말했다.

"난 열여덟 살이 되었고, 법은 내 편이에요." 내가 말했다.

"법은 완벽하지 않아." 아빠는 적어도 웃고는 있었다.

"그럼 우리의 법률 전문가는 무슨 말씀을 하시려나?"

다행스럽게도 엄마는 내 편이었다.

"스텔라는 물론 와인을 마실 수 있어."

식사할 때 무엇을 마시느냐는 다소 중요한 문제다. 이건 원칙과
관계가 있다.

식사 후, 엄마와 아빠는 내게 카드를 줬다. 카드 안에는 손으로
그린 작은 약도가 들어 있었다. 그 약도를 따라 레스토랑을 나와
모퉁이를 돌자 핸들에 아주 크고 못생긴 리본을 단 분홍색 베스파
가 서 있었다. 나는 내 눈을 믿을 수 없었다! 아빠는 여행 경비를
바라는 내 소망을 깡그리 무시하고 베스파에 3만 크로나를 날려버
렸다.

"하지만 내가 말했잖아……."

나는 내가 미웠다. 아빠 목을 껴안고 고맙습니다, 하고 말해야
맞는데 복잡한 마음으로 마냥 서 있기만 했다. 난 도대체 어떻게
돼먹은 인간인가?

그다음 디저트까지 먹어 배가 불렀을 때, 우리는 말없이 테이블
건너 서로를 멀뚱멀뚱 쳐다보기만 했다. 나는 휴대전화를 계속 확
인했다. 페이스북에 생일 축하 인사가 계속 올라오고 있는데 아미
나는 아직 한마디 말이 없었다.

"나, 지금 나가야 하는데."

아빠는 당연히 짜증을 냈다. 부모가 외식 자리를 마련했는데 생

일을 맞은 딸은 빠져나갈 궁리만 하니까.

"아미나하고 만나기로 했어." 나는 재킷을 입으며 말했다. "멋진 저녁 식사와 선물, 고맙습니다."

"베스파는 어쩌지?" 아빠가 물었다.

나는 내 와인 잔을 바라보았다. 왜 저러실까? 술 마신 사람에게 베스파를 탈 거냐고 묻다니?

"걱정 마." 엄마가 말했다. "우리가 집에 옮겨놓을게."

엄마는 우울하게 미소 지으며 일어섰다. 나는 엄마를 껴안고 눈을 감았다. 갑자기 너무 불행했다. 후회스럽고, 내 안에서 불타던 깊은 통증과도 같은 그리움이 밀려왔다. 나는 한참 동안 매달리듯 엄마를 껴안고 있었다.

아빠는 테이블에서 일어서지 않았다. 아빠와의 포옹은 어색하고 냉랭했다. 떠나는 나를 두 분이 어떤 시선으로 쳐다보는지 나는 보았다.

늦여름 열기만이 가진 냄새가 있다. 뜨거운 날씨가 충분히 오랫동안 계속될 때 대기를 뚫고 박힌 냄새, 세차고 꾸준한 빗줄기만이 제거할 수 있는 그런 냄새.

나는 피엘리에베겐을 건너 운동장을 지나 걸었다. 공기에 사과 냄새와 사우나 냄새 비슷한 냄새가 섞여 있었다. 가까운 육상 트랙의 콘크리트 벽에 누가 공을 튀기고 있었다. 링베겐을 달리는 단조로운 차량 소리 위로 명랑한 목소리들과 막힘 없는 웃음소리가 퍼지고 있었다.

사실 내겐 딱히 계획이 없었다. 목요일 밤에 아미나와 통화할 때 나는 아무것도 하기 싫다고 말했다. 엄마 아빠와 외식만 끝나면 집에 돌아가 느긋하게 쉴 거라고 했다.

그런데 지금은 밤을 그냥 보내기가 너무 아깝고 낭비처럼 생각되었다. 바람은 기운을 북돋워주고, 또 토요일 근무 시간을 오후로 미리 변경해놓아서 내일 오전 내내 늦잠을 자도 되었다. 나는 아미나에게 문자를 보냈지만, 1분 안에 답장이 오지 않았다. 나는 전화를 걸었다.

"너 뭐할 거야?" 내가 물었다.

짧고 날카로운 따닥 하는 소리가 났다. 작은 물건이 바닥에 떨어지는 툭, 소리도 약하게 났다.

아미나는 잠시 말이 없다가, 곧바로 맑은 목소리로 돌아왔다. 잠에서 막 깬 듯 숨소리가 약하게 색색거렸다.

"나 크리스하고 같이 있어." 그녀가 말했다.

"크리스?"

목구멍이 꽉 막히는 기분이었다.

"크리스하고 뭐하고 있어?"

아미나는 천천히 대답했다. "음, 그냥…… 뭐, 시간 보내는 것 같은 거지."

잠시 아무도 말하지 않았다. 무슨 일이지? 날 빼고 아미나와 크리스 둘이서만 시간을 보낸다고?

"우리는 널 위해 깜짝 파티를 계획하려 했어."

선의의 거짓말처럼 들렸다.

"너 지금 크리스 아파트에 있어? 나 5분 안에 도착할 수 있는데."

"5분?" 아미나가 말했다.

그러고는 그녀는 전화를 끊었다.

대체 무슨 일이지? 아미나는 절대 날 배신하지 않는다. 내게 먼저 말하지 않고는 크리스와 어떤 짓을, 단 한 번이라도 할 친구가 아니다. 그런데 그 애 목소리에는 뭔가 옳지 않은 일을 하고 있는 분위기가 서려 있었다.

린다가 시티 파크에서 들려준 슬픈 이야기를 생각하며 나는 빠른 걸음으로 폴햄학교를 지나 공동 안뜰 쪽으로 내려갔다. 9학년 때 나는 폴햄학교 졸업반이던 남학생과 짧게 사귀었다. 그때 오후 수업을 두 차례 땡땡이치고 아미나와 함께 간 곳이 폴햄학교 근처 놀이터였다. 그곳 구석에 앉아 줄담배를 피우며 우리가 10대의 분노를 죽이고 기다린 것은 운전면허를 따고 아버지 차를 타고 다니는 10대 남자애들이었다. 자동차를 모는 건 우리 또래 사이에선 엄청난 지위였다.

내가 크리스의 집이 있는 거리로 접어들었을 때, 휴대전화가 울렸다.

"여보세요." 아미나가 숨 가쁘게 말했다. "밖에서 기다려. 내가 내려갈게."

"왜?"

나는 거리 끄트머리에 있는 노란 건물을 뚫어져라 쳐다보았다. 계단참의 점멸등이 깜빡이다가 켜졌다.

"나 지금 내려가." 아미나가 헐떡이며 말했다.

"무슨 일이야?"

아미나는 전화를 끊었고, 곧바로 문이 활짝 열렸고, 그녀가 한달음에 거리로 뛰어나왔다. 나는 서너 걸음 빨리 내디뎌 중간에서 그녀를 만났다.

아미나는 눈을 크게 뜨고, 작지만 격렬하게 숨을 터뜨렸다.

"잊자."

아미나는 고개 숙여 아스팔트만 쳐다볼 뿐이었다. 마스카라는 온통 뭉개지고, 구두끈은 풀려 있었다.

"뭘?" 내가 말했다.

"그 개자식 크리스 올센은 그냥 잊자고."

77

이번만큼은 개운한 기분으로 잠에서 깼다. 잠을 잘 자니 세상일을 새롭고 건강한 시각으로 볼 기운이 생기는 것 같다. 불면의 괴로움에 시달려보지 않은 사람은 잠의 소중함을 모른다.

경찰은 아침 식사 직후에 또 신문 시간을 잡아두었다. 마른 빵조각을 천천히 씹으며, 나는 앙네스 테린에게 내가 과연 무슨 말을 할지 궁금해한다.

엘사와 지미에게 호송받아 엘리베이터를 타고 신문실로 내려가니, 그곳에는 미카엘 블롬베리도 기다리고 있다.

"안녕, 스텔라." 블롬베리가 말한다.

그는 몹시 초조해 보인다. 내 입에서 무슨 말이 나올지 겁나서일까? 몸에 끼는 재킷을 벗으며 그는 마치 방금 격한 레슬링을 한 판 끝낸 사람처럼 식식거린다. 오늘 그는 짙은 감청색 셔츠를 입고 있다.

앙네스 테린은 의례적인 인사를 빠르게 쏟아낸 다음 내 맞은편에 앉아 녹음을 시작한다.

"스텔라, 지난번 이야기를 나눈 뒤 충분히 생각했겠죠. 내게 꼭 하고 싶은 말, 또는 반드시 짚고 넘어갈 내용이 있나요?"

"글쎄요……."

앙네스 테린은 참을성 있게 계속 미소 짓는다.

"없는 것 같아요." 나는 말하며 타이를 만지작거리는 블롬베리를 흘깃거린다.

"살인사건 당일, 당신 행적에 대해 묻는 거예요……." 앙네스 테린이 말한다. "이해되지 않는 부분이 있어서 그래요, 스텔라."

"이해가 안 되죠."

테린은 한참을 말없이 나를 쳐다본다. 조금 길다. 결국 나는 그 시선의 압박에서 벗어나려 무슨 말이든 해야 한다.

"블롬베리 변호사님 말로는 아빠가 내 알리바이를 댔다는데요."

변호사의 눈이 왕방울처럼 커진다. 그는 자기 코를 긁는다.

으음, 하며 앙네스 테린은 블롬베리를 한번 슥 쳐다본다. "그게 그렇게 간단하진 않을 거예요."

"오호, 왜죠?" 내가 묻는다.

"사람의 사망 시각을 정확하게 못 박는 건 거의 불가능해요."

"이웃은 어때요? 그 여자는 새벽 1시에 비명을 듣지 않았나요?"

앙네스 테린은 대꾸하지 않는다. 내가 그녀에게 어디까지 얼마나 말할지 아직도 나는 모른다.

"스텔라, 그날 밤 레스토랑에서 나온 다음 무엇을 했는지, 기억을 정확하게 되살릴 수 있을까요?"

나는 깊고 무겁게 한숨을 내쉰다.

내 기억은 잘못된 게 없다. 나는 내가 한 행동을 정확하게 기억하고 있다.

"우리 아빠는 뭐라고 하셨죠?" 내가 묻는다.

앙네스 테린은 내 눈을 똑바로 응시한다.

"아담은 당신이 금요일 밤 정확히 11시 45분에 집에 왔다고 말했어요. 그 시간이 확실하다고 주장하고 있어요."

나는 여전히 이해가 안 된다. 아빠는 법정에서 거짓말할 생각인가? 도대체 왜?

"아담은 그날 당신과 이야기를 나눴다던데. 사실인가요?"

나는 자세를 고쳐 앉을 뿐 말하지 않는다.

이번엔 나를 쳐다보는 앙네스 테린의 눈빛이 꽤 간절하다.

"스텔라, 그날 밤 당신은 정말로 언제 귀가했습니까?"

앙네스가 상체를 앞으로 내밀지만, 내 눈길은 그녀를 지나, 모든 걸 지나 그녀 뒤의 빈 벽으로 향한다. 나는 아미나를 생각한다. 겁에 질린 아미나의 목소리가 들린다. 넋 나간 그 눈동자가 보인다.

"당신 아버지가 말한 대로인가요, 스텔라? 그날 밤 집에 도착한 게 12시 15분 전이었나요?"

"아……."

"네?"

죽음과도 같은 침묵이 떨어진다. 모든 게 숨을 멈추고 있다.

"나는 2시 전에는 집에 가지 않았습니다."

내 마음이 나아진다. 블롬베리는 기겁해 눈알이 튀어나오려 하지만, 앙네스 테린은 한숨을 내쉰다. 나는 이제 그녀만 바라본다.

"그날 밤 무슨 일이 있었죠, 스텔라?"

"나는 자전거를 타고 크리스의 집에 갔어요."

나는 아미나를 생각한다. 레지던트 가운을 입은 아미나가 내 앞에 서 있다. 늘 그랬듯 은은하게 빛나는 모습으로. 지금쯤 의과대학 수업이 시작되었겠지. 나는 우리가 함께한 시간들과 함께 겪은 모든 일을 생각한다. 이젠 아무것도 무섭지 않다. 냄새는 사라졌다. 모든 게 좋다.

"그다음에 무슨 일이 있었죠?" 앙네스 테린이 묻는다.

블롬베리가 이마에서 땀을 닦아낸다.

블롬베리가 아미나에 대해 한 말이 떠오른다. **네가 아미나를 걱정한다면 어떤 말도 하지 않을 거야.**

나는 쉬리네를 생각한다. 아시아 여행을 생각한다. 엄마와 아빠를 생각한다.

강간범을 생각한다.

더는 입 다물 수 없다.

78

"우린 널 깜짝 놀라게 할 생각이었어." 아미나는 주뼛거리며 잔을 입에 가져갔다. "머리를 맞대고 계획을 꾸미기로 했는데 그가 나더러 자기 집에 와주면 좋겠다고 했어."

나는 아미나의 눈을 뚫어져라 쳐다보았다.

그녀는 얼른 한 모금 마신 후 홀리듯 빠르게 말했다. "그가 나한테 키스했어."

"뭐? 크리스가 너한테 키스했다고?"

나는 로제 와인을 마셨다.

"맹세해, 난 절대로 그런 일을 기대하지 않았어. 갑자기 그가 거기, 내 몸에 올라타 있었고, 입술로…… 나는 그를 밀치려 했어. 너, 내 말 믿어야 해."

나는 아미나를 노려보고 남은 로제 와인을 죽 들이켰다. 우리는 스토르토르게트레스토랑의 야외 테이블에 앉아 있었다. 금요일 밤이라 만석이지만 세상에 우리만, 작은 거품막 안에 아미나와 나 단둘만 있는 기분이었다. 나머지 세상은 녹음된 웃음소리처럼, 엘리베이터 음악처럼 들린다.

"나 믿지, 응? 내가 그와 어떤 짓도 안 할 거라는 거 너 알잖아."
아미나가 말했다.

그녀는 큰 눈동자를 빠르게 굴렸다. 물론 이것은 명예가 달린 문제였다. 우리는 서로에게 둘도 없는 친구다. 게다가 아미나는 거짓말에 서투르다.

"잘 알지, 네가 그런 짓 못 한다는 거."

"그는 완전히 맛이 간 새끼야." 아미나가 말했다. "세상에, 넌 절대 **그 짓** 하지 마. 그는 우리가 제일 친한 친구란 걸 알고 있어. 그는 눈 하나 꿈쩍 안 해, 네가……."

아미나는 말을 멈췄다. 내뱉은 말을 후회하는 게 분명했다.

"내가 뭐?"

아미나는 눈을 내리깔고 열여덟 살 생일 때 내가 준 은방울 목걸이를 만지작거렸다.

"네가 그와 헤어져도."

"하지만 그는 내가 그런 생각을 한 줄 모를 텐데." 내가 말했다.

"모르지, 물론 그는 몰라."

아미나는 저러다 은방울이 망가지겠다 싶을 정도로 계속 만지작거렸다.

"네가 말했구나?"

아미나는 정말이지 거짓말에 젬병이었다.

"미안해. 그가 자꾸 캐물어서 어쩔 수 없었어. 너한테 문자를 수십 통 보냈는데 답장이 없다면서 계속 묻더라고. 뭔가 잘못 되어가는 걸 그는 알고 있었어."

나는 말문이 막혔다. 아미나가 꼴도 보기 싫었다.

"그는 나쁜 한여름 상대였어." 아미나는 웃으려 애썼다. "이렇게 끝난 게 차라리 잘됐어. 그가 어떤 놈인지 이제 우리는 알잖아."

나는 웃음이 나오지 않았다. 이렇게 된 게 뭐가 좋은가. 나는 이 상황을 아직 받아들이지 못하고 있었다.

사실 나는 화내는 사람이 되고 싶었다. 크리스한테 전화해서 거지 같은 새끼야, 지옥에나 떨어져, 하고 욕을 퍼붓고 싶었다. 하지만 내 분노는 내게 새로이 다가온 다른 감정들에 밀려나 있었다.

무엇보다 나는 배신감을 크게 느꼈다.

이튿날, 크리스는 페이스북과 스냅챗으로 계속 메시지를 보냈다. 나는 답장하고 싶은 충동을 누르고 그를 족족 차단했다. 크리스토퍼 올센과는 다시는 어떻게도 절대 엮이고 싶지 않았다.

그다음 하루하루 지나는 동안, 나는 크리스 생각을 끊었다. 음, 완전히 끊은 건 아니고 적어도 몇 시간씩은 그가 내 뇌리에 스미지 못하게 하고 있었다. 가슴앓이 없는 몇 시간. 나는 그저 시간이 좀 걸릴 뿐이라고, 담배를 끊었듯이 견디고 그 고비를 넘겨야 한다고 마음을 다졌다.

그 주 수요일, 8월이 마지막 뜨거운 숨을 헐떡이던 그날, 퇴근해 집에 갔을 때 나는 아침 일찍부터 크리스가 내 뇌리에 한 번도 자리하지 않았음을 깨달았다. 나는 이미 나아지고 있었다. 나는 표면 밑에 아직 남아 있을 감정들을, 그게 무엇이든, 다 묻어버렸고 다시는 길어 올리지 않을 것이었다. 나는 예상보다 훨씬 빠르게 나아가고 있었다.

내 인생을 스쳐간 수많은 사람들처럼, 크리스토퍼 올센도 린다 로킨드도 내 미래에 들어앉을 자리는 없을 것이다. 그들은 내 삶에서 짧게 등장했다 사라진 카메오일 뿐이다. 그들은 내게서 곧 망각

될 것이다. 10년, 20년 뒤, 나는 공포와 기쁨이 엇갈리는 미소를 지으며 이 미친 이야기를 새 친구들에게 들려줄 것이다. 리무진에 나를 태워 코펜하겐에 데려가고 둘만의 시간을 위해 그랜드호텔 스위트룸을 예약하던 나보다 열다섯 살 많은 남자가 있었다고. 정신적으로 불안정한 그의 전 여자친구가 나를 스토킹했다고. 나는 그들의 얼굴 생김새도, 그들이 누구며 무슨 일이 있었는지도 가물가물할 것이다. 나는 한때 난리 법석을 떨던 일에 웃음을 터뜨리고, 친구들은 좀 더 자세히 얘기해달라고 매달리겠지.

아미나만 없었다면 그렇게 될 텐데.

79

8월 마지막 날은 금요일이었다. 올여름의 끝은 마법과 같았고, 그 주문을 깨뜨릴 것은 없었다. 태양은 빛나고 하늘은 푸르렀다.

나는 아시아 여행을 생각했다. 몇 주만 지나면, 룬드를 둘러싼 평원에 어둠이 들어오면, 내 뒷주머니에는 드디어 태양과 열기와 모험을 위한 편도 항공권이 꽂힐 것이다. 드디어. 설령 그것이 일주일 내내 개점부터 폐점까지 종일 근무를 뜻하더라도 나는 필요한 자금을 차곡차곡 모을 것이다.

나는 지난밤에 베스파를 온라인 시장에 내놓았다. 고마움을 모르는 사람이 된 기분이어서 무척 속상했지만 마음은 벌써 정해졌다. 나는 베스파를 원하지 않았다. 내겐 여행 경비가 필요했다.

아침에 나는 아미나에게 문자로 물었다. **오늘 밤 만날 수 있어?** 우리는 이야길 해야 했다. 일어난 일이 실망스럽긴 하지만 내가 바늘만 한 일을 몽둥이로 키우고 있다는 생각도 들었다. 크리스를 앞으로 만나지 않겠다는 내 결심을 아미나가 그에게 밝힌 게 뭐 그리 문제인가? 어떻게 보면 그녀는 내 입으로 하기 힘든 말을 대신 해준 것인데.

아미나는 핸드볼 연습이 있긴 하지만 연습이 끝난 뒤 와인을 마시고 싶다고 답장했다.

나는 하루 종일 크리스를 내 마음에 들이지 않았다. 가슴에 새로운 빛 하나가 생겼고, 오후 근무에는 계속 싱글벙글하며 디즈니 노래를 허밍으로 부르고 다녔다.

그날 영업이 끝난 뒤 나는 동료들과 간단한 요기를 하러 스토르토르게트레스토랑에 갔다. 아미나는 8시 전에는 연습이 끝나지 않을 것이다.

8시 반에 아미나한테서 문자가 왔다.

나 내일 시합 못 나갈 정도로 몸이 안 좋아

괜찮아, 포옹과 키스를. 나는 답장했다.

미안, 너 화난 거 아니지?

물론 화나지 않았어. 내가 썼다.

우리 내일은 이야기할 수 있을 거야 포옹과 키스를 보낼게

나도 일 때문에 레스토랑에서 일어나야 했고, 밖에 오래 있을 계획도 없었다. 나는 안 좋은 일을 받아들이는 법을 배우고 있었고, 이걸 발전이라고 생각했다. 사실 아미나를 붙들고 신뢰와 그 짓에 대해 심도 깊은 대화를 나눌 기분이 아니기도 했다.

나는 스파클링 와인을 한 잔 주문하고, 선글라스를 낀 후 등을 기대 햇볕을 즐겼다.

동료들은 자기들의 일상인 기저귀, 응가, 이유식과 베이비뵨*에 대해 수다를 떨고 있었다. 내가 일부러 크게 하품해도 전혀 눈치채지 못했다. 우리에겐 더 좋은 화제가, 더 날카로운 시각이, 사람들

---

*   BabyBjörn, 아기 용품으로 유명한 스웨덴 브랜드.

을 조금은 짜증 나게 할 주제가 필요했다.

말린 점장이 자기 아이들이 다니는 예비학교는 '사람은 누구나 귀하고 동등한 가치가 있다'는 교육 지침에 집중한다고 말했다. 다른 사람들은 그게 참교육이라고 합창하듯 말했다.

나는 끼어들 기회를 노려 말했다. "글쎄요, 과연. 여러분은 모든 사람이 정말 동등하다고 진심으로 믿으세요?"

그들은 나를 농담인지 진담인지 헷갈리게 말하는 사람이나 평소와 달리 갑자기 멍청한 말을 던지는 사람 보듯 쳐다보았다.

"정말 진지하게 묻는 거예요." 나는 말린 점장을 쳐다보았다. 내가 던질 문제에 제일 쉽게 속상해할 사람이기 때문이었다. "만약에 정말 만약에, 시리아의 아이 쉰 명이 죽거나 당신의 딸 틴드라가 죽는 거, 둘 중 하나를 선택해야 한다면, 당신은 어떡하겠어요?"

"아, 그만둬." 소피가 우는 소리로 말했다. "어떻게 그런 말을 할수가 있어!"

하지만 말린은 대답하고 싶어 했다. "그 예는 인간의 가치 평등문제와는 관련이 없어. 물론 나에겐 틴드라가 훨씬 더 중요하지, 내 자식이니까. 하지만 완전히 객관적인 관점에서는 틴드라가 다른 어떤 이보다 더 가치 있는 건 아니야."

나는 이런 대답이 나올 줄은 몰랐다. 말린은 바보가 아니다.

"틴드라와 소아성애자가 똑같이 가치 있다고 말하는 거예요?"

말린은 인상을 찌푸렸다. "소아성애자는 인간 소리를 들을 자격도 없어."

나는 의기양양하게 웃으며 물었다. "그럼 살인자들은 어떨까요? 강간범들은?"

"예가 너무 극단적이잖아. 90퍼센트의 사람은 소아성애자도 살인자도 아니야." 소피가 말했다.

"자기 아내나 자식을 때리는 사람은 어떤가요? 인종차별주의자는? 악플러는? 범죄자는? 이런 사람들도 죄 없는 어린아이 한 명과 똑같이 가치가 있나요?"

소피는 대답하려 했지만, 말린이 먼저 이건 '논지가 없는 토론'이라고 말했다. 나는 심술이 나서 말린을 계속 끌어들이려 했는데, 이미 대세는 다시 엄마들의 수다가 되었다. 그들의 대화는 도덕적 딜레마부터 액상 비타민과 풀업 기저귀까지 흔히 생각하는 수준에서 멀리 나가지 못했다.

나는 이런 대화가 더는 재미가 없었다.

"내일 만나요."

나는 한 사람 한 사람과 가볍게 포옹하고는 성큼성큼 중심가 광장을 가로지르며 자전거를 세워둔 곳으로 걸어갔다.

이른바 월급날 주말 풍경이 펼쳐지고 있었다. 밤 10시 반임에도 시내는 오랜만에 실컷 마실 기회에 들뜬 사람들과, 가을이 오기 전에 마지막 온기를 빨아 삼키려는, 좋은 날씨에 행복해하는 사람들이 계속 흘러들고 있었다.

버스 정류장 옆 거치대에서 자전거를 들어 빼내 오른 다리를 프레임에 막 올릴 때, 뭔가가 내 눈을 붙들었다. 거기, 도로 바로 건너편에 그녀가 있었다. 노란 꽃무늬 여름 원피스에 부츠, 베이지색 외투 차림에 어깨에 멘 핸드백을 꼭 안고, 벽돌 벽에 기대 정류장을 두리번거리고 있었다.

나는 그녀가 맞나 확인하려 다시 쳐다보아야 했다.

팔에서 힘이 쭉 빠지며 자전거가 기울었고, 나는 휘청거렸다.

거의 평범한 가족

80

쉬리네 눈이 그렁그렁하며 눈물로 반짝인다.

"정신 차리세요." 내가 말했다.

이런 감상적인 작별은 내게 안 어울린다. 나는 그렇게나 못되고 매정하다.

"당신이 돌아올 때도 난 여기 있을 텐데요."

"내 생각은 달라요." 쉬리네는 말하며 아랫입술을 깨문다.

그녀는 내일 3주 일정으로 여행을 떠난다.

"그 일, 재판으로 가죠, 맞죠?" 그녀가 말한다.

"그런가 봐요."

나는 정말이지 재판 이야기는 하고 싶지 않았다. 그래서 회의적인 표정을 지으며 화제를 바꾼다.

"여행지가 하필 카나리아 제도예요? 지금이라도 마음 바꾸시죠. 취소 보험은 들어놓았죠?"

효과가 있다. 눈물을 글썽이며 슬퍼하는 쉬리네의 얼굴은 반짝거리는 미소로 바뀐다.

"당신이 부러워 그러는 거 알아요. 나는 그늘이 섭씨 26도인 곳에서 일주일 놀다 올 테니까."

"선크림 꼭 챙겨요." 내가 깔깔 웃는다.

쉬리네는 코를 찡그리며 고개를 끄덕인다.

"쉬리네, 뭐 하나 물어봐도 돼요?"

"물론이죠."

나는 망설인다. 올바른 단어를 찾고 싶은데 쉽지가 않다.

지난밤엔 아빠 생각으로 한숨도 못 잤다. 아빠는 무슨 이유로 내가 그날 밤 집에 온 실제 시각보다 훨씬 빨리 왔다고 주장하는 걸까?

"당신은 딸을 위해 무슨 일까지 할 수 있어요?"

"무슨 뜻으로 그런 질문을 하는지 모르겠네요." 쉬리네가 말한다. "로비자를 위해서라면 무슨 일이든 하겠죠. 부모라면 다 그럴 거예요."

"위증죄도 불사하겠어요?"

"네?"

쉬리네는 의혹에 찬 눈빛을 내게 쏜다.

"선서하고도 거짓말하는 거."

"위증죄가 뭔지는 알아요. 하지만 법정이 자기 자식에게 불리한 증언을 하도록 선서를 시키진 않는 걸로 알고 있어요."

"그렇긴 하죠, 아무튼 너무 따지지 말고요. 로비자를 지키기 위해서라면 당신은 법정에서 거짓말하겠어요?"

"어렵네요." 쉬리네는 분명 내 질문을 숙고하고 있었다. "그건 상황에 따라⋯⋯."

"얼른 대답하세요."

"좋아요." 그녀는 단호하게 말한다. "내 능력 안에서 무슨 짓이든 할 거예요. 거짓말까지도. 그곳이 법정이라 해도."

"좋아요."

"자기 자식을 구하는 문제가 되면 부모는 상상 못 할 일도 얼마든지 해요."

"하지만 우리 아빠는 자신을 위해 그런 일을 하죠. 또는 자기와 자기 가족이 그가 원하는 만큼 완벽하지 못하다는 사실을 다른 사람들에게 들키지 않기 위해서."

쉬리네의 이마에 주름이 선명하게 잡힌다. 그녀는 잠시 아무 말이 없다.

"내 생각을 말해볼까요? 그건 크게 예외적이지 않아요. 우리는 누구나 자기 가족이 실제보다 더 화목하고 흠 없는 가족으로 보이길 원해요."

나는 고개를 젓는다. 쉬리네는 이해하지 못한다. 그런 건 상상도 안 되는 사람이다.

"우리 아빠는 나를 양육하고 싶었던 게 아니에요. 자기가 하나님인 양 나를 창조하고 싶어 했죠. 아빠는 내가 자기와 똑같은 사람이 되길 바랐어요. 아니, 잠깐만, 그는 내가 내 딸은 이 정도는 되어야 한다고 상상한 모습대로 크길 바랐죠. 그런데 현실이 그렇지 못한 걸 보자……."

나는 간신히 거기까지만 말한다. 내 목소리는 점점 힘이 빠지다가 사라진다.

"음, 난 솔직히 당신 아버지가 자신의 명성이나 자기 가족의 명성을 지키기 위해 거짓말할 분이라는 게 믿기지 않아요."

나는 쉬리네에게서 돌아선다. 그녀가 아빠에 대해 뭘 알겠는가?

"그럼 아빤 대체 왜 이런 짓을 할까요?"

"그게 아버지가 할 일이니까요. 당신을 사랑하니까요."

나는 쉬리네를 쳐다보지 않을 테다. 감상에 젖은 이 공간을 뚫을 의미 있는 말, 상처가 될 말, 뾰족한 말을 하고 싶은데 한 단어도 떠오르지 않는다.

"앞으로 괜찮아질 거예요, 스텔라."

내 팔에 닿는 그녀의 부드러운 손길을 느끼지만 나는 그녀가 떠나기만 바란다.

"스텔라." 그녀가 속삭인다.

눈물이 왈칵 솟는다. 맙소사, 그냥 꺼져!

쉬리네는 내 등을 천천히 쓸어준다. 안전과 희망을 느끼게 하는 손길이다. 하지만 그녀는 곧 떠날 것이다. 카나리아 제도의 어느 섬 수영장 라운지체어에 앉아 어린 로비자가 다리를 버둥거리도록 간질이면서.

나는 그녀의 눈을 쳐다보지 않은 채 그녀의 손을 밀어낸다.

"난 이제 가야 해요." 쉬리네가 말한다.

나는 여전히 그녀를 등지고 있다.

"이제 정말 가야 한다고요, 스텔라."

"좋아요."

나는 돌아선다. 쉬리네는 문가에 서서 뒤를 흘깃거리며 천천히 체중을 이 발에서 저 발로 옮기고 있다.

"좋아요." 내가 다시 말한다.

그다음 나는 두 걸음 앞으로 가 그녀의 목을 껴안는다.

나는 다시 울고 있다. 모든 걸 쏟아내고 있다.

쉬리네는 나를 오랫동안 꼭 안아준다.

"행운을 빌어요." 그녀가 속삭인다.

나는 대꾸하지 않는다. 목소리가 나오지 않는다.

81

나는 델리 옆 골목에서 자전거 안장에 엉덩이를 걸친 채 서 있었다. 린다 로킨드, 너무하잖아. 젠장, 너무 심해. 아직 날 쫓아다니니. 난 크리스와 끝냈는데. 나는 혹시나 해서 버스 정류장을 슬쩍 봤는데, 어디에도 린다는 보이지 않았다.

나는 진저리를 친 다음 휴대전화를 꺼내 아미나에게 전화했다. 그녀는 전화를 받지 않았다. 나는 문자와 메신저와 스냅챗을 시도했지만, 방해금지 상태였다.

내 몸은 소리 하나, 움직임 하나에도 깜짝깜짝 놀랐다. 심장이 쿵쾅거렸다. 나는 사냥당하는 기분을 느꼈고 혼자 있고 싶지 않았다.

나는 자전거를 얼른 성당 쪽으로 돌린 다음 어디로 가야 좋을지 신중하게 계산했다. 물론 동료들이 있는 스토르토르게트가 있다. 나는 그곳으로 돌아온 이유를 굳이 설명하지 않아도 될 테고, 그들과 함께 있는 동안만큼은 훨씬 안전하다고 느낄 것이다.

집에 가도 된다. 집까지는 내리막길인데 자전거로 적어도 15분은 달릴 거리였다. 사위는 점점 어두워지고 거리들은 한산했다. 내겐 사람이 북적거리는 곳이 필요했다.

412

나는 휴대전화를 다시 확인했다. 아미나는 아직 연락이 없었다. 아마 잠들었나 보다.

다른 사람 또 누가 있을까? 그때 메신저 상단을 가로지른 작은 프로필 사진들 중에 그의 얼굴이 눈에 들어왔다. 함박웃음과 다이아몬드처럼 빛나는 눈. 그의 이름 앞에 초록색 점 하나가 빛났다. **온라인 상태.** 나는 메신저에서 크리스를 삭제하는 걸 까맣게 잊고 있었다.

젠장! 크리스를 잊기로, 내 인생에서 완전히 지우기로 결심했는데, 지금은 그가 최고의 선택지처럼 보였다. 크리스는 린다를 안다. 그는 린다에게 우리가 더는 특별한 사이가 아니라고 설명할 수 있다. 나를 내버려두라고 설득할 수 있을 것이다. 내 불안을 누그러뜨릴 누군가가 있다면, 크리스였다.

크리스의 사진을 다시 쳐다보는 순간, 내가 그를 얼마나 그리워했는지 깨달았다. 눈시울에 시큰함과 뜨거움을 느끼며 나는 룬다고르드공원으로 들어섰다.

한 남자가 자전거로 자갈길을 빠른 속도로 돌고 있었다. 늙은 숙녀가 털이 듬성한 닥스훈트를 끌고 텡네르조각상 주변을 서성거리고 있었다. 이 두 사람과 개의 움직임 말고는 공원은 적막했다.

어떻게 해야 하지?

나는 아미나에게 다시 전화했다. 그녀는 여전히 전화를 받지 않았다. 조급해진 마음에 크리스에게 메시지를 보냈다.

연락 가능해요?

내가 액정을 쏘아봐도 아무 일이 일어나지 않았다. 발소리가 들리고 덤불 속에서 이글거리는 눈빛을 본 것만 같아 몇 번이나 몸을 돌려 뒤를 살펴야 했다.

메신저에는 여전히 응답이 없었다.

나는 크리스의 번호를 찾아 문자를 보냈다. 5분을 기다렸다가 전화를 연달아 걸었다. 그는 전화를 받지 않았다.

이젠 어떻게 해야 하지?

나는 자전거를 텡네르스레스토랑 밖에 세운 다음, 크리스와 아미나 둘 다에게 메시지를 보냈다. ASAP(지금 당장). 중요한 일이니 꼭 연락 달라고 대문자로 썼다.

나는 사람들이 많은 곳에 숨을 생각으로 클럽으로 들어갔다. 내 마음에서 린다 로킨드를 지워줄 아는 얼굴을 찾겠다는 희망으로 클럽 안 여기저기를 빠르게 돌아보았다. 그다음 바에 서서 배 맛이 나는 사이더를 홀짝거리며 적어도 1분에 열 번은 휴대전화를 확인했다. 여전히 아무 응답이 없었다.

나를 쳐다보는 사람들의 시선이 낯설고 이상했다. 호날두 헤어스타일을 한 남자가 다가와 지분거리자 나는 날벌레 쫓듯 손사래를 쳐 그를 쫓아냈다. 인터넷 검색을 잠깐 한 다음 나는 아미나에게 열한 번째 문자를 보냈다.

바깥으로 다시 나왔을 때, 뚫을 수 없는 컴컴함이 막 시작되고 있었다. 자전거로 공원을 달리다가 물웅덩이가 보여 피하려 돌아갔을 때, 귀와 코에 장식 리벳을 박은 남자 둘이 불쑥 나타나 담뱃불을 빌려달라고 했다. 나는 대꾸하지 않고 깜깜한 공원을 한 번 훑어보고는 이젠 집으로 가자고 마음먹었다. 우회전해서 쉬르코가 탄거리로 들어서며 고개를 돌리다가 나는 너무 놀라 그대로 고꾸라질 뻔했다.

교차로 건너편에 린다 로킨드가 서 있었다. 가로등 빛이 우산처럼 펼쳐진 흐릿한 노란빛 아래에 있는 모습이 귀신 같았다. 그녀는 두 손을 주머니에 찌르고 멍하니 허공을 바라보고 있었다.

나는 당장 보도로 올라가 자전거에서 내렸다. 산드가탄거리 끄트머리에 작은 선술집(가게 이름이 인페르노일 것이다) 문이 활짝 열려 있고, 음악 소리와 웃음소리가 밖으로 새어 나왔다. 나는 얼굴의 절반이 수염에 가려지고 문신을 한 남자 커플을 밀치고 침침한 바로 들어갔다.

린다가 틀림없어, 이번엔 확신했다.

만약 린다가 아니라면? 내가 착각한 거라면?

나는 맨 구석 자리에서 와인 잔을 앞에 두고 오랫동안 웅크려 앉아 있었다. 심장이 쿵쾅거렸다. 진짜 린다였나? 돌이켜 생각하니 나는 여자 얼굴을 정확하게 보지는 못했다.

나는 린다가 공원에서 했던 말을 떠올렸다. 크리스를 해치겠다고 위협하던 말. 만약 크리스가 위험에 처해 있다면? 아니 그보다 더 나쁜 일이 일어나고 있다면? 어쩌면 린다가 크리스를 이미 해쳤을지도 모른다. 그리고 이제는…… 나까지 어떻게 하려고 온 건가? 아미나는 어디 있지? 왜 전화도 안 받고 문자 답장도 없을까?

나는 조명이 흐릿한 술집을 둘러보았다. 린다는 보이지 않았다. 사람들은 맥주를 마시고 떠들고 웃고 있었다. 나는 와인을 다 마셨고, 그 결과 딸꾹질이 났다. 드디어 휴대전화가 진동했다.

모든 게 ok. 자고 있었어. 내일 봐. <3

아미나의 휴대전화에서 온 문자였다.

나는 읽고 또 읽었다.

젠장, 이게 뭐지?

아미나와 나는 예비학교 시절부터 문자 메시지를 주고받았다. 나는 내 가장 친한 친구의 목소리를 아는 만큼 그녀의 글맛 또한 알고 있다.

아미나는 문자에 마침표를 찍지 않는다.

아미나는 오케이를 ok로 줄이지 않는다.

문자를 쓴 사람은 다른 사람이다.

82

    나는 다리가 떨어져나가도록 페달을 밟았다. 세상에 나와 내 자전거만 존재했다. 차량과 사람들이 주변을 쌩쌩 지나갔다. 아무것도 보이지 않고, 아무 소리도 들리지 않았다. 생각은 걷잡을 수 없이 달아났다.

    내 앞에는 아미나만 보였다. 1분 1초가 급했다. 나는 크리스를 찾아야 했다.

    트롤레베리스베겐 터널 윗길로 올라갔다 빠져나오자 저 앞 언덕에 우뚝 솟은 경찰서가 보였다. 문득 경찰서로 방향을 돌리자는 생각이 떠올랐다. 상황이 급박했다. 누가 아미나인 척하고 있다. 아미나가 무사한 것처럼 꾸미는 사람이 있다.

    그럼에도 나는 그대로 계속 달리기로 결심했다. 조금만 더 가면 필레가탄이었다.

    린다 로킨드가 한 말이 뇌리에 계속 맴돌았다. 나는 크리스를 생각했다. 아미나를 생각했다. 무슨 일이 일어난 거지?

    내 자전거는 마지막에 아스팔트 위를 날다시피 했다. 바람이 내 얼굴을 때리고, 별이 보였다.

나는 자전거가 건물에 부딪히도록 내팽개치고는 위를 올려다보았다. 크리스의 집 창문은 모두 블라인드가 쳐져 있었다. 빛 한 줄기 새어 나오지 않고 깜깜했다.

　계단을 올라가는데 다리 감각이 느껴지지 않았다. 맥박이 요동치고, 뇌는 생각 대신 절규만 내질렀다.

　나는 문을 쾅쾅 두들겼다. 초인종을 눌렀다. 아무 소리도 들리지 않았다. 나는 문에 귀를 댔다가 문에 달린 우편함을 열고 작은 틈새로 소리쳤다.

　"크리스! 아미나!"

　아무 소리도 나지 않았다.

　나는 일이 일어났음을 알았다.

　앞으로 무슨 일이 일어날지는 알지 못했다.

3부

一

어머니

정의는 없다. 법정 안이든 바깥이든.

클래런스 대로

83

주요 재판 절차는 2호 법정에서 이루어진다.

창밖에는 큰 다이아몬드 같은 함박눈이 쏟아지고 있다. 법원 문이 열릴 때마다 찬바람은 내 팔의 솜털을 곤두세우며 건물을 휩쓴다.

내가 법정에 들어서자 지방법원 판사 괴란 레이욘은 내 눈을 맞추며 엄숙하게 고개를 끄덕인다. 지난 세월 여러 사건으로 몇 차례 만난 그는 한 번도 나를 실망시키지 않았다. 레이욘은 단순히 유능한 판사가 아니다. 그는 날카롭고, 예민하고, 겸손하고 청렴한 인간이기도 하다. 세월이 흐르며 법정은 내게 여러 의미로 제2의 고향이 되었건만, 지금 나는 이곳에서 어떤 위안도 느낄 수가 없다. 평소 매력으로 느끼곤 했던 법정의 엄숙함, 상황의 엄중함, 팽팽한 긴장감이 흐르는 분위기가 이제는 내 내면의 불안을 찔러 흩뜨릴 뿐이다. 실내, 공기, 벽들과 얼굴들, 모두 날 위협하는 것만 같고 어지럽게 만든다.

지난 며칠은 흐릿한 한 점 얼룩이 되어버렸다. 장소들과 순간들은 내 마음속에서 가시덤불처럼 뒤엉켜 있다. 시간과 공간에 맞지 않는 이미지들이 아무 때고 불쑥불쑥 떠오르다 사라진다. 나는 끝이 없는, 안개 낀 꿈속을 헤매고 있다.

　나는 스톡홀름에서 의뢰인과 회의 중이었다. 그 자리에서 어떤 말이 오고 갔는지, 애초에 그곳에 간 이유가 뭐였는지도 생각나지 않는다. 집으로 오는 비행기에서 깜빡 잠든 건 기억한다. 몸이 불편하냐며 걱정해주던 여자 승무원 얼굴은 아직도 생생하다.

　얼마 전까지 나는 커리어의 정점에 선, 인기를 누리는 변호인이었다. 머리부터 발끝까지 돌체앤가바나로 격조 있게 입었으며, 특유의 솔직한 태도와 실력, 성실함으로 칭송받았다. 이제 나는 법정에 앉아 내 딸의 미래, 나 자신과 내 가족의 미래를 결정할 재판을 기다리고 있다. 불과 얼마 전까지도 우리는 그야말로 평범한 가족이었다. 지금 우리는 무자비한 스포트라이트 아래 선 죄인들이다.

　내 앞에서, 주임판사 괴란 레이욘과 참심원들이 낮은 소리로 이야기를 나누고 있다. 참심원 중 두 명은 70대 여자다. 각각 녹색당원과 사회민주당원인 전형적인 참심원이다. 정치 성향을 비롯한 모든 점에서 그들은 사회경제 요소들이 범죄 행동에 끼치는 영향력을 알고 있으며 평결 시 그 점을 감안하는 공감 능력이 있는 부류로 보인다. 내가 수백 차례 법정에서 만난, 또한 열 번에 아홉 번 꼴로 나와 내 의뢰인에게 좋은 소식을 안겨준 그런 부류다. 하지만 이번 같은 특수한 문제에서는, 내가 미카엘에게 이미 걱정스럽다고 털어놓았듯이, 그 점이 긍정적 결과로 이어질 것 같지 않다. 내가 전적으로 확신하지 못하는 이유의 일부는 스텔라가 여자이기 때문이고, 또 다른 이유는 겉으로 드러나는 스텔라의 모습이 그녀에게 불리하게 작용할 것이기 때문이다. 나아가 스텔라가 중산층 백인이라는 점도 참작될 것이다. 상황을 더 어렵게 만드는 또 한 가지는, 스텔라는 주어진 어떤 상황에 가정교육을 잘 받은 젊은 숙녀에게 기대되는 규범을 거부하는 경향이 크다는 점이다. 미카엘이 스텔라에게 법정에서의 행동이 중요하다는 걸 이해시키려면 행운이 따라야 할 것이다.

나는 세 번째 참심원에게 더 기대고 싶다. 그는 중도장애로 은퇴한 스웨덴 민주당원인 40대 남자다. 미카엘은 그 남자가 법률 절차 같은 데 별 관심이 없다고 말했다.

사실 참심원들 각각의 성향을 계산하고 크게 걱정할 필요는 없다. 현실적으로 법정에서 참심원 역할은 요식행위에 불과할 때가 많기 때문이다. 아무도 참심원들의 의견에 크게 무게를 두지 않는다. 혹여 어떤 참심원이 초라한 취향으로 판사 의견에 반대하더라도, 판사는 눈 한 번 깜박하지 않고 그 의견을 뭉개면 그만이다. 그 점에서는 괴란 레이욘의 위엄과 능력을 100퍼센트 믿을 수 있다.

법정 맨 끝 문이 열리자 방청객들 머리가 하나씩 그리로 돌아간다. 모든 게 멈춘다. 열린 문이 내 앞에 떡 벌어져 있다. 나는 좁은 터널에 갇힌 것만 같다. 초조함에 몸을 비틀며 어떻게든 숨을 가다듬으려 애쓴다. 제일 먼저 제복을 입은 법정 경비원이 등장한다. 그는 두리번거리며 뭐라 말한다. 내 시야는 제한적이고 흐릿하고, 나를 감싼 터널도 계속 좁아진다.

드디어 스텔라가 보인다. 눈가가 일그러지며 눈물이 솟는다. 시야는 짙은 구름이 낀 듯 더 흐려진다. 스텔라는 너무 작다. 모든 게 무섭도록 아프다. 먼 옛날이 바로 어제 일만 같다. 스텔라가 내 무릎에 꼭 맞던 그때, 인형처럼 앉은 아이를 토닥거리던 그 시간. 스텔라가 좋아하던 고무젖꼭지와 애착담요. 스텔라가 처음으로 일어나 달리던 시간. 스텔라는 기지도 걷지도 않고 곧바로 달렸다. 수두와 긁힌 무릎, 딸기 물이 든 여름 원피스, 주근깨, 매일 밤 딸아이 침대에서 얼굴에 책을 덮고 잠들던 시간이 떠오른다.

　나는 스텔라가 품은 꿈들에 대해 생각한다. 스텔라는 세상을 바꾸고 싶어 했다. 세상을 바꾸는 것 말고 삶의 목표가 뭐가 있겠어? 처음에 아이는 자기 아빠처럼 목사가 되겠다고 했다가 나중에 경찰이나 소방관이 되겠다고 했다. 사람들이 '소방관^{brandman}'이라고 부르면 펄펄 뛰며 화를 냈다. 그러면서 자기는 최초의 여자 소방관 ^{brandtjejen}이 되겠다고 했다.*

　스텔라가 되고 싶어 한 그 꿈들 중 무엇이 남아 있는가? 아무것도 남지 않았다. 법정으로 인도되는 스텔라를 지켜보며, 이 분명한 사실에 내 영혼은 따귀를 맞는다. 나는 용서받지 못할 실패자다. 열여덟 스텔라, 모든 꿈이 뭉개진 내 딸.

　스텔라는 늘 사람들을 돕고 싶어 했다. 세상을 보고, 상어와 함께 헤엄치고, 산을 오르고, 다이빙과 비행술을 배우고, 스카이다이빙을 하고, 모터사이클로 미국을 횡단하고 싶어 했다. 한때 그녀는 배우나 정신과 의사가 되기를 꿈꿨다.

　꿈이 없다면 인간은 뭘까?

　미카엘 옆자리에 앉기 전, 스텔라가 나를 쳐다본다. 순간 우리의 눈길이 만난다. 지치고 공허한 저 눈빛. 힘없이 늘어진 머리칼과 발진이 돋은 얼굴. 스텔라는 아직 겁에 질린 어린 소녀다. 무서워 떨고 있는 내 어린 딸. 나는 자리에서 일어나 까치발로 서서 팔을 뻗는다. 자식을 위해 있어주지 못하는 것. 부모로서 그보다 큰 배신은 없으리라.

---

*　남성을 뜻하는 'man'을 여자아이를 뜻하는 'tjejen'으로 바꾼 표현이다.

84

법정 방청석. 나는 나를 둘러싼 좁은 터널에 매달리듯 앉아 있다. 눈을 조금만 돌려도 감당할 수 없는 비난과 질책, 증오와 직면하게 될 것이다.

아담은 증언을 앞두고 바깥 복도에서 대기 중이다. 아담이 새삼 너무나 그립다. 그가 지금과 같은 방식으로 그립긴 처음이다.

방청석 내 자리는 검찰 측에 가깝기 때문에, 내 눈은 어쩔 수 없이 좌석 너머로 마르가레타 올센을 자꾸 흘끔거린다. 로스쿨에 다니던 1990년대에 나는 당시 강사였던 올센에게 몇몇 강의를 들었다. 그녀는 현재 형법학 교수다. 하지만 오늘 그녀는 생명을 빼앗긴 한 남자의 어머니일 뿐이다. 올센 옆에는 기소 측 고문인 50대의 빨간 머리 여자가 앉아 있다. 언젠가 만난 적이 있지만, 어디서 무슨 일로 만났는지는 기억나지 않는다. 그 여자 옆에는 머리칼을 깔끔하게 넘기고 둥근 테 안경을 쓴 남자 검사보가 앉아 있다. 그리고 마지막으로, 가장 중요한 사람인 예니 얀스도테르 검사가 앉아 있다.

예니 얀스도테르는 나와 동갑이지만, 유독 작은 체구 때문인지 훨씬 젊어 보인다. 머리칼을 촘촘한 망에 넣어 정리한 그녀는 안경을 살짝 내리며 눈을 가늘게 뜨고 집중하고 있다. 나는 나 자신이 이런 분위기에 속해 있던 모든 시간을 떠올린다. 새로운 재판이 시작되는 법정에 막 들어섰을 때 느끼던 팽팽한 긴장과 서스펜스를.

방청석에선 모든 것이 완전히 달라진다. 나는 초조함에 몸을 자꾸 꼼지락대고, 눈물을 삼키려 애쓰고, 손을 어디에 둬야 할지 몰라 안절부절못한다. 몰입과 기분 좋은 긴장은 이 자리에서는 혼란스러움과 근심으로 바뀐다. 겨드랑이에 땀이 차고 혀는 까칠하고 입천장이 마른다.

나는 미카엘을 쳐다본다. 그가 내 쪽을 봐주면 좋으련만, 그는 변론 준비에 여념이 없다. 나는 그와 함께 기소장을 여러 차례 살폈다.

오늘 법원은 정황증거만 다룬다. 검사는 단독으로는 범죄행위를 증명할 수 없지만 합쳐지면 다른 가능성을 배제해야 함을 뜻하는 연결고리가 될 정황들에 기반해 그 행위를 설명한다. 주요 증거들은, 살인사건이 일어난 밤 스텔라가 범죄 현장에 있었음을 말해주는 족적과, 스텔라와 크리스토퍼 올센이 주고받은 통화 기록과 채팅 내용, 그리고 올센의 아파트와 옷에서 발견된 피부 조각, 머리카락, 섬유 조각 등의 법의학적 증거로 구성되어 있다.

이 증거들 말고도 검사는 증인 출석을 요청했다. 먼저 살인사건이 일어난 시각에 스텔라가 현장에 있었다고 증언할 필레가탄 주민 뮈센네발, 스텔라가 가방에 늘 호신용 스프레이를 휴대했다고 증언할 스텔라의 H&M의 말린 요한손과 소피 실베르베리, 그리고 스텔라가 폭력성을 거듭 드러냈다고 확인해줄 교도관 지미 바르크다.

변호인이 신청한 증인은 아담과 아미나, 두 명이다.

예니 얀스도테르 검사는 목청을 가다듬고는 스텔라를 똑바로 본다. 나는 그녀에게 멈추라고, 내 딸을 내버려두라고 소리치고 싶다. 검사는 눈도 꿈쩍이지 않고, 숨도 쉬지 않고, 더듬거림 없이 모두 진술을 한다.

"스텔라 산델은 올 6월 크리스토퍼 올센을 알게 되었습니다. 그들이 처음 만나 이야기한 곳은 텡네르스레스토랑입니다. 비교적 짧은 시간이 지난 뒤 둘은 성관계를 갖기 시작했습니다."

스텔라는 멍한 상태인 듯 보인다. 그녀는 앞에 있는 얀스도테르를 똑바로 쳐다보고 있지만 검찰 측의 사건 설명에 어떤 이의도 찾아내지 못할 것만 같다.

"그러다 결국, 오늘 우리가 직접 증언을 듣게 될 테지만, 스텔라의 친구 아미나 베시치도 스텔라 몰래 크리스토퍼 올센을 만나기 시작했습니다. 아미나 역시 크리스토퍼 올센과 한 차례 성관계를 가졌는데, 스텔라는 곧 이 사실을 알게 되었습니다."

나는 주임판사 괴란 레이욘이 고개를 미세하게 끄덕인다고 생각한다. 참심원들은 판사 옆에서 검사의 말을 심각하게 경청하고 있다. 지금까지 사건에 대한 다른 묘사는 없다. 검사가 이제껏 진술한 내용은 모두 사실이다.

"크리스토퍼 올센은 스텔라 산델과의 관계를 끝내기로 했고, 두 사람은 일주일 동안 서로 연락하지 않았습니다. 하지만 사건 당일인 8월 31일, 살인사건이 일어나기 정확하게 한 시간 전에 스텔라가 다시 그에게 전화를 걸고 문자를 보냈으며, 필레가탄에 있는 그의 거처로 갔습니다. 11시 30분, 올센의 옆집에 사는 목격자 뷔 센네발은 스텔라가 자전거를 타고 건물 앞에 도착해 계단을 뛰어 올라가는 모습을 봤습니다. 30분 뒤, 뷔 센네발은 스텔라를 한 번 더 목격합니다. 이번에 스텔라는 올센의 집 맞은편 인도에 서 있었는데, 뭔가를 기다리고 있었던 게 확실했습니다."

재판 절차에서 이런 순서는 사실 검찰 측에 매우 유리하다. 사건을 먼저 설명하는 것은 청중에게 그 말이 진실로 보이게 하는 심리적인 장점이 있다. 사건 설명을 나중에 하는 측이 이미 언급된 사실에 대한 이해를 뒤집으려면 훨씬 높은 신뢰의 문턱을 넘어야 한다. 그리고 불행하게도 판사와 참심원들 모두는, 그들이 아무리 편견을 버리고 영향력을 끼칠 다른 모든 심리적 메커니즘을 뛰어넘으려 노력한들, 한낱 인간일 뿐이다.

방청석에서 사람들은 열심히 키보드를 두드린다. 몇몇은 필기한다. 기자들과 리포터들이다. 그들은 사건에 대한 자신의 생각을 깔끔하게 정리해놓았고, 그 생각을 텔레비전과 인터넷에 접속한 모든 영혼과 나눌 준비가 되어 있다. 나는 내 옆에 앉은 수염 기른 남자에게 손을 뻗어본다. **다른 진실이 있어요. 당신은 아직 모든 이야기를 들은 게 아니에요. 양측 모두 말할 기회가 있어야 옳잖아요.** 키보드를 두드리던 그는 깜짝 놀라며 마치 내가 그에게 원하는 게 있다는 듯 눈썹을 올리며 나를 본다. 나는 얼른 내 터널 속으로 물러선다. 내 몸이 흘리는 땀 냄새가 올라온다.

"8월 마지막 날, 자정에서 9월 1일 새벽 1시 사이에 크리스토퍼 올센은 집에 도착합니다." 검사가 말한다. "스텔라는 그때까지 거리에서 기다리고 있었고, 그는 그녀를 집 안으로 들입니다. 아파트 안에서 언쟁이 벌어지는데, 올센과 아미나 베시치의 관계가 발단일 가능성이 높습니다. 언쟁 중간에 스텔라는 크리스토퍼 올센의 주방 벽에서 칼을 잡습니다. 올센은 자기 아파트에서 거리로 달려나와 도망칩니다. 그는 필레가탄과 로드만스가탄 모퉁이에 있는 놀이터로 달려갑니다. 그가 놀이터에 닿았을 때, 스텔라 산델은 그를 따라잡아 무방비 상태인 그를 칼로 잔혹하게 찌릅니다. 그는 가슴과 배와 목을 찔렸지만, 그 상처 중 당장 치명적인 것은 없어 그자리에서 즉사하지는 않습니다. 스텔라 산델은 피 흘리며 죽어가는 크리스토퍼 올센을 버려두고 그곳을 떠납니다."

이 모든 게 내 마음속에서 영화처럼 펼쳐진다. 스텔라가 팔을 뒤로 뺐다 앞으로 내밀어 찌를 때 손에 쥔 칼이 보이는 것 같다.

나는 일어서야 한다. 사람들이 나를 쳐다본다. 내가 누구인지 알기 때문이다. 기자들은 처음부터 나를 알아봤다. 그들이 내게 질문을 던지거나 비난하지 못하는 건 마지막 남아 있는 기자로서의 명예와 타인에 대한 존중 때문이리라. 나는 두리번거린 다음 오른쪽으로 몇 걸음 다시 왼쪽으로 몇 걸음 떼다가 자리에 도로 앉는다. 세상이 빙글빙글 돈다.

"괜찮으세요?" 수염 기른 남자가 묻는다.

나는 고개를 젓는다. 괜찮냐니, 말도 안 돼. 나는 두 손으로 배를 감싸고, 입술을 떨며 숨을 들이쉰다.

아담이 저 문 바깥에 앉아 있는 걸 알고 있지만 나는 철저하고 완전하게 버림받은 기분이다. 이해가 되지 않는다. 사람들이 인간은 사회적 동물이고, 절대 외따로 떨어진 섬이 아니라 대륙이라고 말할 때 나는 대개 공감하지 못했다. 나는 평생 타인에게서 단절감을 느꼈다. 이 점이 나를 슬프게 하지는 않았는데, 애당초 가져본 적도 없는 걸 그리워하는 건 불가능하기 때문이다. 사람들에게 중요한, 서로를 강력하게 묶는 결혼, 혈연, 또는 다른 중요한 상징들은 내게는 늘 훨씬 느슨하고 얇고 중요하지 않은 모습으로 나타났다.

그러다가 몇 년 전, 스텔라와 아미나의 우정을 관찰하며 나는 내가 갈망하던 어떤 걸 보았음을 깨달았다. 두 아이의 우정을 보면서 자기 자식에게 질투를 느끼는 나 자신이 너무 낯설었다. 그다음 많은 시간을 보내고 후회하고 많은 눈물을 흘린 다음에야, 그리고 재앙이 목전에 완전히 나타났을 때에야 나는 내가 아미나를 애틋해하며 그녀에게서 내 모습을 보고 동질감을 느꼈다 할지라도 내가 진짜 갈망한 건 내 가족이었음을 깨달았다.

내가 갈망한 사람은 사랑하는 내 딸 스텔라였다.

그리고 나는 또한 아담을 갈망했다.

85

내가 아담에게 처음 반한 건 그의 겸손한 면모 때문이었다고 생각한다. 베름란스 기숙사 복도에서 몇 번 스치긴 했어도 그를 눈여겨보지는 않았었다. 12월 하순 늦은 밤, 우연히 기숙사 공동 주방에서 우리는 한 테이블에 마주 앉았고, 몇 년 뒤 가족이 되었다.

지금 생각하면 참 우스운 말이지만, 나는 세상에 아담 같은 남자가 존재하는 줄 알지 못했다. 부모님과 함께 살던 시절 남자친구를 많이 사귀긴 했어도 그런 관계는 두어 달을 넘기지 못했다. 나는 매력적이면서도 외향적이고 자신감 넘치는 남자에게 끌리곤 했지만, 그런 남자들은 한두 꺼풀만 벗겨내면 상처받은 어린 소년에 불과할 때가 많았다.

고등학교 3학년 마지막 학기에 나는 클라베라는 소년과 데이트했다. 일주일에 나흘 밤은 체육관에서 팔과 가슴 근육을 키우고, 체육관에 가지 않는 날에는 빵 공장에서 받은 월급의 절반이 넘는 유지비가 드는 BMW를 몰고 두 도시의 광장들 사이를 왕복 주행하는 소년이었다. 키스하기 전 내가 담배 냄새를 헹궈내게 만든다는 이유로 그는 나를 공주라 부르길 좋아했다.

아담 같은 남자들이 내 주변에도 분명 있었을 테지만, 내가 자란 소도시에서 그들은 그다지 좋은 대접을 받지 못했기에 내 레이더에 걸리지 않고 스쳐갔다. 룬드에서는 모든 게 달랐다. 룬드에서는 다른 개성과 특성의 가치가 중요했다. 나는 다시는 고향에 돌아가지 않으리라 결심했다.

아담은 우리의 좁은 세상과 더 넓은 세상 모두에 대해서 황홀한 관점을 보여주었다. 토론을 시작할 때 우리는 관점이 정반대일 때가 많았는데, 바로 그 점이 결국 우리를 새로운 통찰과 어떤 합의의 형태에 다다르도록 이끌어주었다. 사람들과 토론할 때면 아담은 누구도 흉내 낼 수 없는 품위 있고 존중하는 태도로 그들의 의견을 다루었다. 바로 그 점이 나로서는 약 오르고 화가 났다.

"아담, 그냥 어물쩍 넘어가지 마! '한편으론, 한편으론, 우리 모두 저마다 자기 방식에서 옳다'니!' 토론은 이기려고 하는 거야!"

"그렇게 생각해? 나는 우리가 토론하는 의미는 더불어 살아가야 할 존재로서 우리를 발전시키는 데 있다고 생각해. 내 관점이 뭐냐는 질문을 받을 때마다 나는 늘 새로운 걸 배워."

아담의 작은 기숙사 방에서 우리는 종종 새벽까지 함께했다. 아담은 침대 위에 무릎을 당겨 앉고, 나는 바닥에 다리를 쭉 펴고 앉았다. 와인 한 병과 과자 한 봉지가 전부였다.

"나는 점점 커지는 이 상대주의에 화가 나, 아담. 어떤 가치들은 절대적이어야 해. 그게 종교의 진실이 아닐까? 너는 자기들 좋을 대로 문문하게 믿는다는 걸 정말 종교로 받아들일 수 있어?"

"물론이지. 그게 바로 종교를 '아는 것'이 아닌 '믿는 것'이라 부르는 이유야."

이것은 신앙을 바라보는 새롭고도 다소 두려운 개념이었다. 나는 그전까지, 그 이유를 한 번도 생각하지 않은 채 일상적으로, 모든 종교는 교조적이며 개별성의 적이라 판단했었다. 내가 지닌 진보적이고 세속적인 세계관에는 종교가 깃들 자리가 없었다. 내가 태어나 성장한 고장은 자식에게 세례를 받게 하는 사람들이나 스스로 기독교도라 부르는 사람들을 비난하고 조롱하는 분위기가 강했다.

"나는 어떤 분야든 상관없이 확신에 자꾸 꾀이는 건 좋지 않다고 생각해." 아담이 말했다. "그런 건 종교도 아니고 하나님에 대한 신앙도 아니야."

"합리적인 척 그만해." 나는 과자를 입에 넣으며 말했다. "난 내가 이기는 토론을 하고 싶어."

"넌 훌륭한 법률가가 될 거야."

우리는 웃고 키스하고 섹스를 했다. 나에겐 완전히 새로운 쾌락이었다. 아담은 새로운 손으로 내 몸을 어루만졌다. 내가 전에 경험하지 못한 다정한 시선으로 나를 응시했다. 그는 엑스 보디스프레이와 떫은 크림 칩스 냄새가 배어 있는 어질러진 침대에 앉아 두려움 따위는 모르는 청춘의 얼굴로 내게 진심을 털어놓고 자기 영혼을 모두 드러냈다.

그것은 폭풍 같은 연애였다. 나는 아담과 사귀면서도 우리 관계는, 시작이 그랬듯 예기치 않게 폭발하며 끝날 거라고 내내 단정했다. 그게 내가 생각하는 낭만적 연애의 이미지였다. 간결하고, 강렬하되 빠른 망각. 사귀는 동안은 즐기지만 모든 게 망가져 잔해가 되기 전에 빠져나가야 한다.

내가 주변 사람들에게 아담의 전공을 언급하면 그들은 하나같이 기겁하는 반응을 보였다.

"그 사람, 정말 목사가 될 생각이래?"

매번 나도 움찔했다. 그러면서도 아담은 목사 같지 않다고, 진짜 목사는 아니라고 변호했다.

"그래도 그는 하나님과 성경과 뭐 그런 걸 믿잖아?"

나는 부인할 수 없었다.

"하지만 네가 생각하는 것과는 달라."

나는 종종 실제 어떤 점이 어떻게 다른지 표현도 못 하면서 이렇게 말했다.

우리가 관계를 이어가는 건 완벽하게 자연스러운 일이었다. 25년여가 지난 지금에야 따분한 소리로 들리겠지만, 나와 아담의 관계는 다른 무엇보다 미래에 대한 안정, 연대 그리고 인생에서 딱 맞는 장소를 발견한 강한 소속감에 바탕해 있었다. 그리고 마지막 이유가 내게 꼭 필요한 감정이었다.

우리 일상에서 미래는 특별한 것으로 나타나지 않았다. 우리는 현재의 일만으로도 너무 바빴다. 그 점에선 우리도 다른 젊은이들과 크게 다르지 않았을 것이다. 우리가 눈앞에 놓인 가능성들, 가정을 꾸리고 커리어를 쌓고 그 밖에 헤쳐나갈 많은 일들에 대해서 생각하고 결정하기를 거부했다는 이야기는 아니다. 우리는 그저 수평선 너머를 보지 못했을 뿐이다.

크리스마스를 한두 주일 남겼을 때, 임신 테스터에 나타난 막대가 모든 걸 단번에 바꿔놓았다. 처음에 나는 사랑의 결실로 사랑하는 사람을 가장 닮은 새로운 존재가 태어날 거라는 사실에 매혹되었는데 그 어지러운 상태를 빠져나오자 전에 없던 불안감에 포위되었다. 우리가 가정을 꾸려도 될까? 2, 3년 기다리는 게 더 낫지 않을까? 이런 질문에서 시작된 불안은 폭력과 고통에 잠식된, 희망

없는 세상에 대한 절망적인 좌절로 끝났다. 나는 태어나지도 않은 내 아이가 피하지 못할 암울한 미래를 생각하며 눈물을 흘렸다.

지금도 생각하기가 겁난다. 나는 그 당시에도 그 두려움을 알고 있었던 것 같다. 스텔라를 세상에 내놓는 것에 대해, 나의 내면 깊은 곳의 경고와 무서운 예감을 그때도 느꼈던 것만 같다. 죄책감이 내 속을 비틀며 찢는다.

나는 너무 젊고 어리석었다. 나는 자신을 방기해 설득되게 내버려두었다.

86

괴란 레이욘 판사가 스텔라 쪽으로 고개를 돌린다.

"검찰 측의 사건 설명에 대해서, 혹은 피고가 목격한 바가 있을 경우 그 점에 대해 하고 싶은 말이 있습니까?"

스텔라는 미카엘을 흘끗한다. 미카엘이 고개를 끄덕인다. 저 자리에 앉아 있는 이가 미카엘이어서 정말 다행이다.

9월이 시작되는 그 토요일 밤, 스텔라가 경찰서 유치장에 있다는 미카엘의 전화를 받았을 때, 나는 미카엘에게 도리를 다하도록 설득해야 한다고 생각하고 있었다. 과거 우리 사이를 생각하면 미카엘은 내게 그 정도는 해줘야 했다. 물론 미카엘의 사무실에 아담과 함께 앉아 있는 것은 고문이었고, 두 남자 중 누구도 편들지 않기 위해 연신 균형을 잡아야 했지만, 만약 미카엘이 없었다면 재판 준비 과정은 쉽지 않았을 것이다.

"어디부터 시작해야 하나요?" 스텔라는 판사를 보며 묻는다.

법정 안 모두가 스텔라를 응시하고 있다. 괴란 레이욘의 눈빛은 온화하고 다정했지만, 테이블 가장자리를 짚은 스텔라의 손은 떨리고 있다. 딸아이 옆에 앉아 저 손을 잡아주고 싶다. 나의 터널이 점점 좁아지고, 나는 숨을 헐떡인다. 수염을 기른 기자가 나를 본다.

스텔라는 할 말과 하지 말아야 할 말을 정확하게 알고 있다. 미카엘이 스텔라에게 여러 차례 연습을 시켰다. 지금 중요한 건 스텔라가, 이번만큼은, 시키는 대로 해주는 것이다. 내 사랑 스텔라! 제발 시킨 대로 해야 해.

이제부터가 재판에서 엄청나게 중요하다. 피고가 법정에 인상을 남길 처음이자 아마도 유일한 기회일 것이다. 나는 미카엘의 기술을 안팎으로 완벽하게 알고 있다. 나는 변호술 대부분을 그에게서 배웠다. 핵심은 피고가 신뢰를 얻고, 강하면서도 부드럽게 자신을 표현해내야 한다는 것이다. 검찰 측 진술에 가능한 한 동의하고, 오직 범죄 설명에 이의를 제기하되 절대 필요한 지점에서만 검사의 진술을 분리하는 게 제일 좋다. 협조하는 인상을 보이는 게 열쇠다. 스텔라는 자기가 인간임을, 그 이상도 그 이하도 아닌 한낱 인간임을 보여야 한다.

"당신은 크리스토퍼 올센을 알고 있습니까?" 판사가 묻는다. "여기서부터 시작해볼까요."

스텔라는 숨을 깊이 들이쉰 다음 미카엘을 본다. 그는 초록 신호를 주듯 고개를 끄덕인 다음 방청객들과 내게서 얼굴이 보이지 않도록 몸을 옆으로 튼다.

날카로운 칼에 배가 찔리는 기분이다. 의심이 한 자락 피어오른다. 미카엘을 신뢰해도 될까? 난 그를 믿고 있는가? 믿을 수 있겠지?

"우리는, 그러니까 나와 아미나는, 텡네르스에서 그를 처음 만났습니다." 스텔라가 가라앉은 목소리로 말한다.

나는 손가락 하나 까딱하지 못한다. 숨 쉴 엄두도 나지 않는다.

"6월이었어요. 나는 크리스가 멋지고, 그리고…… 섹시하다고 생각했어요. 그는 나이가 나보다 한참 많았어요. 그는 서른두 살이고, 나는 열일곱 살이었죠."

여성 참심원들이 눈빛을 주고받는다.

"그는 내게 여행을 많이 다녔다고 말했어요." 스텔라가 계속 이어간다. "가보지 않은 곳이 없더라고요. 그리고 그가 부자란 건 누가 봐도 알 수 있었고요. 마치 특별하고 모험 가득한 삶을 사는 사람처럼 보였어요. 내가 꿈꾸는 그런 삶을."

스텔라는 현재 시제를 사용하고 있다. '꿈꾸던'이 아닌 '꿈꾸는'이라고 말한다. 그녀는 여전히 꿈꾸고 있다.

"그날 밤이 지나서 그가 다시 만나고 싶다고 문자를 보내왔고, 그래서 우린 다시 만났습니다."

스텔라의 목소리에 힘이 다소 생긴다. 고개도 자주 들어 레이온 판사와 참심원들을 똑바로 본다. 미카엘은 등을 펴고 스텔라의 팔을 토닥이며 격려한다. 그는 물론 헬싱보리의 고급 양복점에 특별 주문한 파란 셔츠를 입고 있다. 옛날에 같이 일하던 시절, 그는 법정에서 한 번 입은 셔츠는 벗어 내던진다고 내게 털어놨다. 세탁을 해도 땀자국이 지워지지 않는다면서.

"나는 그의 아파트에 몇 번 갔어요." 스텔라가 말한다. "우리는 리무진을 빌려 코펜하겐의 멋진 레스토랑에 갔죠. 또 이스타드에 있는 스파에 가 그랜드호텔 스위트룸에서 묵기도 했습니다."

자기 자식을 너무도 몰랐다는 걸 알게 되면 기가 막힌다. 요 몇 년 스텔라와 많이 친해졌다고 믿어온 내가 그렇다. 나는 스텔라 인생을 파편적으로 알고 있을 뿐이다. 이것은 이상한 일인가, 아니면 그보다 더 나쁜가. 실제로는 잘 모르면서 자식을 잘 알고 있다고 믿는 건 나만의 특징인가, 아니면 10대를 키우는 어머니들의 특징인가.

"가끔은 크리스, 아미나, 저 이렇게 셋이 같이 어울렸어요." 스텔라가 말한다. "무슨 말이냐면, 크리스와 나는 사귀는 사이가 아니라는 거죠. 몇 번 섹스를 했을지언정 커플은 아니었어요."

참심원들이 다시 눈길을 주고받는다. 두 여자 참심원은 민망해하고, 스웨덴 민주당은 얼굴이 벌게진다. 나 또한 내 딸의 성생활이 발가벗겨지는 걸 원치 않으면서도 너무 얼떨떨해 정작 충격을 뒤늦게 느낀다.

"진지한 건 없었어요. 나도 그도, 둘 다요. 까놓고 말하자면, 내 생각에도 크리스가 열일곱 살짜리를 진지하게 생각할 것 같지 않았고, 내 쪽에서는 뭔가 시작하자는 생각 자체가 없었죠. 나는 조금 있으면 장기 여행을 떠날 거였으니까요. 아시아로."

나는 티슈로 따끔거리는 눈가를 조심스레 찍어낸다. 천국 같은 해변에서 야자수 아래 있는 스텔라의 모습을 상상해본다. 다른 모습은 상상하고 싶지 않다. 감옥에 갇힌 스텔라의 모습, 그리고 아마도 사회로부터, 고용시장과 친구들과 친지들 사이에서 종신형을 받는 스텔라의 모습은 상상하고 싶지 않다. 아담과 나는 어떻게 살아갈까? 스텔라는 어떻게 이겨내야 할까?

"난 아미나도 크리스와 함께였다는 거 알고 있어요. 그 점은 신경 쓰이지도 괴롭지도 않았어요." 스텔라가 말한다.

괴란 레이욘은 머리를 긁적이며 말한다. "그 점을 좀 더 자세히 말할 수 있을까요?"

"어느 거요?"

"아미나가 크리스와 함께였다고 말했는데, 정확하게 무슨 뜻입니까?"

법정은 처음으로 스텔라에게서 다른 면모를 보게 된다. 그녀의 눈이 번득거리고 목의 핏줄이 도드라진다.

"두 사람이 같이 시간을 보냈다, 그 말이죠! 판사님이 섹스를 암시한 거라면, 아미나는 크리스와 섹스하지는 않았어요."

괴란 레이욘은 얼굴을 붉히다가 물을 마신다. 미카엘은 스텔라를 진정시키려 팔을 잡는다.

"정말 충격이었어요……." 스텔라는 목소리를 떨며 입가를 긁는다. "경찰한테 그 이야기를 들었을 때요. 믿기지 않았어요. 크리스가 협박받는 줄은 알고 있었지만, 그가 살해될 정도로……. 아직도 그게 받아들여지지가 않아요."

방청객들의 얼굴 표정에 조금씩 변화가 생긴다. 기자들이 타이핑하는 속도가 느려지기 시작한다. 내 뒤에서 누군가가 큰 소리로 그 협박 내용이 뭐냐고 묻는다. 크리스의 옛 사업 동료 이야기인가? 나는 눈을 감고 숨을 들이쉰다. 나를 둘러싼 터널이 조금 넓어지는 것 같다.

"피고는 검사의 질의가 시작되기 전에 8월 31일 밤 자신의 행적을 말하고 싶을지도 모르겠군요." 괴란 레이욘이 말한다.

판사는 부드러운 목소리로 말하고, 그 눈빛에는 공감과 신뢰가 담겨 있다.

"나는 H&M에서 마감 시간인 7시 15분까지 일했습니다." 스텔라가 말한다. "퇴근 후에는 동료들과 함께 스토르토르게트레스토랑에 갔습니다. 우리는 야외 테이블에 자리를 잡고 두어 시간 정도 있었습니다. 내가 자전거를 찾으러 간 시각이 10시 반 무렵이었을 겁니다."

미카엘은 의자에 다시 몸을 묻는다. 어깨에 긴장도 풀렸다. 그의 이런 모습에 나는 안심하는 동시에 걱정스럽다.

"자전거에 막 올라타려다가 거리 맞은편을 보았는데, 크리스의 전 여자친구 린다 로킨드가 거기 서 있었어요. 전에도 그 여자가 날 따라온 적이 있었거든요. 나는 소름이 돋고 너무 오싹해서 아미나한테 전화를 걸었는데, 받지 않더군요. 어떻게 해야 좋을지 알 수 없었어요. 그래서 크리스한테 연락을 시도했습니다."

나는 스텔라의 입장이 되어보려 애썼다. 나라면 어떻게 했을까? 사람들은 예기치 않은 상황에 부딪히면 자기는 이렇게 하겠다고 자신하지만 나는, 특히 내 일을 통해서, 그런 말은 다 쓸데없는 것임을 배워왔다. 특수한 상황에서 자신의 행동을 예측하는 건 한마디로 불가능한 일이다.

스텔라는 린다 로킨드가 자기를 몇 주 동안 따라다니며 괴롭혔다고 설명한다. 린다의 정신적 불안정을 알고 있고, 린다가 위험한 사람일 수도 있기 때문에 겁이 났다고 말한다. 그게 스텔라가 북적거리는 텡네르스로 들어가 아미나에게서든 크리스에게서든 연락이 오기를 기다린 이유였다.

"두 사람 모두에게서 연락이 없었지만, 마음이 조금 안정되어서 집으로 가자고 생각했어요. 그다음 도서관 옆 교차로인 쉬르코가 탄까지 갔는데, 거기 린다 로킨드가 또 서 있는 거예요."

여성 참심원들이 경악하고 방청석도 웅성거렸다. 오직 예니 얀스도테르 한 명만이 어떤 영향도 받지 않은 듯 보였다. 그녀는 스텔라를 깨부술 기회만 기다리듯 완벽하게 침착한 표정으로 꼿꼿하게 앉아 있었다.

"나는 너무 무서웠어요."

스텔라는 교차로에 있는 선술집 인페르노까지 달려갔다. 린다 로킨드가 더는 따라오지 않기만을 바라며 술집 안쪽 구석 자리에 숨어 있었다.

"아미나는 여전히 전화를 안 받았고, 크리스한테도 연락이 닿지 않아서 나는 자전거로 그의 집에 가기로 결정했어요. 모든 게 악몽이었어요. 어찌해야 좋을지 몰랐어요."

스텔라의 숨소리가 법정에서 들리는 유일한 소리였다. 모두가 그녀만을 바라본다.

"그들은 거기 없었습니다." 스텔라가 말한다.

내 옆자리 사람들이 에이, 하며 싫은 기색으로 고개를 돌린다. 누가 구두로 바닥을 긁는다. 텔레비전 뉴스팀의 젊은 여자가 짝짝 껌을 씹는다.

"난 초인종을 누르고 문을 두드렸습니다. 그리고 문에 귀를 대고 귀를 기울였는데, 그들은 없었어요."

스텔라가 떨리는 손으로 물잔을 든다. 고개를 숙이자 머리칼이 앞으로 쏠려 얼굴을 가렸다.

느낌이 이상하다. 스텔라가 모든 걸 다 말하면 어쩌지? 스텔라는 늘 드라마를 좋아했다. 배우가 되겠다고 꿈꾸곤 했는데, 여기 지금 그녀의 중요한 연기를 펼쳐 보일 무대와 관객이 있다. 나는 절박함에 두 팔을 앞으로 뻗는다.

"난 자전거를 타고 집에 갔고, 침대에 누웠어요." 그녀는 머리칼을 옆으로 넘기며 말한다. "그다음 무슨 일이 일어났는지는, 모릅니다."

87

"검사, 질의하십시오." 재판장이 말한다.

예니 얀스도테르는 꼼짝도 하지 않는다. 그녀의 엄숙한 얼굴을 지탱하는 모든 근육이 깊은 몰입 상태다. 온 법정이 그녀를 기다린다. 그다음 예니 얀스도테르는 갑자기 스텔라 쪽으로 돌아선다.

"거기 없었던 사람이 누구입니까?"

작은 몸집과는 어울리지 않는, 날카롭고 쨍쨍하며 권위가 실린 목소리다.

"네?"

"당신은 방금 '그들은 거기 없었습니다'라고 말했습니다. 누구를 가리키는 겁니까?"

스텔라는 심드렁하게 읽힐 몸짓을 한다.

"크리스요. 크리스토퍼 올센. 그는 아파트에 없었고, 그래서 저는 집에 갔습니다."

"하지만 당신은 '그'라고 말하지 않았어요. '그들'이라고 했죠. 복수. 한 사람 이상을 뜻하는 거죠. 누굽니까, 크리스토퍼 올센 말고 그곳에 없었다는 사람은?"

스텔라는 미카엘을 빠르고 날카롭게 쏘아본다.

"아미나라고 짐작합니다."

"아미나 베시치 말입니까?"

스텔라가 고개를 끄덕인다.

"기록을 위해 검사가 묻는 질문에 구두로 답변하십시오." 괴란 레이욘이 말한다.

스텔라는 판사를 노려본다. 윗입술이 파르르 떨린다.

"네." 과장되게 큰 소리로 말한다.

나는 고개를 돌리다 수염을 기른 기자가 나를 보고 있음을 깨닫는다. 나와 눈이 마주치자 그는 얼른 고개를 돌린다.

저 남자는 나에 대해 무슨 생각을 하고 있을까? 나는 방청객들을 둘러본다. 또 저들은 무슨 생각을 할까? 아마 나를 안쓰럽게 생각하겠지. 몇몇은 분명 나를 욕하고 있을 테고, 다른 사람들도 자식이 한 짓에는 부모 한쪽의 책임이 있다고 생각할 것이다. 특히나 내 잘못과 책임이 크다고. 그 이유 일부는 내가 여자이고 어머니이기 때문이다. 같은 내용이라도 남자에겐 그 정도 잘못을 지우지 않으니까. 또 내가 인정사정없는 차가운 변호사라는 점도 이유일 것이다. 반면 내 남편은 하나님의 사랑과 황금률을 설교하는 매력적인 목사이다.

나도 피고인석에 앉아야 하나? 부모로서 적절치 못한 태도와 살인 방조라는 죄목으로 고소당해 스텔라와 나란히 앉아 있어야 하는가? 이 공간 안 몇몇은 그게 맞는다고 믿고 있을 것이다.

예니 얀스도테르는 발언하기에 앞서 의미심장한 눈빛으로 판사를 겨냥한다. 검사의 머릿속을 들여다보진 못해도 그녀가 나를 순진하게만 보지 않으리란 건 안다.

"당신은 왜 아미나가 크리스의 거처에 있을 거라고 추측했습니까?" 검사가 스텔라에게 묻는다.

"모르겠어요. 내가 그런 추측을 했는지도 모르겠네요."

"하지만 방금 당신은 그렇게 말했는데요."

얀스도테르의 말은 법정에 효과적인 침묵을 만들어낸다. 스텔라는 눈 둘 곳을 찾지 못한다.

"무슨 이유로 당신은 그 특정한 밤, 8월 31일 밤에 아미나가 크리스토퍼 올센과 함께 있다고 믿었습니까?" 검사가 묻는다. "당신은 올센과의 연락을 다 끊었다고 말했는데 사실은 그렇지 않았기 때문이죠? 당신과 아미나 둘 모두?"

스텔라의 이마에 땀이 맺힌다. 스텔라의 두려움이 법정 중앙을 지나 내 살갗에 진드기처럼 달라붙는다. 그 불안이 나를 미치도록 긁고 잡아 뜯는다.

스텔라, 넌 할 수 있어. 여기서 약해지면 안 돼!

"우리는 크리스와 함께 보내는 시간을 끊었습니다." 스텔라는 검사를 쳐다보며 말한다.

"그랬나요?" 얀스도테르는 한참을 노려보지만, 스텔라는 기가 죽지 않는다. "두 사람이 동의한 겁니까?"

"동의 비슷했어요."

얀스도테르는 이 대답을 귀담아듣지 않는다. 다음 질문으로 이미 넘어간다.

"당신은 크리스의 아파트에 기척이 없어서 자전거를 타고 집으로 가려 했다고 했습니다. 그때가 몇 시였죠?"

"모르겠습니다." 스텔라가 말한다.

스텔라는 미카엘을 재빨리 바라본다. 너무 찰나라 법정 안 대다

수가 놓쳤겠지만, 나는 그 장면을 잡아챈다. 그리고 나는 이 대답이 중요한 분기점임을 알고 있다. 만일 스텔라가 집에 도착한 시각을 계속 새벽 2시라고 주장한다면, 아담의 증언은 끝장이다. 그는 법정에 앉아 스텔라가 말한 시각을 반박할 수 없다. 누가 시멘트 반죽을 가슴속에 들이붓는 것만 같다.

미카엘은 넥타이 매듭을 당겨 느슨하게 푼다. 그의 셔츠가 땀에 젖기 시작한다. 그가 맡은 임무에 성공할지 아닐지 이제 곧 드러날 것이다.

"그때가 몇 시였는지 모르겠다고요?" 얀스도테르가 말한다.

스텔라는 입술을 삐죽거린다. "11시 반에서 자정 사이였을 겁니다. 그쯤이 맞겠네요."

내 가슴을 굳히던 시멘트가 조금 가벼워진다. 공기가 폐로 가늘게 들어간다.

"그런데 당신은 경찰 조사에서는 새벽 2시라고 말했습니다. 맞습니까?" 얀스도테르가 날카롭게 말한다.

스텔라는 눈을 내리깔며 말한다. "아빠를 혼내주려고 그렇게 말했습니다."

얀스도테르는 진심으로 놀란다. "무슨 말인지 설명하십시오."

"아빠가 내 알리바이를 제시한 걸 알았을 때, 그를 거짓말쟁이로 만들고 싶었습니다."

스텔라의 목소리에는 주저함이 없다. 나는 조용히, 평화롭게 숨을 쉰다.

"지금 당신은 당신 아버지를 벌주려고 경찰에게 거짓말했다고 말하는 겁니까?"

스텔라가 고개를 끄덕인다.

"왜 아버지를 벌주고 싶었죠, 스텔라?"

"아빠는 늘 과잉보호하려 들었어요. 가끔 험악한 상황도 있었죠. 나는 어린애 취급을 받았어요."

아담이 이 말을 듣지 못해 다행이다.

"당신 생각에도 참으로 이상한 소리가 아닙니까." 얀스도테르가 말한다.

"사실은 사실이죠."

"정말 사실입니까? 당신이 거짓말하지 않는 게 확실합니까, 스텔라? 당신 아버지를 보호하려 거짓말하는 거 아닙니까?"

스텔라는 눈을 치켜뜨고 완강하게 고개를 젓는다. "아뇨!"

얀스도테르는 서류를 들춘다. "스텔라, 그날 밤 몇 시에 집에 도착했죠? 경찰 조사에서는 당신은 새벽 2시라고 말했습니다……."

"저는 자정 전에 집에 있었습니다. 11시 30분에서 12시 사이에 집에 도착했어요."

검사는 큰 소리로 한숨을 내쉰다.

"당신과 아미나 베시치는 다시는 크리스토퍼 올센을 만나지 않기로 동의했습니다. 내가 정확하게 이해하고 있는 게 맞습니까?" 검사가 말한다.

"그건 동의가 아니고요, 우리는 그저 그를 보지 말자고만 말했습니다."

검사는 스텔라가 사소한 데 자꾸 딴지 건다는 양 눈동자를 굴렸다. "그렇다면 왜 그런 말을 하게 되었죠? 크리스토퍼를 그만 만나려 한 이유가 무엇입니까?"

"우리는 그가 거짓말한다는 걸 알게 되었어요. 그가 나와 아미나가 서로를 싫어하도록 가지고 노는 것 같았고, 우리는 누구도 그런 짓을 하게 두지 않을 겁니다, 영원히."

"사실은 당신이 아미나와 크리스토퍼 올센이 성관계를 한 사실을 알았기 때문이 아닌가요?"

"그들은 절대 성관계를 하지 않았습니다."

"크리스토퍼가 당신을 속인 걸 알게 되어서가 아닙니까?"

"절대 아니에요."

나는 스텔라 목소리의 저 날카로움을 알고 있다. 딸아이의 참을성이 엷어지고 있는 것이다.

"사실은 당신의 제일 친한 친구와 당신이 막 연애를 시작한 남자가 몰래 만난다는 걸 알게 되어서가 아닙니까? 당신도 두 사람이 엄격하게 플라토닉한 사이라고는 분명 믿지 않았을 텐데요."

나는 숨을 멈춘다.

스텔라는 법정을 두루 쏘아본다. 1초의 한 조각, 우리는 서로를 바라본다. 그걸로 충분하다.

스텔라는 나도 알고 있다는 걸 알고 있을까?

"플라토닉이란……."

얀스도테르가 입을 열지만, 스텔라는 그 기회를 붓질하듯 지운다.

"플라토닉이 뭔지는 알아요. 적어도 검사님이 그 단어를 꺼낸 의도는 알 것 같아요. 그런데 말이죠, 플라톤은 진정한 정신적 사랑에는 육체적 친밀과 섹스가 있어선 안 된다는 뜻으로 말한 게 아니었어요. 물론 일반적으로는 그렇게들 오해하고 있으니까 검사님은 자신을 바보라고 느끼진 않으셔도 돼요."

방청석에서 한 남자가 크게 웃고, 수염을 기른 남자는 내게 힘내라는 듯 미소 짓는다.

"플라톤은 내가 좋아하는 철학자예요." 스텔라가 말한다.

"난 소크라테스를 늘 더 좋아했죠." 얀스도테르가 응수한다.

"놀랍지 않군요."

미카엘은 킥킥 웃다 입을 가린다. 참심원들은 서로를 쳐다보고, 재판장 괴란 레이욘의 입가에도 작은 미소가 번진다.

"아미나는 크리스토퍼 올센과 자지 않았어요." 스텔라의 얼굴에서 장난스러운 분위기는 나타날 때만큼 빠르게 사라진다.

예니 얀스도테르가 다른 질문으로 넘어가려 하지만, 스텔라는 아직 할 말이 있다. 그녀가 한 손을 들어 올린다. 가늘고 떨리는 목소리로 말한다.

"아미나는 그 누구와도 잔 적이 없어요. 그 애는…… 처녀예요."

88

나는 핸드백을 뒤져 물티슈를 꺼낸다. 심장이 목구멍에 달린 듯 맥이 세차게 뛰고, 이마를 닦아봐도 땀이 끊임없이 솟는다. 마치 열기가 뇌 속으로 들어가 내 생각을 끓이는 것만 같다.

스텔라가 서서히 줄어든다. 환영인가? 아니면 그녀가 어깨를 내리며 몸을 움츠리고 있어서인가?

스텔라의 동기는 무엇일까? 8주 동안 하루도 끊김 없이, 스텔라는 접견 전면 금지 상태로 구치소에 갇혀 있었다. 물론 스텔라가 지금 이렇게 하는 건 아미나를 위해서이다. 하지만 그건 충분한 설명이 되지 못한다. 스텔라는 다른 길을, 더 단순한 길을 받아들일 수도 있었다. 그녀가 지금 어깨를 움츠리고 눈을 번들거리며 내 앞에 앉아 있는 유일하고도 타당한 결론은, 단지 아미나뿐 아니라 우리를 위해서라는 것이다. 아담과 나를 위해서. 우리 가족을 위해서.

나는 내게도 아미나 같은 친구가 있었으면 하고 바랐다. 아미나와 스텔라는 예비학교 때부터 단짝 친구 이상이었다. 둘은 때로 갈등하고 싸우기도 했지만 마지막에는 흔들리지 않는 연대로 모든 어려움을 극복했다. 적어도 지금까지는 그랬다.

스텔라와 아미나는 늘 서로에게 더없이 든든하고 안전한 협력자이자 연합군이었다. 내가 만약 나 자신에게 그처럼 깊은 우정을 허락했다면 아마도 지금과는 다른 인생을 살고 있을 것이다. 나도 중고등학교 때까지는 친한 친구가 확실히 두엇 있었는데, 그 이후엔 가장 깊은 곳에 벽들을 둘러쌓기 시작했다. 나는 내 감정을 다른 사람들 앞에 보이는 걸 늘 약점으로 생각했다.

나는 이마의 땀을 닦으며 침착하려 애쓴다. 수염을 기른 남자가 부스럭거리며 사탕을 까 입에 넣고 씹는 사이, 검사는 법의학적 증거들을 제시한다. 법의학연구소 연구원이 증인석으로 불려나와 범죄 현장에서 발견된 족적은 스텔라의 신발에서 나온 게 틀림없다고 증언한다. 그 족적은 크리스토퍼 올센의 시신에서 겨우 몇 발자국 떨어진 자리에서 발견되었고, 눌린 발자국 안에 피가 조금 묻어 있는데, 그 점은 올센이 칼에 찔리기 전에 발자국이 찍혔음을 의미한다고 설명한다. 금요일 아침에 폭우가 내렸기 때문에 스텔라는 빨라도 살인사건의 서막이 될 그날 낮 점심시간 이후에 놀이터를 찾았다는 결론을 끌어낼 수 있다.

뮈 센네발이 증언대에 서자 장내 분위기가 순식간에 바뀐다. 경계하는 눈빛과 헝클어진 머리칼의 이 섬약한 여자가 자기들 눈앞에서 갈기갈기 찢길까 봐 모두들 겁내는 것처럼 보인다. 검사도 미카엘도 목소리를 낮춰 질문한다. 뮈 센네발은 매번 대답하기에 앞서 편집증 환자처럼 눈을 번득이며 법정을 한참 훑는다.

"당신은 새벽 1시에 비명을 들었다고 했습니다." 미카엘이 말한다. "구체적으로 어떤 소리였습니까?"

뮈 센네발은 미카엘을 한참 쳐다본다.

"어떤 사람이 칼에 찔리는 소리 같았어요. 남자는, 칼에 찔릴 때 나는 비명을 여러 번 질렀어요."

미카엘은 당연히 이 부분을 파고든다. 저 여자는 그 비명이 칼에 찔려서 나온 것임을 어떻게 안단 말인가?

"만약 그 남자가 총에 맞았다면 총소리를 들었겠죠." 뮈 센네발이 말한다.

수염을 기른 기자가 눈동자를 굴린다.

"증인의 건강 상태에 대해 말씀해주시겠습니까?" 미카엘이 말한다. "정기적으로 심리치료사 상담을 받는다던데, 사실입니까?"

나는 뮈 센네발이 늘어놓는 슬픈 인생사를 한쪽 귀로 듣고 흘린다. 여자는 법정에서 나갈 때가 되자 심지어 더 망가진 듯 보인다. 그녀가 문 뒤로 사라지자 법정 문까지 휴우, 안도의 한숨을 내쉬는 것 같다.

이후의 증언들은 놀랄 만한 내용 없이 일사천리로 진행된다. H&M 직원인 말린과 소피는 스텔라가 호신용 스프레이를 늘 가방에 휴대했는데 금요일 밤에도 그 가방을 보았다고 확언한다. 검사가 스프레이 통을 하나 보이자, 두 증인 모두 스텔라가 지니던 제품과 같은 모델이라고 증언한다.

경찰 감식요원은 똑같은 호신용 스프레이를 법정에 제출한다. 그들은 크리스토퍼 올센의 시신에서 발견된 액상 흔적이 스텔라가 휴대하던 스프레이와 동일한 브랜드의 것임을 화학적 분석을 통해 이미 확인했다고 설명한다.

그다음 교도관 지미 바르크가 스텔라가 구치소에서 폭력성을 한 차례 이상 보였다고 말한다. 간단하고 감정 없는 목소리로 대답하는 그는 공감 능력이라곤 없는 것 같다. 달라이 라마에게도 공격 성향을 이끌어낼 부류가 있다면 바로 저런 남자겠지.

교도관이 증언하는 내내 수염을 기른 기자는 이마를 찡그린다. 그러더니 갑자기 사탕 봉지를 내게 쓱 내민다. 나는 너무 놀라 얼떨결에 좋아하지도 않는 사탕 하나를 받아든다.

남자가 씩 웃는다. 내가 그를 잘못 판단했나?

나는 늘 다른 사람들을 의심했다. 건강한 회의주의랄까. 나는 내가 만만하고 잘 속는 사람처럼 보일까 봐 평생 두려워했다. 언젠가 아버지는 겁 많은 개들이나 적들에게 으르렁거린다고 말했다. 나는 최근에야 다른 사람들을 늘 적으로 생각하지 않아도 된다는 걸 이해하기 시작했다.

로스쿨에 다니던 시절, 나는 중요하고 큰 경쟁만을 바라보는 존재였다.

"내가 수집하는 건 A학점이지 친구가 아니야." 모임에 초대받으면 이런 말로 거절했던 것 같다.

나는 스스로 캡슐에 들어가 하루하루 그 껍질을 단단하게 만들었다. 나는 영리함과 성공으로 나의 미숙함을 악착같이 숨기려 애썼지만 나의 진짜 모습이 들킬 거라는 두려움은 자꾸만 커져갔다. 하지만 그럼에도 결국은 가능한 한 모든 곳에서 스포트라이트를 받을 때가 많았다. 나는 내가 결정자가 못 되거나 영향을 끼치지 못하는 상황을 아주 힘들어했다. 주변인 모두가 나와 친해지고 나를 더 알고 싶어 했지만 논쟁과 시험 성적, 표면적인 교류 이상으로 나를 이해한 사람은 아담뿐이었다.

아담은 지금 법정 밖에서 대기하고 있다. 곧 그가 증언할 것이다. 법정 서기가 장내 방송으로 그를 호명할 것이다. 앞으로 어떤 일이 일어날지 나는 여전히 알지 못한다.

처음에는 이 방법이 통할 거라 생각하지 않았다. 우리가 여기까지 오게 될 거라고도. 아담은 자신의 도덕규범을 지키는 문제에서는 한 치도 양보하지 않는 사람이다. 그런 그에게 경찰에게 거짓말하라는 아이디어는 상상 못 할 일까지는 아니라도 가능성이 희박해 보였다. 하지만 나는 가족의 중요성을 과소평가했다. 사람은 자기 가족을 지킬 수만 있다면 윤리와 도덕은 얼마든지 치워버릴 준비가 되어 있다. 자식을 변호하는 문제에서 사람들은 가장 엄격한 규율조차 얼마든지 박살 낼 수 있다. 거짓말, 죄책감, 비밀. 이것들이야말로 가족을 세운 근거들이 아닐까?

한 사람이 이 세상에 나오는 순간, 다른 두 사람은 부모라는 존재로 바뀐다. 자녀를 향한 사랑은 법 앞에 복종하지 않는다.

어젯밤 아담과 나는 와인 한 병을 두고 주방에 앉아 있었다.

"여보, 내가 이 일을 할 수 있을지 모르겠어."

나는 아담이 그 일을 해내게 해달라고 하나님께 기도했다. 기분이 묘했지만 나는 실제 두 손을 깍지 끼고 기도까지 올렸다. 방금, 서기가 아담을 호명했다.

89

아담이 천천히 법정으로 걸어 들어온다. 판사가 앉을 자리를 알려주는데도 아담은 스텔라만 뚫어져라 응시한다.

아담이 방청객을 등지고 증인석에 앉는다. 수염을 기른 기자는 나를 중환자 보듯 쳐다본다.

판사가 미카엘에게 발언권을 준다.

"안녕하십니까, 아담." 미카엘이 말한다. "당신에겐 아주 힘든 자리일 테니, 가능한 한 간략하게 질문하겠습니다. 먼저 당신의 직업이 무엇인지 밝히는 걸로 시작할까요?"

아담은 여전히 스텔라에게서 눈을 떼지 않고 있다.

"저는 스웨덴 국교 목사입니다."

좀 더 자세히 설명하라는 미카엘의 말에 아담은 오랫동안 교도소 목사로 일했으며, 현재는 이 도시에서 가장 큰 교회 중 한 곳에서 일하고 있다고 설명한다.

아담의 목소리는 불안정하게 흔들린다.

"당신과 스텔라의 관계를 간략하게 설명하시겠습니까?" 미카엘이 묻는다.

아담과 스텔라가 서로 바라본다.

"저는 스텔라를 사랑합니다. 스텔라는 저의 전부입니다." 아담이 말한다.

내 가슴이 매듭이 생기듯 뻑뻑해진다. 지난 세월 나는 스텔라와 내 사이가 멀어진 것은 당신 탓이라며 아담을 책망한 적이 있었다. 스텔라가 어릴 적에 나는 아담은 참 멋진 아빠이며 그런 남자와 아이를 가진 당신은 참 행운아라는 말을 숱하게 들었다. 그 말은 사실이었다. 아담은 그때나 지금이나 가정에 충실한 멋진 남자이고, 나는 그런 그를 아낌없이 사랑한다. 그를 가끔 질투했던 일이 이제와 너무나 부끄럽다. 나 스스로 스텔라를 멀리하는 잘못을 저질렀으면서 왜 아담을 질투했을까? 나는 딸과의 관계를 풀어가려 애쓰는 대신 그저 일만 했다. 내가 실력이 있다는 사실을 알고 있었기에 더 많은 시간을 일에 쏟아부었다. 나는 자신을 계속 속였고, 그것은 스텔라에게 배신이었다.

이제 미카엘은 아담에게 지난 몇 년간 부녀 관계를 설명해달라고 요청한다.

"늘 완벽하지는 않았습니다." 아담이 대답한다. "사이가 좋을 때도 나쁠 때도 있었죠. 가끔은 아주 힘들었고요."

미카엘이 자세히 설명할 기회를 주자 아담은 고개를 살짝 숙인다.

"부모가 되는 것만큼 어려운 일은 없습니다. 저는 물론 많은 시간 나 자신의 부족함을 느꼈습니다. 너무 많은 걸 혼자서 바라고 기대했죠. 나는 이런 아버지가 되어야지, 스텔라는 이런 딸이 될 거야, 우리 부녀는 어떤 모습으로 보이면 좋겠다, 하는 식으로 말입니다."

"그 결과가 당신이 바라던 대로 늘 되진 않았나요?" 미카엘이 묻는다.

"드러난 결과가 아니라 내가 기대했던 게 무엇이었느냐가 문제였겠죠. 스텔라가 자기 인생에서 선택한 몇 가지는 나로서는 도저히 받아들이기가 힘들었습니다. 우리는 10대가 어떤 시기인지 종종 잊습니다."

나는 판사를 쳐다본다. 괴란 레이욘의 얼굴에 이해의 빛이 스친다. 그는 알고 있는 것이다. 그 역시 10대 자녀들을 키우는 아버지다.

"아담." 미카엘이 말한다. "8월 31일 금요일에 일어난 일을 우리에게 말씀해주겠습니까?"

아담은 다시 스텔라 쪽으로 몸을 돌린다. 나는 그의 표정을 자세히 보려 상체를 숙인다.

아담은 가만히 있기만 한다. 왜 그는 아무 말도 하지 않는 걸까?

나는 당연히 아담을 더 깊이 관련시켰어야 했다. 하지만 그가 내 계획을 이해하지 못할까 봐, 또는 그의 도덕심이 일을 그르칠까 봐 그러지 못했다.

너무 늦었다면 어쩌지? 만약 아담의 마음이 바뀌었다면, 자기가 한 말을 전부 철회하려 든다면? 그때는 파국이 기다리고 있을 것이다.

"그날 저는 늦게까지 일했습니다." 아담은 필요 이상으로 느릿느릿 단어들을 끄집어낸다.

그는 불안한 목소리로 젊은 신자의 추도 예배에 대해 말한다. 주중에 힘든 업무가 많아서 금요일이 되자 몹시 지쳐 탈진한 느낌이었다고 말한다. 귀가해 저녁 식사를 준비했고, 그다음 우리 부부는 소파에서 게임을 한 차례 하고는 잠자리에 들었다고 말한다.

"그날 밤 스텔라가 어디에 있었는지 알고 있었나요?" 미카엘이 타이 매듭을 만지작거리며 묻는다.

아담의 얼굴에서 핏기가 가신다. "딸은 친구와 만난다고 말했었습니다. 아미나 베시치요."

"좋습니다." 미카엘이 침착하게 말한다. "그래서 당신과 부인은 스텔라가 귀가하기 전에 잠자리에 드셨나요?"

"정확히 그랬습니다."

"그때가 몇 시였습니까?"

나는 허리를 곧게 편다.

제발, 아담. 가족을 생각해!

"11시쯤이었습니다. 그땐 시계를 확인하진 않았습니다." 그가 말한다.

"당신은 곧바로 잠들었습니까?"

"아닙니다, 한두 시간 깨어 있었습니다."

"한두 시간?"

"네."

나는 얼른 물을 마신다. 물병 뚜껑을 제대로 닫지 못해 무릎에 물을 흘려서 얼른 손등으로 닦는다. 수염을 기른 남자가 나를 쳐다본다.

"그날 밤 스텔라가 집에 왔을 때, 당신은 깨어 있었습니까?" 미카엘이 묻는다.

나는 상체를 옆으로 기울여 내다본다. 턱을 치든 아담과, 판사들 쪽으로 죄 없는 순백의 은은한 빛을 발하는 성직칼라가 보인다.

"딸아이가 집에 왔을 때 저는 깨어 있었습니다." 그가 말한다.

목소리에 힘이 생겼다. 또랑또랑하고 단호하다. 나는 다시 의자에 깊이 앉는다.

"그때가 몇 시인지 아십니까?" 미카엘이 묻는다.

"12시 15분 전이었습니다. 딸이 들어오는 소리가 들려 시계를 보았습니다."

참심원 한 명이 "아!" 하며 손을 입으로 가져간다. 나머지 사람들은 조용히 아담을 뚫어져라 응시한다.

"그러니까 그 시각을 확신합니까?"

"완전히 확신합니다. 하나님께 맹세합니다."

90

"아담, 넌 어떻게 그렇게 확신해?" 내가 아담에게 물었다.

물론 아이는 그가 심적 부담을 느끼는 문제 중 하나였다. 그는 늘 의심했다. 그런데 지금은 전혀 망설임이 보이지 않았다. 마음을 정한 것이다.

"아이가 있으면 좋을 거야. 당신은 세상에서 제일 멋진 엄마가 될 거고."

아담은 내 불안을 그저 털어내 지워주었다. 그는 불안은 임신에 따른 자연스러운 감정 변화라고 말했다. 부모가 된다는 건 우리 삶을 영원히 바꿀 포괄적인 조정이 필요함을 뜻했기에 내가 의구심을 품고 망설이고 병든 기분을 느꼈던 건 이상할 게 없었다.

현실에서 우리는 아이를 낳고 키우기에 너무 어렸다. 나는 로펌에서 막 법률 서기가 되었고, 아담은 아직 학부생이었다. 6개월 전만 해도 우리는 학생기숙사에 살면서 일주일에 2, 3일 저녁 시간을 이용해 바나 조용한 클럽에서 만나거나 학생식당에서 저녁 식사를 했는데, 지난여름 정말 운 좋게도 노라 펠라덴에 상대적으로 널찍한 원룸 아파트가 나와서 그리로 옮겨 살고 있었다. 아담은 더 나아가 우리 가족이 늘면 주택관리회사가 방 두 개짜리 집으로 상향시키는 데 동의해주리라* 확신하고 있었다.

"사랑해." 점점 불러오는 내 배에 아담은 하루에도 여러 번 입을 맞췄다. "그리고 이 안에 있는 너도 사랑한단다."

나는 세상의 끄트머리에 서 있는 최악의 감정 상태에서 조금씩 회복되었다. 불안이 옅어지는 대신 내 발은 퉁퉁 부은 코끼리 발로 변해갔다. 어떤 날은 침대에서 내려서기도 힘들었다. 여자로서 인생은 끝났구나 하는 기분도 들었다.

아담은 나를 위해 수프를 끓이고, 압박 스타킹과 따뜻한 쌀을 넣은 보온 베개를 챙겨주고, 내 몸을 마사지했다. 나는 지금 아기를 낳는 게 옳은 일인지 질문하면서도 내 아이의 아버지가 될 그 남자가 아담임은 단 한 번도 의심하지 않았다.

스텔라가 어릴 때 나는 많은 시간을 일하며 보냈다. 가끔 내게 문제가 있지 않나, 나는 첫아이를 낳은 다른 엄마들과는 구조적으로 다르게 만들어진 사람인가 하는 생각이 들었다. 한 아이의 엄마가 됐다는 사실에서부터 삶의 기운을 끌어내고 내 인생의 나머지 부분들을 대기 상태로 두는 일이 내게는 그저 되지 않았다.

아담이 없었다면 내가 커리어를 쌓는 건 아마 불가능했을 것이다. 그는 늘 거기, 내가 정박할 안전한 항구였다. 그는 어떤 식으로도 나를 부정하지 않았다. 어떤 희생을 치러서라도 나를 지원했다.

나는 결혼 전 가족들에게 부정당했던 내 성취와 장점들이 경력에서 장점이 될 수 있음을 곧 알게 되었다. 변호사 자격을 완전히

---

* 스웨덴은 매우 엄격한 주택 정책을 갖고 있으며 입주 대기 기간이 매우 길다. 자녀가 생기고 가족이 늘어날 경우 더 넓은 집에 대한 우선권을 가질 수 있다.

갖추고 미래를 이끌 유망주로 인정받은 스물아홉 살 때 나는 스웨덴의 대도시 세 군데 모두에 사무실을 둔 대형 로펌 채용에 응시했다. 아담이 스텔라에게 보조바퀴 없이 자전거 타는 법을 가르치고 까진 무릎에 반창고를 붙여주는 동안, 나는 스톡홀름에서 잘나가는 고객들 사이에서 이리 뛰고 저리 뛰다가 어린이 재롱잔치에 얼른 얼굴을 비추고 전자레인지에 저녁 식사를 급히 데우며 보냈다. 비록 내가 페니스가 없이 태어났을지언정 일과 가정 둘 다에서 자극을 갈망하는 사람이 세상에 나만은 아니리라.

헌신하는 어머니가 되는 것은 나의 자기 가치 확인과 인생의 또 다른 주요 요소인 일에서 성공하려는 내 이기적 욕망과 늘 충돌하는 듯 보였다. 나는 좋은 어머니가 되기 위해 열심히 노력했지만 내게 기대되는, 그리고 나 스스로 되고 싶다고 믿었던 어머니상에 부합할 만큼 나를 맞추지는 못했다. 그사이 남자들은 나를 괴롭히고 부모로서 무력함을 들게 한 박봉에서 하나둘 탈출하고 있었다.

처음엔 나는 아담과 스텔라가 나누는 끈끈한 부녀관계를 전적으로 좋게만 생각했다. 스텔라는 아버지의 딸이었다. 내가 법령과 판례들로 가득 찬 머리로 밤늦게 귀가했을 때 둘은 잠옷 차림으로 동화책을 읽다 방석들의 바다에서 꼭 끌어안고 잠들어 있곤 했다. 스텔라가 자기 인생의 작은 분기점에서 손을 잡은 사람은 아빠였다. 그것은 아스트리드 린드그렌*의 세계였다. 나는 매일 아침 미니어처 같은 발로 침실에서 깡충깡충 뛰어오는 조그만 딸아이를 보며 도약하는 기쁨을 느꼈다.

---

* Astrid Lindgren, 스웨덴을 대표하는 동화작가로, '말괄량이 삐삐 시리즈'가 대표작이다.

변화는 아주 서서히 일어났다. 그 시작점이 정확히 언제인지는 말 못 하겠지만, 한때 내 마음에 따스함을 주던 일들이 어느새 등이 오싹하는 떨림을 보내고 있었다. 불안의 방아쇠들이 곳곳에서 발견되었다. 누군가 아담이 참 훌륭한 아버지라고, 그가 스텔라와 나누는 듯 보이는 사랑스러운 부녀 모습을 언급하면, 내가 느낀 감정은 더는 자랑스러움이 아니었다. 나는 소외감을 느꼈다. 아담이 스텔라와 함께한 다채로운 활동과 동화 같은 시간을 자세하고 길게 묘사하면, 내 안에는 죄책감과 부끄러움과 질투가 솟았다.

우리는 일찍부터 가족을 늘리는 문제를 이야기했다. 다른 아기를 원하는 우리 욕망의 뿌리는, 비록 한 번도 소리 내 말하진 않았지만, 둘 다 모호하게 느끼고 있던 실망감에 있었던 것 같다. 나는 이성적 판단 대신 스텔라에게 동생이 한 명 있으면 스텔라와 내 관계가 좋아질 거라 나 자신을 설득했다.

우리는 둘째를 임신하려 1년 넘게 노력했다. 그 노력이 결실을 맺지 못한 것에 대해서는 말하지 않았다. 상대를 존중한다는, 완전히 잘못된 존중감이 그 대화를 막았다. 그래도 조만간 임신 테스터에 양성 반응이 나올 거라며 우리는 가능한 한 자주 노력했다. 이런 노력에는 아담의 경우 하나님께 도움을 구하는 기도도 포함되었다.

스텔라가 네 살이던 해의 발푸르기스의 밤*에, 결국 우리는 침묵을 깼다. 나는 침대에 누워 있다가 눈을 떴는데, 온 세상이 핑그르르 돌고 있었다. 불꽃 화약 냄새가 우리의 살갗으로 파고들었다.

"여보." 아담이 속삭였다. "확실히 뭔가 잘못되었어."

---

* 5월 초하루 전날 밤으로, 모닥불과 불꽃놀이로 봄을 맞이하는 기념일.

"무슨 잘못?" 나는 그의 말뜻을 알면서도 되물었다.

"우린 어째야 할까?"

나는 한마디도 할 수 없었다. 차오르는 눈물을 흘리지 않으려 애썼다.

"당신을 사랑해." 아담이 말했다.

나는 대답할 수 없었다.

91

"검사는 증인에게 질문이 있습니까?" 판사가 묻는다.

"네, 있습니다."

예니 얀스도테르는 검사보와 짧게 의논한 다음 아담 쪽으로 돌아선다.

"문제의 금요일 밤 당신의 상태는 어땠습니까?"

아담이 어깨를 한 번 으쓱한 것 같은데, 하지만 그가 뭐라 대답하기도 전에 얀스도테르가 계속 말한다.

"당신은 그날은 몹시 지쳐 탈진한 느낌이라고 했습니다. 힘든 주간이었다고요. 젊은 신자의 추도 예배를 막 끝낸 다음이었죠."

"맞습니다."

"그런데도 그날 밤 잠을 못 이뤘다는 겁니까?"

"음, 가끔 어떤 피로는 정반대 영향을 끼치기도 합니다." 아담이 침착하게 말한다. "죽을 것처럼 피곤한데도 잠이 오지 않았습니다. 물론 스텔라 걱정도 큰 이유였습니다. 저는 너무너무 걱정되었습니다. 저는 딸아이가 귀가하기 전에 잠드는 걸 좋아하지 않습니다."

예니 얀스도테르는 펜을 집어 손가락 사이에 빙글 돌린다.

"그러니까 스텔라가 그날 밤 집에 왔을 때 당신은 깨어 있었다고 주장하는 겁니까?"

"그렇습니다."

"그러면 그때가 몇 시였습니까?"

"그건 이미 말했습니다."

"다시 말해주시면 좋겠군요."

"12시 15분 전이었습니다." 아담이 짜증스럽게 말한다.

예니 얀스도테르는 턱을 들고 먹이를 쪼는 새처럼 고개만 테이블 바깥으로 살짝 내민다.

"이상하네요." 목소리에 승리감의 기미가 들어 있다. "아주 이상해요."

얀스도테르는 테이블에서 접힌 종이 한 장을 펼친다.

저게 뭐지? 우리가 놓친 게 있는 걸까?

"이건 당신의 휴대전화 문자 메시지 기록입니다. 살인사건이 일어난 밤 당신이 보낸 문자들과 받은 문자들이 하나하나 들어 있습니다. 당신의 휴대전화에서 문자 메시지 두 개가 삭제되었지만, 기술진이 복원해냈습니다. 당신도 삭제한 문자를 복원할 수 있다는 것 정도는 아시겠죠?"

아담은 고개를 숙인다.

빌어먹을, 어떻게 이런 일이 있지? 미카엘은 어쩌다 문자 기록을 깜빡했을까? 경찰이 아담의 휴대전화를 증거로 압수한 걸 우리는 알고 있었지만, 나는 거기 어떤 남부끄러운 정보가 있으리라고는 생각 못 했다.

"11시 18분에 당신 휴대전화에서 스텔라의 번호로 다음과 같은 문자가 갑니다. '너, 오늘 집에 와서 잘 거니?'" 검사는 종이를 높이

들고 펜으로 상단을 가리키며 말한다. "이런 메시지를 보낸 건 기억하십니까?"

아담이 초조한 듯 어깨를 꿈틀한다. 얼굴에도 곤혹스러움이 스친다.

"네, 보냈을 겁니다. 아내가 스텔라가 아미나의 집에서 밤을 보낼지도 모른다고 말했죠. 그래서 딸에게 확인하려고 문자를 보냈습니다."

"'너, 오늘 집에 와서 잘 거니?'" 얀스도테르가 반복해 말한다. "스텔라한테서 답장을 받았습니까?"

아담은 턱을 긁는다. 나는 미카엘의 관심을 끌어보려 하지만, 그는 내 쪽을 쳐다보길 거부한다. 그는 얼굴에 땀을 흘리고 숨이 답답한 듯 타이를 만지작거린다.

"기억나지 않습니다." 아담이 더듬거린다.

"그래요? 답장을 받았는지 기억이 안 나신다?"

아담은 침을 꿀꺽 삼키고 빠르게 도리질한다. "아마 답장이 안 왔을 겁니다."

얀스도테르는 문자 메시지 목록을 흔든다. 내 옆에 앉은 수염을 기른 남자가 이 사이로 공기를 스읍 빼는 소리를 낸다. 검사가 저 증거로 어디로 끌고 갈지 어렴풋이 감이 잡힌다. 우리는 어쩌다 저걸 놓쳤을까?

"사실 스텔라는 답장을 보냈습니다." 검사가 말한다.

"아?"

아담은 그저 날 잡아잡슈 하며 앉아 있을 뿐이다. 흔들리면 안 돼, 이제 와서 포기해선 안 돼. 나는 아담에게 외치고 싶다.

"기술진은 그 메시지도 복원했습니다. 그러니까 당신은 스텔라가 경찰 유치장에 있는 걸 알게 된 토요일에 이 두 개의 메시지 모두를 삭제한 거죠."

"제가요?" 아담이 말한다.

그는 어설프게 거짓말을 하려는 사람처럼 보인다. 저 말을 믿을 사람은 아무도 없다.

"스텔라는 '지금 집에 가고 있어요'라고 썼습니다. 그 메시지가 당신 휴대전화에 들어온 시각은 1시 40분입니다. 당신 말대로라면 스텔라가 이미 집에 있던 시각이죠."

92

아담은 검사의 말에 대꾸하지 않는다.

"이 문자에 대해 설명할 말이 있습니까?" 얀스도테르가 말한다. "당신은 스텔라가 11시 45분에 집에 왔다고 주장하는데, 왜 그녀는 1시 40분에 집에 가는 중이라는 문자를 보냈을까요?"

아담은 침묵한다. 째깍째깍 시간이 흐른다.

내 뒤 장의자에 앉은 여자가 내 블라우스를 당기며 앉으라고 신호를 보낸다. 하지만 나는 아담에게 가야 한다. 그에겐 내가 필요하다. 이렇게 된 건 다 내 잘못이다!

"문자가 지연되어 들어온 거라고 생각합니다." 드디어 아담이 말한다.

수염을 기른 남자가 낮은 소리로 "잠깐, 저기요" 하고 말한다. 그가 고갯짓으로 가리킨 곳을 보자 법정 경비원이 가슴을 거만하게 내밀고 나를 노려보고 있다.

"무슨 뜻입니까?" 예니 얀스도테르가 말한다.

"문자는 사이버공간에서 가끔 씹힐 때가 있지 않습니까." 자신 없는 목소리다. "그런 이유로 제가 메시지를 받은 특정 시각이 반드시 상대방이 메시지를 보낸 시각임을 의미하진 않습니다."

나는 자리에 도로 털썩 앉으며 온몸에서 안도의 한숨이 빠져나가게 한다. 아담 말대로다. 그는 통신 테크놀러지에 문외한일지는 몰라도 영리하고 순발력이 있다. 상식은 그가 틀리지 않다고 말할 것이다. 검사가 문자 메시지 도착 시각을 증거로 내세워도 그 문자가 언제 보내졌는지 증명하지 못한다면, 그 증거는 아무 의미가 없다. 그리고 문자 메시지가 보내진 시각을 증명하려면 검사는 스텔라의 휴대전화를 확보해야 한다.

예니 얀스도테르는 끙끙거리며 얼굴을 찌푸린다. "실제론 스텔라가 당신이 주장한 시각보다 훨씬 늦게 집에 온 거 아닙니까?"

나는 법정 경비원을 흘깃하며 나에 대한 그의 관심이 흩어진 걸 확인한다.

"그렇지 않습니다." 아담이 단호하게 말한다. "스텔라는 11시 45분에 집에 왔습니다."

미카엘은 손등으로 이마에서 땀을 훔친다. 그의 옆에서, 스텔라는 멀건 눈으로 테이블을 쏘아보고 있다. 그녀는 너무도 작고 부서질 것만 같고, 딸에게 이런 고통을 당하게 한 나 자신이 너무 밉다.

지난 몇 주일, 나는 우리가 스텔라에게 모든 걸 말할 수 없는 이유를 나 자신과 미카엘에게 거듭 설명하고 있었다. 그 방법이 과연 먹힐까, 나 스스로 의혹의 굴로 들어가면서도 스텔라에게 말하는 건 너무 위험하다고 생각했다. 스텔라는 충동조절이 거의 안 되는 아이다. 아주 강력한 감정, 빗나간 말 한마디로도 모든 게 물거품이 되고 말 것이다.

더 나아가 스텔라는 늘 반골이 되길 즐겼다. 핸드볼 코치들이 볼을 아래로 겨냥하라고 하면 반대로 높이 던졌다. 할머니가 허리까지 기른 머리칼이 탐스럽다고 말하자 머리를 박박 밀어버렸다.

스텔라를 쳐다보는 내 가슴은 고통으로 미어졌다.

"스텔라의 휴대전화는 지금 어디 있습니까?" 검사가 아담에게 묻는다.

"모릅니다."

"왜 수사관들은 그 전화기를 발견하지 못했을까요?"

"저야 모르죠."

아담의 목소리는 한결 차분해졌다.

"스텔라의 휴대전화를 마지막으로 본 게 언제입니까?"

"기억나지 않습니다."

"아담, 당신이 휴대전화를 발견한 게 아닙니까?"

"아닙니다." 그가 단호하게 말한다. "스텔라는 어딜 가나 휴대전화를 챙깁니다."

"그 말은 스텔라가 경찰에게 연행되던 그 토요일 출근할 때도 가져갔다는 뜻입니까?"

"그랬을 겁니다."

"그게 사실이라면, 경찰은 휴대전화를 발견했어야 맞잖습니까?"

얀스도테르는 아담을 쏘듯 내려다보지만 그의 냉정함을 흩뜨리지는 못한다.

"사실은 그 토요일에 당신이 스텔라의 전화기를 발견했기 때문이 아닌가요? 그녀가 유치장에 들어간 날."

"절대 아닙니다."

아담은 급하게 고개를 들고 뒤돌아본다. 아주 짧은 순간, 우리는 서로를 바라본다.

"스텔라의 전화기에 대해선 아는 게 없습니다." 그가 다시 말한다.

이 말은 검사가 추측하는 것보다 진실에 가깝다. 스텔라의 휴대전화 행방을 아담은 알지 못한다. 그건 나만이 알고 있다.

검사는 잠깐 생각의 흐름을 놓친다. 그녀는 능란하게 그걸 숨기려 들지만 나와 법정에 있는 노련한 다른 법조인의 눈까지 속이지는 못한다. 그때부터 나는 조금 마음을 놓는다. 등을 기대고 물을 조금씩 나눠 마신다. 수염을 기른 남자가 나를 쳐다본다. 그가 알고 있다고, 내 생각을 꿰뚫어 볼 수 있다고 생각한다.

얀스도테르는 정신을 수습한 다음 검사보와 상의하고 질문을 이어간다.

"금요일 밤 스텔라가 집에 돌아왔을 때 그녀와 이야기를 나눴습니까?"

"네. 이미 대화했다고 했습니다." 아담이 말한다.

"무슨 말을 나눴습니까?" 검사가 묻는다.

"나는 닫힌 문 앞에서 잘 자라고 말했습니다. 스텔라도 안녕히 주무시라고 밤 인사를 했죠."

"그러니까 그녀를 봤단 말입니까?"

"네."

"그녀는 무슨 옷을 입고 있었습니까?" 얀스도테르가 묻는다.

"속옷이었습니다."

"속옷만 입었다고요? 스텔라는 평상시 잠자기 전 옷을 벗고 있습니까?"

"가끔은 그랬을 겁니다. 세탁할 옷이 있으면 스텔라는 세탁실에 넣어둡니다."

"스텔라의 동료들, 그날 밤 스토르토르게트레스토랑에 같이 간 사람들 말에 따르면, 스텔라는 그날 짙은 색 청바지에 흰 블라우스를 입었습니다. 경찰은 집을 수색하며 그 청바지를 찾아냈지만 상의는 찾지 못했습니다. 스텔라가 집에 왔을 때 흰 블라우스를 봤습니까?"

"아니요." 아담이 말한다. "블라우스에 대해선 전혀 모릅니다."

이 말도 어느 정도는 사실이다.

"정말입니까? 세탁실에서 그 흰 블라우스를 못 보셨나요?"

"네."

"토요일에도요?"

"그것도 기억이 나지 않습니다. 하지만 혹여 내가 봤더라도 기억에 남지는 않았나 봅니다."

"제 생각도 그랬을 것 같군요." 얀스도테르가 말한다. "왜냐하면 그 블라우스는 피로 얼룩져 있었을 테니까요. 피 묻은 그 블라우스를 정말 못 봤습니까?"

"절대 보지 못했습니다!"

이제 아담은 매우 단호해져 흡사 화난 사람처럼 보인다. 이건 좋지 않다. 전혀 도움이 안 된다. 미카엘이 그에게 손짓으로 신호를 보낸다.

얀스도테르가 다시 달려든다. "집에 장작 난로가 있죠?"

"네?" 아담이 말한다.

"경찰은 가택수색을 했을 때 최근에 장작 난로를 지핀 흔적을 찾아냈습니다. 토요일에 불을 지핀 사람이 누구죠?"

아담은 귓등을 긁었다. "저였을 겁니다. 제 아내거나."

아담은 똑똑하다. 그는 지금 여기서 이뤄지는 일의 막중함을 확실하게 이해하고 있다. 그가 할 일은 냉정을 유지하는 것이다. 아담, 가족을 생각해. 스텔라와 나를 생각해.

"모르신다는 말씀입니까?" 얀스도테르가 묻는다.

"우리는 자주 불을 지핍니다."

"여름에 말씀입니까? 9월 첫째 날에? 바깥 온도가 섭씨 20도인데도요?"

"불을 지피면 아늑해집니다."

검사가 도드라지게 한숨 소리를 내며 말한다. "실제로는 당신이 피 묻은 스텔라의 블라우스를 발견해 그걸 장작 난로에 태웠기 때문이 아닌가요?"

"절대 아닙니다. 난 어떤 블라우스도 태우지 않았습니다."

그렇다, 그는 태우지 않았다.

93

판사가 첫날 재판 절차를 끝낸다고 선언한다. 나는 자리에서 일어나 스텔라가 교도관들에게 끌려가기 전 어떻게든 눈을 마주치려 애쓴다. 1, 2초 우리는 서로를 바라본다. 나는 팔을 뻗지만 허공만 허우적거린다. 내가 진짜 엄마가 되어야 하는 순간이다. 나는 스텔라가 어릴 적 해주지 못한 걸 보상해야 한다. 이번엔 내가 제일 잘하는 일로 그 일을 하려 한다. 제발, 스텔라, 날 믿어야 해.

3, 4년 전부터 우리 관계는 조금씩 발전하고 있었다. 아담은 스텔라의 선택을 받아들이지 못해 점점 힘들어하는 반면, 나는 스텔라와 조금씩 가까워지고 있었다. 내 딸을 더 잘 이해하는 법을 배웠기 때문이다. 이렇게 된 데는 어느 정도 아미나 덕이 컸다. 아미나를 통해, 나는 결국 스텔라의 방식과 생각을 만났다. 아미나를 통해, 나는 이해를 배웠다.

스텔라보다 아미나와 대화하는 게 더 편하다는 걸 알게 되면서 나는 당연히 고통스러웠다. 이 죄책감은 내 영혼의 바닥에 진흙처럼 계속 쌓여갔다. 가끔 스텔라의 행동과 이유와 동기가 도저히 이해되지 않을 때, 나는 아미나가 투영한 태도에서 추진력을 찾아냈다.

"스텔라는 아줌마나 저하고는 달라요. 스텔라는 그냥 스텔라예요."한번은 아미나가 말했다.

스텔라가 핸드볼을 그만둔 직후였다. 어느 날 스텔라는 창창한 미래가 예견되는 전국 청소년대표팀에 소집되었다. 그다음 그녀는 핸드볼화를 온라인 장터에 내놓았다. 아담과 나는 기가 막혔다.

"스텔라처럼 생각하지 않으면, 스텔라를 이해할 수 없어요."아미나가 말했다.

말이야 쉽고 간단하지만, 말처럼 되는 게 아니었다.

"스텔라는 다른 사람한테 통제받는 걸 아주 힘들어해요. 그런데 핸드볼은 걸음 수까지 계획된 전술에 그걸 끝없이 반복하고 또 반복 연습하는 과정이 필수예요. 스텔라는 그 점을 견디지 못하는 거예요."

우리가 아이를 더 가질 수 없다는 걸 알았을 때 가장 괴로워한 사람은 아담이었을 것이다. 그에겐 짊어질 자기 십자가가 있다. 그는 스텔라를 있는 그대로 받아들이는 대신 우리 기대치에 맞게 살아가도록 강제하려 했으며, 동시에 그러는 자신을 죽도록 자책했다. 우리 가족이 풍비박산하지 않은 게 어찌 보면 신기할 정도다. 나는 지금 일어나는 일을 우리의 새로운 출발을 위한 기회로, 어떤 대가를 치르더라도 반드시 잡아야 하는 기회로 보려 한다.

스텔라가 몇 번째인지 모를 정도로 연달아 궤도를 벗어나 주변을 뒤집어놓았을 때, 한번은 내가 말했다. "왜 넌 아미나처럼 되지 못하니?"

이번만큼은 스텔라는 상대를 위축시키는 어떤 공격성을 보이지 않았다. 그냥 입을 다물었다. 눈물이 어리지 않았음에도 나를 보는 그 눈은 울고 있었다.

물론 스텔라는 알아차린 것이다. 나도 모르게 튀어나온 말이고 다시는 그런 말을 하지 않겠지만, 스텔라는 그때 그런 말을 하는 내 마음을 정확하게 꿰뚫어 보고 있었다. 내가 아미나를 보는 시각, 아미나와 대화하는 태도, 아미나와 뭔가를 공유하는 내 마음을 스텔라는 알고 있었다.

나는 스텔라를 안고 딸의 어깨에 얼굴을 묻고 울었다.

"미안해, 우리 딸. 미안해. 진심이 아니었어."

물론 하나 마나 한 말이었다. 우리 둘 다 내 말이 무슨 뜻인지 정확하게 알고 있었다.

법정 밖으로 나왔는데 아담이 보이지 않는다. 로비의 벤치는 낯선 사람들이 차지하고 있었다. 복도 여기저기 계속 기웃거리지만, 아담은 어디에도 없다.

어디 갔을까?

조금 전만 해도 아담은 법정에 앉아서 크리스토퍼 올센이 이 도시의 또 다른 한쪽에 있는 놀이터에서 피를 흘리며 죽어가는 시각에 자기 딸은 집에 있었다고 하나님의 이름으로 맹세했다.

아담은 분명 무너지기 직전일 텐데.

심장이 쿵쾅거렸다. 나는 큰 걸음으로 다음 복도로 들어서고, 화장실 앞에 있는 아담을 발견한다. 그는 몸을 지탱하던 뼈들이 부서진 사람처럼 잔뜩 웅크린 상태로 벤치에 앉아 있다.

"여보, 당신이 자랑스러워." 내가 속삭인다.

나는 아담을 안는다. 그의 몸은 뻣뻣하고 차갑다. 나는 그의 어깨에 조심스럽게 기대며 내 가슴을 통해 부드러운 온기를 보낸다. 내가 지금 하는 이 일은 스텔라와 아미나만을 위한 게 아니다.

"이게 아무 도움이 안 되면 어쩌지?" 아담은 간절하고 애원하는 눈으로 말한다. "내가 무슨 짓을 한 걸까?"

나는 아담의 목덜미와 등을 쓸어주며 속삭인다. "내가 여기 있잖아. 우리는 함께야."

대단치 못한 이 말이 내가 아담에게 줄 최상의 위안이다. 지난 몇 주일, 나는 내가 아담을 괴롭히는 정신적 육체적 고통을 알고 있다고 늘 생각했다. 그의 고통을 나 자신의 고통과 같은 것으로 여겼다. 아담이 자신의 직업윤리를 위반했듯 나는 내가 믿어온 모든 것으로부터 돌아섰다. 법은 내게 종교였다. 법에도 확실히 약점이 있고, 어떤 면에서는 다소 과한 약점들이 있지만, 그래도 법은 내게는 현대사회를 지탱할 기둥이자 등불이었다. 나는 법은 민주사회를 규제할 최적의 수단이라고 믿었다. 이제는 뭘 믿어야 할까. 어떤 가치들은 법령으로는 설명도 판단도 불가능하다. 그리고 인생이 그렇듯, 법은 보통 사람들이 정의라 부르는 것을 중요하게 여기지 않는다.

지금 아담을 바라보며, 나는 이번 일이 나보다 그에게 더 큰 대가를 요구했음을 깨닫는다. 최악의 경우 그는 기소될 수도 있었다. 법 위반, 경관 폭행, 불법적으로 영향력을 행사하려는 시도.

결국 우리는 자리에서 일어선다. 법원 내 다양한 공간들과 접수대를 지나 바깥 계단으로 나가도록 나는 그의 허리를 두른 팔을 풀지 않는다.

"당신은 아주 잘 해냈어. 내일은 아미나 차례야."

택시에 오르자 아담은 자기가 증언하기 전에 법정에서 일어난 일을 빠짐없이 말하라고 다그친다. 내가 족적과 스프레이 분석 결과에 대해 말하자 그의 표정에 관심과 우려가 깊어진다.

"구체적인 범행 증거는 아니니까." 그가 말한다.

"증거의 가치는 법정이 평가해. 오늘처럼 정황증거를 살피는 경우엔 증거물 하나하나를 개별적으로 판단할 수 없어. 법원은 전체 그림을 봐야 하니까. 그다음 법원은 검사의 범죄서술구조가 대립 가설과 반하는지 따질 거야. 만약 다른 가능성들을 배제하는 게 가능하지 않다면, 합리적인 의심이 있는 게 되고 법정은 무죄를 선언해야 해."

"늘 다른 가능성이 있지 않나?"

"일반적으로 최소한도로 요구되는 것은 피고가 범죄 현장에 있었는가, 당사자, 즉 문제의 그 사람에게 범행을 저지를 기회가 있었는가, 그리고 다른 잠재적 가해자들을 배제할 수 있는가야."

아담은 차창으로 고개를 돌린다. 나는 휴대전화로 신문 기사를 검색한다. 〈쉬드스벤스칸〉과 〈스콘스칸〉이 재판 첫날 풍경을 짧게 실었지만 별 내용이 없다. 〈아프톤블라데트〉 범죄 섹션은 '검사, 아버지를 강하게 압박하다'를 헤드라인으로 내세웠다. 기사 전반에 아담의 증언이 의심스럽다는 분위기가 팽배하다. 100년 전이라면 목사가 법정에서 거짓말하는 건 상상도 못 할 일이었겠지만, 룬드 지방법원에서 열린 재판이 끝난 지금, 여전히 그 같은 생각이 통할까 의심할 수밖에 없다. 나는 내 눈을 의심했다. 아담이 절대 이 기사를 읽지 못하게 막아야 한다. 페이지 상단에 기사를 쓴 기자의 이름과 사진이 있다. 오늘 종일 내 옆에 앉았던 수염을 기른 그 남자다.

택시가 우리 집 골목으로 들어선다. 이웃 몇몇이 옹기종기 서서 우리 쪽을 쳐다본다.

"좋은 밤 보내십시오." 택시비를 계산하는 내게 기사가 말한다.

"아, 네."

나는 택시 앞으로 돌아가 아담의 손을 잡는다. 우리 중 누구도 이웃을 쳐다보지 않는다.

현관으로 들어오자 아담의 몸이 굳어진다.

"스텔라가…… 그랬을까?"

나는 아담에게 거짓말하고 싶지 않다. 하지만 이번 한 번만 마지막으로 거짓말한다.

"모르겠어, 여보."

94

법정은 나의 고향이자 나의 요새다. 나는 집에서 가족과 함께하기보다 다양한 법정에서 더 많은 시간을 보냈다. 하지만 나는 난생처음으로 법정에서 상실감과 노출된 기분과, 목이 메는 괴로움과 후회라는 고문을 받고 있다.

아담과 나는 서로 허리를 껴안고 법원 복도를 걸어간다. 법정 안으로 들어가자 처음엔 낯선 구경꾼들만 보인다. 나는 기자를 일반 대중 사이에서 나온 호기심 많은 구경꾼으로 생각한다. 수염을 기른 기자를 찾아보지만 보이지 않는다. 〈아프톤블라데트〉는 오늘 다른 기자를 보냈나? 고급 양복을 빼입은 크리스토퍼 올센의 사업 지인들 숫자는 어제만큼은 되는 것 같다. 그들은 한쪽에서 소리를 낮춰 속닥거리지만 제법 시끄럽다. 저들 중 몇몇은 분명 미카엘이 행한 수상한 사업 거래와 불법 노동에 연루되어 경찰 조사를 받았을 것이다.

방청석 뒷줄에 낯익은 얼굴이 하나 보인다. 알렉산드라. 그녀는 가방에서 물건을 꺼내려 막 고개를 숙이고, 뱅 스타일의 앞머리에 눈이 가려진다.

나는 얼른 주위를 살피고, 알렉산드라는 앞머리를 넘기다가 나를 발견한다. 우리는 서로에게 고개를 끄덕인다. 나는 디노가 없는 걸 깨닫고 안도의 숨을 내쉰다.

나는 알렉산드라를 늘 좋게 생각했다. 그녀는 여러 방식에서 나 자신의 모습을 보게 하는 사람이다. 어엿한 직업인으로 커리어를 일구고, 여유 있고 당당한 태도로 인생을 살아가는 강한 여자다. 좋은 음식, 더 좋은 와인, 그리고 거리낌 없는 웃음은 우리를 친구로 묶어주었다. 가끔 그녀를 시기했다는 것도 부정할 수 없다. 다정하고 순한 아미나를 보면서 나는 알렉산드라와 내 입장이 바뀌었다면 하고 바랐었다.

서기가 그날의 첫 번째 증인을 호명하고, 문이 열린다.

아미나는 한 번도 눈을 들지 않고 곧장 증인석으로 걸어가 착석한다. 화장기 없는 얼굴은 창백하다. 뺨은 몇 주 전부터 살짝 부어 있었다.

미카엘이 불안한 눈빛으로 나를 본다.

"증인석에 서는 게 어떤 의미인지 알죠?" 주임판사가 묻는다.

아미나는 고개를 끄덕이고 작은 소리로 말한다. "네."

그런 다음 그녀는 괴란 레이욘의 말을 따라 한다. "나 아미나 베시치는 내 명예와 양심을 걸고 진실만을 말하며, 진실이 아닌 것은 말하지 않을 것을 맹세하며 확언합니다."

나는 가슴에 한 손을 짚으며 호흡을 가다듬는다. 불안이 몸속으로 들어와 나를 집어삼키려 하고 있다. 재앙이 닥칠 거라는 공포감에, 나는 등받이에 몸을 기댄다.

"변호인, 질의 시작하십시오." 괴란 레이욘이 말한다.

이제 시작이다.

미카엘은 천천히 다정하게 말한다. 미카엘 옆에서 턱을 올리고 있던 스텔라는 이제 아미나를 똑바로 본다. 둘은 몇 주 만에 오늘에야 서로를 보고 있다.

"스텔라를 어떻게 알게 되었는지 이야기부터 시작할까요?" 미카엘이 묻는다.

아미나는 눈길을 테이블로 떨군다. "우리는 예비학교 때부터 제일 친한 친구였습니다. 1학년부터 9학년까지 같은 반이었고, 같은 핸드볼 팀에서 운동했습니다."

가슴이 데인 것 같다. 마음속에 두 소녀의 모습이 떠오른다.

"현재 두 사람은 어떤 관계라고 묘사하겠습니까?" 미카엘이 묻는다.

아미나는 여전히 테이블만 쳐다볼 뿐이다. 시간은 흘러가고, 미카엘이 초조해하는 게 느껴진다.

"스텔라는 여전히 제 가장 친한 친구입니다."

미카엘은 고개를 끄덕인다. 그다음 정적이 이어지는데, 나는 스텔라의 눈에 순간적으로 조심스러운 빛이 반짝이는 걸 본다. 스텔라는 무슨 생각을 하고 있을까? 지금 무슨 일이 일어난다고 추측할까? 만약 우리가 아미나의 결정에 따랐다면 스텔라를 생각과 고통의 감옥에 혼자 있게 내버려두지 않았을 것이다. 우리의 행동을 결정한 사람은 나고, 스텔라에게 앞으로 일어날 일이 무엇이든 책임질 사람도 나다.

"당신은 스텔라의 성격을 어떻게 묘사하겠습니까?" 미카엘이 묻는다.

"음, 그녀는…… 보이는 그대롭니다. 그녀는 스텔라고, 그녀와 같은 사람은 세상에 또 없습니다."

미소가 절로 나온다. 이 괴로운 상황 한가운데에서도 나는 이곳에서 얼굴에 미소를 띠고 앉아 있다.

"스텔라는 정말 용감합니다. 그녀는 자기 생각을 두려움 없이 말하고, 자기가 하고 싶은 행동을 합니다. 그녀는 또래 집단으로부터 받는 사회적 압력 같은 단어는 들어본 적도 없을 겁니다."

두 친구는 서로를 본다. 스텔라와 아미나는 이 법정 안 그 누구의 상상보다 훨씬 강한 끈으로 연결되어 있다.

"그리고 스텔라는 굉장히 똑똑합니다. 스텔라의 진면목을 아는 사람은 그녀의 똑똑함을 알죠. 그녀는 또 내 주변에서, 아마도 가장 고집스러운 사람일 겁니다. 매우 충동적이고 스스럼이 없습니다. 무슨 일이든 열정적으로 열심히 하죠. 그녀가 지나치다고 생각하는 사람도 있긴 해요. 스텔라는 사랑하든가 미워하든가, 둘 중 하나인 사람 같아요."

미카엘이 다음 질문을 하려 하지만 아미나가 끼어든다.

"그리고 난 스텔라를 사랑해요."

아미나는 갈라진 목소리로 말한 다음 두 손에 얼굴을 묻는다. 굵은 눈물이 그녀의 뺨을 따라 흐른다. 나는 목이 메인다. 미카엘조차 감동한 듯하다.

"우리에게 크리스토퍼 올센에 대해 조금 말해주시겠습니까?" 미카엘이 말한다. "두 사람은 어떻게 그를 알게 되었습니까?"

아미나는 스텔라를 쳐다본다. 심장 고동이 내 가슴뼈를 쿵쿵 치는 것만 같다. 겨드랑이는 땀으로 끈적인다. 지금 일어나는 일에 내가 아무 영향을 못 준다는 사실이 너무 무섭다. 지금 나는 아미나를 믿어야 한다. 이제 모든 것이 아미나에게 달려 있다.

95

"크리스토퍼 올센에 대해 말하십시오. 두 사람은 어떻게 그를 알게 되었습니까?" 미카엘이 말한다.

미카엘이 티슈 상자를 테이블 위로 밀어주자 아미나가 뺨을 닦는다.

"우리는 어느 날 밤, 텡네르스에서 크리스를 만났습니다."

나는 아담을, 완전히 몰두하고 있는 그를 흘깃 쳐다본다. 앞으로 일어날 일이 나는 너무 겁난다.

아미나는 어제 스텔라가 말한 것과 똑같은 이야기를 한다. 두 소녀는 크리스토퍼 올센의 집과 바깥 모두에서 그를 만났지만 그와는 별 사이가 아니었으며 그걸로 끝이라고 했다.

"당신은 스텔라와 크리스토퍼 올센이 커플이라고 말하겠습니까?" 미카엘이 묻는다.

"절대 아닙니다. 스텔라와 크리스토퍼는 조금 느슨하게 즐겼을 뿐입니다."

미카엘이 고개를 끄덕인다. "좀 더 자세하게 말해주겠습니까? 그들은 성관계를 했습니까?"

"그들은 섹스를 하긴 했지만, 연인 관계는 아니었습니다."

자신 있고 확신에 찬 목소리다.

"어제 우리는 스텔라가 종종 폭력적인 행동을 했다는 주장을 들었습니다. 그 말이 맞을까요? 당신은 스텔라가 폭력적이라고 느낀 적이 있습니까?"

아미나는 어깨를 편다. 내 심장이 빨라진다.

미카엘이 왜 저런 질문을 하는지 모르겠다. 검사의 질문에 선수를 치기 위해서인가?

"그렇게 느낀 적은 한 번도 없습니다." 아미나가 말한다.

하지만 아미나의 목소리에는 자신감이 없다. 미카엘이 눈썹에 맺힌 땀을 닦아낸다.

"변호인, 다른 질문 또 있습니까?" 괴란 레이욘이 묻는다.

"이상입니다, 감사합니다."

"그렇다면 이제 검사 질의하십시오."

나는 가슴에 손을 얹는다. 심장박동이 더는 느껴지지 않는다. 아담이 나를 휘둥그레 쳐다본다.

예니 얀스도테르는 시간을 끈다. 다분히 고의적이다. 아미나의 심리를 흔들려는 기술이다. 얀스도테르는 서류 더미를 앞에 내려놓고 모서리를 꼼꼼하게 맞춘 다음 천천히 몸을 편다.

미카엘과 스텔라는 검사를 초조하게 지켜본다.

그 토요일 스텔라의 책상에서 휴대전화를 발견했을 때 나는 대뜸 한심하다는 생각부터 했었다. 얘는 얼마나 정신이 빠졌으면 휴대전화를 잊고 갔을까? 나는 사실 남의 사생활을 훔쳐보는 사람이 아니다. 가십이나 비밀은 내 흥미를 끌지 못한다. 나는 분명하고 확실한 정보들과 신빙성 있는 증거에만 매력을 느낀다. 만일 스텔라를, 사생활 침해라는 표현이 적합한 방식으로 염탐하는 사람이 있다면 그건 바로 아담이었다. 스텔라의 휴대전화기를 발견한 이가 아담이었다면 어떤 일이 일어났을지 모르겠다.

시간이 지나도 스텔라한테서 소식이 없자 나는 그녀의 휴대전화를 열어보기로 마음을 바꾸었다. 그건 훔쳐보는 게 아니었다. 나는 너무 걱정되어 제정신이 아니었다. 메시지들을 읽으며 나는 어떤 일이, 아주 중요하고 끔찍한 일이 일어났다고 생각했다. 당장 아미나한테 연락했지만, 아미나는 나와 대화하기를 거부했다. 마음의 문을 걸어 잠그고 너무 아파서 대화할 수 없다고 우겼다. 나는 아미나가 거짓말한다는 걸 알았다.

지금 아미나는 증인 선서를 하고 검사 앞에 앉아 있다. 메스처럼 날카로운 얀스도테르의 목소리에 아미나는 놀람과 두려움으로 몸을 움츠린다.

"당신은 크리스토퍼 올센과 스텔라가 연인이 아니라고 했는데, 무슨 뜻입니까?"

"그…… 그 말 그대로입니다. 그들은 연인이 아니었어요."

"그럼 그들 관계를 어떻게 정의하겠습니까? 그들이 서로에게 어떤 존재였는지요?"

아미나는 허락을 구하는 눈으로 스텔라를 쳐다본다.

"스텔라 표현으로는 크리스는 한여름의 일탈을 함께하는 상대였습니다."

"당신은 그 점에 대해 어떤 생각을 했죠?" 얀스도테르가 묻는다.

"뭐에 대해서요?"

"그런 상황. 크리스토퍼 올센에게 진지한 흥미가 없음에도 스텔라가 그와 성관계를 하는 상황 말입니다."

아미나는 고개를 숙인다. 정적 속에 시간이 째깍째깍 흘러간다.

"당신은 크리스토퍼를 어떻게 생각했습니까?"

"난 크리스토퍼가 좋았어요. 그는 매력적이고 멋진 남자였죠. 같이 시간을 보내는 게 재미있었습니다."

"그에게 끌렸나요?"

"아마도요."

나는 스텔라를 쳐다본다. 스텔라의 표정은 텅 비어 있다. 저 머릿속에 무슨 생각이 지나가고 있을까? 스텔라가 얼마나 알고 있는지 나는 알지 못한다. 속이 메슥거린다. 자기 자식에게 이런 일을 겪게 두는 어머니는 어떤 어머니인가? 나는 심각하게 잘못되어 있다. 감정기능장애? 유대감 결핍? 저 밖에서 나 자신을 보면 내가 되고 싶지 않은 한 사람이 보인다. 만약 역할이 바뀌었다면, 지금 감옥에 있는 사람이 아미나라면 나는 똑같은 일을 했을까? 모르겠다. 아마 처음부터 아미나가 결정하게 됐을 것이다. 아미나 의견을 더 경청했어야 했는데. 아미나의 제안대로 우리가 행동했더라면. 하지만 너무 늦었다.

예니 얀스도테르는 눈빛으로 아미나를 옥죄며 묻는다. "당신과 크리스토퍼 올센 사이에 어떤 성적인 행동이 있었나요?"

아미나의 어깨가 처진다. 모든 것이 빙글빙글 돌며 점점 흐릿해진다.

"네." 아미나가 말한다. "그런 일이 벌어졌습니다."

96

스텔라의 대장 기질은 일찌감치 우리 눈에 띄었다. 스텔라는 종종 아담과 내가 서로 경쟁하게 만들곤 했다. 먼저 항복한 사람은 소나기 같은 사랑을 받은 반면, 다른 사람은 아무 가치가 없는 사람이 되었다. 이 역할 구도는 언제든 뒤바뀔 수 있었다. 나는 한순간 세상에서 제일 좋은 엄마였다가 다음 순간 사랑받던 그 시간이 얼마나 짧았는지 알게 되는 버림받은 사람이 되었다.

아미나는 미쳐 날뛰는 우리 딸과 나머지 세상 사이를 중재하는 중립적 세력으로서 늘 행복하게 존재했다.

핸드볼도 스텔라에게 환기구가 되어주었다. 코트에서 스텔라는 에너지를 분출했다. 타고난 고집스러움과 갑자기 폭발하는 천성은 6미터 라인에서는 큰 자산이었다.

핸드볼은 아담한테도 좋은 영향을 주었다. 아담과 디노는 파트너로서 팀을 큰 승리로 이끌어 인기 있는 코치가 되었다. 아담은 경기가 엎치락뒤치락할 때는 사이드라인을 침범할 정도로 몰입했다. 큰 소리로 외치고, 큰 몸짓으로 신호하며 어린 선수들을 격려했다.

몇 년 전 어느 토요일, 보리에뷔의 옥외관람석에 앉아 스텔라의 연속 골 장면을 지켜보던 날, 지금까지도 내게 영향을 끼친 일이 일어났다. 내가 잠시 딴생각에 빠져 있을 때, 아미나가 갑자기 코트에 쓰러져 몸을 비틀며 고통스러워한 것이다. 나는 아미나가 부상당한 경위를 완전히 놓쳤다. 알렉산드라는 그날 자리에 없어서 당연히 나는 얼른 코트로 뛰어 내려가 아미나를 부축해 로커룸으로 데려갔다.

"병원에 가서 정밀검사를 받아야 하지 않을까?" 내가 물었다.

우리는 마주 보는 벤치에 앉아 붕대로 응급처치만 한 아미나의 무릎을 내려다보고 있었다.

"더는 못 하겠어요." 아미나는 고개를 저으며 말했다. 완전히 체념한 목소리였다.

"뭘 못 하겠다는 거니?" 내가 말했다.

"우리 아빠한테 아무 말 않겠다고 맹세해줘요! 아빠 죽었다 깨어나도 이해 못 하니까. 엄마한테도 말하면 안 돼요! 약속하시죠?"

나는 내가 무슨 짓을 하는지 모른 채 약속한다고 말했다.

"저 때문에 우리 팀 수비가 틀어진 장면 못 보셨어요? 똑같은 속임수 동작에 두 번이나 속았는데?"

나는 전혀 몰랐다고 인정했다.

"그다음에 제가 비틀거리며 스텔라한테 마지막 패스를 했어요. 그건 보셨죠, 네?"

"하지만 너흰 12 대 4로 이기고 있었잖아." 내가 반박했다.

"아버지한테 그런 건 중요하지 않아요." 시선을 바닥에 떨군 채 아미나는 무릎을 동여맨 붕대를 아무렇게나 풀기 시작했다. "늘 최고가 되는 거, 난 감당이 안 돼요. 그냥 못 하겠어요."

이 말은 고통스럽게 내 마음에 닿았다. 나 자신도 다른 사람들을 실망시키지 않으려 평생을 끌려다녔기에.

"이건 그냥 핸드볼일 뿐이야." 내가 말했다. "인생의 전부가 아니야. 정말이란다."

"하지만 핸드볼만 그런 게 아니에요." 아미나는 그렁그렁한 눈에 힘을 주었다. "나더러 모든 일에 최고가 되래요. 학교에서도, 친구들한테도, 집에서도. 난 더는 못하겠어요."

나는 깊이 생각할 것도 없이 아미나에게 다가가 두 팔을 벌렸다. 아미나는 아기처럼 내게 안겼다. 나는 그녀를 꼭 안고 앞뒤로 천천히 흔들어주었다. 나는 아미나에게 아주 강력한 감정을 느꼈고, 그 감정들을 어떻게 해야 할지 알지 못했다.

몇 년이 흘러, 9월 초 지옥 같은 일요일에, 나는 아미나와 내 딸 중 하나를 선택해야 하는 일과 맞닥뜨렸다. 나는 둘 다를 선택했다.

어쩌면 내 전부가 걸려 있을 그 선택이 너무나 두렵다.

97

예니 얀스도테르는 아미나가 입을 열길 참을성 있게 기다린다. 법정 안 모두가 아미나를 기다린다. 아미나는 곧 모든 걸 드러낼 것이다.

"아마 8월 중순일 텐데, 텡네르스에 갔던 밤에 스텔라가 머리가 아프다며 먼저 자리를 떴어요. 시간이 지나 집에 돌아갈 때가 되었을 때, 난 크리스와 같이 가게 되었어요."

아미나는 한참을 말을 끊었다가 스텔라를 쳐다본다.

"원래는 택시만 같이 탈 생각이었는데…… 그날 술도 꽤 마신 데다, 그다음엔……."

아미나는 마지막 단어를 삼키고 고개를 떨군다. 스텔라는 혼란스러워하며 아미나를 쳐다본다.

"우리는 크리스의 소파에 앉아 이야길 나눴어요. 내가 너무 취했었나 봐요. 그냥 그 일이 일어났어요."

스텔라는, 고개를 푹 숙이고 테이블에 대고 말하는 제일 친한 친구를, 이글이글한 눈으로 쳐다본다.

"무슨 일이요?" 얀스도테르가 묻는다.

"그가 내게 키스하려고 했어요."

"그래서 당신은 어떻게 했죠?"

고통스럽다. 스텔라와 아미나는 서로에게 전부다. 그들의 우정이 여기서 살아남을 수 있을까?

"난 그가 키스하게 두었어요." 아미나가 어물거린다. "하지만 멈추지 않고 계속 키스하기에 나는 더럭 겁이 났고, 이제 가봐야 한다고 말했어요. 그 집에서 뛰쳐나와 집으로 가면서 스텔라한테 전화를 걸었습니다."

"스텔라에게 키스 이야길 했습니까?"

"아뇨. 말하려고 했는데…… 못 했어요."

스텔라는 물 잔을 천천히 들어 입가에 잠깐 댔다가 한 모금 마신다. 얀스도테르는 손가락 사이로 펜을 돌린다.

"그날 이후 크리스를 봤습니까?"

"일주일 뒤에 전화가 왔어요. 스텔라 생일을 맞아 같이 깜짝 파티를 열 계획을 짜자고 했어요. 크리스는 나를 자기 차에 태웠고, 우리는 초밥을 산 다음 그의 집으로 갔어요."

아미나는 말을 멈추고 이마를 짚는다.

"계속하십시오." 얀스도테르가 재촉한다. "그의 아파트에서 어떤 일이 있었습니까?"

"그가 또 키스했어요."

바람이 빠지는 풍선처럼 스텔라의 몸이 오그라든다. 나는 스텔라의 생일에 저녁 외식을 했던 날 밤 우리가 했던 포옹을 떠올린다. 그것은 진심에서 나온 자연스러운 포옹이었고, 우리는 최근에야 그런 포옹을 시작했다. 우리는 소파에서 입을 벌리고 코를 골며 잠들어 있는 아담을 깨우지 않으려 조심했다. 스텔라는 자신이 이탈리아 레스토랑을 나간 뒤 일어난 일을 내게 간략하게 설명했다. 그리고 그때 나는 알아차렸다. 나는 연애 전문가가 아니지만 스텔라 스스로 보기 거부하는 걸 보고 있었다. 스텔라의 말을 들을수록 더욱 명확해졌다. 내 딸이 실연했구나. 내 딸이 사랑에 빠져 있는데, 배신당했구나.

"그날 밤 일에 대해 당신과 크리스토퍼는 무슨 이야길 나눴습니까?" 검사가 아미나에게 묻는다. "두 사람만 있을 때요."

아미나는 한숨을 길게 내쉰다. "크리스는 나를 좋아한다고 말했습니다. 텡네르스레스토랑에서 저를 먼저 눈여겨봤다면서요. 스텔라도 좋아하긴 하지만, 내게 느끼는 감정과는 다르다고 했어요. 그녀의 약점들이 눈에 띄기 시작했다고요. 그로 인해 일이 복잡해지겠지만, 자신의 감정을 숨길 수는 없다고 했어요."

스텔라는 두 손을 배배 꼬고 비틀고 있다. 딸을 꼭 안아주고 싶다.

"당신은 그 말을 믿었습니까?"

"그는 진심인 것 같았고 그 말도 아주 설득력이 있었어요. 그리고 어차피 스텔라는 그에게 더는 흥미가 없다고 했거든요. 그게 중요한 건 아니지만, 그래도요."

"그래서 당신은 제일 친한 친구를 배신했습니까?"

아미나는 흐느끼며 고개를 저었다. "저는, 진심으로, 정말 사랑에 빠졌…… 사랑에 빠졌다고 생각했어요."

나는 아담의 손을 잡는다. 그의 눈은 혼란에 빠져 있다. 주변에서 들려오는 필기구를 끼적이는 소리와 타다닥 키보드를 두드리는 리듬이 한데 어울려 교향곡을 이룬다. 나는 고개를 돌려 알렉산드라를 본다. 마스카라로 얼룩진 뺨과 겁에 질린 눈을 본다.

"그날 밤 당신은 스텔라를 아예 못 봤습니까?" 얀스도테르가 묻는다. "스텔라의 생일을 축하하려고 했다면서요."

"스텔라한테서 전화가 왔어요. 꽤 늦은 시각에요. 크리스 집으로 가는 중이라고. 나는 겁이 나서 크리스한테 스텔라가 지금 오고 있다고 소리치고 그녀를 만나러 밖으로 달려 나갔어요."

"무슨 일이 있었는지 스텔라에게 말했습니까?"

아미나가 한숨을 내쉰다. "크리스가 나한테 키스했다고 말했습니다. 나는 정말 후회스러웠고, 나 자신이 너무 형편없다고 느꼈어요. 그다음 우리는 크리스는 몹쓸 놈이다, 다시는 만나지 말자고 동의했습니다."

"당신은 그 말을 지켰나요?" 검사가 묻는다.

아미나는 스텔라 쪽으로 고개를 돌리며 말한다. "아뇨, 지키지 않았습니다."

98

근심과 걱정이 있을 때 그 책임을 어떤 구체적인 대상에 돌리는 일은 매우 쉽다. 문제의 뿌리가 무엇인지 알 수 없을 때, 우리를 초조하고 짜증 나게 하는 게 무엇인지 보이지 않을 때, 실재하는 어떤 것에 집중할 수 있으면 굉장히 편리하다.

사람들이 하나님을 찾는 이유도 그래서가 아닐까? 인간의 이해 능력을 넘어선 어떤 세계를 그래도 설명해보라고 요구하는 점에서. 인간의 형상, 절대적 지배자 같은 표현들이 그렇게 나온다.

세상에 태어나지도 못할 아기는 꽤 오랫동안 나와 아담에게 전부였다. 결코 수정되지 못할 수정란은 우리가 꿈꿔온 삶으로 절대 들어가지 못하리라는, 정체된 우리 삶의 상징이 되어갔다. 아담과 멀어짐에 따라 나는 차츰 전에는 몰랐던 정신적 친밀감을 욕망했다. 그 욕망은 어떤 소송을 막 마무리했을 때 가장 드세게 나를 괴롭혔다. 나는 내면에 큰 구멍이 뚫린 것처럼 바닥 모를 외로움에 빠져들었다. 가족이 있는 룬드로 돌아가는 비행기 안에서 내면이 붕괴되는 걸 느끼곤 했다.

자기 자식에게 동질감을 느끼지 못하는 존재가 되는 건 끔찍한 경험이다. 나는 자주 무력감에 빠졌으며, 스텔라에게 닿으려는 노력을 포기했다.

저녁 내내 대판 싸운 날 끄트머리에 아담이 말했다. "스텔라는 당신을 닮았어."

"무슨 뜻이야?"

스텔라가 같은 반의 몇몇 여자애들을 괴롭힌다는 스텔라 담임 교사의 말이 우리 싸움의 발단이었다. 우리가 왜 그랬느냐고 묻자, 스텔라는 벌컥 화를 내며 아담에게 우유 잔을 던졌다. 학교에서 일어난 일을 우리와 나누기를 거부했다. 우리는 딸의 진짜 감정이 뭔지 알고 싶었지만, 스텔라는 주방에서 펄쩍펄쩍 뛰며 난리를 피울 뿐이었다. 아담은 스텔라의 두 팔을 뒤로 꺾고 몸을 들어 올렸고, 스텔라는 너덜너덜해진 걸레처럼 버둥거리며 비명을 지르고 엉엉 울었다.

이틀 뒤, 핸드볼화를 신고 무릎 보호대를 하고, 버건디 백팩을 멘 아미나가 우리 집 현관에 서 있었다. 스텔라가 연습 장비들을 챙기러 자리를 뜨자 아미나는 애늙은이 같은 표정으로 나를 쳐다보았다.

"사실은 스텔라 잘못이 아니에요." 아미나가 말했다.

나는 영문을 몰라 했다.

"학교에서 일어난 일 말이에요. 걔들이 스텔라를 약 올려요. 무슨 말을 하면 스텔라를 자극할지 정확하게 알고 일부러 건드리는 거예요. 그러고는 선생님께 일러바치죠."

나는 가슴속에 솟는 산 같은 수치심을 느꼈다.

"진짜 비겁한 건 그 애들이에요." 아미나가 말했다.

현관의 흐릿한 조명 아래 아미나의 갈색 눈동자가 유난히 까맣게 보였다.

나는 아담의 말을 생각했다. **스텔라는 당신을 닮았어.**

스텔라가 열네 살이던 해 여름에 덴마크에서 핸드볼 토너먼트가 열렸다. 학생과 코치들은 그곳 학교에서 마련해준 임시 숙소에서 지냈다. 나와 알렉산드라는 호텔 방을 같이 썼다.

어느 날 저녁, 우리는 담배 연기가 자욱한 바에 갔다. 사람들이 우리에게 술을 샀다. 알렉산드라는 그날 술을 진창 마시더니 결국 호텔 밖에서 게워냈다. 객실로 돌아와 내 도움으로 힘들게 샤워를 마친 그녀는 팔걸이가 한쪽만 있는 긴 의자에 누워서 지금껏 헛살았다며 울었다. 그녀는 디노가 핸드볼만 생각할 뿐 집에서는 손가락 하나 까딱하지 않는다며 불평했다. 게다가 아미나도 학교 숙제와 그놈의 잘난 핸드볼 연습 말고는 엄마에게 전혀 시간을 내주지 않는다며 속상해했다. 나는 물론 아무 말 없지 않고 듣기만 했지만 내 안에서는 가시 돋친 초조함이 자라났다. 부모님은 내게 단 한 번도 기쁨과 행복을 주는 딸이라고 칭찬하지 않았다. 늘 나보다 더 좋은 성적을 거둔 사람, 더 그럴듯하게 해낸 사람, 더 똑똑하고 훨씬 매력적인 누군가가 있었다.

다시 몇 주가 흘렀고, 햇살 좋은 어느 아침, 아미나가 우리 집을 찾아왔다. 나는 그때는 조금 여유가 생겨 뒷마당에서 커피를 마시며 소설을 읽고 있었다.

"스텔라는 집에 없는데." 내가 설명했다. "란스크로나에 갔어. 너도 거기 같이 간 줄 알았는데."

아미나는 아무 말이 없었다. 반바지에 탱크톱 차림으로 벚나무 아래서 그저 음울하게 나를 바라볼 뿐이었다.

"왜 그래, 무슨 일 있니?" 책을 내려놓으며 내가 물었다.

아미나는 말할까 말까 자신 없는 몸짓을 했다.

"잠깐 시간 내주실 수 있나요?" 그녀가 물었다.

"얼마든지 있지!"

일단 내가 소다수와 시나몬 롤을 가져오자 아미나는 조금씩 편안해했다.

"난 세상에서 제일 못된 친구인가 봐요."

"그런 말이 어디 있어? 왜 그래? 무슨 일 있었어?"

아미나는 가느스름한 눈으로 뒷마당을 보며 꾹꾹 누른 목소리로 마지막 순간까지 이 말을 안 하려 했다고 말했다. 친구 일을 고자질하는 것 같아 싫지만 그보다 겁이 더 난다고 말했다. 스텔라가 걱정된다고 했다.

"스텔라가 란스크로나에서 어울리는 그 남자애들 말이죠. 좋은 애들이 아니에요. 그 애들은 나쁜 물건을 손에 넣어요. 담배를 피우고 술을 마셔요."

"술을 마신다니? 너희는 겨우 열네 살이야."

"알아요."

"아미나, 말해줘서 고맙다."

아미나는 몸을 숙이며 말했다. "스텔라한테는 아무 말 하지 않겠다고 약속해줘요, 네? 제가 이 말을 한 걸 스텔라가 알게 되면 전…… 꼭 약속 지키셔야 해요!"

나는 약속했다.

하지만, 이상한 소리로 들리겠지만, 그때 내가 많이 생각한 사람은 스텔라가 아니었다. 나는 아미나 생각을 주로 하고 있었다. 아미나의 용기와 옳은 일을 하려는 천성적 본능에 감탄하면서.

"네가 찾아와줘서 정말 기뻐." 내가 말했다.

우리는 한참을 마주 보고 서 있었다. 아미나가 먼저 앞으로 나와 나를 꼭 껴안았다.

그다음 주 주중에 아담과 나는 스텔라를 붙잡고 진지하게 이야기했다. 길고 끔찍한 기간의 시작이었다. 우리가 이성적으로 대하려 애쓸수록 스텔라는 악에 받쳐 욕을 했다.

"내 인생에 간섭하지 마! 엄마 아빠하고 사는 건 감옥이 따로 없다고!"

그해 가을 스텔라가 마리화나를 피우다 들켰을 때, 아담과 나는 아주 많은 '만약'과 '그러나'를 말한 끝에 진작 전문가의 도움을 받았어야 했음을 깨달았다.

그 모든 사회복지사와 정신과 의사들은 물론이거니와, 교장과 교사들과 간호사들과 상담사들로 구성된 회의에 내내 앉아 있는 시간은 고문이었다. 나는 생전 처음 한 인간으로서 더없이 취약하고 훼손된 느낌, 초라함을 느꼈다. 자격 없는 부모라는 말보다 더 큰 실패는 없다.

미카엘 블룸베리는 거기서 벗어날 일종의 출구, 약간의 위로를 내게 제공했다.

99

나는 알렉산드라를 다시 돌아본다. 그녀에게서 내 어머니의 모습을 본다. 나를 대하던 내 어머니처럼, 아미나를 대하던 알렉산드라도 어느 면에서 고마움을 모르는 태도로 일관했고, 그것이 나를 가슴 아프게 한다.

알렉산드라가 나를 본다. 그녀는 지금까지 이렇게나 아무것도 모르고 있다. 아미나는 제 엄마에게 한마디도 하지 않은 것이다. 아미나한테 그동안 일어난 일을 모두 들은 다음, 나는 가능한 한 아무도 그 계획을 모르게 하기 위해 애를 썼다.

아담도 알지 못한다. 스텔라조차도 모른다.

때가 되면 모두 이해할 것이다.

조용한 법정에 예니 얀스도테르가 날카롭고 높은 목소리로 고요를 찢는다. "그래서 당신은 스텔라와의 동의를 깨고 크리스토퍼 올센을 계속 만났군요?"

아미나가 고개를 젓는다. "그 말이 다 맞진 않아요."

검사는 황당해하며 말한다. "아니라고요? 방금 만났다고 말하지 않았나요?"

"스텔라의 생일날 이후로 크리스를 만난 건 딱 한 번이었어요. 그가 그 주에 여러 번 연락해왔지만, 난 이제 우리는 만나면 안 된다고 말했어요. 그는 참 끈질겼어요. 그는 내가 궁금하다고, 우리 사이에 일어날 수 있는 일을 탐험하지 않는 건 인생의 허비라는 내용의 문자를 보냈어요."

"그래서 그와 만나기로 했나요?"

"솔직히 난 그에게 지옥에나 가라고 욕해줄 생각이었어요. 내가 그를 만난 건 그와 같이 있고 싶다거나 바라는 게 있어서가 아니었어요. 그저 그를 지우고 싶은 마음뿐이었어요. 맹세합니다."

아미나는 티슈를 또 한 장 뽑아 코를 푼다.

"금요일에 크리스가 또 문자를 보냈어요. 나는 스텔라와 동의했었고요. 난 크리스를 다시 만날 마음이 없었습니다."

"그런데 만났죠?"

"그가 깜짝 선물을 준비했다고 문자를 보냈어요." 아미나가 말을 잇는다. "리무진으로 나를 데리러 오겠다고. 나는 우리 집 앞에 나타나면 아빠한테 얻어맞을 거라 말했어요. 그래도 그가…… 포기하지 않으려 해서, 우리는 핸드볼 연습이 끝난 뒤 볼하우스에서 그가 날 차에 태우는 쪽으로 결정했어요."

"그가 리무진을 타고 도착했습니까?"

"아뇨. 자기 자동차로 왔어요. 예약이 틀어졌나 봐요."

스텔라는 아미나를 뚫어져라 쳐다본다. 스텔라는 이 일을 얼마나 알고 있을까?

"그날이 8월 31일, 크리스토퍼 올센이 살해된 당일이었죠?" 얀스도테르가 묻는다.

"네."

"두 사람은 그다음 무엇을 했죠, 아미나? 크리스가 당신을 자기 차에 태운 다음에?"

"우리는 바닷가로 드라이브를 갔어요. 정확한 지명은 모르겠는데, 아무튼 바르세베크가 보이는 곳이었어요. 원자력발전소가 있었어요. 우리는 언덕에 앉았어요. 크리스는 와인과 빵과 치즈를 담은 피크닉 바구니를 준비해왔어요."

아미나가 말을 멈춘다.

"계속하십시오." 검사가 말한다.

"우리는 음식을 먹고 와인을 마셨어요. 노을을 바라보고, 그리고 그다음엔……."

아미나가 다시 골똘해진다. 내 앞줄에 앉은 기자가 펜을 떨어뜨려 떼구르르 소리가 법정에 울린다. 스텔라가 고개를 홱 돌린다. 까매진 눈으로 나를 똑바로 본다.

"그다음엔?" 얀스도테르가 묻는다. "그다음에는 무슨 일이 있었죠?"

미카엘은 안심시키려는 듯 스텔라의 팔에 손을 올린다.

"그다음엔 그가 제게 키스했어요." 아미나가 침을 꿀꺽 삼킨다. "우리는 키스했어요."

100

미카엘 블롬베리와 함께 일한다는 건 내게 하나의 꿈이었다. 그는 이 나라에서 가장 실력 있는 피고 측 변호인 중 한 사람이었다. 잦은 출장과 낯선 호텔 숙박이 예상되었지만 아담은 나를 전적으로 지원하겠다고 했다. 나로서는 놓칠 수 없는 기회였다.

만일 그때 내가 미카엘의 제안을 거절했다면 어떻게 되었을까? 부질없는 생각인 줄 알면서도 그 '만일'을 생각하지 않기가 힘들다.

아미나가 법정에서 증언하는 크리스토퍼 올센 이야기를 들으며, 아미나가 그를 왜 밀어낼 수 없었는지, 그녀가 어떻게 휩쓸려 현실에서는 전혀 다른 일이 진행된다는 걸 모른 채로 그와 사랑에 빠졌다고 느끼게 되었는지 나는 너무도 공감이 간다.

자신이 사랑에 빠졌다고 믿는 게 찬사와 가치를 인정받는 몇 마디 말이면 충분할 때도 있으리라. '당신은 이런 사람이야'라고 인정받고, 당신이 하는 행동보다 그저 존재만으로 감탄의 대상이 되는 것, 내가 아담에게 빠진 이유가 바로 그것이었다. 그는 너무도 자연스럽게 내가 노력해 이룬 성취 그 너머를 보았고, 나는 그런 그의 시각과 관점에 반했다. 아담은 눈길로 내 영혼을 사로잡았다.

15년이 지난 뒤, 미카엘 블롬베리가 나에게 똑같은 일을 하고 있었다.

미카엘과의 관계는 내가 아담을 대하기 힘들어진 것과 궤를 같이했다. 내가 한때 사랑한 남자, 우주의 별처럼 큰 마음에 미묘한 뉘앙스 가득한 눈빛을 빛내던 그 낭만주의자는 더는 존재하지 않는 듯 보였다. 이런 일이 어떻게 일어났는지 충분히 알 기회가 내겐 없었지만, 아담의 신경증이 점점 발전해 그의 통제 욕구는 이미 광적인 상태에 들어가 있었다.

아담은 그가 현재 처한 상황과는 완전히 다른 삶을 상상했다. 현실은 그가 자신의 미래와 자기 가족이라 생각했던 이미지들과 정반대에 있었다. 이 점이 그의 통제 욕구를 키웠고, 통제는 그 자신이 상상했던 인생의 꿈을 지켜낼 절박하고도 강력한 방법일 뿐이었다. 하지만 내가 그를 이해했다고 해서 그의 이런 점을 받아들인다는 뜻은 아니었다.

어느 날 밤 아담은 스텔라의 방문 틈새로 담배 냄새를 맡았고, 억지로 방 안으로 들어가면서 선을 넘었다. 나는 브롬마에서 마지막 비행기로 떠나 자정쯤에야 기진맥진해 집에 도착해 주방에 있었다.

"당신은 스텔라가 실수해도 그냥 둬야 해. 당신은 10대 시절이 없었어? 이건 딸에 대한 사생활 침해야."

아담은 절망해 뭐라고 중얼거리며 왔다 갔다 했다. 나는 아담의 그런 상태를 보며 마음을 굳혔다.

"당신을 사랑해." 나는 아담의 목을 껴안았다. "앞으로는 집에서 두 사람과 더 많은 시간을 보낼게."

"미안해." 아담이 말했다. "다 내 잘못이야. 당신은 그러지 않……."

나는 내 죄책감과 싸우고 있었다.

"내가 너무 일만 했어." 나는 일하는 시간을 줄이겠다고 약속했다. "집안을 돌봐야 했는데."

"나도 화내지 않고 성질도 죽이려 애쓸게." 아담이 말했다.

"열부터 거꾸로 세봐."

그는 빙긋 웃고, 우리는 입을 맞췄다.

월요일에 아담이 출근하자마자 나는 전화기를 챙겨 자리에 앉았다. 물론 미카엘의 관심에 설렜지만 그의 관심이 잠시의 자기충족감 이외의 것으로 이어질 거라는 기대는 품지 않았다. 나는 미카엘을 잘 알았다. 그와 내가 미래를 함께하거나 독점적인 관계가 될 수 없다는 것을 이해할 만큼.

내가 전화로 이제부터 우리 관계를 철저하게 일에 국한해야 한다고 말했을 때, 미카엘은 놀라지도 실망하지도 않은 듯했다. 그가 '아무 문제 없어'라는 문장으로 대화와 우리 관계 둘 다를 끝냈을 때, 나는 가슴이 아팠음을 고백한다.

전화를 끊으며 나는 주방 테이블로 무너졌다. 댐이 무너지고 있었다. 그동안 질질 끌던 긴장이 드디어 풀리자 눈물이 내 얼굴을 씻어주었다. 나는 스텔라가 주방에 들어오는 걸 알아채지 못했다. 갑자기 내 어깨를 짚는 손을 느꼈다.

"누구하고 통화했어?" 스텔라가 물었다.

"맙소사, 놀랐잖니! 언제부터 거기 서 있었어?"

스텔라가 나를 노려보았다.

스텔라가 다 들었구나, 나는 알아챘다.

"네가 생각하는 그런 거 아니야. 일 때문에 통화한 거야. 내 상사 미카엘이었어."

내가 손을 뻗었지만, 스텔라는 획 돌아서서 복도를 지나 문을 나서려 했다. 나는 숨을 헐떡이며 쫓아 달려가 계단에 발을 디디는 딸을 뒤에서 안고 끌어당겼다.

"사랑해, 스텔라."

우리는 한참을 그렇게 있었다. 딱한 소리겠지만, 내 딸을 그렇게 가깝게 느낀 건 처음이었다. 화려한 말과 약속들로 감정이 차올라 왔지만 입이 떨어지지 않았다. 그리고 그 순간 우리에게 필요한 건 가까이 있어주는 게 전부였다.

한두 달이 흘러 나는 집에서 좀 더 가까운 직장을 잡기 위해 미카엘 블롬베리의 로펌을 그만두었다. 아담과의 관계는 서서히 좋아졌고, 스텔라도 잘 적응하는 듯 보였다. 스텔라와 아미나는 곧 서로에게 돌아갈 길을 찾아냈다. 나는 지난 일을 살면서 한 번은 겪을 법한, 인생의 고비로 생각하기 시작했다. 확실히 그 위기는 우리를 무너뜨릴 만큼 가까이 왔지만, 우리는 그걸 이겨냈으며, 운이 따르면 먼 훗날 우리 가족을 더 강하게 키울 거라고 생각하기 시작했다.

진짜 재난이 모퉁이에서 기다리고 있을 줄은 꿈에도 생각하지 못했다.

101

얀스도테르 검사는 아미나가 코를 풀 때까지 펜을 돌리며 기다린다.

"당신은 크리스토퍼 올센과 해변에 갔고, 또 키스를 했다는 겁니까?"

"여러 가지가 의심스럽고 걱정되기 시작했지만 나는 계속 키스하고 있었어요, 그러는 나 자신이 끔찍했어요." 아미나가 말한다.

"그리고 그날이 바로 크리스토퍼 올센이 죽은 날이죠? 그때가 몇 시였을까요?"

"스텔라는 제게 온 세상과 같아요." 아미나는 으쓱 어깻짓을 하고는 마치 검사의 질문을 듣지 못한 것처럼 말한다. "나는 우리 사이에 남자가 끼게 두지 않을 거예요."

"하지만 당신은 그에게 키스했잖아요?" 얀스도테르가 말한다. "그때가 몇 시였습니까?"

"나는 키스한 걸 바로 후회했어요. 내가 외부에서 나 자신을, 마치 영화를 보듯 내 행동을 지켜보는 기분이었어요. 그다음 퍼뜩 정신을 차리고 크리스에게 멈추라고 말했습니다."

얀스도테르가 끼어들었다. "아미나, 당신은 경찰 조사를 두 번 받았습니다. 왜 그때는 그런 이야길 안 했죠? 조사받는 내내 당신은 스텔라의 생일날 이후 크리스토퍼 올센을 본 적이 없다고만 진술했습니다."

"설명할 엄두가 나지 않았으니까요. 또 그때는 스텔라가 아무튼 풀려날 거라 생각했고요."

나는 참심원들을 자세하게 관찰한다. 스웨덴 민주당은 방금 배 터지게 저녁을 먹은 것처럼 등을 살짝 기대고 배를 내밀고 있다. 그는 이미 마음을 굳혔으리라. 그 옆에서 여자 참심원들은 고개를 숙이고 서로 속닥거린다.

예니 얀스도테르는 진심으로 궁금해하는 목소리로 다음 질문을 이어간다. "아미나, 우리가 지금 당신을 믿어야 하는 이유가 뭐죠? 당신은 경찰에게 말할 기회가 많았습니다."

나는 아담의 손에 내 손을 밀어 넣으면서도 차마 그를 똑바로 바라보지는 못한다.

"크리스는 멈추지 않았어요." 아미나가 말한다. "나는 그에게 계속 멈추라고 말했어요."

얀스도테르는 펜이 떨어진 줄도 모르는 듯 손가락을 계속 돌리고 있다.

"크리스는 막무가내로 계속 밀어붙였어요." 아미나가 말한다.

검사는 놀라 입을 벌린다. 이제 익사하는 사람은 검사다. 그녀는 입을 몇 번이나 벌리지만 말이 나오지 않아 다시 시작해야 하는 것처럼 보인다.

"난 그에게 싫다고 말했어요. 크게 소리 질렀어요." 아미나가 말한다.

"경찰 조사에서는 왜 이 이야길 하지 않았죠?" 검사가 묻는다.

말이 쏟아지기 시작한다.

"난…… 처녀였어요."

얀스도테르가 침묵에 빠진다.

"죽을힘으로 그를 밀어냈지만, 안 됐어요. 그는 내 두 팔을 바닥에 눌렀어요. 난…… 싸우고 할퀴고 비명을 질렀지만 빠져나갈 수가 없었어요."

나는 아담의 손을 놓고 몸을 돌려 알렉산드라를 돌아본다. 머뭇거리던 의혹을 모조리 몰아내야 한다. 이게 옳은 일임을 이제 나는 확신한다. 우리는 다른 방법으로는 이 일을 해낼 수 없다. 정의는, 아무튼, 어디에도 없다.

아미나는 힘들어하면서도 어떻게든 목소리를 내려 분투한다. 물을 마시고, 목청을 가다듬는다. 그다음 재판장을 똑바로 쳐다본다.

"크리스토퍼 올센은 저를 강간했습니다."

102

　그것은 애초부터 현실적으로 어리석은 아이디어였다. 스텔라는 교회에 과도하게 적대적인 태도를 보여왔다. 그런 애를 견신례 캠프에 보낸다고?

　"캠프에 보내는 게 스텔라한테 좋을 거야." 아담이 말했다. "캠프에 못 가면 스텔라는 버림받은 기분을 느낄지도 몰라."

　"아미나도 가지 않을 텐데." 내가 지적했다.

　"아미나는 무슬림이니까."

　"아미나 아버지가 무슬림이지. 그리고 스텔라는 무신론자야."

　그때 내 주장을 밀고 나갔어야 했는데. 왜 스텔라를 캠프에 보내도록 두었을까? 나는 이 뼈아픈 후회를 안고 평생을 살아야 한다.

　그즈음 아담은 결국 고삐를 느슨하게 풀며 스텔라를 너그럽고 합리적인 태도로 대하려 노력하고 있었고, 나는 걸림돌이 되지 않으려 애썼다. 그래서 불안해하면서도 마지못해 캠프 일을 동의했는데 스텔라 얼굴이 확 밝아지는 걸 보며 옳은 결정이라고 생각했다.

　나중에 아담이 캠프에서 전화로 그 거지 같은 새끼가 우리 딸에게 한 짓을 설명했을 때…… 처음엔 무슨 이야기인지 파악하지 못했다. 나는 스톡홀름에서 밤 비행기로 집에 막 도착한 참이었다.

"당신, 견신례 캠프에 있어? 거긴 뭐하러 갔어?"

아담은 책임감이 어쩌니저쩌니 횡설수설하다 자기가 캠프에 간 이유 따윈 중요하지 않다고 말했다.

"무슨 일이 일어났는지 알아?" 아담이 소리를 지르며 말했다. "스텔라가 강간당했어."

나는 멍해졌다. 귀에 댄 전화기가 떨렸다.

"아담, 경찰에 신고해. 아담, 스텔라를 당장 병원에 데려가." 그는 대답을 회피했다. "아담! 스텔라를 의사한테 데려가 빨리 검사를 받아. 그게 제일 급하고 중요해."

"그 문제는 나중에 상의하자. 우리 지금 집으로 가고 있어."

주방 식탁에 앉아 있는데 진입로로 달려오는 자동차가 보였다. 나는 밖으로 달려 나갔다. 머리가 터질 것 같았다.

스텔라는 내 품에 달려들었다. 나는 다섯 살 꼬마를 안듯 스텔라를 안고 집 안으로 들어왔다. 스텔라는 주방 의자에 마비된 듯 앉았다. 얼굴에 표정이 없었다.

나는 아담의 가슴을 때리며 소리 질렀다. "어떻게 이런 일이 일어나, 응?"

"진정해." 아담은 내 팔을 꽉 붙들었다.

"당신 왜 경찰에 신고하지 않았어? 왜 집으로 온 거야?"

아담은 내 눈을 피했다.

"당신 거기서 뭐하고 있었어? 스텔라를 염탐하고 있었어?"

"그게 내 일이니까."

"당신 일?" 아담은 내게 캠프 방문 계획을 넌지시 비춘 적도 없었다. "경찰에 신고하겠어."

내가 휴대전화를 꺼내자 아담이 낚아챘다.

"기다려. 당신 생각처럼 단순하지가 않아."

"단순하지 않다니, 무슨 뜻이야?"

그는 스텔라를 한 번 쳐다보고는 내게 복도로 따라오라는 몸짓을 했다. 그는 목소리를 낮추었다.

"스텔라는 로빈과 함께 상담지도원 숙소에 들어갔어. 애초에 스텔라가 먼저 시작한 일 같아."

나는 내 귀를 의심했다.

"스텔라가 시작한 일이라니?"

"캠프 참가 학생 몇몇이 스텔라가 상담지도원을 유혹할 계획을 꾸몄다고 말했어."

"유혹? 당신 그게 무슨 뜻인지는 알고 떠들어대는 거야? 스텔라는 겨우 열다섯 살이야."

"물론 알아. 나는 로빈을 감싸려는 게 아냐."

"감싸는 게 아니면 무슨 말을 하는 거야?"

그는 내 어깨를 잡고 슬픈 눈으로 나를 바라보았다. "로빈은 절대로, 다시는 스웨덴 교회에서 일자리를 얻지 못할 거야. 절대로."

"그래서?"

"하지만 우리가 이 일을 밀고 나간다면…… 우리만 다칠 뿐이야. 스텔라가 다쳐."

내 안에서 공백이 열렸다. "신고해야 해. 아담, 신고하자고!"

아담은 고개를 저었다. "신고하면 모두가 알게 될 거야. 사람들은 스텔라를 심판할 테고. 스텔라는 평생 그 심판에서 벗어나지 못하겠지."

머릿속이 빙빙 돌았다. 구역질이 올라오며 이대로 토할 것만 같아 겁났다. 아담의 말이 어느 정도 이해가 갔다. 나 역시 강간 가해자로 고소된 사람들을 변호했다. 그럴 때 나는 피해자들에게 어떤 옷을 입고 있었는지, 술을 마셨는지, 이전의 성 경험과 성적 취향은 어땠는지 불쾌한 질문을 던졌다. 몇몇 사건에서는 피해자가 거짓말을 한다고 진심으로 생각하기도 했다. 그렇지 않을 때는 그저 내게 주어진 직무를 해나갔다.

"스텔라는 피해자야." 나는 싱크대 위에 고개를 떨구고 흐느꼈다. "스텔라가 죄책감을 느낄 이유는 없어."

"알아, 여보. 스텔라는 당연히 죄가 없어. 하지만 강간은 이미 일어났고 우린 그걸 바꿀 수 없어. 지금 우리가 할 수 있는 건, 더 나쁜 일이 생기지 않도록 아이를 보호하는 거야."

아담은 나를 안았고 나는 그의 가슴에 얼굴을 묻었다. 두 개의 심장이 엇박자로 빠르게 달음질쳤다.

그래, 우리 인생이 결국 이 꼴로 드러나는구나, 나는 그때 생각했다.

지금 나는 기회가 아직 있다고 생각한다. 우리 가족을 구할 기회, 내가 늘 되고 싶어 한 어머니, 무슨 일을 해서든 자식을 지켜내는 어머니가 될 기회가 아직 한 번은 남아 있다.

103

9월 2일 일요일, 경찰 과학수사팀이 우리 집을 수색한 그날, 아담은 처음으로 경찰 조사에 소환되었다. 나는 그에게 단단히 마음먹고 강한 사람이 되고 단어 하나도 신중하게 말하라고 당부했다. 그러면서도 아담에게 어디까지 밝힐지 계속 생각하고 있었다. 스텔라를 위해서라면 아담은 지옥의 불구덩이에도 뛰어들 사람이지만, 이번 경우에는 흔들림 없는 그의 도덕성이 부담스러운 십자가로 그를 눌러댈지 모르기 때문이었다.

그날 밤 검사는 스텔라의 구금을 결정했다. 미카엘 블롬베리가 스텔라의 관선변호인으로 지명된 것만이 내게 유일한 희망으로 보였다.

나는 경찰에게 가택수색이 끝나는 대로 연락을 달라고 부탁했다. 경찰이 떠난 뒤 부들부들 떨리는 다리로 집을 돌아다니며 과학수사팀이 무얼 찾아냈는지 캐내려 했다. 경찰이 가져간 물건이 많을 리는 없었다.

토요일 밤에 아담과 함께 택시를 타고 경찰서를 찾아가기 전에,

나는 동네 후미진 재활용센터로 들어갔다. 깡통들이 널린 그곳에서 나는 심하게 구토하는 척하며 스텔라의 휴대전화기를 발로 지근지근 밟은 다음 그 조각들을 금속 재활용품 통에 던졌다. 유심칩은 그전에 안전하게 손가방 깊숙이 넣었다. 사건 전말에 대해 모르긴 해도 스텔라의 문자에 남부끄러운 정보가 들어 있을 가능성을 생각했다. 조마조마함과 불안과 괴로움에 몸이 아플 지경이었지만 휴대전화 파기는 예상보다 쉬웠다. 죽어도 못할 것 같던 일도 자식을 지키는 문제가 되면 갑자기 당연히 해내야 하는 일이 된다.

시간이 흘러 그 일요일 밤, 나는 집 구석구석을 샅샅이 뒤지다가 피 묻은 블라우스를 발견했다. 블라우스는 세탁실에 쌓아둔 빨래 더미 밑에 대충 구겨져 있었다. 여전히 젖어 있었다. 스텔라가 여기 숨긴 건가? 아니면 아담이 세탁기를 비웠나? 이걸 어떻게 해야 할까? 내가 두 가지 처리 방법을 두고 잠깐 고민하고 있을 때, 미카엘이 전화를 걸어왔다. 경찰이 우리 집으로 갈 거라는 그의 말에 나는 안전한 길을 택해 블라우스를 장작 난로에 던져 넣었다. 불꽃이 천 가장자리를 따라 퍼져나갔다.

이성과 감정이 어긋나는 싸움으로 나는 마음이 복잡했다. 변호사로서 나는 법조인이라면 상상도 말아야 할 증거인멸을 저질렀다. 어머니로서 나는 하나밖에 없는 정확한 선택을 했다. 나는 금요일 밤 어떤 일이 있었는지 여전히 몰랐지만 내 딸을 보호하는 게 내 의무임은 알고 있었다.

일요일 오후에 아담은 경찰 조사가 끝나자마자 내게 전화했다. 그가 스텔라의 알리바이를 위해 경찰에 거짓말한 걸 알게 되었을 때 나는 온몸에 따스한 온기가 감도는 걸 느꼈다. 아담의 거짓말은 사랑에서 나온 행위이며, 아마도 아담이 스텔라와 나를 얼마나 사랑하는지를 말하는 궁극적 증거였다. 그 순간부터 나는 우리 가족을 위해 내가 못할 일이 없다는 걸 알게 되었다.

나는 아담에게 과학수사팀이 아직 집에 있다고 말했다. 아담은 빨라도 두 시간 뒤에 집에 올 것이었다. 나는 시간을 벌어야 했다.

조금 뒤 노크 소리가 났다. 나는 세탁실 창으로 바깥을 살폈다. 검은 챙 모자를 깊이 눌러써 얼굴을 가린 사람이 간신히 보였다. 짙은 색 운동화가 돌계단에서 초조하게 서성이고 있었다.

나는 문을 조금만 열고 그녀의 팔을 잡아 현관 쪽으로 당겼다.

"더는 전화로 이야기하지 못하겠어요." 그녀가 말했다.

나는 현관문에 달린 작은 창으로 바깥을 살폈다. 거리는 한산했다. 그녀를 본 사람은 없는 것 같았다.

"이쪽으로 오렴." 내가 말했다.

그녀는 신발을 신은 채 주방으로 들어왔다. 나는 빠르게 그녀를 지나쳐 창가로 가 얼른 커튼을 쳤다.

"여긴 왜 왔어, 무슨 일 있었어?" 내 목소리는 마구 떨렸다.

나를 쳐다보는 아미나의 아름다운 갈색 눈동자가 점점 붉어지며 물기가 어렸다.

"믿을 수가 없어요……. 스텔라가…… 내가…….."

내가 손을 잡아도 아미나는 몸을 심하게 떨었다. 우리는 서로 꼭 안았고, 아미나는 자꾸 내게 매달리려 했다. 조금 뒤 나는 몸에 힘을 줘 그녀의 팔을 풀어냈다.

"알아. 스텔라의 문자를 읽었어."

"읽으셨어요?"

아미나는 얼굴이 굳었다. 나는 그녀의 팔을 토닥이고 볼에서 머리칼을 넘겨주었다.

"스텔라가 휴대전화를 집에 두고 나갔어."

아미나는 놀라 입을 벌렸다. 그녀의 두 손을 잡으며 나는 내가 무너지지 않으려 애쓰고 있음을 알았다.

"얘야, 우리는 이 일을 해결할 거야. 우리가 바로잡을 거야."

아미나는 아기처럼 엉엉 울었다.

그녀는 그냥 아기였다. 그녀와 스텔라 둘 다 어린애였다.

나는 그곳에서 어른이었다. 엄마였다. 그들을 구할 유일한 사람이었다.

아미나가 갑자기 눈물을 뚝 그쳤다. 소리 없이 한숨을 내쉬었다.

"그가 죽게 될 줄은 몰랐어요."

104

"그건 정당방위였어요, 그렇죠?" 아미나가 말했다.

나는 아미나에게 방금 들은 이야기를 흡수하려 노력했다. 살펴야 할 감정들과 세부사항이 한꺼번에 쏟아졌다.

"나는 크리스가 자동차를 세우자마자 도망칠 생각이었어요. 기회를 봐서 차에서 뛰어내리려 문손잡이를 잡고 있기까지 했어요. 하지만 그는 안에서 자동차 문 잠금장치를 해뒀어요. 나는 어디로도 갈 수 없었어요."

아미나는 벼랑에 매달려 있는데 도움의 손길을 뻗을 이는 나밖에 없다는 눈빛으로 나를 보았다.

"얼마나 무서웠을까." 내가 말했다.

아미나는 고개를 끄덕였다. "정당방위 맞죠, 네?"

"모르겠어." 나는 솔직하게 말했다. 아직은 사건 정황이 선명하게 그려지지 않았다. "그 칼은 어디서 났어?"

"바구니에 들어 있었어요. 크리스가 소풍을 위해 구입한 피크닉 바구니 안에."

아미나는 크리스토퍼 올센과 바닷가로 데이트를 갔었구나. 나는 일단 거기까지 이해했다.

"칼은 바구니 위쪽, 깔개들 사이에 들어 있었어요. 칼이 보여서 그냥 집은 거예요. 무슨 생각이 있어 그런 게 아니에요."

크리스는 아미나에게 물리적 폭력을 행사했다. 그 짐승은 아미나를 강간했다.

"호신용 스프레이는 어떻게 된 거야?" 내가 물었다.

"원래 늘 휴대했어요. 스텔라도 가지고 다녀요. 온라인으로 쉽게 구할 수 있어요."

나는 물론 알고 있었다. 스텔라에게 스프레이를 사라고 재촉한 사람이 바로 나였으니까. 심지어 구입 비용까지 내주었다.

"그러니까 넌 먼저 스프레이를 뿌린 다음에 칼을 쥐었어?"

아미나는 고개를 끄덕였고, 나는 그녀의 창백하고 부은 볼을 어루만졌다.

"하지만 내가 스프레이 버튼을 누르기도 전에 크리스는 눈치를 채고 두 팔을 올리며 얼굴을 돌렸어요. 그래도 짐승처럼 울부짖은 걸 보면 스프레이를 약간 맞긴 했어요. 그다음 나는 잠금장치를 풀려 했는데, 버튼이 운전석에 있었어요. 나는 그의 무릎 위에 엎드리다시피 해서 어렵사리 차 문을 열었어요. 그때 그 칼을 봤어요."

"그런 다음 넌 칼을 쥐고 차에서 내려 달렸어?"

"네."

나는 그 장면을 머릿속에 그려보았다. "그가 널 따라왔니?"

아미나는 또 고개를 끄덕였다. "정말로 그 칼을 사용할 생각은 없었어요. 제가 칼로 뭘 하려 했겠어요?"

"그만. 그건 중요하지 않아. 넌 겁에 질려 있었어. 넌 옳은 일을 한 거야. 누구라도 칼을 쥐었을 거야."

아미나는 화가 나 자신에게 욕했다.

"스텔라는 어떻게 된 거지? 스텔라는 거기서 뭘 하고 있었어?"

"모르겠어요. 스텔라는, 화를 내고…… 걱정하고 있었어요. 스텔라는 거기 나타나기 전에 저에게 전화하고 메시지도 여러 번 보냈어요."

"스텔라는 네가 크리스토퍼와 같이 있는 줄 몰랐어?"

"내가 거짓말했거든요, 내 가장 친한 친구를 속인 거예요."

아미나는 꺼이꺼이 울며 엎드렸다. 나는 그녀를 안고 쓸고 진정시키면서도 마음의 준비를 갖추어갔다.

"아미나, 스텔라 블라우스에 핏자국이 있었어."

아미나는 몸을 부르르 떨고는 고개를 들어 나를 쳐다보았다.

"그가 죽었다고요. 모르시겠어요? 그가 죽었잖아요!"

나는 곤두박질하려는 갓난아기를 잡을 때처럼 온 힘으로 아미나를 붙들어야 했다. 새로운 생각 하나가 내 머릿속에서 천천히 만들어지고 있었다. 진짜 공포와 맞닥뜨리기 전에는 사람은 자신이 다른 사람을 위해 어떤 일까지 할 수 있는지 알지 못한다. 아미나를 위해 내가 어떤 희생을 준비하고 있는지 나는 그때까지도 깨닫지 못했다.

"스텔라는 살인 피의자로 유치장에 있어. 경찰이 와서 우리 집을 수색했어."

아미나는 큰 소리로 오열하며 말했다. "죄송해요! 이게 다 저 때문이에요! 다 말할게요. 절 경찰서까지 태워주세요. 경찰은 스텔라를 풀어줘야 해요."

물론 아미나 말이 옳았다. 그게 우리가 할 일이었다. 그게 옳은 일이었다. 아미나는 경찰에 진실을 말하고, 스텔라는 구치소에서 풀려날 것이다. 정의는, 결국 어떤 형태로든 실현될 것이다. 정의 같은 게 있다면 말이지만. 어느 쪽이든 정상참작이 가능한 상황이었다. 아미나가 살인죄 판결을 받겠지만 어린 나이이니 감형될 것이다. 두서너 해 안에 그녀가 석방되는 건 불가능한 일이 아니다.

하지만 아미나는 의사가 되지는 못할 것이다.* 판결은 그녀를 따라다닐 것이다. 아미나의 밝은 미래는 갑자기 모서리부터 흐릿해지고 있었다.

"우리는 스텔라를 빼내야 해요. 같이 가주실 거죠? 부탁드려요, 차 태워주실 수 있죠?"

나는 의자를 뒤로 밀고 주방 아일랜드에 놓인 은제 접시에서 자동차 열쇠를 집었다. 이거 말고 다른 길이 있는가?

"경찰은 우리 중 한 사람이 그랬다는 걸 알아내겠죠, 그렇죠?"

나는 걸음을 멈췄다.

물론 다른 길이 있다. 늘 다른 길은 있다.

아미나가 한 말이 머릿속에서 계속 맴돌았다. **경찰은 우리 중 한 사람이 그랬다는 걸 알아내겠죠.** 하지만 그것만으론 유죄를 선고하기에 충분하지 못하다.

나는 아미나를 보았다. 스텔라를 생각했다. 마음이 아팠다.

잠재적 가해자가 두 명인데, 그 둘 중 누가 살인을 저질렀는지 또는 번갈아서 그들이 공모했음을 증명하지 못한다면 둘 다 살인죄로 판결받지 않는다.

나는 자동차 열쇠를 은제 접시에 도로 내려놓았다.

---

* 스웨덴에서는 중범죄로 유죄 판결을 받은 경우 의사 면허가 취소되는 것이 일반적이며, 의과 대학에 다니는 학생의 경우 대학에서 징계를 받을 가능성도 높다.

105

나는 아미나를 소파로 이끈 다음 앉으라고 했다. 아미나는 기계처럼 움직였다. 지난 일을 냉정하게 되짚을 정신이 분명 없었을 게다. 강하고 이성적이고 변호사답게 사고하는 게 내가 할 일이었다.

"우리 경찰서로 가는 거 아닌가요?" 아미나가 물었다.

나는 아미나 옆에 앉아 그녀의 무릎을 짚으며 말했다. "아미나, 날 믿어야 해."

"하지만……."

아미나는 무릎을 떨고 있었다. 바짝 마른 아랫입술은 살로 만든 덮개처럼 팔락거리고 있었다.

"크리스토퍼 올센이 죽었을 때 너와 스텔라 둘 다 그곳에 있었어, 맞지?"

"네."

"이곳 스웨덴 사법제도는 입증 책임이 아주 높아." 나는 말하면서도 이 추론으로 어디로 가려는지 계산하고 있었다. "한 건의 살인사건이 일어났을 때 그 현장에 가해자일 가능성이 있는 사람이 두 명이라면, 검사는 그 두 사람 중 한 명이 의심의 여지 없이 살인자다, 또는 둘이 공범으로 범행했다 둘 중 하나를 증명해야 해."

내 손바닥을 통해 전해진 아미나의 강한 맥이 내 몸을 고동치게 했다.

"무슨 말씀이세요? 스텔라와 내가 현장에 있었다고 경찰에 말하란 말인가요?"

"오, 모르겠구나."

나는 정신을 놓아버린 미친 여자 같았다. 이 아이디어는 더 갈데 없는 절망의 바닥에서 솟아난 것이고, 나는 그걸 깊이 점검하지 않고 덥석 물었다. 이 아이디어에 필연적으로 집어넣어야 할 게 뭐지? 내가 아미나와 스텔라 둘 다 구해낼 수 있을까? 또 나는 그에 따르는 괴로운 상황을 두 사람에게 겪게 할 준비가 되어 있는가?

"그래봤자 아무런 도움이 안 될 거야. 경찰은 너희 둘 다 유죄를 받게 하는 데 총력을 기울일 거야. 이 방법이 통하려면 너는 재판까지 기다려야 해."

"왜죠?"

"검사 쪽이 당황하게 만들어야 하니까. 잠재성 있는 두 번째 가해자가 갑자기 등장하면 법정은 합리적 의심이 있음을 거부할 수 없어. 그리고 일단 1심에서 무죄 선고가 내려지면, 검사는 결정적인 새 증거가 나와야만 항소할 거야. 같은 사건에서 연달아 지기를 바라는 검사는 세상에 없으니까."

아미나는 입을 벌린 채 나를 보았다.

"재판이라고요? 재판은 시간이 오래 걸리잖아요? 우리는 스텔라를 먼저……."

그렇다, 스텔라를 철창 안에 계속 둘 수는 없었다.

"모르겠구나." 내가 말했다.

"그냥 제가 다 털어놓는 게 더 나아요."

"하지만 아미나, 네 학업은 어쩌고, 네 미래는……."

동시에 나는 추레한 감방에 있는 스텔라의 모습을 그렸다. 자식을 구치소에 계속 둘 생각까지 하는 어미는 어떤 인간인가? 기소까지는 몇 주일, 심지어 몇 달이 걸릴지도 모른다.

"우리는 스텔라가 어떤 말도 못 하게 만들어야 해." 내가 말했다.

"무슨 뜻이에요?"

"우린 스텔라에게 말하지 못해. 스텔라 성격 잘 알잖아. 우리는 그녀가 계속 입 다물게 하는 동시에 우리 계획을 드러내서도 안 돼."

"아줌마, 정신 나갔어요? 아무 설명도 없이 스텔라를 계속 감옥에 두다니요?"

"너희 둘 다 자유롭게 걸어 나가려면 다른 방법이 없어. 스텔라의 변호인은 내가 잘 아는 사람이야. 그가 우릴 도와줄 거야."

"아뇨, 그 방법은 안 돼요." 아미나가 말했다.

나는 아미나의 손을 잡으며 말했다. "우리는 스텔라를 사랑하고, 스텔라는 그걸 알고 있어. 이번 일이 끝나면 스텔라도 모두 알게 될 거야."

아미나가 한바탕 흐느꼈다. "다 제 잘못이에요."

진짜 그런가? 전부 아미나 잘못일까? 일어난 어떤 일에 책임질 사람이 단 한 사람이라고 확신할 상황이 어디 있는가? 삶에서 모든 일은 서로 다른 요소들이 수많은 방식으로 상호작용하면서 상호의존적으로 일어나는 법이다.

우리 가족이 지금 이렇게 된 건 누구 탓인가?

가끔은 하나님을, 초월적인 힘을 가진 존재를 믿고 싶다. 원망하고 비난할 대상이 있으면 조금은 단순해질 것 같아서. 반면 가장 교조적인 근본주의자들은 늦든 빠르든 인류에게 닥칠 비참에 대해 그들이 믿는 전능하신 신들을 원망하지 않는 듯 보인다. 인간으로 태어난다는 건 비난받기를 짊어지는 것이다.

"스텔라는 우리가 어떻게 하길 원할 것 같아?" 내가 물었다. "스텔라가 결정하도록 맡기자."

아미나는 자포자기한 눈으로 나를 쳐다보았다. 나는 이제 그녀의 양손을, 우리가 하나로 연결된 끈처럼, 약속처럼, 잡고 있었다.

정의는 없다. 정의라고 존재하는 모든 것은 우리가 함께 만들어낸 것이다.

"스텔라는 이 일을 하라고 우리를 설득했을 거예요." 아미나가 말했다.

아미나는 비닐봉지를 가져오겠다며 현관으로 나갔다. 나는 그 안에 무엇이 들어 있는지 곧장 알아차렸다.

106

아미나가 두 손에 얼굴을 묻자 어린 소녀의 들먹거리는 어깨만 남는다.

"잠시 쉬고 싶습니까?" 괴란 레이욘이 묻는다.

미카엘은 그 제안에 고개를 끄덕인다. 미카엘과 레이욘 둘 다 방금 들은 이야기에 마음이 크게 흔들린 것 같다.

스텔라가 강간당한 다음, 스텔라와 나는 드디어 이전에는 불가능했던 방식으로 서로에게 조금씩 가까워질 수 있었다. 스텔라가 이대로 잠들면 다시는 깨지 못하리라 확신한 그날 밤 한밤중에 찾아간 사람은 나였다. 스텔라의 침대 끝에 앉아 손끝으로 그녀의 눈물을 닦아준 사람은 나였다. 스텔라가 내게 마음을 천천히 열었고, 나는 표면만 살짝 벗겨내면 우리의 공통점이 얼마나 많은지 알게 되었다. 자기 약점을 드러내는 데 대한 공포. 충분히 좋은 사람이 못 될 것이라는 걱정. 그리고 특히 자신의 감정들과 다른 사람들과 연결되지 못할 때의 마비된 느낌.

"가끔 내가 아미나를 닮았으면 좋겠다 싶었어." 스텔라가 말했다. "아미나처럼 자기가 어떤 사람이며 뭘 하고 싶은지 똑똑히 아는 사람이 되고 싶었어. 나는 빌어먹을 핀볼 머신 같은 내 뇌가 너무 싫어."

"난 네가 그 누구와도 닮길 바라지 않아." 나는 목이 메었다. "넌 지금 모습 그대로 완벽한 아이야."

나는 스텔라 뺨을 어루만지면서도 눈을 맞추진 못했다. 부끄러워서였다. 나 또한 스텔라가 아미나를 닮았으면 하고 바랐던 게 너무나 부끄러웠다.

스텔라가 미카엘에게 속삭인 다음 몸짓한다. 짜증 나고 혼란스러워 보인다. 스텔라는 얼마나 이해하고 있을까.

"저는 휴식 시간이 필요하지 않습니다." 아미나가 새로 뽑은 티슈를 구깃구깃하며 말한다.

아담이 내 팔을 꽉 잡는다. "왜 저럴까?"

나는 아담을 쳐다보지 않고 "쉬잇!" 하고 조용히 하라고 말한다.

"그렇다면 검사는 계속 질의하십시오." 괴란 레이욘이 말한다.

얀스도테르는 서류를 한참 넘긴다. 검사보가 옆으로 몸을 기울여 서류의 어느 부분을 손가락으로 짚은 다음 그녀와 의논한다.

"아미나, 도무지 이해가 안 갑니다." 검사가 말한다. "왜 이 일을 경찰에 말하지 않았죠?"

"말할 수가 없었습니다."

"그런데 이제 와서는 말할 수 있다?"

"말해야 하니까요, 스텔라를 위해서." 아미나가 말한다.

검사는 펜을 다시 집어 턱으로 가져간다.

"그 일 다음에는……?" 검사는 마지막 단어를 삼킨다. "아미나, 그다음엔 어떻게 되었습니까? 크리스토퍼와 같이 룬드로 돌아왔나요?"

"저는 차 안에서 내내 울었어요. 그것 말고는 할 수 있는 게 없었어요."

"왜 선택지가 없었죠? 당신이 할 수 있는 다른 일이⋯⋯."

아미나가 검사 말을 끊었다. "죽을 것처럼 무서웠으니까요! 린다가 한 말이 모두 사실이었어요. 크리스는 사이코패스였어요. 나는 스텔라한테 문자를 보내려 했는데, 크리스가 눈치채고 내 휴대전화를 빼앗았어요. 나는 시내에만 돌아가면 기회를 엿봐 도망쳐야겠다고 생각했어요. 가방에 호신용 스프레이가 있으니까 그가 차를 세우면 스프레이를 뿌리고 차에서 뛰어내려 도망가면 된다고 생각했어요."

예니 얀스도테르는 허리를 깊이 숙여 테이블에 팔꿈치를 댔다.

"스프레이는 왜 가지고 다녔죠?"

"늘 휴대해요. 여자니까, 자기 자신을 지킬 준비가 늘 되어 있어야 하죠."

얀스도테르는 이해하지 못하는 표정이지만 더 묻지 않는다. 그녀는 볼펜을 들고 종이에 짧게 끼적인다. 그다음 크리스토퍼 올센이 자기 집 앞에 차를 세웠을 때 상황을 자세히 말해달라고 요청한다.

"그가 시동을 끄자마자 저는 스프레이를 뿌렸어요. 내 휴대전화를 찾아 꼭 쥐고 차 문에 몸을 던졌는데, 문이 열리지 않았어요. 크리스는 비명을 질러댔어요. '눈, 눈이 쓰려!' 결국 나는 잠금장치를 찾아내 차 문을 열고 나와 죽을힘으로 달렸어요. 그렇게 무서운 건 생전 처음이었어요. 잡히면 죽은 목숨이라 생각했어요."

"어느 방향으로 달렸습니까?"

"몰라요, 그저 거기서 벗어나려 무작정 달렸어요. 눈앞에 폴헴, 그러니까 학교가 보인 기억이 나는데, 학교가 아니라도 아무튼 아주 큰 건물이 흐릿하게 보였어요."

"크리스토퍼는 어땠나요, 그는 뭘 했죠?"

"내가 처음 뒤돌아봤을 때, 그는 아직 차 안에 있었어요. 하지만 그다음 돌아봤을 때는 차에서 내렸더군요. 그가 날 쫓는 게 확실해지자 나는 가능한 한 멀리멀리 계속 달렸어요."

얀스도테르가 다른 질문을 하려 하지만, 아미나는 그 기회를 주지 않는다.

"볼하우스 주차장에 젊은 남자들이 보였어요. 그래서 저는 달리기를 멈추고 그들 뒤에 바짝 붙어서 역까지 걸었어요. 계속 뒤돌아봤는데, 어느 순간부터 크리스가 보이지 않았고, 그래서 그가 포기한 줄 알았습니다."

"경찰에 신고했습니까?"

"물론 처음엔 신고하려고 했죠, 하지만……." 아미나는 고개를 저었다. "앞으로 닥칠 일들이 떠오르는 거예요."

"그건 무슨 뜻입니까?" 얀스도테르가 묻는다.

아미나는 힘겹게 숨을 몰아쉰다. 그녀의 뒷모습이 약간 움직인다.

"일주일 뒤면 의과대학 수업이 시작될 예정이었어요. 내가 어릴 때부터 꿈꿔온 의학 공부가."

"그래서 강간당한 사실을 아무한테도 말하지 않았습니까?"

"말할 엄두가 나지 않았어요. 아버지를 생각했어요. 참 바보 같은 말이지만, 내가 강간당한 사실을 알게 되면 아버진 파멸이에요. 아버지가 무슨 짓을 하실지 너무 겁났어요. 린다 로킨드도 전에 크리스를 고소했는데 아무것도 달라지지 않았잖아요. 크리스 같은 남자는 늘 빠져나가니까."

나는 더는 듣는 데 집중하지 못한다. 그냥 이 일이 당장 끝나면 좋겠다. 옆에서 나를 노려보는 아담이 진실을 듣고 과연 견뎌낼지 겁난다.

아미나 목소리가 한 옥타브 올라간다. "스텔라도 강간당했어요."

음절 하나하나가 한 문장으로 가라앉기까지 시간이 걸린다. 나는 큰 소리로 헉, 숨을 내쉬고, 앞자리 기자가 내 쪽을 돌아본다.

아미나, 무슨 짓을 하려는 거야?

"스텔라는 그때 겨우 열다섯 살이었어요."

법정에 웅성거림이 퍼진다. 나는 앉은 채 몸을 웅크린다. 이대로 바닥 밑으로 꺼졌으면 좋겠다.

"스텔라의 부모님은 경찰에 신고하지 않았어요." 아미나가 말한다.

모든 눈동자가 아담과 내게 쏠린다. 나는 조각조각 부서질 것만 같다.

"스텔라 어머니는 변호사예요. 그래서 재판에 어떤 내용들이 들어갈지 아셨죠. 강간 피해자 재판일 테니까요."

제발, 아미나. 그만해!

나는 이렇게 하면 사라질까 싶어 한껏 몸을 움츠려본다. 아담은 멍하니 허공을 본다. 그의 눈이 꼭 도자기 인형 눈 같다.

"나로서는 그런 재판도 감당할 수 없다는 걸 그때 바로 깨달았어요." 아미나가 말한다. "나는 별의별 질문에 대답하고 온갖 비난을 받고도 크리스가 석방되는 꼴을, 또는 기껏해야 두어 달 감옥살이하다 나오는 걸 망연히 보게 될 테죠. 나는 스텔라가 그런 일을 당했을 때 어떤 기분인지 보았고, 린다 로킨드가 얼마나 망가졌는지도 봤어요."

무슨 작정인지 알겠다. 아미나는 영리한 아이다. 그녀는 스텔라를 구하기 위해 내 명성을 희생시키고 있다. 내가 이런 전개에 절대 동의하지 않을 걸 알기에 사전에 한마디도 비치지 않은 것이다. 괴란 레이욘 판사와 흥분한 참심원들을 곁눈질하니 과연 아미나의 방법이 먹히고 있다.

"당신은 스텔라에게 언제 말했습니까?" 얀스도테르가 묻는다.

아미나는 어깨를 살짝 올리며 말한다. "말하지 않았습니다. 입이 안 떨어졌어요."

스텔라가 아미나를 어떤 눈으로 쳐다보는지 알겠다. 스텔라는 분노를 총동원하려 애쓰고 있지만, 그 분노에는 이미 슬픔의 그림자가 드리워져 있다.

"제일 친한 친구한테도 아무 말 안 했단 말입니까?"

아미나는 잠시 마음을 추스르고 간신히 대답한다. "저는 스텔라를 배신했습니다. 스텔라에게 사실대로 다 말하기만을 바랐는데, 그것만 바랐는데, 말할 수가 없었어요. 아예 불가능했어요. 내가 그녀의 믿음을 배신했고 그녀를 속였다는 걸 말해야 할 텐데, 그럴 용기가 나지 않았습니다."

"그러니까 크리스토퍼 올센이 살해된 날 초저녁과 밤에 스텔라와 어떤 식으로든 접촉하지 않았단 말이죠?"

"스텔라가 문자를 보내고 전화도 여러 번 걸었지만, 저는 응답하지 않았습니다."

얀스도테르가 검사보와 상의하는 동안, 나는 다시 한번 앉은 자리에서 허리를 세워본다. 아담을 얼른 곁눈질한다. 나를 쳐다보고 있는 그의 얼굴은 결국 이해한 것처럼 보인다.

"스텔라는 그날 저녁 자전거로 크리스토퍼 올센의 거주지로 갔다고 말합니다." 검사가 말한다. "초인종을 누르고 문을 두들겼다고요. 당신은 그곳, 올센의 집에서 스텔라를 봤습니까?"

"아니요."

"그날 저녁이나 밤 동안 어디서라도 스텔라를 봤습니까?"

"못 봤습니다."

얀스도테르가 한숨을 내쉰다. 검사보가 서류의 한 부분을 가리킨다.

"크리스토퍼 올센은 소풍 때 칼을 가져왔습니까?"

아미나는 주저 없이 얼른 대답한다. "네, 피크닉 바구니 안에 칼이 있었습니다."

얀스도테르는 그 칼을 자세히 묘사하라고 요구한다.

"칼 길이는 얼마쯤 됩니까?"

아미나는 두 손으로 20센티미터가량 벌린다.

"차로 시내로 돌아오는 동안에 그 칼은 어디에 있었습니까?"

"바구니 안에 있었겠죠."

"하지만 그렇지 않았습니다. 경찰은 그 칼을 찾아내지 못했으니까요."

아미나가 잠깐 머뭇거린다. 참심원 세 명 모두 좌불안석이다.

"그 칼이 어떻게 사라졌는지에 대해선 저는 모릅니다."

나는 내가 고개를 계속 끄덕이고 있음을 그제야 자각한다.

크리스토퍼 올센이 죽었을 때 스텔라와 아미나 둘 다 그곳에 있었고, 각각은 저마다 살해 동기가 있다. 그런데 살해 흉기는 없다.

저들은 절대 그 칼을 찾지 못할 것이다.

"당신은 크리스토퍼 올센을 살해했습니까?" 예니 얀스도테르가 묻는다.

아담의 입에서 짧게 놀란 소리가 나온다.

"저는 그를 죽이지 않았습니다." 아미나는 검사를 똑바로 쳐다본다. "저는 그에게 스프레이를 뿌린 다음 죽을힘을 다해 달렸습니다. 그다음 어떤 일이 일어났는지는 전혀 모릅니다."

검사가 검사보를 쳐다본다. 아담은 나를 쳐다보고, 나는 그의 손을 잡는다.

"나는 절대 누군가를 죽이지 못합니다." 아미나가 말한다.

107

검사의 최종 주장이 귀에 들어오지 않는다. 목소리는 먼 곳에서 외치는 뜻 모를 작은 메아리로 변해간다. 내가 알지 못하는 외국어 같다.

한순간 모든 게 잘될 것만 같다가도 다음 순간 우리가 실수를 저질렀을까 봐 두렵다. 스텔라는 교도소에 갇히고, 살인자라는 낙인은 그녀를 영원히 따라다닐 것이다. 아미나는 여론 재판에 설 것이다. 의사로서의 커리어는 시작하기도 전에 꺾일 것이다.

얀스도테르 검사는 그녀답지 않게 목소리가 흔들린다. 그녀는 몇 번이나 흐름을 놓쳐 노트를 내려다보고 검사보와 상의한다. 하지만 그러면서도 그녀는 크리스토퍼 올센이 목숨을 빼앗겼을 때 스텔라가 현장에 있었음을 자신은 증명해냈다고 주장한다. 또한 스텔라에게 올센을 살해할 동기가 분명히 있다고 주장한다. 올센이 아미나와 사귀기 시작하자 스텔라는 질투를 느꼈고, 그래서 복수를 감행했다는 것이다. 검사는 스텔라가 충분한 시간을 갖고 계획을 세웠으며 살해할 의도로 올센의 아파트를 찾아갔다고 주장한다. 그러므로 스텔라는 살인죄로 유죄여야 마땅하다고. 검사는 아담과 아미나의 참고 진술이 매우 의심스럽다고 말한다. 강간을 당했다는 아미나의 이야기 전체가 의심스러운 합당한 이유들이 있는데, 특히 경찰 조사 때 그 일에 대해 누구에게도 말하지 않은 게 이상하다고 말한다. 그러므로 법정은 스텔라에게 유죄를 내려야 마땅하다는 것이다. 검사는 징역 14년을 구형한다.

아찔하다. 14년 뒤면 스텔라는 서른두 살이다. 나는 스텔라가 놓치고 누리지 못할 모든 기회를 생각한다. 14년, 세상을 배우고 경험할 게 얼마나 많은데! 서른두 살 때 나는 거침없이 달리며 인생의 황금기를 만끽하고 있었다. 스텔라에겐 어머니가 될 기회, 가정을 만들 기회, 또는 직업을 일구고 성장할 기회가 없을 것이다.

14년은 긴 시간이다. 교도소에서 14년은 엄청나게 긴 시간이다. 지독한 영원이다.

나는 스텔라를 바라본다. 아이는 충격적일 정도로 너무 작다. 스텔라는 여전히 동경으로 파란 눈을 반짝이는 열두 살 소녀고, 나쁜 꿈을 꿨다며 엄마 아빠 사이로 비집고 들어오는 콧물 범벅 일곱 살 그 소녀다. 나는 스텔라를 언제까지나 그 모습으로 볼 것이다. 내 눈에 그녀는 아이로 남아 있다. 나의 아기.

죄책감이 더 깊이 나를 파먹는다. 내가 무슨 짓을 했지? 왜 아미나를 차에 태워 경찰서로 데려가지 않았나?

나는 이 일을 가족을 등한시한 내 행동에 대한 나만의 보상으로 생각했다. 하지만 이 일이 아미나를 구하려 내 딸을 희생시키는 걸로 끝난다면? 나는 딸을 희생시키고도 살아갈 수 있을까.

미카엘은 최종 변론에 앞서 넥타이 매듭을 바로잡는다. 그는 검사가 제시한 증거들을 빠르고 간단명료하게 하나하나 격파해나간다.

"검사가 증명해낸 단 한 가지는 크리스토퍼 올센이 공격당한 그날 밤 내 의뢰인이 피해자의 거처 가까이 있었다는 것 하나입니다. 한편 오늘 재판이 이뤄지는 동안 우리는 아미나 베시치도 문제의 그 시각 그곳에 있었다는 이야기를 들었습니다."

미카엘은 판사를 쳐다보고, 이제 그의 목소리는 마치 개인적으로 직접 판결하듯 자신감이 넘친다.

"그러니까 크리스토퍼 올센이 사망했을 때 아미나 베시치와 스텔라 산델 모두 그곳에 있었던 겁니다. 더 나아가 두 사람 모두에게 올센을 해칠 동기가 있는 듯 보입니다. 물론, 동기만으로는 아무것도 증명하지 못합니다. 제 의뢰인이 크리스토퍼 올센을 죽음에 이르게 한 바로 그 칼을 쥐었던 그 사람임을 합리적 의심을 넘어 증명할 방법이 없습니다."

그리고 그걸로 끝난다. 이후의 일은 내 조정과 통제를 넘어섰다.

괴란 레이욘은 얼른 참심원들을 쳐다봤다가 다시 방청석을 돌아보며 재판 절차를 마무리한다.

"법정은 심사숙고한 다음 판결을 내리겠습니다."

나는 다시 자리에 깊숙이 앉는다. 나는 벼랑에 매달려, 시간과 공간의 한 틈에서, 필사적으로 발버둥치고 있다.

스텔라는 법원 복도에 모여든 많은 기자들과 사진사들을 피하기 위해 지하로 연결된 통로로 인도되고, 미카엘이 같이 따라간다.

방청석에서 사람들은 웅성거리며 먼저 밖으로 나가려 서로를 밀치고 있다. 나는 내 가방과 외투, 숄을 주섬주섬 집는다.

아담이 나를 재촉한다. 왜 이렇게 서두르는지 모르겠다.

자리에서 일어서려는데 온몸의 피가 다리에 쏠려 있었나 보다. 몸, 머리, 팔다리에 감각이 없다. 나는 휘청하며 다시 자리에 털썩 주저앉는다. 나는 가만히 앉아 허리뼈에 금이 간 사람처럼 가슴을 짚으며 숨 고르기에 집중한다.

아담이 내 손을 잡아 일으켜 세운다. 나를 법정 밖으로 부드럽게 이끈다. 나는 다리가 천근만근이고, 숨이 답답하다. 복도를 걸어 나온 우리는 호기심 어린 얼굴들과 목소리들을 지나친다.

"시원한 걸 마셔야겠어." 나는 모퉁이에 있는 자동판매기를 가리킨다.

나는 잔돈을 꺼내려 가방을 뒤진다. 손이 마구 떨린다. 지갑을 파헤치고 또 파헤친다. 껌 한 통과 머리 고무줄을 바닥에 던진다. 시멘트 혼합기처럼 가방 속 내용물을 휘젓는다.

"진정해!" 아담이 내 팔을 잡는다.

가방이 바닥에 떨어지고, 나는 번쩍거리는 자동판매기 앞에서 사시나무 떨듯 엉망으로 몸을 떤다. 아담이 10크로나 동전 두 개를 내게 건넨 다음 바닥에서 내 가방을 줍는다.

"여보, 저 안에서 무슨 일이 일어났지?"

아담에게 이 모든 걸, 그것도 곧 설명해야 한다는 걸 알고 있다. 그럴 힘이 내게 남아 있을까.

"법원이 숙의할 거야." 물을 조금씩 나눠 마시며 내가 말한다.

"시간이 얼마나 걸릴까?"

나는 아담을 쳐다본다. 심장은 큰 북처럼 둥둥 울리는 커다란 상처다. 내가 내 가족에게 무슨 짓을 한 걸까?

"모르겠어. 5분이 걸릴 수도, 몇 시간이 걸릴 수도 있지."

아담은 안절부절못하며 두리번거리고는 말한다. "이해가 안 가. 아미나가 그……."

나는 그의 입술에 손가락을 댄다. 그러곤 그의 손을 잡으며 말한다. "당신을 사랑해."

이 말은 심장에서 올라온 진심이다.

아담과 스텔라는 내 전부다. 아담에게는 스텔라와 내가 전부다.

"나도 당신을 사랑해." 그가 말한다.

나는 그의 손을 꼭 잡는다. 아니, 힘껏 비틀고, 껴안고, 달라붙는다.

그에게 말해야만 한다.

108

오랫동안 나는 아담이 은연중에 말실수를 해 모든 걸 망칠까 두려웠다. 지금 일이 어떻게 진행되는지 안다면 아담은 내가 계획을 실행하는 걸 그냥 두지 않을 것이었다. 피 묻은 블라우스를 빨래 더미에 감춘 사람은 아마 그였을 테고, 스텔라가 집에 돌아온 시각을 경찰에 거짓말한 것도 충분히 그답지 않은 버거운 일이었다. 그런 아담에게 나는 계획의 일부도 공유할 수 없었다.

아담은 디노와 알렉산드라 집에서 늦은 점심을 함께한 문제의 토요일부터 아미나를 의심했다. 집에 돌아온 다음 그는 아미나가 스텔라와 금요일에 같이 있었다고 한 말은 거짓말이라고 흘렸다. 나는 몇 가지 연막을 설치할 수밖에 없었다.

토요일 늦은 밤, 경찰서에서 미카엘 차로 집으로 돌아왔을 때, 나는 집 앞 진입로에서 미카엘과 이야기를 나눴다. 미카엘은 스텔라가 곧 석방되리라 믿었지만, 스텔라의 휴대전화 메시지를 읽었던 나는 우리가 아는 것보다 상황이 훨씬 복잡한 게 두려웠다. 그다음 미카엘의 전화를 기다리는 동안, 나는 아담에게 스텔라를 위한 알리바이의 필요성을 주입하려 애썼다. 내가 그때 더 많은 내용을 알고 있다는 걸 들켜선 안 되기에 많은 말을 할 수는 없었지만, 스텔라가 실제 귀가 시각보다 일찍 집에 왔다고 주장해서 아이의 무죄를 밝힐 사람은 당신뿐이라고 귀띔했다. 물론 내가 직접 경찰에 스텔라의 알리바이를 댈 수도 있지만 그 말을 아담이 한다면 무게감이 훨씬 클 것이었다. 평생을 진실의 수호자로 보낸 목사의 말에 누가 토를 달고 의심하겠는가?

더 나아가 나는 법정에서 증언하지 않기를 강력하게 원했다. 내가 그동안 해왔던 행동들을 돌아보면 선서한 다음 거짓말하는 게 특별히 예외적인 행동은 아닐 것이다. 내겐 이제는 법조인으로 지켜야 할 명예도 없었다. 동시에 내가 방청석에서 재판의 전 과정을 따라가는 게 중요했다. 나는 그 재판을 처음부터 끝까지 보기를 원했다. 이것은 아마 통제 감정과 깊은 관련이 있을 것이다.

그 토요일 밤 나는 한숨도 자지 못했다. 생각들이 경주마처럼 전속력으로 달렸다. 한두 시간 후, 아담은 의자에 점점 깊이 몸을 묻었다. 눈을 떴다 감았다를 반복하던 그의 고개가 옆으로 꺾였다. 아담이 깊이 잠들어 코를 골 때까지 나는 죽은 듯 소리 내지 않고 기다렸다. 그다음 까치발로 걸으며 얼른 내 서재에 들어가 아미나에게 전화했다. 아미나는 흥분과 불안으로 횡설수설했다. 우리는 가능한 한 빠른 시일 안에 만나기로 했는데, 우리가 만나기 전에 아미나는 바로 그날 밤 아담에게 전화해 자기가 거짓말했다고 고백해야 했다. 아미나는 금요일 밤에 스텔라와 같이 있었다고 주장해서는 안 되었다.

그러나 아담은 쉽게 달래지지 않았다. 거짓말을 간파하는 데 늘 재능이 있던 그는 아미나가 뭔가 숨기고 있다는 걸 느끼고 있었다. 사실 이 세상에서 아담을 속일 만큼 거짓말을 잘할 사람은 두 사람이다. 한 사람은 스텔라. 다른 한 사람은 나다.

살인사건 다음 주 목요일, 아미나가 다시 전화했다. 그때까지는 모든 게 우리 바람대로 잘 흘러가는 듯 보였는데, 아미나가 갑자기 겁에 질려 숨도 제대로 못 쉬고 있었다. 아담이 아레나 밖에서 아미나를 기다렸다가 정보를 캐려 했었고, 아미나는 아담이 다 알아버렸다고 믿고 있었다. 아담이 크리스토퍼 올센의 죽음에 스텔라와 아미나가 얽혀 있음을 추론해낸 것이 아미나를 두렵게 했다.

나는 스텔라가 그날 밤 귀가한 시각에 나도 깨어 있었다고 아담에게 밝힐 마음이 없었다. 하지만 아담이 점점 절망적으로 행동하는 걸 보자 어떤 조치가 필요하다고 결정했다. 이것은 또한 내가 스톡홀름으로 이사를 생각한 계기였다.

나는 아담을 사랑한다. 우리 관계는 여러 번 흔들렸고, 말 그대로 파경 직전까지 갔었다. 서로 충돌하고 불타버려 끝이 보일 지경이었다. 하지만 이 빠진 꽃병이 오래간다는 말처럼 함께 모든 일을 겪어낸 두 사람, 이 모든 고난에도 무사히 헤쳐나온 두 사람은 다른 이들은 이해하기 어려운 방식으로 고통 속에서 서로에게 속해 있다. 어쩌면 우리는 스톡홀름에서는 바닥에서부터 새로운 어떤 걸 구축할 수 있을지 모른다. 한편 초동수사는 지지부진 질질 끌고 있어서 나는 재앙이 닥치기 전에 아담을 룬드에서 빼낼 방법을 찾아내야 했다. 비록 종국에는 아담에게 스텔라의 휴대전화를 없앤 사람이 나라고 털어놓아야 했고, 또 얼룩진 그 블라우스를 처리한 사람이 나임을 그 역시 분명 깨달았겠지만, 나는 결국 아담에게 스텔라의 알리바이를 만들어내도록 설득했다.

스텔라의 휴대전화를 집에서 발견했을 때, 나는 뭔가 잘못되었음을 곧장 알아챘다. 스텔라는 어딜 가나 휴대전화를 챙겼다. 1분 또 1분. 시간이 흐를수록 걱정이 커졌다. 결국 나는 문자 메시지를 읽을 수밖에 없었다.

나는 스텔라의 마지막 문자, 겁에 질려 아미나에게 보낸 절박한 메시지를 읽었다. 순간적으로 아담에게 이 메시지를 보여줄까 생각했지만 그랬다가는 큰 재앙이 닥치리라는 걸 깨달았다.

내가 소파에 앉아 스텔라의 휴대전화를 뚫어져라 쳐다볼 때 미카엘이 전화를 해왔다.

"유감이에요, 울리카. 경찰이 스텔라를 구금했습니다."

그 모든 세월이 지난 다음 미카엘의 목소리를 다시 듣다니, 충격이었다.

"그녀는 나를 관선변호인으로 신청했어요."

"네?"

나는 혼란스러웠다. 스텔라가 미카엘을 자기 변호인으로 신청했다고?

"스텔라는 당신이 누군지 아나요?" 그날 밤늦게 아담과 나를 집까지 태워주는 미카엘에게 내가 물었다.

"물론 알죠."

과연 스텔라다웠다. 스텔라는 나와 미카엘이 단순한 동료 이상의 관계라는 걸 알고 있었다. 스텔라는 오래전 우리가 통화하는 걸 들었다. 그게 그녀가 미카엘을 자기 변호인으로 신청한 이유였다.

스텔라는 살인사건에 대해 분명하게 아는 게 있어서가 아닐까? 미카엘이 비밀 엄수 의무를 깨고 나를 끌어들일 걸 계산했기 때문이겠지?

스텔라가 진행 상황을 전혀 모르게 한 채 아이를 구치소에 두는 건 괴로운 결정이었다. 너무 가슴이 아파 결국 나는 내가 설명할 수 있게 한 번만 면회할 기회를 얻어내라고 미카엘에게 부탁했었다. 하지만 스텔라는 면회를 거부했고, 나는 스텔라를 이해시키는 일을 미카엘에게 맡길 수밖에 없었다. 미덥지 않았지만 다른 출구는 없었다. 내가 아미나와 스텔라 둘 다를 구하려면 이 사건은 재판까지 가야 했다. 너무나 위험한 도박이었다. 나는 내 딸과 내 가족을 걸고 이 위태로운 도박에 뛰어들었다.

일요일 오후, 가택수색을 끝낸 경찰이 우리 집을 나가자마자 아미나가 찾아왔다. 아담이 경찰 조사를 받은 다음 전화했을 때, 나는 그에게 경찰이 아직 집에 있다고 말하며 시간을 벌었다.

일단 우리가 결정을 내리자 아미나는 재킷 안에 숨겨온 비닐봉지를 꺼냈다. 그녀가 놀이터 쓰레기통에서 발견했다고 설명했을 때, 나는 봉지 속 내용물이 뭔지 바로 알아챘다.

우리는 곧장 가까운 달뷔 채석장으로 자동차를 몰았다. 채석장 근처 좁은 자갈길에서 나는 차를 세우고 시동을 껐다.

나는 불안하게 주위를 둘러본 다음 봉지 내용물을 모두 바닥에 쏟았다. 내가 크리스토퍼 올센의 휴대전화를 발로 밟아 조각내는 동안 아미나는 옆에서 훌쩍였다.

"네 전화기도 내놔." 내가 말했다.

아미나는 휘둥그레진 눈으로 나를 쳐다보았다. 그러고는 자기 휴대전화를 내밀었다. 나는 거미 다리 같은 유심칩을 빼내 똑같이 꾹꾹 밟아 박살 냈다. 정신적 육체적 고통으로 괴롭지만 망설일 시간이 없었다. 무엇이 중요하며 무엇이 진짜 의미 있는 일인지 나는 결국 알게 되었다. 그걸 증명할 기회가 여기 있었다.

나는 채석장으로 올라가 끄트머리까지 걸어갔다. 깎인 돌 벽들 저 아래에 시꺼먼 깊은 구멍 같은, 너무도 고요한 검은 물이 있었다. 나는 장갑을 단단하게 당겨 낀 다음 크리스토퍼 올센을 죽음에 이르게 한 칼을 허공에 던졌다. 칼은 넓은 커브를 그리며 공중을 항해하다 칼날로 고요한 물을 쪼갰다. 깊은 호수가 후루룩 칼을 삼켰다.

109

아담은 한 걸음 뒷걸음질하다 자동판매기와 부딪칠 뻔한다.

"당신이 무슨 짓을 했는지 알아?"

무시무시하게 괴롭다. 그 순간 모든 것이 후회스럽다. 나는 딸만 잃을 위기에 처한 게 아니다. 어쩌면 아담도 나의 앞날에 없을지 모른다.

"당신을 위해, 내 가족을 위해 한 일이었어."

"그리고 아미나를 위해서도?"

나는 고개를 끄덕인다.

"하지만 이해가 안 돼. 난 린다 로킨드 집에서 스텔라의 신발과 똑같은 신발을 내 눈으로 똑똑히 봤어. 그리고 문제의 그날 밤 린다는 스텔라를 쫓아갔어."

나는 물을 끝까지 마신 다음 빈 물병을 구겨 쓰레기통에 던진다.

"린다 로킨드는 크리스토퍼 올센을 죽이지 않았어. 린다가 스텔라에게 경고한 말은 다 사실일 거야. 올센은 그녀를 성적으로, 정신적으로 학대하고 괴롭혔어."

나는 성적 정신적 학대를 애써 강조한다. 이것은 아담에게 당신은 옳은 일을 했다고 확신시키려는 노력이리라. 어쩌면 그보다는 나 자신을 설득하고 싶은 마음이 더 컸을까?

아담은 여전히 혼란스러워한다. "하지만 그 폴란드 남자들 일은, 그건 대체 뭐지?"

"피자가게 남자들은." 나는 어깨를 으쓱하며 말을 잇는다. "확실히 좀도둑에 협잡꾼이긴 해도 올센의 죽음과는 무관해. 그들은 올센의 건물에 세든 가게를 지키려 했을 뿐이야."

"이건 미친 짓이야." 아담이 고개를 가로젓는다. "왜 아미나는 아무 말도 안 했지? 어떻게 스텔라가 이런 일을 겪게 내버려둘 수가 있느냐고?"

나는 입을 벌리지만 목소리는 사라졌다. 아담은 나를 절대 용서하지 않을 것이다. 절대 이해하지 않을 것이다.

"그리고 당신은?" 아담이 말한다. "당신도?"

성명서를 읽는 듯한, 비난이 조금도 깃들지 않은 목소리다.

"부모가 자기 자식을 위해서 무슨 일인들 못하겠어?"

아담은 내 눈을 들여다본다. **어쩌면, 어쩌면 예상과는 달리 그는 결국 날 이해하게 된 걸까.** 나는 생각한다.

"당신을 사랑해." 내가 속삭인다.

나는 이게 진실임을 결국 알게 된다. 이것이 내 행동의 이유임을. 내가 아담을 사랑하기 때문에. 스텔라를 사랑하기 때문에. 우리 가족을 사랑하기 때문에.

다음 순간 스피커가 날카롭게 끼익 소리를 내고, 우리는 2호 법정으로 소환된다.

아담과 나는 손을 잡고 있다. 방청석 장의자들은 이제 거의 비어 있다. 많은 기자들이 판결 숙의가 길어질 줄 알고 법정을 떠났기 때문이다. 나머지 기자들도 놀랄 만한 소식을 기대하지 않고 스텔라가 구속 상태에서 추후 선고를 기다릴 거라고만 예상했음이 틀림없었다.

스텔라는 너무 앙상하다. 머리칼은 엉키고, 눈빛은 탁하고 비어 있다. 아이는 우리 쪽을 보지 않는다. 모두가 그렇듯 스텔라의 눈은 괴란 레이욘 판사를 향해 있다.

"법원은 숙의를 마쳤으며……." 재판장이 참심원들을 보며 말을 잇는다. "판결을 내릴 준비가 되었습니다."

심장이 멎는 것만 같다.

벌써 판결을 내린다고? 20분도 못 되어서?

아담은 내 손을 세게 쥐곤 어쩔 줄 몰라 하며 말한다. "판결을 내린다고?"

나는 고개를 끄덕이고 상체를 앞으로 내민다.

내 세상에서 괴란 레이욘의 목소리만이 존재한다. 판사의 말은 다 들리진 않지만 중요한 부분은 내게 들려온다. 핵심 단어들은 시끌벅적함 속에서도 뺨을 때리듯 나를 친다.

나는 꼼짝할 수 없다. 내 뇌는 정보를 등록할 뿐 받아들이려 하지 않는 것 같다.

조금 뒤 나는 아담에게 고개를 돌린다. 그는 바닥을 내려다보고 있다. 이게 사실일 리 없어. 믿기지 않는다.

"주문. 법원은 피고인 스텔라 산델에 대한 모든 혐의를 무죄로 인정하며, 이에 피고인의 구금을 즉시 기각한다."

한바탕 웅웅거리는 소리가 법정을 관통한다. 내 뇌는 혼돈을 겪는다. 저 말이 진짜일까?

"무슨 일이지?" 아담이 묻는다.

그는 크고 휘둥그레진 눈으로 나를 본다.

"혐의 내용이 무죄인 걸로 밝혀졌어." 내가 큰 목소리로 그 문장을 말한 다음에야 그 의미가 내 안에 가라앉는다. "이제 스텔라는 자유야!"

미카엘은 벌써 일어서서 스텔라를 포용했다. 방청석에 움직임이 인다. 급물살처럼 갑작스럽고 빠른 움직임. 덩치 큰 경비는 가슴을 내밀고 독수리 같은 눈으로 경계한다. 내 뇌의 각 부분은 일어난 일을 이제야 현실로 받아들인다.

"스텔라!" 나는 소리치며 의자들 사이를, 교도관의 날카로운 눈빛 밑을, 눈물을 글썽거리는 미카엘의 미소를 헤치고 힘겹게 앞으로 나아간다.

더러운 길 위에 있다가 눈부신 빛이 출렁이는 터널을 빠져나온 것처럼, 나는 곧장 스텔라의 품에 뛰어든다.

우리 뒤에서 깜짝 놀란 아담의 목소리가 들린다. "이게 정말입니까? 어떻게 된 거죠?"

"증거의 고리가 깨졌습니다." 이 결과에 자기 공이 가장 크다는 듯 미카엘이 아주 자랑스럽게 말한다. "당신의 증언과, 그다음 아미나의 증언이 있은 다음 너무나 많은 의심이 제기되었거든요. 그들은 스텔라를 풀어줘야 했던 거죠."

"당신의 방법을 의심해서 미안합니다, 그땐 뭐가 어떻게 돌아가는지 몰랐습니다." 아담이 미카엘을 똑바로 보며 말한다. "이젠 당신이 내 가족을 위해 그랬다는 걸 알겠습니다."

미카엘은 아주 감동한 모습이다. 그는 아담에게 고개를 끄덕인 다음 내 쪽으로 힐끗한다. 언뜻 미소가 스친다. 그는 이 순간을 즐기는 것 같다. 이게 그가 이 일을 맡은 이유인가?

"스텔라, 미안해." 나는 딸아이의 창백한 볼에서 머리카락을 떼며 말한다.

"뭐가요?"

"너에게 이런 일을 겪게 해서. 모든 게 다 미안해."

스텔라는 한참 나를 쳐다본다.

나의 어린 딸. 나는 떨고 있는 스텔라에게 반창고처럼 내 몸을 밀착한다. 두 팔로 그녀를 단단하게 두른다. 다시는 절대 놓지 않을 것이다. 내 가슴에 맞닿은 스텔라의 심장이 뛰고 있다. 우리 눈의 갈망은 평안을 찾아내며 잠잠해진다.

"엄마." 스텔라가 속삭인다.

스텔라가 열여덟 살이든 생후 4주 갓난아기이든 중요하지 않다. 스텔라는 늘 내 아기다. 내 아이를 위해서 나는 무슨 일이든 하리라.

"사랑해, 엄마."

나는 대답하고 싶지만 목이 완전히 메어버렸다. 감정이 혈전처럼 목구멍을 막고 있다. 오랜 세월 갈망의 흔적이 쌓인 댐처럼. 결국 그 댐은 터지고, 온몸이 액체로 변한 것만 같다.

시간은 존재하지 않는다. 공간도 아무 의미 없다. 우리는, 내 딸과 나는, 함께 영원으로 흘러든다.

스텔라는 몸을 천천히 숙이며 내 귀에 속삭인다. "내가 변호사 하나는 기가 막히게 잘 골랐죠?"

내 몸은 굳으며 뻣뻣해진다. 스텔라가 몸을 떼자 아이의 눈동자에 비친 내 모습이 보인다. 스텔라는 아버지 쪽으로 몸을 돌린다.

아담은 망가진 사람처럼 보인다. 본질적인 뭔가가 부서진 사람 같다.

나는 한번에 그를 너무 많이 무너지게 했다. 만약 아담이 미카엘과 나 사이를 알게 된다면…… 우리는 회복하지 못할 것이다.

미카엘이 다시 내게 미소를 보낸다. 나는 스텔라 쪽으로 돌아선다.

"고마워요." 스텔라가 자기 아빠에게 속삭인다.

아담은 아기처럼 울고 있다. 울음을 쏟아내고 있다. 절대 길들여지지 않을, 발가벗은 울음을 내보낼 뿐이다. 스텔라가 그에게 손을 뻗는다. 아담은 스텔라의 손가락이 자기 살갗을 만나는 과정을 지켜본다. 그의 팔에서 솜털이 곤두선다.

"이제 마음이 편안해졌나요?" 스텔라가 묻는다.

에필로그

크리스의 집 초인종을 누르고 문에 귀를 바짝 댔다가 나는 계단을 다시 뛰어 내려갔다. 근방을 아무렇게나 자전거로 달리며 생각을 정리하려 애썼다. 린다 로킨드가 정말로 날 따라온 게 맞나? 아니면 이 모든 일이 내 마음에서 일어난 일일 뿐인가? 내가 미쳐버린 건가?

나는 늘 내가 남들과 다르다고 생각했고, 사람들에게 쉽게 공감하지 못했다. 혹시 내가 줄곧 정신분열의 길을 걸어온 건 아닐까?

크리스의 동네를 되는대로 두어 바퀴 돈 다음, 나는 자전거를 폴햄학교 바깥에 세우고 벤치에 앉았다. 다리가 덜덜 떨리고 관자놀이 맥이 터질 것 같았다. 나는 아미나를 버려두고 집으로 자전거를 돌릴 수는 없었다.

나는 아미나의 문자를 백번째로 읽었다.

모든 게 ok. 자고 있었어. 내일 봐. <3

문자를 보낸 이가 아미나라고 치자. 하지만 ok는? 그리고 한 번 보낸 문자에 마침표가 몇 개야? 아니야, 이건 아냐. 나는 우리가 주고받은 문자들을 미친 듯이 읽어 내려갔고, 아미나는 문자를 보낼 때 단 한 번도 마침표를 찍지 않았음을 재확인했다. 그녀는 문자를 그렇게 쓰지 않는다.

크리스가 분명했다. 그는 내 전화도 문자도 응답하길 거부하고 있었다. 린다 로킨드가 내내 진실을 말했던 거였어? 만일 크리스가 아미나를 붙잡아두고 있다면? 그보다 더 나쁜 일이 일어났다면?

나는 안절부절못하며 빠른 걸음으로 학교 운동장을 지나 교차로 까지 갔다가 다시 거꾸로 돌아왔다. 산울타리를 따라 걸어 크리스가 사는 건물 앞에 다다랐다. 그의 집 창문들을 보려 고개를 들었는데 옆집의 창가에 흐릿한 형체가 있는 걸 보고 얼른 학교로 돌아갔다. 그다음 나는 걸음을 멈추고 자리에 앉거나 나무에 기댔는데, 곧바로 작은 벌레가 살갗에 기어 다니는 것처럼 느껴지고 근육에 경련이 날 것만 같았다.

적막이 깨졌을 때, 나는 학교 운동장과 놀이터 사이에 있었다. 크리스가 사는 건물에서 50미터 떨어진 지점이었다. 방향이 가늠되지 않는 곳에서부터 다다다 하고 뜀박질하는 발소리와 아스팔트에 튕긴 억눌린 비명으로 밤공기가 채워지고 있었다.

그녀는 도로 한복판을 달리고 있었다. 셔츠는 내려가 한쪽 어깨가 드러나고, 헝클어진 머리칼이 목덜미에 검은 후광처럼 덜렁거렸다. 눈은 전사의 눈빛이었다. 핸드볼 경기장에서 사람들은 종종 그녀를 핏불테리어에 비유했다.

"아미나!" 내가 소리쳤다.

아미나는 숨을 거칠게 헐떡거렸다. 뒤를 돌아보며 벌어진 입은 소리 없는 비명을 내지르고 있었다.

그다음 순간, 아미나 뒤에서, 크리스가 모퉁이를 막 돌아 달려

나왔다. 그는 한 손은 얼굴을 누르고, 다른 손은 단거리 육상선수처럼 높이 힘차게 흔들며 달리고 있었다.

크리스는 아미나를 쫓고 있었다.

"도망가!" 아미나가 내게 소리쳤다.

하지만 내 다리는 아스팔트에 달라붙어 떨어지지 않았다. 곧 아미나가 내게 닿았고, 그 얼굴은 잔뜩 일그러져 있었다.

"달려!"

점점 가까워지는 크리스를 보며 나는 머릿속으로 계속 탈주로를 계산했다. 그다음 내가 막 돌아설 때, 아미나가 손을 살짝 움직였다. 가로등 불빛이 그녀가 쥔 칼날에 반사되어 번득였다.

크리스의 발소리가 아스팔트에 울려 퍼졌다.

"빨리!" 나는 아미나를 잡아끌며 외쳤다.

우리는 산울타리를 돌아 놀이터의 어둠 속으로 들어갔다. 발밑에서 자갈이 바스락거렸다. 아미나는 몸을 떨고 숨이 찬 듯 헉헉거렸다. 땀 냄새와 아드레날린 냄새, 그리고 톡 쏘는 강력한 냄새가 났다. 최루 스프레이 냄새인가?

"대체 무슨 일이야?"

아미나는 대꾸하지 않았다. 그녀의 눈은 짙은 안개에 덮인 것 같았다. 내가 그녀의 몸을 잡아 흔들어도 정신이 완전히 나가 있었다.

나는 아미나의 손목을 잡고 나를 똑바로 보게 했다.

"크리스가 널 어떻게 한 거야?"

아미나의 입술이 물고기처럼 파득거렸다.

"미안해." 그녀가 더듬거렸다. "내가 우리 약속을 깨뜨렸어."

"놈이 무슨 짓을 했냐고, 아미나?"

"그가…… 그가."

발소리가 점점 가까워졌다. 곧 크리스와 맞닥뜨릴 것이다.

"그가 날 강간했어."

아미나의 목소리는 내 몸과 영혼을 심하게 가격했다.

"널 강간했다고?"

바로 다음 순간, 크리스는 모퉁이를 돌아 우리 앞에 우뚝 나타났다. 열 걸음도 안 되는 거리였다. 그는 미끄러지기 직전에 급하게 멈춰 섰고, 한쪽 눈을 가리고 서 있었다.

나는 뒷걸음쳤다. 빠르게 두 걸음. 아미나 손을 어쩔 수 없이 놓았지만, 그녀가 나를 따라올 거라고 생각했다.

몸이 팽팽해지고 살갗이 터질 것 같은 기분이었다. 나는 공포에 휩쓸려야 맞건만, 내 몸속의 세포들은 화난 벌집으로 변해 있었다. 나는 그가 미웠다. 크리스 올센이 너무 미워 폭발할 지경이었다.

강간당하던 내 모습이 다시, 또다시 되살아났다. 내 목을 누르던 악력, 내 몸에 올라타던 무게, 그리고 내 몸에 들어올 때의 타는 듯한 고통.

나는 어떻게 아미나가 나와 똑같은 일을 당하게 두었을까? 린다의 말을 귀담아들었더라면.

크리스 올센은 숨을 헉헉거리는 중간중간 으르렁 소리를 냈다. 얼굴을 험악하게 찌푸리고 손등으로 눈가를 문질렀다. 나는 아미나를 쳐다보았고, 그녀가 전혀 물러서지 않았음을 깨달았다. 아미나는 오히려 크리스 쪽으로 크게 한 발을 뗐다. 떨리는 손으로 칼을 쳐들어 그를 위협하고 있었다.

"너 같은 새끼는 살 자격이 없어." 아미나는 이를 악물고 식식거렸다.

"그만해." 크리스가 말했다.

후회도 두려움도 없는 목소리. 그는 완전히 멍했다.

"멈춰, 아미나."

그건 내 목소리였다.

아미나가 내 말을 들었는지 모르겠다. 아미나는 다른 세상에, 그녀와 크리스만 존재하는 세상에 있었다. 그녀와 그녀를 강간한 놈. 그리고 그녀가 쥐고 있는 떨리는 칼.

"여기서 꺼져!" 그녀가 말했다.

크리스는 아미나를 처다보았다.

"꺼지라고!"

나는 아미나 옆으로 다가갔다. 날카로운 칼날이 바로 내 옆에서 떨고 있었다. 안에서, 뱀처럼 똬리를 튼 증오심이 몸을 비틀다 튀어나왔다.

아미나의 황량한 눈을 보며 나는 이게 내 잘못임을 알았다. 마지막 하나하나까지 다 내 잘못이었다. 내가 린다 로킨드의 경고를 귀담아듣기만 했다면. 어떻게 나는 그렇게나 멍청했을까.

그때 크리스 올센이 소리 내어 웃었다.

나는 나의 가장 친한 친구를 보았고, 그녀의 손에서 칼을 빼앗아 들었다.

세 가지 목소리가 들려주는 하나의 이야기

＊ 내용에 대한 언급이 있습니다.

룬드는 스웨덴 서남부에 있는 도시이다. 룬드의 역사 천여 년 중에는 한때 덴마크 땅이던 시기도 들어 있다. 룬드는 스칸디나비아 가톨릭교회의 중심지였고, 스웨덴 종교개혁 이후에는 루터파 스웨덴 국교회의 주교구이다. 중세의 고풍스러운 분위기를 간직한 종교 도시이자, 또한 대학생들과 아마추어 음악인들의 활기가 넘치는 젊음의 도시이다. 평화롭고 아름답게만 보이는 이 도시에서 어느 날 젊고 유망한 한 사업가가 살해된다. 이 살인사건으로 세 사람의 세 가지 이야기가 드러나기 시작한다. 하지만 실상 세 가지 목소리가 들려주는 이야기는 하나의 이야기이며, 살인사건 이전부터 존재했다.

스웨덴 국교회 목사인 아담은 딸 스텔라가 살인사건의 피의자가 되자 충격을 받는다. 그 충격은 딸이 살인자가 아니라는 절대적 믿음이 깨져서가 아니라, 자신이 좋은 아버지, 좋은 남편이 못 되었음을 그제야 깨닫는 회한에서 나온 것이다. 스스로를 좋은 사람이라고 생각하며 살아온, 선의와 사랑과 관심에 집중해 늘 노력해온 그의 삶은 여지없이 흔들린다. 늦된 깨달음은 아담에게 새로 발견한 의무감을 강박한다. 딸을 보호하고 가족을 지켜내야 하는 의무감, 그것을 위해서 아담은 이제 하지 못할 일이 없어야만 한다.

성공한 변호사인 울리카도 딸이 살인 피의자 신분으로 전락하자 충격을 받는다. 이제 울리카는 정신을 차리고 사랑하는 딸의 혐의를 벗기기 위한 모든 방법을 찾는 데 집중한다. 그녀가 젊음을 바쳐 선택하고 자신을 지켜줄 성과 요새로 믿어온 법정은 이제는 속이고 배반해야 할 목표가 되어버린다. 법과 법 정신은 딸의 자유와 가족의 안녕보다 중요한 일일 수가 없다. 진실은 어디에도 없으며, 어쩌면 진실은 만들어지는 것일지도 모른다.

스텔라는 부모에게 양가감정을 느낀다. 스텔라는 때로 부모를 그리워하고 연민하면서도 그동안 세세하게 목격하고 관찰한 바, 아버지 아담 목사는 자기 체면이 중요한 위선자에 지배광이고, 어머니 울리카는 '착한 딸 콤플렉스'를 딸에게 은연 중에 강요하는 외로운 사람이라는 것도 알고 있다. 스텔라에게 최고 가치는 사랑과 가족이 아니라 자유와 우정이다. 스텔라는 어디에도 얽매이고 싶어 하지 않으며, 부모의 사랑에 기대지 않는 독립적인 인격체가 되기를 꿈꾼다. 스텔라는 먼 곳을, 활기를, 새로움을 꿈꾸길 희망한다. 하지만 스텔라는 젊고, 젊음의 시간은 그녀에게 마음과 정신과 몸을 위태롭게 하는 사랑을 소개한다.

짧은 시간 스텔라는 화려한 외양의 사업가 크리스토퍼 올센에게 빠져드는데, 하지만 곧 그와의 관계가 진짜 사랑은 아님을 깨닫게 된다. 늘 그랬듯이, 스텔라에게는 아미나와의 우정이 더 중요했다. 크리스토퍼 올센이 살해되고, 스텔라는 살인 피의자로 재판을 앞

두고 있다. 이때부터 스텔라는 전에 보지 못한 부모의 새로운 모습을 보게 된다. 딸을 지키기 위해서 자신들의 전부를 걸고 희생하려는 부모의 모습이 스텔라는 낯설기만 하다.

《거의 평범한 가족》은 살인사건과 그 피의자가 된 딸을 둔 한 가족을 다룬 법정 스릴러이다. 이야기 속 이들은 결코 정상적이지도 평범하지도 않은 살인사건에 휩쓸린 다음에야 가족의 의미를 반추하는데, 우리에게 꽤 많은 것을 질문한다. 가족은 과연 가장 가까운 존재인가? 가장 사랑한다고 믿었던 이를 우리는 얼마나 안다고 말할 수 있는가? 만약 가족의 추악하거나 직면하기 힘든 진실을 알게 된다면, 그때 우리는 무엇을 어떻게 할 수 있을까? 그때도 계속 가족을 지지할 수 있다면, 그 힘은 용기인가 연대감인가?

우리는 항상 진실을 보지는 못하는 존재이다. 그저 가끔 어섯눈으로 진실을 흘끔거릴 뿐이다. 나머지 시간은 지켜내야 할 자신만의 진실을 위해 신음하며 비틀거리면서, 어쨌거나 앞으로 나아가려 애쓸 뿐이다. 그것이 평범한 사람들이 할 수 있는 거의 최선이다.

2023년 6월
권경희

거의 평범한 가족

1판 1쇄 인쇄 2023년 6월 21일
1판 1쇄 발행 2023년 6월 28일

지은이 마티아스 에드바르드손 **옮긴이** 권경희
펴낸이 고세규
편집 정혜경 **디자인** 정윤수
마케팅 이헌영 **홍보** 반재서 이태린

발행처 김영사
주소 경기도 파주시 문발로 197(문발동) 우편번호10881
등록 1979년 5월 17일(제406-2003-036호)
구입 문의 전화 031)955-3100 **팩스** 031)955-3111
편집부 전화 02)3668-3290 **팩스** 02)745-4827 **전자우편** literature@gimmyoung.com
비채 블로그 blog.naver.com/viche_books
인스타그램 @drviche **트위터** @vichebook
ISBN 978-89-349-4267-2 03850 책값은 뒤표지에 있습니다.

비채는 김영사의 문학 브랜드입니다.

EN HELT
VANLIG FAMILJ